"十三五"国家重点图书出版规划项目

浙江文化艺术发展基金资助项目

中国民间文艺思想史论

万花飞扬
元明清时期民间文艺学新潮

高有鹏　著

宁波出版社

图书在版编目（CIP）数据

万花飞扬：元明清时期民间文艺学新潮/高有鹏著. -- 宁波：宁波出版社，2023.3
（中国民间文艺思想史论）
ISBN 978-7-5526-4192-9

Ⅰ.①万… Ⅱ.①高… Ⅲ.①民间文学—文艺思想史—研究—中国—元代-清代 Ⅳ.① I207.709

中国版本图书馆 CIP 数据核字（2021）第 023719 号

万花飞扬 WANHUA FEIYANG

元明清时期民间文艺学新潮

高有鹏　著

策　　划	袁志坚　徐　飞
责任编辑	陈金霞
责任校对	谢路漫
出版发行	宁波出版社
地址邮编	宁波市甬江大道 1 号宁波书城 8 号楼 6 楼　315040
装帧设计	金字斋
印　　刷	宁波白云印刷有限公司
开　　本	710 毫米 ×1000 毫米　1/16
印　　张	27
字　　数	375 千
版　　次	2023 年 3 月第 1 版
印　　次	2023 年 3 月第 1 次印刷
标准书号	ISBN 978-7-5526-4192-9
定　　价	85.00 元

本书若有印装错误，影响阅读，请与出版社联系调换，电话：0574-87248279。
（版权所有　翻印必究）

目 录

第一章 "石人一只眼":元代民间文学 ……… 001
  第一节 元杂剧与民间文学 ……… 002
  第二节 "说话"与笔记中的民间传说和民间故事 ……… 008
  第三节 元代传说故事与社会风俗生活 ……… 023

第二章 天机自动:明代民间文学 ……… 044
  第一节 民歌和民间叙事诗 ……… 045
  第二节 别具特色的明代民间谚语 ……… 060
  第三节 明代民间传说与民间故事 ……… 067
  第四节 明代故事传说与社会风俗生活 ……… 094
  第五节 神话的复活 ……… 201

第三章 最后一声叹息:清代民间文学 ……… 256
  第一节 民间歌谣和谚语 ……… 258
  第二节 清代民间长诗与少数民族歌谣集 ……… 284
  第三节 清代民间弹词与鼓词 ……… 292
  第四节 清代民间传说与民间故事的多元构成 ……… 303
  第五节 清代传说故事中的风俗与时事 ……… 327

第一章
"石人一只眼":元代民间文学

《元史·河渠志三》中一首歌谣记述"石人一只眼,挑动黄河天下反",载"至正年"夏天"黄河暴溢"事件,贾鲁治河,在黄陵冈得一眼石人,轰轰烈烈的刘福通农民起义遂"乘时而起",点燃了推翻元帝国反动统治的大火。这大火的光芒和这歌谣声,照亮了黑暗帝国的夜空,发出元代民间文学的最强音。

在中国民间文学史上,元代民间文学是尤为独特的一页。由于强烈的民族歧视和民族压迫,传统文化在元朝统治中国的90年间,由宋代的极盛跌入低谷,以杂剧为代表的民间文学,更多地呼喊出愤怒的控诉与声讨。蒙古民族先后灭掉西夏和金,于1271年建立元帝国,1276年灭了南宋;它曾经征服广袤的欧亚大陆,盛极一时,是世界上最为强大的帝国;虽然对统一中国做出了重要贡献,但是,它鄙视中国古典文化,奴役占中华民族大多数的汉民族,激发了不可调和的民族矛盾,最后还是走向政治失败和灭亡,为朱元璋农民起义建立明王朝所替代。这里,我们姑且不去讨论元统治者如何把中国人分为四等,将蒙古人、色目人之外的汉人、南人列为三、四等,又如何不顾法制,中断科举考试,毁坏大片良田[1];检索文献,从元代民间文学

---

[1] 蒙古人入主中原,曾有大臣提出"汉人无补于国,可悉空其人以为牧地",直到耶律楚材提出反对意见,这种遍投"投下",以汉人为奴的政治才有所改变,然而时间已过去了半个世纪,危害极大。见《明史·耶律楚材传》。

中,我们可以深切地感受到专制政治的罪恶与脆弱,同时也可以看到民众期待发展与平安的大潮,是任何邪恶势力都阻挡不了的。

元代的民间文学,最突出的内容是呈现在具有浓郁民间文化色彩的元杂剧之中的民间曲调与大量民间传说故事,其次是元代刊刻的民间"说话"中的"小说"话本和笔记小说中的传说故事,它们不同程度地保存着元代作家对民间文学的整理与运用;民间故事作为社会风俗生活的表现,具有十分重要的价值意义。与其他历史时期一样,民间歌谣和谚语成为这个时代的"天籁"。

第一节　元杂剧与民间文学

戏曲从产生那一天起就是民间文学的形式。从口头传说故事被演绎成为表演、说唱艺术的文本,或口耳相传,或口传心授,从口耳到口耳,典型的民间文学存在与发展形式。

当杂剧艺术成为文化行业(产业)的时候,其民间文学意义与形式仍然保存。

元代杂剧的文化基础是民间文学,其形成的直接背景,除了元代社会各种外部条件之外,就是宋金杂剧院本,表现了艺术的自身嬗变。如王国维在《宋元戏曲史》"元杂剧之渊源"中所说:"宋金之所谓杂剧院本者,其中有滑稽戏,有正杂剧,有艳段,有杂班,又有种种技艺游戏。其所用之曲,有大曲,有法曲,有诸宫调,有词,其名虽同,而其实颇异。至成一定之体段,用一定之曲调,而百余年间无敢逾越者,则元杂剧是也。"在他看来,"元杂剧之视前代戏曲之进步"有两个方面,一是元杂剧"每剧皆用四折,每折易一宫调,每调中之曲,必在十曲以上";二是它"视大曲为自由,而较诸宫调为雄肆","于科白中叙事,而曲文全为代言"。正因为这两方面的"进步"及其"兼备","而后我中国之真戏曲出焉"。元杂剧中所用曲,有人统计共有"三百三十五章",有出于"大曲者",有出于"唐宋词者",有出于"诸宫调中各曲者",还有一些"不见于古词曲",又"可确知其非创造者",这就是民间文艺中的一些曲调。王国维对这些民间曲调做了详细考察,指出其为"宋代旧曲",即宋代民间曲调。如《六国朝》,见于曾敏行的《独醒杂志》卷五中所载"先君尝言宣和末客京师,街巷鄙人,多歌番曲,名曰《异国朝》《四国朝》《六国朝》《蛮牌序》《蓬蓬花》等,其言至俚,一时士大夫亦皆歌之"。《憨郭郎》则见于《乐府杂录》。其中"傀儡子"条载"其引歌舞有郭郎者,发正秃,善优笑,闾里呼为郭郎,凡戏场必在俳儿之首也";杨大年《傀儡诗》也有"鲍老当筵笑郭郎"。《叫声》见于《事物纪原》卷九"吟叫"条,载"嘉祐末,仁宗上仙"时,"市井初有叫果子之戏","京师凡卖一物,必有声韵,其吟哦俱不同,故市人采其声调,间以词章,以为戏乐也";《梦粱录》卷二十亦载此"以市井诸色歌叫卖合之声,采合宫商,成其词也"。《快活三》见于《东京梦华录》卷七中所记"任大头、快活三之类",又见于《武林旧事》卷二中所载"快活三郎""快活三娘"。《乔捉蛇》见于《武林旧事》卷二中,又见于金人院本名目《乔捉蛇》。《拔不断》见于《武林旧事》卷六中"唱《拔不断》"。《太平令》见于《梦粱录》卷二十,其中载"绍兴年间,有张五牛大夫,因听动鼓板中有《太平令》或赚鼓板"。王国维说,这些曲调"虽不见于现存宋词中,然可证其为宋代旧曲,或为宋时习用之语","由此推之,则其他二百十余章,其为宋金旧曲者,当复不鲜"。此"宋金旧曲",其实就是宋金时代的民间曲调。由此可见元杂剧在曲调上受民间文学的普遍影响。再者是元杂剧采用大量的俗语俚谚,朱居易著《元剧俗语方言例释》[1]对此做了深入而详细的考证,其中收俗语方言"共一千零数十则",在解释时"以曲证曲,间及话本小说及宋元人笔记,以资旁证",探讨相当完备。其他还有徐嘉瑞《金元戏曲方言考》[2]、张相《诗词曲语辞汇释》[3]等,对此都有深入研究,这里不

---

[1] 朱居易:《元剧俗语方言例释》,商务印书馆1956年9月版。

[2] 徐嘉瑞:《金元戏曲方言考》,商务印书馆1948年5月版。

[3] 张相:《诗词曲语辞汇释》,中华书局1953年版。

详细举例。

　　元杂剧的保存,在历史上也曾经历尽沧桑,不断佚失。李开先在《〈张小山乐府〉序》中说,"洪武初年",有"亲王之国,必以词曲千七百本赐之"。《太和正音谱》卷首录元人杂剧"五百三十五本"。钟嗣成《录鬼簿·序》中,载"四百五十八本"。明长兴臧懋循所刻《元曲选》录"二百五本种",其中"亦非尽元人作矣";同时代的刊本,还有无名氏的《元人杂剧选》和陈与郊的《古名家杂剧》等,所收"存佚已不可知"。王国维在《宋元戏曲史》中详加考证,说"今日确存之元剧,而为吾辈所能见者,实得一百十六种"。在所见刊本中,以钟嗣成《录鬼簿》的影响最为重要,其他如《元曲选》《元人杂剧选》《太和正音谱》《雍熙乐府》以及《也是园书目》等,都保存了丰富的元杂剧剧本或剧本的一部分和名目。从中我们可以看到,元杂剧中以历史传说和民间传说、民间故事为题材的,占据了相当大的比重。选取历史传说者,如"三国"故事类,有关汉卿的《关张双赴西蜀梦》《关大王单刀会》,无名氏的《诸葛亮博望烧屯》和《两军师隔江斗智》等,我们姑且称为"三国戏";包拯传说故事是元杂剧中十分突出的题材,可称为"包公戏",诸如关汉卿的《包待制三勘蝴蝶梦》《包待制智斩鲁斋郎》,郑廷玉的《包待制智勘后庭花》,武汉臣的《包待制智勘生金阁》,李行道的《包待制智勘灰阑记》,无名氏的《包待制陈州粜米》《包待制智赚合同文字》等。梁山泊水浒英雄传说故事可称为"水浒戏",诸如高文秀的《黑旋风双献功》,李文蔚的《同乐院燕青博鱼》和康进之的《梁山泊李逵负荆》等。历史上的作家,在传说中以风流面目出现者颇多,可称为"文人传说戏",诸如马致远的《江州司马青衫泪》,吴昌龄的《花间四友东坡梦》,石君宝的《李亚仙诗酒曲江池》,王伯成的《李太白贬夜郎》,乔吉甫的《杜牧之诗酒扬州梦》《李太白匹配金钱记》,费唐臣《苏子瞻风雪贬黄州》,鲍天枯的《王妙妙死哭秦少游》和郑光祖的《醉思乡王粲登楼》等。历史上的英雄、圣贤、忠臣、良将,留下了许多生动的传说,成为元杂剧的重要题材,此可称为"英雄戏",诸如李寿卿的

《说专诸伍员吹箫》,尚仲贤的《尉迟公三夺槊》《尉迟公单鞭夺槊》,赵明道的《陶朱公范蠡归湖》,周文质的《持汉节苏武还乡》,纪君祥的《赵氏孤儿冤报冤》,张国宾的《薛仁贵衣锦还乡》,狄君厚的《晋文公火烧介子推》,金仁杰的《萧何追韩信》,朱凯的《昊天塔孟良盗骨殖》,无名氏的《冻苏秦衣锦还乡》《小尉迟将斗将认父归朝》《庞涓夜走马陵道》和《随何赚风魔蒯通》等。

历史上的一些帝王或叱咤风云,或风流多情,他们的传说也是元杂剧的题材,此类作品可称作"帝王戏",诸如高文秀的《好酒赵元遇上皇》,郑廷玉的《楚昭王疏者下船》,白朴的《唐明皇秋夜梧桐雨》,李直夫的《便宜行事虎头牌》,尚仲贤的《汉高祖濯足气英布》,郑光祖的《周公辅成王摄政》等。这些传说故事作为杂剧演唱内容,其实代表着具有遗民色彩的文化复兴意识。

历史上还留下来一些神仙传说,这些神仙或者有真实的历史人物作为产生的依托背景,或者纯属乌有,但是他们都与一定的风物相联系,他们的传说故事与其他一些宗教传说一起构成元杂剧的内容,此可称为"神仙戏"。诸如郑廷玉的《布袋和尚忍字记》,马致远的《吕洞宾三醉岳阳楼》《太华山陈抟高卧》《马丹阳三度任风子》,吴昌龄的《张天师断风花雪月》,岳伯川的《岳孔目借铁拐李还魂》,李时中的《邯郸道省悟黄粱梦》,范康的《陈季卿悟道竹叶舟》,李寿卿的《月明和尚度柳翠》,王晔的《破阴阳八卦桃花女》,杨景贤的《马丹阳度脱刘行首》,无名氏的《严子陵垂钓七里滩》《庞居士误放来生债》《玎玎珰珰盆儿鬼》《萨真人夜断碧桃花》等。神仙文化在元代的发展,显示出民间信仰在特定历史条件下又一种社会风俗生活现象存在状况。

此外,元杂剧中还有一些公案传说,可称为"公案戏",是元代社会风俗生活变化的直接表现,这是元代民间文学发展的重要现象。诸如孟汉卿的《张鼎智勘魔合罗》,孔文卿的《秦太师东窗事发》,孙仲章的《河南府张鼎勘头巾》,萧德祥的《王翛然断杀狗劝夫》和无名氏的《张子替杀妻》等。关汉卿的《感天动地窦娥冤》，是"公案戏"中难得的悲剧，千百年来备受世人感动。

在历史传说之外，还有一些表现情爱纠葛的民间生活故事，或者实有其事，或者纯粹是民间百姓的幻想，在其流传中体现出下层民众的情爱观念和具体的人生观、审美观、道德观。这类故事以言情为主要内容，被人喻之为"风月"，在元杂剧中最为感人，我们可以称之为"风月戏"。这些情爱故事以"风月"的面目出现，表现出不同类型的情爱生活，是整个元杂剧中最能体现时代气息的内容，诸如关汉卿的《闺怨佳人拜月亭》《赵盼儿风月救风尘》《诈妮子调风月》，白朴的《裴少俊墙头马上》，王实甫的《崔莺莺待月西厢记》，武汉臣的《李素兰风月玉壶春》，尚仲贤的《洞庭湖柳毅传书》，石君宝的《鲁大夫秋胡戏妻》《诸宫调风月紫云庭》，李好古的《沙门岛张生煮海》，张寿卿的《谢金莲诗酒红梨花》，郑光祖的《㑇梅香骗翰林风月》《迷青琐倩女离魂》，曾瑞的《王月英元夜留鞋记》，乔吉甫的《玉箫女两世姻缘》，无名氏的《孟德耀举案齐眉》《逞风流王焕百花亭》等。这些扑朔迷离的爱情关系，或者是有情人终成眷属，或者是棒打鸳鸯散、劳燕两分飞而令人扼腕叹息不已，都以真情感染着人。从另一个方面来讲，元杂剧对情爱传说故事的成功表现，再一次向我们展示出一种艺术规律——情爱是文学的灵魂。

在这些形形色色的"戏"中，我们也可以看到"理论是灰色的，生活之树常青"的道理。有许多"戏"与"戏"内容是相近的；有时候，一些戏中间同时存在着几种主题，任凭我们怎样去划分类型，都不能穷尽它们。同时，我们发现在元杂剧所包容的传说中，历史传说与情爱故事成为两个亮点。究其原因，一是在民族歧视和民族压迫下汉民族对自己历史的咀嚼，是对心灵伤痛的抚慰，对人格尊严的寻找，借以增强民族自信心；一是对黑暗、野蛮的专制制度的发自心灵深处的仇视与反抗，借情爱世界的众生相，唤起人们的道德感、责任感，从而去鞭挞邪恶力量。在元杂剧中，"汉代戏"有着特殊的意义，一些剧作剧本已失传，单从其名目上即可见元代作家对汉代历史的特殊感情。如钟嗣成的《汉高祖诈游云梦》,李寿卿的《吕太后使计斩韩信》,郑廷玉的《汉高祖哭韩信》,王仲文的《汉张良辞朝归山》,王廷秀的《周亚夫屯细柳营》等,尤其是"吕后戏"相当多,吕太后成为恶的代表。特别是作为历史传说一部分的包拯传说故事和水浒故事,在元杂剧中被多处运用,意味着对元代统治者践踏法制、草菅人命、滥杀无辜等种种野蛮黑暗现象的反抗,是对社会良知的热切呼唤。这样讲绝不是对某个民族的不满,而是对阻碍社会发展进步的某种政治力量的历史评说。我们应该承认,元杂剧对民间传说故事的大量运用,饱含着广大作家强烈的民族自尊心。元杂剧在潜移默化中熏陶着民间百姓的情操,积聚着他们的反抗力量,从这个意义上讲,元代民间文学通过元杂剧,孕育、酝酿着铺天盖地的与邪恶和黑暗势力殊死搏杀的愤怒的雷霆。

元代杂剧的形制"以一宫调之曲一套为一折","普通杂剧大抵四折,或加楔子","合动作、言语、歌唱三者而成","每折唱者止限一人,若末,若旦;他色则有白无唱,若唱,则限于楔子中;至四折中之唱者,则非末若旦不可";"脚色中,除末旦主唱,为当场正色外,则有净有丑"(见《宋元戏曲史》)。

但是,正如王国维所言,"元杂剧最佳之处,不在其思想结构,而在其文章",即"意境"。而正是民间语言、民间传说和故事,具体构成了这种"意境"。元杂剧再一次显示出民间文学的力量和意义,它告诉我们,真正有出息的作家,从来都密切关注着人民大众的命运,关注着百万人民所创造的口头文学。尤其是元杂剧的作家,因为朝廷废除了科举制度,断绝了他们仕进的道路,汉人和南人只能在社会底层喘息,他们与人民共命运,才创造出一章章优秀的剧作。他们与唐宋时期的作家有相当大的不同,最突出的就是他们所保持的民间视野与民间立场。唐宋作家更多地把自己当作拯救世界的人,一再高唱"致君尧舜上,再使风俗淳","仰天大笑出门去,吾辈岂是蓬蒿人",将自己与千百万百姓割裂开来。元杂剧作家虽然也有这种意识存在,但他们更多地把自己作为民间百姓的代言人。最典型的就是"水浒戏",元杂剧作家把李逵、鲁智深这些民间英雄塑造成真正的救世者,而在蔡衙内、刘衙内等人身上则集中了社会政治的黑暗及种种罪恶,其结局也多是惩恶扬善。如无名氏的《黄花峪》写民间书生刘庆甫与妻李幼奴自泰安烧香回家中,路遇蔡衙内;蔡衙内抢去李幼奴,吊打刘庆甫;梁山好汉病关索杨雄得知此事,猛拳教训蔡衙内,将刘庆甫救下,并告诉刘庆甫,若再受欺侮,可去梁山告状;后来李幼奴再遭蔡衙内所抢,李逵巧扮作货郎,从水南寨救出李幼奴;蔡衙内逃至黄花峪,在云岩寺被鲁智深活捉;梁山英雄刀斩蔡衙内,刘庆甫夫妇团圆。李逵疾恶如仇,连呼"打这厮无道理、无见识,羊披着虎皮,打这厮狐假虎威";鲁智深借宿云岩寺,与蔡衙内为争僧房而厮打,先骂"打你个软的欺,硬的怕,镬枪头",后又骂"打你个强夺人家良人妇,你是个吃剑头"。在文学史上,作家的贵族意识和平民意识在审美表现上是根本不同的,或者高高在上,动辄指斥群氓愚昧不堪,或者走进民间,与人民同呼吸共命运。然而,我们的文学史学科对此却严重忽视,这种倾向应该纠正!元代杂剧作家们的命运是时代造成的,他们的道路和创作实践及其突出的成就,值得我们深思。

第二节 "说话"与笔记中的民间传说和民间故事

元代小说是民间文学的新形式、新体裁,以"说话"中的"讲史"和文人笔记为典型,保存了许多民间传说和民间故事。

在民间文学发展中,历史题材常常具有更特殊的回味意义,体现出元代社会广大下层民众对以中原文化为核心内容的汉族政权的难割难舍,是一种特殊的想象与向往。尤其是"说话"中的"讲史",今天我们所能见到的《三国志平话》《五代史平话》《前汉书平话续集》《秦并六国平话》《武王伐纣书平话》《乐毅图齐七国春秋平话后集》和《宣和遗事》等文献,其初刻都在元代。元人在宋代毕昇所发明的泥活串印刷基础上,发明了木活字和铜活字印刷,这为文化典籍的传播提供了极大方便。这也是元代刻印的"讲史"话本得到大量保存的一个非常重要的原因。如《三国志平话》今存版本,是元英宗至治时建安虞氏所刊,三卷,各卷均题"至治新刊全相平话三国志";《五代史平话》十卷,传说为常熟张敦伯家藏,光绪二十七年曹元忠在杭州访得,董氏诵芬楼刊本类于元刊,书中杂有元人语,当为元人所增益刊刻成书;《前汉书平话续集》三卷,亦为元至治时建安虞氏所刊;《秦并六国平话》三卷,同上,为元至治间建安虞氏刊本;《武王伐纣书平话》,别题《吕望兴周》三卷,元至治时建安虞氏刻本,其卷首诗中有"隋唐五代宋金收"诗句,可知为元人所编;《乐毅图齐七国春秋平话后集》三卷,元至治时建安虞氏刊本;《宣和遗事》二卷,"宋人旧编",书中有元人语多处,亦为元人增益后所刊。元代刊刻此类"讲史",而且是在"建安"(今福建建甄)刻印,远离大都(今北京),应是江南民间书坊业对宋代刊刻传统的继承;同时,这也告诉我们,"讲史"在元代当数江南地区最为盛行。当然,这与宋代流传这些历史传说并不矛盾。如《东京梦华录》中就曾记述"霍四究,说《三分》。尹常卖,《五代史》"。值得人回味的是《三国志平话》在开场诗中记述道:"江东吴土蜀地川,曹操英勇占中原,不是三人分天下,来报高祖斩首冤。"其中叙述司马仲相看亡秦之书,"毁骂始皇,有怨天公之心",而被迎入"报冤殿"做审问冤鬼的阴司之君,遇韩信、彭越、英布三个冤鬼状告刘邦,由天公敕准,使他们三个分别托生成曹操、刘备、孙权,使刘邦托生成汉献帝,司马仲相"生在于阳间,复姓司马,字仲达,三国并收,独霸天下"。《三国志平话》多写平民,刘备织草鞋,诸葛亮"出身低微,元是庄农"、"牧牛村夫",都是一群民间野生的英雄;其中也充满了民间信仰中的神鬼报应,完全是民间百姓的生活观念。这则平话当是宋元时代三国传说故事的汇集"大纲",上卷写黄巾起义和刘、关、张结义起事,到曹操斩吕布;中卷写汉献帝宣召刘、关、张,欲诛杀曹操,到刘备任豫州牧,诸葛亮指挥赤壁之战,大显神通,以及刘备在东吴娶亲后回到荆州;下卷写周瑜气死,刘备在诸葛亮的帮助下袭西川，最后三家归晋。平话中张飞杀太守、鞭督邮，到太行山落草，战吕布，王允设计献貂蝉，诸葛亮于黄婆店遇神女等，这些传说至今还在中原地区存在，而部分情节并不见诸《三国志》，也不见诸《三国演义》，可见《三国志平话》自成体系，是一部"民间《三国》""口述《三国》"。《五代史平话》凡十卷，记述梁、唐、晋、汉、周五代故事，有人以为是"宋巾箱本"，而其中"平话"一词是元代才出现的，所以当见之于元，"书中往往直称赵匡胤、赵玄郎的名字"，亦当是宋以后人所为。书中有许多处开场诗，显然是民间说唱艺人的口气，诸如《周史平话》中的"汉之国祚遂为周太祖郭威取了也，复有人咏道：忆昔澶州推戴时，欺人寡妇与痴儿。周朝才得九年后，寡妇孤儿又被欺"。《五代史平话》中的帝王将相与草莽英雄，都是民间化的角色，与正史有很大出入，这也正是民间文学的特征，即传奇性及神秘意蕴的融合。如其中写黄巢题反诗：

  黄巢因下第了，点检行囊，没十日都使尽，又不会做甚经纪，所谓："床头黄金尽，壮士无颜色。"那时分又是秋来天气，黄巢愁闷中未免题了一首诗，道是：

    柄柄芰荷枯，
    叶叶梧桐坠。
    细雨洒霏霏，
    催促寒天气。
    恐吟败草根，
    雁落平沙地。
    不是路途人，
    怎知这滋味！

  题了这诗后，则见一阵价起的是秋风，一阵价下的是秋雨。望家乡又在数千里之外，身下没些个盘缠，名既不成，利又不遂，也只是收拾起些个

盘费,离了长安……[1]

在《五代史平话》中,那些仁君明主都被夸张出鲜明的个性,附之以神秘意蕴,体现出民间百姓渴盼社会安宁、生活安康的朴素的愿望。如《唐史平话》中记述明宗"于宫中每夜焚香","告天密祷,曰:臣本胡人,不能做中国主;至今甲兵未息,生灵愁苦,愿得上天早生圣人,为中国万民之主"。所以,明宗继帝位后,便"大赦天下","凡诸司使务,有名无实,废之",其"初政清明,有可称者"。周世宗柴荣在此评话中也备受称赞,"讲史"人以诗话论说道:"五代都来十二君,世宗英特更仁明。出师名将谁能敌?立法均田非徇名。木刻农夫崇本业,铜销佛像便苍生。皇天尚假数千寿,坐使中原见太平。"在《五代史平话》中,放过猪的朱温,放过羊、做过小厮的石敬瑭,喂过马的刘知远等等,一个个历史"名角"都是卑贱出身,在民间传说故事中展示出个性独特而又栩栩如生的形象。

《前汉书平话续集》取材于《汉书》,记述了刘邦、项羽、韩信、陈豨、英布、彭越、萧何、张良、陈平、周勃和吕后等历史人物的传说故事;尤其是对待项羽,平话作者运用一首民间艺人常用的诗来衬托其不凡的功绩:"刀剑垓心夜不停,楚歌散尽八千兵,溃围破敌三更出,失路都无百骑行。单剑指呼犹斩将,万人辟易尚何惊!不言决死天亡楚,四海干戈卒未宁。"其中赞项羽有"八德",即"英雄之至""断之明""勇略之深""仁之大""言之厚""知其命""有耻之不爱其生""知死有分定"而"有终有始"。至于刘邦和吕后则卑劣无耻,与睢景臣《高祖还乡》中的无赖形象是一致的。如平话中蒯通痛陈韩信十大罪过,其实是借用反语述说韩信的十大功劳,借以指斥刘邦过河拆桥、背信弃义、残忍之至。尤其是平话中记述韩信六将军与蒯通起兵反汉,为韩信报仇,要刘邦交出吕后,而刘邦只好以某酷似吕后的妇人

---

[1] 《新编五代史平话》,中国古典文学出版社1954年10月版,第9页。

头颅相送的故事超出了史实;吕后阴险之至,诬陷忠臣良将,滥杀无辜,曾与沈孛私通,计杀戚夫人和赵王如意,最令人发指的是她令张石庆"于民间买十数个怀孕妇人",将其中某屠夫之妻所生子充作惠帝之子而立为太子,其余孕妇皆被活活淹死井中!这样一个冷酷无情的女人,违背了刘邦的遗嘱,强逼他人娶吕氏诸女,又滥封吕氏为王,是腐朽专制政治种种罪恶的集大成者。平话中极力渲染两类品格与性情相异的历史传说人物,展示出鲜明而独特的历史观。

《秦并六国平话》记述秦始皇统一六国的历史传说,其中引王安石诗"秦皇筑城何太愚,天实亡秦非北胡,一朝祸起萧墙内,渭水咸阳不复都",又引诗"世代茫茫几聚尘,闲将《史记》细铺陈"等,颇有后世"列国志"小说的文风。其中所记述的吕不韦传说、楚襄王领六国伐秦传说、徐福率五百童男童女人海求仙遭秦始皇焚烧湘山而"尽丧其身"等故事及对刘邦"宽仁爱人"的赞誉,都给人以新鲜生动的感觉。《武王伐纣书平话》所突出的是纣王的"十过",即"囚吾(武王)父,醢吾(武王)弟身为肉酱,共妲己取乐""虿盆、酒池、肉林、炮烙之刑,苦害宫妃""去摘星楼上摔下姜皇后撷死,山陵不修,葬后宫第七棵梧桐树下""信妲己之言,远窜太子""杀害忠臣,贬剥忠良""杀吾(姜子牙)母""醢黄飞虎之妻""信妲己之言,剖孕妇,辨阴阳""信妲己之言,斫胫看髓""信妲己之言,修筑台阁,劳废民力,费仲谗言,自乱天下"。每一种罪过,实际上都是一种传说故事。在平话中增添了许多神秘氛围,诸如比干在纣王宴上见到一只九尾金毛野狐,以箭射中,并除掉狐妖百数,即与妖狐所化妲己结下仇怨,后来使比干剖腹掏心;纣王好色,对女娲神像想入非非,索天下美女,九尾金狐换妲己灵魂而入宫成祸;其他还有雷震子出世、文素赠纣王镇妖宝剑、姜尚与周文王相遇等具有神奇意蕴的故事。这些都是民间文学中的普遍现象。《乐毅图齐七国春秋平话后集》记述齐使孙膑伐燕,齐愍王无道,燕拜乐毅为帅而伐齐,孙膑和田单打败燕,乐毅与孙膑斗阵,中间穿插鬼谷子等传说中的人物。其"前集"今不见,有学者以为应是孙膑与庞涓"斗智"的故事。"后集"中有诗"七雄战斗乱春秋,兵革相持不肯休;专务霸强为上国,从兹安肯更尊周",以及"燕邦乐毅齐孙膑,谋略纵横七国中""纵横斗智乐孙辈,青史昭垂万世名"等;最后写"封神","加封黄伯杨回风仙人,次加封乐毅奉圣仙人,又加封张晃出世仙人","加封鬼谷先生普惠仙人","把众仙官都加官位","孙子等亦加封了"。无疑,这些历史传说故事为《封神演义》等神魔小说的出现奠定了十分重要的文化基础。

最能体现历史传说兴亡教训意义的平话,是在元初出现的《宣和遗事》。《宣和遗事》亦名《大宋宣和遗事》,《也是园书目》列为"宋人词话",但其中却有许多宋之后的内容,如"南儒""省元"和"一汴二杭三闽四广"等称谓,还引用了宋末刘克庄的诗,可知应是元代人所为。当然,其传说故事在宋代形成并流传,这也是正常的,与元人的整理刊刻并不矛盾。因为"南儒"是元人称呼;"省元"是吕中的字,他因遭忌而徙于汀州,曾著《宣和讲篇》,时已在宋灭亡前后;所谓"一汴二杭三闽四广",是指宋代先以汴梁为都,后以杭州为都,蒙古人兵陷杭州后,陆秀夫等人在福州即"闽"拥立益王,最后文天祥、陆秀夫等人又在南海即"广"立卫王等事,而后者已是宋人所不熟悉的历史;刘克庄卒年离杭州陷落的时间很近,其诗被引用应该也在元代。有学者还考证出《宣和遗事》与元代脱脱所撰《宋史》在史实上相同[1]。《宣和遗事》中记述了宋徽宗赵佶时代的历史传说,诸如其沉湎女色,私幸妓女,崇道士,重佞臣,大兴土木,以花石纲扰乱天下而引发宋江、方腊起义;同时还记述了金人南下,汴京陷落,徽钦二帝被掳走,高宗在临安称帝立都等。其内容重点在于前者,突出事件有宋徽宗私幸李师师、重用道士林灵素和花石纲引起宋江等水浒英雄起义等。这些传说在后世都产生了重要影响,被演绎成戏曲、小说。尤其是宋徽宗私幸李师师形成了一个著名的帝

---

[1] 萧相恺:《宋元小说史》,浙江古籍出版社1997年版,第87—90页。

王传说,有许多学者下决心要考证出李师师是何等人物,这其实有悖于民间传说的发生规律。宋徽宗嫖娼在正史中确有记载,如《宋史》卷二二《徽宗本纪》中,载"帝数微行,正字曹辅上书极论之";《续资治通鉴长编拾补》卷四十"徽宗宣和元年"中,载徽宗受蔡绦怂恿而"纳其言,遂都市,妓馆、酒肆亦皆游焉";宋人笔记《鸡肋编》卷下中,也记述"宣和中""上皇多微行,而司谏曹辅言之"。

在《宣和遗事》中还记述了曹辅的谏疏,称"臣近睹邪传,臣某(蔡京)有谢表,谓陛下轻车小辇,七临私第,臣以为陛下之眷臣京,为不薄矣","近闻有贼臣高俅、贼臣杨戬,乃市井无籍小人,一旦遭遇圣恩,巧进佞谀,簧蛊圣听,轻屑万乘之尊严,下游民间之坊市,宿于娼妓,事迹显然,虽欲揜人之耳目,不可得也","且倡优下贱,缙绅之士,稍知礼义者,尚不过其门","陛下贵为天子","听信匹夫之谗邪,宠幸下贱之泼妓,使天下闻之,史官书之,皆曰易服微行,宿于某娼之家,自陛下始,贻笑万代",劝"陛下不可不自谨",因而激起徽宗大怒,曹辅被编管郴州。张端义在《贵耳集》中,曾记述"道君幸李师师家,偶周邦彦先在焉,知道君至,遂匿于床下";其他如《墨庄漫录》《浩然斋杂谈》《汴都平康记》等笔记小说中,也都有记述。那么,《宣和遗事》记述此类民间传说,应当是正常的事情。《宣和遗事》记宋徽宗与李师师多在"樊楼"即"丰乐楼"上"宴饮","士民皆不敢登楼"。这里,我们不必考据宋徽宗如何与李师师有交往,即令不是李师师,也还有其他娼妓,只要宋徽宗嫖妓属实,就可以作为民间传说的根据。

《宣和遗事》中的宋江等三十六人聚义,是《水浒传》形成的重要基础。其中有"杨志等押花石纲违限配卫州""孙立等夺杨志往太行山落草""宋江因杀阎婆惜往寻晁盖""宋江得天书三十六将名"以及"张叔夜招宋江三十六将降"等名目,形成《水浒传》的基本框架结构。这些传说分载于元、亨、利、贞四集,将梁山好汉事迹置于上至尧舜传说下至高宗定都临安这样一个大背景中。杨志和孙立、李进义等十二人奉命押送花石纲,结拜成兄弟,后杨志因"旅途贫困",缺乏旅费而卖刀,遇恶少而杀人获罪,被发配充军,孙立、李进义等十兄弟在黄河岸边救下杨志,同往太行山落草,杨志十二兄弟在太行山安营扎寨,打富济贫,后与晁盖等八人同往梁山,为第一部分;宋江杀阎婆惜,受官兵捉拿,在九天玄女庙中得天书,上有三十六人名录,后其与雷横等人共上梁山,投奔晁盖,被推为首领,此为第二部分;最后一部分是宋江受到朝廷招安,收方腊得胜,被封为节度使。整个水浒三十六人传说,可称全书最动人处,展示出官逼民反、改邪归正的社会政治现象。官逼民反的背景在此平话中体现为皇帝的昏庸无能,以及蔡京、章惇、童贯、朱勔、李邦彦、梁师成等奸佞的为非作歹,正是他们欺上瞒下,使天下人民一贫如洗,怨声沸腾,才导致起义军"略州劫县,放火杀人,攻夺淮阳、京西、河北三路二十四州八十余县"。起义军"誓有灾厄,多相救援","来时三十六,去后十八双,若是少一个,定是不还乡",使朝廷命将屡战屡败;诸如呼延绰、受降海贼李横等人原为镇压起义军而来,后来也反叛朝廷,融入梁山起义军。起义军汇聚了天下英雄豪杰,如火如荼,最后却被招安,成为朝廷的鹰犬。可见,《宣和遗事》是对宋代有关宋徽宗传说、梁山英雄传说的系统性总结,为《水浒传》的成书奠定了十分必要的思想文化基础。

从另一种意义上讲,《宣和遗事》对梁山英雄传说和宋徽宗故事的记述,除了对深刻的历史教训进行总结之外,与元代盛行的"水浒戏"一样,还包含着"挑动黄河天下反"的鼓动意义。

由此,我想起儿时听到的关于元代农民起义利用中秋月饼相互传递"八月十五杀鞑子"这一战斗信息的传说故事。"哪里有压迫,哪里有剥削,哪里就有反抗",就是这种道理。元代"说话"中的历史传说在启迪元代人民反抗民族压迫的同时,对后世各种文学形态的发展,也起到了十分重要的影响作用。

元代民间"说话"中的"讲史"作为历史传说的典型,体现出元代民间文学对宋代的继承和发展;"说话"中的"小说"诸如《白娘子永镇雷峰塔》

等作品,也具有这种意义。《白娘子永镇雷峰塔》存于冯梦龙所编《警世通言》中,其篇首有"话说宋高宗南渡,绍兴年间,杭州临安府"字样,篇中有"原来宋高宗策立孝宗,降赦通行天下"的情节。有学者考证认为"非宋人口气",应是"去宋未远的元人所作"[1]。应该说,此种传说当在南宋时形成,元代人整理而成这篇"说话"。明人田汝成《西湖游览志余》卷三中曾载"吴越王妃于此建塔,俗称王妃塔。俗传湖中有白蛇青鱼两怪,镇压塔下",其卷二十中载明嘉靖时有盲艺人说唱"雷峰塔",明万历时有陈六龙编《雷峰塔》传奇剧作[2]。在明代之前的宋元时期出现此传说,并形成"说话"底本,这应当是正常的。《西湖三塔记》与《洛阳三怪记》中,都提到白蛇精、赤斑蛇精这类蛇怪,说明宋代已有蛇怪被真人所收除的故事,但《白蛇传》故事的基本结构,此时还未完全形成。《白娘子永镇雷峰塔》的问世,标志着此传说已完全形成。这个故事记述绍兴时,有许宣在某生药店谋生,清明回家扫墓时遇雨,于舟中逢白蛇与青蛇所化妙龄妇人;后白娘子主动提婚并赠银,许宣请姐夫为媒,不料白蛇所赠银正是官府所失库银;于是许宣被"发配苏州",后重逢白娘子,并在苏州成婚,开药店谋生;茅山道士告知许宣其妻为蛇妖,被白蛇吊打;许宣因持白蛇所盗扇去游庙会,为人捕入牢狱,发配镇江;许宣在镇江再遇白娘子,有李员外以白娘子貌美,欲戏弄而为其惊吓;金山寺僧人法海劝许宣回杭州;许宣与白娘子争执,白蛇威胁许宣;许宣又遇法海,得其所赠金钵,收服白娘子于金钵之中而镇于雷峰塔下;法海亦收服青蛇。此处所记故事并非异常优美,但在后世流传中,人妖之恋的文化主题被日益美化,至今成为家喻户晓的美丽传说。当然,在其流传过程中,也有人借以宣扬糟粕。后世小说、戏曲、弹词、民歌等表现的审美内容更多地替代了神怪类民俗文化生活的氛围。

---

[1] 萧相恺:《宋元小说史》,浙江古籍出版社1997年版,第126—127页。
[2] 参见罗永璘:《论〈白蛇传〉》,《民间文艺集刊》第一集,上海文艺出版社1981年版。

元代民间故事,有许多源自宋代文献。如无名氏《纂图增新群书类事林广记》保存了许多笑话,此书刊于元至元年间(郑氏积诚堂刊行),明显根据宋人陈元靓本增扩而成。其《风月笑林》等集所载《兄弟相拗》《嘲客久住》《通判贪污》等故事,对后世颇有影响。

宋代笔记小说《夷坚志》在我国民间文学史上有重要影响,金代元好问曾作《续夷坚志》四卷凡二百零八则,记述泰和、贞祐间的民间传说故事,每条传说故事的结尾都注明出处,所记内容多为因果报应类。

元代有无名氏撰《新刊湖海异闻夷坚志续编》,分为前后两集,计十七个门类,收入各种传说故事五百余篇。所收故事多采自《太平广记》《酉阳杂俎》《青琐高议》等文献,另外还有一些自己采录的"新闻"即民间传说和民间故事。其所收神仙与精怪传说故事集中于"后集",计九门类,二百八十八条,占据了全书相当大的比重,特色尤为明显。所记张天师、八仙以及民间道士等传说人物故事,或与历史上的著名人物相联系,或与一定的风物相融合,是传说与民间世俗生活融为一体的典型。如著名的《赵州石桥》:

> 赵州城南有石桥一座,乃鲁班所造,极坚固,意谓古今无第二手矣。忽其州有神姓张,骑驴而过桥;张神笑曰:"人言此桥石坚而柱壮,如我过,能无震动乎?"于是登桥,而桥摇动若倾状。鲁班在下以两手托定,而坚壮如故。至今桥上则有张神所乘驴之头尾及四足痕,桥下则有鲁班两手痕。
>
> 此古老相传,他文未载,故及之。

这则传说广为流传,在河北民歌《小放牛》中就有"赵州石桥什么人修"之类的歌句。还有一些传说演绎成各种故事,诸如《马王爷三只眼》《八仙试桥》等,均为同类作品。《赵州石桥》是我国古代第一篇关于"鲁班

"造桥"传说完整而详细的记述文本,与鲁班传说的其他文献相比,其记述技巧更加可贵。

这部故事集中得道成仙的内容尤为丰富,如"邛州杨女食茯苓成仙",为早期人参传说类故事的原型记述,其结尾处记"吾观神仙者甚多,皆不载此,因录之,以示来者"。此故事集中还有大量动物报恩故事,貌似传说,实为民间故事中的幻想类故事。如"衢州江山县柴郎中医猴"记述柴郎中为老猴母治愈喉疾,得群猴所送"所有金银"并"纸绢",而"至今盛富"。又如"温州吴妪"中记述吴姓老娘夜间为"一女子坐蓐""收生",有"二虎咆哮于门","次日开门,见篱上有猪肉一边,牛肉一脚",原来是虎以此谢产婆。虎报恩故事在民间流传甚广,这是元代的一篇典型文本。

元末陶宗仪所著《南村辍耕录》,是元代少见的笔记著作。其"叙"中记述陶宗仪利用树叶随时撰写,"作劳之暇,每以笔墨自随,时时辍耕,休于树阴,抱膝而叹,鼓腹而歌","遇事肯綮,摘叶书之,贮一破盎,去则埋于树根,人莫测焉。如是者十载,遂累盎至十数","一日,尽发其藏,俾门人小于萃而录之,得凡若干条,合三十卷,题曰《南村辍耕录》"。此书"上兼六经百氏之旨,下极稗官小史之谈,昔之所未考,今之所未闻";《四库提要》称其"多杂以俚俗戏谑之语,闾里鄙秽之事",这正是其对民间文学保存的重要贡献所在。尤其是其中所载"院本名目"和"杂剧曲名",是我们研究宋、金、元时代民间戏曲的重要材料。其中保存民间传说、民间故事、民间歌谣和谚语等民间作品,散见于各卷中,其记述颇有特色。如卷一中所记《江南谣》"江南若破,百雁来过",并述"当时莫喻其意","及宋亡,盖知指丞相伯颜也"。又如其卷十九《阑驾上书》中所记歌谣"九重丹诏颁恩至,万两黄金奉使回","奉使来时惊天动地,奉使去时乌天黑地,官吏都欢天喜地,百姓却啼天哭地","官吏黑漆皮灯笼,奉使来时添一重";其中还着重指出:"如此怨谣,未能枚举,皆万姓不平之气,郁结于怀,而发诸声者然也。"和其他民间歌谣与谚语一样,每一则都有一个民间传说故事。陶宗仪年轻时应科举不中,晚年致力学问,对民间传说和民间故事情有独钟,其所记传说故事中,神鬼精怪和世俗生活类是尤为典型的民间文学作品,诸如卷三中的《木乃伊》记回回田地老人故事;卷六中的《沙魇》记"湖南益阳州,夜中同寝之人无故忽自相打"的故事;《鬼赃》中记"陕西某县一老妪"以"所佩铁简投酒灶火内","击死猕猴数十",即道流所预言"二十年后汝家当有难"的除妖故事。卷七中的《黄巢地藏》,是一则识宝传说与惩戒故事相融合的作品,记述某夫妻见蛇而得宝,因贪得无厌地索求,后来传说为唐代黄巢留下的财宝也消失尽。卷十中的《南池蛙》记"三十八代天师张广微"将符箓"投池中",蛙声便消失。卷十一中《猪妖》记"江阴永宁乡陆氏家,一猪产十四儿,内一儿人之首、面、手、足而猪身"。这些传说故事有长有短,从不同方面展示出元代社会的民俗生活等内容。

《南村辍耕录》中还有一些优美的民间寓言故事,在宋元时代的笔记中尤为引人注目。如其卷十五中所记述的"寒号虫":

> 五台山有鸟,名寒号虫。四足,有肉翅,不能飞,其粪即五灵脂。当盛暑时,文采绚烂,乃自鸣曰:"凤凰不如我!"比至深冬严寒之际,毛羽脱落,索然如鷇雏,遂自鸣曰:"得过且过!"

作者针对现实,对"求尺寸名"而"志满意得","以为天下无复我加","稍遇贬抑,遽若丧家之狗","惟恐人不我恤"之辈,提出了"视寒号虫何异哉"的责问并发出"可哀已"的感叹,其寓意尤为朴素而深邃。

陶宗仪在《南村辍耕录》中保存了大量与宋代历史有关的传说故事,表现出他对宋代社会的独特理解,诸如其卷五中的"雕刻精绝"记述了"宋高宗朝匠人,雕刻精妙无比";"朱张"中记述了"宋季年,群亡赖于相聚,乘舟抄掠海上,朱清、张瑄最为雄长",而后来"二人者既满盈,父子同时夷戮殆尽"的报应故事;卷二十五"院本名目"中记述了"唐有传奇,宋有戏曲、唱诨、词话,金有院本、杂剧、诸宫调",以及"国朝院本、杂剧始厘而二之",并记述了"或曰,宋徽宗见爨国人来朝","使优人效之以为戏"的传说。同时,他也记述了大量当世民间传说故事,每每冠之以具体年号,或加以"国朝故事"字样,有时还以自己亲眼所见做记述,增强了传说故事讲述效果的真实性。如卷二二中"禽戏"以"余在杭州日,尝见一弄百禽者"开端,记述"乌龟叠塔""虾蟆说法",并在故事中阐明己见;又如卷二四中《黄道婆》记述"国初时,有一妪名黄道婆者,自崖州来,乃教以做造捍弹纺织之具,至于错纱配色,综线挈花,各有其法"的故事。黄道婆死后,松江府人"莫不感恩洒泣而共葬之,又为立祠,岁时享之"。这是文献中最早记述黄道婆传说故事的内容,体现出元代纺织技术的发展。其他如《数谶》中所记"阿合马拜中书平章"的故事,述"神验如是"等。由此,我们可窥元代当代传说故事之一斑。

《南村辍耕录》所记民间传说和民间故事,除了传统故事和时事传说之外,还有一些少数民族故事和域外故事,如卷二六《高昌世家》转述"畏吾儿之地"(即维吾尔族)民间传说故事:"树生瘿,若人妊身然","而瘿裂,得婴儿五",后来"唐以金莲公主妻玉伦的斤之子葛励的斤"。这是我国少数民族文学史上的重要内容。陶宗仪还记述了文献中少见的元代农民起义传说,诸如卷二七中的《旗联》载"中原红军初起时",义旗上有"虎贲三千直抵幽燕之地,龙飞九五重开大宋之天"的字样。但陶宗仪仇视农民起义,称之为"贼",可见其狭隘。《南村辍耕录》还记述了一些民间称谓,对一些物名作民俗文化的诠释,这也是研究元代民间文学的重要材料。

与《南村辍耕录》相似的,熊梦祥撰《析津志》,也可以看作笔记。这是一部专门记述元大都(北京)民俗生活的著述,内分"古迹""人物""风俗""岁时"等十八个科目,也保存了一些民间传说故事。周密进入元代之后,有些著述当视为元代文化的一部分。元代无名氏所著《居家必用事类全集》《易牙遗意》和费著的《岁华纪丽谱》,都保存了一些与民俗生活相关的传说故事。周达观的《真腊风土记》是元代记述柬埔寨民俗生活的笔记著述；意大利旅行家马可·波罗在其《马可·波罗游记》中，也有元代民俗生活的记述。这些民俗笔记是我国文化史上珍贵的文献，从中我们可以真正懂得民间文学所存在（即创作与传播）的现实环境，因为民间文学从来不是孤立存在的。

元代的笔记著述，还有郭风霄的《江湖纪闻》和吴元复的《续夷坚志》，高儒在《百川书志》中称此二书记"二千有余事，皆奇见新闻、鬼神怪异之事，颇骇人观听，未必皆实也"。另有无名氏的《异闻总录》，所述亦有出自《夷坚志》中传说故事者，并载有宋徽宗、宋钦宗被俘等历史传说。

因为元代历史时期较短，不足百年，加以元朝统治者不注重文治，甚至压抑、排斥以汉民族文化为主体的传统文化，所以在文化的发展与建设上没有太多建树。元代民间文学中的传说、故事，基本上为上述文献所记载。

元代社会的民间歌谣，我们在《元史·五行志》和人物传中可以看到一些零星保存。如《元史·五行志》所记至正年间的歌谣，这些歌谣多具有谶纬性质，诸如"至正十六年六月彰德路苇叶顺次倚叠而生，自编成若旗帜，上尖叶聚粘如枪"，民间歌谣唱道："苇生成旗，民皆流离；苇生成枪，杀伐遭殃"，表现了人民的痛苦。在"至正二十八年六月壬寅"，"彰德路天宁寺塔忽变红色"，河北民间歌谣唱道："塔儿黑，北人作主南人客；塔儿红，朱衣人作主人公。"前一句意为北方异族入主中原，后一句则指刘福通红巾军起义。"至正十六年七月，彰德李树结实如小黄瓜"，民谣则唱"李生黄瓜，民皆无家"，同样是描述人民生活痛苦。"至正五年"，有"淮楚间童谣"为"富汉莫起楼，穷汉莫起屋，但看羊儿头，便是吴（无）家国"，这和"至正十五年京师童谣"所唱"一阵黄风一阵沙，千里万里无人家，回头雪消不堪看，三眼和尚弄瞎马"在意义上是一样的。"元统二年六月，彰德雨白毛，俗呼云老君髯"，民间歌谣唱道："天雨氅，事不齐。""至元三年三月，彰德雨毛，如线而绿，俗呼云菩萨线"，民间歌谣唱道："天雨线，民起怨；中原地，事必变。"

在《元史·五行志》等文献中，民间歌谣总是因某种怪异的自然景观而发出与主流文化相异的声音,借以述说人民的痛苦和怨恨、反抗。这种现象在我国民间文学史上并不少见,《元史·洪君祥传》中引歌谣"杀人一万,自损三千"和这种现象所表述的意义是一致的,都在吟唱千百万人民在动荡中所遭受的各种痛苦。所以,广大人民忍无可忍,奋臂高呼"石人一只眼,挑动黄河天下反",正是在这愤怒的声浪中,元帝国的腐朽统治化作了尘烟。

应该提到的还有元朝蒙古族的民间文学问题。蒙古族民间文学是我国民间文学的重要组成部分,诸如《孤儿传》《成吉思汗的两匹骏马》《征服三百泰亦赤兀惕人的故事》《箭筒士阿尔戈聪的传说》《成吉思汗的箴言》和《智慧的钥匙》等,都热烈地歌颂了蒙古族人民的英雄成吉思汗统一蒙古族的伟大业绩。但是,"随着历史的演进,成吉思汗及其后继者们穷兵黩武,割据内争,越来越暴露出他们剥削阶级的反动本质,因而激起了人民群众的反抗斗争。元朝前后的著名民歌《金宫桦皮书》《阿莱钦柏之歌》都沉重地控诉了封建统治者对外征掠的不义战争,反映出普通牧民要求过安定幸福生活的愿望"[1]。元朝统治者与蒙古族人民是两个概念,蒙古族人民有着追求真理和正义,反抗邪恶的光荣传统,他们的史诗《江格尔》和《格斯尔可汗》,是我们中华民族的文化瑰宝,是古代蒙古民族优秀文化的集中体现。有学者以为,《江格尔》等史诗所产生的时间,当在15世纪初至17世纪初之间;应该说,在元代这个特殊的历史时期,史诗产生的条件基本具备,《江格尔》当基本成型。《江格尔》的产生,经过了一代又一代蒙古族人民的艰辛努力,是我们中华民族的骄傲。由于文献等条件的限制,还有许多蒙古民间文学不能确定其产生时间,而它们的意义与整个中国民间文学是一致的,都是中华民族发展进步的口头"碑石"。深入地挖掘、整理、研究各民族民间文学及其文献保存,是当今不可忽视的重任。

---

[1] 齐木道吉、梁一孺、赵永铣等编著:《蒙古族文学简史》,内蒙古人民出版社1981年版,第8页。

第三节　元代传说故事与社会风俗生活

此一时期传说故事有两类现象最突出,一是风物传说故事与财富故事,一是精怪鬼怪传说,应该是体现出风物观念、财富信仰与精怪鬼怪信仰。其中的风物传说,述说怪异,同样属于信仰。

元代民间故事作为社会风俗生活,总体格调有一些沉闷,似乎夹杂许多不满情绪。

一、风物传说故事

风物是一个内容相当宽泛的观念,如前所言,其主要价值在于民间信仰观念。民间信仰是民间文学的思想文化主体,其中的神奇变异,类似于神仙,也类似于鬼怪,总之,是外物影响内在生活变化的典型,一切都有超自然的因素以偶然形成影响某一地区地形等内容的具体变化。风物故事未必完全记述当世及时发生的自然变化,而其每一次讲述,其实就是当世风物作为风俗生活的体现形态。诸如地陷传说,历史上的文献记述并不缺少,常常讲述一个老妪得到消息,说城市某处的石狮子眼睛发红的时候,这里就会发生极其严重的自然灾难,恰好有小儿恶作剧,在石狮子眼睛上涂抹血污,结果灾难发生。血污与巫术的联系,成为导致自然灾难发生的直接因素,这正体现出当世人仍然坚持的民间信仰。秦始皇赶山或驱赶石头的传说故事,在许多风物故事中被记述。《述异记》卷上《神人驱石》记述"秦始皇作石桥于海上,欲过海观日出处。有神人驱石,去不速。神人鞭之,皆流血。今石桥其色犹赤"故事。《殷芸小说》卷一"神人鞭石"中有"始皇作石桥,欲过海观日出处。时有神人能驱石下海,石去不速,神人辄鞭之,皆流血,至今悉赤。阳城十一山石尽起东倾,如相随状,至今犹尔"记述。宋代曾慥《类说》卷八《神人驱石》记述与之相同。明代冯梦龙编撰《古今谭概》荒唐部第三十三《鞭石》，与《述异记》的这则基本上相同。《太平御览》卷七十三引《齐地记》记述为"旧说始皇以术召石，石自行，至今皆东首，隐轸似鞭挞痕"。此时，陶宗仪编纂《说郛》卷四《三齐略记》记述为："始皇作石塘，欲过海看日出处。有神人能驱石下海。石去不速，神辄鞭之，皆流血，至今悉赤。阳城山石尽起立，巍巍东倾，状如相随行。"《湖海新闻夷坚续志》补遗《报应门·虱咬死人》记述"昔有客人自钟离山经过，身痒，脱下衣看，有巨虱数十，客人取以纸裹之，藏于山之石罅中。次年再过此处，自谓其虱必死，及取而视，虱犹如故。遂以手掌盛之，虱自手掌中食血，駸寻入皮肉中，觉痒甚，爬之不已，因而成疮，遂溃烂不治，逾月而死"故事，也是风物传说。或者说，这就是元代社会风俗生活中此类风物观念作为民间信仰内容的具体体现。

《湖海新闻夷坚续志》后集卷二《佛教门·卢六祖》讲述："卢六祖，名能，广东新州人。学佛见曹溪水乡，遂于其地择一道场，求之地主，但云：只得一袈裟地足矣。地主从之。遂以袈裟铺设，方圆八十里，今南华山六祖道场是也。"显然，这是风物传说故事中融入了佛教文化内容。

佛教文化以风物传说的形式述说佛法，形成中国民间文学史上一个重要的社会文化现象，开启后世同类内容的文化传统。

风物故事中，鲁班造桥传说应该最早出现在元代。《湖海新闻夷坚续志》后集卷二《神明门·鲁般造石桥》讲述"赵州城南有石桥一座，乃鲁般造"故事，称"至今桥上则有张神所乘驴之头尾及四足痕，桥下则有鲁般两手痕"，其"有神姓张，骑驴而过桥"是八仙过海故事中张果老在元代被传说的典型，故事结尾标明"此古老相传，他文未载"，更有民间文学历史记述价值。其记述曰：

  赵州城南有石桥一座，乃鲁般造，极坚固，意谓古今无第二手矣。
  忽其州有神姓张，骑驴而过桥，张神笑曰："此桥石坚而柱壮，如我过能无震动乎?"

于是登桥,而桥摇动若倾状。

鲁般在下以两手托定,而坚壮如故。

至今桥上则有张神所乘驴之头尾及四足痕,桥下则有鲁般两手痕。

此古老相传,他文未载,故及之。

再如《淮南子注》中最早出现了城陷传说,在《列异传》《搜神记》等文献中记述许多灾异变化故事,对后世产生深远影响。此故事在元代盛如梓《庶斋老学丛谈》卷二《地陷为湖》中被继续讲述,并成为地方文献《庐江郡志》《益州记》的记述内容。其曰:

《庐江郡志》载,巢湖事。

昔有巫媪居,县有老叟曰:"石龟口出血,此地陷为湖。"

未几有人以猪血置龟口,巫媪见之南走,其地遂陷。

……西南夷邛都县地陷为湖,因名邛池。注引李膺《益州记》,邛都县有老姥家贫,每食有小蛇在床,姥怜而食之。后长丈余。令有骏马,蛇吸杀之。令怒杀姥,蛇为姥报仇,每夜闻风雷之声,四十余日,百姓相见,咸惊语:"汝头那戴鱼!"

是夜方四十里俱陷为湖,唯姥宅无恙,至今犹存。

巢湖地陷,并缘于此。

元代继续流传着田螺姑娘之类的民间传说,但是,其文献记述不再是转述,而是直接采自当世,是当世社会风俗生活中的"这一个"。或曰,此非精怪,而是风物传说的一种形式。如元代无名氏《湖海新闻夷坚续志》后集卷二有《神明门》"井神现身"故事,其记述:

> 吴堪居临荆溪,有一泉极清彻,众人赖之,湛为竹篱遮护,不令秽入。
> 一日,吴于泉侧得一白螺,归置之瓮中,每自外归,则厨中饮食已办,必大惊异。
> 一日窃窥,乃一女子自螺中而出,手自操刀。
> 吴急趋之,女子大窘,不容归壳,实告吴曰:"吾乃泉神,以君敬护泉源,且知君鳏居,命[吾]为君操馔,当得道矣。"言讫不见。

元代无名氏《湖海新闻夷坚续志》前集卷一《人事门·失物复还》,记述"以为失物复还之兆"故事,此具有典型的预示或显示吉祥的信仰意义,与民间流行的早晨遇见喜鹊将有好事来临的意义相同。此亦当属于风物传说。其记述曰:

> 建炎中,高宗幸四明,尝执一折叠扇,中有玉孩儿为扇坠。金人至,登舟仓卒,失手沉扇于江。及都杭州十余年,忽一日,循王张俊预内宴,手执一扇坠玉孩儿。上熟视,乃向年四明所沉者,遂问循王得之何所。答曰:"臣于清河坊铺家买至。"上即遣人往问铺家所买之由,谓于每日提篮者得之。遂转问提篮者,乃谓得之候潮门外陈宅厨娘。继又问之厨娘,答云:"破黄花鱼重十斤,腹中有此一物。"奏闻,上大悦,以为失物复还之兆。铺家、提篮者各与进议校尉,厨娘仍告封孺人。

"女食茯苓"故事,前世文献《墉城集仙录·杨正见》已经有记述,是关于人参成精之类的传说,应该也属于风物传说。元代无名氏撰《湖海新闻夷坚续志》后集卷一《神仙门·女食茯苓》从"其父入市买二鲤归"与"置之饭甑蒸熟"讲起,其记述为:

> 邛州蒲江县长秋山,有女子姓杨,滨江而住。其父入市买二鲤归,令

女子烹洗。

其女不杀,放水中戏,悠然而逝。

父母欲餐之,此女遂奔入长秋山一道观,依火居道士,供柴水之奉。

道士每日使之担水,忽去久不归,道婆恐其有外慕,因苦问之,乃云:"于吊水时,有一婴孩扶绳而上,同嬉一时,又投井中,非有他也。"

道士云:"可将布袋袋之。"

其女子如其言,袋至宫中开看,乃是一块茯苓,置之饭甑蒸熟。

道士适渡江赴请,水涨未归。

其女子闻其蒸熟甚香,遂取食之。日久食尽,忽天帝差使者召之,白日仙去。

其乡村申县,县委王主簿入山体究,止余茯苓一小块,簿亦取而食之,竟仙去。

元代社会统治者的主体是蒙古族。《蒙古秘史》卷一"折箭诲五子"记述了一则古老的蒙古族传说故事,教育兄弟之间要团结,也可以看作风物传说:

春,一日,煮腊羊,命别勒古讷台、不古讷台、不忽合答吉、不合秃撒勒只、孛端察儿蒙合黑等五子列坐。

人各与一箭杆命折之,一箭其何有哉?折而弃焉。

又束五箭杆,与而命折之,五人将束五之箭杆,人各转持,轮而折之,而未能焉。

阿阑豁阿又诲其五子曰:"汝等五子,皆出我一腹,脱如适之五箭,各自为一,谁亦易折如一箭乎!如彼束之箭,同一友和,谁易其如汝等何?"

居间,其母阿阑豁阿殁矣。

社会生活中,各种报应传说故事,其传达的是一种谴责不肖、不孝等行为的社会生活现象,体现出一种违背传统道德的社会恶俗,其实也是述说一种信仰,是元代社会风俗生活中富有时代特色的风物传说故事。如《湖海新闻夷坚续志》前集卷一《人伦门·事姑不孝》"昔有妇人阿孝,有子出外经商,累年不归,止有儿妇七嫂在家"故事,其记述"稍与妇忤,必受辱骂"遭遇报应,曰:

> 昔有妇人阿孝,有子出外经商,累年不归,止有儿妇七嫂在家。妇每饭则两炊,姑饭以麦,妇自白饭。李稍与妇忤,必受辱骂,至于麦饭亦不进食,李忍辱而不敢言。
> 一日妇往邻家,留姑守舍,有僧持钵至门乞饭,李曰:"我自不能饱,安有舍施!"
> 僧指厨中白饭,李曰:"此我儿妇七嫂自吃底,我不敢以施人,恐归必辱骂我。我但有早食麦饭,尚有一合留备午饷,如用即取去。"
> 僧未答,闻七嫂外归,妇见僧乞饭,大怒曰:"汝要我白饭,可脱袈裟换。"
> 僧即脱下。妇才披之,僧忽不见,袈裟著身变为牛皮,牢不可脱,胸间先生牛毛一片,渐变身体头面。
> 急执其父母至,则全身化为牛矣!

《湖海新闻夷坚续志》前集卷一《人伦门·事姑不孝》讲述"邢州李生母,年老目盲"而不孝者遭遇"不合以秽物奉姑不孝,忽入庙中化为狗矣"故事,曰:

> 邢州李生母,年老目盲,李生事之至孝。每出外,虑其妻金氏侍奉有阙,必再三嘱付之而后往。
> 金氏不听夫语,不尽礼,母甚埋怨,金氏愤之。恰值烧饼欲进母,傍有

小儿阿粪,金氏乃以面裹粪为饼馅以进。

母食既半,觉臭秽不可食,遂留以等儿归。

李生归,见其以秽物食母,持杖击之,金氏奔走,寻逻不见。忽有人报云:"昨日奔入关王庙中。"

李生入庙,见一狗伏于案下,瞪目不敢亲近。

遂呼金氏父母来看,此狗流涕自称曰:"我不合以秽物奉姑不孝,忽入庙中化为狗矣!"

数日而卒。

《湖海新闻夷坚续志》前集卷一《人事门·假女取财》记述"宝庆己未"故事,非精非怪,只是骗淫,属于风物传说中伤风败俗,其记述曰:

宝庆己未,赵制干雇一厨娘,乃男子王千一也。

盖幼时父将男子形躯假妆女子,与之穿耳缠足,搽画一如女子,习学女工饮食。买赂牙保,脱骗富户,充为厨娘。富家宠妾,莫知是男子,与之共寝,俱为所淫。

事彰,责还父母。

后转雇与东门赵家,赵见稍有姿色,亦屡欲犯之,而厨娘累托不从。

又一日,同僚会饮,坐间有云:"闻近日有一男子妆假厨娘,累次脱骗富家财物,今闻又雇在同幕为厨娘,莫得而知之。"

饮罢,赵回厅唤出厨娘,试一扪摸,形不能掩。

解之制干,斩首弃市,父母、牙保俱配籍焉。

《辍耕录》卷五《勘钉》讲述"至元二十年癸未"中"武平县民刘义讼其嫂与其所私同杀其兄成"以及"宋包孝肃公拯"故事,是风物故事中别类。其记述曰:

姚忠肃公,至元二十年癸未为辽东按察使。

武平县民刘义讼其嫂与其所私同杀其兄成,县尹丁钦以成尸无伤,忧懑不食。妻韩问之,钦语其故。

韩曰:"恐顶囟有钉,涂其迹耳。"

验之果然。

狱定上谳,公召钦,谛询之,钦因矜其妻之能。

公曰:"若妻处子邪?"

曰:"再醮。"

令有司开其夫棺,毒与成类,并正其辜。钦悸卒。

时比公为宋包孝肃公拯云。

二、财富故事

财富传说表达的不仅仅是围绕财富而形成的社会纠纷,更重要的是其中蕴含的财富观念与财富信仰。

陶宗仪《辍耕录》卷二十四《误堕龙窟》记述"商人某海舶失风,漂至山岛"故事,是元代具有精怪色彩的财富传说的一个典型:

商人某海舶失风,漂至山岛,匍匐登岸。

深夜昏黑,偶坠入一穴,其穴险峻不可攀缘,此明穴中微有光,见大蛇无数,蟠结在内。始甚瘆,久,稍与之狎。蛇亦无吞噬意,所苦饥渴不可当。但见蛇时时舐石壁间小石,绝不饮咽。于是商人亦漫尔取小石噙之,顿忘饥渴。

一日间闻雷声隐隐,蛇始伸展,相继腾升,才知其为神龙,遂挽蛇尾得出。

附舟还家,携所噙小石数十至京城示识者,皆鸦鹘等宝石也。乃信神龙之窟多异珍焉。自此贷之,致富。

财富背后，总是人心。财富的获取或争端，总要引发许许多多关于人间道德品格、精神情操与良心信仰等社会风俗生活的内容。《湖海新闻夷坚续志》前集卷一《人事门·假母欺骗》记述"景定年间，有二少年谋为骗人之策"故事曰：

> 景定年间，有二少年谋为骗人之策，忽在野外见一乞妪，趋而拜拜。
> 曰："尔吾母也，吾为尔子，寻十余年方得母，甚喜。"衣之以华衣。
> 妪怪之，然自思为乞丐，一旦得此过望。
> 二少年事之极至，复买一粗婢供使令之职，雇人舁过新淦，赁客馆以居，所携笼仓凡五六檠。告之人曰："吾兄弟早年失母，连年写经告佛，求之四方，今始得之，天也。"
> 于是朝夕竭力为甘旨之俸，人皆称美之。
> 新淦富屋皮家每叹曰："此二人真孝也。"
> 二人与皮往来稍密，一日告之曰："吾欲假君之庐以奉吾母，吾将商于真、扬，求什一之利以生活。"
> 皮欣然从之，仍为假货三百缗，鬻买货物而去。皮见其有母与笼箧留其家，举以与之。
> 二人者以其母托皮，叮咛之至，约半年归。
> 及归，财利数倍，随以三百缗本息酬皮，皮喜。又留半年，复与皮氏及诸有力者借二千缗再去。
> 众见其惯于经商，且每日相与之情，具如其数借之。忽一去年余不归，并无音信，众始有疑心，遂告之官，欲发其笼箧所寄之物。
> 官诘妪，妪曰："吾丐者也，非其母也，邂逅野外，强我使来。"
> 婢曰："彼买我者也，实不知彼为何人。"
> 将其笼箧开视之，并皆砖石，官无所加罪，众但懊恨而已。

脱脱等《宋史》卷二九三《张咏传》记述"有民家子与姊婿讼家财"故事曰:

有民家子与姊婿讼家财,婿言妻父临终,此子裁三岁,故见命掌赀产,且有遗书,令异日以十之三与子,馀七与婿。

(张)咏览之,索酒酹地曰:"汝妻父智人也。以子幼,故托汝。苟以七与子,则子死汝手矣。"

亟命以七给其子,馀三给婿。人皆服其明断。

佚名《南墅闲居录》中有"鬼官人",记"宋之末年,姑苏卖饼家检所鬻钱得冥币"与"元初犹在,后数年方死"故事,内容与"大桶张氏"有相近处。其记述曰:

宋之末年,姑苏卖饼家检所鬻钱得冥币焉,因怪之,每鬻饼必识其人与其钱。

久之,乃一妇人也。

迹其妇至一冢而灭,遂白之官,启冢见妇人卧,柩中有小儿坐其侧。恐其为人所觉,必不复出饿死小儿。

有好事者收归养之。既长与常人无异。不知其姓,乡人呼之曰"鬼官人"。

元初犹在,后数年方死。

元代财富传说或为精怪故事,主角为虎或猴子,其中也不乏报恩内容,如《湖海新闻夷坚续志》后集卷二《精怪门·虎谢老娘》记述"至元甲申,温州城外有老娘姓吴,夜二更,有荷轿者立于门首"故事,其实是在讲述"盖虎以此来谢老娘也,谁谓禽兽无人心哉"道理。其记述曰:

至元甲申,温州城外有老娘姓吴,夜二更,有荷轿者立于门首,敲门曰:"请老娘收生。"

老娘开门,喜而入轿。但见舆夫二人行步甚速,虽荆棘亦不顾也。

到一所,屋宇高敞,灯烛明丽,一女子坐蓐。老娘与之收生,得一男子,洗毕而归,到家夜已中矣。

其家问之,老娘如梦,亦不知为何人之家。

忽见二虎咆哮于门,惊甚。

次日开门,见篱上有猪肉一边,牛肉一脚,左右邻里莫不怪之。

盖虎以此来谢老娘也,谁谓禽兽无人心哉?

《湖海新闻夷坚续志》后集卷二《精怪门·猴劫医人》讲述"衢州江山县长台村,山多猴"与"柴郎中"故事,称"群猴送下山,柴氏至今富盛",其讲述曰:

衢州江山县长台村,山多猴,千百为群,临溪饮水,大如人形。凡有商旅必为所劫,不害人命而利其财,率众接臂,负藏高山,人莫得见,习以为常。

忽有柴郎中自山下过,群猴复来,视其身无有也,但便袋中有药方。

柴曰:"我能医。"

扶之登山,坐之石洞,争进果核。顷扶老猴母来,但不能言,指其喉内痰嗽。与之药,一服即愈。

留之数日,首致谢礼,先送白纸数沓,不受;又绢帛,亦不受;续尽以所有金银来并前纸绢,悉受之。

群猴送下山,柴氏至今富盛。

财富面前,不获他人所有,是一种高尚品德。如《湖海新闻夷坚续志》

前集卷一《人事门·弃银复得》讲述的是财富面前保持节操，拾金不昧，终于获得水中脱险，并有"归家求田间舍，遂成大富"好报的故事。其记述曰：

> 梅洋季梢与人驾舟入海，至中途，泊岸登厕，见有人遗下一青囊，有银子在内，遂取入舟以俟寻者。
>
> 未几，见一人仓皇而至，寻取原物不见，大呼数声，解带欲缢于厕。
>
> 季急登岸询之，答曰："某本县解子也，解银入州，今既失去，唯有死耳！"
>
> 季诘其他有何物？
>
> 曰："无他物，止有银子若干。"
>
> 季悉还之。
>
> 解子感激，即欲分与数两，至州折阅，不过受杖，岂不胜于一死。
>
> 季坚不领，回船到大金滩间，忽缆断入水中，但觉脚下有物如瓦相戛，深探而取之，乃银也，亦如前所拾之银。
>
> 归家求田间舍，遂成大富。

《湖海新闻夷坚续志》前集卷二《报应门·不取他物》记述的也是拾金不昧得到"历官至中奉大夫，子孙贵显"好报的故事：

> 杨中奉存，吉水塘人。
>
> 宋元丰八年，赴省开封，宿息州旅舍。既卧，觉床席间有物硌其背，揭视之，乃盐钞二万引。
>
> 明日，询主人曰："前夕何人宿此？"
>
> 主人曰："淮甸一巨商某姓客也。"
>
> 公曰："此吾故人，设其人回，可与之言，吾在某坊某人家安歇。"又大书于所宿之房曰："某年月日，庐陵杨存寓此。"

遂行。

不数日,商人果从故道,处处物色之。至息村,主人以公言告,且使自观壁间所书,乃径去京师访公。公曰:"果汝物耶!当闻之官以归汝。"

商曰:"如教。"

公请府悉以授商,府使中分之。公曰:"使某欲之,前日奄为己有,泯默不言矣。"

商不能强,乃捐数百缗,就京师相国寺设斋,为公祈福。

是年,公中焦蹈榜下。

历官至中奉大夫,子孙贵显。

拾金不昧固然应该得到好报,却也有遭受委屈者。这类现象在今天的媒体上屡屡有表现,其实历史上也不乏此类故事的讲述。应该说,这是一个历史性的道德问题。中华民族是一个伟大的民族,但是,在社会生活风俗生活中从来就没有停止过这种伟大、崇高与卑微、下贱的搏杀!

《山居新话》卷一中"聂以道县尹",记述"有一买菜人早往市中买菜,半途忽拾钞一束"故事,虽然经历许多风波,终于正义得到伸张,"闻者莫不称善"。其记述曰:

聂以道,江西人,为县尹。有一买菜人早往市中买菜,半途忽拾钞一束。

时天尚未明,遂藏身僻处,待曙,检视之,计一十五定,内有五贯者,乃取一张买肉二贯,米三贯,置之担中,不复买菜而归。

其母见无菜,乃叩之,对曰:"早于半途拾得此物,遂买米肉而回。"

母怒曰:"是欺我也。纵有遗失者,不过一二张而已,岂有遗一束之理,得非盗乎?尔果拾得,可送还之。"训诲再三,其子不从。

母曰:"若不还,我诉之官!"

子曰:"拾得之物送还何人?"

母曰:"尔于何处拾得,当往原处候之,伺有失主来寻,还之可也。"又曰:"吾家一世未尝有钱置许多米肉,一时骤获,必有祸事。"

其子遂携往其处,果有寻物者至。其买菜者本村夫,竟不语其钞数,止云失钱在此,付还与之。

傍观者皆令分偿。失主靳之,乃曰:"我失去三十定,今尚欠其半,如何可偿?"

既称钞数相悬。争闹不已,遂闻之官。

聂尹复问拾得者,其词颇实。因暗唤其母,复审之亦同。乃令二人各具诘罪文状,失者实失去三十定,买菜者实拾得十五定。

聂尹乃曰:"如此则所拾之者,非是所失之钞。此十五定乃天赐贤母养老,给付母子令去。"

喻失者曰:"尔所失三十定,当在别处,可自寻之。"

因叱出。

闻者莫不称善。

《辍耕录》中有内容大致相同的记述:

聂以道宰江右一邑。日有村人早出卖菜,拾得至元钞十五定,归以奉母。

母怒曰:"得非盗来而欺我乎?纵有遗失,亦不过三两张耳,宁有一束之理?况我家未尝有此,立当祸至,可急速送还,毋累我为也!"

言之再,子弗从。

母曰:"必如是,我须诉之官!"

子曰:"拾得之物,送还何人!"

母曰:"但于原拾处俟俟,定有失主来矣。"

子遂依命携往,顷间,果见寻钞者。村人本朴质,竟不诘其数,便以付还。

傍观之人皆令分取为赏,失主靳曰:"我原三十定,方才一半,安可赏之?"争闹不已,相持至厅事下。

聂推问村人,其词实;又密唤其母审之,合。乃俾二人各具失者实三十定,得者实十五定。

文状在官后,却谓失主曰:"此非汝钞,必天赐贤母以养老者。若三十定,则汝钞也,可自别寻去。"

遂给付母子。闻者称快。

财富故事中,贪心不足者也有报应。如《湖海新闻夷坚续志》后集卷一《神仙门·井水化酒》记述"常德府城外十五里,地名河湫,有崔婆者卖茶为活,遇有僧道过往,必施与之"与"改业卖酒",以及"道人怒其贪心不足,再以杖拄泉,则复成水,无复酒味矣。其井至今尚存"故事,其讲述曰:

常德府城外十五里,地名河湫,有崔婆者卖茶为活,遇有僧道过往,必施与之。

一道人往来几十余次,崔婆见之必与茶。

道人深感之,与之曰:"我欲使汝改业卖酒,如何?"

崔婆喜。

道人以杖拄地,清水迸出,为崔婆言:"此可为酒。"

崔婆取之以归,味如酒,浓而香,买者如市。若他人汲之归,则常品水也。崔婆大享其利。

道人重来,崔婆再三谢之,但云:"只恨无糟养猪。"

道人怒其贪心不足,再以杖拄泉,则复成水,无复酒味矣。其井至今尚存。

《湖海新闻夷坚续志》后集卷一《神仙门·跨鹤道人》记述故事内容与

《神仙门·井水化酒》故事类似,稍有不同。其记述曰:

> 处州龙泉县凤凰山下,旧有小茅庵,一道人居之。
>
> 桥头有黄婆开酒肆,道人常往来买酒,不取钱,悉与之饮。由是买者无虚日,家由是成。
>
> 甫阅一载,婆子索酒钱,道人未之偿。
>
> 越几日,又问,复许之,仍借笔画一纸鹤,以水噀之,飞舞回旋于桥之左右。
>
> 婆亦不悟,又复索钱,道人于是跨鹤而去。

三、精怪故事

精怪故事中,《续齐谐记》曾记述许多为精怪鬼怪治疗疾病或接生之类的传说故事,对元代精怪故事形成重要影响,如《湖海新闻夷坚续志》后集卷二《鬼求针灸》记述曰:

> 徐熙为射阳令,少善医方,名闻海内。尝夜闻有鬼呻吟,声甚凄苦。徐曰:"汝是鬼,何所需?"俄闻答曰:"姓斛名斯,家在东阳,患腰痛死,虽为鬼而疼痛不可忍。闻君善针,愿相救济。"徐曰:"汝是鬼而无形,何厝治?"鬼曰:"君但缚刍为人,索孔穴针之。"徐如其言为针腰四处,又针肩三处,设祭而埋之。明日一人来谢曰:"蒙君医疗,复为设斋,病除饥解,感惠甚深。"忽然不见。

《湖海新闻夷坚续志》后集卷二《怪异门·鬼扣医门》,记述某人为鬼怪治病,却失去生命的故事;《异闻总录》卷三"鬼妇扣门谒药",记述同样故事。《湖海新闻夷坚续志》记述故事同时,发出感叹"岂非李见其美丽,动兴而致然尔",归为好色嫌疑。其记述曰:

> 昔京庠有士友数人步月夜行,见有小厮持红纱笼前导,一妇人冉冉后随,士友疑其暮夜独行之异,迹而视之。
>
> 至众安桥左侧,扣内医张防御门谒药。
>
> 张启户视之,即掩门不纳。次扣李提点铺,李出视,延入,遂为诊脉。士友俟久不出,默识两医之门而归。
>
> 次早访张防御,曰:"暮夜独行,必非良家子女,所以却之。"
>
> 次过李铺,闻其家有哀哭声。
>
> 问之,则曰:"昨夜一妇女扣门谒药,去后中风而卒。"方知鬼化为妇,扣门求药。
>
> 岂非李见其美丽,动兴而致然尔。

《湖海新闻夷坚续志》后集卷二《怪异门·伥鬼引虎》记述"昔有处士马拯、马沾,相会于南岳衡山"故事,其中遭遇的"昔为虎飧,既以为鬼,遂为虎之役,使其前导",是否在述说一种是非不分、为虎作伥的社会现象呢?其记述曰:

> 昔有处士马拯、马沾,相会于南岳衡山。晚宿一庵,见一老僧古貌庞眉,揖见甚喜。
>
> 僧乃倩马之仆持钱往山下市少盐酪,僧亦尾其后,久而不归。
>
> 须臾马沾至,乃云在路逢一虎,食人方毕,即脱斑衣而衣禅衲。拯诘虎食之人服色,乃知己之仆也。
>
> 沾指示曰:"食仆之虎乃此僧也,僧口吻尚有余血。"
>
> 二人相顾骇惧,夜不安枕,极力撑住房门,终夜默祷南岳之神。忽闻空中有人吟诗曰:
>
> "寅人且入栏中水,午子须分艮畔金。
>
> 若教特进重张弩,过后将军必损心。"

次早启户,见外边有一古井甚深,乃佯设计,谓井中有一怪物,拉僧看视,极力推僧堕井,寻以巨石压上。

回入庵内,见佛案上有白金四定,二人相与分携,急趋以归。

至半山,遇一猎者,张机于道旁而居于棚上,谓二人曰:"山下尚远,群虎方暴,且止于棚,毋自轻往。"

二人方攀缘上棚,忽见数十人,或僧或道,或男或女,歌吟戏舞而至机所号泣,大骂曰:"早上二贼害我禅师,今又有人敢张机害我将军。"尽发弩机而去。

二人嗟讶,因问猎者:"彼众何人也?"

猎曰:"此伥鬼也,昔为虎飨,既以为鬼,遂为虎之役,使其前导。"

再问张弩人姓名,则牛进也。方悟"特进重张弩"之句,遂令牛进再张伏弩。

方毕,有一大虎咆哮而至,触其机,箭贯心而毙。

众伥鬼奔走却回,俯伏虎前,号泣甚哀,曰:"谁人又杀我将军也!"

二人者乃厉声叱之曰:"汝等伥鬼无知,生为虎食,殒身伤命,乃汝大仇。今复受役以为前导,幸虎之毙,又从而号汝尽哀,岂非大惑!"

众鬼大悟,相与舍去。

《异闻总录》卷一"医士遇伥鬼"中有"大德丁酉,一日暮,有老妪至门,招之出西门外视病"故事,记述某伥鬼为一老妪作恶。其记述曰:

永新州林行可,医士也。

大德丁酉,一日暮,有老妪至门,招之出西门外视病。

林以暮,留妪老行。旦起擂药,妪促林行。五里许,至东岳庙前,妪曰:"尔候于此。"

林月中顾妪入一冢而没、怪之,登庙亭楼,闭户,窥窗隙,见妪引一虎至,四顾无人,抚其背曰:"惜哉!"复骂曰:"三年为汝谋此块肉,汝分薄若此。"

天明,林呼里人送归,迨今不敢出。

生活中的精怪未必全为祸害,也有许多佳话。如前述田螺故事,此类故事既可看作精怪故事,也可以看作风物传说。如《辍耕录》卷十一《鬼室》记述"温州监郡某一女及笄未出室,貌美而性慧"故事,其中有"从轴中诣榻前叙殷勤,遂与好合"为绘画成精,"遂真为夫妇,而病亦无恙矣",此为信仰观念。其记述曰:

温州监郡某一女及笄未出室,貌美而性慧,父母之所钟爱者。以疾卒,命画工写其像,岁序张设哭奠,常时则度置之。任满,偶忘取去。

新监郡复居是屋。其子未婚,忽得此,心窃念曰:"娶妻能若是,平生愿事足矣。"

因以悬于卧室。

一夕,见其下,从轴中诣榻前叙殷勤,遂与好合。自此无夜不来。

逾半载形状羸弱,父母诘责,以实告。且云:"至必深夜,去以五鼓。或赍佳果啖我,我答与饼饵,则坚却不食。"

父母教其此番须力劝之。

既而女不得辞,为咽少许,天渐明竟不可去,宛然人耳,特不能言语而已。

遂真为夫妇,而病亦无恙矣。

在民间传说中,鬼托生为人,是轮回观念和信仰。委心子编《分门古今类事》卷四《黄裳与水鬼》和秦再思撰《纪异录》,都曾记述此类故事。王辟之《渑水燕谈录》记述道:"延平黄状元裳,少苦学,好夜读书。忽一夕,月明,闻水涯人偶语,俯而听之,曰:吾在此十纪,来日当去,惟候淮南二急脚来替。黄甚怪之。翌日亭午,果有二黄衣至水涯就浴,黄乃急止之,仍令他日无复过此。是夕中夜,鬼又语曰:我本当替,为黄状元令过去,未有来期。黄自是知其必冠多士。"

元好问《续夷坚志》卷二《溺死鬼》记述"我辛苦得替,却为此贼坏却,我誓拽汝水中"故事,其记述曰:

> 泽州有针工,一日入定后,方阅针次,闻人沿濠上来,喜笑曰:"明日得替矣。"
>
> 人问替者为谁,曰:"一走卒,自真定肩伞插书夹来濠中浴,我得替矣。"
>
> 针工出门望,无所见,知其为鬼。
>
> 明日,立门首待之。早食后,一疾卒留伞与书夹针工家,云:"欲往濠中浴。"
>
> 针工问之,则从真定来。因为卒言城中有浴室,请以揩背钱相助。卒问其故,工具以昨所闻告,辞谢再三而去。
>
> 其夕二更后,有掷瓦砾于门,大骂曰:"我辛苦得替,却为此贼坏却,我誓拽汝水中!"
>
> 明旦,见瓦砾堆。
>
> 数夕不罢,此人迁居避之。

《异闻总录》卷四"临安种园人",记述"临安种园人,涤菜于白龟池,闻水中人语言相应答"故事,讲述内容也有替死托生之类信仰。其记述曰:

> 临安种园人,涤菜于白龟池,闻水中人语言相应答。
>
> 其一云:"明日沙河塘开彩帛铺王家一掌事,当死于此,可以为我代。"
>
> 其一云:"汝去期不远,奈何。"
>
> 园人识掌事者,即走报。其人感谢,誓终日不出门。

> 逮旦且晡,天府快卒来,须铺家供缣帛,不得已而往。
>
> 过清湖桥,快卒引从龟池路去,力争不听。两旁居者但见此人独行踽踽,自为纷拿辨斗之状。
>
> 亦有识之者,掖之以归,已瞢腾不能语,口中皆青泥。
>
> 灌以苏合番丸,久之乃醒。
>
> 所谓快卒,盖鬼也。
>
> 又明日,园人复往涤菜,溺死焉。

精怪、鬼怪,有善有恶,善恶并存,正是社会风俗生活的集中体现;其皆以"怪"而行于世间,其所作所为,其实都是社会现实中品格低下者、行为卑鄙者、心胸肮脏而狭隘者活灵活现的表演。诚如《山居新话》卷一中记述"有一买菜人早往市中买菜,半途忽拾钞一束"故事,虽然发生误会,甚至使拾金不昧者受到伤害,毕竟邪不压正,最后正义得到伸张,"闻者莫不称善"。最令人感动的内容是其母怒曰:"是欺我也。纵有遗失者,不过一二张而已,岂有遗一束之理,得非盗乎?尔果拾得,可送还之。"这是中华民族美德的化身。

从汉代至魏晋南北朝以来的民间传说故事,总是给人一个突出印象,几乎所有的地方管理者都非常英明,常常成为正义的化身。这到底是历史的虚假叙事,还是他们真的都那样兢兢业业呢?或许,这是民间百姓的政治期望与表达的结果吧。

我宁愿相信历史上的述说大多都是真实的。如果千百年来,中国历史文化发展中总是邪恶横行、人妖颠倒,我们的中华民族哪里还会有灿烂辉煌?所以,民间文学是人民的信仰,更是历史的良心。

如果文化失去了良心,道德与精神就无处藏身!

第二章
天机自动：明代民间文学

元帝国的崩溃是历史规律的必然，但这个朝代对中国文化的影响，却是相当久远的。一位法国学者对此种"崩溃"进行了颇为全面的总结："政权机构的杂乱（其中使用了无数互相矛盾的法规）、蒙古和穆斯林官吏们混杂在一起并贪得无厌、纸币的极端迅速的膨胀、控制了整个中国僧侣界并干涉政治事务的吐蕃喇嘛教僧侣们的腐化、汉族居民每天都受到的压迫和农民阶级日益增长的苦难"[1]，这就是当时社会的真实写照。1368年，曾出家为僧以求生存，后来参加农民起义并在战争中脱颖而出的贫民出身的朱元璋，在南京创建了明王朝，自此，历史又翻开全新的一页。朱元璋吸取了元帝国及其前各王朝的一些教训，在政治、经济、文化，尤其是法律等方面，实行了一些新的措施，如废除中书省和丞相，把主要政务分别由布政使、按察使、都指挥使管理，设立监察机构，弹劾不法官吏，至各地巡察民情等，有效地控制了政权；同时，朱元璋还创设卫所，制定《大明律》，完善政治制度，集中打击曾影响元末政治形势的地方豪强，实行大规模移民，注重发展农业生产和城镇经济，保证了明初政治、经济秩序的良性运行和发展，这些都具体影响到明代民间文学的形成及其基本格局。其他诸如"靖难之役"、"一条鞭法"、科学技术的发展、自然灾害、非农产业的发展与市镇规模扩大、对外开放及

---

[1] 谢和耐著，耿昇译：《中国社会史》，江苏人民出版社1997年版，第336页。

商贸往来的增多、宗教力量的形成与发展,以及李自成农民起义的兴起、各种社会矛盾的加剧等,都融入了明代的民间文学,并呈现出与其他历史时期民间文学迥异的局面。民间歌谣、民间戏曲、民间传说和民间故事等,都具有鲜明的时代特点。以民间歌谣为典型的民间文学引起社会的广泛注意,并深刻影响到明代作家文学的发展变化。如李梦阳、李开先、王叔武等人,强调"真诗只在民间"[1],又如徐渭所感叹:"乐府盖取民俗之谣,正与古国风一类。今之南北东西虽殊,而妇女儿童,耕夫舟子,塞曲征吟,市歌卷引,若所谓竹枝词,无不皆然。此真天机自动,触物发声。"[2]特别是明代出现的长篇小说《西游记》《水浒传》《三国演义》等巨著,标志着俗文学出现了空前繁荣,有力地推动着民间文学的发展,冯梦龙、李开先等民间作品搜集整理者为此做出了卓越贡献;同时期的少数民族民间文学,在文献记述与整理上也取得了可喜的成就。明代民间文学的全面发展与繁荣,标志着中国民间文学史上又一个黄金时期的到来。当然,民间文学的繁荣与政治、经济的发展并不是同步的,从某种意义上讲,作为"怨声"的民间文学出现得越多,越说明社会矛盾的复杂及众多。真正的民间文学多植根在美刺之中。

第一节 民歌和民间叙事诗

广义上的民间歌谣,包括民间时政歌谣,也包括市井传唱的民间歌曲,甚至一些民间小调和篇幅较短的民间叙事诗、抒情诗。明代民歌主要保存在明代辑印的民歌集中,《明史》《明季北略》等史籍文献与一些笔记等私人著述和《明诗综》之类的文学作品集中也有保存。一些民间叙事诗至今还被传唱,从内容上可以断定其为明代作品。尤其是一些民歌集中保存在

---

[1] 见《空同集》《〈李开先集(中)〉·市井艳词序》等。
[2] 徐渭:《徐文长集》卷十六《奉师季先生书》。

明代刊印的民歌集中,如成化年间金台鲁氏所刊的《四季五更驻云飞》《题西厢记咏十二月赛驻云飞》《太平时赛赛驻云飞》《新编寡妇烈女时曲》,正德年间刊印的《盛时新声》,嘉靖年间刊印的《词林摘艳》和《雍熙乐府》,万历年间刊印的《玉谷调簧》和《词林一枝》,天启、崇祯年间刊印的由冯梦龙编的《挂枝儿》《山歌》,以及陈所闻编的《南宫词记》,杨慎编的《古今风谣拾遗》,凌濛初编《南音三籁》,醉月子编《新镌雅俗同观挂枝儿》和《新镌千家诗吴歌》等。其中,《挂枝儿》《山歌》所保存的民歌,原始性较突出。

明代民歌流传较广、保存较为丰富者,首推爱情歌谣。其中最为直接、大胆的,如《汴省时曲》中的一篇《锁南枝》唱道:

傻俊角,
我的哥,
和块黄泥儿捏咱两个。
捏一个儿你,
捏一个儿我,
捏的来一似活托(脱),
捏的来同在床上歇卧。
将泥人儿摔碎,
着水儿重和过,
再捏一个你,
再捏一个我。
哥哥身上也有妹妹,
妹妹身上也有哥哥。

《词林一枝》中的《罗江怨》《劈破玉》《时尚闹五更哭皇天》等,都满含深情。尤其是《时尚闹五更哭皇天》,成为后世民间流行的《五更调》的"范本",其第一句都以"×更里,××月,正照××"开题,如"一更里,靠新月,正照纱窗",然后抒发思念情郎和自身如何寂寞的情感,在歌句中穿插"唔唔唔"类的衬腔,形成一种浓重的情思氛围,表达这种爱情生活。这类民歌情思缠绵,多运用夸张、重复等修辞方式,体现出情歌的审美特征及格式特征。如《罗江怨》以唱与叹相互衬托,句式从缓、短、平向急、长、奇渐渐过渡,形成特殊的感人魅力:

> 纱窗外,
> 月儿圆,
> 洗手焚香祷告天。
> 对天发下红誓红誓愿:
> 一不为自己身单,
> 二不为少吃无穿,
> 三来不为家不协。
> 为只为妙人儿心肝,
> 阻隔在万水千山,
> 千山万水,
> 难得难得见。
> 望苍天早赐顺风,
> 把冤家吹到跟前。
> 那时方显神明神明现。
> ……
> 纱窗外,
> 月儿黄,
> 只为长江水渺茫。
> 忽然又听人歌人歌唱,

好姻缘不得成双,
好姐妹不得久长,
昏昏日日悬日日悬望。
想只想我的亲亲,
痛只痛碎裂肝肠。
何时得共销金销金帐。
终有日待他还乡,
会见时再结鸾凤,
那时才把相思相思放。

在这些歌谣中,明显具有商女的气息。以往我们总是排斥妓女、僧人和道士作为民间文学的创作主体,而在民间文学的实际形成与发展过程中,他们常起到重要作用;民间文学也往往借助这类社会底层的人物,述说民间百姓的衷肠。这里所抒的"想只想我的亲亲,痛只痛碎裂肝肠"不是乡间妹子与哥哥所有的爱,而是城市商贸经济相对发展条件下的产物。这是扭曲的爱,但它毕竟是一种爱。有人曾说明代中后期出现了资本主义的萌芽,从这些民歌中可见一些端倪。但是,我们也可以看到,农耕生活和生产方式与封建专制政治相结合,资本主义作为一种以城市经济为背景的先进生产方式,其萌芽是极其脆弱的;当时的知识阶层仍然是封建专制的附属者,根本不具备领导、支持和影响新兴的资本主义思潮的能力。总观明代民歌,可见其内容主要有两大类,一是《锁南枝》《罗江怨》这样的情歌,一是《富阳谣》之类的怨恨之歌,很少有直接反映商业经济活动的歌谣。尤其是色欲成为明代情歌的重要内容,诸如《山歌》中的《熬》,高唱"二十姐儿瞓弗着在踏床上登,一身白肉冷如冰,便是牢里罪人也只是个样苦,生炭上薰金熬坏子银"。这种歌谣不仅不会对城市资本主义有促进作用,相反,当其弥漫开来时,只能对资本主义萌芽形成扼杀。更重要的是封建专制政治从来都仅仅把科学技术作为一种技能,没有科学理论的支持,资本主义便不会得到发展。

冯梦龙是明代在民间文学搜集整理和编选等方面取得成就最突出的一位。他所编的《挂枝儿》分"私""欢""想""别""隙""怨""感""咏""谑""杂"等十部,即十卷,计收435首民歌,大部分属爱情类;所编《山歌》十卷,其中卷一至卷四为"私情四句山歌",卷五为"杂歌四句山歌",卷六为"咏物四句山歌",卷七为"私情杂体山歌",卷八为"私情长歌",卷九为"杂咏长歌",卷十为"桐城时兴歌",句式多为七言。两种民歌集中,爱情民歌占据了相当大的成分。如《挂枝儿》中"欢"部的《分离》:

要分离,
除非是天做了地;
要分离,
除非是东做了西;
要分离,
除非是官做了吏!
你要分时分不得我,
我要离时离不得你,
就死在黄泉(里)也做不得分离鬼!

又如其"想"部中的《账》是另一种情调:

为冤家造一本相思账,
旧相思,
新相思,
早晚登记得忙;
一行行,

一字字,
都是明白账。
旧相思销未了,
新相思又上了一大桩。
把相思账(拿)出来和你算一算,
还了你多少也,
不知又欠你多少想。[1]

冯梦龙在此首歌的结尾处注其搜集情况:

> 琵琶妇阿圆能为新声,兼善清讴,余所极赏。闻余广《挂枝儿》刻,诣余请之,亦出此篇赠余。云传自娄江。

琵琶妇阿圆当是一位歌女,"能为新声,兼善清讴",与冯梦龙有着深厚的友情,她将此篇"传自娄江"的情歌赠与他,从另一个方面也说明他搜集整理民歌的范围广泛。这也就难怪我们可以把《挂枝儿》《山歌》看作一部民间传唱的诗体(民歌体)"明史"了。

在《山歌》中,冯梦龙搜集的民间歌谣还牵涉一个非常复杂的社会问题,这就是非婚姻生活背景下的"私生子"问题。如:

眼泪汪汪哭向郎,
我吃腹中有孕耍人当。
裟婆树底下乘凉奴踏月,
水涨船高难隐藏。

---

[1] 姚莽:《歌珍》,山西高校联合出版社1995年版,第156页。

姐儿肚痛呷姜汤,

半夜里私房养了个小孩郎。

玉指尖尖抱在红灯下看,

半像奴婢半像郎。

非婚生子女问题在明代文献中几乎找不到,冯梦龙的记述是对这种缺憾的补充,具有一定的史学价值。

冯梦龙搜集整理的民间歌谣,既有纯情吟唱,又有偷情内容。如《山歌》中的《怕老公》,其中有"丢落子私情咦弗通,弗丢个私情咦介怕老公。宁可拨来老公打子顿,那舍得从小私情一旦空"。更有价值的是他所搜集整理的长篇《吴歌》,其中的《灯笼》《老鼠》《睏弗着》等,应是难得的民间抒情长诗。可见冯梦龙搜集时以"情真"为编选标准,强调其"真境""妙境",不但范围广,而且类型完备。再如《山歌》卷五所收《月子弯弯》这首所谓的"杂歌",就是曾被《京本通俗小说》中《冯玉梅团圆》记述的"月子弯弯照九州,几家欢乐几家愁,几家夫妇同罗帐,几家漂零在外头",这首特殊的情歌,到今天我们还能听到它被传唱。又如《山歌》卷一中所收的《模拟》唱道:"弗见子情人心里酸,用心模拟一般般。闭子眼睛望空亲个嘴,接连叫句俏心肝。"冯梦龙在注中称它"是真境,亦是妙境";而这种"望空亲个嘴"之类直接描述情爱的歌谣,正是封建卫道士所嫉恨的,也是一般文人所不能够"模拟"仿作的。冯梦龙的民歌搜集与编选标准,体现出他独到的民间文学观,正如他在《叙山歌》中所说:

书契以来,代有歌谣。大史所陈,并称风雅,尚矣。自楚骚唐律,争妍竞畅,而民间性情之响,遂不得列于诗坛,于是别曰"山歌",言田夫野竖矢口寄兴之所为,荐绅学士家不道也。唯诗坛不列,荐绅学士不道,而歌之权愈轻,歌者之心亦愈浅。今所盛行者,皆私情谱耳;虽然,桑间濮上,国风刺之,尼父录焉,以是为情真而不可废也。山歌虽俚甚矣,独非郑卫之遗欤!

且今虽季世,而但有假诗文,无假山歌,则以山歌不与诗文争名,故不屑假。苟其不屑假,而吾藉以存真,不亦可乎!抑今人想见上古之陈于太史者如彼,而近代之留于民间者如此,倘亦论世之林云尔。若夫借男女之真情,发名教之伪药,其功于《挂枝儿》等,故录《桂枝词》而次及《山歌》。

冯梦龙所倡导的和他所实践的保持着一致,即对人性情之真这一境界的追求和向往。与那些口头上骂民间爱情歌谣如何下流,而生活中或纳妾或嫖娼的文士们相比,更显出冯梦龙的磊落、正大。冯梦龙的民间文学观及其搜集整理的民歌,在中国民间文学史上是非常可贵的。令人遗憾的是,至今仍有许多貌似饱学之士,对民间文学妄加排斥。

明代民歌对明代社会现实的直接记述,主要保存在《明史》《明诗综》《明季北略》及谈迁的《枣林杂俎》、沈德符的《万历野获编》、朱国祯的《涌幢小品》等文献中。这些文献从不同角度表现出明代社会的历史风云。诸如《明史·五行志》中记述"张士诚弟伪丞相士信及黄敬夫、叶德新、蔡彦文用事",时有歌谣"丞相做事业,专靠黄、蔡、叶,一朝西风起,干鳖";魏忠贤、罗汝才、严嵩严世蕃父子等败坏朝政、祸国殃民时,《明史·五行志》以歌谣"委鬼当头坐,茄花遍地生""邺台复邺台,曹操再出来"记述,《明史·杨继盛传》以歌谣"大丞相,小丞相"记述;时有李蕃、李鲁生、李恒茂"卑污奸险",《明史·阉党·霍维华传》中记述歌谣"官要起,问三李";时有"朝政浊乱,贿赂公行,四方警报狎至",马士英"身掌中枢","日以锄正人、引凶党为务","诸白丁、隶役输重赂,立跻大帅",《明史·奸臣·马士英传》记述歌谣"职方贱如狗,都督满街走"[1]。社会政治高度腐败,人民倾家荡产,苦不堪言,《枣林杂俎·智集》中记述《富阳江谣》:"富阳江之鱼,富阳江之茶,鱼

---

[1]《明代会纂》中记为"中书随地有,都督满街走,监纪多如羊,职方贱似狗";《清芬集》中则记为"监纪多如羊,职方贱似狗。扫尽江南钱,填塞马家口"。内容大同小异,都是对卖官鬻爵的社会现象进行记述、抨击。

肥卖我子,茶香破我家。采茶妇,捕鱼夫,官府拷掠无完肤。昊天何不仁?此地亦何辜?鱼胡不生别县?茶胡不生别都?富阳山,何日摧?富阳江,何日枯?山摧茶亦死,江枯鱼始无。呜呼!山难摧,江难枯,我民不可苏!"此类歌谣还有《古今风谣拾遗》中的"有山无木,有水无鱼,有人无义;地无三尺土,人无十日欢;水走孟家湾,黎民逃上山"等。《豆棚闲话》第十一则中记述的歌谣,代表了千百万劳苦大众最真切的心声:

老天爷,

你年纪大,

耳又聋来眼又花;

你看不见人,

也听不见话。

吃斋念佛的活活饿死,

杀人放火的享受荣华。

老天爷,

你不会做天,

你塌了吧!

在《明季北略》卷十中,"京师童谣"借"温体仁(为)相",指斥"用人不当,流寇猖獗",用"崇皇帝,温阁老"和"崇祯皇帝遭温了"来述说时事,以"温"言"瘟",可见当时民间百姓对统治者的强烈愤恨。时有李自成起义,《明史》卷三〇九《流贼·李自成传》记述了李岩所造"迎闯王,不纳粮"的歌谣。《明季北略》卷十九中记述了"穿他娘,吃他娘,开了大门迎闯王,闯王来时不纳粮";其卷二三中记述了"朝求升,暮求合,近来贫汉难存活。早早开门迎闯王,管教大小都欢悦"等歌颂起义的歌谣。万历年间发生了两广瑶民起义,杨慎《古今风谣拾遗》卷四记述了与之相关的《瑶人谣》:"撞石鼓,万家为我房;吹石角,我兵齐宰割。官有万兵,我有万山。兵来我去,兵去我还。"时有张献忠、蓝廷瑞等人发动农民起义,《蜀碧》《蜀难叙略》《痛余杂录》和《二申野录》等文献分别记述了相关的歌谣。如《二申野录》卷三中所记"强贼放火,官军抢火;贼来梳我,军来篦我",其又记"海熟田荒"。《二申野录》卷四中记嘉靖时歌谣"前头好个镜,后头好个秤。镜也不曾磨,秤也不曾定""嘉靖二年半,秫黍磨成面,东街咽瞪眼,西街吃磨扇。姐夫若要吃白面,只待明年七月半""石产房州,胡明善祸从地出;星临井宿,张孚敬灾自天来"。崇祯辛巳年,"杭城旱饥,即富家亦半食粥,或兼煮蚕豆以充饥,贫者采榆屑木以为食",《二申野录》卷八中记述歌谣:"湖船底漏,司厨刀锈,梨园饿瘦。上瓦下瓦,抱裯远走。"又如靖难之役,燕王扫北,给人民带来极大痛苦,《明史·五行志》载歌谣"莫逐燕"记述它。沈德符的《万历野获编》记述的两首歌谣很典型,一是"选科不用选文章,只要生来胡胖长",一是"可恨严介溪(嵩),作事忒心欺。常将冷眼观螃蟹,看你横行得几时"。这是愤怒的声音。民间百姓爱憎分明,善恶分明,如"成、弘间,黄州知府卢濬","守己爱民,得罪上司,去职",而"曹濂继之","贪暴自恣",褚人获《坚瓠集》"广集"卷二中对此记述道:"卢濬不来天没眼,曹濂重到地无皮。"《明诗综》卷一百中所记"府香炉,县铁索。一为善,一为恶",与此记述性质相同。由此可见,民间歌谣并不是永远在诅咒、谩骂政府,若是有统治者对百姓有一点宽容,能为其利益着想,百姓们就感激不尽。如《况太守集》卷一载"况太守,民父母,众怀思,因去后,愿复来,养田叟"。又如《明诗综》卷一百中记"清苑王哲为湖广布政使,廉政严明,人不敢以私",民间歌谣就为他唱道:"王捕虎,最执古;囊无钱,衣有补。"又记"会稽商为正,万历初巡按福建,与巡抚都御使庞尚鹏协心共事,百废具兴",福建百姓就在歌谣中唱"恤我甘苦,庞父商母"。这也说明明代社会尽管有种种黑暗,但也有一些正直之士在兢兢业业地为社会进步、民富国强而尽自己的职责,如海瑞就是这类人物的典型。只有这些人,才使人民看到希望;也只有这些人,才是国家和民族的真正栋梁。民间百姓用雪亮的眼睛去识别他们,也用最真实的歌声区分忠与奸,记录下这个时代真正的历史。吕坤《呻吟语》中也记述了一些民间歌谣,主要是童谣,其中一些歌谣表现出对黑暗世界的批判,借儿童熟悉的生活场景,对儿童进行直面现实的人生教育。又如晚明时代《林石逸兴》中所录《题钱》一则,愤怒地控诉了金钱带来的各种罪恶:

> 人为你跋山渡海,
> 人为你觅虎寻豺,
> 人为你把命倾,
> 人为你将身卖,
> 细思量多少伤怀!
> 铜臭明知是祸胎,
> 吃紧处极难布摆。

> 人为你亏行损德,
> 人为你断义辜恩,
> 人为你失孝廉,
> 人为你忘忠信,
> 细思量多少不仁!
> 铜臭明知是祸根,
> 一个个将他务本。

> 人为你东奔西走,
> 人为你跨马浮舟,
> 人为你一世忙,

人为你双眉皱,
细思量多少闲愁!
铜臭明知是祸由,
每日价营营苟苟。
……

明代社会由高度专制带来的全面腐败,在民间歌谣中得到真实体现。许多民歌本身就是社会罪恶的实录,是腐朽时代的口碑。

应该一提的还有《明诗综》所录《壮女相思曲》,这是文献中保存得较为完整的壮族情歌:

妹相思,
不作风流待几时。
只见风吹花落地,
不见风吹花上枝。

妹相思,
蜘蛛结网恨无丝。
花不年年长在树,
娘不年年伴女儿。

这种歌式在今天的广西壮族中仍有流传。

明代曾出现民俗志的修撰热潮。在一些民俗志中,尤为详细地记述了一些民间歌谣。如刘侗等所著《帝京景物略》中记:

凡岁时不雨,家贴龙王神马于门,磁瓶插柳枝,树门之傍;小儿塑泥

龙,张纸旗,击鼓金,焚香各龙王庙。群歌曰:

青龙头,

白龙尾(声作以,yǐ),

小孩求雨天欢喜。

麦子麦子焦黄,

起动起动龙王;

大下,小下,

初一下到十八。

摩诃萨!

初雨,小儿群喜而歌曰:

风来了,

雨来了,

禾场背了谷来了。

雨久,以白纸作妇人首,剪红绿纸衣之,以苕帚苗缚小帚,令携之,竿悬檐际,曰扫晴娘。日月蚀,寺观击鼓钟、家击盆盎铜镜救日月,声嘈嘈屯屯满城中。蚀之刻,不饮不食,日生喧食病。幼儿见新月,曰月芽儿,即拜祝,乃歌曰:

月月月,

拜三拜,

休教儿生疥。

小儿遗溺者,夜向参星叩首,曰:

参儿,

辰儿,

可怜溺床人儿。

见流火,则唪之,曰贼星。夜不以小儿女衣置星月下,曰:

女怕花星照,

儿怕贼星照。

亦不置洗濯余水,为夜游神饮马也,曰不当价(如吴语云罪过)。初闻雷,则抖衣,曰蚤虱不生。见霓曰虹,戒莫指,谓生指顶疮,曰恶指也。初雪,戒不入口,曰毒;再雪,则以炖茶;积雪,以塑于庭。燕旧有风鸢戏(俗曰毫儿),今已禁。风,则剖秋秸二寸,错互贴方纸,其两端纸各红绿,中孔,以细竹横安秋竿上,迎风张而疾趋,则转如轮,红绿浑浑如晕,曰风车。

这里的民间歌谣是以记述民俗生活的形式出现的。从其"叙"中,我们可以看到刘侗、于奕正和周损三人的辛苦合作,书中"所采古今诗歌,以雅,以南,以颂,舍是无取焉","三人挥汗属草,研冰而成书",十分艰辛;其"略例"中称,"闾里习俗,风气关之,语俚事琐,必备必详。盖今昔殊异,日渐淳浇,采风者深思焉。春场附以岁时,弘仁桥附以酬香,高梁桥附以熙游,胡家村附以虫嬉"。以上所记,正是"春场附以岁时"中的内容,其中记述了"民间剪彩为春幡簪首",记述了"正月元旦""二月二日曰龙抬头""三月清明日""四月一日至十八日"等一年间各月习俗,这些习俗是我们认识民间歌谣的基本生活场景。

明代民间叙事诗以历史上少数民族中的作品为典型,反映出明代社会民间文学所取得的重要成就。诸如哈萨克族中《少年阔孜和少女巴颜》《少女吉别克》《英丽克和杰别克》《少女玛克帕勒》《阿娜尔与赛吾米别克》等爱情题材的民间叙事诗[1],表现了哈萨克民族的爱情观念与爱情生活,其中包含萨满教观念与"安明格尔"制即弟妻嫂婚姻习俗;其他还有《四十大臣》《达斯塔尔汗》《巴克蒂亚尔》《克孜尔和木萨的旅行》和《鲍兹吉格特》等

---

[1] 参见毕桪:《哈萨克民间文学概论》,中央民族学院出版社1992年版。

社会生活题材的民间叙事诗[1],其中的《巴克蒂亚尔》有四十部长诗,以"引子"为开题,又以"引子"为结尾,记述阿扎提可汗与宰相之女私奔,途中生一子,弃于井旁,为强盗所收养,即巴克蒂亚尔。后来,强盗与阿扎提可汗发生战事,巴克蒂亚尔被俘带进宫,成为财务大臣,却遭到其他大臣的嫉妒陷害,被送上绞刑架,于是,巴克蒂亚尔在绞刑架上接连唱了四十天,总共四十部动人的叙事诗。宝衣让可汗与王后认出巴克蒂亚尔,使其继承阿扎提可汗之位,成为新可汗,万民敬仰。巴克蒂亚尔唱的每个故事在叙事诗中环环相连,在传唱过程中没有人能全部演唱完。此叙事诗成为我国民间文学史上一部不可多得的优秀之作。明代的维吾尔民族中,出现了《古丽与诺鲁兹》《伊斯坎德尔的城堡》《世事记》《艾里甫——赛乃姆》《塔依尔与祖赫拉》《优素甫——阿合麦特》《帕尔哈德与西琳》等一批民间叙事诗[2]。尤其是其中的《艾里甫——赛乃姆》有一千五百多行诗句,讲述国王之女赛乃姆与宰臣之子艾里甫相爱,因国王毁约,二人历尽苦难,殉于爱情。这部长诗和传说故事在维吾尔人民中广为流传。蒙古族在明代刊印了具有蒙语教科书功能的《蒙古秘史》,《格斯尔可汗》也当在此时流传并有手抄本流行(1716年在北京以蒙文形式首次刊印)。此外,罗卜桑丹津的《黄金史》具体记述了《征服三百泰亦赤兀惕人的故事》《箭筒士阿尔戈聪的传说》《孤儿舌战成吉思汗九卿》等在元代就已流传的民间叙事诗;《成吉思汗的两匹骏马》也在此时流传,应有手抄本出现。在柯尔克孜人民中间,这一时期流传着《库尔曼别克》和《江额里木尔扎》等民间叙事诗;东乡族的《米拉尕黑》、乌孜别克族的《阿依苏曼》等民间叙事诗,也在这一时期得到广泛流传[3]。在这一时期的傣族人民中,民间叙事诗高度繁荣,著名的《召树屯》即

---

[1] 参见毕桪:《哈萨克民间文学概论》,中央民族学院出版社1992年版。
[2] 参见刘发俊等:《维吾尔族民间叙事长诗》,新疆人民出版社1980年版。
[3] 参见刘发俊等:《维吾尔族民间叙事长诗》,新疆人民出版社1980年版。

在此时出现并流传。《论傣族诗歌》[1]的作者祜巴勐说，此时的长诗"确切达到整整五百部"，他亲眼所见者有"三百六十五部"。傣族"五大诗王"及《兰嘎西贺》《巴塔麻戛捧尚罗》《乌沙麻罗》《粘巴西顿》《粘响》《松帕敏与嘎西娜》《窝拉翁与召烘罕》《宛纳帕丽》《南波冠》等一批民间叙事诗，都在这一时期出现[2]。彝族的《阿诗玛》、苗族的《仰阿莎》、纳西族的《鲁班鲁饶》、壮族的《唱离乱》和《唱文秀》等民间叙事诗也都在明代出现[3]。

这些民间叙事诗集中出现在相当于明王朝的历史时期有多方面的原因，其中明代文化的发展及其与少数民族文化的相互影响尤为重要。各民族的民间叙事诗都是我国民族文化的重要遗产，它们犹如一串串珍珠玛瑙，镶嵌在我们伟大祖国的文化史上，成为中华民族的骄傲。

第二节　别具特色的明代民间谚语

我国民间谚语的编录选辑，在明代出现高潮，如杨慎的《古今谚》《丹铅总录》《谭苑醍醐》《古今风谣》《俗言》，大量记述了民间谚语及其发展历史；李时珍的《本草纲目》和张介宾的《景岳全书》，大量记述了医疗和生活知识方面的民间谚语；徐光启的《农政全书》、邝璠的《便民图纂》和娄元礼的《田家五行志》等，记述了丰富的农业谚语；王象晋的《群芳谱》（原名《二如亭群芳谱》）、王路的《花史左编》等，记述了专门的花卉栽培谚语；在《明史综》和李梦阳的《空同集》、郭子章的《六语》、郎瑛的《七修类稿》、张居正的《张太岳文集》等诗文集中，也记述了明代社会生活中的各类民间谚语。这些谚语不但具有重要的史学意义，而且具有颇高的科学文化价值，使我们能够从更细微的方面管窥到明代社会的发展变化，以及明代民间文学

---

[1] 祜巴勐著，岩温扁译：《论傣族诗歌》，中国民间文艺出版社1981年版。

[2] 参见岩峰等：《傣族文学史》，云南民族出版社1995年版。

[3] 参见马学良等主编：《中国少数民族文学史》，中央民族学院出版社1992年版。

在整个中国民间文学史上的特殊位置。

谚语是运用极其简练而形象的语言来概括某种具有经验与知识意义的内容的艺术。在明代之前的民间文学史上,谚语的记述不断出现,但更多的是散存于各种典籍中,像明代这样集中并且大量出现专门性记述的现象则并不多见。应该说,这和明代社会的经济、文化政策有关;从某种意义上讲,明代确实出现了中华民族历史上古典文化复兴(以复古为主)的又一高峰,民间谚语的大量记述,就是这种现象的具体体现。同时,大量民间谚语被系统而广泛地搜集整理,也与明代出现方志修撰热潮的文化风尚有关。诸如仅记述北京都城地区民俗的,就有刘侗、于奕正的《帝京景物略》,沈榜的《宛署杂记》,刘若愚的《明宫史》,陆启浤的《北京岁华记》和蒋一葵的《长安客话》等民俗志著述。在吕坤的《四礼翼》、冯应京的《月令广义》、刘基的《多能鄙事》、沈德符的《万历野获编》和黄省曾的《吴风录》等民俗志著述中,也不同程度地保存了明代社会各地区的民俗。这么众多的民俗志,同样记述了一些民间谚语。这对我们认识民间谚语的存在背景及其在生活中所体现的具体意义,都是非常重要的。还有一些文学作品中也运用了一些民间谚语,记述了这些谚语在世俗生活中的具体运用,如吴承恩《西游记》第三十八回中所记佛家"慈悲为本,方便为门";沈璟《双鱼记》第十五出所记"张果老倒骑驴,永不见畜生面";高明《琵琶记》第十九出所记"书中自有黄金屋""书中自有千钟粟"等。文学作品中的谚语除了对现实中的民间生活事项做记述外,还起到更广泛的传播作用,但我们的文学史研究者常忽略这种现象,甚至有意排斥其存在意义。文学作品中的生活作为情节,是可以自由杜撰的,但是,生活中广为流传的民间谚语,则是很难任凭作家去想象的。其他像冯梦龙、凌濛初编著的"三言二拍"中,民间谚语的运用与保存更为丰富;著名的科学家、音乐家、文学家朱载堉,其诗篇和散曲等作品中也保存了不少民间谚语;伟大的思想家、诗人李贽,在其著述中保存了许多具有哲理意义的谚语,诸如"天下无一人不生知","圣人不曾高,众人不曾低""日人商贾之肆,时充贪墨之囊""男子之见尽长,女子之见尽短"[1],"作生意者但说生意,力田作者但说力田"等,是我国文化思想史上尤为珍贵的材料。敢于直面人生、敢于走进人民中间的人,其文化品格是非凡的。

在明代民间文学史上,我们应该重视杨慎的特殊贡献。这位才华卓著的作家、学者著述甚多,如《升庵全集》(八十一卷)、《升庵外集》(一百卷)、《升庵遗集》(二十六卷)、《升庵长短句》(三卷)、《陶情乐府》(四卷)、《二十一史弹词》(十二卷),以及《广夷坚志》《诗话补遗》《词林万选》《滇程记》《滇载记》等多卷,另外还有杂剧《宴清都洞天元记》《兰亭会》等,"著述之富,明时推为第一"。他既聪慧,又勤奋,勇于探索,是天下腐朽文人所远不能相比的。他对民间文学情有独钟,其《古今谚》《古今风谣》《风雅逸篇》和《丹铅总录》《俗言》等著作对民间文学的直接记述,在我国民间文学史上有着独特的价值和意义。《古今谚》存录古今谚语总计二百六十多条;《古今风谣》存录秦代至明代嘉靖时期的民间歌谣近三百首;《风雅逸篇》共十卷,记述、存录歌谣和谚语等共计四百多则,其中民间谚语有二百多则,正如他在"序"中所述,"楚凤鲁麟,风之逸也,尧衢舜薰,雅之逸也,载在方册矣。曷以名之逸,外三百篇皆逸也"。杨慎博览群书,在被谪云南的艰辛岁月中,仍不忘注意搜集整理民间文学。他的《丹铅总录》搜集整理民间谚语之广,在同时代是很少见的,如其卷一《天文类》所记"日出雨落,公姥相扑""夹雨夹雪,无休无歇",卷四《花木类》所记"深山出俊鹘,十字街头出饿莩",卷八《物用类》所记"打出个令儿来",卷九《人事类》所记"乱王年年改号,穷士日日更名"和"慈不掌兵,义不掌财",卷十六《官爵类》所记"房上好走马,只怕蹋破瓦;东瓜做碓嘴,只怕捣出水",卷十九《诗话类》

---

[1] 此为对"见有男女"作批驳时所引。其《童心说》中还强调"天下之至文,未有不出于童心焉者也",都是其叛逆个性的展现。这些著述中的民间谚语所具有的意义尤为特殊,我将在有关著述中更详细地论述,此略。

所记"船里不漏针",卷二一《诗话类》所记"日晕长江水,月晕草头空",卷二十六《琐语类》所记"枇杷黄,医者忙。橘子黄,医者藏。萝卜上场,医者还乡"等等。甚至可以说,杨慎所记述的民间谚语,是明代之前中国民间谚语的汇编,是一部缩写的《中国民间谚语史》。这在其《古今谚》与《古今风谣》等著述中体现得尤其明显。

农耕生活是我国千百年来民间百姓的基本生活方式。明代民间谚语被集中收录,是以明代社会的基本格局以农耕为主的现实条件为背景的。如徐光启的《农政全书》就是一部农耕生活的实用典册,其所记述的"无雨莫种麦""麦怕胎里旱""要吃面,泥里缠""麦收三月雨""麦秀风摇,稻秀雨浇""无灰不种麦""白露前是雨,白露后是鬼"等,是农时安排的准确概括和总结,至今还在使用。更为集中保存明代农谚的,当数娄元礼的《田家五行志》,其中所存录的民间谚语以日月星辰、风雨雷电云雾和草木鱼虫鸟兽等自然界的变化及其与社会生活的具体联系,来"占卜"各种事物对人们是否有利。其"占"天气变化即风雨阴晴的谚语,有"月晕主风,日晕主雨""朝天暮地""南耳晴,北耳雨。日生双耳,断风截雨""日头碰云障,晒杀老和尚""乌云接日,明朝不如今日""日落云没,不雨定寒""日落云里走,雨在半夜后""月偃偃,水漾漾。月子侧,水无滴""大二,小三""一个星,夜保晴""西南转西北,搓绳来绊屋""半夜五更西,天明拔树枝""日晚风和""恶风尽日没""日出三竿,不急便宽,风急雨落,人急客作""东风急,备蓑笠""东北风,雨太公""行得春风有夏雨""西风头,南风脚""朝西暮东,正旱天公""暴风不终日""一场春风对一场秋雨""冬南夏北,有风便雨""时里一日风,准黄梅三日雨""梅里西南,时里雨潭潭""岁旦西北风,大水妨农功""开门风,闭门雨""云似炮车行(形),没雨定有风""急风急没,慢风慢没""春风踏脚板""南风尾,北风头""初三月下有横云,初四日里雨倾盆;廿五廿六若无雨,初三初四莫行船;交月无过廿七晴""雨打六壬头,低田便罢休;壬子是哥哥,争奈甲寅何""久雨久晴,多看换甲""久晴逢戌雨,久雨望庚晴""久雨不晴,且看丙丁""上火不落,下火滴沥""大旱不过周时雨,大水无非百日晴""水面生青靛,天公又作变""六月初三一阵雨,夜夜风潮到立秋""(虹)对日鲎,不到昼""雨打五更,日晒水坑""一点雨似一个钉,落到明朝也不晴""上牵昼,暮牵斋,下昼雨哗哗""病人怕肚胀,雨落怕天亮""云行东,雨无踪,车马通;云行西,马溅泥,水没犁;云行南,雨潺潺,水涨潭;云行北,雨便足,好晒谷""上风皇,下风隘;无蓑衣,莫出外""西北赤,好晒麦""朝要天顶穿,暮要四脚悬""朝看东南,暮看西北""鱼鳞天,不雨也风颠""老鲤斑云障,晒杀老和尚""朝霞暮霞,无水煎茶""未雨先雷,船去步来""当头雷无雨,卯前雷有雨""一夜起雷三日雨""北闪三夜,无雨大怪异""黑龙护世界,白龙坏世界""鲇干鲤湿""干晴无大汛,雨落无小汛""鸦浴风,鹊浴雨,八八儿洗浴断风雨""一声风,一声雨,三声四声断风雨""朝鹍晴,暮鹍雨""草屋久雨,菌生其上,朝出晴,暮出雨"等,各种物候变化都与风雨阴晴有关[1]。传统的农耕生产与日常生活在大自然的变化面前,其抵御能力十分低下,天气的变化直接影响到人们生产劳动和生活的具体安排,所以,以物候占风雨的民间谚语,便成为农耕谚语的主要成分。风雨的变化不但影响人们的生产和生活,而且还影响到人们的心理,即忧患意识。如《田家五行志》中的"春雨人无食,夏雨牛无食,秋雨鱼无食,冬雨鸟无食""春雨壬子,秧烂蚕死""夏末秋初一剂雨,赛过唐朝一斛珠""九日雨,禾成脯;重九湿漉漉,穰草千钱束""夏至端午前,坐了种田年;夏至在月中,耽阁粜米翁""此日(五月二十六)阴沉沉,谷子压田塍""白棹风云起,旱魃精空欢喜;仰面看晴天,头巾落在麻圻里""七月无洗车(七夕有雨吉,名洗车雨),八月无蓼花"等。在这些谚语中,包含着浓厚的民间信仰观念。与此类似的,还有对某些动物出现和环境变化的

---

[1] 古人分一年为十二月、二十四节气,其中每个节气又有一、二、三候,自然现象与非自然现象在"节气"中的具体表现,统称为"物候"。这里的论述偏重于"风雨",即自然变化。

占卜,如"荒年无六亲,旱年无鹤神"。其中最能体现这种古老信仰的是"六畜卜"条:

> 凡六畜自来,占吉凶,谚云:"猪来贫,狗来富;猫儿来,开质库。"
>
> 犬生一子,其家兴旺,谚云:"犬生独,家富足。"
>
> 灯花不可剔去,至一更不谢,明日有吉事;半夜不谢,主有连绵喜庆之事,或有远亲信物至,谚云:"灯花今夜开,明朝喜事来。"

其他还有"新月落北,主米贵荒,谚云:月照后壁,人食狗食"等。记得著名学者竺可桢曾在20世纪60年代讲过"迄今为止的天气预报水平,还没有超过民间谚语"。这说明千百年来,我们的祖先对物质世界气候变化与各种自然变化之间的联系早有准确总结。这个结论对于自然性谚语来说是很恰当的,至于社会性谚语,我们所看到的只是民间信仰在民间文学中的残存,而多少年来,我们的祖先正是这样来预测未来世界的吉凶祸福,并形成了自己独特的审美思维方式。直到今天,我们从民间文化生活中的吉祥物等事物中,还能广泛看到这种信仰观念的存在。

王象晋的《二如亭群芳谱》(即《群芳谱》)记述了大量与种植、养殖业有关的民间谚语,全书共二十八卷,包括天、岁、谷、蔬、果、茶竹、桑麻葛棉、药、木、花、卉、鹤鱼等"谱"。从其《天谱》与《岁谱》中可以看到各种自然变化,如《天谱》中的"(四月十六)月上早,低田好收稻。月上迟,高田剩者稀""梅里一声雷,时中三日雨;迎梅雨,送时雷,送了去,并弗回""梅里一声雷,低田拆舍归""八月一声雷,遍地都是贼""腊雪是被,春雪是鬼";又如《岁谱》中的"六月无蝇,新旧相登""三伏不热,五谷不接"。在《谷谱》中,我们可以看到"懒汉种荞麦,懒妇种绿豆""种绿豆,地宜瘦,不宜肥""收麦如救火""谷三千""稀谷大穗,来年好麦"等传统农耕生产谚语。其他如《果谱》中的"枣树三年不算死",《竹谱》中的"(伐竹)公孙不相见,母子不相离",《桑谱》中的"斧头自有一倍叶",《麻谱》中的"头苎见秧,二苎见糠,三苎见霜",《棉谱》中的"锄花要趁黄梅信,锄头落地长三寸",《木谱》中的"插柳莫教春知",《花谱》中的"春分分芍药,到老不开花"等,从中可以看到作为农耕生活一部分的种植、养殖经验在谚语中的表现,其科学文化意义尤为显著。

明代医学有很大发展,民间谚语对此也有许多系统性的总结,保存在李时珍的《本草纲目》、张介宾的《景岳全书》等典籍中。李时珍的《本草纲目》是祖国医学的重要文化遗产,经过了十六年的艰苦探索修撰而成,其中详细记述了可以作为医药使用的一千多种植物与一千多种动物,"我们于其中发现了对一种种痘或接种术的首次记载,其基本原理与后来在西方产生了免疫学的那种方法没有多少差异"[1]。在李时珍的这部不朽著作中,可以看到他对民间医药谚语的系统总结与记述,诸如卷十六《草部》对"穿山甲王不留行""能走血分,乃阳明冲任之药"所记述的"穿山甲,王不留,妇人服了乳长流";卷十七《草部》中所记"七叶一枝花,深山是我家;痈疽如遇者,一似手拈拿";卷三十、三一《果部》记有"十榛九空""槟榔为命赖扶留";卷三四、三五《木部》记有"黄芩无假,阿魏无真""白杨叶,有风掣,无风掣";卷四四《鳞部》记有"鲟鳇鱼吃自来食""(河豚)油麻子胀眼睛花"和"舍命吃河豚"等。这些谚语的记述伴随着药性、治疗原理等内容,在我国医药文化史上弥足珍贵。另一位学者张介宾的《景岳全书》也保存了不少医疗谚语,诸如卷十六"小孔不补,大孔叫冤苦"对"虚损"的记述,卷十四"莫饮卯时酒,莫食申时饭"对"岭外谚语"的记述等。但是,我们从中也可看到传统医学上的严重缺陷,如其卷三八对妇女病难以医治的记述:"宁治十男子,莫治一妇人;宁治十妇人,莫治一小儿。"虽然作者是在强调"妇人之情""与男子异",但它在实际上起到了一种误导作用,形成医疗上

---

[1] 谢和耐著,耿昇译:《中国社会史》,江苏人民出版社1997年版,第381页。

的偏见。应该说,这也正是我国传统医学长期在经验即感性知识上徘徊不前的原因之一。明哲保身的人生经验表现了一种自私的品格,极大地限制了我国传统医学全面、深入的发展。《空同集》中李梦阳所记的"卢医不自医",也应当是医疗方面的民间谚语。

在《明诗综》《空同集》《张太岳文集》等文献中,我们还可以看到社会生活经验类谚语的记述,如《明诗综》卷一百中记有"官米长办,便无饭""南道如虎,升官半府""有利无利,但看二月十二""三月沟底白,莎草变成麦""六月不热,五谷不结""除夜犬不吠,新年无疫疠""江阴莫动手,无锡莫开口";以及武夷民谚"一曲一湾,一湾一滩",广州民谚"饥食荔枝,饱食黄皮""秋冬食獐,春夏食羊",琼州(海南)民谚"海水热,谷不结;海水凉,禾登场"与"东路槟榔,西路米帐",贵州民谚"黄平铁,兴隆雪""四月八,冻杀鸭""九月重阳,移火进房"等内容。其卷一百中所记"翰林九年,就热去寒"也应当看作文人间流传的民间谚语。《空同集》中,李梦阳记有"讼事无天"(卷三七),"入田观稼,从小看大"(卷三七),"一年二年,与佛齐肩;三年四年,佛在一边"(卷六二),"谷要自长"(卷四五),"胡荽不结瓜,菽根不产麻"(卷四六),"循智保身,审时致位"(卷四八)等;《张太岳文集》中,张居正记有"美服人指,美珠人估"(卷八),"若将容易得,便作等闲看"(卷三三),"常将有日思无日,莫待无时想有时"等。这些谚语的记述,反映了两位上层文人视野中的民间哲理。明代社会的民间谚语还有很多散存于各类文集及各种文体之中,我们姑且从这些不同身份的作者从不同角度记述的谚语中,去窥其基本内容。

第三节 明代民间传说与民间故事

明代的民间传说与民间故事,主要保存在一些传奇小说和笔记著作之中。诸如冯梦龙与凌濛初所编的"三言二拍",瞿佑的《剪灯新话》,李祯的

《剪灯余话》,赵弼的《效颦集》,陶辅的《花影集》,雷燮的《奇见异闻笔坡丛脞》,钓鸳湖客的《鸳渚志余雪窗谈异》,碧山卧樵的《幽怪诗谭》,徐震的《女才子书》,陆灿的《庚巳编》,陆采的《冶城客论》,周复俊的《泾林杂记》,侯甸的《西樵野记》,杨仪的《高坡异纂》,钱希言的《狯园》,邵景瞻的《觅灯因话》《艳异编》和《燕居笔记》,以及《绣谷春容》《国色天香》《风流十传》《明文海》《九龠别集》《眉公秘笈》《榕阴新检》《文苑楂桔》和《说郛续》等文集中,都保存了以传奇小说为外表的各类民间传说和民间故事。明代出现了大量关于历史事件与历史人物演义的历史传奇小说,诸如周游的《开辟衍绎》,"钟惺伯敬父"编辑的《有夏志传》《混唐后传》,余邵鱼的《列国志传》,冯梦龙新编的《玉鼎列国志》,甄伟的《西汉通俗演义》,谢诏的《东汉演义传》,罗贯中的《三国演义》,无名氏的《续编三国志后传》,杨尔曾编的《东西两晋演义志传》,题"贯中罗本编辑"的《隋唐两朝志传》《残唐史五代演义传》,"齐东野人编次"的《隋炀帝艳史》,袁韫玉的《隋史遗文》,熊大木的《唐书志传通俗演义》《南北宋传》和《大宋演义中兴英烈传》,施耐庵的《水浒传》,兰陵笑笑生的《金瓶梅》,吴承恩的《西游记》,"秦淮墨客校阅"的《杨家通俗演义》,"徐渭文长甫编"的《云合奇踪》(《英烈传》),"空谷老人编次"的《续英烈传》,罗懋登的《三宝太监西洋记通俗演义》,孙高亮的《于少保(谦)萃忠全传》,"吴越草莽臣撰"的《魏忠贤小说斥奸书》,"西湖野臣著"的《皇明中兴圣烈传》,"平原孤愤生戏笔"的《辽海丹忠录》,"吟啸主人撰"的《平虏传》,"西吴懒道人口授"的《剿闯通俗小说》等。这些作品保存了许多历史传说,其中有一些为无名氏之作,或题为某某编次、口授的作品,从其形制上看,当是明代说书艺人的"底本",即"话本"。这种现象是明代之前从未有过的。托名王世贞撰的《列仙全传》,吴元泰的《八仙出处东游记》,徐霞客的《徐霞客游记》,杨慎的《南诏野史》等著作,记述了丰富的当世流传的神仙传说、风物传说,尤其是《南诏野史》所记述的少数民族民间传说和民间故事,都相当珍贵。在冯梦龙的《笑府》《广笑府》《古今谭概》等著述中,保存了许多明代民间的笑话故事和寓言故事。其他还有浮白主人的《笑林》,赵南星的《笑赞》,屠本畯的《憨子杂俎》,都穆的《都公谭纂》,江盈科的《雪涛野史》等,也都保存了丰富的民间笑话故事等民间文学作品。应该说,没有明代的民间文学,我们就无从认识到一个真正的明代中国。当然,从丰富的文献典籍中辨识民间传说与史实的真伪,是很艰难的。从总体上看,明代文人著述中日益体现出自由、独立风尚的民间故事,包括民间幻想故事、生活故事和笑话,占据了明代民间文学史的主要内容;具有一定真实意义的民间传说,则居于次要位置。这是民间文学发展的必然结果。诚如一位学者所说,"幻想是民间故事的生命"[1]。民间文学从来都对自由充满了热爱和向往,"没有半点的奴颜和媚骨",是我们民族文化中最可贵的艺术。

明代社会的思想文化对自由思潮的融入,造就了明代民间文学的基本特色,这在民间传说和民间故事中体现得最为典型。我们不必详述李贽、袁宗道、袁宏道、袁中道等人以及明末爱国文社的诗人们如何为自由而战,推动了明代中后期自由思潮的发展,仅从"《剪灯新话》案"就可以看到明代作家与民间文学的密切联系,及其中以"邪妄"面目出现的民间文学对时代政治、文化、思想所形成的冲击。瞿佑在《〈剪灯新话〉序》中说:"余既编辑古今怪奇之事以为《剪灯录》,凡四十卷矣。好事者每以近事相闻,远不出百年,近止在数载,襞积于中,日新月盛,习气所溺,欲罢不能,乃援笔为文以纪之,其事皆可喜可悲可惊可怪者。所惜笔路荒芜,词源浅狭,无岂目鸿耳之论以发扬之耳。既成,又自以为涉于语怪,近于海淫,藏之书笥,不欲传出……今余此编,虽于世教民彝莫之或补,而劝善惩恶,哀穷悼屈,其亦庶乎言者无罪,闻者足戒之一义云尔。"其"校后识语"中还提到"盖是集为好事者传之四方"。集中收入的故事,大体为史传类与言情类两大部分,诸如

---

[1] 李惠芳:《中国民间文学》,武汉大学出版社1996年版,第134页。

《太虚司法传》记述鬼怪盛行,《令狐生冥梦录》记述阎罗王昏聩无能,"贫者入狱而受殃,富者转经而免罪",《三山福地志》记述"多杀鬼王"和"无厌鬼王"横行无忌,《翠翠传》记述离乱所造成的棒打鸳鸯散,《绿衣人传》记述奸臣贾似道对青年情侣的迫害,《爱卿传》记述罗爱爱所遭受的种种不幸等。这些故事从《剪灯新话》的成书情况上看,应该都是有历史传说和时事传说作为根据的,特别是《令狐生冥梦录》记述秦桧在阴司中受到惩罚,充满了民间传说的神秘意蕴。

整部《剪灯新话》无论是在当世还是在今天,都受到人们普遍喜爱。究其原因,这与作品中大量采用民间故事形成的生动审美效果是分不开的;同时,诸如《令狐生冥梦录》中所引用的民间歌谣"一陌纸钱便返魂,公私随处可通门。鬼神有德开生路,日月无光照覆盆"等,使作品具有更为深刻的思想性,启发人们去思索社会与人生。《剪灯新话》问世后很快受到社会欢迎,不久便有李祯所撰的《剪灯余话》作为响应。《剪灯余话》模仿《剪灯新话》,"豁怀抱,宣郁闷",亦记述了丰富的民间传说故事,诸如《长安夜行录》《何思明游丰都录》等借用历史传说以讽今,《连理树记》《鸾鸾传》《秋千会记》以及《贾云华还魂记》《武平灵怪录》等,记述了许多爱情悲剧故事。这两部以"剪灯"命名的故事集,让无数人从中找到知音;甚至皇家宗室安塞王也把《剪灯新话》中的名篇,作为自己作品的前言[1]。但是,那些自视甚高、自命不凡的卫道士却以反对异端邪说为幌子,对此大加挞伐,如《明实录·正统七年》记述李时勉上言朝廷,称"近有俗儒假托怪异之事,饰以无根之言",并以《剪灯新话》为例,言其"不惟市井轻浮之徒争相诵习,至于经生儒士,多舍正学不讲,日夜记忆,以资谈论","若不严禁,恐邪说异端日新月盛,惑乱人心",他请求各部门合作,"凡遇此等书籍,即令禁毁;有印卖及藏习者,问罪如律。庶俾人知正道,不为邪妄所惑"。其中所言"争相诵

---

[1]《明文海》卷四二七载。

习",正说明此书感人之至。明英宗在李时勉的上书建议中看到了《剪灯新话》问题严重,即令禁毁,但这部书因此在后世闪放出更强烈的光芒。和宋代的"乌台诗案"一样,"《剪灯新话》案"并不是由最高统治者首先发难的,而是出于披着文士外衣的无耻之徒的陷害。文人相轻,文人相争,完全背离了"仰则观象于天,俯则观法于地"的文化传统,这是中国文化史上肮脏的一页。但是,民间文学的魅力是无限的,任凭什么样的毒手都休想禁止它的传播!

一、传奇小说与笔记中的民间传说和民间故事

以民间传说和民间故事写入文学作品,《剪灯新话》为后世开辟了一条更宽广的道路。诸如赵弼在《效颦集》的"后序"中就提到自己是效"瞿宗吉"(即瞿佑)而"编述",书中内容"皆闻先辈硕老所谈,与己目之所击者","初但以为暇中之戏,不意好事者录传于士林中","业已流传,收无及矣"。其中的《续东窗事犯传》借胡迪游历冥国,见到祸国殃民的蔡京、秦桧、贾似道之流备受严惩,作奸佞传以记,《国色天香》和《喻世明言》都曾记述此传说;《钟离叟妪传》记述了王安石微服私访,闻世人皆咒骂新法而自责,以致"一夜间须发皆白",后呕血而亡,这则传说的意义是相当复杂的。陶辅的《花影集》模仿《剪灯新话》《剪灯余话》和《效颦集》,在作品中记述了一些历史传说,如《云溪樵子记》中的陈桥驿兵变传说、《潦倒子》中的王安石推行新法传说、《邮亭午梦》中的岳飞和秦桧传说等。雷燮的《奇见异闻笔坡丛脞》也保存了许多民间流传的历史传说和民间故事,诸如《竹亭听笛记》记述了唐玄宗因宠爱杨贵妃,重用安禄山,引来安史之乱的传说;《毛娇娘》记述了人与狐妖相爱,狐妖痴心待人而为人所害的故事;《陶泽遇仙传》记述了书生陶泽与仙女柳氏相爱,柳氏挚爱陶泽的故事等。钓鸳湖客的《鸳渚志余雪窗谈异》也记述了关于历史人物的民间传说,诸如《东坡三过》中苏东坡三访本觉寺,还有其他篇中关于张浚、朱买臣、范蠡、西施等人的传

说，都很有特色。明代民间故事中的爱情故事和文人传说，在明代民间文学史上尤为显眼，其内容与唐宋民间故事中的同类主题相似，但更多地体现了明代社会的思想文化。最明显的就是对唐宋历史和文化的思索，有许多故事是从唐宋时期的文学作品中转述来的。对那些历史上的著名奸佞和忠贤，明代社会给予了密切关注，并在故事中融入了自己的思考；如前面所举到的唐玄宗、王安石、苏东坡等，是明代民间传说中的热门话题，他们每一个人事实上都代表着一个历史时期，或体现出某一种独特的历史现象。尤其是对于王安石，明代民间传说与宋代相比，其评价态度更显公允。宋代社会由于多种原因，把王安石与蔡京之流并提，列为误国的罪人；然而，明代社会由于时过境迁，所保持的理性态度更多，所以在传说中不同程度地强调了"吾以新法为利民，焉知民怨恨若此"（《钟离叟妪传》）。对于苏东坡这位传说中的一代风流，明代民间传说多强调其哲人性格。如《鸳渚志余雪窗谈异》中的《东坡三过记》记述苏东坡三次过访本觉寺的文长老，而第三次所见者其实是文长老的灵魂；待入本觉寺之后，苏东坡才发现这个情况，题下了"初惊鹤瘦不可识，渐作云归无处寻；三过门间老病死，一弹指顷去来今。存亡见惯浑无泪，乡曲难忘尚有心；欲向钱塘吊圆泽，葛洪川畔待秋深"的诗句，化用了"三生石"和"葛洪川"两则民间传说。

关于情爱主题的书写，明代民间文学中尤为突出。唐宋时代的同类故事主要写鬼妖精怪的感情，更多地是以"奇"来显示世间百态，而明代社会则突出了"俗"的一面，借以描述世间的恩怨，显示两情相悦。如《鸳渚志余雪窗谈异》所录《招提琴精记》记述琴精与人间的姻缘情话，述说"音音音，你负心"；其所录《景德幽澜记》写景德寺僧人遇"长身大眼，勇力过人"，自称能"降魔伏鬼"的胡僧，寺僧请其降妖，一女子"媚质雅妆"，"对月长呼"，胡僧与其一问一答，以"窗外谁家女"对"堂中何处僧"，以"好敏捷佳人"对"真风流长老"，是典型的民间文学套式——最后才知此女为"清泉一泓"，"涓洁且甚可爱"。《女才子书》记述了十八个美女的传说故事，

"胆识和贤智兼收,才色与情韵并列",颂扬了自由的情爱。《庚巳编》中的《洞箫记》记述仙女三访徐鏊,徐鏊善吹洞箫,博得仙女真情爱慕,但徐母却将他们分开,最后仙女将徐鏊杖责八十,以惩罚其负心。《冶城客论》中的《鸳鸯记》记述郑卿求学,与施家娘子相恋,二人以鸳鸯饼相赠的故事;这是一篇偷情故事,郑卿与施家娘子一见钟情,称可以符使妻"立致其来","指女郎云:汝即其人也",颇见世俗真性情;其中记述郑卿岳父谢秀才厚颜无耻,也想调戏施家娘子,施家娘子痛斥并加拒绝,可见其虽有艳情,却非滥交。《高坡异纂》中的《唐文》是一篇《牛郎织女》的异文,记述山西书生唐文娶继妻张氏,夫妻二人买童仆寿安即牛郎,买妾玉英即织女,唐文不以玉英为妾,使玉英与寿安重聚(即牛郎与织女团圆);这是牛女爱情神话传说在明代演为世俗性传说故事的典型。明代以牛郎织女为小说题材的,以华玉溟所撰《银河织女传》最为典型[1]。其中记述武陵书生夜梦玉帝宣诏其为牛宿,其妻为女宿,皆为"朕之佳婿佳儿",后多次梦上天,见天帝及日月之神。《觅灯因话》中的《翠娥语录》记述淮扬名妓李翠娥喜读古代典籍,看透了世间情爱的虚伪,以为有些人家的婚姻比妓院中还要肮脏,她不愿为娼,也不愿从良,最后出家脱俗;其中的《卧法师入定录》记述铁、胡二人相交为友,胡勾引铁妻狄氏,狄氏向卧法师求助,卧法师以"福善祸淫"相慰。在《榕阴新检》中,《张红桥传》记述闽县良家才女张红桥与林鸿一见钟情,张红桥因与林鸿离别,思念而亡;《双鸳冢志》记述侯官县林澄与才女戴伯麟相爱,二人约会时,林澄为盗贼所杀,戴伯麟因而自尽。冯梦龙编撰的《燕居笔记》中,有记述著名民间故事杜丽娘还魂的《杜丽娘》;有记述杭州富家少女刘秀英与苏州书生文士高相爱,文士高猝死后,刘秀英自缢,后二人墓中复活,重结良缘的《刘秀英还魂记》;有记述秀才徐成丧妻,三向已为有夫之妇的表姊求爱,后来结为连理的《天致续缘记》等。其中的《杜丽娘》故

---

[1] 转引自薛洪勋:《传奇小说史》,浙江古籍出版社1998年版,第289页。

事,被汤显祖演为《牡丹亭》戏曲名著。《绣谷春容》中的《娇红记》记述申纯、王娇表兄妹间的爱情,他们相互爱慕,却屡受他人陷害,后两人殉情,合葬后,其灵魂化为在墓冢上比翼而飞的鸳鸯鸟。《国色天香》中的《双卿笔记》记述苏州书生华国文娶张端为妻,后至岳父家读书,又爱上小姨张从,最后经同窗帮助,华国文与张端、张从两姐妹共结良缘。所有这些情爱、婚姻类民间故事,都应该是明代社会婚姻状况与情感世界的真实写照。最为特殊的是,在明代传奇小说和笔记中,有一些性爱内容的表现,这当是民间荤故事的转相记述。如《风流十传》中的《天缘奇遇》,记述风流才子祁羽狄知忠识奸,曾辅佐朝廷建功,能够急流勇退,与五十多个女人相爱,得娇妻美妾一百多人,后俱升仙得道,其中祁羽狄所爱的龚道芳,是织女下凡;《万锦情林》中的《传奇雅集》,记述江右世家子某人,也是与一百多个女人有性爱关系。《如意君传》记述武则天与薛敖曹淫乱的传说故事;同类传说故事还有《控鹤监秘记》。《痴婆子传》记述少女上官阿娜出嫁之前就与人淫乱,出嫁栾家后继续淫乱,与其淫乱者既有其小叔,又有其公公,堪称明代荤故事大全。《国色天香》中的《金兰四友传》记述了事实上为同性恋的传说故事。《榕阴新检》中的《金凤外传》记述王室中乱伦、淫荡的传说故事;从周亮工《闽小记》中可知,这个故事在社会上有手抄本流传。这使我想起"文革"中所流传的《少女之心》手抄本,其存在与流传既是有关生活内容的真实体现,又显示了对虚伪的专制文化的逆反心理。此类故事在明代常常假托某个历史人物,借以演说在卫道士看来不堪入目的内容,这是明代市民力量崛起后文化、精神需要日益增强的直接产物,也是对宋明理学的强烈反抗。这类民间荤故事有许多在今天还有流传,它表明了民间文学对社会现实的真实反映,与明代民歌中的肉欲描绘在实质上是一致的。这样,我们就可以更全面地理解《金瓶梅》在明代产生的思想文化背景,我以为很重要的因素是高度专制与相对发达的商业活动二者的结合。作为思想文化的畸形产物,荤故事和荤歌谣在明代大量出现是一种绝对的精神怪胎。明统治者以理学扼杀思想自由,甚至在服饰上对民间百姓都有诸多限制,以维护皇家权威,如《阅世编》卷八记叶梦珠忆及明初"庶民莫敢效","隶人不敢拟","其市井富民"亦"不敢从新艳也",民间男女不得用金绣、锦绮,只能用绸、绢、素纱,连大红、鸦青和黄色都不许用;更不用说朱元璋"飞诬立构,摘竿牍片字,株连至十数人"[1]的文字狱了。直到明中后期,这种局面才有所改观,但它所形成的僵化的思维则贻害无穷。思想行为上的不自由,造成了社会上狎亵风行,沉湎酒色,沉浸于历史的局面,这样,明代民间文学中就较多出现以宋元时人物为背景述说故事的风尚;明中后期,"靡然向奢"的大潮汹涌澎湃,如谢肇淛在《五杂俎》中所说,"今时娼妓满布天下,其大都会之地动以千百计,其他偏州僻邑,往往有之",人"良贱不及计,配偶不及择","女家许聘,辄索财礼","富贵相高"。社会上"礼崩乐坏",诚如《客座赘语》卷一中人所吟诗歌:"嵯峨大船夹双橹,大妇能歌小妇舞,旗亭美酒日日沽,不识人间离别苦。长江两岸娼楼多,千门万户恣经过,人生何如贾客乐,除却风波奈若何。"荤故事、荤歌谣在这样的氛围中若不产生,才是怪事。明代社会不仅产生了《金瓶梅》,还有《肉蒲团》《玉娇女》《绣榻野史》等荤小说作为荤人荤事的集大成。我们的民间文学史不应该回避这种现象,因为在民间荤故事中,包含着大量社会性和非社会性的因素,其形成背景是相当复杂的。明代社会的市民意识是其形成的重要因素,而不是唯一的因素。早在唐代张鷟的《游仙窟》中就已经包含着这类内容;而在明代忽然涌现出那么多,其描述又那么露骨,除了社会心理的历史原因与现实原因之外,有很多因素是值得我们深入思索的。

再者是神仙传说问题。

神仙信仰是民间文学历史上非常重要的一个普遍性现象,是民间信仰的重要表现。在明代社会,这种现象更为突出,统治者惯于使用的装神弄鬼

---

[1] 《明史·刑法志》。

与各种禁令以"法"的名义被贯彻于社会,对这种现象的形成与发展起到非常重要的影响作用。如明洪武三十五年《大明律》规定"乐人搬做杂剧戏文,不许装扮历代帝王后妃、忠臣烈士、先圣先贤神像","其神仙道扮,及义夫节妇,孝子顺孙,劝人为善者,不在禁限"云云;此前甚至规定"在京军官军人但有学唱的,割了舌头","如有亵渎帝王圣贤,法司拿究"[1]!

这首先需要一定的文化基础和必要的精神氛围,如王圻编集《稗史汇编》卷二三三《祠祭门·百神下·天妃救厄》中记述:"嘉靖壬辰,上遣正使吏科左给事中陈侃、副使行人司行人高澄齎、捧诏勅前往琉球。八月,侃等治装戒行,飞航万里,风涛叵测用闽人故事祷于天妃之神。将至其国,逆风荡舟,罅缝皆开,以数十辘轳引水,水莫能御,齐呼天妃而号,俄顷风定。寻罅塞之舟,乃得达及还解缆。越一日中夜风大作,桅折舵毁,舟中哭声震天,大呼天妃求救。俄有红光若烛笼自空来,舟人皆喜,舟果少宁。"天后故事在宋代形成基本结构,而故事文本的完善,应该是在明代;只有朱明王朝大力推行"吾使民有所畏也"的造神运动,才能够出现这些体系完备的中国神谱。

明代神怪文学异常繁盛,出现了著名的神魔小说《四游记》《封神演义》《西游记》等作品,以及明代戏剧中的大量神仙戏。这与唐代杜光庭的《神仙感遇传》《仙传拾遗》《录异记》和《墉城集仙录》,沈汾的《续仙传》,宋代张君房的"小《道藏》"、《云笈七签》,元代赵道一的《历世真仙体道通鉴》,后人以元版画像《搜神广记》翻刻的《绘图三教搜神源流》等神仙典籍的流行是分不开的。再往前数,甚至可推至汉代刘向的《列仙传》和东晋葛洪的《神仙传》等神仙典籍。这些神仙传说一脉相承。明代出现了托名王世贞的《列仙全传》、朱星祚编撰的《二十四尊得道罗汉全传》、吴元泰的《东

---

[1] 董含《三冈识略》引《遁园赘语》语,参见王利器《元明清三代禁毁小说戏曲史料》,上海古籍出版社1981年版。

游记》、邓志谟的《唐代吕纯阳得道飞剑记》和杨尔曾的《韩湘子全传》等作品(据宁稼雨《中国文言小说总目提要》统计,明代文言神怪小说有八十多种)。在这些典籍的共同作用下,形成了明代神仙传说的繁盛及其在更广范围内的流传。《列仙全传》有明万历二十八年刊本,其卷一中记东王公"道性凝寂,湛体无为","育化万物","凡上天下地,男子登仙得道者,悉所掌焉"。其中把"学道得仙之品"列为九等,"一曰九天真皇,二曰三天真皇,三曰太上真人,四曰飞天真人,五曰灵仙,六曰真人,七曰灵人,八曰人仙,九曰仙人"。由此可见明代神仙体系的一斑。明代神仙体系之庞大,神灵名目之众多,与靖难之役后统治者有意利用造神来愚弄民众是分不开的。

如《明史・礼志四》:

> 北极佑圣真君者,乃玄武七宿,后人以为真君,作龟蛇于其下。宋真宗避讳,改为真武。靖康初,加号佑圣助顺灵应真君。《图志》云:真武为净乐王太子,修炼武当山,功成飞升,奉上帝命镇北方;被发跣足,建皂纛元旗。此道家附会之说。国朝御制碑谓太祖平定天下,阴佑为多,尝建庙南京崇祀。及太宗靖难,以神有显相功,又于京城艮隅并武当山重建庙宇。两京岁时朔望各遣官致祭,而武当山又专官督祀事。宪宗尝范金为像。今请止遵洪武间例,每年三月三日、九月九日、用素羞,遣太常官致祭,余皆停免。

玄武为北方之神。《淮南子・天文训》中记有"北方,水也,其帝颛顼","其兽玄武";宋、元时期曾编造许多玄武显灵的故事;《太岳太和山纪略》卷三载,(明成祖)"初起燕,问师期于姚广孝,对曰:'未也,俟吾师至。'及期,出祭纛,见披发而旌旗蔽天。问:'何神?'曰:'吾师北方之将玄武也。'成祖则披发仗剑以应之"。(万历八年)刘效祖《重修真武庙碑记》中,也称"真武则神威显赫,祛邪卫正,善除水火之患,成祖靖难时,阴助之功居多"。

朱棣以藩王身份为帝,定都北京,选择玄武即真武为佑助之神,大造舆论,当是自然的事情。他广造神灵,滥封神位,神仙传说自然繁盛。明代神仙精怪传说故事的世俗化,从钱希言的《狯园》中可以看到。此书共十六卷,近七百篇,分"仙幻""释异""影响""报缘""冥迹""灵祇""淫祀""奇鬼""妖孽""瑰闻"等十大类,强调"以文为稗",保存了丰富的民间传说。如其所记"偷桃小儿"记述"时冬月凝寒",有"幻人诣门,挈一数岁小儿求见,口称来献蟠桃",并称"此西王母桃也,适命小儿诣瑶池取之"。后小儿又去天庭,"见蟠桃坠下","连枝带叶,颜色鲜美",然此小儿却"饱天狗之腹",但"明日,有人于市见此偷桃小儿还在"。在"二十八宿"中记述朱元璋在宫中祭二十八宿,引出开济所言"陛下即娄金狗,臣乃觜木猿";此与《曲洧旧闻》中所记宋徽宗为娄金狗降世相似,其意应该都有所讽刺。最为典型的是《四游记》。吴元泰的《东游记》即《八仙出处东游记》,二卷五十六回,记述八仙聚会,大闹东海;其"铁拐得道,度钟离权,权度吕洞宾,二人又共度韩湘、曹友、张果、蓝采和、何仙姑则别成道","凡所敷叙,又非宋以来道士造作之谈,但为人民间巷间意","盖杂取民间传说作之"[1]。余象斗的《南游记》即《五显灵官大帝华光天王传》,四卷十八回,记述五显灵官大帝华光上世为妙吉祥童子所贬三眼灵光,复生为灵耀,大闹天宫,被玄天上帝"以水服之",托生为萧氏,即华光;其大战神魔,后又遇铁扇公主,"擒以为妻",降服各路妖魔,曾访地府,大闹阴司,终归佛道;此篇作品的很多情节与吴承恩《西游记》颇相似。"齐云杨志和编"的《西游记》共四卷四十一回,记述孙悟空得道后,唐太宗入冥,玄奘求经,中途收孙悟空为徒,经历种种困难,终于取回经而归唐;其中有孙悟空(即石猴)得仙,搅乱世界,被玉帝封为齐天大圣,后又闹蟠桃大会,二郎真君战胜孙悟空,如来压之于五行山下等故事,与吴承恩《西游记》亦基本相同。余象斗的《北游记》即《北方真

---

[1]《鲁迅全集》第九卷,人民文学出版社1982年版,第154、155页。

武玄天上帝出身志传》,四卷二十四回,记述真武大帝得道降妖,复生为净洛国王子,得斗母元君点化,于武当山得道后收服龟蛇之怪、赵公明、雷神和扬子江二妖等故事。明代民间流传的神仙传说故事中,吕洞宾是一个很突出的角色。如邓志谟《唐代吕纯阳得道飞剑记》曾记述其得道故事,《八仙出处东游记》和王同轨的《耳谈》等著作也曾记述其神奇的传说。《东游记》中记崔婆卖茶,遇"一道人往来凡十余次",此道人屡得施茶,"深感之",即"以杖拄地,清水迸出"而为酒,使崔婆"大享其利";后来因为崔婆"贪心不足",酒"复成水","其井至今尚存"。《耳谈》卷十一载《吕贫子》,记述"永乐间,广信永丰有丐子,寒暑惟着破衲,臭秽不可闻",此即"吕贫子",他"悬一烧饼,行歌于市","宿东岳山顶,早出晚归,风雨不间";有"米贾"曾厌其常得施舍,侮辱过他,后来又得其帮助,并目睹其神仙术,能于石中化钱,"着以双草履","闭目"能疾行。米商为其建造"吕仙祠";"此石尚置祠中,街心石为金公携归,钱尚在石内","广信刘公雨丰谈"。显然,这种记述方式继承了《酉阳杂俎》和《夷坚志》在故事记述中载故事讲述人的模式,是典型的地方风物传说与神仙故事相结合的作品。许仲琳的《封神演义》是一部家喻户晓的神怪小说,记述的神仙传说故事更为丰富;但其偏重于对历史传说的总结,此不详述。总之,明代流传的神仙传说是特殊的民间文学,其中包含着丰富的民间传说与民间故事,也包含着复杂的民间信仰观念。

　　明代传奇小说和笔记中的民间传说与民间故事,由于著述者和编选者的身份及其目的不同,记述的详略与原始成分的保存也不同,但我们可以从中看到明代民间文学以种种面目在社会生活中出现的意义。这些记述作为世俗生活和神仙世界的具体描绘,与明代的民间歌谣、民间谚语一样,都是明代社会最真实的记录,是明代民间社会生活的口述史册。

二、历史传奇与历史传说

所谓历史传奇,在明代民间文学中,专指那些以历史题材为讲述对象的著述,其中民间艺人的加工,使那些原来较为零散的民间传说和民间故事更为系统化,也更具有生动性。它集中了明代社会的民间历史传说;若我们从这些历史传奇所记述的对象来看,会发现又一部从先秦至明代的历史长卷。这在我国文化史上是一道奇观,是我国民间文学对古代历史的深情言说所形成的"口碑"长卷。它明显不同于各朝代所谓正史的写作,也不同于《资治通鉴》那类的教科书式的历史事件的阐释,而是将几千年历史风云的文化碎片重新"还原"成活生生的历史。更重要的是这一部部"还原"的历史有许多是耆叟们一代代口耳相传的,是由作为社会历史前进动力的千百万人民靠自己的理解所写就的,是真正的民间的"历史"。

明代历史传奇所表现的历史传说,在发生时代上最早的当数周游的《开辟衍绎通俗志传》,简称《开辟衍绎》,也称《开辟演义》,今存有明代崇祯间麟瑞堂版本,共六卷八十回。它主要记述了从盘古开辟世界到"武王克纣伐罪吊民"这一段历史传说,主要内容是神话传说。明代"靖竹居士王黉"在《〈开辟衍绎〉叙》中详细记述了当时"历史开辟"类作品的流传,举到《列国志》《西东汉传》《三国志》《两晋传》《南北史》《隋唐传》《南北宋传》《水浒传》《岳王传》和"一统华夏"的《英烈传》。王黉称,"《开辟衍绎》者,古未有是书",又称"如盘古氏者,首开辟也;天、地、人三皇,次开辟也;伏羲、神农、黄帝、尧、舜,又开辟也;夏禹继五帝而王,又一开辟也;商汤放桀灭夏,又一开辟也"。显然,他和周游一样,是把夏之前的神话传说也当作真实的历史看待的。周游把盘古开创世界作为中国历史的第一个时代,使我们联想到司马迁在《史记》中只从黄帝记述起,其中一个重要原因是盘古神话被详细记述的时间较晚。但从中我们也可以看到,周游对当世的神话传说进行了认真的整理,他把盘古神话放在伏羲、神农、黄帝、尧、舜众神之前,是很有见地的;周游还相当完整地记述了不同神话时代的神话系统,诸如"伏羲之有苍颉,黄帝之有风后,尧有舜佐,舜有臣五人而天下治,禹、弃、契、皋陶、伯益又有八元八凯,禹有治水之功而兴夏"等内容。这是我国文化史上对史前时代的历史第一次较为清醒的记述与整理,其价值无论是作为神话传说还是作为著述者的勾勒,都是卓越的,在我国神话史上有着独特的地位。

其次是吴承恩的《禹鼎志》。这虽然是一部传奇小说集,而且其书也已亡佚,但它对大禹时代的神话传说做了系统整理,其记述方式具有明确的目的性,这一学术行为是很有意义的。从保存下来的吴承恩的《〈禹鼎志〉序》[1],我们一方面可以窥到此书的内容,另一方面则可以看到吴承恩与民间文学的具体联系。如其中有"昔禹受贡金,写形魑魅,欲使民违弗若"的记述,当为该书的基本内容。关于禹铸九鼎的传说,《左传·宣公三年》有记述,称"昔夏之方有德也,远方图物,贡金九牧,铸鼎象物,百物为之备,使民知神奸"。

吴承恩在"序"中说"余幼年即好奇闻,在童子社学时,每偷市野言稗史","比长,好益甚,闻益奇","迨于既壮,旁求曲致,几贮满胸中矣"。从中我们可以理解他如何创作《西游记》及其思想文化上的长期积累和准备。

"钟惺伯敬父编辑","冯梦龙犹龙父鉴定"的《有夏志传》和《有商志传》各有四卷,请人合刻为《夏商合传》[2]。其中夏代历史记述大禹治理天下,收伏水怪,"传十七世四百五十八载",而至桀时耽于酒色,终于亡国;商代历史记述商汤"祷雨救民","传二十八世六百四十四年",而至纣王时因妲己而使"千载天下,一旦亡乎哉"。相续出现的历史传奇是余邵鱼的《列国志传》[3],记述自姜子牙助周灭商到秦始皇统一六国的历史,明代陈继儒称其为"此世宙间一大账簿也"。作者虽称意在"维持世道,激扬民俗","莫

---

[1] 存于《吴承恩诗文集》,古典文学出版社1958年版。
[2] 存清嘉庆十九年稽古堂刊本。
[3] 存万历三十四年三台馆刊本,见《春秋五霸七雄全像列国志》八卷本。

不谨按五经并《左传》《十七史纲目》《通鉴》《战国策》《吴越春秋》等书",但其"演义"中还是明显保存了不少民间历史传说,至少是转述了一些传说。如秦哀公临潼斗宝事,后人就指出"久已为闾阎恒谭",伍员为明辅"尤属鄙俚"。(见明代可观道人《〈新列国志〉序》)冯梦龙根据余邵鱼这部著述并参考相关史籍,撰成《玉鼎列国志》,即《新列国志》[1],保存了更多的历史传说,诸如屠岸贾、秦野人、庆忌、甘罗、勾践、西门豹、信陵君、屈原、介子推、鲁仲连、杞梁妻等著名传说故事,语言尤为通俗、生动、流畅,给人以深刻印象。先秦时期社会历史多动荡,人才辈出,有许多动人的民间传说和民间故事,两部《列国志》保存了这些内容,并影响着后世相关民间文学的嬗变形态。

记述汉代历史传说的传奇著述,有"钟山居士建业甄伟"所撰的《西汉通俗演义》、谢诏的《东汉十二帝通俗演义》,以及两本合刻而成的《东西汉通俗演义》[2]。如袁宏道《东西汉通俗演义序》[3]中所讲:"今天下自衣冠以至村哥里妇,自七十老翁以至三尺童子,谈及刘季起丰沛,项羽不渡乌江,王莽篡位,光武中兴等事,无不能悉数颠末,详其姓氏里居。自朝至暮,自昏彻旦,几忘食忘寝,聚讼言之不倦","则《两汉演义》之所以继《水浒》而刻也,文不能通,而俗可通","汉家四百余年天下,其间主之圣愚,臣之贤奸,载在正史及杂见于稗官小说者详矣"。甄伟本记述楚汉相争与汉初灭诸王,至汉高祖死;谢诏本记述自王莽建新朝,光武帝中兴,到汉桓帝党锢之祸为止;合刻本夹评夹议,有明显的说书人加工色彩。至罗贯中的《三国演义》出现,东汉末年即三国时代的历史传说得到异常系统而完整的整理;若将之与陈寿《三国志》相比较,可见"演义"中历史传说和民间故事比比皆是。学者公认其取材于《三国志》和裴松之的注,以及当世所流传的民间传说。如

---

[1] 存清初覆明金阊叶敬池本。

[2] 存明末剑啸阁刊本。

[3] 存明末剑啸阁刊本。

明代"庸愚子"在嘉靖本《〈三国志通俗演义〉序》中,提到"历代之事,愈久愈失其传。前代尝以野史作为评话,令瞽者演说,其间言辞鄙谬,又失之于野",而罗贯中本"文不甚深,言不甚俗,事纪其实,亦庶几乎史","若《诗》所谓里巷歌谣之义也"。他也强调"结义桃园,三顾草庐"诸事与诸葛亮的忠诚智勇,"关、张之义"等写得生动传神;而这些内容,正是民间传说所体现的。《三国演义》在明清时期有许多版本问世,也有许多批评家对其评论不已,其中有人如明代"秃子"在"明建阳吴观明刊本"《序批评三国志通俗演义》中极称其"俗";李渔在清"声山别集本"中提到《三国演义》为四大奇书之一,并提到其受到前"三分之说"故事讲述模式的影响。也有人指出罗贯中本与元代"讲史"中《全相三国志平话》的联系。明代关于三国历史的演义小说存有多种,如"晋平阳侯陈寿史余杂记","西蜀西阳野史编次"的《续编三国志后传》[1]等。杨尔曾编的《东西两晋演义志传》存有明万历四十年"周氏大业堂"本,为《西晋志传》《东晋志传》的合编,其中记述了晋武帝、晋元帝等历史人物的传说故事。明代"雉衡山人"在《〈东西两晋演义〉序》中,还提到罗贯中因为"作俑"于"以通俗谕人",其"子孙三世皆哑"并以此作为"口业之报"的传说。

  隋唐时代英雄辈出,民间传说层出不穷。对于这一段历史传说的记述,明代民间文学给予了特别关注,在历史传奇中屡有表现。诸如题"东原贯中罗本编辑","西蜀升庵杨慎批评"的《隋唐两朝志传》存十二卷一百二十二回,有明万历四十七年"龚绍山刊本",其中记述自杨坚到唐僖宗时历史传说多种。又如题"齐东野人编次"的《隋炀帝艳史》存八卷四十回,有明崇祯时"人瑞堂本"。其中记述隋炀帝风流事迹,诸如三幸辽东、避暑汾阳、下江南、"荒淫成性"等;同时还记述了与隋炀帝同代的许善心、独孤盛、独孤开远、王义、朱贵儿、封德彝、萧后、苏威、宇文化及等人物的传说

---

[1] 见孙楷第:《日本东京所见小说书目》,万历年间本。

故事。袁韫玉撰的《隋史遗文》共十二卷六十回，存有明崇祯六年原刊本，记述了隋朝末年瓦岗寨英雄聚义到玄武门之变后唐太宗即位这一段历史传说，其中秦琼的传说故事甚多，其他还有尉迟敬德、程咬金、罗成、单雄信等传奇人物的传说故事，充满宿命色彩，亦尤为动人。熊大木所撰的《唐书志传通俗演义》又名《秦王演义》，共八卷，存有明嘉靖三十二年"杨氏清江堂刊本"，记述李渊晋阳起兵到秦王征高丽这一时期的历史传说故事。题"竟陵钟惺伯敬编次"的《混唐后传》又名《薛家将平西演传》，共八卷三十二回，存有"清芥子园刻本"，其中记述了民间传说中的薛仁贵、薛丁山的神奇故事；同代还有刊刻的《薛仁贵征辽事略》（见《永乐大典》），二者在一些历史传说的记述上有相似处。题"贯中罗本编辑"的《残唐五代史演义传》共六卷六十则，主要记述黄巢起义至唐亡国、宋赵匡胤陈桥兵变这一段历史的传说故事，诸如李存孝、王彦章、李克用等历史人物的传说，记述颇为详细。

两宋时代是使明代人百感交集的时代，在相关的历史传奇中，我们可以看到他们对宋初兴时辉煌的向往，也可以深切感受到他们对宋代英雄所受冤屈的不平，其中包含着明代社会特有的民族感情。熊大木的《南北两宋志传》（即《南北宋传》，十卷五十回，存清浙绍敬艺堂刊本，明代有玉茗堂批点本）就是体现这种感情的典型。《南北宋传》分别记述了自后唐石敬瑭起家，割燕云十六州到宋太祖平定南方和宋真宗、宋仁宗时代的历史，其中《〈北宋志〉传》以杨家将故事为中心，记述了大量生动的民间传说，如杨业父子故事、杨五郎传说、杨宗保传说和萧太后等人的故事，正如明代"玉茗主人"在《北宋志传序》[1]中所述，"志有所寄，言有所托"。熊大木的《大宋中兴通俗演义》（别题《大宋演义中兴英烈传》）中，这种情绪更为明显。此书存八卷八十则，有明万历间"三台馆本"、万历书林"万卷楼"刊本和清代"映秀堂刊本"等，在"三台馆本"中被易名为《大宋中兴岳王传》。其中主

---

[1] 清浙绍敬艺堂刊本。

要记述岳飞抗金故事,以及李纲、宗泽、韩世忠等人的传说,最后以秦桧在冥间受到报应为结尾。同时流行的岳飞传说故事还有明代邹元标根据熊大木此本删节而成的《岳武穆精忠传》,存六卷六十八回,有清代"大文堂刊本"。邹元标在《〈岳武穆精忠传〉序》中称"从来忠孝名贤、贞烈义士,每不愿存形骸于世宙,留躯壳于人间,则死固奇节也",而岳飞"真有诸葛孔明之风",并引晋刘宋所杀檀道济诗"自坏万里长城",斥"高宗忍自弃其中原,故忍杀飞"。岳飞传说故事的流传,表现了"天地有正气"[1],这种正气"在天为日星,在地为河岳,在人为忠义"[2]。正是此类故事的流传,铸成了我们中华民族威武不屈的高贵品格的核心。如人所感慨:"山河至于今,流峙也,日月至于今,照临也","正气之在于天地者如此",而"若夫贼桧之邪,至今视之,一狗彘耳,一蚁虱耳,一粪壤耳。纪异者传桧变为牛,而雷碎之",见"邪气之不容于天地也"[3]。

宋代传说故事中,岳家将与杨家将是一双璧玉,无论在明代还是其他时代,人们对这种传说都注满深情。明代社会此类历史传说因民间艺人的加工而广为传播,当是有识者有感于社会道德的腐朽败坏而大力呼吁正气的产物。如题"秦淮墨客校阅"[4]的《杨家通俗演义》(别题《杨家府世代忠勇通俗演义》)存八卷五十八则,有明万历三十四年"卧松阁刊本",其中记述杨业父子英雄传说,以及"自令公以忠勇传家,嗣是而子继子,孙继孙,如六郎之两下三擒,文广之东除西荡,即妇人女子之流,无不摧强锋劲敌以敌忾沙漠,怀赤心白意以报效天子"[5]等杨家满门忠烈的故事。诚如人在其《序》中所慨叹,"贤才出处,关国运盛衰";不佞之徒与草木同朽,只有此"忠勇如

---

[1] 李春芳:《岳鄂武穆王精忠传叙》,清映秀堂刊本载。
[2] 李春芳:《岳鄂武穆王精忠传叙》,清映秀堂刊本载。
[3] 李春芳:《岳鄂武穆王精忠传叙》,清映秀堂刊本载。
[4] "秦淮墨客"当为明纪振伦号,此当为纪振伦校阅本。
[5] 秦淮墨客:《杨家通俗演义序》,明万历三十四年卧松阁刊本。

杨令公者",才使华夏"树威"。由此联想到关羽传说在明代流传亦颇广的现象,这些英雄传说盛行,说明当时社会道德大厦潜伏着危机;民间传说对于铸造民族精神常起到自救和自我调节的作用,使社会道德不断得到更新与完善。

《三遂平妖传》题"东原罗贯中编次",存明"墨憨斋批点金阊嘉会堂刊本",记述了宋代王则起义被剿平的传说,与施耐庵的《水浒传》一样,都是对官逼民反主题的演绎。不同的是,《三遂平妖传》中大量的民间神魔鬼怪传说,冲淡了这一主题。诸如其中的胡媚儿系白狐精圣姑姑之女,托生后嫁给河北王则,后同蛋子和尚、左黜儿及圣姑姑等一起与王则谋反,文彦博率兵征讨,王则被剿平。书名称为"三遂",是故事中有马遂、李遂和蛋子和尚叛离王则后自称诸葛遂,他们同破圣姑姑的法术,对平王则起到关键作用。王则故事在宋末罗烨《醉翁谈录》辛集"妖术"类以《贝州王则》出现,至明代又一次被记述,体现出明代社会民间文学中的历史观。

在与宋朝有关的历史传说之后,明代对元代历史传说几乎不提,即使有,也只是作为明王朝兴起的背景即明代开国的内容而涉及。关于当代历史性传说的整理,在明代出现了"徐渭文长甫编"的《云合奇踪》即《英烈传》,存明万历刊本,共二十卷八十则,记述的主要是元末朱元璋和他的战友们拼杀疆场,建立明朝的一系列历史故事,包括徐寿辉、陈友谅等人的传说。此外,又有题"空谷老人编次"的《续英烈传》五卷三十四回,有清"集古斋刊本",主要记述明成祖靖难之役的传说故事,也有建文、永乐时的传说故事,与《英烈传》在历史时空上相承接,描述了明代社会初期的风云变幻。明代曾发生三宝太监下西洋的历史事件,在明传奇小说中也有记述,如罗懋登的《西洋记》,即《三宝太监西洋记通俗演义》,存二十卷一百回,有清光绪四年上海申报馆仿聚珍版刊本,记述郑和使南洋故事,出现许多神仙魔怪之类的民间传说,完全按照作者个人对南洋的想象而撰,有些传说取自《山海经》,有些"锄强扶弱,海道一清"的故事,则与《大唐三藏取经诗话》相似。

作品写郑和历经三十九国,沿途凭借着金碧峰长老和张天师的法力战胜重重困难,可看作假借郑和下西洋史实之名而作的又一部《西游记》。此传说故事中融入了明代社会的民间信仰,出现了元始天尊、玉皇、观音、托塔天王、哪吒、骊山老母、八仙等神佛人物,许多情节也明显地照搬《西游记》,诸如羊角真君的吸魂瓶被金碧峰钻成小孔,以及设置女儿国等,甚至郑和下西洋的起因也刻意模仿《西游记》,形成特有的神话传说氛围。如张天师对永乐皇帝称传国玉玺流失西番,应当寻回,但他心中想的却是借此灭佛;金碧峰是由燃灯古佛转生,他想拯救佛教,在金殿与张天师斗法获胜,这在《西游记》中也有类似情节。《西洋记》同《西游记》一样集中体现了明代社会民间宗教等内容的传说,应该为我们所重视。明代社会阉党横行,引起民众的极大愤慨,崇祯即位后清除阉党,以声讨魏忠贤为内容的传奇小说应运而生,出现了题"吴越草莽臣撰"的《峥霄馆评定新镌出像通俗演义魏忠贤小说斥奸书》,简称《魏忠贤小说斥奸书》。有人考据,"吴越草莽臣"即冯梦龙,将此书收入《冯梦龙诗文》中。作品记述了魏忠贤的一生,"自忠贤生长之时,而终于忠贤结案之日"。题"西湖野臣著"的《皇明中兴圣烈传》和题"长安道人国清编次"的《警世阴阳梦》,也都记述了魏忠贤作祟多端的民间传说。题"平原孤愤生戏笔"的《辽海丹忠录》和题"吟啸主人撰"的《平虏传》,记述了明代后期边疆动荡的传说。由"西吴懒道人口授"的《剿闯通俗小说》,又名《剿闯小史》《忠孝传》,是明代第一部完整记述李自成农民起义传说故事的传奇小说,所记从魏忠贤擅权到吴三桂降清,与《明季北略》所载史实有符合的地方,也有不符的地方。郭沫若在《剿闯小史跋》中考,"今观其前五卷专叙北方事,确出传闻","与《明史·流贼传》则大有出入","《流贼传》绳伎红娘子救李信出狱事,最宜于做小说材料,而本书则无之",其成书当在"甲申、乙酉之间"[1]。这部作品在我国民间文学史上是很有价值

---

[1] 《剿闯小史》,说文出版社1944年版。

的,可作为我国当世农民起义传说记述的典型。不论作者的立场和态度如何,他保存了明代李自成这一农民起义历史人物的传说,具有重要的口述史学意义。

明代历史传奇与历史传说之间的联系十分密切,也十分复杂,相关文献的继续发掘与考据,以及可以依照历史文献而进行的田野作业,将是解决这个问题的有效途径。

三、民间笑话和寓言故事

明代民间故事中,笑话和寓言别具特色。其中一些民间笑话与机智人物型、呆子型民间故事相糅合,或指斥社会黑暗腐朽,或讽刺世间不良行为。诸如明代广为流传的解缙、唐伯虎、祝枝山、阿丑等历史人物,他们在民间故事中完全被传奇化,已失去民间传说的纪实意义。这些作品以谐谑形成特殊的风格,应看作是民间笑话。如冯梦龙所编的《古今谭概》,就保存了不少此类故事。当然,更典型的民间笑话,还应以《笑赞》《笑府》《广笑府》和《雪涛谐史》等笑话专集中的作品为主。冯梦龙所编的《广笑府》和《笑府》,在保存民间笑话的原始性方面最具代表性。诸如《广笑府》中的《属牛》《有钱者生》《衣食父母》《死后不赊》《指石为金》《新官赴任》《愿踢脚》《不请客》《须寻生计》《是何言行》《合做酒》《下公文》《豆腐》《性刚》《不识人》《错死人》《有天无日》等,语言通俗而简洁,有不少作品至今还在民间流传,甚至成为常用的俗语。这些作品寓意深邃,在明代民间文学中独树一帜。《笑府》与《广笑府》为中国民间文学史上的双璧,其中保存的笑话故事诸如《打半死》《厨子》《恍惚》《不留客》《解僧卒》《合种田》等,都给人以嬉笑这一特殊的审美愉悦效果。在冯梦龙选录的笑话故事中,有两类人物性格最为突出,一类是昏官,一类是世间众生的呆憨相。如《广笑府》中的《新官赴任》,新官问如何"做官事体",吏答道"一年要清,二年半清,三年便浑",新官为急于"浑"而自叹,令人发笑。《笑府》中的《恍惚》记

"三人同卧",都将别人当自己,第一人将第二人腿抓出血,第二人以为第三人"遗溺","促之起",第三人"起溺",听邻家榨酒声而以为溺未完,"竟站至天明"。我以为,这是对整个国民性格的深刻描绘,堪称民间文学史上的经典。其次是赵南星的《笑赞》,其中的《做屁文章》《昏官》《放生》《行孝》《说大话》《买靴》《岂有此理》《甘蔗渣》《我却何处去了》《和地皮卷来》等于诙谐中刻画人物性格,入木三分。浮白主人的《笑林》,保存了民间笑话如《拿屁》《借牛》《问令尊》《虾》《许日子》《不留客》等,有浓郁的生活气息和深刻的哲理意识,给人以丰富的启迪。江盈科的《雪涛谐史》和《雪涛小史》保存了《假银》《原来就是我》《悭师》《惧内》《心在哪里》《说谎者》《骗下楼》《拿团鱼》和《脚痛》《北人啖菱》《补则生》等故事,记述了明代社会精神空虚无聊的一面。尤其是其中的《假银》记述"有官人性贪",连城隍庙中的假银锭也不放过,明知是假的还"要取个进财吉兆",可见其贪婪到何种程度。无名氏的《时尚笑谈》明确记述当世笑话,诸如《学官贪赃》《厚脸皮》《看相》等,在平常事件中揭示出严肃的社会主题,与今天流传的政治笑话颇有类似的意义。另外还有明代郭子章所编《郭子六语》中的《谐语》,也保存了丰富的笑话(其《六语》包括《谐语》七卷、《讥语》一卷、《谶语》六卷、《隐语》二卷、《谚语》七卷和《谣语》七卷)。我们透过这一串串笑声,可以看到明代作家对民间众生相的一丝忧虑。从一些跋和序中可以看到,许多人并不是单纯为了记述供人娱乐的笑料,而是有所寓意。如明"三台山人"在为李贽所撰《山中一夕话》[1]作序时,即指出其"不为无补于世"。又如冯梦龙在《古今笑自叙》中所述,"一笑而富贵假,而骄吝忮求之路绝;一笑而功名假,而贪妒毁誉之路绝;一笑而道德亦假,而标榜倡狂之路绝;推之,一笑而子孙眷属皆假,而经营顾虑之路绝;一笑而山河大地皆假,

---

[1] 《山中一夕话》,李贽撰,十二卷,卷首题"卓吾先生编次,笑笑先生增订,哈哈道士校阅",存有上海申报馆丛书续集本。

而背叛侵陵之路绝"[1]。

　　有一些民间笑话故事,其意义之丰富,可以作为民间寓言看待。如《笑府》中的《蝙蝠》,《笑赞》中的《搬坏了》,《广笑府》中的《技术争高下》,《笑林》中的《猫吃素》,《雪涛谐史》中的《以猫饲雏》,以及马中锡的《东田文集》所存《中山狼传》等,刘元卿的《贤奕编》所存民间寓言也甚多。这些作品多通过某种故事讲述或揭示一定的道理,启发人们对社会、人生诸问题的深入思索,故事的倾向性甚为明显。诸如《笑府》中的《蝙蝠》记述"凤凰寿,百鸟朝贺,惟蝙蝠不至",蝙蝠对凤凰说自己是兽,对麒麟说自己是鸟,当凤凰与麒麟相遇谈及蝙蝠的两面性时,慨叹"如今世上恶薄,偏生此等不禽不兽之徒。真个无奈他何"。《贤奕编》中的《猱搔虎痒》《猩猩》《猫号》《万字》《争雁》等篇以动物寓言故事为主,揭示某种道理。如其中的《猫号》记述为猫取名,或称"虎猫",或称"龙猫",或称云、风、墙等号,最后归之于"鼠猫","东里丈人嗤之曰:'噫嘻,捕鼠者故猫也;猫即猫耳,胡为自失本真哉!'"《中山狼传》曾被许多人用作寓言题材,作品借民间流传的寓言故事,以"杖藜老人"的话结尾,述说不能滥于信任,要辨识忠奸的道理。此篇的特点集中在"三问"上,即问树、问牛、问杖藜老人,这种结构符合民间故事的基本模式,包含着"事不过三"的朴素信仰观念。

　　还值得一提的是刘基在《郁离子》中所保存的寓言,诸如《蟾蜍与蚵蚾》《蒙人叱虎》《割癭》等,包含着一些民间故事;杨慎的《艺林伐山》,方孝孺的《逊志斋集》和《正学文集》,庄元臣的《叔苴子》等文集中,也包含着一些具有民间故事色彩的寓言。其他还有无名氏所撰的《华筵趣乐谈笑酒令》,赵氏所撰的《鹦林子》等,也不同程度地保存着一些民间寓言故事。在15世纪即明代的中后期,藏族民间文学中出现了央金噶卫洛卓编著的《甘

---

[1]　明阊门叶昆池刻本存。

丹格言注释》[1]和洛卓白巴编著的《益世格言注释》[2]等少数民族典籍,其中保存有许多民间寓言故事,不少作品都富有特色。

明代民间传说和民间故事等民间作品,不独保存在以上诸种文献中,还保存在一些传统形式的文学作品,诸如明代的诗、词、小说、散曲和戏剧中。尤其是戏剧在明代称为"传奇",有许多题材都是从民间传说和民间故事中选择出来的。明初杨景言的杂剧《西游记》采用了《大唐三藏取经诗话》中的民间故事;贾仲名的《铁拐李度金童玉女》采用了神仙传说;明代剧坛上大量出现类似于元杂剧的表现历史题材的"三国戏""水浒戏""神仙戏"和"风月戏"等,都以民间传说和民间故事为表现对象。诸如李开先的《宝剑记》取材于林冲弹劾童贯、高俅等奸臣,遭到陷害后被逼上梁山的民间传说故事;梁辰鱼的《浣纱记》取材于西施和范蠡的历史传说;徐渭的《四声猿》(包括《渔阳弄》《雌木兰》《女状元》《翠乡梦》)也分别借用了"三国"传说中的《击鼓骂曹》、民间传说中的《木兰从军》、神仙传说中的《度柳翠》等故事情节;汤显祖的《邯郸记》《南柯记》《牡丹亭》《紫钗记》(即"临川四梦")同样是采用古老的民间传说故事。但是,我们也看到一种情况,即明代剧作大都远离社会现实,这与明代的专制政治有着直接联系。如《大明律·禁止搬做杂剧律令》对戏剧有许多限制,这是扼杀明代戏剧现实性的真正罪魁。而正是在这种背景下,民间文学表现出独特的魅力;明代剧作家借古骂今,痛斥当世如李林甫辈者"嫉贤妒能,坏了朝纲"(王九思《杜甫游春》)。民间文学给明代文学注入了新鲜的血液,也为之提供了广阔的审美表现空间。

明代的诗歌创作也是这样。

明初著名诗人刘基曾在《二鬼》这首长诗中,借用神话传说故事述说

---

[1] 见马学良等主编:《藏族文学史》,四川民族出版社 1994 年版。
[2] 见马学良等主编:《藏族文学史》,四川民族出版社 1994 年版。

"启迪天下蠢蠢氓"的道理,指斥"养在银丝铁栅内,衣以文采食以糜"的当世文化专制的罪恶。高启是对下层民众有着特殊感情的诗人,其《养蚕词》《打麦词》《采茶词》《田家行》等诗篇,有不少地方化用了民间歌谣和民间传说,如《养蚕词》中的"三姑祭后今年好"等,使诗歌的意境形成一种悠远浑厚而又清新的审美效果。于谦的《石灰吟》曾述说其高远的追求,他关心国家和民族的命运,曾采用民歌形式"五更转"为军中将士谱写战歌,在《夜坐念边事》中以"但愿军中有一韩"的宋代歌谣入诗。李贽是明代成就卓越的诗人,他极力赞扬《三国演义》《水浒传》《琵琶记》这些采自说唱等民间文艺形式的俗文学,提倡源于真实、自然的"童心说",其理论即其诗学思想至今还放射着光辉。夏完淳是一位少年英雄,在诗歌中运用民间传说述说自己的不凡抱负,如《细林夜哭》中的"家世堪怜赵世孤,到今竟作田横客",是爱国主义的绝唱之作。明代诗歌创作曾经出现艰难曲折的反复古斗争,传统的理学思想与封建专制文化相结合,严重扼杀了明代伟大诗人的出现;而明代民间歌谣作为特殊的诗体和歌体,闪放出灼目的异彩。如沈德符在《野获编》中所说:"自宣正至成弘后,中原又行《锁南枝》《傍妆台》《山坡羊》之属。""自兹以后,又有《耍孩儿》《驻云飞》《醉太平》诸曲,然不如三曲之盛。嘉隆间乃兴《闹五更》《寄生草》《罗江怨》《哭皇天》《干荷叶》《粉红莲》《桐城歌》《银绞丝》之属","比年以来,又有《打枣竿》《挂枝儿》二曲,其腔调约略相似,则不问南北,不问男女,不问老幼、良贱,亦人人习之,人人喜听之;以至刊布成帙,举世传诵,沁人心腑,其谱不知从何而来,真可骇叹!"其实,它正是由千百万人共同创造的民间文学。明代作家自觉向民间文学学习,诚如人所言:"我明诗让唐,词让宋,曲又让元,庶几《吴歌》《挂枝儿》《罗江怨》《打枣竿》《银绞丝》之类,为我明一绝。"[1]明代民歌丰富了明代诗坛、歌坛、文坛,迄今还在滋润着、启迪着我们的民族文化。

---

[1] 陈宏绪《寒夜录》引卓人月言。

从一些小说中,我们还可以看到明代另外一些民间文艺形式的存在。如《金瓶梅》第七十四回《宋御史索求八仙鼎　吴月娘听宣黄氏卷》即记述了明代社会说唱宝卷的民间文艺生活。宝卷是对俗讲的继承。俗讲在宋真宗时代被禁之后,衍化为"谈经""说参请""说诨经"等,亦盛行在勾栏、瓦舍(肆)中。宝卷由"说经"演变而成,最早的宝卷,有学者考为宋代普明禅师的《香山宝卷》。此《金瓶梅》中所记,明确提到"放下炕桌儿,三个姑子(尼姑)来到,盘膝坐在炕上","月娘洗手柱了香。这薛姑子展开《黄氏女卷》,高声演说道……"演唱宝卷之前要"洗手""柱香",这是关键性的内容,记载了区别于讲史等民间文艺形式的仪式和情景。宝卷演唱在民国时代还相当流行,至今又有所恢复[1]。如郭沫若在《少年时代》中忆及他"未发蒙以前","已经能够听得懂这种讲圣谕先生的善书了",其中记述的"讲圣谕"的情景,与《金瓶梅》中大致相同。"这种很单纯的说书在乡下人是很喜欢听的一种娱乐,他们立在圣谕台前要听三两个钟头,讲得好的可以把人的眼泪讲出来。"[2]这些宝卷或长或短,为民间百姓所喜爱,原因主要在于其中一些积德行善、忍受苦难的内容引起了他们的共鸣。

在岁月的长河中,人民把自己当作自己的精神导师,他们拒绝腐朽文人的说教,而在自己的生活中寻找情趣,听"宣讲"就成为他们宣泄情感的重要生活方式。在今天的民间庙会上,还盛行着这种"宣讲"。我亲眼看到那些善男信女满面沧桑,忘我地高唱着"女娲娘娘从何来,头没有帽子脚没有鞋……"[3]

当然,明代民间文学并不是孤立地存在着的,它伴随着残酷的封建专制,度过了大明帝国的风风雨雨;在明代社会的文化世界中,它犹如冲天的

---

[1] 郑振铎曾在 1927 年《小说月报》第十七卷号外上记述宝卷,后又在《中国俗文学史》介绍其搜集到的宝卷,计二十一种,三十多卷,多为明代宣讲的宝卷。

[2] 郭沫若:《沫若自传·少年时代》,人民文学出版社 1979 年版,第 29 页。

[3] 见拙作《中国庙会文化》,上海文艺出版社 1999 年版,第 307 页。

大潮,一次次冲垮封建神学、封建理学的堤岸。但是,明代民间文学也存在着自身的严重局限,不论是否还有许多作品没有被文献所记述,就现存者来看,更多的作品限于表层叙述,缺乏深刻而全面的社会批判。

明代民间文学和明代作家文学告诉我们,专制,尤其是以封建理学武装起来的专制制度及其思想文化,是会严重摧残和蹂躏我们的民族健康发展的大敌!明代社会继宋代之后,又一次使我们的民族错过了最早进入现代化进程的机会,它用事实告诉历史,也告诉未来,没有全面的科学理论指导改革,社会就很难有大的发展!

第四节 明代故事传说与社会风俗生活

每每论述到一个历史时期的传说故事,总是要论及其作为社会风俗生活所体现的思想文化特征与价值,这都是因为故事被口头语言所传说,成为社会风俗生活。

明代记述社会风俗生活的文献有很多,人们多提到《帝京景物略》《宛署杂记》《析津志》《长安客话》和《大明一统志》等一些官修的地方志文献,而对于"三言"、"二拍"、《挂枝儿》(《童痴一弄》)、《山歌》(《童痴二弄》)、《古今笑史》、《古今谭概》、《古今风谣》、《古今谚》、《夜航船》、《稗史汇编》和《枣林杂俎》等文化集成,以及《本草纲目》之类通俗文献中的社会风俗生活缺少在意,对于朱橚《救荒本草》、王磐《野菜谱》、周履靖《茹草编》以及鲍山《野菜博录》之类具有日常实用性文献中所保存的民间文学等风俗生活内容,更缺少必要的重视。当我们更多关注明代社会的商品流通与市民阶层的迅速崛起对社会发展带来巨大的冲击时,其实,更应该看到传统农耕作为中国社会最基本的生产方式与生活方式,仍然是社会风俗生活的主体。所有这些,都成为日常生活,化作传说故事,从社会生活的口头语言形式进入文献,从而以口头语言与语言文字的基本形式并行于社会的大街小巷、田头地边。

明代传说故事多种多样,其实传说故事被记录或整理成文献,整个过程就已经属于社会风俗生活的一部分。明代传说故事作为社会风俗生活不可替代的记述、表达,与其他社会历史时期一样,是这个时代的"这一个"。一定历史时期的风俗生活作为民间文学的发生背景,也是民间文学具体存在即传播与传承的土壤。民间文学所具有的社会属性、文化属性与生活属性,都统一于社会风俗生活这个概念与范畴之内。如财富故事,是明代民间文学的一个亮点,一方面是市场的不断开拓,另一方面是市民阶层的崛起,成为社会稳定的巨大威胁,所以,上层社会与社会富有者的关系就出现微妙变化。民间传说故事从一个方面表现了这些内容与这类现象。如《稗史汇编》卷一四一《珍宝门·宝器·聚宝盆》讲述"旧传沈万三家有聚宝盆事云:盆在沈氏贮少物,物经宿辄满,万物皆然。他人试之,不验。事闻我太祖,取入试不验,遂还沈氏。后沈氏籍没,乃复归禁中"故事。聚宝盆与沈万三故事广泛流传,而且成为民间木版年画的重要题材,迄今不绝。

传说故事在讲述中表现具体的社会风俗生活,是文化生活的重要表现形式,这种表现行为本身即属于一种社会风俗生活。

朱明王朝时代造神运动如火如荼,有力影响民间文学发展。

其表现社会风俗生活的形式与特征,首先在于历史的复述,这是明代社会自觉寻求文化复兴的思想文化倾向的表现。与汉代社会面对秦代社会焚书坑儒的文化断裂或文化浩劫,急需文化传统的修复与续接一样,明代社会面对的是元代社会的大动荡与文化浩劫,它基于维护自身社会政治发展稳定,在文化发展战略选择上,实行了一系列切实有效可行的举措。尤其是对历史文化的整理与运用,朱元璋他们曾经多次为历史上那些护国有功的神灵加冕封爵,不断加紧和改进对于社会文化包括社会风俗生活的控制与管理。这些措施有力影响了民间文学的内容构成。

众多文献典籍中,体现明代社会风俗生活内容的当数两人的著述,一是冯梦龙,一是张岱。根据其表现方式,或曰中国民间文学史上存在着一个冯梦龙现象。

一、冯梦龙现象

冯梦龙(1574—1646),字犹龙,又字子犹,号龙子犹、墨憨斋主人、顾曲散人、吴下词奴、前周柱史等,苏州府长洲县人。他是一个既能进行文学创作,又能够进行文学研究的文学巨匠;其文学成就不唯在民间文学,而其对民间文学的搜集、整理做出巨大贡献。其民间文学搜集整理著述甚丰,除《童痴一弄·挂枝儿》《童痴二弄·山歌》《夹竹桃顶真千家诗》外,还编著《智囊》《古今谈(谭)概》《情史》《笑府》《燕居笔记》等。

冯梦龙勤学好问,如其《磷经指月》中《发凡》篇自述曰:"不佞童年受经,逢人问道,四方之秘复,尽得疏观;廿载之苦心,亦多研悟。"但是屡试不第,他曾经频繁与下层社会来往,与苏州茶坊酒楼处下层民众密切交往,十分熟悉民间文学,其间整理出《挂枝儿》《山歌》等民歌集。他把民间文学的思想内容与文化个性概括为"通俗",其全部民间文学思想理论以"今虽委世,而但有假诗文,无假山歌"为最突出,推崇民间文学的真诚,称赞民间文学为"天地间自然之文",如其《情史》卷一《总评》中所言:"世俗但知理为情之范,孰知情为理之维乎?"他在《古今小说序》说:"大抵唐人选言,入于文心;宋人通俗,谐于里耳。天下之文心少而里耳多,则小说之资于选言者少,而资于通俗者多。试令说话人当场描写,可喜可愕,可悲可涕,可歌可舞;再欲捉刀,再欲下拜,再欲决胆,再欲捐金;怯者勇,淫者贞,薄者敦,顽钝者汗下。虽小诵《孝经》《论语》,其感人未必如是之捷且深也。噫,不通俗而能之乎?"其最推崇唯民间文学能够使"怯者勇,淫者贞,薄者敦,顽钝者汗下";在《叙山歌》中,他提出"借男女之真情,发名教之伪药"。或曰,其民间文学思想并不仅仅在于述说真诚,而更重要的是为了"发名教之伪药",具有匡正时弊的社会现实意义。

他善于总结历史文化发展中的规律性内容,极其推崇民间大众的智慧,重视民间文学中的聪明表现及其思想文化价值。他在《杂智部总叙》中说:"正智无取于狡,而正智反为狡者困;大智无取于小,而大智或反为小者欺。破其狡,则正者胜矣;识其小,则大者又胜矣。况狡而归之于正,未始非正,小而充之于大,未始不大乎?"其曰:"人有智犹地有水,地无水为焦土,人无智为行尸。智用于人,犹水行于地,地势坳则水满之,人事坳则智满之。周览古今成败得失之林,蔑不由此。"其又曰:"何以明之?昔者梁、纣愚而汤、武智;六国愚而秦智;楚愚而汉智;隋愚而唐智;宋愚而元智;元愚而圣祖智。举大则细可见,斯《智囊》所为述也。或难之曰:智莫大于舜,而困于顽嚣;亦莫大于孔,而厄于陈蔡;西邻之子,六艺娴习,怀璞不售,鹑衣鷇食,东邻之子,纥字未识,坐享素封,仆从盈百,又安在乎愚失而智得?"其曰:"吾向者固言之,智犹水,然藏于地中者,性;凿而出之者,学。井涧之用,与江河参。吾忧夫人性之锢于土石,而以纸上言为之畚锸,庶于应世有廖尔。"其称"子犹诸曲,绝无文采,然有一字过人,曰真",反对道学,曰"中间千百余年而独无是非者,岂其人无是非哉,咸以孔子之是非为是非,故未尝有是非耳","又笑那孔子这老头儿,你絮叨叨说什么道学文章,也平白地把好些活人都弄死"。他以为,"六经、《语》、《孟》,谭者纷如,归于令人为忠臣、为孝子、为贤牧、为义夫、为节妇、为树德之士、为积善之家,如是而已矣","而通俗演义一种,遂足以佐经书史传之穷"云云,其中"通俗演义"即民间文学中历史传说故事。

他从不同方面论述民间文学的思想文化价值,比较其作为文化形态与书面文学等文学形式的异同,在论述中体现出其独特的民间文学思想理论。

或曰,冯梦龙整理民间文学文献、记述民间文学种种事项,描绘了明代社会风俗生活的真实画卷。总观其内容,可以大致分为历史讲述、现实记录与社会生活道理三大类。古今之间,其各有用意。

如历史讲述中,有关于社会历史发展主要是社会历史生活的传说,也有那些古老的民间传说故事的记述,都以历史的过去时态被记述和讲述。

冯梦龙记述的中国社会历史生活的模样,是从历史典籍与民间文学中发现的。

如周幽王烽火戏诸侯失信天下故事,冯梦龙《情史》卷七情痴类《周幽王》记述:"王宠褒姒,废申后及太子宜臼,而立褒姒为后,以其子伯服为太子。褒姒好闻裂缯声,王发缯日裂之,以适其意。褒姒不好笑,幽王欲其笑,诱之万方,故不笑。王与诸侯约:有寇至,举烽火为信,则举兵来援。王欲褒姒笑,乃无故举火,诸侯悉至。至而无寇褒姒乃大笑,王悦之,为数举烽火。其后不信,诸侯益亦不至。申后之父申侯,怒与鄫人召西夷犬戎攻幽王。幽王举烽火征兵,兵莫至,遂杀幽王骊山下,虏褒姒,尽取周赂而去。"

如破除装神弄鬼罪恶勾当故事,《智囊补》明智部卷七《剖疑·宋均》记述:"光武时,宋均为九江太守,所属浚遒县,有唐后二山,民共祠之。诸巫初取民家男女以为公妪,后沿为例,民家遂至相戒不敢娶嫁。均至,乃下教,自后凡为祠山娶者,皆娶巫家女,勿扰良民。未几祠绝。"

《智囊补》明智部剖疑卷七《西门豹》中记述:"魏文侯时,西门豹为邺令,会长老,问民疾苦。长老曰:苦为河伯娶妇。豹问其故,对曰:邺三老、廷掾常岁赋民钱数百万,用二三十万为河伯娶妇,与祝巫共分其余。当其时,巫行视人家女好者云,是当为河伯妇,即令洗沐易新衣,治斋宫于河上,设绛帷床席,居女其中。卜日浮之河,行数十里乃灭。俗语曰:'即不为河伯娶妇,水来漂溺。'人家多持女远窜,故城中益空。豹曰:及此时,来告,吾亦欲往送。至期豹往会之河上,三老、官属、豪长者、里长、父老皆会,聚观者数千人。其大巫,老女也,女弟子十人,从其后。豹曰:呼河伯妇来。既见,顾谓三老、巫祝、父老曰:是女不佳。烦大巫妪为入报河伯更求好女,后日送之。即使吏卒共抱大巫妪投之河。有顷,曰:'妪何久也?弟子趣之。'复投弟子一人河中。有顷,曰:'弟子何久也?'复使一人趣之,凡投三弟子。豹曰:是皆女子,不能白事,烦三老为入白之。复投三老。豹簪笔磬折,向河立待。

良久,旁观者皆惊恐。豹顾曰:'巫妪三老不还报,奈何?'复欲使廷掾与豪长者一人入趣之,皆叩头流血,色如死灰。豹曰:'且俟须臾。'须臾,豹曰:'廷掾起矣,河伯不娶妇也。'邺吏民大惊恐。自是不敢复言河伯娶妇。"

古老相传的民间传说故事被记述,形成新的社会风俗生活形态。如冯梦龙编纂《情史》卷八《情感类·孟姜》记述:"秦时孟姜为富家女,嫁范杞良为妻。婚后三日其夫修长城,日久不归,孟姜为杞良送冬衣,至长城闻夫已死,顿足恸哭,哭声震地,长城崩坏。孟姜觅丈夫遗骨,难以辨认,乃咬指滴血相认。孟姜将丈夫尸骨扛回家,至潼关力竭,遂置尸骨于岩下,坐死其侧。潼关人敬重其节义,乃立像纪念。"

又如《情史》卷十一《情化类·连枝梓双鸳鸯》记述:"韩凭,战国时为宋康王舍人。妻何氏,有美色。康王乃筑台望之,竟夺何而囚凭。何氏乃作《乌鹊歌》以见志。曰:'南山有鸟,北山张罗。鸟自高飞,罗当奈何?'又曰:'乌鹊双飞,不乐凤凰。妾自庶人,不乐君王。'后闻凭自杀,乃阴腐其衣,与王登台,自投台下。左右引衣,衣绝,得遗书于带中。曰:'愿以尸还韩氏而合葬。'王怒,命分埋之,两冢相望。经宿,忽有梓木生于两冢,根交于下,枝连于上。又有鸟如鸳鸯,双栖于树,朝暮悲鸣。人皆异之,曰:'此韩凭夫妇精魂也。'故诗云:'君不见,昔时同心人,化作鸳鸯鸟。和鸣一夕不暂离,交颈千年尚为少。'何氏又有寄凭歌曰:'其雨淫淫,河大水深,日出当心。'康王以问苏贺,贺曰:'雨淫淫,愁且思也。河水深,不得往来也。日当心,日过午则咀,明有死志也。'韩凭家,今在开封府。"

值得重视的是明代流传的梁山伯祝英台故事,冯梦龙《情史》卷十《情灵类·祝英台》中,有引自明嘉靖三十九年(1560)刊印的《宁波府志》材料。这是中国民间文学史上一篇十分重要的历史文献;这标志着梁山伯祝英台故事诸如"男女相知""路葬墓合"与"化成二蝶",在明代形成我们今天所看到的故事完整形态。

其记述道:

梁山伯、祝英台，皆东晋人。梁家会稽，祝家上虞，尝同学。祝先归，梁后过上虞寻访之，始知为女。归乃告父母，欲娶之，而祝已许马氏子矣。梁怅然若有所失。后三年，梁为鄞令，病且死，遗言葬清道山下。又明年，祝适马氏，过其处，风涛大作，舟不能进。祝乃造梁冢，失声哀恸。忽地裂，祝投而死。马氏闻其事于朝，丞相谢安请封为义妇。和帝时，梁复显灵异郊劳，封为义忠。有事立庙于鄞云。见《宁波志》。

冯梦龙在评说梁山伯祝英台传说故事时，还特地讲述"俗传祝死后，其家就梁冢焚衣，衣于火中化成二蝶。盖好事者为之也"内容道：

吴中有花蝴蝶，橘蠹所化。妇孺呼黄色者为梁山伯，黑色者为祝英台。俗传祝死后，其家就梁冢焚衣，衣于火中化成二蝶。盖好事者为之也。

《情史》卷十九《情疑类·织女》记述："牵牛织女二星，隔河相望。至七夕，河影没，常数日复见。相传织女者，上帝之孙，勤织日夜不息。天帝哀之，使嫁牛郎。女乐之，遂罢织。帝怒，乃隔绝之：一居河东，一居河西。每年七月七夕，方许一会，会则乌鹊填桥而渡，故鹊毛至七夕尽脱，为成桥也，《列仙传》云：桂阳成武丁有仙道，常在人间。忽谓其弟曰：'七月七日，织女当渡河，诸仙悉还宫。吾向已被召，不得停，与尔别矣。'弟问曰：'织女何事渡河去？当何还？'答曰：'织女暂诣牵牛，吾复三年当还。'明日失武丁。至今云：织女嫁牵牛。"

《古今谭概》记述："道书云：'牵牛娶织女，向天帝借二万钱下礼。久之不偿，被驱在营室间。'则天亦有嫁娶，亦有聘财，亦有借贷。而牵牛之负债不还，天帝逼债报怨，皆犯律矣，可笑。"

当世小说《牛郎织女传》（全名《新刻全像牛郎织女传》）题"儒林太仪朱名世编，书林仙源余成章梓"，故事没有出现王母，其讲述牛郎与天帝孙女织女常在天河边相会,经太上老君牵线而成亲故事。其讲述牛郎织女贪图玩乐,好逸恶劳,被天帝分开在河西、河东。后来二人悔过,忙于耕织,众星官在天帝面前为他们求情,天帝准许牛郎织女每年七月七日相会。自此,牛郎织女每年七夕便得以在鹊桥上团聚。此可见这一古老相传的传说故事在明代社会的流传状况。

同时,许多历史文献中的传说被讲述,在冯梦龙著述中表现为又一种情形。

如《古今谭概》闺诫部第十九《不乐富贵》引述:

《韩非子》云:卫人有夫妻祷者而祝曰:"使我无故得百束布。"其夫曰:"何少也?"对曰:"益是,子将以买妾。"上谷都尉王琰以功封,其妻大哭于家。人问之,曰:"如此富贵,必更娶妾矣!"《风俗通》云:齐人有女,二家同往求之。东家子丑而富,西家子好而贫。父母不能决,使其女偏袒示意。女便两袒。母问其故。答曰:"欲东家食西家宿。"

《古今谭概》荒唐部第三十三《奇酒》,除引述张华撰《博物志》之"玄石饮千日酒",云:"齐人田及之,能为千日酒,饮过一升,醉卧千日。有故人赵英饮之,逾量而去。其家以尸埋之。及之计千日当醒,往至其家,破冢出之,尚有酒气。"

《古今谭概》灵迹部第三十二《板桥三娘子》,引唐代故事,曰:

唐汴州西有板桥店。店娃三娘子者,独居鬻餐有年矣。而家甚富,多驴畜,每贱其估以济行客。元和中,许州客赵季和将诣东都。过客先至者,皆据便榻。赵得最深处一榻,逼主房。既而三娘子致酒极欢。赵不饮,但与言笑。二更许,客醉。合家灭烛而寝。赵独不寐,忽闻隔壁家琴声。偶于隙中窥之,见三娘子向覆器下取烛挑明,巾箱中取小木牛、木人及耒耜之属，置灶前，含水噀之，人牛俱活。耕床前一席地讫，取荞麦子授木人种之。须臾麦熟，木人收割，可得七八升。又安置小磨，即成面。却收前物仍置箱中，取面作烧饼。鸡鸣时，诸客欲发。三娘子先起，点灯设饼。赵心动，遽出，潜于户外窥之。乃见诸客食饼未尽，忽一时踣地作驴鸣。顷之，皆变驴矣。驱入店后，而尽没其财。赵亦不告于人。后月余，赵自东都回。将至板桥店，预作荞麦烧饼大小如前，复寓宿焉。其席无他客，主人殷勤更甚。天明，设饼如初。赵乘隙以己饼易其一枚。言烧饼某自有，请撤去以俟他客。即取己者食之。三娘子具茶。赵曰：请主人尝客一饼。乃取所易者与啖。才入口，三娘子据地即变为驴，甚壮健。赵即乘之，尽收其木人等，然不得其术。赵策所变驴，周游无失，日行百里。后四年，乘入关，至岳庙旁，见一老人拍手大笑曰：板桥三娘子，何得作此！因捉驴谓赵曰：彼虽有过，然遭君已甚，可释矣。乃从驴口鼻边，以两手掰开，三娘子从皮中跳出，向老人拜讫，走去，不知所之。

《智囊补》察智部卷十《诘奸·陈襄》，故事源自《梦溪笔谈》，记述曰："襄摄浦城令。民有失物者，贼曹捕偷儿数辈，至相撑拄。襄曰：'某庙钟能辨盗，犯者扪之，辄有声，否则寂。'乃遣吏先引盗行，自率同列诣钟所祭祷，而阴涂以墨，蔽以帷，命群盗往扪。少焉，呼出，独一人手不污，扣之，乃盗也。盖畏钟有声，故不敢扪云。"

《古今谭概》谲智部第二十一《诘盗智》"陈述古"与此同。

《古今谭概》儇弄部第二十二《晶饭、毳饭》，则与《宋朝事实类苑》的"三白与三毛"相同，其记述曰：

进士郭震、任介，皆西蜀豪逸之士。一日，郭致简于任曰："来日请餐晶饭。"任往，乃设白饭一盂，白萝卜、白盐各一碟，盖以三白为晶也，后数日，任亦招郭食"毳饭"。郭谓"必有毛物相戏"，及至，并不设食，郭曰："何也?"任曰:"饭也毛,萝卜也毛,盐也毛,只此便是毳饭。"郭大笑而别。

《广笑府》卷一《毳饭》引自宋代故事,其记述曰:

宋时进士郭震、任介,友善相谑。郭尝致书于任曰:"来日请餐晶饭。"任初不喻,至期即席,酒则白醪,馔则芦菔,饭则白粲。盖取三"白"字为"晶"也,大笑别去。任后致书于郭曰:"翌午请餐毳饭。"及即席,主呼曰:"酒为。"仆应曰:"毛。"毛读为冒,盖乡音,谓无为冒。主又呼曰:"馔来。"仆应曰:"毛。"又呼:"饭来。"仆又应曰:"毛。"三者皆无,盖取三"毛"。为"毳"饭也。

《古今谭概》颜甲部第十八《聂以道断钞》,引自《辍耕录》,其记述曰:

聂以道曾宰江右一邑。有人早出卖菜,拾得至元钞十五锭,归以奉母。母怒曰:"得非盗而欺我?况我家未尝有此,立当祸至。可速送还!"子依命携往原拾处,果见寻钞者,付还其人。乃曰:"我原三十锭!"争不已,相持至聂前。聂推问村人是实,乃判云:"失者三十锭,拾者十五锭,非汝钞也!可自别寻。"遂给贤母以养老。闻者快之。

《古今谭概》谲智部第二十一《一钱诳百金》引《湖海奇闻》,记述曰:

胠箧(盗贼)唯京师为最黠。有盗能以一钱诳百金者,作贵游衣冠,先诣马市,呼卖胡床者,与一钱,戒曰:"吾即乘马,尔以胡床侍。"其人许诺。乃谓马主:"吾欲市骏马,试可乃已。"马主谨奉羁靮。其人设胡床而上,盗上马疾驰而去。马主追之。盗径扣官店,维马于门,云:"吾某太监家人,欲段匹若干,以马为质,用则奉价。"店睹其良马,不之疑,如数畀之。负而去。俄而马主迹至店,与之争马,成讼,有司不能决,为平分其马价云。

历史的记述等同于重复叙说。此语言属于明代,此内容事实上也属于明代社会;一切历史在当代的出现,都是当代形态的体现。

现实记录类传说故事在冯梦龙著述中以社会风俗生活的现在时态出现,内容主要为诉讼官司,包括财产争夺、盗窃、通奸杀子等等公案,显现出民间社会物欲横流、道德沦丧的种种现实。

其中,僧人充当罪犯的社会现象,应当是作者别有用意。如《智囊补》察智部诘奸卷十《母讼子》"包恢"写讼子者与僧私通故事,其记述曰:

包恢知建宁。有母诉子者,年月后作"疏"字,恢疑之,呼其子问,泣不言。恢意母孀与僧通,恶其子谏,坐以不孝,状则僧为之也。因责子侍养,勿离跬步,僧无由至。母乃托夫讳日,入寺作佛寺,以笼盛衣帛出,旋纳僧笼内以归。恢知,使人要其笼,置诸库。逾旬,吏报笼中臭,恢乃命沉诸江。语其子曰:"吾为若除此害矣。"

《智囊补》捷智部卷十六《灵变》讲述"书生智杀淫僧"故事曰:

吴有书生假借僧舍,见僧每出,必锁其房,甚谨。一夕忘锁,生纵步入焉,房甚曲折,几上有小石磬,生戏击之,旁小门忽启,有少妇出,见生,惊而去,生亦仓皇外走。僧适挈酒一壶自外入,见门未钥,愕然,问生,适何所见?答曰:"无有。"僧怒,掣刀拟生曰:"可就死,不可令吾事败死他人手。"生泣曰:"容我醉后,公断吾头,庶懵然无觉也。"僧许之。生伴举杯告曰:"庖中盐菜,乞一茎。"僧乃持刀入厨,生急脱布衫塞其壶口,酒不泄,重十许斤。潜立门背,伺僧至,连击其首数十下,僧闷绝而死。问少妇,乃谋杀其夫而夺得者,分僧橐而遣之。

第二章 天机自动:明代民间文学

《智囊补》察智部诘奸卷十《僧寺求子》记述曰:

广西南宁府永淳县宝莲寺,有子孙堂,旁多净室,相传祈嗣颇验,布施山积。凡妇女祈嗣,须年壮无疾者,先期斋戒,得圣筶方许止宿。其妇女或言梦佛送子,或言罗汉,或不言,或一宿不再,或屡宿屡往。因净室严密无隙,而夫男居户外,故人皆信焉。闽人汪旦初莅县,疑其事。乃饰二妓以往,属云:"夜有至者,勿拒,但以朱墨汁密涂其顶。"次日黎明,伏兵众寺外,而亲往点视,众僧仓皇出谒,几百余人。令去帽,则红头墨头者各二,令缚之而出。二妓便证其状,云:"钟定后,两僧庚至,赠调经种子丸一包。"汪令拘讯他求嗣妇女,皆云无有。搜之,各得种子丸如妓。乃纵去不问。而召兵众入,众僧慑不敢动,一一就缚。究其故,则地平或床下,悉有暗道可通,盖所污妇女,不知几何矣。既置狱,狱为之盈。住持名佛显,谓禁子凌志曰:"我掌寺四十年,积金无算,自知必死,能私释我等暂归取来,以半相赠。"凌许三僧从显往,而自与八辈随之。既至寺,则窖中黄白灿然,恣其所取。僧阳束卧具,而阴收寺中刀斧之属,期三更斩门而出。汪方秉烛,构申详稿,忽心动,念百僧一狱,卒有变,莫支。乃密召快手持械入宿,甫集,而僧乱起。僧所用皆短兵,众以长枪御之,僧不能敌,多死。显知事不谐,扬言曰:"吾侪好丑区别,相公不一一细鞠,以此激变,然反者不过数人,今已诛死,吾侪当面诉相公。"汪令刑房吏谕曰:"相公亦知汝曹非尽反者,然反者已死,尽纳器械,明当庭鞠分别之。"器械既出,于是召僧每十人一鞠,以次诛绝。至明,百僧歼焉。究器械入狱之故,始知凌志等弊窦,而志等则已死于兵矣。

黄绂,封丘人,为四川参政时,过崇庆,忽旋风起舆前,公曰:"即有冤且散,吾为若理。"风遂止。抵州,沐而祷于城隍,梦中若有神言州西寺者。公密访州西四十里,有寺当孔道,倚山为巢。公旦起,率吏民急抵寺,尽系诸僧。中一僧少,而状甚狞恶,诘之,无祠牒,即涂醋垩额上,晒洗之,隐有巾痕,公曰:"是盗也。"即讯诸僧,不能隐,尽得其奸状。盖寺西有巨塘,夜杀投宿人沉塘中,众共分其赀。有妻女,则又分其妻女,匿之窖中,恣淫毒久矣。公尽按律杀僧,毁其寺。

《情史》卷十八《情累类·赫应祥》记述:

监生赫应祥,江右人,落拓不羁,以风流自命,歌馆花台,无不遍历。偶寻春郊外,行倦,求水不得。忽闻磬声出林间,趋而投之,女真庵也。生登阶扬声,女童出延客坐。少顷一尼至,向生稽首,天然艳冶。坐定,询生居止、姓字,何以至此?生详告之,且求浆止渴。尼命烹茶,谈论颇洽。女童报茗熟矣。挥客入内,曲栏幽槛,纸帐梅花。壁供观音大士像,几置贝叶经。生翻视之,金书小楷,体类似雪。卷后志年月,下书"空照写",尼手笔也。横丝桐于古纹石上,窗前植修竹数竿。生履其境,别一洞天,非复在尘寰中矣。尼爇龙涎于鼎,酌茗奉生,而和琴以进。生鼓《关雎》以动之。尼深叹其妙,亦自操《离鸾》之调,音韵凄切。生倾听,不觉前席。时天色渐暝,生故淹留不去。尼曰:"郎君行馆何方?此时当回。"生曰:"某寓在成贤街,去此二十里,都门已阖,欲暂借蒲团,趺坐听讲。不知桃源中人,能相容否?"尼微笑曰:"何家阮郎,敢冒入此?第念归路既遥,聊宿一宵,亦无不可。"生敬致谢。女童秉烛至,酒馔随列。两人对酌,杂以谐诙。尼亦情动,遂携手归寝。晨起方栉沐,已报邻尼静真来访。生隐于屏后窥之,容亦姝丽。静真笑问照曰:"闻卿昨得情郎,温雅有文,愿得一见。"照笑不答。静真起索之,方转屏而生裾露,遂出相见。真见生举止风流,流盼久之。临别,指其室,谓生曰:"彼此咫尺,能枉顾否?"生往报谢,真留生饮,并招照。照坐未久,托事先归。生拭挑之,遂与私焉。由是往来两院,欢浃无间。两尼惟恐失生意,奉之者无不至。淹留治旬,乐而忘返。生忽染一疾,竟至不起。潜瘗庵后,人无知者。家人因生久不归,意为人谋害。出榜寻觅,杳无影响,后缘修造,见木匠腰系旧紫丝绦,生故物也。仆识之,告于主母,询匠何由得此?云得于某庵天花板上,执绦闻官,捕尼至,一讯而服,然以生实病故,非尼所害,但杖而遣之还俗云。出《泾林杂记》。

又,有一人误入尼院,尼争私之。逾数日,其人思归。尼伴治酒饯别,醉之而髡其首,以为无复归里。其人乘夜遁去,诉实于妻,妻恐贻子妇笑,戒使无出房闼,以俟长发。妇闻姑室中,窃窃人语。窥之,则僧也。阴以语夫,夫潜入,夜扪枕上,得光头,斫之。母惊起,谕之故,气已绝矣。事闻于官,官谓杀虽出不知,而子不应执母之奸,竟坐辟。

《古今谭概》谬误部第五《父僧误》记述曰:

京师有少尼与一男子情好,欲长留之,不得,乃醉而髡其首,以弟子畜之。后其妻踪迹至寺,得夫以归。夫深自惭悔,且嘱妻:"勿泄,俟吾发长。"时其子商于外,妇每怪姑倍食,又数闻人音,穴壁窥之,正见姑与一僧同卧,悠恚,具白其子。子大怒,取刀入室,抚两人首,其一僧也,即奋刃断僧首。母觉而止之,不及,告以故。子验其首,乃大悔。有司谓"虽非弑逆,然母奸不应子杀"。遂坐死。

僧人进入民间文学的历史甚早,魏晋南北朝时期既有许多僧人故事;但是,早期的僧人形象总是传道解惑,以苦行或善意劝诫世人,受人尊敬。唯有进入唐宋之后,特别是明代社会,随着社会发展变化对社会风俗生活的多方面冲击,僧人形象被世俗化的同时,出现被严重妖魔化的现象。这应该与庙产、庙制及其在社会争端中出现不同举止表现等社会现象有密切联系。或曰,僧人形象从唐宋时期衰落,在明代社会出现极度恶化的表现,僧人遭遇辱骂,是宗教文化之间及其与世俗文化之间纷争的结果。

明代社会现实在民间传说故事中被具体描绘为一种平平常常的生活景象,尤其是丰富多彩的情感纠葛与各种各样的世事争端,成为传说故事的重要内容。尤其是其故事发生时间,多被记述为"嘉靖间""万历间",地点、人物都被具体化,以显示出记录的真实性。这是明代社会风俗生活最直接的记述表现。

如《智囊补》察智部卷九《杨评事》记述:

> 湖州赵三,与周生友善,约同往南都贸易,赵妻孙不欲夫行,已闹数日矣。及期黎明,赵先登舟,因太早,假寐舟中。舟子张潮利其金,潜移舟僻所,沉赵而复,诈为熟睡。周生至,谓赵未来,候之良久,呼潮往促。潮叩赵门,呼"三娘子",因问"三官何久不来?"孙氏惊曰:"彼出门久矣,岂尚未登舟耶?"潮复周,周甚惊异,与孙分路遍寻,三日无踪。周惧累,因具牒呈县。县尹疑孙有他故,害其夫。久之,有杨评事者,阅其牒曰:"叩门便叫三娘子,定知房内无夫也。"以此坐潮罪,潮乃服。

《古今谭概》杂志部卷三十六《嫁娶奇合》记述强娶与"冲喜"婚俗曰:

> 嘉靖间,昆山民为男聘妇,而男得痼疾。民信俗有"冲喜"之说,遣媒议娶。女家度婿且死,不从。强之,乃饰其少子为女归焉,将以为旬日计。既草率成礼,男父母谓男病,不当近色,命其幼女伴嫂寝,而二人竟私为夫妇矣。逾月,男疾渐瘳。女家恐事败,给以他故邀假女去,事寂无知者。因女有娠,父母穷问得之。讼之官狱,连年不解。有叶御史者,判牒云:"嫁女得媳,娶妇得婿。颠之倒之,左右一义。"遂听为夫妇焉。吴江沈宁庵吏部作《四异记》传奇。

《智囊补》察智部卷九《李崇》记述曰:

寿春县人苟泰有子三岁,遇贼亡失,数年不知所在。后见在同县赵奉伯家,泰以状告,各言己子,并有邻证,郡县不能决。李崇令二父与儿分禁三处,故久不问。忽一日密遣人分告二父曰:"君儿昨不幸遇疾暴死。"苟泰闻,即号跳,悲不自胜。奉伯咨嗟而已。崇察知之,乃以儿还泰,诘奉伯诈状。奉伯款引云:"先亡一子,故妄认之。"

《智囊补》闺智部雄略卷二十六《新妇处盗》记述:

某家娶妇之夕,有贼来穴壁,已入矣。会其地有大木,贼触木倒,破头死。烛之,乃所识邻人。仓皇间,惧反饵祸。新妇曰:"无妨。"令空一箱,纳贼尸于内,舁至贼家门首,剥啄数下。贼妇开门见箱,谓是夫盗来之物,欣然收纳。数日夫不还,发现乃是夫尸,莫知谁杀,因密瘗之而遁。

《智囊补》察智部卷九《许襄毅公》记述曰:

苏人出商于外,其妻畜鸡数只,以待其归。数年方返,杀鸡食之,夫即死。邻人疑有外奸,首之太守。姚公鞫之无他故。意其鸡有毒。令人觅老鸡,与当死囚遍食之,果杀二人,狱遂白。盖鸡食蜈蚣百虫,久则畜毒,故养生家,鸡老不食。又夏不食鸡。

张御史昺,字仲明,慈溪人,成化中,以进士知铅山县。有卖薪者,性嗜鳝。一日自市归,饥甚,妻烹鳝以进,恣啖之,腹痛而死。邻保谓妻毒夫,执送官,拷讯无他据,狱不能具,械系逾年。公始至,阅其牍,疑中鳝毒,召渔者捕鳝,得数百斤,悉置水瓮中,有昂头出水二三寸者,数之得七。公异之,召此妇面烹焉,而出死囚与食。才下咽便称腹痛,俄仆地死。妇冤遂白。

《情史》卷十八《张荩》记述曰：

富室子张荩，日事游冶，偶见临街楼上，有少女殊丽，凝眸流盼，不能定情，遂时往来其下，故留连以挑之，女亦心动。一夕月明，女方倚窗远眺，生用汗巾结同心方胜投之，女报以红绣鞋。两情甚浓。奈上下悬绝，无由聚晤。生遍访熟于女家者，得卖花粉陆妪，诉以衷情，并致重赂。妪许为传达，遂怀鞋至女室，微露其意。女面发赤，初讳无有。妪备道生怀想真切，且出鞋示之。女弗能隐，因就妪求计。妪令将布联接，长可至地，俟生至，咳嗽为号，开窗垂布，令缘之而登，因订期今夕。女许诺，妪即诣生复命。会他出，妪归至门，其子方操刀欲屠豕，呼母共缚之。宛转间，袖中鞋不觉堕地。子诘其故，妪弗能隐。子曰："审尔，慎不可为，倘事泄，其祸非小。"妪曰："业已期今夜矣。"子发怒曰："不听我言，当执此闻官，免累及我。"因取鞋藏之。妪无如之何。适张令人问讯。妪因失鞋无所藉手，漫以缓言复之，令其徐图。张闻言，意亦懈。屠遂乘夜潜往，果见楼窗半启。女倚阑凝睇，若有所俟。屠微嗽，女即用布垂下，援之登楼，暗中以为张也，携手入寝。屠出鞋授之，缕述情款，女益无疑。将晓，复垂而下。绸缪无间，将及半年。父母颇觉，切责其女，欲加棰楚。女惧，是夜屠至，为道"父母严谴，今后姑勿来，俟亲意稍回，更图再聚。"屠口唯唯，而心发恶。俟女睡浓，潜下楼，取厨刀殪其父母，俟晓遁去。女不知也。

日高而户尚扃，邻人大呼，不应。女惊下楼谛视，则父母身首已离矣。惶骇启门，邻人共执女赴官。一加拷讯，女即吐露。亟逮张至，称并未知情。女怒骂，细陈其详。官严加拷掠，不胜楚毒，遂自诬服，与女皆论斩，下狱。张谓狱卒曰："吾实不杀人，亦未与女私通，而一旦罹大辟，命也。第女言缕缕，真若有因者，今愿以十金赠君，幸引我至女所，细质其详，死亦瞑目。"卒利其贿，许之。女一见生，痛恨大恸，曰："我一时迷惑失身于汝，有何相负，而杀我父母，致害妾命！"张曰："始事虽有因，然妪谓事不谐,我遂绝望,何尝一登汝楼?"女曰:"妪定策用布为梯,汝是夜即至,仍出鞋示信,嗣后每夕必来,奈何抵讳?"张曰:"此必奸人得鞋携来诳汝,我若果至,则往来半载,声音形体,岂不识熟?尔试审视,曾相类否?"女闻言踌躇,注目良久,似有所疑。生复固问之,女曰:"声口颇不似,形躯亦肥瘦不等,向来暗中无由详察,止记腰间有疮痕肿起如钱大,验视有无,则真伪辨矣。"张遂解衣,众持烛共视,无有。知必他人赃害,咸为称冤。明旦,张具以鸣官,且言曾以鞋授妪状。逮妪刑鞫,具道子语。拘子至,裸而验之,疮痕俨然。乃置屠于理,而张得释。

《智囊补》察智部诘奸卷十《临海令》对此类故事记述曰:

临海县迎新秀才适黉宫,有女窥见一生韶美,悦之。一卖婆在傍曰:"此吾邻家子也,为小娘子执伐,成佳偶矣。"卖婆以女意诱生,生不从。卖婆有子无赖,因假生夜往,女不能辨。一日其家舍客,夫妇因移女而以女榻寝之,夜有人断其双首以去。明发以闻于县。令以为其家杀之,而橐装无损,杀之何为?乃问:"榻向寝谁氏?"曰:"是其女。"令曰:"知之矣。"立逮其女,作威震之,曰:"汝奸夫为谁?"曰:"某秀才。"逮生至,曰:"卖婆语有之,何尝至其家?"又问女:"秀才身有何记?"曰:"臂有痣。"视之无有。令沉思曰:"卖婆有子乎?"逮其子视臂有痣,曰:"杀人者,汝也。"刑之,即自输服。盖其夜扪得骈首,以为女有他奸,杀之,生由是得释。

《古今谭概》谬误部第五《婆奸媳》记述曰:

万历辛卯间,阊门外有父子同居者。子商于外,妇事舅姑极柔婉,妪遂疑翁与妇通,乃夜取翁衣帽自饰,潜入妇寝所,试抱持之。妇不得脱,怒甚,以手指毁其面。妪负痛,始去,明旦托病不起。妇潜归父母家诉之。

父往察,翁面无损,归让其女不实。女恚,竟自经。父讼于官,翁亦无以自明。邻里称妪面有伤痕,执妪鞫之,事乃白。时吴中喧传为"婆奸媳"。

《古今谭概》谲知部第二十一《诘盗智》"金钗案"记述:

刘宰之令泰兴也,富室亡金钗,唯二仆妇在。置之有司,咸以为冤。命各持一芦,曰:"非盗钗者,当自若。果盗,则长于今二寸。"明旦视之,一自若,一去其芦二寸矣。讯之,具伏。

《智囊补》察智部诘奸卷十《刘宰》记述:

宰为泰兴令。民有亡金钗者,唯二仆妇在,讯之莫肯承。宰命各持一芦去,曰:"不盗者,明旦芦自若。果盗,明旦则必长二寸。"明视之,则一自若,一去芦二寸矣。盖虑其长也。盗遂服。

《古今谭概》谲知部第二十一《丹客》记述:

客有以丹术行骗局者,假造银器,盛舆从,复典妓为妾,日饮于西湖。鹢首所罗列器皿,望之皆朱提白镪。一富翁见而心艳之,前揖问曰:"公何术而富若此?"客曰:"丹成,特长物耳!"富翁遂延客并其妾。至家,出二千金为母,使炼之。客入铅药,炼十余日,密约一长髯突至,诒曰:"家罹内艰,盍急往!"客大哭,谓主人曰:"事出无奈何,烦主君同余婢守炉,余不日来耳。"客实窃丹去,又嘱妓私与主媾。而不悟也,遂堕计中,与妓绸缪数宵而客至。启炉视之,佯惊曰:"败矣!汝侵余妾,丹已坏矣!"主君无以应,复出厚镪酬客。客作怏怏状去。主君犹以得遣为幸。

嘉靖中,松江一监生,博学有口,而酷信丹术。有丹士先以小试取信,乃大出其金,而尽窃之。生惭愤甚,欲广游以冀一遇。忽一日,值于吴之阊门。丹士不俟启齿,即邀饮肆中,殷勤谢过。既而谋曰:"吾侪得金,随手费去。今东山一大姓,业有成约,俟吾师来举事。君肯权作吾师,取偿于彼,易易耳!"生急于得金,许之。乃令剪发为头陀,事以师礼。大姓接其谈锋,深相钦服,日与款接,而以丹事委其徒辈,且谓师在,无虑也。一旦复窃金去,执其师,欲讼之官。生号泣自明,仅而得释。及归,亲知见其发种种,皆讪笑焉。

《智囊补》察智部诘奸卷十《吴复》记述:

溧水人陈德,娶妻林。岁余,家贫,佣于临清。林绩麻自活。久之,为左邻张奴所诱,意甚相惬。历三载,陈德积数十金,囊以归。离家尚十五里,天暮且微雨,德虑怀宝为累,乃藏金于水心桥第三柱之穴中。徒步抵家,而林适与张狎,闻夫叩门声,匿床下。既夫妇相见劳苦,因叙及藏金之故。比晨往,而张已窃听,启后扉出,先掩有之矣。林心不在夫,既闻亡金,疑其诳,怨骂交作。时署县事者晋江吴复,有能声,德为诉之。吴笑曰:"汝以腹心向妻,不知妻别有腹心也。"拘林至,严讯之,林呼枉。德心怜妻,愿弃金。吴叱曰:"汝诈失金,戏官长乎?"置德狱中,而释林以归。随命吏人之黠者为丐容,造林察之,得张与林私问慰状。吴并擒治,事遂白。一云此亦广东周新按察浙江时事。

《智囊补》杂智部狡黠卷二十七《啮耳讼师》记述:

浙中有子殴七十岁父而堕其齿者,父取齿讼诸官。子惧甚,迎一名讼师问计,许以百金。师摇首曰:"大难事。"子益金固请,许留三日,思之。至次日,忽谓曰:"得之矣。辟人,当耳语若。"子倾耳相就,师遽啮之,断其半轮,血污衣。子大惊,师曰:"勿呼,是乃所以脱子也。然子须善藏,俟临鞫乃出。"既庭质,遂以父啮耳堕齿为辨。官谓耳不可以自啮,老人齿不固,啮而堕,良是。竟免。

总之,现实记述中的民间传说故事以诉讼为主题,表现出明代社会的人情、世情与法制的激烈冲突,在这种意义上,它是明代社会风俗生活最直接最集中的表现。

同时,冯梦龙著述中还记录许多风物传说。

如《情史》卷十一《情化类·望夫石》记述:

新野白河上,有石如人,名望夫石。相传一妇送夫从戎,别于此,妇怅望久之,遂化为石,天台陈克(字子高)题望夫石云:望夫处,江悠悠,化为石,不回头。山头日日风和雨,行人归来石应语。

《古今谭概》贪秽部第十五《神仙酒》记述:

浙东桐庐县旧有酒井,相传有道人诣一酒肆中取饮,饮毕,辄去,酿家亦不索值。久之,道人谓主媪曰:"数费媪酒,无以报。有少药投井中,可不酿而得美酒。"乃从渔鼓中泻出药二丸,色黄而坚,如龙眼大,投井中而去。明日井泉腾沸,挹之皆甘醴,香味逾于造者。俗呼为"神仙酒"。其家用此致富。凡三十年,而道人复来,阖门敬礼。道人从容问曰:"君家自有此井以来,所入子钱几何?"主媪曰:"酒则美矣,奈乏糟粕饲猪,亦一欠事!"道人叹息,以手探井中,药即跃出,置渔鼓中,井复如旧。

这些关于风物传说故事的记述,从另外一种角度述说和表现出明代社会风俗生活的风物观念。

唐寅即唐伯虎是明代民间文学中一个非常响亮的传说人物,他在诗书画等方面俱显示绝世才艺,其风流倜傥,无论历史上真实人物与真实事件的面目如何,唐伯虎的传说与影响可谓家喻户晓。除了冯梦龙自己的记述之外,还有孟称舜《花前一笑》杂剧、卓人月《花舫缘》杂剧等文学作品不断讲述唐伯虎故事。直到今天,这一主题仍然是民间木版年画和电视剧等文化传播的重要组成部分。这是中国民间文学史上一个十分重要的典型传说人物,明显具有"箭垛"的意义,即集合了许许多多风流才子聪明智慧的传说故事。

冯梦龙在自己的著述《警世通言》卷二十六《唐解元一笑姻缘》中对这样一个传说人物做过生动讲述,同时在《古今谭概》与《情史》中引经据典,对这一叙事主题做了别样记述。

如《古今谭概》佻达部第十一《佣》记述:

唐子畏往茅山进香,道出无锡。晚泊河下,登岸闲步,见肩舆东来,女从如云,中有丫环尤艳。唐迹之,知是华学士宅,因逗留,请为佣书。改名华安,复宠任,谋为择妇,因得此婢,名桂华。居数日,为巫臣之逃。华令人索之,不得。久之,华偶至阊门,见书肆中一人、持文翻阅,极类安。私询之,人云:此唐解元也。明日,修刺往谒,审视无异。及茶至,而枝指露,益信,然终难启齿。唐命酒对酌,华不能忍,稍述华安始末以挑之。唐但唯唯。华又云:貌正肖公,不知何故?唐又唯唯。华不安,欲起别去。唐曰:少从容,当有所请。酒复数行,唐命烛导入后堂,召诸婢拥新娘出拜。华愕然。唐曰:无伤也。拜毕,因携女近华曰:公向言某似华安,不识桂华亦似此女否?乃相与大笑而别。

其结尾处特意注明"见《泾林续记》"云云。《泾林续记》为明周元晖(又作玄晖)作,见丛书集成初编,刻作"周元晖",又见涵芬楼秘笈第八集。此书曾经因为内容不雅等在明代被查禁,其中记述明代社会传说故事甚多,典故考证非常详备,是明代民间文学中的重要文献。冯梦龙和凌濛初在创作过程中都曾经取材于它。

冯梦龙在《情史》卷五《唐寅》记述曰:

唐伯虎(名寅,字子畏),才高气雄,藐视一世,而拓落不羁,弗修边幅,每遇花酒会心处,遂忘形骸。

其诗画特为时珍重,锡山华虹山学士,尤所推服。彼此神交有年,尚未觌面。

唐往茅山进香,道出无锡,计返棹时,当往诣华倾倒。

晚泊河下,登岸间行,偶见乘舆东来,女从如云,有丫鬟貌尤艳丽。唐不觉心动,潜尾其后,至一高门,众拥而入。唐凝盼怅然,因访居民,知是华学士府。

唐归舟,神思迷惑,展转不寐。中夜忽生一计,若梦魇状,披发狂呼。

众惊起问故,唐曰:"适梦中见一天神,朱发獠牙,手持金杵云:'进香不虔,圣帝见谴,令我击汝。'持杵欲下,予叩头哀乞再三。云:'姑且恕尔,可只身持香,沿途礼拜,至山谢罪,或可幸免。不则祸立降矣。'予惊醒战悚。今当遵神教,独往还愿。汝辈可操舟速回,毋溷乃公为也。"

即微服持包伞,奋然登岸,疾行而去。

有追随者,大怒遂回。

潜至华典中,见主柜者,卑词降气曰:"小子吴县人,颇善书,欲投府上写帖,幸为引进。"即取笔书数行于一纸授之。

主者持进白华,呼之入。见仪表俊伟,字画端楷,颇有喜色,问:"平日业何业?"

曰:"幼读儒书,颇善作文。屡试不得进学,流落至此,愿备书记之末。"

公曰:"若尔,可作吾大官伴读。"

赐名"华安",送至书馆。

安得进身,潜访前所见丫鬟,云名桂华,乃公所素宠爱者,计无所出。居久之,偶见郎君文义有未妥处,私加改窜,或为代作。师喜其徒日进,持文夸华。

华曰:"此非孺子所及,必倩人耳。"

呼子诘之,弗敢隐。因出题试安,援笔立就。举文呈华,手有枝指。

华阅之,词意兼美,益喜甚,留为亲随,俾掌文房。凡往来书劄,悉令裁复,咸当公意。

未几,主典者告殂,华命安暂摄,出纳惟慎,毫忽无私。

公欲令即代,而嫌其未婚,难以重托,呼媒为择妇。

安闻,潜乞于公素所知厚者,云:"安蒙忘分提拔,复谋为置室,恩同天地。第不欲重费经营,或以侍儿见配可耳。"所知因为转达。

华曰:"婢媵颇众,可令自择。"

安遂微露,欲得桂华。公初有难色,而重违其意,择日成婚。另饰一室,供帐华侈。

合卺之夕,相得甚欢。居数日,两情益投,唐遂吐露情实,云:"吾唐解元也,慕尔姿容,屈身就役。今得谐所愿,此天缘也。然此地岂宜久羁,可潜遁归苏,彼不吾测,当图谐老耳。"

女欣然愿从,遂买小舟,乘夜遁发。

天晓,家人见安房门封锁,启视室中,衣饰细软,俱各登记,毫无所取。华沉思莫测其故,令人遍访,杳无形迹。

年余,华偶至阊门,见书坊中坐一人,形极类安。从者以告,华令物色之。

唐尚在坊,持文翻阅,手亦有枝指。

仆尤骇异,询问何人。旁云:"此唐伯虎也。"

归以告华,遂持刺往谒。

唐出迎,坐定,华审视再三,果克肖。茶至指露,益信为安无疑。奈难以直言,未发。

> 唐命酒对酌,半酣,华不能忍,因缕述安去来始末以探之。唐但唯唯。
>
> 华又云:"渠貌与指,颇似公,不识何故?"
>
> 唐又唯唯,而不肯承。华愈狐疑,欲起别去。
>
> 唐曰:"幸少从容,当为公剖之。"
>
> 酒复数行,唐命童秉烛前导,入后堂,请新娘出拜。
>
> 珠珞重遮,不露娇面。
>
> 拜毕,唐携女近华,令熟视之,笑曰:"公言华安似不佞,不识桂华亦似此女否?"
>
> 乃相与大笑而别。
>
> 华归,厚具装奁赠女,遂缔姻好云。
>
> 事出《泾林杂记》。

冯梦龙记述"事出《泾林杂记》",其转述之中,是再创作,也是再讲述、记述,包含着对传说故事记录者的尊重,是严肃、认真、忠厚、诚实、科学研究态度的体现。

冯梦龙整理民间文学的著述中与唐寅故事类似的还有《古今谭概》机警部第二十三《解缙》,其记述道:

> 解缙尝从游内苑。上登桥,问缙:"当作何语?"对曰:"此谓'一步高一步'。"及下桥,又问之。对曰:"此谓'后边又高似前边'。"上大悦。

《智囊补》语智部卷二十《善言·解缙》记述:

> 文皇与解缙同游。文皇登桥,问缙:"当作何语?"缙曰:"此谓一步高一步。"乃下桥,又问之,缙曰:"此谓后面更高似前面。"

的确,民间文学是在集体的口头流传基础上的文本形式,谁也不能够垄断,但是,其记录整理的著述表达显示权利作为知识产权是存在的。

冯梦龙本可以用道听途说的形式以自己的口吻做记述,但他选择了以诚实的态度进行叙述,与现代社会多少厚颜无耻之徒形成鲜明对比。这种诚实、忠厚的文化风度至今将绝矣!

冯梦龙是忠厚之人,是大度之人,其大度在于许许多多说不清道不明的道理,常常在其谈笑间被述说,给人启发,给人慰藉。

其记述社会生活道理的传说故事主要以笑话为表现形式。民间笑话是中国民间文学史上非常重要的体裁形式,通过引人发笑的故事元素巧妙设置,形成集中表现某种社会生活道理的效果,或嘲笑、或讽刺、或鞭挞、或谩骂,总是淋漓尽致。

如《笑府·看镜》中记述:

> 有出外生理者,妻嘱回时须买牙梳,夫问其状,妻指新月示之。夫货毕将归,忽忆妻语,因看月轮正满,遂买一镜回。妻照之,骂曰:"牙梳不买,如何反取一妾?"母闻之,往劝,忽见镜,照云:"我儿,有心费钱,如何取个婆子?"遂至评讼。官差往拘之,见镜慌云:"如何就有捉违限的?"及审,置镜于案,官照见,大怒云:"夫妻不和事,何必央乡宦来讲?"

《笑府·米》讲一偷情故事:

> 一少年,私邻家之妇,闻叩门声,知夫归,迫甚,妇议以布囊盛之,悬于床侧,夫问及,则绐以米。议定,启门纳夫。夫见囊觉其有异,问是何物,妻惶惧不即对。夫厉声再问,少年不觉于囊中应曰:"米。"

《广笑府》卷六《虔婆》中记述:

一乡人,走贩大都。其妻嘱买小梳。时新月在天,因指月为记,免致遗忘。乡人临归,值月半,举头见圆,乃照样买一镜回。入门,妻取出一照。不知是自影,便发怒曰:"你不务勤俭,在外漂荡,取妓女回来!"妻母闻闹声,急取一照,不知是自影,乃大叫曰:"果如是漂荡!如何连老虔婆也带来!"

笑话集中于可笑。如佛教文化所说,笑天下可笑之人。可笑分为两点,一是愚笨,包含傻,一是呆,包含憨。

笑话取笑"笨",笨人现象意在提醒人注意知识的正常使用与表达,在其不合乎正常的行为举止中突出反常。

如《笑府·凳脚》记述:

乡间坐凳多以现成树丫叉为脚者,一脚偶坏,主人命仆于林中觅取。仆持斧出,至晚空回。主人问之,对曰:"丫叉尽有,都是向上生,更无向下的。"

《笑府》卷上"藏锄"记述:

有兄弟耦耕者,其兄先归作饭。饭熟,声唤弟归。弟遥答云:"待我藏锄田畔,即来也。"饭时兄谓之曰:"凡藏物须密,如汝高声,人皆听见,岂不被偷?"弟唯唯。及饭毕下田,锄已失矣。因急归,低声附兄耳曰:"锄已被偷去了。"

《笑府选》有"合著靴"记述:

有兄弟共买靴一双,兄日著以拜客赴宴。弟不甘,亦每夜著之,环行室中。俄而靴敝,兄再议合买,弟曰:"我要睡矣。"

《广笑府》卷上"性刚"故事记述:

有父子俱性刚,不肯让人者。一日父留客饮,遣子入城市肉。子取肉回,将出城门。值一人对面而来,各不相让,遂挺立良久。父寻至见之,谓之曰:"汝姑持肉回,陪客饭,待我与他对立在此。"

《笑府》卷上"性缓"故事记述:

一人性缓,冬日共人围炉,见人裳尾为火所烧,乃曰:"有一事,见之已久,欲言恐君性急,不言又恐伤君。然则言是耶?不言是耶?"人问何事?曰:"火烧君裳。"其人遽收衣而怒曰:"何不早言!"曰:"我道君性急,果然。"

《广笑府》卷八《性缓》附"慢性人与褊急者"故事记述:

一慢性人与褊急者冬日围炉,褊急者裳尾误入炉火,慢性人从容致词曰:"有一事,见之已久。将欲言之,恐君性急难触;欲不言,恐伤太多。然则言之是耶?不言之是耶?"急者问:"何事?"曰:"火烧君裳矣。"急者遽收衣灭火,大怒曰:"你既见之久,何不早言!"其人曰:"我道君性急易怒,果是乎。"

《智囊补》胆智部卷十二《识断·祝知府》"判牛"记述:

南昌祝守以廉能名。……两家牛斗,一牛死。判云:"两牛相争,一死一生。死者同享,生者同耕。"

《广笑府》卷二《葡萄架倒》记述:

有一吏惧内,一日被妻抓碎面皮,明日上堂,太守见而问之。吏权词以对曰:"晚上乘凉,被葡萄架倒下,故此刮破了。"太守不信,曰:"这一定你妻子抓碎的,快差皂隶拿来!"不意奶奶在后堂潜听,大怒,抢出堂外。太守慌忙谓吏曰:"你且退下,我内衙葡萄架也倒了。"

《笑府选》卷上"认鞋"记述:

一妇夜与邻人有私,夫适归,邻人逾窗而出,夫攫得其鞋,骂妻不已,因枕鞋而卧,谓妻曰:"且待天明,认出此鞋,当与汝算账。"妻乘其熟寐,以夫鞋易去之。夫晨起复骂,妻使认鞋。既已见鞋,大悔曰:"我错怪你了,原来昨夜跳窗的倒是我。"

《广笑府》卷六《取笑》故事记述:

一怕老婆者,老婆既死,见老婆像悬于柩前,因理旧恨,以拳拟之。忽风吹轴动,大惊,忙缩手曰:"我是取笑。"

《广笑府》卷三《冤鬼》记述:

冥王遣冥卒访阳间名医,命之曰:"门前无冤鬼者即是。"每过医门,冤鬼毕集。最后至一家,见门前仅五鬼彷徨,曰:"此可当名医矣。"问之,乃昨日新竖招牌者。

《笑府·关门》记述:

偷儿入一贫家,遍摸一无所有,乃唾地而去。贫汉于床上见之,唤曰:"贼,可为我关了门去。"偷儿笑曰:"我且问你,关他做甚么?"

《广笑府》卷五《厨子》与《笑府》卷下"厨子匿肉"故事记述:

有厨子在家切肉,匿一块于怀中,妻见之,骂曰:"这是自家的肉,何为如此?"答曰:"我忘了。"

《笑府》卷下"贼遇偷"故事记述:

偷儿入一贫家,其家止米一小瓮,置卧床前。偷儿解裙布地,方取瓮倾米,床上人窃窥之,潜抽其裙去,急呼有贼。贼应声曰:"真个有贼,方才一条裙在此,转眼就不见了。"

《笑府·不留客》记述:

远客来久坐,主家鸡鸭满庭,乃辞以家中乏物,不敢留饭。客即借刀,欲杀己所乘马寄餐。主曰:"公如何回去?"客曰:"凭公于鸡鸭中借一只,我骑去便了。"

《笑府》卷上"恍惚"记述:

三人同卧,一人觉腿痒甚,睡梦恍惚,竟将第二人腿上竭力抓爬,痒终不减,抓之愈甚,遂至出血。第二人手摸湿处,认为第三人遗溺,促之起。第三人起溺,而隔壁乃酒家,榨酒声滴沥不止,以为已溺未完,竟站至天明。

《笑府》卷上"酸酒"故事讲述道:

有上酒店而嫌其酒酸者,店人怒,吊之于梁。客过问其故,诉曰:"小店酒极佳,此人说酸,可是该吊。"客曰:"借一杯我尝之。"既尝毕,攒眉谓店主曰:"可放此人,吊了我罢。"

《笑府·守杨竿》记述曰:

有栽杨竿者,命童守之,旬日不失一株。主喜谓童曰:"汝用心可佳,然何法而能不失?"答曰:"我夜夜拔来藏在家里。"

笨不仅在于人,而且在于动物;动物如人所语。

如《广笑府》卷九《蝙蝠推奸》与《笑府》卷下"不贺寿"记述相同故事:

凤凰庆寿,百鸟皆贺,唯蝙蝠不至。凤责之曰:"汝居吾下,何踞傲乎?"蝠曰:"吾有足,属于兽,贺汝何用?"一日,麒麟生诞,蝠亦不至。麟亦责之。蝠曰:"吾有翼,属于禽,何以贺与?"麟凤相会,语及蝙蝠之事,互相慨叹曰:"如今世上恶薄,偏生此等不禽不善之徒,真个无奈他何。"

这是寓言与笑话的结合。

在笨人故事中,有许多并不是真笨,而是通过一种述说方式,更突出某种讽刺效果。应该说,此为装傻。

如《广笑府》卷二《属牛》、《笑府》卷上"奶奶属牛"记述:

一官府生辰,吏曹闻其属鼠,酿黄金铸一鼠为寿。官喜曰:"汝知奶奶生辰亦在日下乎?奶奶是属牛的。"

《笑府》卷上"垛子"记述:

一武官出征将败,忽有神兵助阵,反大胜。官叩头请神姓名,神曰:"我是垛子。"官曰:"小将何德,敢劳垛子尊神见救?"答曰:"感汝平昔在教场,从不曾一箭伤我。"

《笑府》卷上"合做酒"故事记述:

甲乙谋合本做酒,甲谓乙曰:

"汝出米,我出水。"乙曰:"米都是我的,如何算账?"甲曰:"我决不欺心,到酒熟时,只逼还我这些水便了,其余都是你的。"

可笑之处还在于种种贪婪和吝啬。

如《笑府》卷上"打半死"故事记述:

一人性最贪,富者语之曰:"我白送你一千银子,你与我打死了罢?"其人沉吟良久,曰:"只打我半死,与我五百两,如何?"

《笑府》卷上记述:

一人溺水,其子呼人急救。父于水中探头曰:"是三分银子便救,若要多莫来!"

《笑府》卷上"射虎"故事记述:

> 一人为虎衔去,其子执弓逐之,引满欲射。父从虎口遥谓子曰:"汝须是着脚射来,不要射坏了虎皮。"

《广笑府》卷四《指石为金》与《笑府》卷上都有"指石为金"故事记述:

> 一贫士,遇故人于途,故人已得仙术矣。相劳苦毕,因指道旁一砖,成赤金赠之。士嫌其少,更指一大石狮为赠。士嫌未已,仙曰:"汝欲如何?"士曰:"愿乞公此指。"

《广笑府》卷六《因梦致争》记述:

> 贫士梦拾银三百两,既觉,谓其妻曰:"若果得此,以百两买屋,以百两买田,又以百两聘二小妻,其乐何如!"妻即大怒曰:"你只好冻,才有钱便想讨小!"争闹不已,就床打起。惊动四邻,急来相劝。问知其故,四邻笑曰:"幸得是梦,你家若真有钱讨小妻,岂不打出人命。连累我乡邻耶!"

《笑府》卷上《盐豆》记述:

> 徽人多吝,有客苏州者,制盐豆瓶中,而以箸下取,每顿自限不得过数粒。或谓之曰:"令郎在某处大嫖。"其人大怒,倾瓶中豆一掬,尽纳之口,嚷曰:"我也败些家当罢。"

许多笑话取笑于"呆",作可怜相,或作滑稽,在文字、礼仪、言语中出现尴尬。

如《古今谭概》文戏部第二十七《十七字诗》,其记述曰:

正德间,有无赖子好作十七字诗,触目成咏。时天旱,府守祈雨未诚,神无感应。其人作诗嘲之曰:"太守出祷雨,万民皆喜悦。昨夜推窗看,见月!"守知,令人捕至,曰:"汝善作十七字诗耶?试再吟之,佳则释尔。"即以别号"西坡"命题。其人应声曰:"古人号东坡,今人号西坡。若将两人较,差多!"守大怒,责之十八。其人又吟曰:"作诗十七字,被责一十八。若上万言书,打杀!"守亦哂而逐之。

一说:守坐以诽谤律,发配郧阳。其母舅送之,相持而泣。泣止,曰:"吾又有诗矣:发配在郧阳,见舅如见娘。两人齐下泪,三行。"盖舅乃眇一目者也。

其《古今谭概》谈资部第二十九《唐状元对》记述:

唐皋以翰林使朝鲜。其主出对曰:"琴瑟琵琶,八大王一般头面。"皋即应对曰:"魑魅魍魉,四小鬼各自肚肠。"主大骇服。

《笑府》卷上"三婿赞马",这是呆女婿故事的典型,其记述曰:

一杭人有三婿,第三者甚呆。一日,丈人新买一马,命三婿题赞,要形容马之快疾,出口成文,不拘雅俗。长婿曰:"水面搁金针,丈人骑马到山阴,骑去又骑来,金针还未沉。"岳丈赞好。次及二婿曰:"火上放鹅毛,丈人骑马到余姚,骑去又骑来,鹅毛尚未焦。"再次轮到三婿,呆子沉吟半晌,苦无搜索,忽丈母撒一响屁,呆子曰:"有了。丈母撒个屁,丈人骑马到会稽,骑去又骑来,孔门犹未闭。"

《笑府》卷上"川字"记述：

一蒙师只识一"川"字，见弟子呈书，欲寻"川"字教之，连揭数页，无有也，忽见"三"字，乃指而骂曰："我到处寻你不见，你倒卧在这里！"

《智囊补》胆识部卷十二《识断·祝知府》"犬不识字"，记述曰：

南昌祝守以廉能名。宁府有鹤为民犬咋死，府卒讼之云："鹤有金牌，乃出御赐。"祝公判云："鹤带金牌，犬不识字。禽兽相伤，岂干人事？"竟纵其人。

《广笑府》卷一《万姓》记述：

一富翁世不识字，人劝以延师训子。师至，始训之执笔临朱，曰："一画，则训曰一字；二画，则训曰二字；三画，则训曰三字。"其子欣然投笔，告父曰："儿已都晓字义，何烦师为。"乃谢去之。逾时，父拟招所亲万姓者饮，令子晨起治状。久之不成，父怪甚。其子恚曰："姓亦多矣，奈何偏姓万，自朝至今，才完得五百余画。"

《广笑府》卷十《大字》、《笑府》卷上"大一字"故事记述：

父写"一"字教幼儿。明日，儿在旁，父适抹桌，即以湿布画桌上问儿，儿不识。父曰："吾昨所教汝'一'字也。"儿张目曰："隔得一夜，如何大了许多？"

《笑府·作祭文》记述：

一人丧妻母，托馆师作祭文，乃按古文误抄祭妻文与之。其人怪问，馆师曰："此文是刊本定的，如何得错？只怕倒是他家错死了人，这便不关我事。"

《广笑府》卷十《认匾》记述：

兄弟三人，皆近视，同拜一客。登其堂，上悬"遗清堂"匾。伯曰："主人病怯耶？不然何为写'遗精堂'也。"仲曰："不然，主人好道，故写'道情堂'耳。"二人争论不已。以季弟少年目力，使辨之，季弟张目曰："汝二人皆妄，上面那得有匾？"

《广笑府》卷一《产喻》记述：

一秀才将试，日夜忧郁不已。妻乃慰之曰："看你作文如此之难，好似奴生产一般。"夫曰："还是你们生子容易。"妻曰："怎见得？"夫曰："你是有在肚里的，我是没在肚里的。"

《笑府》卷上"梦周公"记述：

一师昼寐，及醒，谬言曰："我乃梦周公也。"明昼，其徒效之，师以界方击醒曰："汝何得如此？"徒曰："亦往见周公耳。"师曰："周公何语？"答曰："周公说：'昨日并不曾会尊师。'"

《笑府选》"谢周公"故事记述：

有出嫁者，哭问嫂："此礼何人所制？"嫂曰："周公。"女将周公大骂。及满月归宁,问嫂:"周公何在?"嫂云:"寻他做甚?"女曰:"欲制一鞋谢之耳。"

《古今谭概》儇弄部第二十二《杨南峰》:

有丧家其子不戚。杨南峰为诸生时,特制宽巾往吊,既下拜,巾脱,滚入座下。杨即以首伸入穿之,幕中皆笑,杨遽出。此子遂蒙不孝声。

同则还有《皇老乌龟》故事:

先是吴中皇甫氏最贵盛,而治家素宽。杨南峰献寿图,题诗其上曰:"皇老先生,老健精神,乌纱白发,龟鹤同龄。"皇甫公大喜,悬之堂。有识者笑曰:"此詈公也。"盖上列"皇老乌龟"四字。公乃悟。

《广笑府》卷八《讳输棋》与《笑府》卷上"讳输棋"有相同记述:

有自负棋名者,与人角,连负三局。他日人问之曰:"前日与某人较棋几局?"曰:"三局。"又问:"胜负如何?"曰:"第一局我不曾赢,第二局他不曾输,第三局我要和,他不肯,罢了。"

《古今谭概》儇弄部第二十二《兰(蘭)玻》记述:

《耳谭》有青州东门皮工王芬,家渐裕,弃去故业。里人谋为赠号。芬喜,张乐设宴。一黠少曰:"号兰玻,可乎?"众问何义。曰:"兰多芬,故号兰玻,从名也。"芬大喜,重酬少年。诸人俱不觉其义,后徐思"兰玻",依然"东门王皮"也。

《笑府》卷上"问令尊"故事记述：

> 一人远出，嘱其子曰："如有人问你令尊，可对以小事出外，请进拜茶。"又以其呆，恐忘也，书纸付之。子置袖中，时取看，至第三日，无人来问，以此纸无用，付之灯火。第四日忽有客至，问令尊，觅袖中纸不得，因对曰："没了。"客惊曰："几时没的？"对曰："昨夜烧了。"

《笑府选》有《别字》故事记述：

> 二蒙师死，见冥王，一系读别字者，一系读破句者，勘毕，别字者罚为狗，破句者罚为猪。别字者曰："请为母狗。"王曰："何也？"曰："《礼记》云：'临财毋苟（母狗）得，临难毋苟（母狗）免。'"做猪者请生南方。

《广笑府》卷一《别字》也作此记述云云。

从古代历史文献的叙说，到现代民间文学的收集、搜集、整理与文学创作中借用民间文学的实践，冯梦龙对中国民间文学文本保存与理论研究都做出积极而重要的贡献，形成中国民间文学史上的冯梦龙现象。

这种现象固然有许多具有必然性意义的背景，但更重要的是他亲近民间、深入民间的立场。冯梦龙搜集整理民间文学，冠之以"通俗"，意在强调其传承价值与当世价值，而且以细致、认真、诚实的态度与方法对民间文艺甄别、钩沉，表达其民间文学思想理论，是中国民间文学发展中的一个高峰。

与冯梦龙现象类似或可比的还有张岱的《夜航船》。此或可以称为"船现象""航船体"，都是道听途说集大成的意思。

张岱，山阴（今浙江绍兴）人。又名张维城，字宗子，又字石公，号陶庵、天孙，别号蝶庵居士，晚号六休居士。其家学渊源，祖父辈曾撰修《绍兴府志》《会稽志》及《山阴志》；其博览群书，明亡后不仕，潜心读书、写作，喜欢民间传说故事与各种历史文化典故。如其自述,"少为纨绔子弟,极爱繁华,好精舍,好美婢,好娈童,好鲜衣,好美食,好骏马,好华灯,好烟火,好梨园,好鼓吹,好古董,好花鸟,兼以茶淫橘虐,书蠹诗魔,劳碌半生,皆成梦幻","避迹山居,所存者,破床碎几,折鼎病琴,与残书数帙,缺砚一方而已,布衣蔬食,常至断炊。"(《自为墓志铭》)。其著述甚丰,有多种随笔、杂记、杂剧,《夜航船》是其代表作,共计二十大类,四千多条目,成为百科全书式的民间传说故事集成。

《夜航船》不是张岱唯一的民间传说故事集,却是他所有作品中保存民间传说故事内容最丰富、最系统的集大成之作。

张岱《夜航船》,其书名"夜航船",有人说是源自南方水乡苦途长旅中,人们外出都要坐船,在时日缓慢的航行途中,坐着无聊,便以闲谈消遣。所以,如其所言,"余所记载,皆眼前极肤浅之事,吾辈聊且记取,但勿使僧人伸脚则亦已矣。故即命其名曰《夜航船》"。所谓"勿使僧人伸脚",是他自己记述的一个故事,其记述道:"昔有一僧人,与一士子同宿夜航船。士子高谈阔论,僧畏慑,拳足而寝。僧人听其语有破绽,乃曰:请问相公,澹台灭明是一个人、两个人?士子曰:是两个人。僧曰:这等尧舜是一个人、两个人?士子曰:自然是一个人!僧乃笑曰:这等说起来,且待小僧伸伸脚。"

张岱在日常生活中所遇"乘客"混杂,有文人学士,也有富商大贾,有赴任的官员,也有投亲的百姓。各色人等应有尽有,谈话的内容也包罗万象。所以,《夜航船》便可视作民间传说故事口头讲述文本的汇聚。尤其是其所记述明代当世社会风俗生活中的一些故事,如《夜航船》卷十二"宝玩部"《珍宝·聚宝盆》讲述"明初沈万三有聚宝盆,凡金银珠宝纳其中,过夜皆满。太祖筑陵南门,下有龙潭,深不可测,以土石投之,决填不满;太祖取盆投之,下石即满,且诳龙以五更即还。今南门不打五更,至四更即天亮"云云,都成为民间文学史上非常珍贵的内容。

张岱也曾经说:"天下学问,惟夜航船中最难对付。盖村夫俗子,其学问皆预先备办,如瀛洲十八学士,云台二十八将之类,稍差其姓名,辄掩口笑之。彼盖不知十八学士、二十八将,虽失记其姓名,实无害于学问文理,而反谓错落一人,则可耻孰甚。故道听途说,只办口头数十个名氏,便为博学才子矣。"其自述道:"余因想吾八越,惟余姚风俗,后生小子,无不读书,及至二十无成,然后习为手艺。故凡百工贱业,其《性理》《纲鉴》,皆全部烂熟,偶问及一事,则人名、官爵、年号、地方枚举之,未尝少错。学问之富,真是两脚书橱,而其无益于文理考校,与彼目不识丁之人无以异也。"他无意之间,在自己的著述中保存了丰富的民间文学内容,同时也体现出他自己复杂的民间文学思想理论。

《夜航船》分为"天文""地理""人物""四灵""荒唐""方术"等二十种类。"天文""地理""人物"各类,其"天文"与我们现在意义上的天文学并不是完全相同的概念,其讲述天上的日月星辰,讲述二十八宿,也讲春夏秋冬四季,以及四季的气候与风俗生活内容。其每一类都有民间传说故事作为其根据。如其卷一"天文部"所记述"梁太清二年六月,天裂于西北,长十尺,阔二丈,光出如电,声若雷"云云;又如寒食节风俗,张岱撰《夜航船》卷一"天文部"《春·寒食》篇说:"冬至后一百六日谓之寒食,以介子推是日焚死,晋文公禁火而志痛也。"此"冬至后一百六日谓之寒食",是明代寒食节的时间标志,其"以介子推是日焚死,晋文公禁火而志痛也",是节日风俗的来源以"禁火"而形成"志痛"具体内容。其"四灵""荒唐""方术"是以典型的民间信仰为主要内容的传说故事,通过具体的传说故事讲述具体的民间信仰等社会风俗生活内容。

《夜航船》所分二十类内容,张岱对于每一种事物、每一种社会现象都做出合理的解释,在解释过程中,他引用大量的神话传说故事作为万物起源的根据。同时,他还大量记述了历史上与社会现实生活中所流传的各种风俗习惯、民间传说和一些歌谣、谚语,甚至包括国土以外广大地区的风俗生活。特别是其"荒唐部"之中,指出民间文学的超自然现象。此卷中民间传说故事的内容最为丰富。

《夜航船》具有民间文学史志的记录意义,成为包罗万象的民间故事书,成为人们理解中国民间文学的一把钥匙。

《夜航船》卷一为"天文部",有许多与风俗生活相关的神话传说记述内容。如《夏·角黍》篇,其记述道:

> 屈原午日投汨罗,楚人以竹筒贮米,投水祭之。有欧回者见三闾大夫,曰:"君所祭物,多为蛟龙所夺,须裹以楝树叶、五彩丝缚之,可免龙患。"故后人制为角黍。

《夜航船》卷一"天文部"《夏·竞渡》记述为:"屈原以五日死,楚人以舟楫拯之,谓竞渡。又曰:五日投角黍以祭屈原,恐为蛟龙所夺,故为龙舟以逐之。"《夜航船》卷一"天文部"《象纬·补天》曰:"女娲氏炼石补天。"《夜航船》卷一"天文部"《象纬·夸父追日》引述《列子》道:"夸父不量力,欲追日影,逐之于旸谷之际,渴欲得饮。赴河饮不足,将北走大泽中,道渴而死。"

民间信仰是社会风俗生活的底色,《夜航船》卷一"天文部"《象纬·日光摩荡》记述:

> 周主遣赵匡胤率兵御辽北汉,癸卯发汴京。苗训,善观天文,见日下复有一日,黑光摩荡者久之,指示楚昭辅曰:"此天命也。"是夕,次陈桥,遂有黄袍加身之变。

《夜航船》卷一"天文部"《象纬·雨》记述"蜥蜴致雨"之类民间信仰现象曰:

关中求雨,寻蜥蜴十数,置瓮中,童男女咒曰:"蜥蜴蜥蜴,兴云吐雾,致雨滂沱,放汝归去。"宋咸平时用此法祷雨,屡验。

于小春月内雨为液雨。时雨为澍雨。雨雪杂下为雨汁。

《夜航船》卷二为"地理部",《山川》《古迹》诸篇,有许多风物传说故事的记述。《山川》讲述自然世界中那些山山水水的来历,其来历总伴随神奇的传说;《古迹》则为古老的历史文化记忆所呈现的关于风物及其来历等口头传说故事。一山一水,一草一木,甚至每一块石头,都因为神奇的故事而生辉。

如其《古迹·孟姜石》篇记述了孟姜女传说故事"山海卫长城北,石上有妇人迹",其讲述道:"孟姜石,山海卫长城北,石上有妇人迹,相传为秦时孟姜女寻夫之地。"

《夜航船》卷二"地理部"的《山川·巢湖》篇记述:

巢湖,合肥。世传江水暴涨,沟有巨鱼万斤,三日而死,合郡食之。独一姥不食。忽遇老叟,曰:"此吾子也。汝不食其肉。吾可忘报耶?东门石龟目赤,城当陷。"姥日往窥之。有稚子戏以朱傅龟目。姥见,急登山,而城陷,周四百余里。

《夜航船》卷二"地理部"《山川·硕项湖》篇记述:

硕项湖在安东。秦时童谣云:"城门有血,当陷没。"有老姆忧惧,每旦往视。门者知其故,以血涂门,姆见之,即走。须臾,大水至,城果陷。高齐时,湖尝涸,城址尚存。

《夜航船》卷二"地理部"《古迹·躲婆弄》篇记述:

躲婆弄，在绍兴蕺山下，王右军居此。有老妪鬻扇，右军为题其扇，妪有愠色。及出，人竞买之。他日，妪又持扇乞书，右军避去。故其下有题扇桥、躲婆弄。

《夜航船》卷二"地理部"《山川·烂柯山》篇重复以往历史记述：

烂柯山，衢州府城南，一名石室。道书谓青霞第八洞天。晋樵者王质入山，见二童子弈，质置斧而观。童子与质一物，如枣核，食之不饥。局终，示质曰："汝斧柯烂矣。"质归家，已百岁矣。

《夜航船》卷二"地理部"《山川·磨针溪》记述：

彭山象耳山下，相传李白读书山中，学未成，弃去。过是溪，逢老媪方磨铁杵，白问故，媪曰："欲作针耳。"白感其言，遂卒业。

《夜航船》卷三"人物部"《名臣·二十四孝》记述道：

大舜耕田，汉文尝药，曾参啮指，闵损推车，子路负米，董永卖身，剡子鹿乳，江革行佣，陆绩怀橘，山南乳姑，吴猛饱蚊，王祥卧冰，郭巨埋儿，杨香搤虎，寿昌寻母，黔娄尝粪，老莱戏彩，蔡顺拾椹，黄香扇枕，姜诗跃鲤，王裒泣墓，丁兰刻母，孟宗泣竹，庭坚涤皿。

《夜航船》卷三"人物部"《帝王》篇记述道：

天皇始称皇，伏羲始称帝，夏、商、周始称王。神农，母安登感天而生，始称天子。文王始称世子。秦始皇始尊父庄襄王为太上皇。周制称王妃为王后。秦称皇帝,遂称皇后。汉武帝始尊祖母窦为太皇太后。魏称诸王母为太妃。晋元帝始称生母为皇太妃。

《夜航船》卷四"考古部"《辨疑·禹陵》记述曰:

  大禹东巡,崩于会稽。现存陵寝,岂有差讹?且史载夏启封其少子无馀于会稽,号曰"於越",以奉禹祀,则又确确可据。今杨升庵争禹穴在四川,则荒诞极矣。升庵言石泉县之石纽村,石穴深杳,人迹不到,得石碑有"禹穴"二字,乃李白所书,取以为证。盖大禹生于四川,所言禹穴者,生禹之穴,非葬禹之穴也。此言可辨千古之疑。

《夜航船》卷五"伦类部"《兄弟·折矢》篇记述:

  吐谷浑阿柴有子二十人。疾革,令诸子各献一箭,取一箭授其弟慕利延,使折之,利延折之。取十九箭使折之,利延不能折。乃叹曰:"孤则易折,众则难摧若曹识之!"

《夜航船》卷五"伦类部"《兄弟·田氏紫荆》篇记述:

  田真、田广、田庆兄弟同居,紫荆茂盛。后议分析,树即枯槁。兄弟不复议分,树乃茂盛如故。

《夜航船》卷六"选举部"《制科·天门放榜》篇记述:

  范仲淹判陈州时,郡守母病,召道士伏坛,奏章终夜不动。至五更,谓守曰:"夫人寿有六年。"守问奏章何久,曰:"天门放明年春榜,观者骈道,以故稽留。"问状元,曰:"姓王,二字名,下一字涂墨,旁注一字,远不可辨。"明春,状元王拱寿,御笔改为拱辰。

《夜航船》卷七"政事部"《烛奸·河伯娶妇》篇记述:

西门豹为邺令,俗故信巫,岁月河伯娶妇以攫利,选室女以投于河,豹及期往观,其女曰:"丑!烦大巫先报河伯,如其不欲,还当另选美者。"呼吏投巫于河。少顷,曰:"何久不复我?"又投一人往速。群奸惊惧,乞命。从此弊绝。

《夜航船》卷七"政事部"《烛奸·花瓶水杀人》篇记述:

汪待举守郡部,民有饮客者,客醉卧空室中。客夜醉渴,索浆不得,乃取花瓶水饮之。次早启户,客死矣。其家讼之,待举究中所有物,惟瓶中浸旱莲花而已。试以饮死囚,立死,讼乃白。

《夜航船》卷八"文学部"《书画·换鹅书》篇记述:

山阴一道士养好鹅,右军往观,意甚喜,因求市之。道士云:"为我写《道德经》,当举鹅相赠耳。"右军欣然写毕,笼鹅以归。或问曰:"鹅非佳品,而公爱之,何也?"右军曰:"吾爱其鸣唤清长。"

中国是闻名世界的礼仪之邦,礼仪是中华文明的重要标志,而对于庆典、祭祀中的礼仪、礼乐等活动的起源,张岱总是追溯至古老的神话传说时代。这是张岱对社会风俗生活作为历史文化的重要标志及其起源的基本理解与表达。

《夜航船》卷九"礼乐部"《婚姻·婚礼》篇记述:

人皇氏始有夫妇之道,伏羲始制嫁娶。女娲氏与伏羲共母,佐伏羲正婚姻,始为神媒。夏后氏始制亲迎礼。秦始皇始娶妇纳丝麻鞋一緉取和谐也。后汉始聘礼用墨。汉重墨,今答聘用之。始婚礼用羊取羊者,祥也。巫咸制撒帐厌胜。京房嫁女,翼奉子撒豆谷穰煞。张嘉贞嫁女,制绣幕牵红。唐新妇舆至大门,传席勿履地。晚唐制:新妇上车,以蔽膝盖面。五代始新妇入门跨马鞍。北朝迎婚,十数人大呼,催新妇上舆,妇家宾亲妇女打新郎,喜拳手交下。

《夜航船》卷九"礼乐部"《祭祀·祭孔庙》篇记述:

唐玄宗始封孔子王号。宋太祖始诏孔子庙立戟,仁宗始诏用祭歌,徽宗始从蒋靖请时官司业,用冕十二旒、服九章。汉武帝始封孔子后为侯奉祀。成帝始谥孔子后。周始诏孔子后为曲阜令。宋仁宗始诏孔子后为衍圣公。

《夜航船》卷九"礼乐部"《祭祀·祀典》篇记述:

夫圣王之制祭祀也,法施于民则祀之,以死勤事则祀之,以劳定国则祀之,能御大菑则祀之,能挥大患则祀之,是故厉山氏之有天下也。其子曰农,能殖百谷。夏之衰也,周弃继之,故祀以为稷。共工氏这霸九州也,其子曰后土,能平九州,故祀以为社。帝喾能序星辰以著众。尧能赏均刑法以义终。舜勤众事而野死,鲧障洪水而殛死,禹能修鲧之功。黄帝正名百物以明民共财,颛顼能修之。契为司徒而民成,冥勤其官而水死。汤以宽治民而除其虐,文王以文治,武王以武功去民之菑,此皆有功烈于民者也。及夫日月星辰,民所瞻仰也。山林川谷丘陵,民所取财用也。非此族也,不在祀典。

《夜航船》卷九"礼乐部"《丧事·丧礼》篇记述:

黄帝始制棺椁。周公制翣。周制俑。虞卿制桐人。左伯椀制明衣。史佚制下殓棺衣。夫差为冥帽,而始制面帛。夏制明器。五代制灵座前看果。舜制吊礼。晋制,吊客至丧家鸣鼓为号。巫咸制纸钱(名寓钱)。汉铸神瘗钱。王玙始丧祭焚纸钱。周制方相先驱。汉制魌头,俗开路显道神。始嫘祖道死,嫫姆监护因制。商始制铭旌以书姓名。魏始书号。后汉始制墓碑,为文字辨识。黄帝封京观,始制墓。周公始合葬。周桓王始改葬。秦武公始人殉葬。宋文公始殉葬用重器。秦称天子墓为山。汉始为陵。汉文帝始预造寿陵。少康封其子祀。禹始设守陵人。秦始皇制皇寝石麟、辟邪、兕马,臣下石人羊虎柱罔象,好食亡者肝,因制。宋真宗始给民义冢,制漏泽园。

《夜航船》卷十"兵刑部"《军旅》篇记述道:

黄帝征蚩尤始战,颛顼诛共工始阵,风后始演奇图,力牧始创营垒。黄帝战涿鹿始征兵,禹征有苗始传令,纣御周师始戍守。

黄帝制记里鼓,始斥候,汉武帝建墩台,黄帝制演武场,周公制辕门。黄帝制车以翼军,制骑以供伺候。

吕望始制战舰。武王会孟津,命仓兕具舟楫。公输班为舟战钩拒。伍子胥治水战,制楼船滩船。智伯决汾水,始水战。

蚩尤始火攻。孙子制火人、火积、火辎、火库、火队五法。魏马钧制爆仗起火。隋炀帝以火药制杂戏,始施药铳炮。

黄帝始制炮,吕望制铳,范蠡制飞石用机。

黄帝制纛、制五彩牙幢。禹制斿,悬车上为别。周公备九旗。

伏羲制干、制戈。挥制弓。牟夷制矢。舜制弓袋、制箭筒。黄帝制弩。

黄帝始采首山铜铸刀斧;蚩尤始取昆吾山铁制剑、铠、矛、戟、陌刀。

蚩尤始制革为甲。禹制函甲。

黄帝始制枪,孔明扩其制。舜制匕首。

黄帝制云梯,古名钩援。牟夷制挨牌,古名傍排。

孙武制铁蒺藜,刘馥(三国时人)制悬苦,今为悬帘。岳飞制藤牌。

殷盘庚制烽燧告警。赵武灵王制刁斗传。魏制鸡翘报急,制露布、漆竿报捷。

《夜航船》卷十一"日用部"有《宫室》《衣冠》《饮食》等篇,对日常生活中的各种用品进行口头阐释,此阐释即历史传说故事。

《夜航船》卷十一"日用部"《宫室·房屋》篇记述:

有巢氏始构木为巢。古皇氏始编槿为庐。黄帝始备宫室。黄帝制庭、制楼、制阁、制观。神农制堂。燧人氏制台。黄帝制榭。尧制亭。汉宣帝制轩。唐虞制宅。周制房、制第。汉制邸。六朝后始加听事为厅。秦孝公始制殿,乃有陛。萧何治未央宫,立东阙、北阙,始沿名阙。梁朱温按河图制五凤楼。魏始制城门楼,名丽谯。张说制京城鼓楼。鲧作城郭。禹作宫室。

《夜航船》卷十一"日用部"《宫室·寺庙》篇记述:

左彻制祠庙,汉宣帝制斋室。周穆王召尹轨、杜仲居终南尹真人草楼,始名道居为观。汉明帝时,摩腾、竺法兰自西域止鸿胪寺,始名僧居为寺。隋炀帝制道场,改观为玄坛,五代宋改制宫。孙权始为佛塔。东晋何充舍宅始为尼寺。

《夜航船》卷十一"日用部"《衣冠·冠》篇记述：

辰氏始教民绚发闰首。尧始制冠礼。黄帝始制冠冕。女娲氏始制簪导。尧始制缨。伏羲始制弁，用皮韦。鲁昭公始易绢素。周公始制幅巾。汉末始尚幅巾，制角巾。晋制接罱诸巾及葛巾，始以巾为礼。秦始皇加武将袴褶，以别贵贱，始为帻。汉元帝额有壮发，始服帻。王莽秃，加屋帻上，始为头巾。

《夜航船》卷十一"日用部"《衣冠·冕制》篇记述：

有虞氏曰皇，夏后氏曰收，商汤氏曰冔，周武王曰冕。衮冕，一品服鷩冕，二品服毳冕，三品服希冕，四品服玄冕，五品服平冕。郊庙武舞郎之服，爵弁六品以下、九品以上，从祀之服，武弁武官参殿廷，武舞郎、堂下鼓人鼓吹按工之服、弁服，文官九品公事之服。

《夜航船》卷十一"日用部"《宫室·黄鹤楼》篇记述：

晋时有酒保姓辛，卖酒江夏。有道士就饮，辛不索钱，如此三年。一日，道士饮毕，以橘皮画一鹤于壁，以箸招之即下舞，嗣是贵客皆就饮，辛遂致富，乃建黄鹤楼。后道士骑鹤而去。

《夜航船》卷十一"日用部"《饮食·馒头》篇记述：

诸葛武侯南征孟获，泸水汹涌，不得渡。有云须杀人以头祭之，武侯曰："吾仁义之师，奚忍杀人以代牺牲？"于是用面为皮，裹猪羊肉于内，象人头而祭之。后之有馒头，始此。

《夜航船》卷十一"日用部"《饮食》篇记述:

有巢氏始教民食果。燧人氏始修火食,作醴酪(蒸酿之使熟)。神农始教民食谷,加于烧石之上而食。黄帝始具五谷种(地神所献)。烈山氏子柱始作稼,始教民食蔬果。燧人氏作脯、作菹。黄帝作炙。成汤作醢。禹作鳖,吴寿梦作鲊。神农诸侯夙沙氏煮盐,嫘姐作醷,神农作油,殷果作醯,周公作酱,公刘作饧。(后汉谓饴饧即《楚辞》饧餭也。方言:江东为糖作蜜)。唐太宗煎蔗作沙糖。黄帝作羹、作菹。少昊作齑。神农作炒米。黄帝作蒸饭、作粥。公刘作餈、作麻团、作糕。周公作汤团。汝颍作粽。诸葛亮作馒头、作饺餤。石崇作馄饨。秦昭王作蒸饼。汉高祖作汉饼。金日䃅作胡饼。魏作汤饼。晋作不托(即面。简于汤饼)。

《夜航船》卷十一"日用部"《饮食·酒》篇记述:

始自空桑委余饭郁积生味。黄帝始作醴(一宿),夷狄作酒醪,杜康作秫酒。周公作酎,三重酒。汉作宗庙九酝酒(五月造,八月成)。魏文侯始为觞。齐桓公作酒令。汝阳王琎著《酒法》。唐人始以酒名春。刘表始以酒器称雅。(有伯仲季雅称。雅集本此。)晋隐士张元作酒帘。南齐始以樗蒲头战酒。宋武帝延萧介赋诗置酒,始称即席。

《夜航船》卷十一"日用部"《饮食·名酒》篇记述:

齐人田无已(一云狄希)中山酒,汉武帝兰生酒(采百味即百末旨酒),曹操缥醪,刘白堕桑落酒(成桑落时)、千里酒(六月曝日不动),唐玄宗三辰酒,虢国夫人天圣酒(用鹿肉),裴度鱼儿酒(凝龙脑刻鱼投之),魏徵翠涛,孙思邈屠苏(元日入药),隋炀帝玉薤(仿胡法),陈后主红粱新醅,魏贾锵昆仑觞(绛色以瓢接河源水酿之),房寿碧芳酒,羊雅舒抱瓮醪(冬月令人抱而酿之),向恭伯芎林、秋露,殷子新黄娇,易毅夫瓮中云,胡长文银光,宋安定郡王洞庭春(以柑酿),苏轼罗浮春、真一酒,陆放翁玉清堂,贾似道长春法酒,欧阳修冰堂春。

《夜航船》卷十一"日用部"《饮食·茶》篇记述:

成汤作茶,黄帝食百草,得茶解毒。晋王蒙、齐王肃始习茗饮(三代以下炙茗菜或煮羹)。钱超、赵莒为茶会。唐陆羽始著《茶经》,创茶具,茶始盛行。唐常衮,德宗时人,刺建州,始茶蒸焙研膏。宋郑可闻剔银丝为水牙,始去龙脑香。唐茶品,阳羡为上,唐末北苑始出。南唐始率县民采茶,北苑造膏茶腊面,又京铤最佳。宋太宗始制龙凤模,即北苑时造团茶,以别庶饮,用茶碾,今炒制用茶芽废团。王涯始献茶,因命涯榷茶。唐回纥始入朝市茶。宋太祖始禁私茶,太宗始官场贴射,徐改行交引。宋始称绝品茶曰斗,次亚斗。始制贡茶,列粗细纲。

《夜航船》卷十二"宝玩部"《珍宝·聚宝盆》篇记述:

明初沈万三有聚宝盆,凡金银珠宝纳其中,过夜皆满。太祖筑陵南门,下有龙潭,深不可测,以土石投之,决填不满;太祖取盆投之,下石即满,且诳龙以五更即还。今南门不打五更,至四更即天亮。

《夜航船》卷十三"容貌部"《形体·四十九表》篇记述:

仲尼生而具四十九表:反首,洼面,月角,日准,河目,海口,牛唇,昌颜,均颐,辅喉,骈齿、龙形,龟脊,虎掌,骈胁,参膺,圩项,山脐,林背,翼臂、窑头、隆鼻、阜胘、堤眉、地足、谷窍、雷声、泽腹,面如蒙供,两目方相也,手垂过膝,眉有十二彩,目有二十四理,立如凤峙,坐如龙蹲,手握天文,足履度字,望之如仆,就之如升,修上趋下,末偻后耳,视若营四海,耳垂珠庭,其颈似尧,其颡似舜,其肩类子产,自腰以下不及禹三寸,胸有文曰"制作定世符",身长九尺六寸,腰六十围。见《祖庭广记》。老子有七十二相,八十一好。见《法轮经》。如来有三十二相。见《般若经》。

《夜航船》卷十三"容貌部"《形体·身长七尺以上》篇记述：

禹长九尺九寸,汤九尺,秦始皇八尺七寸,汉高祖七尺八寸,光武七尺三寸,昭烈七尺五寸,宋武帝七尺六寸,陈武帝七尺五寸,宇文周太祖八尺,项王八尺二寸,韩王信八尺九寸,王莽七尺五寸,刘渊八尺四寸,刘曜九尺四寸,慕容皝七尺八寸,姚襄八尺五寸,曹交九尺四寸,冉闵、什翼健、宇文泰皆八尺,慕容垂七尺四寸,慕容德八尺二寸。自唐以后,人臣长者故少。韦康成十五长八尺,姜宇十五长七尺九寸,刘曜子胤十岁长七尺五寸,美姿貌,眉须如画。人固有少而长若此者,胤止八尺四寸,不能如其父也。

《夜航船》卷十四"九流部"道教诸篇中有许多神仙传说,其中关于八仙传说故事的记述尤为详细。这是中国民间文学史上非常重要的内容。

《夜航船》卷十四"九流部"《道教·九易》篇记述：

王母谓汉武曰:子但爱精握固,闭气吞液。一年易气,二年易血,三年易精,四年易脉,五年易髓,六年易皮,七年易骨,八年易发,九年易形。形易则变化,变化则道成,道成则为仙人。

《夜航船》卷十四"九流部"《道教·老君》篇记述：

即老聃李耳，著《道德经》五千言，为道家之宗。以其年老，故号其书曰《老子》。亳州南宫九龙井前，有升仙桧、炼丹井，皆其遗迹。

《夜航船》卷十四"九流部"《道教·八仙》篇记述：

汉钟离，名权，字云房，以神将从周处与齐万年战，败，跳终南山，遇东华王真人。至唐始一出，度吕岩，自称天下都散汉。

吕纯阳，名岩，字洞宾。举进士不第，遇钟离，同憩一肆中，钟离自起炊黍。吕忽昏睡，以举子赴京，状元及第，历官清要，前后两娶贵家女，五子十孙，簪笏满门，如此四十年。后居相位，独相十年，权势熏灼，忽被重罪，籍没家资，押赴云阳，身首异处。忽然惊醒，方兴浩叹。钟离在傍，炊尚未熟，笑曰："黄粱犹未熟，一梦到华胥。"吕惊曰："君知我梦耶？"钟离曰："子适来之梦，升沉万态，荣瘁多端，五十年间，止为俄顷，非有大觉，焉知人世真一大梦也。"洞宾感悟，遂拜钟离求其超度。

蓝采和，不知何许人，常衣破蓝衫，黑木腰带，跣一足，靴一足，醉则持三尺大拍板，行歌云："踏踏歌，蓝采和，世界能几何？红颜一春树，光阴一掷梭。古人滚滚去不返，今人纷纷来更多。朝骑鸾凤到碧落，暮见桑田生白波。"词多率尔而作。后至濠梁，忽然轻举，掷下靴带拍板，乘云而去。

韩湘子，昌黎从侄，少学道，落魄他乡，久而始归。值昌黎诞日，怒其流落，湘子曰："无怒也！请献薄技。"因为顷刻花，每瓣书一联云："云横秦岭家何在？雪拥蓝关马不前。"昌黎不悟，遗之去。后果谪潮州，至蓝关，湘子来候。昌黎乃悟，因吟三韵，以补前诗，竟别。

张果老，隐恒州中条山，见召于唐。开元中，宠遇与叶静能比。自言尧时官侍中,叶公密识曰:"此混沌初分白蝙蝠精也。"授银紫光禄大夫,放归。天宝时尸解。《明皇杂录》:张果老隐于中条山,常乘白驴,日行万里,夜即叠之,置箱箧中,乃纸也,乘则以水噀之,复成驴。

曹国舅,不知其名,言丞相曹彬之子,皇后之弟,故称国舅。少而美姿,安恬好静,上及皇后重之。一旦求出家云水,上以金牌赐之。抵黄河,为篙工索渡直急,以金牌相抵。纯阳见而异之,遂拜从得道。

何仙姑,零陵市人,女也。生而紫云绕室,住云母溪,梦神人教食云母粉,遂行如飞。遇纯阳,以一桃与之,仅食其半,自是不饥。颇能谈休咎。唐天后召见,中路不知所之。

铁拐李,质本魁梧,早岁闻道,修真岩穴。一日,赴老君华山之会,嘱其徒曰:"吾魄在此,倘游魂七日不返,以火化之。"徒以母病遄归,忘其期,六日化之。七日果归,失魄无依,乃附一饿殍之尸而起,故形骸跛恶,非其质矣。

《夜航船》卷十六"植物部"《草木·孔庙桧》篇记述曰:

曲阜孔庙有孔子手植桧如降香,一株无枝叶,坚如金铁,纹皆左纽,有圣人生则发一枝,以占世远。按桧历周、秦、汉、晋千百余年,至怀帝永嘉三年而枯,枯三百有九年。至隋恭帝义宁元年复生五十一年。至唐高宗乾封三年再枯,枯三百七十四年。至宋仁宗康定元年再荣。至金宣宗贞祐三年,罹于兵火,枝叶俱焚,仅存其干。后八十一年,元世祖三十一年再发。至太祖洪武二十二年发数枝,极茂盛,至建文四年复枯。

《夜航船》卷十六"植物部"《草木·肉芝》篇记述曰:

萧靖之掘地得"人手",润泽而白,烹而食之,愈月齿发再生。一道士云:此肉芝也。《抱朴子》言:行山中见小人乘车马,长七八寸者,肉芝也,捉取服之,即仙矣。

桑木者,箕星之精神木也。蚕食之成文章,人食之老翁为小童。

肉树者,端山猪肉子也。山在德庆州,子大如茶杯,炙而食之,味如猪肉而美。

其十七、十八两卷记述民间传说故事最多。"四灵"之称,首先是"飞禽",尤其是第十八卷,名为"荒唐",正体现民间文学不入大雅之堂的口头形态与怪异特征。

《夜航船》卷十七"四灵部"《飞禽·鸟社》篇记述曰:

大禹即位十年,东巡狩,崩于会稽,因而葬之。有鸟来为之耘,春拔草根,秋啄芜秽,谓之鸟社。县官禁民不得妄害此鸟,犯则无赦。

《夜航船》卷十七"四灵部"《飞禽·精卫》篇记述曰:

炎帝女溺死渤海中,化为精卫鸟,日衔西山木石,以填渤澥,至死不倦。

《夜航船》卷十七"四灵部"《飞禽·凤》篇记述曰:

《论语谶》曰:"凤有六象九苞。"六象者,头象天,目象日,背象月,翼象风,足象地,尾象纬。九苞者,口包命,心合度,耳聪达,舌诎伸,色光彩,冠矩朱,距锐钩,音激扬,腹文户。行鸣曰归嬉,止鸣曰提扶,夜鸣曰善哉,晨鸣曰贺世,飞鸣曰郎都,食惟梧桐竹实。故子欲居九夷,从凤嬉。

《夜航船》卷十七"四灵部"《飞禽·鸾》篇记述曰:

瑞鸟也。张华注曰：鸾者，凤凰之亚，始生类凤，久则五彩变易，其音如铃。周之文物大备，法车之上缀以大铃，和鸾声也，故改为鸾驾。

《夜航船》卷十七"四灵部"《飞禽·杜鹃》篇记述曰：

蜀有王曰杜宇，禅位于鳖灵，隐于西山，死，化为杜鹃。蜀人闻其鸣，则思之，故曰"望帝"。又曰杜鹃生子寄于他巢，百鸟为饲之。

《夜航船》卷十七"四灵部"《飞禽·化鹤》篇记述曰：

《职方乘》云：南昌洗马池，尝有年少见美女七人，脱彩衣岸侧浴池中。年少戏藏其一，诸女浴毕就衣，化白鹤去。独失衣女留，随至年少家，为夫妇，约以三年还其衣，亦飞去。故又名"浴仙池"。

《夜航船》卷十七"四灵部"《飞禽·养木鸡》篇记述曰：

《庄子》：渚子为宣王养斗鸡，十日而问之曰："鸡可斗乎？"曰："未也。犹虚骄而恃气。"十日又问之。曰："几矣。鸡有鸣者，已无变矣，望之似木鸡矣，其德全矣。异鸡无敢应者，反走矣。"

《夜航船》卷十七"四灵部"《飞禽·打鸭惊鸳》篇记述曰：

吕士隆知宣州，好笞官妓。适杭州一妓到，士隆喜之。一日群妓小过，士隆欲笞之。妓曰："不敢辞责，但恐杭妓不安耳。"士隆赦之。梅圣俞作打鸭诗："莫打鸭，惊鸳鸯，鸳鸯新向池中落，不比孤州老鹁鸪。"

《夜航船》卷十七"四灵部"《飞禽·孝鹅》篇记述曰：

唐天宝末,长兴沈氏畜一母鹅,将死,其雏悲鸣,不复食;母死,啄败荐覆之,又衔刍草列前,若祭状,向天长号而死。沈氏异之,埋于蒋湾,名"孝鹅冢"。

《夜航船》卷十七"四灵部"《走兽·野兔》篇讲述道：

文王囚于羑里七年,其子伯邑考往视父。纣呼与围棋,不逊,纣怒杀伯邑考,醢之,令人送文王食。命食毕,而后告,文王号泣而吐之,尽变为野兔而去。

《夜航船》卷十七"四灵部"《走兽·麟绂》篇讲述道：

孔子在娠,有麟吐玉书于阙里,文云："水精之子,系衰周而素王。"孔母乃以绣衣系麟角,信宿而麟去。至鲁定公时,鲁人锄商田于大泽,得麟,以示孔子,系角之绂尚在。孔子知命之将终,抱麟解绂,涕泗滂沱。

《夜航船》卷十七"四灵部"《走兽·守株待兔》篇讲述道：

宋人有耕者,田畔有株,兔走触之,折颈而死,因释耕守株,觊复得兔,为宋国笑也。

《夜航船》卷十七"四灵部"《走兽·狮子》篇讲述道：

一名狻猊。《博物志》：魏武帝伐冒顿,经白狼山,逢狮子,使人格之,杀伤甚众。忽见一物自林中出,如狸,上帝车轭。狮子将至,便跳上其头,狮子伏,不敢动,遂杀之。得狮子还,来至洛阳三十里,鸡犬无鸣吠者。

《夜航船》卷十七"四灵部"《走兽·虎威》篇讲述道：

虎有骨如乙字,长寸许,在胁两旁皮内,尾端亦有之,名"虎威",佩之临官,则能威众。又虎夜视,一目放光,一目视物。猎人候而射之,弩箭才及,光随堕地成白石,入地尺余。记其处掘得之,能止小儿啼。

《夜航船》卷十七"四灵部"《走兽·种羊》篇讲述道：

西域俗能种羊。初冬,择未日,杀一羊,切肉方寸,埋土中。至春季,择上未日,延僧吹胡笳,作咒语,土中起一泡,如鸭卵。数日,风破其泡,有小羊从土中出。此又胎卵湿化之外,又得一生也。

《夜航船》卷十七"四灵部"《走兽·月支猛兽》篇讲述道：

汉武时,月支国献猛兽一头,形如五六十日犬子,大如狸而色黄。武帝小之,使者对曰："夫兽不在大小。"乃指兽,命叫一声。兽舐唇良久,忽叫,如大霹雳,两目如礚砰之交光。帝登时颠蹶,摇耳震栗,不能自止。虎贲武士皆失仗伏地,百兽惊绝,虎亦屈伏。

《夜航船》卷十七"四灵部"《走兽·熊入京城》篇讲述道：

弘治间,有熊入西直门,何孟春谓同列曰："熊之为兆,宜慎火。"未几,在处有火灾。或问孟春曰："此出何占书?"孟春曰："余曾见《宋纪》:永嘉灾前数日,有熊至城下,州守高世则谓其倅赵允曰,熊于字'能火',郡中宜慎火。果延烧十之七八。余忆此事,不料其亦验也。"

《夜航船》卷十七"四灵部"《鳞介·与蛇同产》篇记述:

窦武产时,并产一蛇,投之林中。后母卒,有大蛇径至丧所,以头击柩,若哀泣者,少间而去。时谓窦氏之祥。

《夜航船》卷十八"荒唐部"《鬼神·义妇冢》篇记述:

义妇冢。四明梁山伯、祝英台二人,少同学,梁不知祝乃女子。后梁为鄞令,卒葬此。祝氏吊墓下,墓裂而殒,遂同葬。谢安奏封义妇冢。

《夜航船》卷十八"荒唐部"《鬼神·黄河神》篇记述:

黄河福主金龙四大王,姓谢名绪,会稽人,宋末以诸生死节,投苕溪中。死后水高数丈。明太祖与元将蛮子海牙厮杀,神为助阵,黄河水望北倒流,元兵遂败。太祖夜得梦兆,封为黄河神。

《夜航船》卷十八"荒唐部"《鬼神·海神》篇记述:

秦始皇与海中作石桥,海神为之竖柱。始皇求与相见。神曰:"我形丑,莫图我形,当与帝相见。"乃入海四十里,见海神。左右集画工于内,潜以脚画其形状。神怒曰:"帝负约。速去!"始皇转马还,前脚犹立,后脚即崩,仅得登岸。画者溺死于海。又云:"文登召山,始皇欲造桥度海,观日出处。有神人召巨石相随而行。石行不驶,鞭之见血。今山下石皆赤色。"

《夜航船》卷十八"荒唐部"《鬼神·辇沙为阜》篇记述:

秦始皇至孔林,欲发其冢。登堂,有孔子遗瓮,得丹书曰:"后世一男子,自称秦始皇,入我室,登我堂,颠倒我衣裳,至沙丘而亡。"怒而发冢。有兔出,逐之,过曲阜十八里没,掘之不得,因名曰兔沟。乃达沙丘,令开别路。见一群小儿辇沙为阜,问,曰"沙丘"。从此得病,遂死。

《夜航船》卷十八"荒唐部"《鬼神·灶神》篇记述:

姓张名禅,字子郭。一名隗。又云祝融主火化,故祀以为灶神。郑玄以灶神祝融是老妇,非灶神,于己丑日卯时上天,白人罪过,此日祭之得福。《五行书》云:"五月辰日,猎首祭灶,治生万倍。"

《夜航船》卷十八"荒唐部"《鬼神·祠山大帝》篇记述:

父张秉,武陵人,一日行山泽间,遇仙女,谓曰:"帝以君功在吴分,故遣相配。长子以木德王其地。"且约逾年再会。秉如期往,果见前女来归,曰:"当世世相承,血食吴楚。"后生子燉,为祠山神。神始自长兴自疏圣泽,欲通津广德,便化为猪,役使阴兵。后为夫人李氏所见,工遂辍,故避食猪。

《夜航船》卷十八"荒唐部"《鬼神·黄熊入梦》篇记述:

晋侯有疾,梦黄熊入梦。于时子产聘晋。晋侯使韩子问子产曰:"何厉鬼乎?"对曰:"昔尧殛鲧于羽山,其神化为黄熊,入于羽渊,实为夏郊,三代祀之。今为盟主,其未祀乎?"乃祀夏郊。晋侯乃间。

《夜航船》卷十八"荒唐部"《鬼神·乞神语》篇记述:

赵普久病，将危，解所宝双鱼犀带，遣亲吏甄潜谒上清宫，醮谢。道士姜道玄为公叩幽都，乞神语。神曰："赵普开国勋臣，奈冤对不可避。"姜又叩乞言冤者为谁。神以淡墨书四字，浓烟罩其上，但识末"火"而已。道玄以告普。曰："我知之矣，必秦王廷美也。"竟不起。

《夜航船》卷十八"荒唐部"《鬼神·伯有为厉》篇记述：

郑子皙杀伯有，伯有为厉。赵景子谓子产曰："伯有犹能为厉乎？"子产曰："能。人生始化曰魄。既生魄。阳曰魂。用物精多，则魂魄强，是以有精爽至于神明。匹夫匹妇强死，其魂魄犹能凭依于人，以为淫厉，况良宵，三世执其政柄而强死，其能为鬼，不亦宜乎！"

《夜航船》卷十八"荒唐部"《鬼神·墓中谈易》篇记述：

陆机初入洛，次河南，入偃师。夜迷路，投宿一旅舍。见主人年少，款机坐，与言《易》，理妙得玄微，向晓别去。税骖村居，问其主人，答曰："此东去并无村落，止有山阳王家冢耳。"机乃怅然，方知昨所遇者，乃王弼墓也。

《夜航船》卷十八"荒唐部"《鬼神·生死报知》篇记述：

王坦之与沙门竺法师甚厚，每论幽明报应，便约先死者当报其事。后经年，师忽来，云："贫道已死，罪福皆不虚。惟当勤修道德，以升跻神明耳。"言讫，不见。

《夜航船》卷十八"荒唐部"《鬼神·大书鬼手》篇记述：

少保冯亮少时,夜读书,忽有大手自窗入,公即以笔大书其押。窗外大呼:"速为我涤去!"公不听而寝。将晓,哀鸣,且曰:"公将大贵。我戏犯公,何忍致我于极地耶!公不见温峤燃犀事耶?"公悟,以水涤之,逊谢而去。

《夜航船》卷十八"荒唐部"《鬼神·鬼之董狐》篇记述:

晋干宝尝病气绝,积日不冷。后遂悟,见天地间鬼神事如梦觉,不自知死。遂撰古今神祇灵异人物变化,名为《搜神记》,以示刘惔。惔曰:"卿可谓鬼之董狐。"

《夜航船》卷十八"荒唐部"《怪异·妇负石》篇记述:

妇负石在大理府城南,世传汉兵入境,观音化一妇人,以稻草縻此大石,背负而行,将卒见之,吐舌曰:"妇人膂力如此,况丈夫乎!"兵遂却。

《夜航船》卷十八"荒唐部"《怪异·旱魃》篇记述:

南方有怪物如人状,长三尺,目在顶上,行走如风。见则大旱,赤地千里。多伏古冢中。今山东人旱则遍搜古冢,如得此物,焚之即雨。

《夜航船》卷十八"荒唐部"《怪异·两牛斗》篇记述:

李冰,秦昭王使为蜀守,开成都两江,溉田万顷。神岁取童女二人为妇。冰以其女与神求婚,径至神祠,劝神酒,酒杯恒澹澹。冰厉声以责之,因忽不见。良久,有两牛斗于江岸旁。有间,冰还,流汗谓官属曰:"吾斗疲极,当相助也。南向腰中正白者,我绶也。"主簿刺杀北面者,江神遂死。

《夜航船》卷十八"荒唐部"《怪异·钱镠异梦》篇记述:

宋徽宗梦钱武肃王讨还两浙旧疆垒,且曰:"以好来朝,何故留我?我当遣第三子居之。"觉而与郑后言之。郑后曰:"妾梦亦然,果何兆也?"须臾,韦妃报诞子,即高宗也。既三日,徽宗临视,抱膝间甚喜,戏妃曰:"酷似浙脸。"盖妃籍贯开封,而原籍在浙。岂其生固有本,而南渡疆界皆武肃版图,而钱王寿八十一,高宗亦寿八十一,以梦谶之,良不诬。

《夜航船》卷十八"荒唐部"《怪异·铜钟》篇记述:

宋绍兴间,兴国大乘寺钟,一夕失去,文潭渔者得之,鬻于天宝寺,扣之无声。大乘僧物色得之,求赎不许,乃相约曰:"扣之不鸣,即非寺中物。"天宝僧屡击无声。大乘僧一击即鸣,遂载以归。

《夜航船》卷十八"荒唐部"《怪异·飞来寺》篇记述:

梁时峡山有二神人化为方士,往舒州延祚寺,夜叩真俊禅师曰:"峡据清远上流,欲建一道场,足标胜概,师许之乎?"俊诺。中夜,风雨大作,迟明启户,佛殿宝像已神运至此山矣。师乃安坐说偈曰:"此殿飞来,何不回去?"忽闻空中语曰:"动不如静。"赐额飞来寺。

《夜航船》卷十八"荒唐部"《怪异·陕西怪鼠》篇记述:

>　　天启间,有鼠状若捕鸡之狸,长一尺八寸,阔一尺,两旁有肉翅,腹下无足,足在肉翅之四角,前爪趾四,后爪趾五,毛细长,其色若鹿,尾甚丰大,人逐之,其去甚速。专食谷豆,剖腹,约有升黍。

《夜航船》卷十八"荒唐部"《怪异·支无祁》篇记述:

>　　大禹治水,至桐柏山,获水兽,名支无祁,形似猕猴,力逾九象,人不可视。乃命庚辰锁于龟山之下,淮水乃安。唐永嘉初,有渔人入水,见大铁索锁一青猿,昏睡不醒,涎沫腥秽不可近。

《夜航船》卷十八"荒唐部"《怪异·人变为龙》篇讲述:

>　　元时,兴业大李村有李姓者,素修道术。一日,与妻自外家回,至中途,谓妻曰:"吾欲过前溪一浴,汝姑待之。"少顷,风雨骤作,妻趋视之,则遍体鳞矣。嘱妻曰:"吾当岁一来归。"然变为龙,腾去。后果岁一还。其里呼其居为李龙宅。

其他如《夜航船》第十九、第二十类,属于社会风俗生活的知识介绍,其实,就算作为日常生活知识,其叙说也已经不是单纯的语言讲述,而是另外一种意义上的传说。

冯梦龙也好,张岱也好,其记述民间传说故事,并不是完全的无目的,而是都在不同程度的"发名教之伪药",多多少少有着济世的文化情怀,有时显得极其强烈。如其《笑府》《广笑府》中所笑,对形形色色的社会现象中那些丑陋不堪、卑鄙龌龊、厚颜无耻的部分,都极尽嘲讽,等于给世人,也给后世留下一面明亮的镜子,让人时时刻刻检讨自己、提醒自己。如《夜航船》,其喋喋不休地讲述天地万物、世间万象,讲其源与流,讲其远古时代如何与伏羲、女娲、神农、黄帝、大禹这些大神产生联系,也讲社会现实中某地某人如何体现千奇百怪的怪异;其意应该如同其书名,是人生黑夜中的一艘航船,需要用这些以社会风俗生活为重要内容的知识与思想去照亮人的前程,帮助人、启发人,使得人不至于在茫茫夜色中迷途。这种情怀如同夸父追日,如同精卫填海,如同愚公移山,是中国古代思想家坚韧不拔的追求与探索的动力,彰显出中国文化传统的神圣与悲壮。这是中国民间文学史上具有普遍性的现象。

在明代民间文学史上,冯梦龙与张岱自觉搜集整理民间传说故事,进行必要的整理、甄别,这是一种文化现象;这一时期,有许多学者做出这样的努力。从其表现出的思想文化总体内容上可见,其民间文学史的价值主要体现在历史的复述与现实的诉说两个重要方面;尤其是现实的诉说中,明代民间传说故事所体现的真实与深刻,常常是一般人文文化所无从企及的。民间文学中存在着我们民族独特的思想智慧,是千百年来世代传承和不断积累积淀的思想文化宝库,是我们取之不尽用之不竭的源泉。

二、历史的复述

历史文化被重复记述、讲述的意义不仅仅在于文化运行中的温故而知新,也不仅仅在于表现了一种持久的社会文化情绪与情结,更重要的是其作为历史文化的记忆形式,使社会风俗生活的主体内容不断被彰显,在重复讲述中不断获取社会现实性生活内容与思想文化内容,鼓舞、激励、鞭策当世人,也促发人对自身的不断思索或自省、自新。或曰,这是任何一个时代希望实现社会振兴(中兴、复兴)、激励自我的思想文化重要基础。

历史的复述有两种基本形式,一是风物传说内容与历史传说故事,一是日常生活的情趣与经验(故事),包括精怪故事之类传说。

历史记忆总是在修复历史,希望使历史文化在传承中保持相对完整的面目;其修复,便成为不断融入想象的内容。许多传说故事正是在修复过程中被传承,甚至转换为新的文化主题。

　　风物传说内容与历史传说故事的复述意义在于其作为文化记忆、社会记忆,形成社会文化生活传统,直接影响到这个时代的文化选择与文化认同方式,包括社会主流形式的价值立场与各种民间信仰模式。明代谈迁《枣林杂俎》中有《残苦庙》,对传统的介之推故事和地方传统的记述与以往学者有不同处。他讲述道:"介之推从重耳出亡,追者甚急,之推以其子林代死。重耳入晋,之推妻及林妻,寻推,闻焚死于绵山,俱投井死。乡人即其地立庙祀之,曰残苦庙,在曲沃西关外。"其"死于绵山,俱投井死"与"乡人即其地立庙祀之,曰残苦庙",并且出现地方化的文化标志,这是民间文学传承中发生变异的结果。又如《枣林杂俎》中《姜女手迹》中所记"曲沃县西南三十里,侯马镇南河西堰中,世传姜女托堰哭夫,手印于堰,至今土虽屡倾,遗迹犹存",其突出于"世传姜女托堰哭夫"故事的现实性存在,以"手印于堰,至今土虽屡倾,遗迹犹存"为证。

　　董永卖身葬父故事原出自魏晋南北朝时期《搜神记》,唐代敦煌文献中有保存,此后宋元时期屡屡被讲述,此时王圻《稗史汇编》卷六十四《方外门·女仙·董永妻》记述为:董永父亡无以葬,乃自卖为奴,主知其贤,与钱千万遣之。永行,三年丧毕,欲还诣主,供其奴职。道逢一妇人曰:"愿为子妻。"遂与之俱,主谓永曰:"以钱丐(与)君矣。"永曰:"蒙君之恩,父丧收藏。永虽小人,必欲服勤致力以报厚德。"主曰:"妇人何能?"永曰:"能织。"主曰:"必尔者,但令君妇为我织缣百匹。"于是永妻为主人家织十日而百匹具焉。

　　如"韩凭妻"故事,陈耀文《天守记》卷十八引《九国志》材料,记述为:

　　　　韩凭,战国时为宋康王舍人。妻何氏美,王欲之,捕舍人筑青陵台。何氏作《乌鹊歌》以见志,遂自缢死。南山有乌,北山张罗,乌鹊高飞,罗当奈何!乌鹊双飞,不乐凤凰;妾是庶民,不乐宋王。

牛郎织女故事最早当见诸《诗经》，汉代《古诗十九首》等文献有许多记述；唐宋时期的诗文小说中更是经常提及。此时冯应京《月令广义·七月令》引南朝梁殷芸《小说》材料，记述曰："天河之东有织女，天帝之子也。年年机杼劳役，织成云锦天衣，容貌不暇整。帝怜其独处，许嫁河西牵牛郎，嫁后遂废织纴。天帝怒，责令归河东，但使一年一度相会。"王莹《群书类编故事》卷二《时令类·织女嫁牵牛》则做另外一种景象的记述，曰："桂阳成武丁有仙道，谓其弟曰：七月七日织女当渡河，诸仙悉还宫。弟问曰：织女何事渡河。答曰：织女暂诣牵牛。世人至今云织女嫁牵牛也。"

又如梁山伯祝英台故事，陈仁锡《潜确类书》卷二八"善权洞"，记述道：

善权洞，在常州府宜兴县国山东南，一名龙岩。周幽王二十四年，洞忽自开。俗传祝英台本女子，幼与梁山伯为友，读书于此，后化为蝶。古有诗云："蝴蝶满园飞，不见碧鲜空。"盖咏其事。南齐建元二年，建碧鲜庵于其故宅，刻"祝英台读书处"六大字。

这是一篇关于梁山伯祝英台故事的重要文献。作者陈仁锡曾经在崇祯时期做过朝臣，之前不满于阉党，喜爱结交文士，与徐霞客是好朋友。他的《潜确类书》记述大量民间传说故事，除此之外，还有神农涧、飞来峰等传说的记述；此处讲述梁祝故事，他将"俗传祝英台本女子，幼与梁山伯为友，读书于此，后化为蝶"，与"祝英台读书处"等内容做重新述说，是民间文学史上的重要异文。

望夫石传说在许多地方都有发生，其最早文献记述于《幽明录》；此时《夜航船》卷二"地理部"《山川·望夫石》记述为"武昌山有石，状如人。俗传贞妇之夫从役远征，妇携子送至此，立望其夫而死，尸化为石"；《蜀记》"石新妇"讲述"昔有夫远征，妻送至此；大泣，不忍归，因化为石。至今郡人祠之"，《大明一统名胜志》"望夫石"讲述"旧传有妇人，其夫从戎；朝夕登望,后化为石"。《枣林杂俎》义集《望夫石》记述为"望夫石,人稔知之。肇庆府四会县西二百里,有新妇石。夫为商不归,久望遂化石。宋林小山诗:瘦骨崚嶒立海湄,绿苔曾是嫁时衣。江郎去作三衢客,目断天涯竟不归"。

述古的方式有真有虚,用意不尽相同。如陆灼《艾子后语》"赵有方士好大言"与"艾子戏问",通过"大言"之"大",在事实上讲述了远古时期的神话传说故事,如其所记述:

赵有方士好大言,艾子戏问之曰:"先生寿几何?"

方士哑然曰:"余亦忘之矣。忆童稚时与群儿往看宓羲画八卦,见其蛇身人首,归得惊痫,赖宓羲以草头药治,余得不死。女娲之世,天倾西北,地陷东南,余时居中央平隐之处,两不能害。神农播厥谷,余已辟谷久矣,一粒不曾入口。蚩尤犯余以五兵,因举一指击伤其额,流血被面而遁。苍氏子不识字,欲来求教,为其愚甚不屑也。庆都十四月而生,尧延余作汤饼会。舜为父母所虐,号泣于旻天,余手为拭泪,敦勉再三,遂以孝闻。禹治水,经余门,劳而觞之,力辞不饮而去。孔甲赠予龙醢一脔,余误食之,于今口尚腥臭。成汤开一面之网以罗禽兽,尝面笑其不能忘情于野味。履癸强余牛饮,不从,置余炮烙之刑,七昼夜而言笑自若,乃得释去。姜家小儿钓得鲜鱼,时时相饷,余以饲山中黄鹤。穆天子瑶池之宴,让余首席;徐偃称兵,天子乘八骏而返;阿母留余终席,为饮桑落之酒过多,醉倒不起,幸有董双成萼绿华两个丫头相扶归舍;一向沉醉,至今犹未全醒,不知今日世上是何甲子也。"

艾子唯唯而退。

俄而赵王堕马伤胁,医云:"须千年血竭傅之乃差。"

下令求血竭,不可得。

艾子言于王曰:"此有方士,不啻数千岁,杀取其血,其效当愈速矣。"

王大喜,密使人执方士,将杀之。

方士拜且泣曰:"昨日,吾父母皆年五十,东邻老姥携酒为寿,臣饮至醉,不觉言词过度,实不曾活千年。艾先生最善说谎,王其勿听。"

赵王乃叱而赦之。

其中的"宓羲画八卦,见其蛇身人首"与"女娲之世、神农播厥谷、蚩尤犯余以五兵、苍氏子不识字",以及尧舜禹等故事,在讽刺其"大言"的意义上,或许是一种虚妄,而在民间传说故事的记忆述说层面,则形成一个远古神话的谱系,因而具有非常特殊的价值意义。

在历史述说的记忆体现中,话语表现方式常常出现"昔如何云云"之类套语,如浮白斋主人《雅谑·不死酒》讲述"汉武帝时,有贡不死之酒者,东方朔窃饮焉。帝怒,欲杀之,朔曰:'臣所饮,不死酒也。杀臣,臣必不死;臣若死,亦不验。'帝笑而赦之"故事;《雪涛小说·催科》"治驼背"讲述昔有医人,自媒能治背驼,曰:"如弓者、如虾者、如曲环者,延吾治,可朝治而夕如矢。"一人信焉,而使治驼。乃索板二片,以一置地下,卧驼者其上,又以一压焉,而即蹦焉,驼者随直,亦复随死。其子欲鸣诸官,医人曰:"我业治驼,但管人直,那管人死。"《客座赘语》卷下《谑语》:"昔有病伛者,自以为丑也,日购医于市,曰:'谁能直我者,予千金。'或绐之曰:'我实能直汝。'伛喜,问其方。曰:'蠡尔背,断尔筋,束版而夹之,三日直之。'左右曰:'害于生。'曰:'吾与其直尔,不保其生也。'"其开讲皆有此"昔如何云云"。此种导入形式在后世被演化为"从前有一个地方有一件什么事情"的故事套式。

其他如《群书类编故事》卷十九《宫室类·买宅得金》,出自《列异传》故事,此做记述:

魏郡张本富,卖宅与程应。应举家疾病,卖与何文。文先独持大刀,暮入北堂梁上。一更中,有一人长丈余,高冠赤帻,呼曰:"细腰细腰。"

应诺。"何以有人气?"答:"无。"鲤去。文因呼细腰,问:"向赤衣冠是谁?"答曰:"金也,在西壁下。"问:"君是谁?"答云:"我杵也。今在灶下。"文掘得金三百斤,烧去杵。由此大富,宅遂清宁。

《笑赞》"隐身草"亦为记述前代故事:有遇人与以一草,名隐身草,手持此,旁人即看不见。此人即于市上取人之钱,持之径去。钱主以拳打之,此人曰:"任你打,只是看不见我。"谢肇淛《五杂俎》卷七一《物部》"食人参飞天"记述食用人参而升仙,也是记述前人故事。其记述曰:

> 相传女道士师弟二人,居深山中。其徒出汲井畔,常见一婴儿,语其师。师令抱至,成一树根。师大喜,构火烹之。未熟,值粮尽,下山化米。师出门,而水大涨,不得还。徒饥甚,闻所烹者香美,遂食之,三日啖尽。水落师还,则其徒已飞升矣。又,维扬一老叟,常扰众酒食。一日,邀众治具,丐者数人,捧二盘至,一蒸小儿,一蒸犬也。众呕哕不食。道士恳请不从,乃叹息自食之,且尽。其余分诸丐者。乃谓众曰:"此千岁人参、枸杞,求之甚难,食之者白日升天。吾感诸公延遇,特以相报,而乃不食,信乎仙分之难也!"言未已,群丐化为金童、玉女,拥道士上升矣。

宝镜传说起源甚早,如《松窗杂录》中曾经有记述。此时《稗史汇编》卷一四一《珍宝门·宝器·秦淮宝镜》记述:

> 卫公长庆中在浙右,会有渔人于秦淮垂机网下深处,忽觉力举异于常时,……忽得古铜镜可尺余,光浮于波际。渔人惊取照之,历历尽见五脏六腑营脉皆动。竦骇神魄,因腕战而坠。……闻之于公,尽周岁万计穷索水底,终不复得。

其卷一四一《珍宝门·宝器·镜湖大镜》记述：

> 会稽镜湖在唐日广袤三百里，后来贫民盗占为田，今之视昔，不及十分之一也。崇宁间，渔人夜引网罟，觉甚重，强加挽拽竟不能举，乃召集同辈，合力久而方升，乃一大古镜，方五六尺，厚五寸，形模奇怪。或持以鉴形，于昏暗中肠胃肝鬲皆洞见之。置之舟内，欲明日赍诣越府，货于市，忽铿然有声，光彩眩晃，湖水如昼。俄顷复跃于波心，风激浪涌，移时始定。湖漘父老今尚有及见者。

玉真娘子故事见诸《睽车志》；田汝成《幽怪录·程迥》记述为：程迥者，伊川之裔，绍兴八年，居临安之前洋街，门临通衢，垂帘蔽户。一日，有物如燕，飞入倚堂壁。家人视之，乃一美妇，长可五六寸，形质宛然，容服妍丽，见人殊不惊惧，小声呖呖可辨，自言："玉真娘子也。偶至此，亦非祸君。君能奉我，当有利喜。"迥家乃就壁为小龛居之，晨夕香火供奉。颇预言休咎，皆验。好事者往往求观，必输百钱方启龛。至是络绎，家遂小康。至期年，飞去，不知所在。

明代传说故事的历史复述典型当数《龙图公案》，或作《新镌全像包孝肃公百家公案演义》，作者或佚名，其故事以宋代著名政治家包拯为主角，将许多包公传说故事贯穿起来，是我国民间文学历史上最早的包公传说故事集。当然，包公传说在宋代就已经流传，此作品属旧事新说。如其卷三《杀假僧》所记述，无论是语言还是故事情节安排，都体现出鲜明的民间语气：

> 话说东京城三十里，有一董长者，生一子，名董仁。住居乃东京城之马站头，造起数间店宇，招接四处往来客商，日有进益，长者遂成一富翁。董仁因娶得城东茶肆杨家女为妻，颇有姿色，每日事公姑甚恭敬，只是嫌他多些风情。仁又常出外买卖，或一个月一归，或两月一归。

城东十里外,有个船艄名叫孙宽,每日往来董家店最熟,与杨氏笑语,绝无疑忌。年久月深,两情缱绻,遂成欢娱,聚会如同夫妇。

宽伺候董仁出外经商,遂与杨氏私约道:"吾与娘子情好非一日,然欢娱有限,思恋无奈。娘子不若收拾所有金银物件,随我奔他处,庶得永为夫妇。"

杨氏许之。二人对天立誓,乃择十一月二十一日,良辰日子,相约同去。

至某日,杨氏收拾房中所有,以待孙宽之来。黄昏时,忽有一和尚来宿于董翁店,称是洛州翠玉峰大悲寺僧,名道隆,因来此方抄化,天晚投宿一宵。董翁平日是个好善的人,便开店房,铺排床席,款待和尚。饭罢即睡。时正大寒欲雪,董翁夫妇闭门睡熟。二更时候,宽叩门来,杨氏遂携所有钱物,与宽同去。走出门外,但见天阴雨湿,路滑难行。杨氏苦不肯行,密告孙宽道:"欲去不得,别约一宵未迟。"孙宽自想道:"恐漏泄此事。"又见其所有物色颇富,遂拔刀杀死杨氏,夺却金宝,置其尸于古井中而去。

未几,和尚起来出外登厕,忽跌入古井中。井深数丈,无路可上。至天明,和尚小伴童起来,遍寻和尚不见,遂唤问店主。董翁起来,遍寻至饭时,亦不见杨氏。径入房中,看四壁皆空,财物一无所留。董翁思量:"杨氏定是与和尚走了。"

上下山中,遍寻无迹,遂问卜于巡官。巡官占云:"寻人不见,宜向东南角上搜寻。"

董翁如其言,寻至屋厕枯井边,但见芦草交加,微带鲜血。忽闻井中人声,董翁遂请舍东王三,将长梯及绳索,直下井中。但见下有一和尚连声叫屈,阿杨已被人杀死在井中。王三将长绳缚了和尚,吊上井来。众人将和尚乱拳殴打,不由分说。乡邻里保具状,解入县衙。将和尚根勘,日夕拷打,要他招认。和尚受苦难禁,只得招认。

知县遂申县府衙。

包公唤和尚问及原因，和尚长叹道："前生负此妇冤死债矣！"从实直供。

包公思之："想那洛州和尚，与董家店相去七百余里，岂仓卒能与妇人私通期约，必是冤屈难明。"遂将和尚散禁在狱，日夕根探，竟无明白。偶得一计，唤狱司就狱中所有大辟该死人，将一人密地剃了须发，假作僧人，押赴市曹斩了，号令三日。称是洛州大悲寺僧，为谋杀董家妇阿杨事，令已处决。又密遣公吏数人，出城外探听，或有众人拟议此事是非，即来通报。

诸吏行至城外三十里，因到一店中买茶，见一婆子。因问："前日董翁家杀了阿杨公事曾结断否？"

诸吏道："和尚已偿命了。"

婆子闻说，捶胸叫屈："可惜这和尚，枉了性命。"

诸吏细问因由。

婆子道："是此去十里头，有一船艄名孙宽，往来于董家最熟，与阿杨私通，因谋他财物，遂杀了阿杨，弃尸井中。全不干和尚事。"

诸吏即忙回报包公。

包公便差公吏数人，密缉孙宽，枷送入狱。根勘，宽苦不肯招认。因令取县招当堂，县官笑给之曰："杀一人不过一人偿命。和尚既偿了命，安得有二人偿命之理？但是董仁所诉失了金银四百余件，你莫非捡得，便将还他，你脱其罪。"

孙宽甚喜，供招："是旧日董家，曾寄下金银一袱，至今收藏小匮中。"

包公差人押孙宽回家，取金银来到，就唤董仁前来证验。

董仁一见物色，便认得金银器及锦被一条："果是我家物色。"包公再勘，董家原昔并无寄与金银之事。又勾唤店婆来证，孙宽仍抵赖，不肯招认。

包公道："阿杨之夫经商在外，汝以淫心戏之成奸，因利其财物，遂致谋害。现有董家物色在此证验，尚何得强辩不招？"

孙宽神魂惊散，难以掩藏，只得一笔招成。遂押赴市曹处斩。和尚释放回山,得不至死于非命。

因为多种原因,民间文学的语言保存,常常受到文字书面化处理,而失去其直接来源于社会现实生活的新鲜活泼。《龙图公案》有效保存了这些内容,具有非常重要的语言价值。

三、现实的诉说

现实的诉说,其实就是俗说的现实。不同历史时期的现实俗说,有不同的形式,即体裁。明代社会现实生活中,光怪陆离的景象在口头讲述与具体记述中,一般出现这样几种形式,即"讼案或暴露""怪异与报应""道理",分别表现为:以公案、诉讼为主要内容的社会纷争,要么为了财产利益,要么为了意气情感,总是打破生活中的平静;以所谓精怪鬼神为主要内容的奇怪的自然变化或奇异的社会现象,给人以不平凡的感觉;或令人忍俊不禁,或令人啼笑皆非,看似荒诞不经或疯疯傻傻的生活故事,在人日常生活的讲述中,取其一点极其精妙处,传达出许多不同寻常的人生道理或社会道理。

1. 讼案或暴露

讼案的实质就是不可调和的社会生活冲突,冲突形成的原因,主要归结于财产或各种利益,所以,此类传说故事的主题多是偷盗、抢劫、偷情、谋杀、欺骗等社会生活中的极端现象。总体说来,所有的诉讼都是关于背叛,都属于"不义";所以,民间文学尤其重视对情与义的歌唱,诸如关羽、岳飞,以及遍地设立的关帝庙、岳王庙,在传说中体现着热情、慷慨、大义。所以,民间社会不将矛盾轻易诉至于对簿公堂的诉讼层面。民间传说故事对这些内容的表现,世代流传,成为这种文化传统的见证。

一个值得注意的现象是,关于财产争夺双方的关系,在民间传说故事中,一般发生在亲情之内。这令人想起许多问题,其集中于一点,其实就是民间传说故事的讲述,在事实上起到了维护道德与情感的社会稳定,即通顺

社会情感的重要作用,如《雪涛小说·才史》"一人被兄匿其祖父遗资数千金"与"以重法绳其兄",讲述了一个争夺财产的故事:

> 又一人被兄匿其祖父遗资数千金,诉于偲。偲命开具祖父以来家资,既至,收而藏之,置不问。一日密授其数于狱中盗,阴令投牒曰:"某器某器系我盗得,今寄某人兄所。"偲收其牒,命卒执某兄赴县与盗质,指牒曰:"某器某器,今皆在尔所,皆盗寄也。尔罪与盗等,应死。"其兄遽曰:"器诚有之,然某器吾祖遗也,某器吾父遗也。"偲曰:"器出尔祖尔父,有何凭据?"其兄曰:"两世分书见在,何谓无凭?"偲命取分书验之,乃曰:"我固知尔祖尔父有此遗尔,尔何得不分给尔弟,而独拥之乎?"遂剖为两股,兄弟各得其一,而以重法绳其兄。

郑瑄《昨非庵日纂》卷十五"富民张老无子,赘婿于家",讲述财产争夺,争夺双方是岳父与女婿。其讲述道:

> 富民张老无子,赘婿于家。后妾生子,名一飞,甫四岁而张卒。张病时谓婿曰:"妾子不是任吾财,当畀汝夫妇。尔但养彼母子不死沟壑,即阴德矣。"于是出券书云:"张一非吾子也,家财尽与吾婿,外人不得争夺。"婿乃据之不疑。后妾子壮,告官求分。婿以券呈官,遂置不问。他日奉使者至,妾子复诉,婿仍前赴证。奉使者因更其句读曰:"张一非,吾子也,家财尽与。吾婿外人,不得争夺。"曰:"尔父翁明谓吾婿外人,尔尚敢有其业耶!诡书'飞'作'非'者,虑彼幼为尔害耳。"于是断给妾子,人称快焉。

再者,如各种欺世盗名、招摇撞骗行为,明代民间传说故事中有许多讲述。如王同轨《耳谈》卷十三《僧诈》讲述的是一个欺骗世人的故事:

有僧异貌,能绝粒,瓢衲之外丝粟俱无,坐徽商木筏上,旬日不食不饥。商试之,放其筏中流,又旬日亦如此,乃相率礼拜,称为活佛,竞相供养。曰:"无用供养,我某山寺头陀,以大殿毁,欲从檀越乞布施,作无量功德。"因出疏令各占甲乙毕,仍期某月日入寺相见。及期众往,询寺绝无此僧。殿即毁,亦无乞施者。方与僧骇之,忽见迦蓝貌酷似僧,怀中有簿,即前疏。众诧神异,喜施千金,恐泄语有损功德,戒勿相传。后乃知始塑像因僧异貌,遂肖之作此伎俩,而不食乃以干牛肉裔大数珠数十颗,暗啖之,皆奸僧所为。王元禛谈。

明代社会市场形态发生重要变化,市民阶层社会生活意识体现出与以往历史时期不同的特征,交换与信用问题被许多民间传说故事所涉及,其不仅仅表现在商品流通领域,而且体现在社会生活的各个方面。如王同轨撰《耳谈》卷十一《娶妇得郎》讲述了"金陵人有女且于归,而婿病剧"这样一个失去信用而引发的诉讼故事。其记述曰:

金陵人有女且于归,而婿病剧。婿家贫利女奁具,故强迎女视婿,女家难之,而又迫于求,欲却不能,因计其子年貌类姊,遂饰子往。故称未成礼,不宜见尊亲,常蔽其面。婿家不知以婿之妹伴嫂,宿于别室,是夜婚合。越三日,女家迎女归,妹自陈嫂是男子,已为我婿矣。婿家大恚,讼于法司。法司曰:"渠不宜以男往,尔奈何以女就之乎?殆是天缘,听其自配。"后婿病亦愈,女竟得归。一嫁女而得妇,一娶妇而得郎,虚往实还,网鱼得鲔矣。予里卢孝廉游吴归谈。

又如一诺千金,体现出中国文化传统中对于信用恪守的人生理念与信念。明末清初,周亮工著《书影》(全称《因树屋书影》)有"京师小市中有旧铁条",引发"闯贼陷京师后,得之于老中官"故事,表面上似乎在讲一个识宝故事,其实讲述的是信用及其背后社会道德差异等问题。同时,笔者也在抒发社会动荡的感时情怀。

其记述曰:

京师小市中有旧铁条,垂三尺,阔二寸许,形若革带之半,中虚而外锈,面鼓钉隐起,不甚可辨,列于肆中,人无问者。

积年余,有高丽使客三四人过,取视良久,问价几何?鬻者谬云钱五百,使客立解五百文授之。

其人疑而诡对曰:"此固吾邻人物,俟吾询诸主者。"

顷之,使客复来。鬻者曰:"向几误,主者言非五金不可。"使客即割五金无难色。

其人则又为大言曰:"公等误矣,吾曹市语,举大数以为言,五金盖五十金也。"

使客曰:"吾诚不惜此,但不得更悔!"

鬻者私念一废铁休夹条而得此重价。藉令失此售主,即数十钱亦不可得,因许之而问其所用。

时观者渐众。使客乃如数畀鬻者金,即以铁条付其侣,乘马疾驰去,始告之曰:"此大禹定水带也。禹治水时,得此带九,以定九区平水土。此乃九之一,凡遇咸苦污浊之水,一投此带于中,即立化为甘泉,足以珍耳。"

市之好事者随至高丽馆,请试验之。使客命汲苦水数石,贮之缸中,先搅以盐,后投此带。水忽沸作鱼眼数十,少顷汲而饮,甘洌远胜山泉,遂各叹服而去。

鬻者言,闯贼陷京师后,得之于老中官。盖前朝大内物也。沧桑变幻,内府珍异流落人间,可胜慨叹云云。

除此之外,民间传说故事批判欺骗社会的种种恶行,对其进行无情揭露,也出现与西门豹破除迷信相似的传说故事。

如《菽园杂记》卷七"京师闾阎,多信女巫"故事记述曰:

> 京师闾阎,多信女巫。有武人陈五者,厌其家崇信之笃,莫能制。一日含青李于腮,绐家人疮瘇痛甚,不食而卧者竟日。其妻忧甚,召女巫治之。巫降神,谓五所患是名丁疮,以其素不敬神,神不与救。家人罗拜恳祈,然后许之。五佯作呻唤甚急,语家人云:"必得神师入视救我,可也。"巫入按视,五乃从容吐青李示之。捽巫,批其颊而出之门外,自此家人无崇信者。

又如方孝孺《逊志斋集》卷六《越巫》记述"赵巫自诡善驱鬼物"而为"恶少年"作弄,其"巫至死不知其非鬼"故事曰:

> 赵巫自诡善驱鬼物。人病,立坛场,鸣角振铃,跳掷叫呼,为胡旋舞,禳之。病幸已,馈酒食,持其赀去;死则诿以他故,终不自信其术之妄。恒夸人曰:"我善治鬼,鬼莫敢我抗。"
>
> 恶少年愠其诞,瞯其夜归,分五六人栖道旁木上,相去各里所。候巫过,下砂石击之。巫以为真鬼也,即旋其角,且角且走,心大骇,首岑岑加重,行不知足所在。稍前,骇颇定,木间砂乱下如初。又旋而角,角不能成音,走愈急。复至前,复如初。手栗气慑,不能角,角坠;振其铃,既而铃坠,惟大叫以行。行间履声及枭鸣谷响,亦皆以为鬼号。求救于人甚哀。
>
> 夜半抵家,大哭叩门。其妻问故,舌缩不能言,惟指床曰:"亟扶我寝,我遇鬼,今死矣!"
>
> 扶至床,胆裂死,肤色如蓝。
>
> 巫至死不知其非鬼。

祝允明《九朝野记》中"景泰中有僧约众期焚身,钱镪坌集"故事,揭露僧人利用佛法骗人,其记述曰:

> 景泰中有僧约众期焚身,钱镪坌集。至时果就火,民拥仰。巡按御史闻之来视,令止炬。扣所愿,三四不应。御史讶,令人升柴棚察之,僧但攒眉堕泪,凝手足坐,不动不言。御史命之下,亦不能。乃诸髡缚著薪上,加以缁衲,而麻药噤其口耳。伺其苏,讯得之乃知岁如此。先邀厚施,比期取一愚髡当之也。遂抵于辟。

俗说现实生活中的种种恶俗,表现出明代民间传说故事的批判精神,其名为诉讼与暴露,其实更是对人性的解剖。如祝允明《九朝野记》卷四"嘉定有少年曰徐达,巧黠而亡赖"记述曰:

> 嘉定有少年曰徐达,巧黠而亡赖。闻一家将嫁女,借持栉具去为女开面,即复谋为婚筵茶酒。嘉会日,达相事未终,辄不辞而去,约二恶少共窃女。昏时,二少避后墉外,达复入供事。至入更,独在室,突入,急负之,奔至后垣,开门授二少。复闭门入,乃出前门而去。乃趋往,同抉女去如飞。女羞怕不能呼唤。
>
> 俄而其家失妇,讶惑,一黠奴谓家长:"茶酒素亡赖,数睥睨新人,殊似有奸态,两度不辞而去,可疑也。"女父母亦言开面事。二家奴仆言曰:"渠非本技业人,直造奸耳。"因俱入后巷追之。巷甚永而无旁岐。二少见势逼,弃女而逸。达独持之行,无计他去,适道旁有井,遂挤女其中。众既追及,达就执,讯之,不伏。待旦,上于县,始吐实。与往检觅,果得尸,然而男子也。达亦自怪。逮二少对,同达词。舅姑或谓事由父母,又逮之。及妁人、两家邻,交讯皆无可言,官不能决。榜召尸属,亦终无认者。乃独击达史,数拷掠,竟无状。居岁余,官方引问达,适开封某县解至二

囚,一男一女。达回首见之,大骇号叫:"久昧女所在,此真是也,鬼耶?"官召前问之,始得其实。

方女入井窅,不死,大呼求救,而追人得达,喧哗拥回,不闻井中声也。将曙,有二男子井旁过,即开封人同贾于松而归。闻声趋视,因以甲下井肩女,乙以布接出。既出,乙视女,忽念甲赀厚,因而戕之,则谁知者?顾独得美妇兼其货,非计邪?遂下之石,甲毙焉,即所出疑尸也。乙问女得故,曰:"若当从我逝矣。我开封富家,若幸为我妾,而勿道实于我家人。不然,若为人女妇而外逸,尚可返复女妇乎?"女惧从之至乙家,甲家来问乙甲耗。乙言分手于苏州,女如乙戒。而乙妇极悍,毒女百端,女绝不能当。一日,乙出,女谋诸邻媪。媪言:"若固无罪,特从诱胁来,何苦忍如是?"因导之奔诉于官。于是逮乙,与女解来审验耳。令闻之,大叹息,回牒正乙诛而论达、少如法,还妇于先夫焉。

王同轨《耳谈》卷十五《杞县疑狱》记述曰:

河南杞县一民家女,将嫁,令栉工整容,俗固如此。女貌美,工心动不能自持,是夜随女至婿家。其时,杂沓不辨,婿家主妇治馔,翁婿奉客,堂上惟独有女,匠遂作婿,直入牵女从他户出走,女不省何意,从之行。顷之,家失女,举火寻觅。匠见火光,谓是追己,走益急。道旁有窅井,遂推女堕井中,独身逃。

其家不获女,以讼于官,人始谓,其夜见人似栉工者,逮工至,拷讯吐实,称女在井。起之,乃一髯男子,非女,不省其故,但械系工狱中。盖女堕之明辰,有二商过井旁,闻井中呼声,视之,女也。二商为计解橐中绳以一人下系女腰,以一人秉绳其上。及女上,秉绳者视之绝美,更利下者橐金,竟弃下者,携女及橐直走吴之嘉定居焉。既得美妇、饶橐金,意亦骄纵,常挞女。女怨,潜以语邻媪其故,媪以闻官。官鞫实,以人、女拘赴杞县,始知髻男子所偶商也,与工并置法,女以给其夫,始合焉。朗哉谈。

又如王同轨《耳谈》卷四《刘尚贤》记述"万历乙未年"间发生于社会现实生活中一个谋财害命的故事:

孝感县民刘尚贤、张明时,二人约为死友,实以利合也。偶夜行,见火磷磷,识其地,掘之,见银笋矗起。二人大喜,谓宜具牲醴祭祷,然后凿取。刘已置毒盏中,令张服之。张亦腰斧而来,乘醉击刘死,而不知已已中毒也。两人者皆死,其家人往视银笋,濯濯无迹。万历乙未年事。

明代民间传说故事中,商人形象出现颇为频繁,其故事讲述商人阶层的是是非非,在中国民间文学史上具有时代标志性意义。比如祝允明《枝山前闻》记述"县有民将出商"故事曰:

闻之前辈说,国初某县令之能。县有民将出商,既装载,民在舟待一仆久不至,舟人忽念商辎货如此而孑然一身,仆又不至,地又僻寂,图之易耳,遂急挤之水中,携其赀归。乃更诣商家,问:"官人何以不下船?"商妻使人视之,无有也。问诸仆,仆言适至船则主人不见,不知所之也。乃姑以报地里。地里闻之县,逮舟人及邻比讯之,反复卒无状,凡历几政莫决至此。令遂屏人独问商妻,舟人初来问时情状、语言何如也。商妻曰:"夫去良久,船家来扣门。门未开,遽呼曰:'娘子,如何官人久不下船来?'言止此耳。"令屏妇,复召舟人问之,舟人语同。令笑曰:"是矣,杀人者汝。汝已自服,不须他证矣。"舟人哗曰:"何服耶?"令曰:"明知官人不在家,所以扣门称娘子。岂有见人不来而即知其不在,乃不呼之者乎?"舟人骇服,遂正其法,此亦神明之政也。

《稗史汇编》卷一五七《禽兽门·兽三·秦邦犬》表面上讲述了一个"富商遇害"故事，其实在于折射出明代社会隐秘处普遍存在的道德失却日益严重的社会现象：

永乐初，淮安秦邦家业饶裕，止生一子，尚在襁褓，然好货殖四方。时年四十，将买舟贸易于京师。卜之不利，妻许氏苦谏不听。邦家畜一白犬，经数年相随出入，甚有灵性。是日解缆开舟，犬忽呼号踯躅，跃入舟内邦衣裾，若有阻行之意。邦不悟，遂挈之偕行。

舟次张家湾夜，邦与舟人醉卧于蓬底。有寇王甲、王乙者，率凶徒各执利刃登舟，俱被刺死于水，惟白犬从后舱跃出。王甲被啮，右手几殒。王乙持刃逐犬，犬赴水遁。二贼悉掳舟赀，埋邦尸于水浒而去。犬潜尾二贼到家，默认其处。昼则乞食于外，夜伏水次守邦尸，如是数月，人皆异之。

未几，巡河御史吕希望驻节，忽见白犬号呼岸傍，状如泣诉。希望异之，曰："此处必有冤。"令吏卒从犬足跑地处掘开，果见邦尸。犬悲号尸傍不去。希望曰："此必故主被人谋害，但不知凶身何在，犬能指其处乎？"犬摇首遂行，命吏卒随之。里许至一室，二贼方与众亲会饮。犬径入先啣王甲衣裾，次啮王乙足履。吏卒执缚二贼至御史案前，考掠未服。希望狐疑之际，忽一人啼哭而至，诉曰："某乃秦邦仆也。吾主贸易于此，被二贼劫财杀主，某亦被刺于水，幸而不死。此尸即吾主也。"二贼遂伏罪。希望问成案牍，奏闻处斩，寻追赃给主，退迩神之。

《稗史汇编》卷一五七《禽兽门·兽三·犬报商冤》讲述了"成化间，有一富商寓在京齐化门一寺中，寺僧见其挟重货，因乞施焉"这样一个谋财害命的故事。其记述曰：

成化间,有一富商寓在京齐化门一寺中,寺僧见其挟重赀,因乞施焉。商颔之而未发也。僧自度其寺荒寂,乃约众徒先杀其仆二,即以帛缢商死,埋寺后坑中,以二仆尸压其上,实之以土,尽取其所有。

越二日,有贵官因游赏过其寺,寺犬鸣噪不已,使人逐之,去而复来。官疑之,命人随犬所至。犬至坎所伏地悲噪。官使人发视之,尸见矣。起尸而下有呻吟之声,乃商人复醒也。以汤灌之,少顷能言。遂闻于朝,尽捕其僧,寘于法。是岁例该度僧,因是而止。呜呼,僧不若犬也哉!

江盈科《谐丛·判词》"两屠儿合本营生"故事,为见利忘义:

两屠儿合本营生,一名王三。每日五鼓,其伙伴辄过王三之门,呼曰:"王三,去买猪。"如此者数岁。一日,伙伴图财,将王三杀死旷处,尽夺其资。明日五鼓,复过门呼曰:"王三嫂,叫王三去买猪。"妻惊疑数日,不见夫归,鸣于官。谓他无可据,只是数年之中,伙伴每日唤王三,到这一日,突然呼王三嫂,似是知情。部官立判曰:"过门大叫王三嫂,已识家中无丈夫。"讯其人,其人输服,遂抵死。

男女私情,或为两情相悦,或为一厢情愿,或为强夺强取,种种行径形成社会生活现实中被暴露的问题。最严重的问题是奸夫杀夫,使凶恶本性尽然暴露,形成社会和家庭极大的灾难。此类现象频频出现在民间传说故事中,以不同形式被反复讲述,这或许是明代社会风俗生活中常见的现象,直接体现出世风的邪与正。

祝允明《九朝野记》卷四"丁四官人蒙冤"记述:

某氏有妇,与小姑春日在圃中作秋千戏。圃前短垣,外临官道。有美少年走马墙外,驻而寓目。二女瞥见之,皆兴感慕,因问侍婢:"识此郎否?"婢令人物色之,报云:"丁四官人也。"此郎固不知。少年自去。明日,邻妪小与二女周旋之,颇言:"小娘昨见丁四官人乎?"女以为得其情,颇发颡。妪曰:"无庸讳我,此来正为丁郎耳。郎昨睹芳仪,固深顾注。"二女稍问郎纵迹,妪盛称其美。妪见小姑有动意,入其寝,识其户径而去。

入夜,女灭烛不寐,悾惚若有所伺。宵深,忽一郎踰垣而入,暗中即闯女房。女谁何之?小语曰:"我丁四官人也。"女默然,携手入就寝。未明而逝,初不睹其面也。是夕复至,亦在暗中。相处荏苒数月。

一日,女以事适外家,且久未返。兄嫂迁寝其室,亦灭烛而寝。郎来见扃户,毁窗而入,遽登床扪女,得骈首枕上,即取所佩刀断双头而去。诘旦,家人入视,见之,不审何故,直以为盗。闻于官,缉捕无状。

后至一上官录之,因沉思良久,谓翁妪曰:"若子妇故居此室耶?"翁妪言:"故为女室,斯夕偶暂宿耳。"上官命召女至,讯之,即承与丁通。逮丁至,诇之,愕然无答。女言前事,丁亦惘然曰:"是日从墙外偶驻,虽见秋千事,初无谋念,小玩而过。其后事略不知也。顾安得终妄若此?"官犹以为诈,问:"识之乎?"女言:"每来辄在暗中,终不及早,固不识也。"官更沉虑,因逮妪掠之。妪乃不能讳。初,二女偶语时,妪伏邻壁闻之,因宛转从属其子耳。捕子至,即具服,言:"久与女私甚密。是夜见其闭户,疑其他也。入袭之,果与男子并寝,遂戕之耳。不知其非女也。"于是各正其辟。

如黄暐《蓬轩类纪》卷一《妖人记》记述"成化庚子,京师有寡妇,善女红"故事曰:

成化庚子,京师有寡妇,善女红,少而艾,履袜不盈四寸,诸富贵家相荐引,以教室女刺绣。见男子辄羞避,有问亦不答。夜必与从教者共寝,亦必手自钥户,严于自防,由是人益重之。

庠生某,慕寡妇,必欲与私,乃以厥妻诒为妹,赂邻妪往延寡妇。妇至,生潜戒其妻,将寝则启户如厕。妻如戒,生遽入灭烛。妇大呼,生扼其吭强犯之,则男子也。

厥明系送于官,讯鞫之,姓桑名翀,年才二十四,自幼即缚足小而为是,图富贵家女,与之私者如干人。法司上其狱,宪庙以为人妖,置诸极典云。

《耳谈》卷七《临安寺僧》记述"吴中一生与临安某僧相善,从游最久"故事,揭露淫荡的僧人危害社会风俗,其记述曰:

吴中一生与临安某僧相善,从游最久。一日,过寺值僧他出,径入其所居奥室,见榻前悬一小木鱼,无心敲击,忽榻后板铃响,一少妇出,即士所识中表戚也。两相骇诧。板即屏内一片,而巧合缝,可开可闭,所谓地窨子也。妇悝缩入,生亦奔归,遇僧于门。僧既惊失锁户而又讶,生色异,知事已露,故以好强挽生返,曰:"今日之事,势不两生,惟足下自裁。"生亦嗟讶曰:"自堕火坑,知贼突不能释我,固我死日第求一大醉而子诵经拜忏,我甘自缢耳。"僧从之,大嚼以酒而拜诵如法。生睨其罍巨,注酒复满,当其拜伏即举以击,僧脑破,连刺之死,奔出以闻郡,尽屠诸僧。妇女出者凡六辈,皆先后盗入或以求子诱入者。

陆粲撰《庚巳编》卷九《人妖公案》记述"都察院为以男装女,魇魅行奸异常事"故事曰:

都察院为以男装女,魇魅行奸异常事,该直隶真定府晋州奏:犯人桑冲,供系山西太原府石州李家湾文水东都军籍李大刚侄,自幼卖与榆次县人桑茂为义男。成化元年,访得大同府山阴县已故民人谷才,以男装女,随处教人女子生活,暗行奸宿,一十八年,不曾事发。冲要得仿效,到大同南关住人王长家寻见谷才,投拜为师,将眉脸绞剃,分作三柳,戴上鬏髻,妆作妇人身首。就彼学会女工,描剪花样、扣绣鞋、顶合包、造饭等项,相谢回家。比有本县北家山任茂、张虎,谷城县张端、大马站村王大喜,文水县任昉、孙成、孙原前来见冲,学会前情。冲与各人言说:"恁们到各处人家,出入小心,若有事发,休攀出我来。"当就各散去讫。

成化三年三月内,冲离家到今十年,别无生理。在外专一图奸,经历大同、平阳、太原、真定、保定、顺天、顺德、河间、济南、东昌等府,朔州、永年、大谷等,共四十五府州县,及乡村、镇店七十八处。到处用心打听良家出色女子,设计假称逃走乞食妇人,先到傍住贫小人家投作工。一二日,使其传说引进,教作女工。遇晚同歇,诳言作戏,哄说喜允,默与奸宿。若有秉正不从者,候至更深,使小法子,将随身带着鸡子一个,去青,桃(卒)七个,柳(卒)七个,俱烧灰,新针一个,铁槌捣烂,烧酒一口,合成迷药,喷于女子身上,默念昏迷咒,使其女子手脚不动,口不能言。行奸毕,又念解昏咒,女子方醒。但有刚直怒骂者,冲再三陪情,女子念忍。或住三朝五日,恐人识出,又行挪移别处求奸。似此得计十年,奸通良家女子一百八十二人,一向不曾事发。

成化十三年七月十三日酉时分,前到真定府晋州,地名聂村,生员高宣家,诈称是赵州民人张林妾,为夫打骂逃走,前来投宿。本人仍留在南房内宿歇。至起更时分,有高宣婿赵文举,潜入房内求奸。冲将伊推打,被赵文举将冲摔倒在炕按住,用手揣无胸乳,摸有肾囊,将冲捉送晋州,审供前情是实。参照本犯立心异人,有类十恶,律无该载。除将本犯并奸宿良家女子姓名开单,连人牢固押法司收问外,乞敕法司将本犯问拟重罪等因,具本奏。奉圣旨:"都察院看了来说,钦此钦遵。"臣等看得桑冲所犯,死有余辜。其所供任茂等,俱各习学前术,四散奸淫,欲将桑冲问拟死罪,仍行各处巡按御史挨拿任茂等解京,一体问罪,以警将来。及前项妇女,俱被桑冲以术迷乱,其奸非出本心,又不碍人众,亦合免其查究。成化十三年十一月二十日,掌院事太子少保兼左都御史王等具题,二十二日于奉天门奏。奉圣旨:"是这厮情犯丑恶,有伤风化,便凌迟了,不必覆奏。任茂等七名,务要上紧挨究,得获解来,钦此。"(右得之友人家旧抄公牍中。)

陆武《病逸漫记》"正统初年,北京东角头有马姓者,通其里妇某"记述曰:

正统初年,北京东角头有马姓者,通其里妇某。遇妇之夫自外归,马潜隙以伺。至五鼓,夫起有他出,以天寒,不欲其妇同起,且为之覆被,按抚极其周至,然后去。马窥视之甚审,因念其夫之笃爱如此,而其妇乃反疏外通于人,甚为之不平,入厨中取刀杀其妇而去。后以夫杀死,坐其夫弃市。马遂陈其见杀之由曰:"是某杀之也。"监刑者止其事,遂皆释之。

江盈科《雪涛小说·慎狱》记述"国初某校尉素通戍卒之妻"故事曰:

国初某校尉素通戍卒之妻,一日尉与妻卧,卒偶归,尉避之门内,妻曰:"尔何为归?"答曰:"我怜尔寒,为尔整被。"言讫复去。尉忿然谓卒妻曰:"尔夫怜尔,尔反怜我,不义孰甚?"遂杀之,释刀而去。比明,有卖菜老佣入其室,见尸血淋漓,惊跳而出。邻人执之,佣不能辩,遂诬服罪。后至临决,尉乃出首前故,而自祈死,太祖并释之。

马龙生《凤凰台记事》"洪武中,京师有校尉与邻妇通"记述曰:

洪武中,京师有校尉与邻妇通。一晨,校瞰夫出,即入门登床。夫复归,校伏床下。妇问夫曰:"何故复回?"夫曰:"见天寒思尔冷,来添被耳。"乃加覆而去。校忽念彼爱妻至此,乃忍负之,即取佩刀杀妇而去。有卖菜翁常供蔬妇家,至是入门,见无人即出。邻人执以闻官,翁不能明,诬伏。狱成,将弃市,校出呼曰:"某人妻是我杀之,奈何要他人偿命乎!"遂白监决者,欲面奏。监者引见,校奏曰:"此妇实与臣通。其日臣闻其夫语云云,因念此妇忍负其夫,臣在床下一时义气发作,就杀之。臣不敢欺,愿赐臣死。"

上叹曰:"杀一不义,生一无辜,为嘉也。"即释之。

当然,无论民间传说故事怎样极端化地讲述世风败坏,任何一个社会都不可能一无是处。在明代社会现实生活俗说中,也有不少褒扬的内容,诸如一些拾金不昧的故事,正体现出一些品行高洁者不同寻常处,也正与种种恶俗相对比,显示恶俗之卑鄙、低下。拾金不昧者有自己的信念,如《金陵琐事》卷四《还银生子》中所记"鬼神知之",而好心总有好报,即其"后生子四人,中万历辛丑武进士"。

如周晖《金陵琐事》卷一《两次还金》记述曰:

秀才何岳,号畏斋,曾夜行,拾得银二百余两,不敢与家人言之,恐劝令留金也。次早携至拾银处,见一人寻至,问其银数与封识皆合,遂以还之。其人欲分数金为谢,畏斋曰:"拾而人不知,皆我物也。何利此数金乎?"其人感谢而去。

又曾教书于宦官家。宦官有事入京,寄一箱于畏斋,中有数百金,曰:"俟他日来取。"去数年绝无音信。闻其侄以他事南来,非取箱也。因托以寄去。

《金陵琐事》卷四《还银生子》中记述"豹韬卫千户高仲光大司马差往北京"故事曰：

> 豹韬卫千户高仲光大司马差往北京上疏，行至山东界投一野店。见店有遗银一囊，约三百余两，遂问主人："早有何人寓此？"答以远客两人，行且五六十里矣。高曰："此一囊银，定是客人所遗。若暗携去，人虽不知，鬼神知之。我四十无子，不爱此非义之财以损人也。"因解鞍秣马，以待失银之人。次日早，有客寻至，且泣且诉。高取银与之，各问其姓名而别。仲光后生子四人，中万历辛丑武进士。高居仁乃其长子。

《耳谈》卷八《高中丞还金》记述曰：

> 德安高中丞□号玉华，嘉靖乙酉冬以孝廉计偕次磁州凤发邸舍，距州三十里许始拂曙，值道有遗囊，命从者举之，累累然重也。公下马坐树下待遗者至。北风猎猎刺人入肌，从者不能堪，又计公橐垂尽，奈何违天自苦而贻所不知名何人乎？公不可。顷之有蒙袂而来者，发垂蔽面，徒跣号呼谓失金。公曰："夫夫其亡金者耶？金在是。"是人曰："州督地租钱急，天旱鬻子女得金五十五，晨而输之，风夜仓皇，不觉亡失其死矣！"始发封与数合，即还之。其人泣拜欲分其半相报，公益不受。其人控马行数十里不肯去，私得公名姓，日尸祝之。

2. 怪异与报应

怪异的内容有许多，引起社会生活变化的或者是苍天，或者是鬼神，或者是精怪故事，或者是神仙故事，包括神仙、精怪所引起的财富故事与各种风物故事。

其中，此类题材中有许多故事包含着报应意蕴。如陆容《菽园杂记·邵母复明》讲述了一个情感故事,其主题多次被以往文献讲述:"当涂民邵某,业合韦,事母孝。母病瞽,日佣归,必买市食以奉母。一日邵出,其妻得蛴螬虫数枚,炙以奉姑,绐云所亲佳馈也。姑食而美,乃留二三,啖其子,子见之,失声痛哭。母被惊,双目忽开,明如平时。邵欲逐其妻,母曰:非妇毒我。我目当再明,天使妇以此医我也。邵乃留之终身。"那么,"天使妇以此医我"便表明,所谓"天",就是人间最广泛的信仰,是最大的神灵。此为善报,当然,也有恶报。如王圻《稗史汇编》记述有"福建延平府昆季三人轮供一母,然各务农,托三妇侍养。子既出,三妇辄诟悖相胜,致姑粥不赡。姑欲自缢。嘉靖辛卯七月中,白昼轰雷眩目,三妇皆人首而身则一牛、一犬、一豕,环视者如堵"故事。鬼神报应作为民间百姓普遍的信仰,在事实上成为维护社会道德秩序的有力因素,如果完全将此简单地归于"封建迷信",其实正是无视最广大人民群众的诉求。或者说,我们应该相信人民大众在传统中形成的信仰所具有的价值及其社会道德能力与道德力量,应该尊重其信神信鬼的文化权利与文化传统。

一切报应的背后,都有操纵的主体,或为苍天,或为鬼神。有不孝、不贤、不善良之人,作恶多端,民间百姓在法律的意义上常常无能为力,无从约束其道德范围的生活行为,就诉之苍天或神灵,使之在传说故事中遭到报应,使其变为狗,或为驴子之类被视为卑贱的象征的动物。或曰,这同样是一种自我安慰,也是一种情感的宣泄。如《栽山笔麈》卷十五"有民家子妇,事姑无礼"故事:

成太史监吾公宪父为西边大帅,尝镇固原。有民家子妇,事姑无礼。一日,姑与之入庙祠祷,求一冒絮包头,妇不肯予。其子自探一巾与母,妇取而裂之。姑不得已,与同入庙,叩神未已,忽失妇所在,觅之不见。明日,遍走求,竟无踪迹。已而,至城外一小山上,其妇在焉,竟化为一驴,惟留一面两乳。舁至帅府,予之刍豆,即俯首啖之,而不能言也。此太史所亲见,于馆中闲谈偶及,其详如此。

郑瑄《昨非庵日纂》卷二十"河南逆妇"讲述曰:

> 河南妇人养姑不孝。姑两目盲,妇以蚯蚓为羹食之。姑怪其味,藏一脔示儿。儿见号泣。俄雷雨暴作,失妇所在。少顷从空堕地,身及服玩如故,而头变为白狗。夫斥去之,后乞食而死。

龙神信仰与各种龙神故事,其实是精怪故事的又一种形式。明代龙故事具有独特的文化意义,一是明代社会神权与王权在龙信仰中的体现,一是在民间信仰中,龙是一种特殊的精怪,能够成为神灵,即人间的守护者,也能够成为人间的俗子,成为俗人的朋友,被社会生活所世俗化。

如朱国祯《涌幢小品》卷三十一讲述了一个特殊的生龙故事:

> 温州府乐清县岭店驿居民,至七月二十日,皆闭户不敢出。其日,必有风雨,满街积有虾蟹。相传百年前,有女汲于河,龙神见而悦之,化为男,与交,遂有娠。后生二小龙,剖腹而出。龙神即摄女尸,葬于山顶,盖七月之二十日,至今小龙以其日至,若祭墓然,时刻不爽。

徐应秋《玉芝堂谈荟》(一名《谈荟》)卷二十四"粤西梧州府容县有龙母坟",讲述了我国古代瑶族中流传的龙故事:

> 粤西梧州府容县有龙母坟。傜妇入山久不返,众往觅之,则为龙所据,阴云罩幂。既归所居,常有寒气,人莫敢近,妇不自觉也。岁余,产一龙,胞中无血。顷之,云雾交集,腾举而去。妇亦无恙。后妇死,方殡,龙自空下,拥其骸以去。至白花村,地石自裂,龙寘骸陷而入石复合。后龙

常飞绕其居。

邝露《赤雅》有"龙潭",讲述容县南白花村有龙潭,有徭女至潭边饮水,为龙所侵掠。自此,其身上常有逼人的寒气。岁余,其产一龙,周身无血,得水之后,龙飞他处去。女数年之后死时,有龙拥其母亲即此徭女回到龙潭,出现山石堋裂,龙入石化生云云。

《枣林杂俎》中集《龙》讲述:

> 诸城县海边人家,有室女及笄者。夏雨,以手掬簷溜,后右手拇甲内,若有红线寸许,作盘屈之状,年余不灭,亦无所苦。女伴戏而恐之,曰:"得非龙乎?"明年夏,雷雨,女出其手于窗外,忽震雷砰訇,从窗间起,有龙出拇甲中,腾空而去。但甲分裂,余亡恙。

鬼神精怪故事包含着诸多民间信仰,在流传中形成多种具体的信仰形式,不断化生成为这些民间信仰的故事形式,作为思想文化的重要载体。这是民间社会道德诉求与精神诉求等文化诉求的集中体现。

如陆容《菽园杂记》卷三"徐生击鬼"讲述的是一个鬼故事:

> 江西南丰县一寺中佛阁有鬼出没,人不敢登。徐生者,素不检,朋辈使夜登焉,且与约,日先置一物于阁,翌旦持以为信,则众设酒饮之,否则有罚。及暮,生饮至醉而登,不持兵刃,惟拾瓦砾自卫而已。一更后,果有数鬼入自其牖,方上梁坐。生大呼,投瓦砾击之。鬼出牖去,生观其所往,则皆入墙下水穴中,私识之而卧。翌旦日高未起,众疑其死矣,乃从容持信物而下。众醵饮之。明日率家僮掘其处,得白金一窖,六十余斤。佛阁自是无鬼。

鬼故事在民间故事中是一个常讲常新的题材,不同区域与不同时期的鬼自然不尽相同。如《稗史汇编》卷一三四《祠祭门·鬼物上·死妾乳子》记述"浙中一上舍有嬖妾怀娠欲产"故事曰:

> 浙中一上舍有嬖妾怀娠欲产。妾临产时,上舍以事往钱塘。妾产难昏死,其妻不待其绝而遂殡之。及上舍归,但以产死言,不复穷问。
>
> 上舍偶一日过宅边卖饼家,见其箧中有银簪一只,乃其妾所常簪者。询其从来,卖饼人曰:"一妇人称说,所产儿乏乳,留此质炊饼饲儿。黄昏辄来,来得饼即去。"问其去路,则妾所葬之处也。
>
> 上舍大骇,夜潜至其墓,伏而窃听,果有儿啼。乃开墓启棺,则死妾之上有生儿伏焉。抱之以归,及长以赀入监为县簿。

《耳谈》卷六《鬼王指挥》讲述的是"金陵郊畈鬻耙者,见有妇暮必持钱来易耙,久之而橐中钱常耗"故事,是另一种形式的鬼。其记述曰:

> 金陵郊畈鬻耙者,见有妇暮必持钱来易耙,久之而橐中钱常耗,疑之,因不与易,而尾其后,见入一墓,复闻内有儿啼,声益大骇人。谓是王宅妇墓,因语其家。其家来听,果然,辄发墓暨棺,儿坐妇足畔,耙犹在焉。抱儿归,阖棺墓盖。妇死时儿在腹,生而无乳,故易耙饵之,而即阴取其钱于鬻者,故耗也。后其家万户胤绝儿次当嗣,故得胤第。其貌寝,称"鬼王指挥"云。熊维祺说。

李清撰《鬼母传》讲述的是前人曾经记述过的"鬼母"故事,又与前人有所不同:

> 鬼母者,某贾人妻也。同贾人客某所,既妊暴殒,以长路迢远,暂瘗隙

地,未迎归。适肆有鬻饼者,每闻鸡起,即见一妇人把钱俟,轻步纤音,意态皇皇,盖无日不与星月俱者。店人问故,妇人怆然曰:"吾夫去身单,又无乳,每饥儿啼,夜辄中心如剡。母子恩深,故不避行露,急持啖儿耳。"

店中初聆言,亦不甚疑,但昼投钱于筒,暮必获纸钱一,疑焉。或曰:"是鬼物无疑。夫纸蒸于火者,入水必浮,其体轻也;明旦盍取所持钱,悉面投水瓮,伺其浮者物色之。"店人如言,独妇钱浮耳。怪而踪迹其后,飘飘飔飔,迅若飞鸟,忽近小冢数十步,奄然没。

店人毛发森竖,喘不续吁,亟走鸣之官。起柩视,衣骨烬矣,独见儿生。儿初见入时,犹乎持饼啖,了无怖畏。及观者猬集,语嘈嘈然,方惊啼。或左顾作投怀状,或右顾作攀衣势,盖犹认死母为生母,而呱呱若觅所依也。伤哉儿乎!人苦别生,儿苦别死!官怜之,急觅乳母饲,驰召其父。父到,抚儿哭曰:"似而母。"是夜儿梦中趦趄咿喔不成寐,若有人呜呜抱持者。明旦视儿衣半濡,宛然未燥,泱痕也。父伤感不已,携儿归。

后儿长,贸易江湖间,言笑饮食,与人不异。唯性轻跳,能于平地跃起,若凌虚然。说者犹谓得幽气云。儿孝,或询幽产始末,则走号旷野,目尽肿。

或曰,鬼如同生人,其狰狞不堪,未必全然一色,其各有性情,性情背后皆有社会现实生活使之然因素。郑仲夔《耳新》卷七《芎溪陆茂才》记述一则鬼故事曰:

江都曾石塘(铣),诸生时搆文苦思,尝步入丛冢间,见岸鬼语河鬼曰:"若何时得脱?"曰:"明旦菜佣代我矣。"石塘明旦候之,果菜佣将浣足,阻之。夜闻鬼语曰:"本得代,奈曾砍头误我。"

沈周《石田杂记》记述明代"成化十六七年之间,葑门黄天荡边一渔者

乘小舟夜出捕鱼"故事曰:

> 成化十六七年之间,葑门黄天荡边一渔者乘小舟夜出捕鱼,见岸次一人唤渡,长丈余,其渔疑而不答。其人曰:"汝去至某所,当得一鲤,重四斤半。若果然,汝当渡我。"其渔果得如其所云。明夜,其人坐于岸次唤渡,云:"汝既有所得,何不渡我?"其渔曰:"当再有所验与我。"其人曰:"汝去不多远,当一网鲤九个。"亦果然。其人曰:"今须渡我。"渔曰:"汝必鬼物,吾不渡。"其人叹息而去,且口自云:"明夜且待松江人来,我自讨替。"其渔远候之,于夜果见一人荡掳而来。渔问:"何处人?"云:"松江。"即止之,谓其所以,松人不果行。明夜,其渔复见其人诉曰:"我,某处为商者,死于此水。我欲渡此往某土地庙求文移还乡。汝既不渡我,又沮松人,何见害之深耶?"渔曰:"汝能助我为生,当渡汝至庙,为汝荐拔,送汝还乡。"其人曰:"若然,当有厚报。"其渔载入庙。其渔遂弃渔,寓庙中,详筊如神,三四年间致富。后作荐,送其人还乡。

侯甸《西樵野记》记述"成化辛丑,苏卫数军士被公遣赴崇明"归来所见故事,与《石田杂记》内容相同。其记述曰:

> 成化辛丑,苏卫数军士被公遣赴崇明。事毕,泛舟而归,为大风飘至一岛,山麓旷异,一人从林中出,长可三四丈,深目黑面,狞丑不可喻。见数人悉以藤贯掌心,系于树下。已而复入,众极力断之而窜。始放舟,前者偕数辈状无异,蹲立水浒,以手攀舷。舟中一勇士急力断其指,始获舍舟而去。辩之,乃一指中一节耳。试以小尺度之,尺有四寸,因献嘉定令,今贮藏中。

江盈科《闻纪·纪妖幻》"梁泽"讲述的是一个精怪故事:

梁泽,三原县人。其县按察公署素多怪,居者辄死,人莫敢入。泽夙负气,尝谓友人曰:"吾能宿此。"诸友遂出钱佐之,泽因入,夜独衣冠坐堂上,三鼓月色明朗,闻庑间有人切切私语,若相推而前者。久之,泽厉声曰:"何不遂来?"俄有三人列跪庭下,稍前者衣青,次衣黄、衣白,惟面貌不可辨。泽骂曰:"老魅敢数害人?"青衣者答曰:"我辈不敢害人,彼见者自怖病死耳。"泽曰:"汝何为着青衣?"曰:"我笔精也。""居何在?"曰:"在仪门瓦沟。"问黄衣,低回未言,青衣代答曰:"彼金钗,在庭中槐下。"问白衣,曰:"我剑也,在堂东柱下。"泽曰:"汝等今来,欲相苦耶?"皆曰:"不敢。"共出一楮,曰:"此公一生履历,报公前知云。"泽受而麾之,三物遂投前处,泽亦熟卧达曙。友人皆谓泽必不免,入见,乃惊。泽告以故,如其言按次求之,尽得三物,自是妖灭。后泽登第,授御史。成化年间巡按山东,以监试事诖误谪官。

张谊《宦游纪闻·真人止怪》讲述的是一个精怪故事:

四川绵竹县有吞道观,每岁一道士修善,至期有白云载之而去,名曰"升天"。江西一真人过而见之曰:"此物乃在此为祟,宜除之。"即弯弓仰射,怪堕落巢穴。人踪迹其处,乃蟒成精也。搜索穴中,遗留道冠无数。

《涌幢小品》卷十九《精爽》"陆道判"讲述的是一个由精怪所引发的财富故事,其记述曰:

陆道判,嘉禾人。洪武初,薄游姑苏,得一废宅。先是居者多祟,遂以微价售于陆。始居之,张灯夜坐堂中,有二女笑语于前。陆之为怪,叱问之。二女曰:"妾乃大青小青也。"言讫跃出。陆急飞剑击之,若中其臂,没。早视剑处,庭下有大小冬青二树,因斧之,其声铮铮。下一石版,版数罂,满贮黄白。陆遂用饶富。

朱国祯《涌幢小品》卷三十一"义虎桥"讲述的是一个以虎为主体的义虎报恩故事,是一个特殊的精怪故事,其记述曰:

> 昔有人北试,道经彭城,遇乡落间,见一义虎桥。询诸父老,曰:"昔有商于齐鲁之墟者,夜归,迷失故道,误堕虎穴,自分必死。虎熟视不加噬,昼则出取物食之,夜归若为之护者。月余,其人稍谙虎性,乃嘱之曰:'吾因失道至此,幸君惠我,不及于难。吾有父母妻子,久客于外,思欲一见。仗君力,能置我于大道中,幸甚!'虎作许诺状,伏地摇尾招之。商喻其意,上虎背,跃而出,置诸道傍,顾而悲跳。分去后,历数载,商偶经此地,见诸猎缚一生虎归,将献之官。熟视,乃前虎也。虎见之,回睨。其人感泣,遂与众具道所以,亟出重赀赎之。众亦义其所为,相与释缚,纵深山之曲。后人于其地为桥,表焉。"

虎或为鬼魅,此类故事在历史上被记述甚多。王稚登《虎苑》卷上"清源陈裒"中讲述"见妇人骑虎过窗下,径之屋西"故事:

> 清源陈裒,隐居别业,临窗夜坐,外皆荒野,月正明,见妇人骑虎过窗下,径之屋西。先有婢卧屋壁下,妇人取竹枝从壁隙中刺,婢即呼腹痛起,出户如厕。裒骇愕,未及言,婢已为虎所攫,遽救之,得免。乡人言村中恒有此怪,盖虎伥也。

明隆庆《海州志》"相传东海旧多虎患"讲述人虎婚配故事曰:

> 东海城东六里社林山有崔生祠。相传东海旧多虎患,有丛林社。每

岁,里人输出一小男,于祭祷之日修饰送庙中。旦往视之,则无,咸以为化去。轮一老父家,父唯一男,情不能忍,为之悲痛。有崔生过门,问之,父语其故。生曰:"吾代汝子往,勿忧也。"父大喜,盛为供具。生曰:"吾性嗜犬,汝杀一完犬馈我,幸矣。"父如其言,里人设酒馔,送生于庙。

众退,生出所杀犬于案,而伏于梁上。至中夜,见有光怪,生窥之,乃一妇人也。解衣,磅礴食所置犬,至醉而卧。生下取其衣,则一虎皮,出庙,以皮投于井,而俟其寤。达明,妇人彷徨不能去。见生,大惊泣;求衣,生谢不知。求为生妻,遂与同归。

居三年,生二子。自是,乡人不复祭庙,而虎患亦息。一日复求其衣,生乃告焉。至井求衣,皮尚如新,遂服之,化虎而去。生亦不知所终。后人因祀崔生为山神。

《稗史汇编》卷一五六《禽兽门·兽二·虎媒》记述"义兴山陈氏"故事曰:

义兴山陈氏,薄暮有虎咆哮其门,置一物而去,乃肥羚也。取而烹之,惧其复来,縶瘠羊于外以塞口。及夕,虎复衔一物至,大噪者再去,陈趋视,则一年少女子,虽衣履沾败,而体貌绝妍。扶入室,久而息定,乃言:"儿是江阴周商女,随母上冢,为虎所搏,自分死虎口矣,不意得至此。"主人为易衣,饮以粥汤,俾之缝纫,殊有条理。主妇讽之曰:"汝既无归,肯为吾子妇乎?"谢曰:"儿得主君援救,出死入生,敢不唯命是听。"陈以配其季子。女甚勤俭,举家爱重之。浃辰,其父母觅得之,大喜言:"女未许人,令愿与君结婚好。"因张宴,征召亲友,相与往来如骨肉云。时人谓之虎媒。

王稚登《虎苑》卷下"虎媒",记述"陈氏家义兴山中,夜间虎当门大虓,开门视之乃一少艾,虽衣襦凋损,而妍姿不伤。问知是商女,随母上冢作寒食,为虎所搏至此。陈妇见其端丽,讽之曰:'能为吾子妇乎?'女谢惟命,乃遂配其季子。逾月,其父母踪迹得之,喜甚。遂为婚姻,目曰虎媒"。这是《稗史汇编》中"义兴山陈氏"故事的转述。这些精怪故事的怪异,形成明代社会风俗生活的特殊内容不是偶然的,而是与中国社会所弥漫的神仙味儿息息相关。

神仙故事与精怪故事以怪异面目流行于世,与人文文化相互影响,如明代出现《封神演义》之类神魔小说的同时,也出现吴元泰《东游记》这样的神仙小说,包括周游的《开辟演义》对盘古神话的重新述说,都是中国神仙文化的里程碑。从其内容上讲,其未必就是民间传说故事的直接记述,却分明引用了许多民间传说故事内容,与其他典籍文献一同保存民间传说故事内容的同时,也深深影响着其他民间文学的发展。如《东游记》第二十九回《三至岳阳度飞》讲述吕洞宾"复游于岳阳之间,以卖油为名,暗思有买不求添者度之"故事,其中有"卖儿一年,所遇皆过求利己者。唯一老妪持一壶市油,洞宾与之,即持去。洞宾怪之,问曰:'凡买物者皆求多,汝独不求何也?'妪曰:'本意唯一壶,今已满足,君之功多矣。何敢求多?'复以酒饮洞宾。洞宾欲度之,见其家内有井,乃以米一把投井中,谓妪曰:'卖此可以致富。'老妪留之,不答而去。妪回视井中水皆酒也。卖之一年,果大富。一日洞宾又至其家,老妪不在家,问其子曰:'数年卖酒何如?'其子曰:'好则好矣,但苦于猪无糟耳。'洞宾叹曰:'人心贪得无厌,一至于此!'乃取其米而行。老妪归视之,井皆水矣。妪追悔无及"云云,就明显是把吕洞宾当作了故事原型中的那个道士。最早在元代《湖海新闻夷坚续志》中曾经讲述过这个故事,《雪涛小说》《狯园》《古今谭概》等明代文献都有记述。《东游记》第二十六回《洞宾酒楼画鹤》记述:"洞宾自斩蛟之后,游于岳阳,或施果于街市,或玩游于乡村。欲得正心好善者而度之,通县无有其人。适有辛氏素业酒肆,洞宾往其家,大饮而出,竟不以钱偿之。辛氏亦不问索。明日又至,饮之而去,如此者饮之半年,而辛氏终不与之索钱。一日复至其肆饮之,乃呼主人谓之曰:'多负酒债,久未能偿。'令取橘皮画一鹤于壁上,曰:'但有客至此饮者,呼而歌之,彼自能舞,以此报汝数年之值,可以偿汝矣。'主人留之饮,乃竟别而去。后人来饮者呼之,其鹤果从壁上飞下,跳舞万状,止则复居壁上,人皆奇之。于是远近来观,饮者填肆,不数年果大富。一日洞宾复至,主人见之,延归拜谢,大饮。洞宾问之曰:'来者可多否?'主人曰:'富足有余矣。'洞宾乃三弄其笛,其鹤自壁上飞至洞宾前,乃跨之乘空而去。主人神异其事,于跨鹤之处,建一楼,名黄鹤楼,以志其事。"显然,其故事与张岱《夜航船》卷十一"日用部"《宫室·黄鹤楼》所记"晋时有酒保姓辛,卖酒江夏。有道士就饮,辛不索钱,如此三年。一日,道士饮毕,以橘皮画一鹤于壁,以箸招之即下舞,嗣是贵客皆就饮,辛遂致富,乃建黄鹤楼。后道士骑鹤而去"相同,同样是这里的道士变成了吕洞宾。

此类故事还值得一提的是歌仙刘三姐(刘三妹)在明代文献中的出现。宋代王象之撰《舆地纪胜》卷九十八提及"三妹山"风物故事,有"刘三妹,春州人,坐于岩石之上,因名"等内容的记述。但是,其面目皆浑然不清。张尔翮《刘三妹歌仙传》详细记述刘三妹为汉刘晨之苗裔,称其父刘尚文,当年由浙江迁至广西浔州。其记述三妹十二岁读书无数,聪明伶俐,能即兴作歌。其十五岁许配地方林家。当时有秀才来访三妹,二人以歌问答。歌唱连续七日,三妹与秀才皆化为石。林家寻找三妹登山,见有二石,一似三妹与秀才,大笑不止,最后也化为石。传说浔州西山三石人就是三妹留下的;三妹成为歌仙。

明代孙芳桂著有《歌仙刘三妹传》,记述"歌仙名三妹"故事,并提及"时玄宗开元十三年乙丑正月中旬"与"至今粤人会歌盛于上元,盖其遗云",其讲述道:

歌仙名三妹,其父汉刘晨之苗裔,流寓贵州水南村,生三女,长大,皆善歌,早适有家,而歌不传。

少女三妹,坐于唐中宗神龙五年己酉,甫七岁即好笔墨,聪明敏捷,时呼为"女神童"。年十二,通经史,善为歌。父老奇之,试之顷刻立就。十五艳姿初成,歌名益盛。千里之内,闻风而来,或一日,或二日,率不能和而去。十六,来和歌者终日填门,虽与酬答不拒,而守礼甚严也。

十七,有邕州白鹤少年张伟望者,美丰容,读书解音律,造门来访。言谈举止,皆合节,乡人敬之。筑台西山之侧,令两人为三日歌。台阶三重,干以紫檀,幕以彩毂,百宝流苏,围于四角。三妹服鲛室龙鳞之轻绡,色乱飘露,头着两丫鬓丝,发垂至腰,曳双缕之笠带,蹑九凤之鲛履,双眸盼然,抉影九华扇影之间。少年着乌纱,衣绣衣,节而立于右。

是日,风清日丽,山明水绿,粤民及徭壮诸种入围而观之,男女百层,咸望以为仙矣。两人对揖三让,少年乃歌《芝房烨烨》之曲,三妹以《碟花秋草》和之。少年忽作变调,曰《朗陵花》词,甚哀切,三妹则歌《南山白石》,益悲激,若不任其声者。观之人皆欷。

自此迭唱迭和,番更不穷,不沿旧辞,不凤构时,依徭壮人声音为歌词,各如其意之所欲出,虽彼之专家,弗逮也。于是观众者益多,人人忘归矣。

三妹因请于众曰:"此台尚低,人声喧杂,山有台,愿登之为众人歌七日。"遂易前服,作淡妆。少年皓衣元裳,登山偶坐而歌。山高词不复辨,声更清邈,如听钧天之响。

至七日,望之俨然,弗闻歌声。众命二童子上省,还报曰:"两人皆化矣!"

共登山验之,遂以为两人仙去,相与罗拜。时玄宗开元十三年乙丑正月中旬也。

至今粤人会歌盛于上元,盖其遗云。

歌仙为仙,即神仙。这是中国民间文学史上非常重要的内容,其证明刘三妹这一家喻户晓的歌仙传说在明代社会风俗生活的具体存在状况,具有异常珍贵的历史记录意义与保存价值。

屠本畯《憨子杂俎》有"古者兄弟七人皆绝技"故事,这是中国民间文学史上十兄弟类型较早的完整形态的记录。其记述曰:

> 古者兄弟七人皆绝技,曰健大一、硬颈二、长脚三、远听四、烂鼻五、宽皮六、油炒七。
>
> 健大看得须弥山可列家门屏幛,担却归。
>
> 上帝怒,敕丰隆翳追之,并获硬颈二,以斧斫其颈,斧数易,而颈无恙。
>
> 长脚三距海一万八千里,一日夜抵家报信。
>
> 远听四早闻,偕烂鼻五赴难。
>
> 西海龙王遣数千将敌之。五以鼻涕向下一掬,尽糊其将之眼。
>
> 于是,龙王亲征,获第六,直扯横拽而皮不窘。
>
> 获第七,叉入油气铛,炒七日七夜而体不焦。
>
> 七人者终无成,老于牖下。

十兄弟型故事是我国文学创作中十分重要的文学模式,从《水浒传》中的一百零八将,到《三国演义》中的关张赵马黄五虎上将,再到中国当代文学史上的许多优秀作品,如《智取威虎山》中的小分队英雄群体、《沙家浜》中的十八个伤病员等等,这些英雄群体的塑造,都有这种文学模式的表现。这也是中国文化所集中体现的特色,体现出中华民族团结进取,敢于胜利的伟大传统。

其中,"古者兄弟七人皆绝技"故事中的"上帝"与"龙王",都是具有神仙味儿的角色,而七兄弟各显神通,战胜他们。这里既有传统教育传说中折箭故事的团结意义,又有神仙故事中的超越自然所体现的怪异。这也体现出明代社会风俗生活所显示的思想情感倾向。

3. 道理

社会生活的道理,在民间文学中或体现为谚语,极其精辟而生动,或体现为笑话故事,给人以极端性讲述的同时,突出于某一方面,给人留下特别深刻的印象。这是典型的中国传统幽默,皮笑肉也笑;既有嘲讽他人,也有自我解嘲。

如关于健忘的故事。我们常常自我解嘲"贵人多忘事"云云,在这些故事的解嘲中,或引以为鉴,或哈哈一笑,形成一种宣泄。

《艾子后语·病忘》讲述"遗忘"的故事曰:

齐有病忘者,行则忘止,卧则忘起,其妻患之,谓曰:"闻艾子滑稽多知,能愈膏肓之疾,盍往师之?"其人曰:"善。"于是乘马挟弓矢而行,未一舍,内逼,下马而便焉,矢植于土,马系于树,便讫,左顾而睹其矢,曰:"危乎!流矢奚自,几乎中予!"右顾而睹其马,喜曰:"虽受虚惊,乃得一马。"引辔将旋,忽自践其所遗粪,顿足曰:"踏却犬粪,污吾履矣,惜哉!"鞭马,反向归路而行,须臾抵家,徘徊门外曰:"此何人居,岂艾夫人所寓邪?"其妻适见之,知其又忘也,骂之。其人怅然曰:"娘子素非相识,何故出语伤人?"

《雪涛谐史》"有健忘者"讲述:

有健忘者,置扇于树解裤,就此出粪。仰见树上扇,辄欣然取之,曰:"是何人遗扇于此?"因而失脚践粪,辄忿然怒曰:"是谁家病痢的在此拉粪污我鞋?"

《笑府·善忘》讲述:

  一人携刀往竹园取竹,偶内急,乃置刀于地,就园中出恭。忽抬头曰:"家中正要竹用,此处好竹,惜未带刀耳。"已解毕,见刀喜曰:"天随人愿,适有刀在此。"方择竹下刀,见所遗粪,愠曰:"何人沿地出痢,几污我足。"

  浮白斋主人《雅谑·性恍惚》讲述:

  陈师召,莆田人,有文行而性恍惚。一日朝回,语从者曰:"今日访某友。"从者不闻,反引辔归舍。师召谓至友家矣,升堂周览曰:"境界全似我家。"又睹壁间画曰:"我家物,缘何挂此?"既家僮出,叱之曰:"汝何亦来此?"僮曰:"故是家。"师召始悟。

  明代社会关于"道理"类故事年代讲述,有许多并不是单纯的笑话,而是耐人寻思的故事。如宋代张耒撰《明道杂志》曾经记述一个具有"禅"意义的故事,其讲述道:

  殿中丞丘浚,多言人也。尝在杭谒珊禅师,珊见之殊傲。俄顷,有州将子弟来谒,珊降阶接,礼甚恭,浚不能平。子弟退,乃问珊曰:"和尚接浚甚傲,而接州将子弟乃尔恭耶!"珊曰:"接是不接,不接是接。"浚勃然起,掴珊数下,乃徐曰:"和尚莫怪:打是不打,不打是打。"

  明代人对此作出又一种意义的述说。如田汝诚《西湖游览志余》对此类故事的述说。其传说依据是同时代的《笑赞》。赵南星《笑赞》记述道:

  有士人入寺中,众僧皆起,一僧独坐,士人曰:"何以不起?"僧曰:"起是不起,不起是起。"士人以禅杖打其头,僧曰:"何必打我?"士人曰:"不打是打,打是不打。"

故事总在是与不是的关系上绕圈子。又如潘游龙《笑禅录》中记述：

一秀才夏日至一寺中参一禅师，禅师趺坐不起，秀才怪问之，师答曰："我不起身便是起身。"秀才即以扇柄击师头一下，师亦怪问之，秀才曰："我打你就是不打你。"

同样，关于道理的述说，明代民间传说故事表现出浓郁的热情，应该说，这是明代社会思想文化不断深入发展的表现。如关于五官相争的故事，成为今天相声艺术表演的著名段子。明代乐天大笑生《解愠编》卷八《眉争高下》讲述道："目问眉曰：'我能辨别好歹，识认万象，大有功于人。尔有何能，位居吾上？'眉曰：'我也不与你争高下，必欲我在尔下，看好看不好看？'"

《华筵趣乐谈笑酒令》卷四"谈笑门"《讥争坐席》所讲述更详细，也更为生动。其曰：

陈太卿曰："眉、眼、鼻、口者，皆是一身之神也。忽然口谓鼻曰：'功高者居上，无能者居下，理之常也。汝有何德，何如位居于我上者乎？'答曰：'吾能闻香识臭，然后与子食之，因此居汝上乎！愿闻汝之才能？'口答曰：'心中欲说口先用，读书读史读文章；食尽世间多美味，陈言陈语献天王。'鼻乃善言答曰：'休笑鼻孔无因由，知香知臭是鼻头；鼻头若无三分气，盖世文章总是休。'鼻与眼曰：'贤兄缘何更居我上乎？'眼答曰：'吾能观善觑恶，望东顾西，其功不小，因此故在你上也。诗云：秋波湛湛甚分明，识书识宝识金银；世人不与吾同走，白日青天去不成。'口曰：'眉毛何以居吾之上乎？'眼答曰：'我同你与鼻兄三人同去问他。'眉以善言答曰：'休侮双眉没志量，先年积祖我居上；若把眉儿移下去，相见成甚好模样。'鼻曰：'与子论功，不与论样。'众乃喧闹。两耳闻知，遂解之曰：'君子无所争，《鲁书》之明训也。亦作俗句云：我每从幼两边分，会合人头寄此身:劝君休争大与小,列位都是面前人。'"

乐天大笑生《解愠编》卷二《争鱼纳鲊》讲述:

张贾二姓,争买鱼相殴讼于官。官素贪墨,能巧取民财,判云:"二人姓张姓贾,争买鲜鱼厮打。两家各去安生,留下鱼儿作鲊。"二人既失望,乃故买一棺,假意争讼,料官讳此凶器,决无收留之理。及讼于庭,官为之判曰:"二人姓张姓贾,争买棺材厮打。材盖与你收回,材底留我喂马。"

《解愠编》卷一《买猪千口》记述曰:

一县官写字潦草,欲置酒延宾,批票付隶人买猪舌。"舌"字写太长,隶人错认只谓买猪"千口"。遍乡寻买,只得五百口,赴县哀告,愿减一半。县官笑曰:"我令你买猪舌,如何认作买猪千口?"隶人对曰:"今后若要买鹅,千万短写些,休要写作买我鸟!"

《解愠编》卷二《新官赴任问例》记述曰:

新官赴任,问吏胥曰:"做官事体当如何?"吏曰:"一年要清,二年半清,三年便混。"官叹曰:"教我如何熬得到第三年!"

郎瑛《七修类稿》卷四十九《十七字诗》记述:

正德间徽郡天旱,府守祈雨欠诚,而神无感应。无赖子作十七字诗嘲之云:"太守出祷雨,万民皆喜悦;昨夜推窗看,见月。"守知,令人捕至,责过十八,止曰:"汝善作嘲诗耶?"其人不应。守以诗非己出,根追作者。

又不应。守立曰:"汝能再作十七字诗则恕之,否则罪置重刑。"无赖应声曰:"作诗十七字,被责一十八;若上万言书,打杀。"守亦哂而逐之。此世之所少,无赖亦可谓勇也。

《七修类稿》卷五十《三笑事》记述:

嘉靖庚子,杭有稳婆,为人收生,反生子于产家。而医人因急症死于病家者。又有蔡仓官权巡捕,而为强盗劫掠,一时畏盗,口称爷爷。好事者作一绝曰:"稳婆生子收生处,医士医人死病家;更有一般堪笑者,捕言被盗叫爷爷。"

耿定向《权子·假人》讲述:

人有鱼池,苦群鹭窃啄食之,乃束草为人,披蓑戴笠持竿,植之池中以摄之。群鹭初回翔不敢即下,已渐审视,下啄,久之,时飞止笠上,恬不为惊。人有见者,窃去刍人,自披蓑戴笠而立池中,鹭仍下啄飞止如故,人随手执其足,鹭不能脱,奋翼声假假,人曰:"先故假,今亦假耶?"

如佛教文化中所讲,笑天下可笑之人,容天下难容之事;天下可笑之人数不胜数,相互可笑,而可笑之处,皆是道理所在。

明代社会发展中,由于多种原因,形成格外壮观的民间文学景观。其中的民间传说故事体现出鲜明的时代特征,在思想文化内容上表现出强烈的批判性,出现了中国民间文学史上独具特色的冯梦龙现象,嬉笑怒骂皆成文章,成为明代社会风俗生活最忠实的记录。

明代民间文学的发展,是中国民间文学史上一个高峰;无论是这个时代的民间戏曲、民间歌曲、民间歌谣,还是其绚丽多彩的传说故事,都积极吸取前世民间文学的思想文化内容,体现出当世的思想文化风度与特色,而且深刻影响后世民间文学的发展。明清时期出现文学发展的高峰,诸如一大批长篇小说的涌现,应该说,都与这个时期民间文学的影响密不可分。

第五节 神话的复活

神话传说的重要特征在于神圣性和超越自然、超越现实的传奇性。其产生的背景主要在于原始文明时期,原始信仰起到非常重要的作用。明朝社会的统治者大力提倡神权,形成社会文化发展的主流,深刻影响到社会风俗生活和民间文学。

神权与政权相结合,在明代社会形成国策。如《明太祖实录》卷五十三载癸亥《诏定岳镇海渎城隍诸神号诏》曰:

> 自有元失驭,群雄鼎沸,土宇分裂,声教不同。朕奋起布衣,以安民为念,训将练兵,平定华夷,大统以正,永惟为治之道,必本于礼。考诸祀典,如五岳、五镇、四海、四渎之封,起自唐世,崇名美号,历代有加。在朕思之,则有不然,夫岳镇、海渎,皆高山广水,自天地开辟以至于今,英灵之气,萃而为神,必皆受命于上帝,幽微莫测,岂国家封号之所可加,渎礼不经莫此为甚,至如忠臣烈士,虽可加以封号,亦惟当时为宜。夫礼所以明神人,正名分,不可以僭差,今宜依古定制,凡岳镇、海渎,并去其前代所封名号,止以山水本名称其神,郡县城隍神号,一体改正,历代忠臣烈士,亦依当时初封,以为实号,后世溢美之称,皆宜革去,惟孔子善明先王之要道,为天下师,以济后世,非有功于一方一时者可比,所有封爵,宜仍其旧,庶几神人之际,名正言顺,于礼为当,用称朕以礼事神之意。五岳,称东岳泰山之神;南岳衡山之神;中岳嵩山之神;西岳华山之神;北岳恒山之神。五镇称东镇沂山之神;南镇会稽山之神;中镇霍山之神;西镇吴山

之神;北镇医无闾山之神。四海,称东海之神、南海之神、西海之神、北海之神,四渎,称东渎大淮之神、南渎大江之神、西渎大河之神、北渎大济之神。各处府州县城隍,称某府、某州、某县城隍之神。历代忠臣烈士,并依当时初封名爵称之。天下神祠,无功于民,不应祀典者,即淫祠也,有司无得致祭。于戏!明则有礼乐,幽则有鬼神,其礼既同,其分当正,故兹诏示,咸使闻知。

洪武二年正月,朱元璋使人"封京都及天下城隍神"。如,京都应天府城隍神封为"承天鉴国司民升福明灵王",北京开封府城隍神为"承天鉴国司民显灵王",其家乡凤阳临濠府城隍神为"承天鉴国司民贞佑王",太平府城隍神为"承天鉴国司民英烈王",和州城隍神为"承天鉴国司民灵护王",滁州城隍神为"承天鉴国司民灵佑王"。京城、府、州、县的城隍神,各有相应的级别,京都以外五位城隍均为正一品,府城隍"鉴察司民城隍威灵公"为正二品,州城隍"鉴察司民城隍威灵侯"为正三品,县城隍"鉴察司民城隍显佑伯"为正四品。由此可见朱元璋把神权意识作为国家文化发展战略选择的意图,其影响民间社会的效果也可以想见。

朱元璋出身穷苦,早年曾经出家为僧,其投身改朝换代的政治潮流,与历史上许多农民领袖一样,具有浓郁的神权思想。如《明史·列传》第一百八十七《方伎传》载:

周颠,建昌人,无名字。年十四,得狂疾,走南昌市中乞食,语言无恒,皆呼之曰颠。及长,有异状,数谒长官,曰"告太平"。时天下宁谧,人莫测也。后南昌为陈友谅所据,颠避去。太祖克南昌,颠谒道左。洎还金陵,颠亦随至。一日,驾出,颠来谒。问"何为",曰"告太平"。自是屡以告。太祖厌之,命覆以巨缸,积薪煅之。薪尽启视,则无恙,顶上出微汗而已。太祖异之,命寄食蒋山僧寺。已而僧来诉,颠与沙弥争饭,怒而不食且半月。太祖往视颠,颠无饥色。乃赐盛馔,食已闭空室中,绝其粒一月,比往视,如故。诸将士争进酒馔,茹而吐之,太祖与共食则不吐。

太祖将征友谅,问曰:"此行可乎?"对曰:"可。"曰:"彼已称帝,克之不亦难乎?"颠仰首视天,正容曰:"天上无他座。"太祖携之行,舟次安庆,无风,遣使问之,曰:"行则有风。"遂命牵舟进,须臾风大作,直抵小孤。太祖虑其妄言惑军心,使人守之。至马当,见江豚戏水,叹曰:"水怪见,损人多。"守者以告。太祖恶之,投诸江。师次湖口,颠复来,且乞食。太祖与之食,食已,即整衣作远行状,遂辞去。友谅既平,太祖遣使往庐山求之,不得,疑其仙去。洪武中,帝亲撰《周颠仙传》,纪其事。

这种经历自然影响到朱元璋的文化选择。其实,朱元璋本身也成为传说中的人物,后世许多关于朱元璋的传说故事,就是一个证明。

明朝社会,尊崇儒教,大力推行学校教育,强调天命皇权,佛道并行于世,影响社会风俗生活的信仰形态。如《明史·列传》第一百八十七《方伎传》所记:

刘渊然者,赣县人。幼为祥符宫道士,颇能呼召风雷。洪武二十六年,太祖闻其名,召至,赐号高道,馆朝天宫。永乐中,从至北京。仁宗立,赐号长春真人,给二品印诰,与正一真人等。宣德初,进大真人。七年乞归朝天宫,御制山水图歌赐之。卒年八十二,阅七日入殓,端坐如生。渊然有道术,为人清静自守,故为累朝所礼。其徒有邵以正者,云南人,早得法于渊然。渊然请老,荐之,召为道箓司左元义。正统中,迁左正一,领京师道教事。景泰时,赐号悟元养素凝神冲默阐微振法通妙真人。天顺三年,将行庆成宴。故事,真人列二品班末,至是,帝曰:"殿上宴文武官,真人安得与。"其送筵席与之,遂为制……

时有浮屠智光者,亦赐号圆融妙慧净觉弘济辅国光范衍教灌顶广善大国师,赐以金印。智光,武定人。洪武时,奉命两使乌斯藏诸国。永乐时,又使乌斯藏,迎尚师哈立麻,遂通番国诸经,多所译解。历事六朝,宠锡冠群僧,与渊然辈淡泊自甘,不失戒行。迨成化、正德、嘉靖朝,邪妄杂进,恩宠滥加,所由与先朝异矣。

在这种思想文化氛围中,出现绘图本《三教源流搜神大全》等神仙书,也就非常自然了。

一切社会文化的发展形态,都是社会需要的结果。而社会文化的诉求,总是与社会政治的统治者所倡导的内容密不可分。神权思想文化的泛滥,深入影响到社会风俗生活的文化结构,自然影响到民间文学和民间信仰等内容。所以,这一历史时期,社会上出现《开辟衍绎通俗志传》《盘古至唐虞传》《夏商周传》等以神话传说为核心内容的文献,形成上古历史文化的再现,即神话的复活。

神话的复活,是指神话传说的又一次被系统讲述,与历史上有相似之处,在于讲述者将神话传说有意识纳入信仰的语境。其中,神灵依然成为故事的主角。但是,在漫长的历史进程中神话叙说也有着明显不同,时代的掺杂成为新的语调。其显示出两种显著的讲述风格,一是佛教文化的渗透,一是借助《山海经》对历史的重说。

《开辟演义》(《开辟衍绎通俗志传》)等文献本身并不是神话传说,而是重复记述了古老的神话传说,是明代社会造神运动的产物。而且,宗教文化的争端,变换为神话传说讲述的重要目的。

一、《开辟演义》的神话空间

《开辟演义》,原名《新刻按鉴编纂开辟衍绎通俗志传》,明代周游著。其"叙"称:

> 开辟衍绎者,古未有是书,今刻行之,以公宇内。名之开辟者何?譬喻云尔。如盘古氏者,首开辟也;天地人三皇,次开辟也;伏羲、神农、黄帝、尧、舜,又开辟也;夏禹继五帝而王,又一开辟也;商汤放桀灭夏,又一开辟也;周文三分天下有其二,以服事殷,武王克纣,伐罪吊民,则有列国志,是又一开辟也;汉高定秦楚之乱,光武灭莽中兴,则有西东汉传,是又一开辟也;又有《三国志》《两晋传》《南北史》,隋杨坚混一南北,唐太宗平隋之乱,则有《隋唐传》,是又一开辟也。宋祖定五代之乱,则有《北南宋传》,是又一开辟也。其间又有《水浒传》《岳王传》。我太祖统一华夏,则有《英烈传》,是又一大开辟也。
>
> 自古天生圣君历代帝王创业,而有一代开辟之君,必有一代开辟之臣,如伏羲之有苍颉,黄帝之有风后,尧有舜佐,舜有臣五人而天下治,禹、弃、契、皋陶、伯益,又有八元、八凯;禹有治水之功而兴夏,汤以伊尹而祚商,武丁之于傅说,文王之于吕望,汉有三杰,蜀有孔明,晋有王、谢,唐有房、杜,宋有韩、范是也。至于篡逆乱臣贼子,忠贞贤明节孝,悉采载之传中,今人得而观之,岂无爽心而有浩然之气者,诚美矣!
>
> 然未有开天辟地、三皇五帝,夏、商、周诸代事迹,因民附相讹传,寥寥无实。惟看鉴士子亦只识其大略,更有不干正事者,未入鉴中,失录甚多。今搜辑各书,若各传式,按鉴参演,补入遗阙。但上古未有文法,故皆老成朴实言语,自盘古氏分天地起,至武王伐纣止,将天象、日月、山川、草木、禽兽,及民用器物、婚配、饮食、药石、礼法、圣主、贤臣、孝子、节妇,一一载得明白。知有出处,而识开辟,至今有所考,使民不至于互相讹传矣。故名曰《开辟衍绎》云。

显然,其目的在于纯正文本,"使民不至于互相讹传"。

其述说天地开辟,总述道:

天始开于子,复卦也;子历一万八百年为一会,丑历一会,地始成,曰地辟于丑,临卦也;寅历一会,人始生,曰开物于寅,泰卦也;周十二宫,一十二万九千六百年为一元终,坤卦也。又是一个大阖辟,谓元始至终,更以上,亦复如是。余仰止曰:若云天开于子,地辟于丑,则盘古氏乃天开地辟之时也,该计二万一千六百年,以当子丑之会。若云天开天皇、地辟地皇、人生人皇,天开地辟之时,阴阳未分,安有人生?天地定位,方可言生。

其称:"天皇生在寅,地皇生在卯,人皇生在辰,伏羲在巳,神农、黄帝、尧、舜在午,不然,今言未何也?若历考之,尚未至卯,何言至未?今正在午字者是也,不必疑焉!"其引胡五峰话语曰:"混沌之世,天地始分。有盘古氏者,生于大荒,莫知其始,明天地之道,达阴阳之变,为三才首君。于是,混茫开矣。"

与传统历史上的讲述截然不同,《开辟演义》把历史的开端不是置之于"混沌未开",而是纳入佛教文化的衍生。如其称:

却说尔时西方世尊释迦牟尼佛,放大光明,照见天下万国。四大部洲洪濛久闭,而不得升降,天昏地暗,神惨鬼愁,犹人居诸水火之中,奔溺之状,深为可怜。世尊发大慈悲,即于灵鹫山上,从肉髻中涌出千叶宝莲,大放十道百宝光明,一一光明皆遍示,现十恒河沙,擎山持杵,普周虚空世界。大众仰观,畏爱兼抱,哀告求佛怜悯开示。佛曰:"善哉,善哉!"乃呼阿难,问曰:汝见天下四大部洲否?阿难启佛曰:"弟子愚昧,不知四大部洲何物。"佛复问诸弟子曰:"汝等曾有见识否?"诸弟子皆言未识。佛曰:"天下四大部洲者:吾此方是西牛贺洲;东是东胜神洲;北是北俱卢洲;惟有南赡部洲,天地洪荒。"观音大士出班,合掌顶礼,上白佛言曰:世尊,今南赡部洲历劫已满,世尊救度普济,莫非立教复开天地者乎?佛曰:善哉!正是此说。今欲一人开天辟地,为万世之始主。此非细事,恐不得其人。见班旁一位菩萨合掌微笑,世尊看是毗多崩娑那,命近前问之,擎拳长跪,稽首佛前,上白世尊曰:"南赡部洲若得天地开辟,只恐弟子身遭恶业,何以解脱?"佛曰:"止命汝一身去开天辟地,成万世不朽之功,有何恶业?不必挂碍,速往前行!天地既分,万物始成,自有天一生水,地二生火,天三生木,地四生金,天五生土。二气一分,吾即救汝复至此方。"

继而,其描述道:

昆多崩姿那受佛命毕,只得顶礼辞别世尊并诸大菩萨,驾一朵祥云,离了西方佛境,直来至南赡部洲大洪荒处,大吼一声,投下地中,化成一物,团圆如一蟠桃样,内有孩形,于天地中滚来滚去。约有七七四十九转,渐渐长成一人,身长三丈六尺,头角狰狞,神眉怒目,獠牙巨口,遍体皆毛;将身一伸,天即渐高,地便坠下。而天地更有相连者,左手执凿,右手持斧,或用斧劈,或以凿开,自是神力。久而天地乃分,二气升降,清者上为天,浊者下为地。自此而混茫开矣,即有太极生两仪,两仪生四象,四象变化,而庶类繁矣,相传首出御世。从此,昆多崩姿那立一石碑,长三丈,阔九尺,自镌二十字于其上曰:

吾乃盘古氏,开天辟地基。

亥子重交媾,依旧似今时。

第一回《盘古开天辟地》与《三五历纪》《五运历年记》所载盘古出世大不同,一切都进行了重新安排。

《开辟演义》的叙说语言具有情节安排的内容,其叙说道:

话分两头,不说毗多崩姿那分天地立碑,且说世尊慧眼遥观,见里多崩娑那功成行满,在世已久,分付观音大士曰:"汝可变一天神,执净瓶前去倾出甘露,令毗多崩娑那浴身,恐沾污秽,难以离世。说出西方形骸,救度他转来。"大士领佛法旨,即辞世尊,驾祥云至大荒,摇身变一天神,高四丈,手执净瓶,立于碑前。盘古氏问曰:"汝是何人?执此净瓶何故?"大士曰:"吾净瓶有甘露,为汝身触厌污,如来使吾代汝洗身。"盘古氏本西方大圣,一闻大士之言,心便开悟,即顶礼皈依,叩求救度。大士见其心转,随将净瓶中甘露于盘古头顶上倾下,即说偈曰:

只因合掌一笑,今来二万余年。

功完行满西归,免堕轮回苦境。

其寓意非常明显,即世界因为佛和观音的出现而开辟。其接着描述道:

盘古氏听偈毕,大吼一声,滚于地中,霎时依旧化成一蟠桃。

大士一见,即向前用净瓶装入内,径回西天,见世尊叩首参拜,白佛曰:"弟子救得毗多崩娑那至此,望如来慈悲!"遂将蟠桃献上,世尊一见,便说偈曰:

去此形骸,来此形骸。

功今完满,现像受戒。

世尊说偈毕,毗多崩娑那即现出原形,于佛前叩首顶礼,世尊大喜。大士又启佛曰:"虽蒙慈悲,天地今已分,弟子不识天开辟地后又当何如。"世尊曰:"天地既分之后,轻清者阳气上升,重浊者阴气下降。二气化而生人,阴阳交媾,自能生育万物。至于禽兽蠢动含灵,莫不本此。但后降生者,必上、中、下三白起,人间必以为三皇焉。其后历劫:禀清气者,为臣则忠,为子则孝,闻善则喜,心慈不杀,仗义轻财;至有罪变兽,则为马、牛、犬、羊、狮、麟、象等类,变禽则为凤、鸾、鹤、雀、鸳、雁等类,变虫则为鱼、虾、蛾、蚕等类。禀浊气者,为臣不忠,为子不孝,作恶执性,不乐善事,贪财好杀;至有罪,变兽则为豺、狼、虎、豹、鼠、狐等类,变禽则为鹰、鹞、鸦、鹳等类,变虫则为蜂、蝎、蛇、蚕等类。禀不清不浊之气者,为臣贪位,为子或顺或逆,好财吝舍,知善不为,不戒杀心。变兽则为驴、骡、豕、鹿、兔、獐等类,变禽则为鹊、鸽、鹭、鸡、鸭、鹅等类,变虫则为蚊、虱、蝶、蚁之类。日后,四大部洲历劫已久,蠢动含灵,为众生善善恶恶,或至人为禽、兽、虫,或禽、兽、虫至为人,更易不常。故有天堂、地狱,皆自心造,不能悉举,汝等往后便知。"大众诸佛菩萨皆合掌欢喜,稽首而退。

盘古开天辟地,成为总揽,引出天地人三才,这是中国传统文化的呈现。《开辟演义》中,盘古之后,便是天皇、地皇、人皇对世界的营造。其叙说方式形成新的文化结构,即新的神话空间。

如其述说"天皇",称:

却说天皇氏者,自盘古氏返西之后,阴阳正气交媾,木德王岁起于摄提,冲动四象,结成一大石球,滚化出十二小球,乃一日降世,球内皆生出一人,共十三人,惟天皇氏全身皆白色,长三丈五尺,面如傅粉,唇若涂朱。其兄弟十二人尊之为主,继盘古氏以治理天下,原未取有姓名,各星散而居。自此,天下四大部洲,或天降,或地生,或三,或五,皆成人形。

天皇氏天灵澹泊,无为而治平,不言而俗化。乃召兄弟十二人于前,曰:"盘古氏明天地之道,达阴阳之理,为三才首君而开混沌。吾蒙诸弟推立,欲置天地行运之道、父母相生之理,以天干地支相配,辑定时候,吾亦不知其可否,故召弟等商之。十二弟齐声对曰:闻混沌初分之时,天干藏于上,地支埋于下。但不知我兄今如何而取用也?"

于是,又有天皇所说"天干者,乃十父也""地支者,乃十二母也",天道的意义借天皇之口被描述为"天干降合,地支生长,每与相配,如甲配子,乙配丑,轮流相合,周而复始,而为六十甲子,万物滋生于中。盖因盘古氏既开天,而未治十干之名,既辟地,而未定十二支之义,吾今立十干以定岁次,立十二支以定四时。岁时既定,则民始知天道之所向矣"。

地皇的出世被描述为又一番景象,如其所记:"天皇氏虽立六十甲子,昼夜不分,永冥冥焉。正值火德王兴于熊耳、龙门等山,忽然山中地出金光数丈,光中现五色祥云,云中降下一物,如莲花样,乃六白降世。莲花内有十一孔,于半空中飘荡,遂至变化,坠于地下,乃十一只,如莲子样。有一大者,忽伸出一头,全身继之而出于地中,踊跃数次,自成一人。形成,三丈四尺,膊大数围,面如黑漆,身似烟煤,目如火光。继之,莲子亦摇摆数次,如前而出一般十人,形容体态大抵肖似。一出便知尊兄为主,各相言曰:天皇去后,今兄降世,可继为地皇。"其中又出现"地皇氏乃西方地帝鸡降世",出现"太阳日君"和"太阴月君",升起各个星辰,"知日月之道、星辰之理、昼夜之长短、四时之不息所以然"。

人皇出世的意义在于"分山川九区",其第四回《人皇分三山九区》描述"人皇氏乃八白降世",此时的世界为"彼时,风气渐开,时序颇著,万物群生,遍处皆山林,鸟兽、人民同居,往往为害",借人皇口称"自盘古氏开天后,天皇氏为民劳心殚力,制天干地支与汝等定岁时,地皇氏为汝等升日月、定星辰、分昼夜,此永世不没之德。止山川地上万物及君臣、父子、夫妇、兄弟、饮食未置。吾今生斯世,为生民之主,欲专制是事",于是,就有人皇召集八弟即八位神人"各回本方,开创人居之处,去其草木,庶人民、禽兽各得其所,不至混杂;更教民饮食,一日只卯、午、酉三时可食,每时食一饱,不可过食;夜则寝,昼则起,庶民不失其时矣;今虽有男女生育,未明婚配,教民各自择配,不许苟合淫欲,庶男女不至淆乱矣"。

之后,又有"人皇氏治世,虽正婚姻,而人民惟知有母,不知有父,未通媒妁,禽兽尚自成群。鹑居鷇饮,而亦不求不誉。昼则旅行,夜则类处,而未有居止矣",所以,有"五龙氏治焉",以及"厥后,神农氏开医于泰壹小子,而黄帝、老子受要法于泰壹元君,有《兵法》《阴阴元气》《黄治杂子》及《泰壹之书》"等。

再其后,有"有巢氏教民架屋""燧人氏结绳治政""伏羲画卦定天下"等时代。

其描述"伏羲画卦定天下",基本上沿袭了《周易》等典籍的记述,称:

> 太昊伏羲氏,其母乃燧人氏之女也,名诸英,住于华胥。一日闲嬉游入山中,见有一巨人足迹,羲母以脚履之,自觉意有所动。忽然虹光罩身,遂因而有娠。怀十六个月,生帝于成纪。长成三十有六岁,首若蛇形,身长三丈六尺,能仰观星象于天,俯察山川于地。人民感戴,推之为君。木居五行之首,以木德继天而王。风为姓。衣服、旌旄、旗节皆尚青色。建都于宛邱。帝居位,上合天心,下合人望。以共工氏为上相,柏皇氏为下相,朱襄氏、昊英氏常居左右;栗陆氏居北,赫胥氏居南,昆吾氏居西,葛天氏居东,阴康氏居下。已上文武诸臣,各秉贤良,伏羲帝命分理宇内庶务,而政大治。
>
> 帝教民作网罟,捕鱼虾,以赡民用;又教民养六畜以充庖厨,备为牺牲,享神祇,万民欢悦,又称帝曰庖牺氏。

苍颉造字是中国神话传说中的重要事件,苍颉是传说中轩辕黄帝的大臣,在《开辟演义》的第九回《伏羲画卦定天下》中,被描述为"中皇氏",其记述曰:

> 中皇氏苍颉生四目,有睿德,能书。及长,登阳墟之山,涉元扈、洛水之汭。一日,有一霱灵龟负一丹书前来。苍颉一见,拜而受之,袖入家中,朝夕读诵,遂能通天地之变化。仰观奎星圆曲之势,俯察山川鸟迹龟文,指掌而创文字。文字成,天雨粟,神鬼夜号。

一日，太昊帝升殿，群臣侍立，帝问曰："昨者，上天雨粟，鬼神夜哭，此主何事？"苍颉出班奏曰："臣至元扈、洛水之汭，忽见一龟从河而起，负有丹书。臣取回家开读，遂而悟得，创成文字。天为雨粟，鬼为夜泣。不想惊动圣上，臣该万死！"帝闻奏大喜，问曰："此丹书何在？"苍颉奏曰："臣带在此，正欲奏知我主，不意皇上下问。"言罢，即于袖中取出丹书，进上。帝于御案上展开，从头至尾一观玩，问曰："卿得此丹书，悉解其中之意味否？"苍颉奏曰："臣颇识之。"帝曰："内中何谓？"颉曰："内皆教人以书制六体文字之式。"

于是，又有"苍颉即日增补六书，以代结绳之政"。

继之而起的是"龙马负《河图》《洛书》"，"太昊得苍颉丹书，发下教台，抄传示天下，代去燧人氏结绳之政"，历史出现迎接《河图》《洛书》的一幕。其对此描述道：

帝一日升殿，群臣朝毕，忽午门外流传警报至，帝命宣入。俯伏山呼毕，帝问曰："汝报何事？"报人曰："臣居近孟津河边，河中忽然大涨，波浪滔天。水中有一巨兽，似龙非龙，似马非马，浪里飞腾。人民惊惧，一方弗宁。民故特来奏知。"帝闻奏，言曰："此乃何物如此？"女娲氏奏曰："似龙似马，皆吉兽也，又出于河中，必主有佳兆。我主宜排驾备香案前去，同群臣观之，便见端的。"帝准奏，即命排驾，同众臣至河边。

只见河中洪涛巨浪。波中一兽，踏水如登平地，大体似马而身有鳞，高八九尺，有两翼，形类骆驼，背上负一朱箱，面上有四字，乃"河图洛书"。帝一见，命抬香案至前，亲自同群臣礼拜。帝祝曰："朕治天下数百季矣，若朕有过，罪有朕躬；望龙神息其波浪，无害于民！"帝方祝罢，只见风恬浪静，龙马遂负箱直至河边。帝见之大喜，曰："蒙神顿息波浪之势，可负箱至岸。如内有益民之物，乞神点头三下，朕即取之；若是不然，端立勿动,朕不取也。"那龙马听帝言语,即连忙点头三下。帝心甚悦,即命女娲氏向前取之。女娲氏去河边取起负箱,那龙马复驰入河中,没而不见。霎时,波浪平息。帝随于河边拜谢,命夫扛箱,同众臣回朝。

帝坐于殿上言曰:"朕蒙河神赐此丹箱,不知内有何物?今宜焚香叩首礼拜,同众臣开箱,看是何物。"众臣曰:"我主之言是也。"即命安排香案。帝焚香叩首毕,众臣亦各礼拜,命女娲氏于当殿上挈开箱盖。帝同众臣取出视之,乃《河图》《洛书》,画成八卦,变为八八六十有四卦,以通神明之德,以类万物之情。

依次,历史进入又一个时代,即"女娲兴兵诛共工"。女娲氏事迹首见于《山海经》,《风俗通义》中提到其抟土造人的神话传说,《淮南子》详细记述其炼石补天的事迹。《开辟演义》着力描述其作为一代帝王平定天下的事迹。其记述道:"女娲氏,系女身,乃伏羲氏之妹,同母所生。生而神灵,面如傅粉,齿白唇红,身长二丈五尺。幼极聪慧,长佐兄正婚姻媒妁嫁娶之礼,以重万民,是为神媒,帝爱而敬之。伏羲氏崩,群臣推女娲氏即位,号为女皇,建都于中皇之山。"其记述共工,称:"共工氏名康回者,原为伏羲上相,后封为诸侯,镇守孟河。康回生得面如黑铁,发似朱砂,身长二丈六尺,遍身皆毛,目若朗星,深明天文,任智自神,得观《河》《洛》之数,自谓水德真君。乃以水纪官师,欲壅百川,隳高湮卑,洪水遍地,巨浪滔天,大兴兵马作乱,不来中皇朝帝,以害天下。都邑震惊,人皆鼠窜。"

女娲打败了共工,又一幕历史发生,即第十二回《祝融氏大战康回》。祝融成为女娲的同盟,战胜了共工,取得胜利。共工怒触不周山的情节,在这里被描述为:

康回见其法解,大怒,回马复战,被祝融卖个破绽,而康回一刀砍了个空,祝融趁势一枪刺中肩上。康回负痛丢刀,落荒而逃。祝融飞马追来。康回料不能免,又带重伤,大吼一声,头触不周山崩,天柱折,地维缺,天不满西北,地不足东南,遂死此处。祝融下马,枭了首级,捉其家属回朝。

女娲炼石补天的背景在《淮南子》中被描述为"共工怒触不周之山"形成的世界大混乱。在《开辟演义》中,其情景被描述为新的景象。其第十三回《女娲氏炼石补天》叙说道:

女皇自灭共工氏之后,天下太平。

一日升殿,召臣娥陵作笙簧以通殊风,制筤筦,以一天下之音,用五十弦以抑其情,而乐乃和洽。娥陵承命。

使臣奏曰:"有不周山百姓前来进奏、皇上可容见否?"女皇传旨宣入。百姓至殿阶,俯伏山呼毕,女皇问曰:"汝等不周山百姓有何说话?"百姓奏曰:"自祝将军征康回之后,彼处昼夜不分,只是黑暗,阴风凛冽,不似人世。百姓等取火寻路至此。望乞我皇上,与百姓速作主张!"女皇曰:"朕即命排驾。"群臣扈从,令百姓引路,前往不周山审视,只见天昏地暗,冷风逼人,举火照之,西北方一派,天缺有七八痕。女皇召祝融问其缘由,对曰:"前者,康回被臣战败,大怒,头触不周山,此山乃天中柱,被他触倒,天遂缺陷。日月亦恶此天路崎岖,又兼冷风吹其光焰,所以不从此地经过,但循中央与南而行,故黑暗也。"女皇闻奏,命百姓且退。

即命柏皇、央皇二臣于五方去寻青、黄、赤、白、黑五色石,杂七宝于中,入八卦炉内,用火炼七七四十九昼夜。火候已到。女娲氏元是天生神灵,识天文,达地理,明阴阳;念动真言,祷于上下神祇,将炼石怀袖,霎时间,云生足下,升在空中,遂将天缺随处补之,七昼夜补完全,复断大鳌足四个,立东、西、南、北四天柱,然后下来。群臣、众民俯伏迎接。

然后,又有补地,其记述道:

> 群臣复奏曰:"地维缺尚未补,皇上何以处分?"女皇曰:"东南地势略低,不妨留此缺为江为河,为淮为汉,疏通水道,以入大海。西北一缺,须用力补之。"
>
> 既至西北,见其黄浊水滚起,运抱土石塞之,不止。女皇见势不能遏,教民凿河以流黄水,无至积聚,赈济百姓。于是西北之民得以安生,颂女娲之功德与天地共垂不朽矣!

在《开辟演义》中,女娲是一个德高望重的女性领袖神。其完成平定共工、炼石补天的工作之后,便有了大封天下诸侯的想法。其中,葛天氏成为她所封的"列国之侯"。葛天氏事迹见之于《吕氏春秋》。《开辟演义》第十四回《女皇大封列国侯》记述道:

> 又封葛天氏为诸侯。治政,不言而信,不化而行,臣贤民良。一日设朝,有三老者操牛尾、投足以歌《八阕》于朝外。葛天侯命宣入,问之曰:"汝等此歌,为何事而设?"三老叩首曰:"民等幸逢盛世,一国安康,故作《八阕》歌以庆太平。"侯曰:"何谓《八阕》?"老人奏曰:"一曰《载民》,二曰《玄鸟》,三曰《草木遂》,四曰《奋木实》,五曰《谨天常》,六曰《建帝功》,七曰《依地德》,八曰《总万物之极》。是谓广乐。此愚老等少颂此《八阕》歌,以酬我主盛治之德也。"葛天侯闻奏大悦,重赏三老而退,将《八阕》表奏女皇,女皇命使加封。

之后,女娲氏完成其时代使命。《开辟演义》第十四回《女娲大封列国侯》称:

女娲氏自接伏羲氏为帝起,治天下八百年,寿九百岁而崩。其臣一十四氏,皆封各处地方以为诸侯,相辅王室,各皆传之子孙,共治天下一万零八百年。继之,炎帝神农氏出焉。

女娲时代之后,是炎帝神农时代。《开辟演义》第十五回《神农教民艺五谷》记述炎帝神农的身份,曰:

炎帝神农氏,乃少典君之子。少典娶于固氏之女名安登,生二子:长曰有年,次即炎帝。母感神龙而生帝于姜水,因以为姓。神农幼而灵异,长而齐圣渊懿,身长一丈九尺,牛首龙形。民闻其贤,咸来归附。以火德王,故曰炎帝。代伏羲氏之后,益修厥德,建都陈城,迁都曲阜。

神农的主要功绩是对农业的开创。《开辟演义》第十五回《神农教民艺五谷》叙说道:

离城有五里之遥时,悠游原野。见小民于草中采食,帝召之而问曰:"汝等所采草实,来年可更有否?"民奏曰:"此几种草实,今年采食一次,来年生者,乃是此草实失落于地,来年复出成草,草上又结实。如此一年一次,止此六七种,俱可充饥。今小民等一日食三餐,而腹自饱。"帝命取来观看,其实皆黄壳,内白粒或赤粒者,又有软壳者,又有极细尖角者。帝一一观毕,问众民曰:"汝等取去,何以食之?"众民奏曰:"舂去其壳,煮而食之,可以止饥。"帝又问曰:"树木上有结实者,汝等亦采去,此作何用?"众民又奏曰:"树木之实不能止饥,只可与小儿作点心而已。"帝闻民奏,大喜曰:"此数种既可食而养人,朕为之取名曰五谷。夫五谷者,黍、稷、麻、麦、豆也。朕今教汝等,今天收此种,待明年季春之时种于地中,待其出苗,移栽于淫湿之地,用粪以滋之,比往年不移不滋者,定然多结实矣。汝等依朕之言,自今行之,趁时而作,勿致一年失望。"众民皆叩首拜谢,去种。命排驾。

回朝,分遣使臣领旨颁行各处诸侯,令民皆依此法而种。

接着,其记述"其种出秧,移栽湿地、滋浇粪者一草百粒;不移不滋者一草一粒,见分彼此。民得足食,万姓欢悦。年年依此法,路傍皆是五谷。争贡神农帝,帝俱厚行赏赐","一日,帝出畋猎,见民栽插辛苦,汗流如雨滴,发叹曰:'盘中之餐,粒粒皆从辛苦得来!'即召民向前教之曰:'尔等可断木为粗,揉木为耒,则尔等不致受此辛苦矣。'农民叩谢,即时回家造之。次后使用,果行其便。帝亦颁示天下,皆依式造用,民大欢悦。此神农帝传万世第一功也"。

神农的第二个贡献是"尝百草",辨认草药,为人们祛除病痛。《开辟演义》第十六回《亲尝百草疗民疾》记述道:

神农氏既教百姓耕种,益利于民,民心大悦。

一日,帝同百官出猎,见百姓面皆黄肿,有风湿之病。帝心不安,甚怜之,回朝升殿,群臣侍立,帝曰:"朕出巡四郊,见民脸有黄色,身似浮肿,必有疾病,或虚者、实者、寒者、热者,或寒热相半者,朕想非药不治。须遍采天下异草,朕亲尝之,若性寒者,汇治热病;性热者,汇治寒病;其体虚者用补药,实者,用清药。如此,民不至于夭死也。"群臣听罢,皆再拜而奏曰:"我主天恩施及,人民无有疾病之苦。虽三皇至今,未有如是者!圣上莫大之功,万世感戴矣!"帝大悦,传旨晓谕天下:"凡地中所出各色草木,俱要连根收取,解至京都。"

其又述:"帝命排香花灯烛,拜告天地。祈祷已毕,坐于蟠龙御座之上,即命左右近侍将各处进来之药一一拣视。同者,去之;不同者,皆亲尝之。

但见其先试尝甘草,味甘平无毒,善能解诸药毒,药中最良者,故首载之《本草》。""若此之类,不可枚举。一日遇毒药十二味,神而化之。命后将此泻、温、凉、寒、热等药各放一处,帝辨其君臣佐使之义。遂作方书以疗民疾,而医道立矣。"其称:"自炎帝治世以来,其俗朴重端悫。不忿争而财足,无制令而民从;威厉而不杀,法省而不烦。利天下之民,聚天下之货,日中为市,交易而退,各得其所。天时人事,可称圣世。"

精卫填海是一个充满壮烈情怀的神话传说。精卫是传说中炎帝的女儿。《开辟演义》对其故事进行再次演绎,加入王母等神话传说。第十七回《精卫公主访神仙》记述:

> 神农帝所生一女,名曰精卫公主,以其喜服黄精也。年一十五岁,生得面如傅粉,眉似远山,椒眼朱唇,蝤首蜂腰。真个有沉鱼落雁之容,闭月羞花之貌……
>
> 一日暮春之时,心无聊赖,唤侍女同往御花园游玩,见蜂蝶眷恋花心。忽所采花心被风吹落一瓣,蜂蝶即弃,复采他花心。公主发叹,谓侍女曰:"人生在世上,岂能容颜不改?你看那花盛开时,蜂蝶前来恣采;稍损一叶,遂去此而恋彼耳。正是:相思时作浣花女,重到谁为载酒人?那得长生不老之术,遨游世外耶?"徘徊久之。
>
> 不觉红轮西坠,玉兔东升。只见芳气袭人,隐隐有车声从空中来,渐渐近前,乃一女子,年可二十许,形容体态,不减公主。旁有丫鬟二人,身着青衣,手执异草数茎。随与公主施礼分坐毕,谓公主曰:"吾乃西王母是也,适从东海来,欲归西昆去,闻公主有出尘之想,故特至此,为汝洗濯凡心。"

其通过西王母的话语,分别讲述了中国神话中的神仙世界,其称:

中国名赤县神州。中州之外,如赤县神州者有九,环居四方;仙人常在东西二方,南北无之。东方多在海中,西方多在山顶 …… 东海中有五山:一名岱舆,二名员峤,三名方壶,四名方丈,五名瀛洲,皆仙人所居。但岱舆、员峤、方壶、方丈奇景少,奇景多在蓬莱、瀛洲二处,去中国数十万里,所居皆金宫、玉殿、紫阁、瑶台,花木常如二三月,人俱长生不死 …… 蓬莱有久视山,山有金池。水、石、泥、沙皆有金色,复生金茎花如蝶,人皆带之。故彼处人云:"不带金茎花,不得到仙家" …… 瀛洲有聚窟山,山生十样草,皆名还魂草。人既死后,取而服之即苏。一名震檀,十种中之最上者。又有玉膏山,出泉如酒。饮之,返老还童 …… 西昆之山有六,皆在昆仑之顶:一曰玄圃,二曰积石瑶房,三曰阆风台,四曰华盖,五曰天柱,六曰承渊,皆琼楼玉宇。

炎帝与神农本来是两个互不相干的神祇,与伏羲和女娲两个神话传说一样,在历史的述说中被糅合在一起,这体现出中国神话传说的流传形态不断发生变化的现象和规律。《开辟演义》对炎帝神农时代表现出赞许,其第十八回《百姓争杀夙沙氏》称赞道:"炎帝以德服民,南至交趾,北至幽都,东至旸谷,西至三危,莫不从其化。于是,宇内奠安,天下太平。帝南巡狩,崩于长沙之茶乡。在位一百四十年,寿一百八十一岁,历八世,至榆罔帝而亡。神农既崩,天下百姓嚎啕恸哭。今人受五谷食者,帝之力也。"同时,其回望伏羲、神农炎帝等神话传说,对其中的怪异表现出疑惑,曰:

伏羲人身蛇首,神农人身牛首。丁南湖曰:蛇首、牛首互相不为怪异,盖模拟略似云耳。若仲尼面似供,周公身如断菑,傅说体似植鳍,皋陶色如削瓜,皆是也。独怪后世立羲皇等像,乃塑出真蛇牛之形以污辱先圣,大甚矣!

王子承曰:后世传言神农乃玲珑玉体,能见其肝肺五脏,此实事也。

若非玲珑玉体,尝药一日遇十二毒,何以解之?但传炎帝尝诸药中毒者,能解;至尝百足虫入腹,一足成一虫,遂至千变万化,炎帝不能解其毒,因而致死。万无是理。此讹传耳!原炎帝所尝者百足虫,未尝虫类也,安有百足虫而毒之乎?况炎帝后又作方书。当彼尝虫即死,而方书又是谁所作?甚可笑也!

炎帝之后,历史进入"七帝继传承天下"。《开辟演义》第十九回《七帝继传承天下》对此描述道:

炎帝既崩,群臣奉太子名临魁即位。临魁系皇后莽氏所生,享太平天下,在位八十年而崩。传子名曰承为帝,在位六十年而崩。传子名曰明为帝,在位四十九年而崩。传子名曰宜为帝,在位四十五年而崩。传子名曰来为帝,在位四十八年而崩。传子名曰里为帝,在位四十三年而崩。帝里生子名节茎,茎生子名克及戏,节父子三人皆不在帝位。克生子名榆罔,乃帝里之曾孙也,即帝位,迁于空桑,为政专求急务,乘人而斗其捷,法多酷民,群臣怨望,诸侯携贰,多有不归。

其描述"蚩尤"曰:"蚩尤,乃炎帝之裔,自小喜兵书,好争战。及长,作刀、戟、弓、弩。荒纵无度,日肆其恶,兴兵作乱,登九淖,出洋水,杀至空桑。"以此展开战争的故事讲述。

神话传说中的"蚩尤兴兵伐黄帝"在这里被重新演绎。《开辟演义》第二十回《轩辕救驾灭蚩尤》承接神话传说中的战争故事讲述,轩辕黄帝凭借指南车等先进的兵器,打败了蚩尤,其曰:"是时,众诸侯咸知轩辕斩蚩尤,正榆罔,天下无主,皆推代神农氏为万民之主,是为轩辕黄帝。"

至此,历史进入轩辕黄帝的新时代。《开辟演义》第二十一回《轩辕氏即黄帝位》记述轩辕黄帝道:

黄帝,姓公孙,名轩辕,有熊国君之子也。母名曰附宝,乃炎帝之裔,帝里女孙也。一日,出祁野,见大电绕北斗枢星,感而有孕。怀二十有四月,生帝于轩辕之丘。因名帝曰轩辕。

帝生而神灵,弱而能言,幼而徇齐,长而敦敏,成而聪明,习用干戈,以土德王,色尚黄,诸侯咸推为天子,故曰黄帝。都涿鹿,有云瑞,即以云纪官。又见土德之祥,而出黄龙土螾,帝大喜,修德治兵,艺五谷,抚万民,度四方,始立制度。天下有不顺者,从而征之。内行刀锯,外用甲兵。制旌麾,立阵法。披山林草木而行,以通道路。然未尝宁居其土。天下诸侯闻知,各皆畏服。东至海滨,西至崆峒,南至江渎,北至熏鬻,会诸侯于釜山。帝虽都涿鹿,迁徙无常。以兵环绕为营卫,法井田之制,开方有九,外八八六十四,分八方相守,小者为营,大者为卫,隅角相联,曲折相对。帝居于中,名曰握奇之阵。

然后,其励精图治,"用六相治天下",先后有"风后""力牧"等,"即命羲和占日月之出没,常仪占月之盈虚,车区占风之定息","以明历数,分朔望,建馀闰,天下大治,岁稔人和"。继之而起的是一系列与轩辕黄帝相关的神话传说故事,如"黄帝元妃者,西陵氏之女也,名嫘祖,有姿色,最贤德,性和慧。帝纳为元妃"(第二十四回《元妃教民养蚕丝》),"帝直心行道,西至崆峒山,问道于广成子"(第二十五回《帝道成龙迎升天》)。其记述曰:

帝自承天下以来,勤劳焦思心力耳目,应用水火财物,无不悉备。由是,官不怀私,民不习伪,城郭不闭,市不预价,见利不争,风雨时若,百谷倍生,人无夭折,物无疵疠,鸷鸟不乱搏,虎豹不妄噬。鸟兽虫鱼皆沾其化,夷狄之人罔不来贡。有草生于庭,佞人入,则直指之,名曰屈轶。凤凰巢于阿阁,麒麟游于苑囿,是谓德配天道之至也……

皈依广成子之言,遂得成道。命使取首山之铜,铸鼎于荆山之阳。鼎成。

忽然空中红光显现，有一黄龙垂髯而下，似来迎帝之状……即离席，骑于龙背。元妃扯住帝衣，亦随而上。后传宫中大臣从者七十余人。小臣不得上者，悉持龙髯，拔；堕弓；仰攀莫及，抱弓而号。后因名其弓曰乌号，名其地曰鼎湖。帝在位一百年，寿一百二十岁。传子玄嚣，立为少昊金天氏，"黄帝崩，诸侯推嬉为帝，号有鸿氏，有别子曰缙云氏，娶上敬氏之女曰炎融，实生灌兜，尧放之崇山。三苗，尧窜之三危。三苗有弟曰饕餮，又有苍林生始均，始均是谓北狄之祖也"。

轩辕黄帝之后，进入"少昊金天氏"时代。《开辟演义》述曰："少昊金天氏，乃黄帝之长子，名玄嚣，母曰嫘祖，居华渚，见星大如虹，下临之祥，即有妊，十有一月而生少昊。黄帝之世，降居江水，邑于穷桑，故又号穷桑氏。父黄帝崩，群臣推少昊即位，以金德王天下，都曲阜，能修太昊之政，故曰少昊。自即位以来，凤凰适至，众臣朝贺，帝即以鸟纪官。"再其后，有"九黎兄弟大乱天下"，最后有"颛顼帝高阳氏即位"。

颛顼皇帝即高阳氏，是黄帝之后绝地天通的宗教改革领袖。《开辟演义》对其描述道："颛顼。高阳氏，姓姬，祖曰黄帝，父曰昌意，娶蜀山氏之女名曰昌仆，是为女枢。一日有月出，感瑶光指贯月之祥，因怀孕，十有二月生帝于若水。年十岁，幼而神灵聪明敦敏。年二十，佐少昊，二十岁即帝位，以水德绍金天氏为天子。初国于高阳，故号高阳氏。复都于帝丘。以少昊四子为佐：长曰天重，次曰地该，三曰人脩，四曰和熙，为金、木、水、火四官。又以炎帝之子勾龙为土官，共为五官，以正五行。以少昊之子黎高阳孙名重封为正官。司天、治历、明时之类，属神明祭祀，以耻属之也，司地、度地、居民政教，以连属之也。帝治天下，绝地通天，无相侵渎，神人不杂，万物有序，民安其生焉。"其努力演绎颛顼皇帝"龙生九子不成龙"的传说故事，记述曰：

颛顼帝娶邹屠氏之女为后，生九子，即征九黎者是也。妃溃氏止生一子,名卷章,又庶出一子名穷蝉,又庶出一不才子,名梼杌。皇后八子,自苍舒、隤恺、梼戬、大临、龙降、庭坚、仲容、叔达,人知其贤能,称齐圣广渊、明允笃诚,天下人谓之八恺。大太子辂明姓姒氏,生伯鲧。鲧生禹,是为夏后氏。卷章娶妻名女娇,生子黎及回,代祝融于高辛氏世。黎生子曰陆终,终生子六人,曰樊、曰惠、曰篯铿、曰会人、曰丰姓、曰季连。樊封于昆吾。篯铿封于彭,是谓彭祖,自尧历夏、商,寿八百岁,丧四十九妻,生五十四子。有一孙,名元哲,封于韦,是谓豕韦。昆吾、豕韦当夏之世,代为诸侯。季连芈姓,周时,其后封楚国。穷蝉生子曰敬康,康生句望。望生蟜牛,牛生瞽瞍,瞍生舜,是为有虞氏。颛顼之裔孙曰女脩,生子曰大业,业之妻名女华,生子大费,是为伯益,佐禹王治水有功,舜帝赐姓嬴氏。

颛顼之后,是帝喾,即高辛帝。《开辟演义》记述曰:"少昊之孙帝喾,姬姓,父曰蟜极,母曰国英,怀妊十一月而生帝。生而祥灵,母见其神异,自言其名曰夋","各路诸侯得颁矿式,即发守臣,令民寻取。或有打出熔成铁者,或熔成铜、锡、铅者,俱各申奏帝知。天下后世铜、锡、铅、铁自此而广矣。帝有四妃:一乃有邰氏之女,名曰姜嫄,与帝祷于上帝而生子曰稷;次乃陈锋氏之女,名曰庆都,有感赤龙之祥,孕十四月而生子曰尧于丹陵;三乃有娀氏之女,名曰简狄,祈嗣于玄丘,得玄鸟五色卵之祥,而生曰契;四乃娵訾氏之女,名曰常仪,生子曰挚。帝喾在位七十五年,寿一百五岁而崩,葬于屯丘。子挚嗣位"。其后,"帝喾有二庶子:曰寔豹,曰阏伯,俱不才,亦列朝臣,好荒淫","挚帝自即位之后,不理国政,或半月一设朝,或一月一登殿,朝夕与后妃饮宴,荒淫无度"。"尧帝命将后宫财物悉分各路诸侯,回国以赈穷民;原各国取来美女,仍命各诸侯带回原籍,令其父母领去择配;将娵訾腹斩首示众,寔豹、阏伯,姑念手足,各罢职为民。重赏群臣,大排筵宴,款待众诸侯、百官,大赦天下",神话传说的历史上出现了"尧"的时代。

尧开创了中国古代政治的禅让时代。《开辟演义》记述尧的身世,曰:"帝尧,陶唐氏,乃帝喾之子,帝挚之弟也。母陈锋氏之女,名曰庆都,怀孕十有四月而生帝于丹陵,当高辛氏丁亥岁十一月十二日也。母既生尧帝,后移徙至耆。尧以祁为姓,故曰伊祁氏。母初生帝时在三阿之南,寄于伊长儒之家,故从母所居为姓也。挚为天子时,尧年才十二,佐挚为政,受封于陶,年十五改国于唐,故又号陶唐氏。因挚帝荒淫,诸侯废挚而推尧为天子,以火德王,都平阳",又称:

> 自尧帝为君,其仁如天,无所不覆;其智如神,变化莫测。如日之照临,人皆依之可爱;如云之密布,人皆望之可喜。富而不骄,彤车白马;以茅覆屋,不取齐整;蒲草为席,而无缘饰。不视玩好之器,不好奇怪异物,惟存心于天下,加志于穷民,唯恐有一毫不到之处。见一民有饥色,曰:"我饥之也!"见一民寒,曰:"我寒之也!"见一民有罪,曰:"我陷之也!"百姓戴之如日月,亲之如父母。仁昭而义立,德博而化广,不赏而民劝,不罚而民治。天下之民,莫不欢心。自古帝王以来,如尧者,未之有也。故孔子称之曰:"大哉,尧之为君也!唯天为大,惟尧则之。"又曰:"一人有庆,兆民赖之。此之谓也。"

尧的时代发生羿射九日的神话传说故事。《开辟演义》记述道:

> 尧帝一日设朝,文武山呼毕,两班侍立。正值炎夏,天上忽然有十日并出,照地若火,禾稼干熇,草木焦枯,百姓惊惶。众臣奏知,帝惊叹曰:"天上十日并出,害民禾稼,即害朕躬。莫天厌朕为君也?"命备香花灯烛,帝自拜祷,祝之曰:"臣尧本无大德,蒙众臣冒举,为民之主。今天现十日并出,害民禾稼,莫非臣尧有过?罪坐于臣,无降灾殃以伤百姓。臣今叩告,望天见怜,收入多日!"尧帝祝毕,百官朝散。

次日早朝,见日依然。帝见日不收,嚎陶大哭。有一武臣,姓平名羿,现为护驾大将军,见帝悲惨,出班奏曰:"天地既分,已经数万余年,上天未现绝民之物。今我主上为君,比之三皇列帝,德过前朝。岂有上天不佑,而现十日绝民食乎?臣思,此必邪火,借日之光升在半空,故有炎炙酷人、焦禾杀稼之害。臣虽不才,能开千斤之弩,待臣来日于御教场射之,看其如何,又作区处。"尧帝闻羿之言,回悲作喜,曰:"卿言有理,但恐射之不到。"羿曰:"容臣试之。"帝准奏。即传旨:来日排驾,同百官亲诣御教场中观看。群臣朝散。……

羿叩首谢恩,飞身上马,左行三转,右走三遭,指定一箭射去,只见天上光闪闪落下一日于水中,大响一声。帝与群臣、三军百姓俱惊得呆了。羿见射下一日,精神倍增,东走西驰,连射八矢,八日皆落水中,只存一个日光。羿射得性起,将那真日亦连射三矢,端然不动。帝见射之不落,急命止射。羿遂下马见帝,帝大喜。

羿是尧时代的英雄,其善射,表现出强大的力量,不但消除了烈日的危害,而且射杀猛兽。《开辟演义》借尧赞美之辞,记述其神话传说故事曰:"除九日,大风,今收猰貐、封豨、修蛇,与民除其大害,有没世之功。"而令人遗憾的是其身上发生了嫦娥奔月的故事。《开辟演义》对此记述道:

平羿既立此数件大功于世,自以得意,喜气扬扬,又得封赏,朝散回家。
见妻出迎,手内执药丸一颗,光焰闪妁,香气袭人。羿问曰:"卿手内所执何物?"妻对曰:"此长生不死药也。"羿曰:"有此佳宝,卿从何处得来?"妻曰:"自君奉差去后,仙人西王母怜我孤身独宿,夜夜到此相伴。遇月明时,则呼侍女捣药。我问:'所捣何药?'西王母答曰:'此长生不死药也。每一月捣一丸,一年捣十二丸,朔旦则服之,以调阴阳之畸毗。'三日前捣得一丸在此,命我收起。他去蓬莱探望东王公,约至半月后到此取讨。我见今晚月明如昼,取出试一展玩耳。"羿曰:"卿何不吞之?"妻曰:"他来取时,我何词以对?是欲求长生,先得短命也!"羿曰:"既号灵药,是处可以潜形,何必拘此而自误乎?汝试吞之,亦自有说。"其妻依夫之言,一口吞之,习习欲飞,身轻若云,遂奔入月宫之内。羿紧揽其衣,随之而去。妻为嫦娥,羿为蟾蜍。时尧帝六十二年甲辰岁八月十五夜也。

《开辟演义》记述了尧时代的情形,道:"尧帝治天下,六十有八载。此时天道人事,鸟兽草木,禾稼财货,俱各有序。四民乐安其业,诸侯咸服,百姓鼓舞太平。虽有洪水一端,帝亦教民权宜开流,以去其水。"

之间出现鲧治水失败被杀的事件,也出现了又一个新的政治人物,即舜。《开辟演义》记述道:"舜,乃黄帝八代孙也。黄帝生昌意,昌意生颛顼,颛顼生穷蝉,穷蝉生敬康,敬康生句望,句望生蟜牛,蟜牛生瞽瞍,瞽瞍生舜。瞽瞍姓妫,娶妻名曰握登,见大虹有感而生舜于姚墟,故不姓妫而姓姚。母握登早丧。瞽瞍继娶后妻,名曰壬女,又生一子名曰象。象下愚不移。继母溺爱己子,欲害前子,往往不能。"其又称:"史云:父顽,母嚚,象傲。舜但尽孝悌之道,事父母、待兄弟尤加恭顺,乃有小过,则受罪自适,不失子道。年二十,以孝闻于朝野。一日,躬耕于历山,山中之象代舜犁土,众鸟为之耘草。历山之人,见舜孝德,耕皆让畔。又渔于雷泽,雷泽之人皆让舜居。陶于河滨,河滨之人,器不苦窳。舜自此名闻于天下。士民咸感仰,云为景星庆云耳。"这就为尧王访贤发现舜,做好铺垫。其称:"尧帝治天下七十年。皇后名女皇,生一子名丹朱。帝每观之,不足以承天下。每欲求贤自代,奈一时未得其人。"尧访贤的路途上遇到许多传奇人物,诸如巢父、许由等,终于寻到舜。《开辟演义》称:"《史记·帝王世次》云:昌意曾孙敬康,与尧四从兄弟,为舜高祖,则舜为尧四世从孙,与尧同时。尧以二女嫁之,是舜以曾祖姑为妻,已若可疑。又禹与尧亦四世从兄弟,舜亦禹四世从孙,乃先受尧之天下,而后授之禹。又舜五世从孙,乃殛五世从祖于羽山,有是理哉?第鲧为国怠政,殛之,理也、法也。曾祖姑为妻而为天下,亦理也。今人无得论其微而失其大。先圣但知大而不顾其微,乃圣贤度量,非圣人不知其道也。"

历史迎来了大舜的时代。《开辟演义》称:

> 尧帝既崩,诸侯咸立舜为天子。于丙辰年即位,以土德王,建都于蒲坂。国号有虞氏。舜帝乃黄帝八代孙也。父瞽瞍,母握登,见大虹意感而生舜于姚墟。
>
> 正月上日,受命于文祖,摄行天下事。群臣朝贺,山呼拜舞毕。舜帝知高阳氏有八才人,天下谓之八恺,颛顼朝曾同勾龙征灭九黎,八人皆老迈。帝登基,命召至朝,使主后土。八恺名曰苍舒、隤凯、梼戭、大临、龙降、庭坚、仲容、叔达,皆贤能。又,高辛氏有才子八人,天下谓之八元,曾同尧帝谏挚帝无道,亦皆老迈。舜知其贤能,命召至朝,封为种谷侯,使教人种布五谷于四方。八元名伯奋、仲堪、叔献、季仲、伯虎、仲熊、叔豹、季狸。又封禹为司空,进宅百揆。封弃为后稷,教民稼穑。封契为司徒,敷五教;封皋陶为士师,明五刑;封垂为共工,理百工;封益为虞侯,治山泽;封伯夷为秩宗,典三礼,夔典乐,龙作纳言。是所谓九官也,各执一务。
>
> 舜帝自察璇玑玉衡,以齐七政,以象星辰之会。广开视听,求贤自辅。立诽谤之木、设旌谏之鼓,以广直言之路。访不逮于总章,养国老于上庠,养庶老于下庠。宪其行止,责德尚齿。藏金银于巉岩之山,捐珠玉于五湖之渊。杜邪淫而绝觊媚。作米廪以藏帝籍,立两学以教国士。戴其功以加四海……天下大治。麟凤呈祥,云霞献瑞。

但是,舜的时代并不太平,因为尧时代遗留下的问题,成为社会动乱的隐患。《开辟演义》记述"禹、益征苗"故事曰:

> 尧帝朝,有四诸侯:一浑敦氏,二穷奇氏,三梼杌氏,四饕餮氏。皆不

开通其行,俱好奇贪财嗜食。尧时谓之四凶。每欲削其职,值多事未能。舜帝即位,命使晓谕,皆不听从。帝大怒,遂逐之四裔为民。四凶见帝明德威严,不敢迁延,只得前去。

正是打草惊蛇。时有三苗者,亦三诸侯:一名共工,二名欢兜,三名政鲧。此三侯亦贪名好利之徒。一闻帝削去四凶之职,流窜为民,恐罪及己。三人暗通文书,出下榜文,谣言"帝欲灭各国,剥民之财",煽惑苗民。三侯于苗地,先行谋逆,各会定不遵帝训。

舜派出禹和伯益平定三苗,到最后"罢征三苗之事,亦窜之于三危之山。故曰:窜三苗于三危"。其感叹道:

三苗,今之苗蛮是也。其地方周回千里,内种麦、粟、豆而食,有酒,有牛马犬羊,但无猪。其言语皆正音官话,若请客,先问:"客食何物。"若食牛,则宰牛,食羊,则杀羊,以钩吊肉于中,放一火炉,主客各自用刀割生肉于火上,炙熟食之,酒亦用埕放火边,欲饮酒,主客各自手执一竹管,入埕中吸饮之。其屋宇只用茅草苫盖,无砖瓦。衣皆牛羊犬马等皮为之,无布帛绸缎等件。为王者方衣绸缎布帛之服。苗地无有细布,但苗兵不时出劫杀人,刨其货物,进于王者,故王者有此服矣。内苗蛮分作七处,为七镇,每镇有一王,同姓为婚。其地通四省,乃湖广、广西、云南、贵州。常不时出掳,民遭其害。或掳得人去,着其刈草、看牛马等。人有病,即杀之,或生丢于坑涧。最恨我南朝人,呼南朝人为汉人。自舜至汉,苗兵常作乱。马援领兵征之,绝其种,遍搜四方无一人矣。马援与行军司马曰:"再候七日,总有搜不尽者,亦饿死矣。种类若绝,可无后患。"司马曰:"纵有几十人亦不能为害,停兵在此,无益。"促之班师。马援只得从之,令铸一铜柱,立于洞口,以记其功,遂传令回兵。岂知天容奸盗,更有四男子、三女人,逃于山僻地,一闻马援兵退,俱出作一处,寻果实等食,皆得不死。生育至今,又有数十万人矣。

大禹治水故事是中国神话传说的最强音,其开始于大舜的时代。与尧对舜的发现一样,舜发现了禹,也因此禅位于禹。《开辟演义》记述道:

> 帝召禹,谓之曰:"今天下地上,方八千余里,至于荒服,南抚交趾,西抵昆仑,东长岛夷,北发戎狄,四海之内,今虽咸载,朕颇无忧。但今洪水为灾,先帝曾命卿父治之,无功而受罪殛。朕每欲得一人治之,以救苍生,为万民莫大之功,惜未得其人。朕观卿之才德,可堪此重大之任;欲卿不惮勤劳,以救万民于水火之中,未卜卿意慨然否?"禹闻帝之言,流泪叩首曰:"臣父有负先帝,自当受罪。臣每思至此,未尝不三叹流涕。臣本不才,蒙君委任,敢不奉命?愿舍身王事,以报陛下知遇之恩!焉敢偷生自安?"帝闻禹之奏,大悦曰:"朕得卿此行,洪水无虑矣!"

大禹治水,艰苦备至。其平定了无支祁等水怪,足迹遍布大江南北、长河上下。其"南疏云梦、洞庭、潇湘、沅、沣、长酉、资、溆、渐九江也。既治,遂东疏彭蠡、震泽、松江、娄江、东江三江",最感人处,是"当其东疏三江之时,三过涂山氏之门而不入",《开辟演义》记述曰:"涂山氏自夫离后,生子四岁,名曰启。闻夫治水过其家,抱启出视,启呱呱而泣。禹皆不顾,弗以妻子挠乱其心,惟相度治水为急务也。在外一十三年,所在皆欢声载道,箪食壶浆以迎。禹呼百姓告之曰:'今洪水已平,粒食可兴,须辨土色以为耕艺,汝等自此安心矣。'百姓感谢。禹遂回朝复命。"这里抹去了"石破北方而生启"的故事。

《开辟演义》对禹的身世和事迹记述道:

> 禹乃黄帝元孙,黄帝生昌意。昌意生颛顼。颛顼生鲧,鲧娶有莘氏之

女名修己，见流星贯昴，梦接而孕，怀十有二月，乃尧戊戌五十八载六月六日，生禹于僰道之石纽村，姓姒氏。禹为人敏给克勤，其德不违，其仁可亲，其言可信，声音应为钟律，以身合为法度。行年三十未娶，行涂山。恐时之暮，失其度制，乃祝于天云："吾娶也，必有应矣。乃有白狐九尾，造于禹前。禹曰：白者，吾之服也。九尾者，王之证也。"于是涂山之人闻其异，为之歌曰：绥绥白狐，九尾庞庞。我家嘉夷，来宾为王。成子室家，我都攸昌。天人之际，于兹则行。禹遂娶涂山之女，名曰女娇，生子启焉。

舜帝既崩，禹避舜子商均于阳城。群臣诸侯，不归商均而归禹。于丁巳年夏四月，受舜禅。禹以金德王，建都安邑，国号夏，仍有虞氏。乃去帝号称王，立涂山氏憍为后，立启为太子。以建寅为正月岁首，色尚黑，牲用玄，以黑为徽号。作《大夏》之乐。舜帝初分天下为十二州，自禹王即位，分天下为九州。收天下美铜铸九鼎，列分野以象九州。差田土之高下，定贡税之式度，立井田封建之经界，尽一时斯民养生之道。

大禹献身国家，扬善惩恶，曾经与邪恶势力进行搏杀。除水怪故事的背后，其实就包含着他与恶势力的斗争。在他的生活中，曾经发生过"恶旨酒贬仪狄"的传说故事。《开辟演义》称其"自受位以来，焦劳万几，无敢少怠。菲饮食而致孝乎鬼神，恶衣服而致美乎黻冕，卑宫室而尽力乎沟洫，天下因以太平"。又称曰："禹王娶涂山氏之女，生三子：长曰启，承其本姓夏；次曰宰，为顾氏；三曰罕，封庆余王，即姓余氏。涂山氏能明训教而致其化，三子皆贤明而知王事，达君臣之义，持禹王之功。故启继父世，以有天下。初，禹荐益，封之百里，每观其贤，行事合道，欲授以大位。益闻，避之。天下诸侯推启为君。启亦知益贤明，即位之日，即命召益为辅佐，不一年而益殁。后，启即献牺牲以祭之。"

以大禹神话为中国神话传说的结尾，此后进入历史的传说时代。《开辟演义》记述了后来的社会历史，更多的是讲述传说故事，传说故事的主角则多是人间的英雄。

二、《盘古至唐虞传》的神话叙说

《盘古至唐虞传》,即《按鉴演义帝王御世盘古至唐虞传》,其题"景陵钟惺伯敬父编辑,古吴冯梦龙犹龙父鉴定",分为上下两卷。其卷上共有三章:《盘古氏开天辟地　定日月星辰风雨》《因提六十六君世　几遽民鹑居鷇饮》《有巢燧人氏为政　仓颉制字融作乐》。其卷下四章:《伏羲氏首王天下　共工怒触不周山》《神农黄帝氏立极　风后八阵困蚩尤》《有熊氏创立制度　颛顼世怪尽妖平》《帝尧命羿治风日　浚井老狐救大舜》。

其《有夏志传》"序"称:

> 孟子言:天下之生,一治一乱,遂以尧、舜至纣为一节,语之。中间羿、桀等,但以"代作"两字隐之,所谓括言也,指其大而已。今细求之,则夏代四百五十八年中,治乱各三。禹、启,治也,太康即乱矣;仲康力维乎治也,后相尸焉,有穷则改物矣,是为宇宙中篡弑之始,不可谓之非大乱也;少康之兴,遂又为中兴之始,治也;由杼、槐而下渐至于微,一桀决裂为之,大乱成,不可复矣。譬则病者,元气未尽,虽既危矣,缓调之犹可复兴。兴之后缓散之,则气日尽于内,急吐之、竭之,立亡耳。故夏之世,从前观之,急绝则缓起,亦如新林之木,斧之而复生也。从后观之,缓失则急亡,又如老朽之柯,梃之而自折也。然使仲康如相,则王已久亡;如桀,则商已久灭矣;乃能强自振惕,犹终其身。则夫使桀而如仲康,又安在不可永其年、寿其国乎?况其臣无寒浞之凶,有汤武之圣哉!故谓天命,尽人为之可也。此篇盖补孟子所括言"代作"两字之解,为千古治乱法戒之先。粗而语之,村市之谈;精而求之,圣贤之学也。孟夫子如复起乎,其非我哉?

与《开辟演义》掺杂佛教文化不同,其叙述盘古开天辟地以中国社会历史发展脉络为主线,称:"话说自有天地以来,到得天地混沌时,叫作一元。一元有十二会,一会共有一万八百年。十二会,即子丑寅卯辰巳午未申酉戌亥,十二个时辰是也。子会生天,丑会生地,寅会生人。至戌会,天地之气渐渐消耗,人物渐闭,故不生而消天。至亥会,则消天而消地,却不是混沌了。至亥末交子会,则又生出天来,而循环无穷矣。自寅会算一度,至午会生一度,该是四万五千余年,正在唐尧起甲辰之时。自尧甲辰,至洪武六年戊申,三千七百二十四年。自古帝王,总在消息气数中。乘息而治,极息而天下乱。至消而乱,极消而天下治。虞舜六十一年,夏后氏四百五十八年。商元年,至于三百八十一年。这为前九百息数。商二百六十三年,周元年,至六百三十七年,这为后九百息数。消息之数,如何俱按九百?以三百年为方息,三百年为中息,三百年为极息。消数亦然。今又以前后九百细分消息。虞方息,穷后息,商方消,此前九百之消息也。商方息,周中息,此后九百之消息也。"尔后,归结为此书主旨,曰:"兹传自盘古氏直演至于今,文通雅俗,事流今古,不比世之记传小说,无补世道人心者也。今且把古今帝王御世,万载相传,最先道出一个盘古氏来。"

其叙说盘古,与《开辟演义》不同,提到"浑沌氏",称:"这盘古氏,在天未开前,是天地将分未分时节,生于大荒之野。斯时时未昭晰。世界混混沌沌,故又名浑沌氏。他却明天地之道,达阴阳之变。"

其叙说语言有许多白话,明显属于小说语言。如其称:

盘古氏时,天地四维,有半轻清在上的,有半重浊坠下的。清的渐渐成天,浊的渐渐成地。有处要轻清在上的,却被那重浊的粘带住,盘结不得上升。盘古氏见这去处道:"似此相粘,未免闭塞了阴阳之气。四面东西南北四维,独西方属金乡。土最坚刚,我且于西方觅得一个至坚之物凿破他这天地混沌之窍,岂不为妙?"行至西方,觅了一块尖利的石,他认得是西方金精化就,这石如斧,能大能小,能扁能圆。盘古氏得了这物,满心欢喜,只是没了一个敲斧的椎。盘古氏随手拿块大石头,便向西方有粘带处,把石向那石斧一敲,那敲的石,便已粉碎。又拿第二块石一敲,那第二块敲的石又碎。连敲了十数块石,十数块石俱碎。盘古氏明得此石斧,乃金石之精,天地间哪有物坚似他的?寻来寻去,转过一座山,山却青色,并出许多青光。盘古氏明得此山,混沌前是座铁山,山最出铁。此山几万年,未曾伤损,山的元气,保养得极是凝固。遂向山凹青光最亮处,见有一个物件,上巨下细,约有十余丈大。盘古氏道:"此必是铁石之精,则能变化。我试叫他小看何如?"叫声"小",便小了一半,连叫"小",便小至寸余。盘古氏又明得这正是敲金斧的椎,所以如斧一般的能大能小。拿椎并斧,见有粘带不得开交的,把斧一凿,滑喇喇的一声响,天拔上去,地坠下来。于是两仪始奠,阴阳分矣。

盘古分开阴阳,化育世界。其描述道:"盘古氏见已成个天地了,于时有天皇氏一姓十三人出,盘古氏遂逸而不见,把头化为四岳,两目寄于日月;脂膏浑于江海,毛发付于山木。"此相合于《述异记》"昔,盘古之死也,头为四岳,目为日月,脂膏为江海,毛发为草木。秦汉间俗说:盘古头为东岳,腹为中岳,左臂为南岳,右臂为北岳,足为西岳"的记述。

盘古开天辟地,造就世界,接着登场的分别是天皇、地皇、人皇。其分别描述道:

话说天皇氏出,兄弟共十有三人。天皇氏名天雾,生得颃羸三舌,骧首鳞身,碧庐秃竭,岁纪摄提。天皇氏出入,如风行焱逝。斯时人民未盛,人风真淳。天皇氏并没一些造作,只是一个淡泊无为。百姓前村几个,后村几人,亦恬恬淡淡,也没一些彼此。相与吸风饮露,登临茹美,风俗却是浑罡有味,地皇氏生时,出于雄耳龙门之山岳,遂以岳为姓,名曰铿。地皇生得马蹄妆首,立在天地中央,呼集百姓。百姓也听他呼集,从其治化。他出如鬼,入如电,时而龙兴,时而鸾集,与天钧旋,同地毂转,周而复匝。他思天皇氏既定了干支,却未有个月分,昼夜不分,人皆冥冥如长夜。于是仰观天文,详日月盈虚之数,乃教民曰:"前十五昼夜,生得如此;后十五昼夜,生得如彼。日间光灼灼而明的,他名叫作日;夜间光晃晃而明,有圆有缺的,他名叫作月。在天成象,有光落在地、化成石的,名叫作星宿。有日名为昼,是阳;有月名为夜,是阴,这叫作日月星之三辰。于是民识三辰分,而昼夜已判。又教民消长盈虚朔望相继的道理,以三十日为一月,于是民皆识日月之道,昼夜之所以然了。兄弟亦各一万八千岁,时有人皇氏一姓九人出。地皇氏兄弟,晓得天下应该人皇氏来治,亦遂逸而不见","人皇氏生于刑马山提地国,生得胡洮龙躯,骧首达腋。时万物虽已群生,民风尚汤稷而深微。人皇氏当太平元正时候,他肇出中区,乘云祇车,驾六提羽,出于谷口。百姓此时已繁庶,不比天皇、地皇时,民尚希少。见人皇恁地神通,各各仰望于云端之上,只见人皇氏把他的神灵昭明出来,人皆尊敬。又思风气渐开,万物群生,不见一人能掌理得透的,他便驾起云车,把天下山川相了一会,看哪几处平坦,哪几处高深。看毕,乃乘清冥之气而还,将天下分为九区。这九区,按天九野分设:中央一区,东一区,东北一区,北一区,西北一区,西一区,西南一区,南一区,东南一区,是为九区。每区令一兄弟治之,自己在中区管理天下。时呼风唤雨,以救民困。又看民间有才德的,把他来作了羽翼。有才德的人,俱依着人皇氏呼召,于是有君有臣了"。

此后的世人被描述为"渴饮清泉,饥摘木蘖。暑相邀以纳凉,寒同乐而啮雪。饮食适然渐开,男女交而无别。无你我之相戕,无彼此之交舌。忠政教以相安,与君民而同悦","当时民尚无衣制,惟卉服蔽体。虽有人欲,而人欲未侈。男女虽然有交媾,未尝有交争,淫爱微薄,无有贪恋。为君的不见他是君,一心要为人立命;为臣的也不见他是臣,一心要相君辅治。百姓也不见甚么主尊臣卑,也不晓得甚么出作入息"。

于是,世界开辟,不断形成新的秩序。其记曰:"人皇氏兄弟九人治那九区,共是一样的太平。亦号九皇氏,兄弟九人,合四万五千六百年。"然后,世界又发生新的变化,其记述为"次而有五龙五姓之兄弟出,是为五龙纪","第三又有摄提纪五十九姓,继五龙氏出,将天下分为五十九处而居","第四又有合雒纪三姓,继摄提氏而治",世界依次运行。时代又进入"皇人"时期:

自后有巫常氏泰壹氏出,是名皇人。他能执天下大同之制,调宇宙大鸿之气。著有兵法一卷,杂子一卷,阴阳云气一卷,黄冶一卷。兵法、云气,昼传间出。黄冶、杂子,至汉后始不见其书。后来黄帝谒娥眉,见天真皇人,黄帝拜之玉堂,请曰:敢问天真皇人,何为是三一之道?皇人曰:而既已君统,又咨三一,无乃郎抗乎?古之圣人,盍日月星之三辰,立时刻之晷景;封某人某地,以判邦国;看山川高深,以分阴阳;因天时一寒一暑,以平岁道。使民彼此交易,以聚天下之民;教民备设器械,以防奸盗;制大小的车、贵贱的衣服,以彰尊卑之分。这皆法天,而鞠乎有形的道理。圣人治天下,神志不劳,而真一定。若是以我蕞尔之身,兼百夫所能之事,则天和莫至,有悔有吝,贪心欺诈,终无所用。黄帝听皇人这言,拜而受教,终身不敢遗而天下治。

皇人隐云阳,不欲治天下,而空桑氏出治。都于陈留县南一十五里,名空桑城,后伊尹生于此城。空桑氏逸,神民氏出,名神皇。能使人民异业,修真炼性,使精气通行,都于神民之丘。神皇出入则驾六蜚鹿,政三百岁。至倚帝氏,都倚帝山。至次民氏,次民没,元皇氏出。天地至此,汤稷之俗,却彰明多矣。时以地纪,咸有制作,而穴处之世终焉。

之后又有"皇覃氏""几遽氏""豨韦氏"等时期。其描述世界状态道:

太古时节,那些人民不过居在土穴,处在郊野,与物类相为友。人也无心去害那鸟兽鱼虫等物,鸟兽鱼虫等物也无有害人的意思。到得豨韦氏,百姓渐有机智了,或聚上百多人,或三五十人,或一二十人,见那良善畜类,赶去几拳几脚,大家把来打死。物畜怕人害他,也不觉的展出爪牙,与众人格斗。人也多少被物爪害的,咬伤的。人见物畜利害,也怕物畜,又去折木梢,抛石头,而与他敌。撞着虎豹犀象等强梁猛兽,众人胜他不得,反躲避无门,缩颈吐舌。……

有巢氏作,栖于石楼之颠,见民与那兽相搏,人多则兽避人,人少则人避兽,人逃不及的,多少血淋淋,被那猛兽所伤。有巢氏呼集众民,教民折下树梢,从矮枝架高枝,层层搭成如梯一般,可扳缘至大树末,架成一个巢窠,上蔽得风雨,下又栖得身,教民居在其中,曰:"若遇猛兽,便爬上树,他就无奈我何。"自是撞着猛虎豺狼之类,大众与之格斗,斗得过便罢,斗不过,便一层的走上树末,果然猛兽无奈人何。百姓大悦,又教民曰:"那鸟兽的皮毛血肉,皆有用处。他的皮,男女俱可剥将来,缚在下身,以蔽前后,强如木皮易破碎,又免得裸体不好看相。他的皮可茹,他的肉可吃,也似橡栗堪食。"百姓听他的令,大众个个欢喜去拿禽兽,这一回,要拿来剥皮梢肉,不比前与兽相撞,没奈何与他相斗一般。……

燧人既教民取出火来,当时未有烹炮,教民将那木薪来烧,灼炳那鸟兽之肉。及燔黍与捭豚,皆用火造,火灼肉香,百姓吃了这些熟肉,比前鲜吃,果更味美。当时人吃生肉,多腥臊死人,至是无腥臊之疾,死者遂少,人民益繁。人虽有吃,到隆冬之时,耐寒冷不过,乃教民夏时多多积起柴薪,到冬日而炀之。又教民范金合土,范金造出斧斤,合土造成瓯瓴。民大欢喜。

文明进化,人民在燧人氏的教导下"结绳记事","始有婚姻",进而又出现仓颉造字,其记曰:"传八世,有史皇氏出,名仓颉,姓侯冈。生得龙颜侈哆,四目灵光,有聪明睿智之德,生而能书,都于阳武地方。一日著巡,登阳虚山,临于玄邑之水。忽然间有洛汭灵龟,负书一册而来。这龟生得丹甲青文,以授仓颉,遂识天地之理,穷天地之变幻","文字留传,鬼神逃不得形,蛟龙掩不得迹,于是天为雨粟;夜来鬼哭神号;蛟龙潜藏,怕人识破呼他名头。仓颉制了文字,成了教化,天地蕴尽。文辞日昌。在世百有一十载,葬于衙之利乡亭南,书人禅祀之"。

日月运转,世界出现"横木为轩,直木为辕"的轩辕黄帝。轩辕黄帝的时代被描述为"轩辕氏又观四方哪几处畸,几处羡,哪几处通,几处塞,权审停当,四方皆成康衢。观山有处出铜铁的,凿取铜铁,教民以火镕铸,以为钱刀,以兑换金玉币帛之货,以利民间使用,人民大悦,天下大治。传至赫苏氏,是名赫胥,赫胥治世,最把百姓为爱,民事为重。当时人民丰足,镇日在家坐卧,也没一些事干。出门游息,也没一个所在去处,行行便休"。同时,世界出现"拟天之周旋作权象"的葛天氏,其时代被描述为"始作乐,有八士捉一胪兽,投胪足,操胪尾,叩胪角。而歌八终。又块拊瓦缶,武操从之,名为广乐。于是封泰山,令民间交易,兴钱帛金玉等之货币,各方因货币,处处相通作生意,间阎沉滞处,有人往来开通了。天下太平,葛天氏之治,不言而自信,不化而自行"。之后,出现"师于广寿,无所造作,全不施刑罚,而民自动化,物自咸若"的祝融,"祝融氏遂依鸟声制就的乐,属续乐歌。自是乐歌有可以通伦类的;有可以谐神明的;有可以和人声的。伦类神明,果然因乐,殊觉有祥风协气。人民听了,耳目聪明起来,血气和平起来。粗心浮气,一发化了。世俗一发变了。百姓一发寿命长了。天下大治。时以火施化,号赤帝,后世火官号祝融者,此也。都于会,即今郑地,有祝融之墟。治世一百年,葬衡山之阳,今名祝融峰"。再之后,其记述有:

吴英氏世,当时人民尚少,草木鸟兽更多。教民杀兽供食,特麝者不要杀,卵者不许取。百官各人掌理一事,不许一人兼两事。民之死者,厚用柴薪埋葬,后又有有巢氏作,驾六龙,从日月,是曰古皇。这有巢氏不是前的有巢氏。先有巢氏教民巢居,木处颠风生燥,木颠处常跌伤人。燥生时,常夭折人。这有巢氏乃教民曰:权木可编而为庐舍,粮草可缉以为门扉,便不消巢居,又避得风雨,岂不为美?民去编庐缉扉,不须爬树上栖息,民益便利,故亦号有巢氏。……

有巢氏没,越数世而朱襄氏立,都于朱。是时天下多大风,但见阴霾四布,霖云不散。阳气久阴,阴气不化,不能成物。百物被大风吹坏,果瓜草木,不能遂生。当迟春时候,却便黄落了。民当盛夏时节,不见日月之光,只在惨淡世界里,风吹雾侵,百姓血脉不调,个个身上寒热往来,病起虐疾。当时没有这个症,今陡有了这病,都呼天叫地而号。朱襄氏见民间疾苦,好生放心不下,道:"久阴不阳,是阴气不能化,所以民有寒热不调之病。昔祝融氏作乐,乐者,宜阴阳之气使和顺也。他却能通伦类,谐神人。我今协阴阳之声,制器以宣其和。乃令士曰:琴音,统阳者也;瑟统阴者也。今天下久阴多风,是阴气凝滞,所以阳气也被他闭塞。只要来阴气,阴阳自然和洽,群生自定矣。"士听令,于是制五弦之瑟,鼓作起来。

《盘古至唐虞传》详细描述了伏羲的神话传说故事。其叙说语言相互穿插,述说时代进化过程之后,又具体阐释"三皇五帝"的含义。其述说伏羲神话传说道:"却说世上人称三皇五帝,不识如何叫作皇,如何叫作帝。我今为尔分说。皇者,初冒天下的;帝者,主宰天下的。三皇各氏的事,上已说明。今将五帝的事,从头道起。五帝是太昊,伏羲氏为首。如何叫作太昊伏羲氏?其圣德象日月的光明,而位在东方,故名太昊。太昊的母居于华胥之渚。华胥,地名,今陕西蓝田县是。一日,其母日将暮时出游于郊外,猛见地上有个巨人脚迹,忽然心动意此巨人,谁知此念一萌,便感动那天上的虹,便飞将下来,将圣母绕住,彩色四注,神气交孚。一霎时,虹飞上天,圣母步归。自此,圣母因虹交而有娠,生帝于成纪,今巩昌府成州是也。生得蛇首人身,后来以木德继天而王,以木居五行之首也。建帝都于宛丘,今陈州太昊之墟,天子所居皇都是也。"

其既将伏羲看作人间的帝王,又视其为文化创造的英雄,讲述伏羲画八卦的业绩,称:"伏羲氏王天下,仰观天上日月星辰之象;俯察地内山川陵谷之形,高下原隰之宜;中观万物鸟兽羽毛之文,飞潜动植之殊,见理总不外于阴阳。于是画一奇以象阳;画一偶以象阴,以奇偶二画加成八卦。卦有上、中、下之三爻,因以三爻各重加之,成六十四卦。这卦画乃神明之德,阴阳不测之妙。伏羲氏卦象立,其意已尽,那神明之德,因卦象而相通了,万物之情,有应有求,生生不已。伏羲氏卦象立阴阳感应之理,若将万物比类出来了。"伏羲有许多事业的开创,其感于"燧人氏教民结绳的法,虽则便民,却不是垂得来久的","乃教民刻木画字于上";其感于"燧人氏虽则立个男子三十而娶、女人二十而嫁的法,男女还是无别",便创制婚姻,正别姓氏,"两家必须有个从中说合,斟酌停当的,唤作媒人。礼用俪皮,取成双之义","人的姓氏须要正,姓者,统祖考所自出;氏者,别子孙所自分也";"伏羲氏以祝融作乐词未尽其妙,乃创为荒乐,歌扶徕,咏纲罟,以镇天下之人命"。

《盘古至唐虞传》记述"伏羲氏没,有共工氏者,名康回",讲述了"祝融与共工"的战争。战争故事引发女娲补天传说。

其记述曰:"伏羲氏没,有共工氏者,名康回。生得髦身朱发,自负他自智谋,有神通,俶乱天常,窃去冀方地面居住。共工氏道:我本水德,当以水纪官。日夕残虐百姓作乐,兼淫纵女色不休。当时祝融氏分理一方,为伏羲氏之臣,思共工氏在冀方如此不道,当驱除之,以安天下。乃出师至冀方。共工民报知共工氏,共工氏大怒道:'我有如许本事,怕你甚么祝融小子?'点起兵马,出师与战。两个相逢,刀枪对临","祝融与共工战了多时,共工力怯,败阵而逃。祝融追不及,班师而回。共工氏战败,直走至不周山下,方敢歇息。想起:'我任智自神,好不怕人。今被祝融战败,却没神智了。也被冀方人笑耻,如何复镇得冀方人服?'大吼一声,把头将那不周山触了几触。

谁知这不周山是承天一柱的山,你道如何见得是承天一柱的山？太上名山,鼎在五方,以镇地理,号天柱于珉城,以象纲轴,乃真官仙灵之所宗。上通璇玑玄气,流布五常;理九天调阴阳,品物群生。希奇特出,皆在于此,却被共工氏把头乱触,触下不周山一角,地维缺了一向,天柱折将下来"。

在《盘古至唐虞传》中,女娲也成为一个战神。其记述曰:"时有太昊同母生的一个亲妹,名女娲氏。见共工氏杀祝融氏不过,触崩不周山,到天柱折,地维缺,怒曰:'共工无道,乃至得罪天地,我且先去补了天,然后诛此恶臣,未为晚也。'乘云往不周山下,聚起五色石,炼就五行之气。五行气升,结成天体,将天补就。谁知共工氏被祝融所败,又不自悔过,一发暴虐起来,道:'祝融氏,你说你为天下人,我今壅防百川,堕高处,塞异处,害天下人,看祝融奈得我何？'于是作乱。正在那里壅起滔滔的洪水以祸天下,女娲氏知了,即乘风云忙来诛共工。共工大怒来战,道:'祝融欺我,你这女子也来上门凌人！'两家交战。谁知女娲氏神通广大,共工威力不敌,被女娲氏一刀杀了,水害遂息。百姓大悦,遂尊女娲氏为女皇,都于中皇之山。"女娲补天没有着力渲染,而是突出其治理世界,其记述曰:"天下太平,女娲乃命臣随制造笙簧两般乐器,吹动笙簧,以通各国小相习的风俗。又命臣娥陵制都良管,以齐一天下之音律。思天柱已补,天德难量。乃用五十弦之瑟,以郊天侑神。瑟声鼓动,但见愁云四布,风烟迷天。女娲氏见这光景,知乐不能和洽天神,静听那瑟,不免有悲天悯人之调,惨惨淡淡。女娲氏与臣随道:'天道清明,此惨淡之音,适足召惨淡之象。若要和神明,须更去了二十五弦,止留二十五弦,则声音得中,而清明和平可听。'果然更为二十五弦之瑟,而乐遂和洽。女娲在位一百三十岁而没。"

《盘古至唐虞传》记述"伏羲氏没,黄帝神农氏作",叙说黄帝和神农氏神话传说故事,称:"伏羲氏没,黄帝神农氏作。当时有少典君,娶有峤氏之女,名安登。安登生二子,长子名有年,感神龙之异而后诞育于姜水之上。生得牛首而人身,遂以姜为姓。后在烈山上起立根基,号烈山氏。初创国于伊,继又国于耆,合两国称之,号伊耆氏。以火德王,都于陈,今之开封府陈州即其地。次迁都于山东兖州府曲阜县,古时百姓,只满山野摘草木果品充饥,与搏禽兽之肉以食,全不晓耕稼之事。神农氏相天有四时之气,百物皆春生夏长,秋实冬落;相地有高有下,有原有隰,当春令看那高下原隰、宜植百谷处,教民耕稼。土坚不能播种,教民削尖那术,作耜以起土。又屈木为耜柄以为耒,民始知树艺五谷,而农事始兴。世号为神农氏,出令教民曰:'民为邦本,食为民天。一人不耕,天下有受其饥者矣;一女不织,天下有受其寒者矣。你为丈夫的,必亲自去耕作田土;你为妻子的,必亲自去蚕桑纺绩,才有得吃,有得穿着。'百姓听他命令,各重生业,自食其力。神农氏见民务农事,重生业,时亦风调雨顺,到十二月作蜡祭,蜡索之意,言合聚万物而索享之,以岁报成功。祭后以赤鞭鞭草木,曰:鞭之使萌动也。"其记述"神农氏尝百草",曰:"神农氏果然尝百草。一日遇十二毒神,肠翻腹痛,而皆得服解毒草木之药,力化之,遂作方书,某毒用某药解,某病用某药疗。百姓有疾者服之,莫不立效,而民知医者众矣。"其又记述神农事迹,称:"复察水泉有甘有苦,甘的清而无毒,苦的混而有害。教民遇苦水则避而不食,甘泉乃可就而饮。由是民得安居,自食耕作之力。有病的服药调治,病者得生,无夭折而死之患。天下大悦,乃列廛于国中以与民居住,教他日中为市。凡天下货物有的皆携来市中,排列肆上,有的换无的,无的易有的,民各得满愿而散。"

《盘古至唐虞传》记述轩辕黄帝与蚩尤等神人的战争,称:"当时有一诸侯,姓公孙,名轩辕。他是有熊国君之子,其国今河南新定府是也。母亲名宝附,一夕至郊野,见大电绕北斗枢星,感而身怀有孕,至二十四月,而生轩辕氏于轩辕之丘,因名轩辕,即今开封府新郑县境上。轩辕生得日角龙颜,有景星庆云之象,弱而能言,幼而徇齐,言圣德幼而疾速也,长而敦敏,成人而聪明,长于姬水,故又以姬为姓。轩辕习用干戈,凡诸侯有不来享的,则率师征讨,所以诸侯咸来宾从。他见蚩尤日肆其恶,乃徵各路诸侯兵众,来伐蚩尤。时蚩尤兵屯涿鹿,与轩辕军对阵于涿鹿之野。"其记"蚩尤作起大雾,请风伯雨师,纵大风雨。各路诸侯兵众,风雾卷来,对面不能相识,征衣俱湿透了。轩辕见他施法术。难以进兵,率诸侯急收回兵众",轩辕黄帝得到风后和力牧的帮助,"风后进握机八门阵法;力牧语以坐作进退之方略","轩辕大悦,遂以风后为相,力牧为将"。这里,神话战争被描述为"蚩尤闻轩辕请得甚么人来,排下个甚么阵法,又呵呵大笑,整兵来敌,亦作起大雾,又请风伯雨师,纵大风雨。轩辕已预请天女名魃者至,风雨遂止。又造有指南车示众军,以知东西南北四方,军士不会被大雾所迷,蚩尤军见有五色云气,在帝头上,烟雾难近,皆大惊。蚩尤见轩辕军不昏迷。黄帝头上,又有五色云盖,风雨不作,大怒,率兵冲入握机八门阵来。风后将旌旗四麾,把阵势变动","蚩尤左冲右突,杀来杀去,再莫想出得这个阵来,暴躁向中间。乱突,遇着一队游军,大将应龙向前挡住,蚩尤与应龙战不半响,觉有龙蛇鸟类,向前助阵一般,眼花脑乱,大叫一声,掀下马来,被应龙游军向前捉了","只见杀蚩尤时,颈血一带,冲天而起,飞向解州地方一大池内,其池周旋有八十里宽,蚩尤之血落在其中,便将池水化而成卤。自后到六月炎热时候,池上结成盐版,今解州盐池是也。这州因蚩尤故名解,言尸解蚩尤也。其械蚩尤之桎梏,脱弃宋山之上,其械化而为枫树"。

战争的结果造就了黄帝的地位,其解释为"于是诸侯咸归轩辕氏,代神农为天子,是为黄帝","又教虎豹熊罴四将,与炎帝战于蒲反之野,胜之,降封炎帝榆罔于洛,神农氏遂亡"。轩辕黄帝迎来了自己的时代,其记述为:"轩辕既为天子,内行刀锯,外用甲兵。制阵法,设旌麾,天下有抗拒不顺从者,率兵往征之。当时草木繁甚,那郁蓊处,人不敢行。黄帝命众披草木而行,以通道路。其土地东至于海;西至崆峒;南至于江;北逐重鹜。合集诸侯符契圭瑞,而朝于釜山。初都于涿鹿,必环绕军兵,立营保守。"

黄帝神话传说的内容在这里被记述的有许多,诸如"时有庆云之瑞,遂以云纪官""有黄龙负图从河出,帝命臣写以示天下""命隶首作九章算法,命伶伦作律吕""命臣荣猿钟黄钟大簇等十二钟,以为十二律""命臣大容作咸池之乐,命臣车区占星气,自作衮冕玄衣黄裳,而衣冠之制兴。又恐天下尚有玩梗不从化之使用,命臣挥作弓,夷牟作矢,以射人。命岐伯作鼓吹铙角灵鞞神钲,以扬德建武;命臣共鼓代弧,刳木为舟,剡木为辑,以运舟而济道路不通之处。作天子所乘之辂,以行四方;作宫室之制,教民以模铸金,以为金玉之货,钱刀之利。当时百姓多病,乃命岐伯作内经,复命臣俞跗、岐伯、雷公察明堂,究息脉。命巫彭桐君因病处方,施药饵,民因药饵,得以疗疾而尽年","当时,西陵氏之女名嫘祖,为帝元妃,教民育蚕治丝茧,以供衣服。于是画野分州,万国以和。自是日日扬光,海水不波,山不藏珍民不习伪,官不怀私,市不预价,城郭不闭,见利不争。风雨时若,人无夭折,物无疵疠,虎豹不敢妄噬,鸷鸟不敢妄搏。裔夷之人,原不服王化者,今亦来享。时帝庭生一草,名屈轶。佞人入,则草指之。凤凰巢于阿阁,麒麟游于苑囿。天下大治。帝将逝,乃铸鼎,鼎成,有龙垂髯下迎,帝骑龙上天,群臣后宫,从帝者七十余人。小臣不得上的,悉持龙髯,髯拔堕弓,仰扳莫及,各抱弓而号。因名其地曰鼎湖,弓曰乌号。帝在位百年。年百一十岁,子玄嚣立,是为少昊金天氏"。

  黄帝之后,出现颛顼。《盘古至唐虞传》记述曰:"当时,昌意娶蜀山氏之女,名昌业,是为女枢。一夕,见天上有瑶光贯月,感而生帝于恭水。年十岁时,鲁佐少昊治天下。二十岁即帝位,以水德绍金天氏为天子。初国高阳,今保定府东南七十里地方,故号高阳。建置帝丘,今濮阳是也。元年颛顼治世,乃命南正官名重者,司天南正。"颛顼时代的景象成为其详细描述的"闹鬼":"天地山川正神,见颛顼命官南正,虔诚致享,自然来格。但听得东村里,捉得一个小儿怪,生得怎的? 东村那人道:三日夜,各人就榻将睡,听得房门外的响声,开门一看,乃一白骨小儿,四向趋走。始叉手,后摆臂,骨节便格格的响。我呼起众人,厉声喝之,小儿跳上阶。再喝,小儿募入门道:儿要乳吃。用拳击之,随拳坠地,又曰:儿要乳吃。家人以棒乱击,小儿骨头,节节解散,散而复合者数四。叫家人以布囊盛住,提去三五里远,投入一枯井中。次夜又至,手擎布袋,在庭上抛来掷去,跳跃自得。家人又拥出擒住,复以布囊如前盛之,紧紧捆缚,又把索子悬个大石头,沉在河水深处去了。次夜又来,左手拿囊,右手执索,趋走戏弄如前。我家人已预备大木,凿空其中,待他来,擒于空木中藏之,以大铁叶压住他两头,以钉钉之,把酒肉同往,悬巨石,流之太江。小儿又欲负木趋出,我等嘱道:我有酒肉相谢。乃将酒肉祭奠之,今不复来矣","又听得西村捉有一个女人怪。这女人怪,生得怎的?西村人道:'我西村有一空木,高十余丈,广数围,中空心可容人。昨日远远见一女人,穿着绯裙,跣双足,袒膊披发而走,其疾如风。渐近前,和我西村一人道:后有人觅,但说不见,恩德甚甚。女人遂奔入枯木中。约半个时辰,见一人乘甲马,衣黄金衣,身带弓剑,奔逐如电。每一步行二十余丈,或在空,或在地,到我西村,问曰:见绯裙女人否?众道:不知。金衣人曰:勿替他藏,此不是人间女子,乃飞天夜叉,夜叉有党数千,相继在天下害人,已八十万矣。今已被擒戮,独此是最凶恶的,昨夜三奉天帝命,逐来至此。我西村人闻此,乃教他云:躲大空木中。金衣人便向空木下,入木窥之。绯裙女人走出,拔空而上,金衣人逐去七八丈许,渐赶入霄汉,投于碧云中。仰望空际,忽明忽暗,久之,雨下三数十点血,想绯衣女人中流矢也"。最后,颛顼时代终于得到平安,其记述曰:"自颛顼以后,神不侵民,民不渎神,九黎诸侯也不敢作乱,民安其生。帝乃作历,以孟春之月为元,是岁正月朔旦立春,五星会于天,历于营室亥娵訾之次,冰冻始泮,蛰虫始发,夜来鸡鹄始三号。天地万物,自此和顺……颛顼氏静渊有谋。洁诚祭祀,理四时五行之气,以教化万民。北至于函陵顺天府;南至于交趾;西至于流沙居延县;东至于蟠木。莫不来属。"

此中,又插入"度索山大桃树"故事,其称曰:"这蟠木地因是东海中一山,名度索山,山上有一株大桃树,枝叶擎天,蟠屈有三千里远。这三千里,内外人民,皆借这株桃树生活……那度索山下,千乡万村的人,一年一度,摘桃飏海,来各处贩卖。颛顼氏之世,却分外饱满丰大。度索山下人,也知颛顼氏的治乎,所以蟠木之地俱服化宾从。"

颛顼之后,出现帝喾。《盘古至唐虞传》称"少昊之孙帝喾立。帝名岌,蟠极所生","韶龄便能施行,穷极道德。年十五,佐颛顼,受封于辛;年三十,以木德代高阳氏为天子","起基于辛,故号高辛氏。都于亳"。其记述"盘瓠"传说故事曰:"是时有房王作乱,帝乃募天下:'有人能得房王头者,赐金千斤,分赏美女。'辛帝有个犬,字盘瓠,毛生五色。帝出入,犬常随之。辛帝出了这令,犬便不见。不知这犬走去见房王。房王见是王犬,大悦,曰:犬亦来归我矣。令人张大宴会,为犬作乐饮酒,犬叫跳自得。房王道:'犬乐,必我有天下分。'不觉醉卧。盘瓠看睡熟,咬房王头而还,无人知者。辛帝见犬衔房王首,大悦,厚与犬肉糜,犬不食。经一日,辛帝呼犬,犬亦不起。帝知犬欲封赏,乃封为会稽侯,美女五人,食千户。那犬也会与五美人交媾,生三男六女。男生时,虽似人形,却有犬尾,其后子孙繁盛,号犬戎国,只今土蕃。"其又记述"帝喾有四妃,元妃有邰氏之女,名姜嫄","帝又娶陈丰氏之女,名庆都,生于斗维之野。时天大雷电,有血流润大石之上而生庆都","又娶诹訾氏女,曰常仪,生子挚"故事。其记"帝喾在位七十年,崩,年一百零五岁,葬于顿丘山","子挚嗣立。挚荒淫无度,不修善政。居九年,诸侯废挚而尊尧为天子",历史进入尧的时代。

尧的出场在《盘古至唐虞传》中同样是与灾害伴随,其记述曰:"尧即位为君,其仁如天,其智如神。民就之如日,望之如云。存心于天下,加志于穷民。不赏民劝不罚民,治七载,民不作忒。那鸱鸮恶鸟逃去绝域,麒麟瑞兽游于薮泽,奈气数有常有变,上天忽有十日并出,百姓栽种那些五谷,却被那十个日晒得焦乾。百姓也被蒸得不奈烦,走在土穴里躲。又有大风起,吹坏民间屋舍。有个大兽,名唤猰貐;有个大猪,名唤封豨;有个大蛇,名唤修蛇,皆会吃人。帝尧思他臣下,惟羿最有神力,乃命羿治风日各怪。"中间夹入羿射十日的传说,曰:"十日一齐并见。羿取箭在手,向日射去,便见那被箭的日,随箭没于空中。于是连发九箭,九日俱随箭没。只那一轮耀灵,初,羿不识,也发了箭,哪里射得他上?他澄然碧空中,普照万方。只见日光天子,声如洪钟,远向羿道:劳君射尽妖光,万物从此泰宁矣。羿望空答礼遥拜。这九日却亦被羿收了。"羿又消除了"猰貐、封豨、修蛇","羿既成功,帝尧大加封赏"。

《盘古至唐虞传》称"尧治天下五十载,自己不知天下治与不治",引出"四岳举鲧,九载洪水如故,鲧徒劳民无功""帝子丹朱又不肖,乃求贤自代"和"群臣乃荐舜"等故事。

这里,舜的事迹被描述为贤能。其称:"姚舜其先国于虞,系出虞幕黄帝第八代孙。父名瞽瞍,母名握登。见天上大虹,有感而生舜于姚墟之地,故又姓姚。握登死,继母生象。父母与象皆下愚不移。那继母爱己子,恶舜,尝在瞽瞍面前唆害舜。瞽瞍遂也恶舜起来。尝欲杀舜,只是舜尽孝悌之道,毫无怨母弟之意,勤勤耕田,时耕于历山。历山同耕的,见舜恁般孝悌,勤勤耕作,见象恁般放肆,不友不弟。把历山农夫都感格得好,再没有相争田畔的。时尝渔于雷泽,以供父母。那雷洋的渔人,见他恁般孝友,亦皆识居。一日,舜于雷洋得王牌,浮水文曰:'受而禅惟汝彦。'又烧瓦器于河滨,河滨人皆烧瓦器,见舜恁般作事,便不把缺坏之器货卖与人。既又牧羊于潢河之上,一日,拾得玉历于河之岩中。"舜"二十以孝闻,三十,尧因四岳荐,乃召舜。舜至,尧问曰:'我欲致天下,为之奈何?'对曰:'执一无失,行微无息,忠信无倦,而天下自来。'尧又问:'以奚为事?'舜曰:'事天。'问:'以奚为任?'曰:'任地。'又问:'以奚为务?'曰:'务人。'尧曰:'人之情奈何?'曰:'人到得有妻子,孝便衰于事父母;人到得多嗜欲,信便衰于待朋友。这便是人之情。若夫从道理作事,则得吉;反道理作事,则致凶者,犹影响一般,不会差失也。'尧大悦,馆之于侧室,以二女妻舜。大名娥皇,次名女英。又命九个儿子与百官事舜。又把牛羊仓廪等以供给舜。"中间夹入"瞽瞍杀舜",引发"帝尧由是一发降重舜的孝行,欲逊位与舜"。同时,也出现舜因人而用、禅位于禹的结局,如《盘古至唐虞传》所记:"是时高阳氏有才子八人,天下称他作八恺。高辛氏有才子八人,天下称他为八元。这八恺、八元,后代承前代,不陨其名。世济其美的子孙,尧未及举。舜于是举八恺,使作主后土的官。举八元,使作布五教于四方的官。又帝鸿有不才子名欢兜,为人不开通,世人号他作浑沌。少昊有不才子名共工,行事好奇。世人号他作穷奇。颛顼氏有不才子,徒知贪财贪食,酷似三苗,世人号他作饕餮。时目之为四凶,尧未能去。舜皆投之四裔。当时欢兜被放于崇山,便化作一人面鸟,背生双翅,手足扶翅而行。常走往海中,取海中鱼而食。只是他这翅,却飞不得的。性最狠恶,不畏风雨禽兽,直犯死乃休。好笑欢兜号浑沌,便到死还也是浑沌的。帝舜又以鲧治水无功,劳民伤财,于是殛之于羽山,今之淮安府赣榆县。鲧遂投于羽水,化为黄熊。黄熊,三足鳖也。因为羽渊之神。遂举鲧子禹代之治水。"

舜的时代堪称辉煌,《盘古至唐虞传》记曰:"舜摄位之后二十八年,尧崩,舜僻位于河南。天下之民,朝觐讴歌讼狱者不归尧之子而归舜,遂即天子之位,号有虞氏。初舜微时,有友七人:雄陶、方回、续牙、伯阳、东不砒、秦不宇、灵甫等,常相周旋于历濩之间。闻舜已受尧禅,七人遂逃去,不复来与舜游矣。元年,舜既即位,以土德王都于蒲坂,今之河中府是。命禹为司空,宅百揆;弃为后稷,教稼穑;契为司徒,敷五教;皋陶为士师,明五刑;垂为共工,理百工;益为虞,治山泽;伯夷为秩宗,以典礼;夔典乐;龙作纳言,是为九官。设了这九官,舜特恭己无为,弹五弦之琴,歌南风之诗,把金藏于歌岩之山,捐珠于五湖之渊,曰:'我贱金珠,便下服度。且杜臣民淫邪之意,绝他觊媚之心。'天下悦服,四海咸戴。时有景星出,卿云兴。"

至此,舜的神话传说故事成为绝唱,标志着一个时代的终结和一个新的时代将要开端。

三、《有夏志传》的大禹神话

《有夏志传》即《按鉴演义帝王御世有夏志传》,属于《夏商野史》,题

"景陵钟惺伯敬父编辑","古吴冯梦龙犹龙父鉴定",有学者称系伪托。《夏商野史》其十九回之前章节属于《有夏志传》,叙述大禹开端的夏朝历史,后十二回则为《有商志传》,叙述商朝兴起、灭亡到周朝建立的历史进程。

《有夏志传》笔墨开始于大禹治水,其称"禹王乃黄帝的玄孙,姓姒氏,鲧之子。母名志,号修己,有莘氏女。修己未生禹时,见有流星贯昴,梦接而意感有孕。又吞神珠薏苡,至岁壹月,尧帝戊戌五十八年六月六日,修己胸坼而生禹于僰道之石纽乡,即今四川龙安府石泉县石纽村,禹穴是也。禹生得身长九尺二寸。尧时洪水滔天,鲧治水无功,被舜所殛。禹降在匹庶,舜举禹,使续父业。禹伤父鲧功不成受诛,乃劳身焦思,欲盖父愆。当时,他应帝命,去治水","禹始娶涂山氏之女,名娇,生子启。甫四日,禹往治水,别涂山氏而去。启呱呱而泣,禹弗视而去。帝舜又使伯益掌火,领朱虎、熊罴偕禹行水。禹又用方道彰、宋无忌二人为风、火二将,道彰能呼风百里,无忌能口吐烈焰。又用冯迟、冯修、江婓、江妃为水将,二冯多力善决,二江多巧善汩。又用禺强、庚辰二人为左右将,二人俱力举万钧,能鞭山凿石,驱凶捉怪。又用章亥、鉴亥为步将,日行千余里。这恰是天地合该成平,大禹合该有天下,故天降之多神人助他。因此禹治水时,不怕山灵水怪,深渊可以见底,幽洞可以开门,鬼幻可以使他呈形,神异可以识他性情;行尽几多奥妙山川,识尽几多幽玄精物;至德愈明,圣身无疠,所以叫作神禹。初治洪水,先观于河,见白面长人鱼身出,曰:吾河精也。授禹河图而退,入于渊","神禹每行一地,先自己登高,相视地脉。见有山林蒙翳、阴气晦昧、土脉难明、水势难通处,又见有川泽草莽、多藏怪物、人民难到处,这原都是干地,被大水浸没久了,如此荟杂,因此人无行道,水愈不行。俱命伯益领风、火二将,方道彰、宋无忌放起一把无情火焚之,神鬼精怪、毒蛇猛兽奔窜而去。为祸者,命左右将擒之;不为祸者,驱逐他去便休。凡异禽奇兽,命伯益记其声名,异宝取供用。山川之神,用物祭祀之。水浅处,命二冯决去其壅滞;深处,命二江直穷到底。山石为梗处,命左右将攻去之。远近程途,使章亥步记之"。

其叙说大禹治水的背景、起因,包括禹的身世,极力宣扬的是天命神授,把《史记》《夏本纪》等文献典籍中关于夏禹的事迹进行夸张描述。而且,其表现大禹治水所到之处的内容,明显受到《山海经》的神话环境的影响。

《有夏志传》描写禹凿开龙门,曰:"神禹治水,《书》所记始于壶口之山,其治龙门也。凿吕梁之石为砥柱,为三个门,以通水。南曰'鬼门',中曰'神门',北曰'人门',是为'禹门'。"然后记述道:"先到甘枣之山。这山,洪水所出处,其西流至于河。山上出些什么物件?出杻木,葵本而杏叶,黄花而荚实。又有个兽,生得如獃。有个老鼠,背上有文,名叫作㹚,被众人拿住。禹王却也不知,叫诸将来问:'这鼠叫甚名?这兽叫甚名?'诸将未及答应。不知这些兽皆自古至今成了精的,所以它会说话。那㹚精便道:'圣人,我名叫作㹚,那文鼠叫作熊。这鼠人吃它,可医治得病瘿的症。'文鼠在旁道:'你害杀人!若此中有人病瘿的,却不误了我性命?'禹王道:'勿惊。我们视众生如一体,你既不害生灵,我也决不杀汝。'㹚又报了这些草名,禹王便发放㹚、鼠二精去了。㹚精去了,又回报禹王道:"蒙圣人赦宥,此去二十里,有个历儿山,其上有个木,名櫄,又名枥。这木生得茎方叶圆,开黄花,结实似楝,如指头大,色白而粘,可以浣洗衣裳。人吃它,不会忘记事。又东十五里,有个渠猪山,多豪鱼,生得似鳝一般模样,喙是赤的,尾是赤的,它的羽毛医得白癣。前去脱扈山,有草如葵,名植楮,鼠见它则惧。吃了这草,令人不眛。金星山多天婴,生得如龙,骨可以医痈病。牛首山有劳水,西注于潏水。这水里多飞鱼,生得如鲋。吃他可已痔衕之疾。我只晓得这些,其它不晓得了。'禹王道:'这也是你好意,前面也不劳你说。'㹚精叩头去了。禹王历这几处,果如㹚精所言。至了霍山,有个兽生得似狐狸,尾是白的,有鬣,名朏朏。这朏朏养它在身旁,可以止忧闷。"这一段内容的描述,应该源自《山海经·中山经》:"中山经薄山之首,曰甘枣之山,共水出焉,而西流注于河。其上多杻木。其下有草焉,葵本而可叶。黄华而荚实,名曰箨,可以已瞢","又北四十里,曰霍山,其木多穀。有兽焉,其状如狸而白尾,有鬣,名曰胐胐,养之可以已忧。"

《有夏志传》又记:"于是禹王自霍山北五十二里至合谷山。又三十五里,至阴山。东北四十里至鼓镫山。但见:金谷多蓍棘,未审是草是木儿。阴山有雕棠,食之治聋更为奇。砺石文石皆所产,少水出兮无障陂。鼓镫赤铜荣草地,草食治风更足奇。"当源自《山海经·中山经》的"又北三十五里,曰阴山。多砺石、文石。少水出焉,其中多雕棠,其叶如榆叶而方,其实如赤菽,食之已聋","又东北四百里,曰鼓镫之山,多赤铜。有草焉,名曰荣草,其叶如柳,其本如鸡卵,食之已风","凡薄山之首,自甘枣之山至于鼓镫之山,凡十五山,六千六百七十里"。

《有夏志传》记:

又二百里,至昆吾山,山多赤铜,有兽,生得似氓,有角,声音如人号哭一般。见人来,成群在那里踯躅。禹王见了,道:"这物叫作蚕蚳,人吃它心不昧。"于是众人都去捉来烹吃,俱有百余斤重。又百二十里,至蓋山。疏通蓋水,北注于伊水。三百八十里,至蔓渠山,伊水从中出。禹王命众疏通蔓渠水,使东流于洛。

忽山中跳出两个兽,人面虎身,叫声如婴儿,要来搏人吃。禹王见了,道:"这兽名马腹,性好吃人。"命禺强、唐辰往捉之。禺强先往,唐辰也去。那马腹对面扑来,禺强侧身避过,马腹吓了一跳,被禺强拦腰一大木棍,马腹负痛,回身又对禺强一扑,禺强又闪在一边,亦被拦腰一棍。禺强力大,这两棍却够马腹受用。马腹腰疼,不能再扑,被禺强几棍完成了命。那一只也被唐辰打死。

禺强、唐辰又寻上山去,撞着二三个人面鸟身的神。前相迎曰:"予三四人,此山神也。二凶既已除去,幸勿杀别生灵。"献上金玉、竹箭曰:"此蔓渠小山产也,禺强、唐辰俱辞不受。禺强乃择用毛色禽兽,投一吉玉祀之,而不用糈奉供。"

此出自《山海经·中山经》所记"又西二百里,曰昆吾之山,其上多赤铜。有兽焉,其状如彘而有角,其音如号,名曰蠪蚳,食之不眯","又西二百里,曰蔓渠之山,其上多金玉,其下多竹箭。伊水出焉,而东流注于洛。有兽焉,其名曰马腹,其状如人面虎身,其音如婴儿,是食人"等内容。

《有夏志传》记:"又至敖岸山,破牝羊,祭熏地之神。至青要山,珍水出其中。禹命导珍水北流,注于河。有武罗神,名魈,生得人面豹文,小腰白齿,穿两耳,戴金银器,他声如鸣玉。禹祀之,磔羊一头以祭,雄鸡一个瘗之,糈用稌米。东十里騩山,正回之水出其中,禹亦命导,北注于河。回水多飞鱼,飞上,则众网之,或杖击之,状如豚而赤文。禹王曰:'你们怕雷震,食此鱼,则不怕雷,且可以御兵,不伤损也。'于是各取其肉而啖。又东四十里至宜苏山,山多金玉,玉之水出其中。禹命导向北,流注于河。"其出自《山海经·中山经》所记"贲山之首,曰敖岸之山,其阳多㻬琈之玉,其阴多赭、黄金。神熏池居之。是常出美玉。北望河林,其状如茜如举。有兽焉,其状如白鹿而四角,名曰夫诸,见则其邑大水","又东四十里,曰宜苏之山,其上多金玉,其下多蔓居之木,潇潇之水出焉,而北流注于河"。

《有夏志传》记:"又东二十里,至和山,太吉泰逢氏所居地,九水所都处。这九水曲回五重,合而北注于河。泰逢氏没,遂为此山之神,生得如人而虎尾,好居于贲山之阳,出入有光。远语众将曰:善扶大圣,治水有功,生灵之幸也。众人见之,望空而拜。禹王遂设牡羊一副,陈饰吉玉。又用一雄鸡瘗之,糈用稌以祭。曰:'此泰逢神,动天地气也。'又经鹿蹄山,山亦多金玉,甘水出其中,令北流于洛。又五十里扶猪山,虢水出焉,令北流注于洛。又西一百二十里,有兽如苍牛,名犀渠,性好食人。正逢章亥、竖亥二将先行开路,犀渠施它猛力,见他二人来,喜不自禁,自如婴儿一般叫跳。章亥正到,犀渠从山冈上来,张牙露齿,不分好歹,向前便咬。章亥抡起铁锥来斗,你看它:犀渠性狠,劈头跳来向人撩。将军威大,铁锥无情如风飘。犀渠道:'我山中兽王曾千载。'将军道:'我天上魁宿下九霄。'犀渠道:'货送上门难舍割。'将军道:'路逢不平怎相饶。'一往一来,一舞一跳。霎时间兽王力乏伏山冈,低头乞怜把尾摇。"其当出自《山海经·中山经》所记"又东二十里,曰和山,其上无草木而多瑶碧,实惟河之九都。是山也,五曲,九水出焉,合而北流注于河,其中多苍玉。吉神泰逢司之,其状如人而虎尾,是好居于萯山之阳,出入有光。泰逢神动天地气也","厘山之首,曰鹿蹄之山,其上多玉,其下多金。甘水出焉,而北流注于洛,其中多泠石"等内容。

《有夏志传》记:"禹王又自鹿蹄山至良余山,导余水北注于河,导乳水东南注于洛,导蛊尾山龙余之水注于洛,升山黄酸之水北注于河。凡十六山二千九百八十二里。至升山冢,祀升山神,礼用太牢,婴用吉玉,祀首山魈神。禹王曰:'此魈神十六山之总神也。'祠用稌黑,牺太牢。又用蘖作醴酒,令人舞干盾击鼓,婴用一璧玉,祠尸水,曰:'此天神所凭,以肥牲祀之。'用一黑犬于上,用一雌鸡于下,刲一牝羊献血,婴用吉玉。又加绘彩之饰享之中。"其当出自《山海经·中山经》所记"又东十里,曰良余之山,其上多榖、柞,无石。余水出于其阴,而北流注于河。乳水出于其阳,而东南流注于洛"等内容。

《有夏志传》记:"次平逢之山,南望伊、洛,东望谷城。有一神最毒恶,生得如人,有两头,名骄虫,是螫虫之长,他的山洞是群蜂之庐。他知禹王至也,要来索供献。率了那螫蜂、蜻蜓各样草虫,成了精的,变作小儿,百数十只,皆手持长枪,拦住去路。禹强、唐辰先行,众小妖道:'慢来!慢来!'禹强看了,道:'好笑!干净都是小儿怪,长不满二尺五寸,重不满八九来斤。'乱刺乱打将来。禹强、唐辰大吼一声,舞刀砍去。小鬼惊慌,各把身一抖,现出本像,飞将起去。须臾间,一变十,十变百,百变千,千变万,都变成无穷之虫。"其当出自《山海经·中山经》所记"缟羝山之首,曰平逢之山,南望伊、洛,东望谷城之山。无草木,无水,多沙石。有神焉,其状如人而二首,名曰骄虫,是为螫虫,实惟蜂、蜜之庐。其祠之:用一雄鸡,禳而勿杀"等内容。

《有夏志传》记"禹王当时治水南山,始经自鹊山。鹊山首曰招摇,临于西海之上,在西蜀伏山,山南之西头,滨西海也。山上多桂,多金玉,有草如韭而青花。禹王命众采之,曰:'此祝余也,食之不饥。'丽麈之水出其中,而流注于海。又东三百里,堂庭之山,多白猿,多水精,多黄金。禹王大众夜宿山头,三更时分,但听得深林内有物呼鸣,好生凄惨。大众侧耳,远,但闻那:咿咿呜呜,满耳闻来非干竹;楚楚凄凄,悲音远聆,出于肉雨有何思?抱此疢怀鸣涧谷。我则忧煎,同彼謷謷愁经宿,莫是神嚎,莫是鬼哭。苍颉制字空碌碌,莫是规声,莫是鸩鹏。望帝化血曾衄衄,岂与金戈铁马同铿?北那秋声朔风更萧。众人闻之,不觉泪下。禹王心知众军人听此凄清之声,自然思乡起来,用力便懈怠了";其记"又东三百八十里,至猿翼山。山中多怪兽,水中多怪鱼,多白玉,多蝮虫。蝮出,色如绶文,鼻上有针,大者百余斤。又多怪蛇,多怪木。人见此,多不敢上山。禹王曰:'此山虽多怪,只怪蛇能毒人。'命宋无忌遇有深草藏蛇处,吐火烧之,怪蛇躲入穴了。于是禺强、唐辰二人入山得怪兽;江婔、江妃二人没水得怪鱼";其记"又东三百七十里,杻阳山,有兽生得如马,白头虎文,其音如人歌声。众人入山,都道:'这个荒山幽径,并无人烟,如何有人在山中唱,曲有多道,莫不是砍柴樵子,在那里唱山歌?'禹王听得,曰:'此鹿蜀兽也。佩其皮毛,宜子孙。'又东三百里至柢山,又西百里至亶爰山。这两个山多水,无草木。如何无草木?草木皆自尧时洪水浸坏,别山的水多退去,就干了。惟这两山多凹,水虽退,不尽退,所以无草木。有处没水,又极崇峭,人行走不上。禹王治水,有水处乘舟,陆地上乘车,泥淤处乘楯,高山处乘檋。两山凹凹凸凸,若有水可乘舟处,不半里,却又撞着高山;有山堪乘檋处,不半里,却又撞着泥途,也好受它气,禹王只得因高就低开通它"等,林林总总,均出自《山海经》的《山经》。"鹊山"与"西海",出自《山海经·南山经》所记"《南山经》之首,曰鹊山。其首曰招摇之山,临于西海之上,多桂,多金玉。有草焉,其状如韭而青华,其名曰祝余,食之不饥。有木焉,其状如榖而黑理,其华四照,其名曰迷榖,佩之不迷。有兽焉,其状如禹而白耳,伏行人走,其名曰狌狌,食之善走。丽麐之水出焉,而西流注于海,其中多育沛,佩之无瘕疾"。"蝮虫"出自《山海经·南山经》所记"又东三百八十里,曰猿翼之山,其中多怪兽;水多怪鱼,多白玉;多蝮虫,多怪蛇,多怪木,不可以上"。"杻阳之山"出自《山海经·南山经》所记"又东三百七十里,曰杻阳之山。其阳多赤金,其阴多白金。有兽焉,其状如马而白首,其文如虎而赤尾,其音如谣,其名曰鹿蜀,佩之宜子孙。怪水出焉,而东流注于宪翼之水。其中多玄龟,其状如龟而鸟首虺尾,其名曰旋龟,其音如判木,佩之不聋,可以为底"。其他如《有夏志传》所记"自招摇山至箕尾山,凡十山二千九百五十里。其神生得皆鸟身而龙首""自柜山至漆吴之山,凡十七山,七千二百里,其神皆龙身而鸟首"等等,各山之间,众神林立,成为大禹治水的伙伴。

神话环境是神话叙事、叙说的重要条件,也是神话传说故事的重要组成部分。《有夏志传》所记述大禹所到之处,并非实指,而是借题发挥,别有一番含义。如其记:"又大荒之中,有青水出于昆仑,而尽于殁涂山上。又有云雨山,山有木,名栾,生赤石中。禹王命众槎伐赤石上林木,搭栈使用。顷刻间,赤石上又生起那栾木来。众人回报伐木之事,禹王曰:此木黄本赤枝青叶,其树花实,皆为神药。群帝皆药于此,盖此山精灵,故能复变生矣!此治水南山之大概也。"其出自《山海经·大荒南经》所记"有云雨之山,有木名曰栾。禹攻云雨,有赤石焉生栾,黄本,赤枝,青叶,群帝焉取药";其所云昆仑,出处更繁。如《山海经·大荒西经》所记"西海之南,流沙之滨,赤水之后,黑水之前,有大山名曰昆仑之丘",如《山海经·海内西经》所记"海内昆仑之虚在西北,帝之下都。昆仑之虚,方八百里,高万仞"等。昆仑是神仙世界,与大禹治水神话传说故事相伴,更加瑰丽。《有夏志传》记述大禹来到玉山,见到西王母,曰:"禹王又西三百七十里至乐游山,桃水出其中,西流注于稷泽。又西四百里,水行用舟,至流沙。二百里陆途至嬴母山,神名长乘主之,此神乃九气之所生,生得形如人而豹尾。又西三百五十里至玉山,西王母所居,山上多玉石,故名玉山。其山河无险,四彻中绳,寡草木,无鸟兽。西王母生得形如人貌,后生豹尾,口生虎齿,而善啸,乐蓬头发戴玉,胜主天灾厉之事、五形残杀之气。舜初摄位,西王母遣使献玉环。至是,禹王至玉山,西王母遣使于群玉山头,迎禹王。禹王执玄圭、白璧与西王母相见。西王母觞禹王于瑶池之上。禹王于是献锦组百纯,西王母再拜,收之,取玉石版二乘,以答禹王。禹王辞西王母而行,西王母迎送禹王曰:'白云在天,山陵自出。道路悠远,山川间之。将子无死,尚能复来。'禹王答之曰:'子还东土,和理诸夏。万民均平,吾顾见汝。'于是西王母乘白云,禹乘轿车,同游于正西玄圃之堂,昆仑之宫。禹王看其一角,积金为天墉城。城面四方千里,城上安金台五所、玉楼十二所。其北户山,承沔山,又有墉城、玉楼,相鲜如流精之阙光。碧玉之堂、琼华之室。紫翠丹房,锦云烛日,朱霞九光,皆有仙女主之。西王母曰:'此子之所治也。'游毕,禹王曰:'寸阴须惜也。'别西王母而回。又西七百里至积石之山,山下有石门,河水行塞外,东入塞内,山东河所入也。又西二百里长留山,黄帝子少昊、金天氏、帝挚为此山之神。又西五百里,至符畅山,但见山头:风不飘兮,雨则陵;雨不霖兮,风则狞。猛疾刚洌怨箕伯,愁不开明叹玄冥。"此更显扑朔迷离,映衬出大禹治水事业的无比辉煌。

《有夏志传》有意识将《山海经》中山川河流、草木鱼虫等内容纳入大禹治水的神话叙说体系,营造出充满神奇意味的神话环境,衬托、铺垫出大禹治水的豪迈壮举。此可以看作中国古代神话诗学、中国古代神话美学,是中国古代神话艺术的重要体现。

总之,明代社会的神权思潮弥漫整个社会,形成民间信仰的多元化局面,影响到社会风俗生活的构成。其叙说神话传说故事,努力将神话传说的环境、人物和故事进行修复,构成神话的复活。这是中国民间文学发展史上尤为特殊的一页。

第三章
最后一声叹息:清代民间文学

明帝国伴随着明末农民起义的烈火,终于寿终正寝了,而历史并没有因此进入一个全新的时代,清王朝入主中原,仍然将封建专制的枷锁套在汉民族的头上,只是他们没有像元代有些人所提出的那样,尽杀汉人而使中原大地变成牧场[1]。他们吸取了历史的教训,有效地改造了儒教、佛教、道教和基督教,以及民间宗教与民间世俗生活,一定程度上调和了社会矛盾。但是,明王朝灭亡就注定了封建专制的败落,启蒙思潮在黄宗羲、王夫之等人的努力呐喊下渐渐崛起,无论清王朝的统治者如何抱残守缺,启蒙的大潮还是汹涌澎湃,从太平天国起义、捻军起义、鸦片战争到辛亥革命,中国封建专制政治的大厦支撑了两千年后终于坍塌了!新世纪的太阳伴随着科学和民主的思想喷薄而出,什么力量都不能挡住她的光芒。

清代的民间文学,成为整个封建专制时代的挽歌;封建专制的幽灵虽然还曾猖獗一时,但最终它只有一声叹息!

宋明理学曾经长期充当封建专制的思想文化的基础理论,在其创构时,就已经融合了佛教和道教的一些思想内容,将儒学与宗教思想、世俗思想结合在一起;清代统治者同样选择了它,将它渗透进社会思想文化的各个方面。清王朝实行文字狱,对思想文化进行残酷扼杀,曾出现著名的乾嘉

---

[1] 参见《元史·耶律楚材传》。

学派,以义理、辞章、考据来回避现实;而另一方面,清王朝统治者又实行封建神学与理学的结合,倡导佛教,愚弄人民。他们组织大批人力物力,整理和刊行佛教文献。诸如对《龙藏》的整理,对《造像量度经》的翻译,更有甚者,据《大清令典》卷十五《礼部方伎》统计,康熙时全国曾经有七万九千多处寺庙,有十一万八千九百多名僧尼。中外神学相勾结,制造新的神学,如梁发所著《劝世良言》鼓吹安贫乐道,称"贫穷者虽瓮餐不给,亦有余欢"。正如熊钟陵在《无何集》的"跋"中所述,"吾国数千年来,仙鬼灵怪,妖妄祸福,深中人心,牢不可拔","上有好者,下尤甚焉"。《清世祖实录》鼓吹顺治皇帝应天命而成"统一天下之主",称其母"孝庄文皇后梦神抱一子授之",这和刘邦辈制造刘邦之母与龙交的谰言是一样的货色。顺治是第一个入关的皇帝,自然被他们用神学包装打扮,涂脂抹粉。从《清史稿》中,我们可以看到清廷大肆封神建坛,广设庙宇,在府、州、县各级政权辖治处,都配有相等级别的神庙;《天文大成管窥辑要》《地理大成》之类鼓吹神学的世俗性典籍也广为流行,民间"一切寻常日用之事皆有宜忌"(《无何集》卷七)。社会上到处乌烟瘴气,牛鬼蛇神为统治者作虐作祟,这些都必然影响到民间文学的内容。虽然清代曾出现张履祥的《补农书》、梅文鼎的《历算全书》、叶天士的《伤寒论》《瘟热论》、王清任的《医林改错》和方以智的《物理小识》等科学著作,也出现了一批无神论思想家,但他们势单力薄,并不能从根本上改变这种局势。当然,社会的进步与发展是任何力量都抵挡不住的,启蒙思潮与时新的进步思想一起酿就的新思想、新潮流,最终还是激扬新风,迎来了新的时代;而这些太漫长,太艰难,太曲折了。

清代民间文学除了传统的民间文学形式外,还出现了弹词、鼓词、道情等新的民间文艺,民间叙事诗更加旺盛,少数民族中的民间文学被记述于文献者也更多。尤其是清代的文人笔记,如纪昀的《阅微草堂笔记》等著作中,保存了大量的民间传说和民间故事;这一时期还出现了蒲松龄的小说《聊斋志异》,记述了许多作家视野中的民间故事。其他还有李调元的《粤风》对民间歌谣的搜集整理,以及大量的方志、风俗志,尤其是县志的修撰,保存了大量的民间歌谣。这些都是清代民间文学的新气象。从这些民间作品的具体内容中,可以看到清代民间文学对旧时代的告别和它对新时代的召唤。

第一节 民间歌谣和谚语

清代的民间歌谣和谚语是对清代社会时代风云的记录,也是对我们民族从古典向现代转型时期心灵历程的记录。诸如乾隆时期北京"永魁斋"的《时尚南北雅调万花小曲》,颜自德编、王廷绍订的《霓裳续谱》,华广生编的《白雪遗音》,李调元的《粤风》和《粤东笔记》中对民歌的记述与研究,招子庸的《粤讴》,范寅的《越谚》,杜文澜的《古谣谚》,以及《天籁集》《广天籁集》和《北京儿歌》等,有关典籍比比皆是,在各种笔记、史籍与方志中,特别是县志材料中所记民间歌谣与谚语尤其多。清代这种单纯而系统地搜集整理民间歌谣的现象,以往的各个历史时期是无法比拟的。杜文澜的《古谣谚》[1]广泛钩沉、整理清代之前各种文献中保存的歌谣和谚语,十分详细,是一部难得的歌谣、谚语史料集成。它为我们研究古代歌谣和谚语的发展,起到了勾勒线索的重要作用。特别是其中的"凡例"等处,展现出颇有见地的民间歌谣谚语观,是难得的民间文艺学思想史料。

一、民间情歌

有学者考,清代最早的民间歌谣集,是乾隆九年(1744)由"京都永魁斋"梓行的《时尚南北雅调万花小曲》[2],其中存《小曲》三十六首,《劈破玉》

---

[1] 今存咸丰十一年"曼陀罗华阁丛书本"及光绪十八年"扫叶山房本",1983年中华书局重印。
[2] 郑振铎:《中国俗文学史》下册,作家出版社1954年版,第410页。

五十三首,《鼓儿天·五更》一套,《吴歌·五更》一套,另有《银纽丝·五更十二月》《玉娥郎·四季十二月》《金纽丝·四大景》《十和谐》三十首、《醉太平·大风流》《黄莺儿·风花雪月》《两头忙·恨媒人》等。这些作品中,爱情民歌占据主要位置,表现出清代社会的民间情爱观念。如《小曲》中的民歌:

> 小亲人儿心上爱,
> 爱只爱情性乖。
>
> 因此上恹恹病儿牵缠害,
> 一见你魂灵儿飞在云霄外。
> 一刻儿不见你放不下怀,
> 要不想,
> 除非你在俺不在。
> ……
> 我为你招人怨,
> 我为你病恹恹,
> 我为你清减了桃花面,
> 我为你茶饭上不得周全,
> 我为你盼望佳期把眼望穿。
> 亲人若团圆净手焚香答谢天,
> 怎能勾手挽手儿同还愿。

在这部民歌集中,情爱与性爱成为咏唱的主题,尤其是其中的《十和谐》,纯粹是性爱的具体描述,妓的成分充斥其中,相当于后世的《十八摸》。这类民歌的记述还具有商业炒作的色彩,如"永魁斋"所题"此集小曲数种,尽皆合时,出自各家规式,本坊不惜重金,镌梓以供消闲清赏"。清代社会承袭了明代的娼妓歌唱艺术,这类民间歌曲被"镌梓",而且坊间还"不惜重金",正因为它迎合了社会发展中市民求俗求淫的文化心态。其他曲调如《鼓儿天》《银纽丝》《金纽丝》,包括《两头忙》中的《恨媒人》,都具有此类内容。尤其是《恨媒人》,原题为《闺女思嫁》,其中有"艳阳天,桃花似锦柳如烟。见画梁双双燕,女孩儿泪涟。奴家十八正青年,恨爹娘不与奴家成姻眷"等语,结尾又唱"女爱男来男爱女,男女当厮配。女爱男俊俏,男爱女标致,他二人风情真个美",中间把媒婆说嫁到沐浴、梳头、饮交杯酒,即婚俗的全部过程都展现出来,与情爱内容相融合。在民间流行的《出嫁歌》《骂媒人》等民歌,在内容与曲调上都与之类似。

颜自德辑、王廷绍订的《霓裳续谱》刊于乾隆末年,存547首民间歌谣,其中杂曲有333首;其中保存的曲式诸如《剪靛花》《岔曲》《马头调》《秧歌》《莲花落》《隶津调》《北河调》等,至今还在民间传唱着。如《剪靛花》记述道:

二月春光实可夸,
满园里开放碧桃花,
鸟儿叫喳喳,
鸟儿叫喳喳。

这种曲调在民国初年的豫西地区还流行,有青年学者曾在《歌谣周刊》上做过介绍,其调式在豫剧的"豫西调"中还具体运用着。再如《岔曲》中有"正"有"白",以及"正白""小白""小唱""正下"和"唱"等句式,与河南、陕西一带民间庙会上流行的《打岔(钗)》极相似。《秧歌》在民间娱乐中更为常用,主要分布在北方,这种曲调具有综合性,常融入其他民间歌曲,如《小放牛》和《十二月花调》等,相互间有唱有答,内容多为情爱题材。

《霓裳续谱》所选《正月里梅花香》与今天所流行的《秧歌调》相同,笔者在田野作业中就亲耳听到过相同的内容。此篇先唱"西厢记",后唱"蔡伯喈"("琵琶记"),接着唱"梁山伯与祝英台",以及"陈妙常""梁鸿传""王昭君""李三娘""翠眉娘""杨贵妃""浣纱记""王祥卧冰"等,堪称民间传说故事的大荟萃。这首民歌在我国民间文学史上属经典之作,如其所唱:

> 正月里,梅花香,
> 张生斟酒跪红娘。
> 央烦姐姐传书信,
> 快请莺莺会西厢。
> 二月里,杏花开,
> 五娘煎药为谁来,
> 剪发又把公婆葬,
> 身背琵琶找伯喈。
> 三月里,桃花开,
> 山伯去访祝英台。
> 杭州读书整三载,
> 不知他是个女裙钗。
> 四月里,芍药香,
> 必正偷诗陈妙常。
> 你贫我爱恩情好,
> 二人哭别在秋江。
> 五月里,石榴红,
> 孟光贤德配梁鸿,
> 夫妻相敬人间少,

举案齐眉礼貌恭。
六月里,赏荷花,
昭君马上弹琵琶。
心中恼恨毛延寿,
出塞和番离了家。
七月里,秋海棠,
李氏三娘在磨房。
狠心哥嫂无仁义,
刘郎一去不还乡。
八月里,桂花香,
玉郎追赶翠眉娘。
难割难舍多恩爱,
几时才得会鸳鸯。
九月里,菊花黄,
杨妃醉酒在牙床。
眠思梦想风流事,
只为情人安禄山。
十月里,款冬花,
越国西施去浣纱。
花容月貌人间少,
送与吴王享荣华。
十一月,水仙香,
为母卧冰是王祥。
好心感动天和地,
得尾活鱼奉亲娘。
十二月,腊梅多,

日红割股孝公婆。
葵花井下将身葬,
书房托梦与夫郎。
月月开花朵朵鲜,
多少古人在里边。
一年四季十二个月,
五谷丰登太平年。

其中,不同月份的民间传说故事,月令与人物活动相应,共同展现具体的社会风俗生活。这是中国民间文学以农耕生活为主体的叙事方式与情感表达模式。民歌成为历史见证,以优美的旋律与节奏形成具有中华民族历史文化特色的审美传统。这种审美传统深刻影响到后世,从民间歌曲的文学生活属性中不断彰显出丰富、生动、博大、尖锐而深刻等思想文化特征。或曰,每一首民间歌曲的演唱,其实都是演唱者主演的一台晚会、一场大戏,其中融入了四面八方的风风雨雨,也融入了东西南北中五方世界的艺术。如同集中所录《秧歌》中的《凤阳》,以"凤阳鼓,凤阳锣,凤阳姐儿们唱秧歌"开头,是中原地区流传的《凤阳花鼓调》的重要原型。

《霓裳续谱》中所存《西调》计214首,语气为江南民歌,内容也多是表达思念之情的。

华广生所编《白雪遗音》刊印于道光八年,内存四卷,收有《马头调》《岭头调》《银纽丝》《岔曲》《湖广调》《九连环》《剪靛花》《八角鼓》《起字呀呀哟》《小郎儿》《七香车》《南词》等曲调。其中所保存民歌在地域上以济南民歌为主,因为华广生本人居于济南,但也"兼收南北诸调"。这些民歌以市井生活为主要内容,有表现男女思念之情的,如《马头调》中的《露水珠》《鱼儿跳》等,有表现各种知识教育和训导的,如《岔曲》中的《两亲家顶嘴》等。这些民歌的原始意义很突出,如《起字呀呀哟》,我以为这是四川民歌《一枝梅》的原型。由于华广生等人多居于商业都市,耳濡目染的多是市井之声,这种背景也影响了民歌搜集的全面性、广泛性。如《白雪遗音》中所载《为何闰月不闰夜》唱道:"喜只喜的今宵夜,怕只怕的明日离别。离别后,相逢不知哪一夜?听了听,鼓打三更交半夜,月照纱窗,影儿西斜,恨不能双手托住天边月。怨老天,为何闰月不闰夜?"这首歌谣表现的仍是市井中歌妓爱唱的内容,其词句虽然生动,但只限于市井生活。

在民歌的曲调、内容及其分布地域上最有典型性的民歌集,当数李调元所辑的《粤风》。《粤风》共四卷,其形成当受在此之前吴淇等人所编《粤风续九》[1]的影响。这是我国民间文学史上第一部具有明确的地域意识,而且收集类型齐备的地区性民间歌谣集,其第一卷主要辑录的是广东地区汉族间流传的民间歌谣,计53首;第二卷主要是瑶族民间歌谣,计23首;第三卷是俍(苗)族民间歌谣,计29首;第四卷是壮民间歌谣,计8首。原在吴淇等人所辑《粤风续九》中,还能见到"邓娘同行江边路,却滴江水上娘身。滴水上身娘未怪,表凭江水作媒人"。李调元保存了《粤风续九》中的一些民歌,更多地记述了当世所流行的民歌,如其卷一中所记《离身》:

远处唱歌没有离,
近处唱歌离一身。
愿兄为水妹为土,
和来捏作一个人。

多少年后,《西南采风录》的编者刘兆吉等人又采集到与此基本相同的一首歌谣。《粤风》卷一中基本上都是情歌,如《妹相思》:

---

[1] 此由吴淇、赵龙文、吴代、黄道四人合编,后失传,仅在王士祯《池北偶读》和陆次云《峒溪纤志余》等文献中有零星保存。李调元所编《粤风》,清《函海》本存。

> 妹相思,
> 妹有真心弟也知。
> 蜘蛛结网三江口,
> 水推不断是真丝。

这里的"真丝"即"真思",与民间竹枝词中常用的谐音、双关等表现方法相同。类似者还有"中间日头四边雨,记得有情人在心","一树石榴全着雨,谁怜粒粒泪珠红","天旱蜘蛛结夜网,想晴只在暗中丝","竹篙烧火长长炭,炭到明天半作灰"等。尤为重要的是其后三卷所记述的少数民族民间歌谣,这是我国少数民族民间文学史上的珍贵材料。如其卷二《瑶歌》中有记述清代广东刘三妹(刘三姐)传说的歌谣:

> 读书便是刘三妹,
> 唱价本是娘本身;
> 立价便立价雪世,
> 思着细衫思着价。

其注道:

"价"是歌,"立价"是造歌,刘三妹是造歌之人。"雪世"是传世。"细衫"指唱歌之人,义(意)同红裙。

其歌其注,在我国民间文学史上都是典范,不仅具有丰富的思想价值,而且具有十分重要的语言价值,其方言保存的意义更特殊。

李调元是一位杰出的民间文艺家,除编辑了《粤风》之外,还在其撰写的《蜀雅》和《罗江县志》中保存了丰富的民间文学资料,如著名的晋代民歌《豆子山》等。另外,在他所编的《尾蔗丛谈》和《新搜神记》中,还保存了许多直接采录于民间的传说和故事,其中也有一些少数民族中间流传的作品,如《产翁》《断肠草》等。李调元还曾删节屈大均的《广东新语》,编成《南越笔记》[1]一书,记述了大量民间文学作品,诸如《伏波神》《五羊石》和《罗旁瑶谣》等。在他编的《函海》丛书中,收录了历史上许多保存有民间文学内容的典籍文献;尤其是杨慎的《山海经补注》《风雅逸篇》《古今谣》《古今风谣》等,都保存在此丛书中。杨慎的《风雅逸篇》记述了许多古代歌谣,若不是李调元在《函海》中保存了它,恐怕早就佚失了,因为它在类书中仅存于此丛书,而不见于他处。

特别值得一提的是李调元的《粤东笔记》,其中记述了"粤俗好歌"的具体内容,是我们理解其《粤风》的重要参考材料。如其所记,"凡有吉庆,必唱歌以欢乐","以不露其题中一字,语多双关,而中有挂折者为佳"。"其歌也,辞不必全雅,平仄不必全叶,以俚言土语衬之","唱一句或延半刻,慢节长声,自回自复,不欲一往而尽","辞必极其艳,情必极其至"。其中还记述了"歌伯""坐堂歌""歌仔""汤水歌""山歌""輋(畲)歌""秧歌""踏月歌""月歌"等民歌演唱之类的民俗文化生活。尤为珍贵者是其所记"瑶俗最尚歌,男女杂遝(沓),一唱百和","其歌与民歌皆七言而不用韵,或三句或十余句,专以比兴为重"等内容,以及瑶族"以布刀写歌","壮歌与俍颇相类","其歌亦有竹枝歌,舞则以被覆首,为桃叶舞"。这些材料使我们清晰地看到那些少数民族民歌的具体存在环境,也是我国民间文学史不可忽视的内容。若仅仅从文献保存的文本内容来理解民间文学作品,常常会在许多方面束手无策。

清代民间情歌还散见于光绪间刻版的《四川山歌》《时兴呀呀呦》和

---

[1] 有学者解释,此为李调元保护屈大均的著作,屈大均因反清,其书被禁毁。见陈子艾《李调元及其民间文艺》,《民间文艺学文丛》,北京师范大学出版社1982年版。

《京都小曲钞》等文献中。诸如《四川山歌》中的"高高山上一树槐,手攀槐枝望郎来。娘问女儿望什么,我望槐花几时开"和"十八女儿九岁郎,晚上抱郎上牙床,不是公婆双双在,你做儿来我做娘"等,两首情歌一喜一忧。

如《时兴呀呀呦》中则是另一番情致:

思想着才郎,
恼恨着爹娘。
脚踹着花盆,
手扶着墙,
两眼不住的泪汪汪。
因为才郎挨了一趟打,
打的奴浑身上下茄样。
郎嗳!
能舍这皮肉不舍亲郎。

《京都小曲钞》中记述了类似"能舍这皮肉不舍亲郎"的情感:

冤家要去难留下,
满满斟上一杯茶。
这杯茶,留下冤家说句儿话:
既要去,就该留下知心话,
偷偷瞒瞒不是个常法。
倒不如瞒着爹妈,
逃走了罢;
瞒着爹妈,
逃走了罢!

清代民间情歌的流传与明代有着相似的意义,即通过情爱的诉说倾吐衷肠,宣泄胸中的积郁,在爱的热烈中表达对生活的热爱,在怨恨的愤懑中表达对以封建礼教为代表的种种腐朽顽固的社会力量的强烈不满、抨击、嘲讽与反抗。但清代民间情歌又颇不同于明代,它遭到了封建专制政治对民间文学的残酷扼杀。如《大清律例按语》卷二六《刑律杂犯》中,就明确把"鄙俚亵慢之词刊刻传播者"归为"照律科断"之类。但民间文学从来不畏惧邪恶,在邪恶势力面前常常勇敢地以"恶声"相反击,如《白雪遗音》等典籍照唱不误,照印不误。这也使我们想起了一首近世流传的民间情歌:"铁打链子九十九,哥拴脖子妹拴手;不怕官家王法大,出了衙门手扯手。"有人考证,此民歌即流行于清代的江南地区。类似此"恶声"者,还有《清稗类钞》中的"和珅跌倒,嘉庆吃饱","毕不管,福死要,陈到包"(讽刺两广总督毕沅、巡抚福宁和布政司陈淮"朋比为奸","广纳苞苴")等歌谣,更不用提那些表现太平军、义和团、捻军、小刀会、三合会等民间反抗力量的战斗歌谣,这些歌谣直指腐朽黑暗的清朝最高层统治者,为他们唱响了挽歌。诚如冯梦龙在《山歌序》中所说,"但有假诗文,无假山歌",民间文学从来不掩饰自己的情感,敢爱敢恨,是清代社会最真实、最可贵的文学之一。

二、民间儿童歌谣

清代民间儿童歌谣主要保存在郑旭旦编的《天籁集》、悟痴生编的《广天籁集》、清代抄本《北京儿歌》等民歌集中。此外,在一些方志和民俗志等文献中也保存了一些民间儿童歌谣。

当然,民间儿童歌谣是儿童所唱,其歌式与内容都必须与儿童的审美心理相适应。民间文化正是通过这种传唱,使儿童形成预习社会生活的重要效果。如《天籁集》中的《月亮光光》:

月亮光光,
女儿来望娘。
娘道心头肉,
爷道百花香。
哥哥道赔钱货,
嫂嫂道扰家王。
我又不吃哥哥饭,
我又不穿嫂嫂嫁时衣。
开娘箱,
着娘衣。
开米柜,
吃爷的!

这是在进行一种宗族秩序教育,表面看来是对哥嫂的冷漠表示不满,而事实上是对男女老少在家中的地位进行适当的安排,也即当今所称社会角色认定。又如《天籁集》中的《一株草》:

墙头上,
一株草,
风吹两边倒。
今日有客来,
啥子好?
鲫鱼好。
鲫鱼肚里紧愀愀。
为啥子不杀牛?
牛说道,

耕田犁地都是我；

为啥子不杀马？

马说道，

接官送官都是我；

为啥子不杀羊？

羊说道，

角儿弯弯朝北斗；

为啥子不杀狗？

狗说道，

看家守舍都是我；

为啥子不杀猪？

猪说道：

没得说。

没得说，

一把尖刀戳出血。

这里从鲫鱼待客，引出牛、马、羊、狗、猪诸种家畜的角色与职能，归之于"猪就是让人吃肉的"这种朴素的生活道理。

而在《天籁集》中的《大雪纷纷下》里，社会生活教育就更多了一些理性色彩，让儿童去感受和理解生活的艰辛：

大雪纷纷下，

柴米都涨价。

乌鸦满地飞，

板凳当柴烧，

吓得床儿怕。

如果说《月亮光光》还只是生活的启蒙,那么《大雪纷纷下》就是直面人生的教诲了。在这些儿歌中,"月亮"和"大雪"都是一种比兴,寓意中包含着民间百姓朴素的生活美学的熏陶。

《广天籁集》中保存了与《天籁集》相似的内容。如其中的《虫儿斗》:

虫儿斗,
雀儿飞,
飞到高山吃白米。
高山哪有白米吃,
虫儿钻窠雀儿急。

记述民间儿童歌谣最为丰富且最为明确者,在清代当数《北京儿歌》,它对民间儿童歌谣中的启蒙方式做了尤为系统的总结。如其中的《鼠歌》:

小耗子,
上灯台,
偷油吃,
下不来。
叫奶奶,
奶奶不来,
唧溜毂辘滚下来。

民间流传的《鼠歌》相当丰富而普遍,在内容上大致相同,形象地宣示了老鼠怕猫的物与物相克的生活道理。物物相生相克是我国文化发展中古老的物质变化联系观念,民间文化选择老鼠爬上高高的灯台去偷吃灯盏中的油,既包含着鼠崇拜观念,又给人以生动传神的审美环境设置,给儿童以深刻的印象。这使我想起民间广为流传的《鼠咬天开》《老鼠嫁女》等传说故事,鼠崇拜观念在我国民间文化史上有着十分特殊的意义。在许多《鼠歌》中还加上一个"叫奶奶"的情节,给人以亲切、温馨的感觉;奶奶成为我国儿童的第一位老师,这正是民族文化的一个重要内容和鲜明特色。尊老观念作为一种道德教育,在历史文化生活中不断被强化,从而形成人伦美学的陶冶,这是我国民间文学史上应该重视的内容。

儿童教育作为民间文化中不自觉的素质教育沿袭了无数的岁月,从而也形成了我国民族素质教育传统的基本内容。"从小看大",这是最形象而典型的注释。在民间儿童歌谣的启蒙和教诲中,我们可以看到婚姻生活的内容在其中不断出现,具有更为特殊的意义。如《北京儿歌》中的《小女婿》:

> 有个大姐整十七,
> 过了四年二十一。
> 寻个丈夫才十岁,
> 她比丈夫大十一。
> 一天井台去打水,
> 一头高来一头低。
> 不看公婆待我好,
> 把你推到井里去。

这是一首对不平等婚姻制度表示不满的歌谣,通过大媳妇与小女婿年岁上的差别,真实地记述了女性在婚姻生活中无法自主的角色与地位,这正是我国妇女生活史上的典型内容。

又如《北京儿歌》中的《花喜雀》:

花喜雀（鹊），

尾巴长，

娶了媳妇不要娘。

妈妈要吃窝儿薄脆，

没有闲钱补笊篱。

媳妇儿要吃梨，

备上驴，

去赶集。

买了梨，

打了皮，

媳妇儿媳妇儿你吃梨！

这是一首劝诫歌谣，意在让儿童从小就明白不要只顾及媳妇而忘记娘，这是很典型的道德传承教育。即以"花喜雀"为代表的被述主角要面临两种生活选择，或为娘亲而不再以"没有闲钱补笊篱"来开脱生活的责任，或者只顾疼爱媳妇而丢弃应具有的道德即暗含的报恩。在民间文化中，哺乳类动物更多地受到美化，出现了许多此类动物的报恩型传说故事，而飞禽类动物则较多地受到相对的排斥或贬抑。如人们盛赞羊羔跪吮母乳，而斥飞禽为"扁毛"即无义。亲情接触与回报作为一种社会关怀和历史文化主题，在这首歌谣中的表现是非常典型的。

其他还有《北京儿歌》中所记述的《大脚大》，述说"大脚大，阴天下雨不害怕"，"大脚好，阴天下雨摔不倒"，其意在于对缠脚习俗的批判。这是清代民间儿童歌谣中尤有价值的内容，包含着对传统的封建礼教的指斥。这种意义上的熏陶，无疑是积极、进步的。

清代民间儿童歌谣的记述与保存，在一些民俗志和方志材料中也有所表现。如光绪时代，随着各种域外思潮的涌进，有许多人注意到对民间歌谣和谚语的记述,并选入方志等材料中。一些民间儿童歌谣的录入,使我们看到这类民歌在清代社会的流传状况。如清代光绪三年刻本《黄岩县志》中,保存了一些具有鲜明地方色彩的儿歌并有注释,使我们管窥到浙江黄岩地区清末社会民间文化之一斑。如其记录了"讴韶车,十八进士共一家""洋山青,出海精"和"灵龟落水,状元抹嘴"等童谣,并运用"旧志"(即明代万历年间刻本《黄岩县志》)和《临海水上记》等文献及当地的民间传说来进行阐释。这些歌谣有的在明代就已流传并记入文献,有的则至今还在流传,并被当代小说作家、影视艺术家所运用。如其所记"点点斑斑,斑过南山。南山北斗,鲇鲡张口。四十弓箭,羊毛被线。半边鼓,马蹄脚。驴蹄马蹄,斫只狗脚蹄",即与《明诗综》卷一百中所录明代民间儿童歌谣相似,只是个别词句略有出入,《明诗综》中记为"狸狸斑斑,跳过南山。南山北斗,猎回界口。界口北面,二十弓箭"。又如张艺谋导演的电影《摇啊摇,摇到外婆桥》,所用插曲即与电影同名的民间儿童歌谣,这在《黄岩县志》中也得到保存,歌词虽略有出入,曲调应该是一致的,即:

摇啊摇,
摇到蔡家桥。
蔡家桥里好人家,
四扇大门八朵花。
红绸鞋,
白脚纱,
好奶奶嫁与篱补缀。

考之江南地区的县志,此类"摇啊摇"为题的歌谣还有许多。当代作家和艺术家选择的相关题材异常生动,是民俗生活审美价值的典型体现;而追根溯源,我们可以看到这首歌谣悠远的历史。《黄岩县志》为我们提供了珍贵的清代末期歌谣的流传"文本"。这部县志的刻写本是在光绪三年出现的,可见这首歌谣的流传应远在此前。在这部县志中,我们还看到一首将黄岩地区主要物产用歌谣串联起来进行具体描述的"民间文本":

燕燕飞,
上天天。
门关飞,
上山山。
头平好,
种菱菱;
出角好,
种粟粟;
抽芽好,
种茶茶;
结子好,
种柿柿。
乃乌摘个艳大姑,
摘个艳小姑。

这种歌谣的传唱,使儿童得到对农耕生活的感性认识。在我们理解素质教育时,常片面强调艺术素质,而从中我们可以看到,民间百姓所关注的,更多的是生产技术这种能力素质的提高。在我国古代民间文学史上,这类民间歌谣的价值,远远高于那些从小就让孩子利欲熏心、以剥削他人为荣的贵族童谣。令人不满的是,当代歌谣背弃了这种热爱家乡、热爱劳动的优良传统,历史上贵族歌谣之类的糟粕却大放异彩,这绝不是社会的进步!

在《黄岩县志》(光绪三年刻本)中,详细记述和保存了一首具有时政意义的民间儿童歌谣：

> 没有粥，
> 只吃汤。
> 没有米，
> 只吃糠。
> 弗要慌，
> 弗要忙，
> 肚颟到西王。

并不是所有的歌谣都能够使人一目了然，因某些地域性特征会显示出极其强烈的个性。尤其是方言、方音，与历史文化发展中形成的地方性知识系统，需要知情者注释说明，他者才能接受。

如此歌谣的记述者对"颟"字注释为"呼绀切，不饱貌，俗转入声"，对"西王"注释为"乾隆初，里人王鸣旦好施，常饭饥民，故童谣云然"。这种注释方式是很有意义的，它使我们看到民间歌谣在方志记述中的原始记录，尤其是对地方语言、语音、语义的保存，使之成为语言学、历史学、民间文艺学（传说学）等学科的珍贵资料。

清代是我国方志修撰的繁盛时代，方志中对民间儿童歌谣的记述与保存还有许多。这里不太多举例，仅以光绪三年刻本《黄岩县志》作为一个典型。这些民间儿童歌谣被记述与保存，除了受传入国内的域外新史学等观念的影响之外，关注民间儿童歌谣，也是清代学者对我国史志修撰传统的发扬。如，我国先秦时代就有民歌采集行为，秦汉时代还设置了乐府；在《汉书》等史籍中列有《五行志》，许多史学家把历史上的童谣或作为真实而典型的史料，或作为谶纬之谣载入史册。这种行为无论其目的如何，在事实上为我们保存了极有价值的民间文学史料。其他还有一些歌谣，如"道光二十三,黄河飞上天,冲走太阳渡,捎上云锦滩",至今还在人们口头上保存着。这些歌谣的价值更为特殊。另外还有很多农民起义的歌谣,深入进行田野作业是当务之急。透过这几首歌谣,尤其是这些童谣,我们能具体而深切地感受到历史风云的急切变幻;若把我们的历史文化比作一条长河,这些歌谣当是其中绚丽的浪花。

三、方志文献中的民间歌谣与谚语

把歌谣和谚语作为史料录入地方史志,这是我国史学发展中的文化特色,也是我国民间文学史发展中的重要内容。在我国两千多个县中,几乎每一个县都至少有一种以上的地方志,有一些县的县志多达数种。迄今我们可以见到的县志,一般以明代万历时期的版本较为古老。如前面所举到的明代《黄岩县志》,存有"宁波天一阁藏明万历刻本"[1],其中记有"元日""立春""上元""清明""浴佛""端午""七夕""中元""中秋""重阳""冬至""除残""除夕"等岁时节日的民俗生活内容。"浴佛"日间,"人家采乌桐叶染饭青色"制成"乌饭""以相馈遗";在"上元"日,"人家张灯、鼓吹、燕火炮,神祠设花灯、鳌山,妇女竞出","或赛巧炫奇,因而斗哄,近以官府严禁,无敢哗者",颇具有特色。清光绪三年刻本《黄岩县志》更详细地记述了这些民俗生活,并引《姜志稿》《外书》等文献做记述说明即作具体内容的阐释;在阐释性文字中还常引用一些谚语作更形象的说明。如其记"五月十三日"中"少年争赴关庙焚香结义"条,以谚语"好则弟兄,弗好乱搭",说明"此风多酿斗殴之祸"。其中系统记述的民间谚语,按内容可分为两大类,即述说人与人之间各种关系的社会生活类谚语,专记农耕生产的农业生产类谚语,前者被概括为"俚谚",后者则称为"农谚"。

"俚谚"强调人生处事原则。有讲人应遵守信用的,像"君子一言,快马

---

[1] 上海古籍书店 1963 年影印出版。

一鞭","一言既出,驷马难追";讲应慎重待人处事的,像"宁添一斗,莫添一口","忍一忍,吃不尽","若要好,大叫小","送人送上岸,送佛送到殿","见说道是,见哭道死","来者不呆,呆者不来","砟高碥树,砟低碥地","隔墙抛箕,仰仆不知","人往高走,水往低流","弗买弗卖,三代分败","三代眷亲,世代族人","天不生无禄之人","话不投机半句多","懒狗好掉尾,懒人好张嘴","屋宽不若心宽","赌钱吃酒量家当","人无千年好,花无百日红","君子不夺人所好","得人钱财,与人消灾","君子爱财,取之有道","喷拳弗打笑脸","相骂无好言,相打无好拳","气死弗可打官司,饿死弗可做盗贼","成人不自在,自在不成人","娘饭香,夫饭长,兄弟饭,莫思量","兄弟姊妹,各人自类","管顾弗勤,吵乱四邻","家中三件宝,滥田、丑妇、破棉袄","儿要亲生,田要亲耕","隔重肚皮隔重山","生儿防老,积谷防饥","远水不救近火","雪中送炭","路上只栽花,不可栽刺","日喂猫,夜喂狗","路遥知马力,日久见人心","人善得人欺,马善得人骑","闲事莫管,厨到三碗","吃食自家门风,相唤自家礼仪","轻人自轻自,重人自重自"等;讲勤俭节约与以农(即劳动)为本的,有"钱财八只脚,生世赶着","家有千金,不捺双芯","家有千金,不如薄技在身","吃弗穷,穿弗穷,算弗到,一世穷","种田钱,该万年;生意钱,六十年;衙门钱,一燧烟","千年田,八百主"等;讲教育子女与道德修养的,有"开卷有益","书中自有黄金屋","宰相须用读书人","一日为师,终身为父","读书百遍,其义自见","举头三尺有神明","住场好,不如肚肠好;坟地好,不如心地好","不受苦中苦,难为人上人","一岁肖狗,千岁肖狗","桑枝从小压","月里崽老不可竦,新娶老婆不可宠","工夫深,铁杖磨细针"等;讲事物之间运动变化的,有"年荒可过,儿小能大","差人面,转转变","十年水流东,十年水流西","斧头吃凿,凿吃树"等;还有一些谚语具有占卜色彩,是生活道理在隐秘意义上的述说,如"猪来穷,狗来富,猫来拔直过"等。以上这些谚语体现出一定时代一定地域范围内民间百姓的各种观念,诸如人生观、价值观、道德观,包括他们的哲学观、审美观等，其中记述慎重待人处事的谚语占了最突出的成分，是民间生活观念的集中体现。在这些具体的生活观念中，我们非常清晰地看到传统生活经验的保存，节俭的消费观念、自私狭隘的自我保护观念与以道德为基本尺度的价值观念融合为一体，构成了民间文化作为民族思想资源与精神资源的主体的内核。

另一方面，《黄岩县志》中还保存了大量"农谚"，它们典型地体现出江浙地区农耕文化的基本特点，详细记述了阴晴雨雪旱涝等自然变化与农作物之间的联系，也表现了占卜等民间信仰观念。与一般方志材料不同的是，这里除了记述农谚，编撰者还广征博引，从《太平御览》《西溪丛话》《通俗编》和《太平志》等文献中，寻找能说明相同现象的材料。通常是先记述农谚的节气岁时和普遍性表现，然后分述从"正月"到"十二月"各个月份的农谚。前者如"杨桃无蘼，一岁三熟"，"冬雪要光，春雪要椿"，"雪等雪"，"斗风雷雨顺风抬"，"久晴逢戊雨，久雨逢庚晴"，"清明断雪，谷雨断霜"，"小满不满，芒种不管"，"夏至起西北，晒死摇筛竹"，"立秋发雾，晴到白露"，"秋雷仆仆，大水没屋"，"六月秋，赶紧收；七月秋，慢慢收"，"处暑若无雨，白露枉来霖"，"云护中秋月，雨打上元灯"，"十月雨连连，高山也是田"，"分了社，晚稻大头把；社了分，晚稻大株根"，"若要谷价平，四季甲子都要晴"等。在注释"乌猪争河"时，引用《太平御览》中黄子发的《相雨书》，述"天河中有云如浴猪豨，三日大雨，谓之黑猪过河"。在注释"乾星照湿地，落雨落弗泊"时，述为"弗泊，言速也。姚宽《西溪丛话》引谚云：'乾星照湿土，来日依旧雨'，与此谚合"。在注释"初三初四画眉月；十五十六两头红；十七八，婆下发；十八九，坐以守；二十长长，月上一更；二十一难算，月上更半；二十二三，月上山头中半担；二十五六，月上山头炊饭熟"，并引用《通俗编》和《太平志》中的谚语，论述道："（通俗编）杭州觇月出早迟谚云：'十七八，略搭搭；十八九，坐等守；二十亨亨，月上二更。'《太平志》云：'二十长长，月上一更；二十一难算，月上更半。月上山，潮到滩。月儿仰，水渐长;月儿侧,水无滴。'俱与黄(岩)俗稍异。今按,两头红者,日落月出也。婆下发者,妇将眠也。中半担者,半夜也。炊饭熟者,言与天明只差炊五斗黍时也。"后者则记述了各月谚语,如"正月谚云:三八晴,好年成"(所谓"三八",其述为"谓初八、十八、二十八三日也,或曰谓初三、初八");"二月谚云:未过惊蛰响雷鸣,一日落雨一日晴";"三月谚云:清明长长节,醉夏日中歇";"四月谚云:初二落雨塘底坼,初三落雨岩晒呱(谓主旱也);"五月谚云:吃过端午粽,寒衣远远送。二十分龙二十一鲎,拔了黄秧种绿豆(言分龙次日见虹,必旱也)";"六月谚云:六月着夹袄,堤岸好种稻(犹清和也)";"七月谚云:雨打秋头,二十日旱(言立秋前日忌雨也);雨打立秋,万物丰收(言立秋有雨,主岁熟也)。横河对焦坑,白米饭,冬瓜羹;横河对石柜,白米饭,红芽芋(是时早禾已获,瓜芋俱成,故云)";"八月谚云:白露花麦,寒露菜(花麦即荞麦)";"九月谚云:九月十三晴,钉靴挂断绳(俗以九月十三为钉靴生日。是日晴,主冬无雨)";"十月谚云:十月中,梳头吃饭当一工(言天日短也)";十一月谚云:"冬至月头,卖被买牛(言气暖也);冬至月中,日风夜风(言多风也);冬至月底,卖牛买被(言气寒也)。又云:西风头戴铁,弗是雨,便是雪(言时遇西风辄多雨雪也)";"十二月谚云:一日脱出膊,三日头冻缩。又云:二十四,掸蓬壅,二十五,赶长工(言佣者于此歇工也)"。从这些农谚中,可以感受到江浙农村的物产与物候,明显区别于包括中原地区在内的广大北方;江浙农民的勤劳和细致,在谚语中也得到了充分的展现。

从清光绪二十五年刻本的《上虞县志校续》引文中,可以看到该县还曾经有明代万历年间的县志,后又有清康熙十年刻本的县志等多种版本。光绪二十五年刻本的这部县志,用另一种形式保存了歌谣和谚语。如其引述《万历上虞县志》中的《海塘歌》:"水既润下,田彼海旁,瓯窭污邪,粳稌以穰,以食我于无疆。"它还引了《水利本末》中的"坏我陂,王仲巍,夺我食,使我饥。天高高,无所知,复陂谁,南渡时","王外郎,筑海塘,不要钱,呷粥汤","三年林县尹,蓄水甚有准。民田无旱涝,湖田划除尽"等,记述了不同时期的历史传说。还有一些谚语也具有此种意义,如"李树生黄瓜,千里无人",即记述"上虞值明嘉靖三十年李树生黄瓜,此后海上遂被倭寇之祸"。

其他地方史志还有许多的谚语类型的记述,此处我们可以选取我国不同地域有代表性的方志文献,窥一斑而知全豹,透视出我国各地民间谚语的地方性与典型性内容与特色。

如光绪二十八年刻本的《宁海县志》中,既有"乡曲谣谚",又有"岁时谚语"和"农家谚语""渔家谚语",总计有数百条,是清代县志中记述谚语数量较多的。

我们伟大的祖国地大物博,物产丰富,历史文化悠久而绚丽多彩,人民勤劳勇敢,这些内容在清代方志材料中被歌谣和谚语传唱出来。我们从《黄岩县志》和《上虞县志》中看到了南国景象,同样,从河南、山东、河北、山西、陕西等地的方志中,可以感受到北国风光。

如清嘉庆十五年刻本的《渑池县志》记述了春夏秋冬四季的民间谚语:

春分在社前,斗米值千钱;春分在社后,斗米换斗豆;
要得暖,椿头大似碗;
麦收当年槐(以槐花盛则麦熟也);
收谷不收谷,单看五月二十六(俗谓是日系谷生日,有雨则熟);
五月大,瓜果吃不下;五月小,瓜果吃不了;
有钱难买五月旱,六月连阴吃饱饭;
夏至有风三伏潦;
清早立了秋,后晌凉飕飕;
得了七月节,夜寒白日热;
八月十五云遮月,防备来年雪打灯;
重阳不雨看十三,十三不雨一冬干;

到了十月时,家家送寒衣;

今年下琉璃(霰结冰丝曰琉璃),明年吃稠哩……

《渑池县志》中记述了两首仪式歌谣,一首是"清明日煮面饲牛"的仪式歌,意为慰劳牛神,即"打一千,骂一万,落得清明一顿面";另一首是"以稼鸡鸣占秋丰歉"的仪式歌,即"夏前叫,没人要;夏后叫,连糠粜"。其所记《九九歌》是中原地区尤为典型的气候变化的记述:"一九二九不出手,三九四九凌上走;五九六九,沿河看柳;七九六十三,行人把衣宽;九九八十一,黄牛遍地犁。"其他还有"一年两头春,黄牛贵似金"和"四季不要甲子雨"等谚语。这些歌谣和谚语集中体现了仰韶文化发源地河南渑池地区民俗生活的地域性特征。

再者是清光绪九年刻本《孝义厅志》记述了陕西商洛地区民俗生活中的歌谣和谚语,展现出西北地区的民间文化典型。

其中的记述十分详细,诸如各个月份的时令谱系安排:

正月时令中的"新春十日,喜晴忌雨,一鸡,二犬,三猪,四羊,五牛,六马,七人,八谷,九油,十麦。谚云:新春十日晴,年丰乐太平;新春十日阴,谷米贵如金","立春前一日","喜晴厌雨","谚云:但得立春晴一日,农夫不用力耕田";

二月"初二日","喜晴忌雨。谚云:土神会雨淋,春荞不得成","二十日,喜阴雨,晴则反春。谚云:正月二十晴,果实熟成林;二月二十晴,树木重发生";

三月"新坟于春社前祀之,俗云:新坟不过社";

四月"初八日,乡民出钱演戏,作城隍会",有"除虫害"仪式歌:"佛生四月八,毛虫今日嫁;嫁在千里外,永世不归家";

五月"二十日"为"龙晒衣","喜晴,如雨,谓湿龙袍,主四十八日大旱。土著人喜二十六日雨,谚云:收秋不收秋,端看五月二十六";

六月"二十日,忌雨。谚云:六月二十雨一点,十处禾苗九处旱";

七月"立秋日忌雷。谚云:雷鼓立秋,五谷无收";

八月"八月八天晴,次年春早成";

九月"初一至初九日,忌南北方风",谚语记为"南秤北斗",即"吹南风主秤价高,吹北风主斗价贵";

十二月"一年忌正腊两头迎春。谚云:两春夹一冬,十个牛栏九个空。以两春牛多瘟也"等。

这些谚语表现了清代民间文学在西北地区的流传状况。当然,由于我国历史文化在各地区的发展并不均衡,民间文学在历史文献中的保存多集中在东南即江浙一带,相对而言,我国的西北和东北两个地区,包括青海、西藏在内,文献中保存的民间文学较少,但并不是在这些地区就没有丰富的民间文学作品在流传。

文献的记述只是反映民间文学在某一地区流传状况的一个方面,而且在这里我们主要是从方志记述民间文学的角度来谈这个问题;诸如今天我们所熟知的三大英雄史诗《格萨尔》《江格尔》《玛纳斯》,就主要分布在以上所提的西藏、青海、新疆、内蒙古、甘肃等地;其他还有西北地区的《花儿》《信天游》,东北地区的《秧歌》和东北各族人民间流传的丰富的民间文学,数不胜数。

清代民间歌谣和谚语除了方志中的保存外,在一些民俗笔记等文献中也有许多记述。如潘荣陛的《帝京岁时纪胜》,戴璐的《藤阴杂记》,富察敦崇的《燕京岁时记》,震钧的《天咫偶闻》,李光庭的《乡言解颐》,顾禄的《清嘉录》,李斗的《扬州画舫录》,徐珂的《清稗类钞》,翟灏的《通俗编》,景日昣的《说嵩》,以及无名氏《息县风土记》[1]等,都不同程度地记述了清代流传的民间歌谣和谚语等民间文学内容,它们也是不可忽视的重要材料。如李光

---

[1] 抄本,晚清著述,河南大学图书馆存。

庭在他的《乡言解颐》[1]"前言"中充满深情地说道:"追忆七十年间故乡之谣谚歌诵,耳熟能详者,此心甚惬然也。"(许多作者在笔记中与他一样,激动地述及自己亲身经历的民俗生活。)其卷一中"雨"条记述了"春雨贵如油","夏忌甲子雨"和"五月连阴六月旱,七月八月吃饱饭"等民间谚语,还记述了"下雨了,冒泡儿,老翁戴着草帽儿。下雨了,乱搭搭,小孩醒了吃妈妈"等儿童歌谣,还说明道:"京师谓乳为嗰嗰,乡人直谓之妈妈,天籁可听也。"此类记述既有具体的民间文学作品的流传背景,又有某些语句、字词的详细说明,使我们看到了一个活生生的民间文学典型。这同样是民间文学史不可缺少的一部分,具有特殊的文化生活史的价值。

在一些民间庙会的香火碑的碑文中,常常也保存着民间传说、民间谚语之类的民间文学文本。这同样是我们不可以忽视的内容。

第二节 清代民间长诗与少数民族歌谣集

在清代,我国民间文学的整体发展进入了一个新阶段,具有综合意义的民间长诗及少数民族歌谣集,在这个时期纷纷形成并出现,成为我国民间文学史上又一个繁盛阶段。

一、民间长诗

民间长诗包括民间叙事诗和民间抒情诗两大类,在内容上集中表现出对社会生活的描述、对爱情生活的咏叹,以及对民族历史的回顾等。民间长诗在我国秦汉时期就已经形成,诸如《孔雀东南飞》等经典之作,还有后来屡被改编的《木兰辞》(我以为《木兰辞》不能称为民间叙事诗,其中文人改编的成分太浓,而在魏晋南北朝时期或隋唐时期,民间还存在着另一种形

---

[1] 抄本,晚清著述,河南大学图书馆存。

式的《木兰歌》),都对后世民间长诗的发展产生重要的影响。明代已经出现了具有一定数量和一定规模的民间长诗,被冯梦龙等人记述并保存,诸如《挂技儿》中的《五更天》,《山歌》中的《灯笼》《老鼠》《睏勿着》《门神》《破骔帽歌》和《山人》等,以及《词林一枝》中的《罗江怨》,《玉谷调簧》中的《琵琶记》,其他还有《时尚闹五更哭皇天》等,真是繁花似锦,直接影响了清代民间长诗的形成和发展。清代的民间长诗迄今为止还没有得到很充分的整理,但目前发掘和整理出来的就已经相当可观了。诸如汉民族的《郭丁香》[1]和《双合莲》[2],以及长篇吴歌《江南十大民间叙事诗》[3]等;在少数民族中,民间长诗出现群体现象,如傣族的"三大悲剧长诗"《线秀》[4]《叶罕佐与冒弄养》[5]《娥并与桑洛》[6],壮族的"苦情三部曲"《达稳之歌》《达备之歌》《特华之歌》[7],傈僳族的"悲剧三部曲"《生产调》《逃婚调》《重逢调》[8],其他影响较大的民间长诗还有数十部,如纳西族的《游悲》[9](即《殉情调》),彝族的《我的幺表妹》[10],侗族的《珠郎娘美》[11],哈萨克族的《萨里哈与萨曼》[12],维吾尔族的《帕塔姆汗》[13],回族的《尕豆妹与马五哥》[14]等。这些民间长诗以不同的方式,表现出各族人民的智慧。

---

[1] 见《民间文学》1981 年第 10 期。

[2] 湖北人民出版社 1954 年 1 月版。

[3] 上海文艺出版社 1989 年版。

[4] 云南人民出版社 1964 年 1 月版。

[5] 见《山茶》1983 年第 1 期。

[6] 云南人民出版社 1978 年版。

[7] 见《壮族民间歌谣资料》1959 年版(内部资料),《民间文学》1964 年第 4 期。

[8] 云南人民出版社 1980 年版。

[9] 见《纳西族文学史》,四川民族出版社 1992 年版。

[10] 见《纳西族文学史》,四川民族出版社 1992 年版。

[11] 见《侗族民间文学史》,中央民族学院出版社 1992 年版。

[12] 见《中国少数民族文学》,湖南人民出版社 1983 年版。

[13] 见《维吾尔民间叙事长诗选》,新疆人民出版社 1983 年版。

[14] 见《中国民间长诗选》,上海文艺出版社 1980 年版。

汉族民间叙事诗《郭丁香》是一篇富有中原古典文化特色的优秀作品，集中体现了民间文学对传统道德的具体态度，塑造了在我国民间文学史上具有独特性格的郭丁香这一妇女形象。它是以传统的民间灶书形式传播的，而这种存在于民俗生活之中的民间长诗形态，正是各民族民间文学保存的普遍现象。《双合莲》原为打铁歌，也是保存在民俗生活中的。这是一首记述汉民族民间妇女郑秀英与民间文人胡三保爱情悲剧的优秀长诗，可与《郭丁香》共称为清代汉族民间叙事诗的双璧。但它们的流传却为一般文学史家所忽视，因为长期以来，我们的文学史基本上属于文献史。江南地区发现的《白杨村山歌》《五姑娘》《薛六郎》《魏二郎》《孟姜女》等"十大民间叙事诗"，保存了清代民间文学的重要内容，使我们看到清代社会汉民族中流传的民间长诗的群体存在状况。这些民间长诗的主要记述内容为普通百姓的爱情悲剧，是我国民间文学史上的又一类典型。

傣族的"三大悲剧"《线秀》《叶罕佐与冒弄养》和《娥并与桑洛》，都以男女主人公殉情为主要内容，傣族人民视之为转世"三世婚"，与汉族把《牛郎织女》《董永与七仙女》和《梁山伯与祝英台》称为转世婚的观念颇为相似。其中《娥并与桑洛》影响最大，该诗记述桑洛抗婚，离家出走，路遇娥并，二人真诚相爱，却遭到桑洛母亲的反对；娥并寻夫，为桑洛母亲所伤害，后来二人皆殉情而亡。这是对社会黑暗力量的血泪控诉，其中保存了丰富的清代傣族历史与文化的具体内容。壮族的"苦情三部曲"《达稳之歌》《达备之歌》《特华之歌》，同样是记述爱情悲剧的；达稳拒绝与穷表兄的婚姻，逃回家中，又被拒门外，后与人逃走，被抓回后受到更惨重的迫害；达备夫妇也是惨遭社会腐朽势力的迫害，"从此像孤雁各自失散分离"；特华"小小年纪就死了爹妈"，"没有土地也没有家产"，"穷得比鸡蛋还要光滑"，他与"可怜的小妹妹"相爱，"写呵写呵又写了一张"；作品运用"勒脚歌"的反复、回唱等形式痛说自己的遭遇与对恋人的思念。傈僳族的"悲剧三部曲"《逃婚调》《重逢调》《生产调》通过男女对唱等形式诉说青年人的爱情，在

《生产调》中充满理想,而在《逃婚调》和《重逢调》中则记述了有情人难成眷属的悲伤。尤其《重逢调》充满凄凉,他们咏唱着"江边的砂粒永远数不清,贫苦人的灾难永世说不完",咀嚼着"恒乍绷"[1]的传说,各自祝福未来。哈萨克族的《萨里哈与萨曼》是一部七百多行的爱情叙事诗,讲述了哈萨克民族在蒙古贵族压迫下,"黑骨头"即贫穷的牧民萨曼与"白骨头"即可汗女儿萨里哈相爱,因为贵贱之分酿成爱情悲剧;萨里哈纯洁、美丽、善良,为了真挚的爱情敢于冲破一切,当她与萨曼私奔被迫返回,不能与心爱的人结合时,毅然拔刀自刎,其形象尤为感人。维吾尔族的爱情长诗《帕塔姆汗》长达一千四百多行,记述库尔班与奴尔曼相爱,却被国王拆散,库尔班加入了帕塔姆汗的起义军,并在战斗中与帕塔姆汗结下深厚的感情,后却因为奴尔曼的出现,三人陷入感情的激烈冲突中;帕塔姆汗忍痛割舍自己的爱情,真诚祝贺库尔班与奴尔曼的重逢。这首长诗的内容奇特而感人,语句优美而热烈,在我国民间文学史上是少见的优秀之作。回族中流传的《尕豆妹与马五哥》记述了一对青年男女相爱,最后同被斩杀的故事。这是一首长篇"花儿",歌唱时语句自由明快、形象生动。故事从"烧茶做饭是巧手"的尕豆妹同"样样农活是能手"的马五哥相遇,"眉对眉来眼对眼"写起,两人"换记手"即定情之后,却遭到社会邪恶势力的迫害,被强行拆散,后两人冲破阻挠,杀死"西木",为此惹下官司,官府"金银早吃上"而"活罪判到死罪上","尕豆妹和马五哥实可怜,一同斩在了华林山"。这首长诗运用了多种民歌表现手法,如"人家女婿十七八,我配的女婿拳头大",即与清代《北京儿歌》《四川山歌》等民歌集中的《小女婿》相似。

此外,清代民间长诗还有苗族长篇民间叙事诗《张秀眉之歌》[2]和壮族

---

[1] 清代嘉庆时傈僳族起义领袖,反抗压迫,在云南维西等地仍然流传其传说故事,在民族中唱着"傈僳人永远不忘恒乍绷",表达对自由的向往。

[2] 贵州民族出版社1987年版。

民间历史叙事诗《中法战争史歌》[1]等,反映了清代以少数民族起义为原型的反压迫斗争。《张秀眉之歌》中的"二世再转来,转来杀官家",表达了苗族人民誓死抗争的决心。

二、少数民族歌谣集《盘王歌》

清代少数民族中的民间文学迅速发展,出现了集中保存民间歌谣的《盘王歌》抄本等现象。抄本的出现时间可能在清代咸丰九年[2],也可能更早,我们依据文献的记载,将它纳入清代民间文学史。有人统计,现存的《盘王歌》手抄本颇多,有"二十四段、三十二段和三十六段三种",其"歌词均在三千行以上"[3]。这是我国古代少数民族歌谣集的典型。

《盘王歌》是祭祀瑶族人民敬奉的远古大神盘瓠的仪式歌,主要流传在我国南部广东、广西、云南、湖南等地信奉盘王的瑶族群众中,东南亚国家瑶族聚居地也有流传。盘瓠神在我国古代典籍中早就出现,如汉代应劭在《风俗通义》中就曾提及,后来梁任昉在《述异记》中也提及。这里我们姑且不去辨识盘瓠与盘古的联系等问题,我们看到的是,在《盘王歌》中,集中展现了瑶族人民的古典歌谣;在这些歌谣中,保存了瑶族人民中间流传的各种神话传说、民间故事、民间情歌和劳动歌谣等民间文学内容。诸如表现神话传说内容的歌谣,有《盘王图歌》《伏羲小娘歌》《鲁班歌》和《请三娘出来游乐歌》等;表现生产劳动与爱情生活的歌谣,有《放猎狗》《雷公歌》《何物歌》《日落岗》《歌春》《歌花》《歌果》《歌茶》《歌酒》等;表现宗教和民俗生活等内容的歌谣,有《大碗酒歌》《付灵圣》《梅花曲》《请修山修路》和《彭祖歌》等。在这些歌谣中,瑶族人民的起源、发展和民间信仰等历史生活,得到了具体表现。尤其是《彭祖歌》等表现民间信仰的作品,应

---

[1] 马学良,梁庭望等:《中国少数民族文学史》,中央民族学院出版社1992年版,第504—506页。
[2] 见刘保元:《瑶族古典歌谣集成〈盘王歌〉管探》,《中央民族学院学报》1983年第3期。
[3] 见刘保元:《瑶族古典歌谣集成〈盘王歌〉管探》,《中央民族学院学报》1983年第3期。

该引起我们的重视,因为《盘王歌》的性质,在最原始的意义上是属于仪式歌,即"还盘王愿"的祭祀歌,民间称之为《盘王书》或《盘王大歌》,是民间唱本,其演唱目的在于娱神,让盘瓠这位瑶族传说中的大神高兴。人们在盘王面前设祭,跳盘王舞,唱娱神歌,这些娱神的歌谣被集中起来,才形成这部意义独特的古典歌谣集。那么,歌唱"好衣留给圣人着","煎盏清茶圣人饮","好双也报圣人连"的《付灵圣》,歌唱"愿得圣王来舍施",使"儿孙代代使银杯"的《梅花曲》,歌唱"安葬地龙深七尺,儿孙世代出官人"的《彭祖歌》,自然成为祭祀盘王的主要内容。

在瑶族人民的信仰中,《盘王歌》中那些古老的神话、传说和民间故事,就是真实发生在他们的历史和生活之中的,并不意味着虚构。如《盘王图歌》唱道:"大岭原是盘古骨,小岭原是盘古身;两眼变成日和月,牙齿变作金和银,头发化作草和木,才有鸟兽出山林;气化为风汗成雨,血成江河万年春。"这和《绎史》所引《五运历年纪》中称"首生盘古,垂死化身"是一致的,与任昉《述异记》中记"昔盘古氏之死也,头为四岳,目为日月,脂膏为江海,毛发为草木"亦相同。在《天下郡国利病书》和《粤西琐谈》中,也都记述了不同地区人民祭祀盘古的民俗生活。瑶族民间流传的盘古和盘瓠神话传说,是《盘王歌》形成的重要基础。这是神话传说意味着真实存在的历史这种民间信仰观念的又一典型表现。又如《盘王歌》中的《伏羲小娘》记述伏羲兄妹造人和遭遇洪水的神话,并把这种民族起源的神话传说也作为真实存在的历史。这里所记述的伏羲神话与古代文献有所不同,称"七日七夜洪水退,葫芦跌落昆仑山",伏羲"兄妹二人出葫(芦)心"后遇到乌龟,乌龟告诉他们由于洪水而世人皆死,"你俩兄妹结为婚","兄妹闻得如此语,刀砍乌龟烂成泥"。这与汉族民间流传的滚石(磨)成亲、验占成婚等内容形成鲜明对比;从李冗《独异志》等文献中,也可以看到伏羲神话在瑶族民间流传后所出现的这些差异。瑶族人民曾经有过艰辛而漫长的迁徙历史,《魏书·蛮僚传》和《隋书·地理志》《宋史·蛮夷列传》等文献中记述了这些内容;他们在迁徙过程中与中原地区的古典文化发生联系,这在《盘王歌》中也有表现。如汉族民间文学中的《鲁班传说》《梁山伯与祝英台》等被瑶族人民接受和改造,形成具有瑶族文化特色的《鲁班歌》和《请三娘出来游乐歌》。在《鲁班歌》中,鲁班这位民间传说中的匠人祖师是"静江府"人,"教得广西个个精",他是"铁匠""木匠""银匠""裁缝""泥水(匠)"的祖师神,"千般都是鲁班教,若无鲁班都不成"。在《请三娘出来游乐歌》中,记述"山伯无计吞药死,葬在大州大路边","英台出嫁大路上,山伯摄入里头眠"。《梁山伯与祝英台》的基本情节在这里得到保存,增添了"生时同坐死共枕,死入阴州共欢言"的结局,最后变成"一对鸳鸯飞上天",融入了瑶族人民的信仰观念及生活内容。

《盘王歌》中表现瑶族人民生产劳动及爱情生活的歌谣,更富有地方特色和民族特色。如《放猎狗》中对"湖南江口立横枪","打到皮穿正放娘"的狩猎生活作了描述;《雷公歌》则记述了一年十二月间每个月的劳动情况,从"正月雷公唤"到"耙田撒谷子","芒种插禾秧","泼田水","十月收禾谷满仓","十二月担伞送公粮",全部生产过程都被生动地描述了出来。这类歌谣和汉民族中流传的农谚一样,成为人们安排耕作、调整农时活计的自然依据。在《对歌》《歌春》《歌花》《歌果》《歌茶》《歌酒》以及《何物歌》《日落歌》《天上星》等歌谣中,我们看到了瑶族民间情歌的集中体现,其歌唱内容运用了典型的比兴手法,即以花和果的香来比爱情的芬芳,以酒的甘醇来形容爱情的纯洁与幸福,寄寓对美好生活的憧憬和向往,如《歌酒》中的"斟落怀中花样香","好双连个当千娘"。这些情歌形成了"三七七七"的常见歌式;如《歌春》:

春到了,
百般春鸟叫洋洋,
百般春花样样开,

早禾谷种在人乡。

又如《天上星》：

天上星，
无云无雨白清清，
白日便入青云里，
夜里出来等旧情。

《何物歌》是由"问"及"答"的对唱情歌，在"问"和"答"中都使用了这种"三七七七"句式：

问：何物变——
变得何样得娘连？
得郎变成何物子？
何物团圆娘耳边？

答：得郎变——
变成一样得娘连；
得郎变成耳环子，
耳环团圆娘耳边。

这种句式形成特殊的审美愉悦效果：第一句是三字，给人以清晰的印象，其后三句皆为七字，形成整齐、流畅、明快的美感。在今天的民间歌曲中，我们仍能听到这种歌唱句式。民间情歌并不是都述说爱情的甜蜜，有些情歌充分表现了对爱情不如意的不满，如《二娘歌》就表现出作为"苦媳妇"的种种痛苦感受。当然,生活中并不是仅仅有爱情,还有更多的内容,如《见怪歌》中对各种奇异现象的有趣描述;《桃源峒歌》中对未来世界的设计;《何物歌》中通过对唱,描述"镰刀""田螺""五雷""日头"等事物的存在形状,借以介绍生活知识。

在瑶族等少数民族中,还存在《过山榜》之类的石碑铭文,具有"法"的意义;有一些内容明显是传唱的歌谣,应是为了便于记忆才采取了这样的形式。在这些碑文中多种歌谣并存,也可看作歌谣集。

清代民间长诗和少数民族歌谣集是我国民间文学史上的重要内容,从中可以看到民间文学经过千百年的积淀,在审美表现和思想智慧上都有历史性的继承与发展。同时也可以看到,在多种文化成分的共同影响下,清代民间文学表现出自己的时代特色。清代民间长诗和少数民族歌谣集与其他民间文学形式共同处于一个广阔的社会生活空间,由此可以更进一步地感受到清代弹词、鼓词等民间文学形式在产生和发展过程中所受到的民间长诗和歌谣的影响。正是清代民间文学各门类之间的相互影响,及其在整体上受到清代各种社会思潮的影响,形成了全社会文化品格不断裂变、重聚、再生的大趋势。在这样的大背景中,我们才能寻找到生成像曹雪芹、梁启超、鲁迅这些文化巨子的文化卵巢。否则单纯地从某一个方面论述时代对个人的影响,都难免偏颇。

第三节　清代民间弹词与鼓词

弹词和鼓词是清代南方和北方分别流行的民间曲艺形式。一般学者以为弹词主要是吴侬软语,多讲唱才子佳人类民间情爱传说故事,而鼓词则显得慷慨激昂,多讲唱金戈铁马类民间英雄传说和公案故事。两者都属于讲唱艺术,是民间文学中尤为中下层民众所喜爱的形式,而且都具有综合性意义,在不同地区还因为民间艺人的风格不同,形成各具特色的民间文艺流派。在这些曲艺演唱及其流派中,能看到一定地域内民间文学与民俗文化生活的典型体现,其中包含着民间文化所显示的个性。当然,清代弹词和鼓词作为民间文艺的重要内容,其发展无论如何离不开对前代民间文艺的继承,我们可以从唐宋至元明各代的各种说唱文学中,看到这种文化嬗变。

  弹词在明代就已经出现,如田汝成的《西湖游览志余》卷二八中记有"优人百戏,击球,关扑,鱼鼓,弹词,声音鼎沸";臧懋循《负苞堂文集》卷三《弹词小记》中也称"若有弹词,多瞽者以小鼓、拍板,说唱于九衢三市,亦有妇人以被弦索";《野获编》《蓉塘诗话》《南园漫录》等处,都记有"弹词"概念。"弹词"之名最早见于载籍,郑振铎以为当数万历时臧晋叔所刻元代作家杨维桢的《四游记弹词》[1],可见在元代就已经出现这一概念;但真正有完整的文本保存下来,当数明代正德至嘉靖时期杨慎的《二十一史弹词》[2];其开题有引述的曲或诗,已经近于后世发展成熟的弹词艺术。这种文艺形式的兴起,如郑振铎所言,是与中产阶层妇女分不开的,他指出,"弹词为妇女们所最喜爱的东西,故一般长日无事的妇女们,便每以读弹词或所唱弹词为消遣永昼或长夜的方法。一部弹词的讲唱往往是需要一月半年的,故正投合了这个被幽闭在闺门里的中产以上的妇女们的需要"[3]。妇女的参与,固然是弹词兴盛的原因之一,但从现存的作品来看,它的兴盛更多地出于广大市民的喜爱与中下层文人的努力;妇女写,妇女听,写妇女,只是弹词的一个方面。弹词在清代出现了繁荣景象,一部分是因其对宋元时期讲唱文学(如陶真、词话)的继承,而更多的是由于它对清代民间文艺的吸收与融汇;没有多种民间文艺形式的相互支持、促进,这种艺术就不可能出现繁荣。现存的弹词在表现语言上可分为两大类,一类是以国音(相当于普通话)记述、整理的作品,诸如《安邦志》《定国志》《凤凰山》《天雨花》《笔生

---

[1] 郑振铎:《中国俗文学史》(下册),作家出版社1954年版,第350、353页。

[2] 有人以为杨慎的《二十一史弹词》是词话,并非弹词。

[3] 郑振铎:《中国俗文学史》(下册),作家出版社1954年版,第350、353页。

花》《凤双飞》等;一类是以吴音记述、整理的作品,包括用粤语记述、整理的《木鱼书》,用闽语记述、整理的《评话》,用浙江方言记述、整理的《南词》,如《珍珠塔》《玉蜻蜓》《义妖传》《三笑姻缘》等。在具体内容即题材上,主要取自历史传说(或文学名著故事)、时事(即当代传说、故事)、民间故事等方面;在演唱方式上,主要由说(即说白)、噱(即穿插,带有打诨性质)、弹(即三弦、琵琶等丝弦类伴奏)、唱等部分具体组成。弹词以唱为主,间以"说"与"噱",在演唱中伴以乐器;其唱词一般具有固定的格式,以七言为主,或加上三言、四言,形成语气语句上的变化;其开题一般为唱,长者十几韵,短者两韵(四句)。演唱所用的曲式多为地方流行的民间歌曲、词曲;在表演上,应该还有舞的成分。弹词的篇幅一般较长,如记述赵宋王朝历史传说的《安邦志》(20册)、《定国志》(20册)、《凤凰山》(32册),总计达674回,郑振铎在《中国俗文学史》中称这"三部曲"是"中国文学里篇幅最浩瀚的一部书"。一般的弹词作品也有几十回。郑振铎在清代弹词的搜集整理上做出了卓越贡献,他曾考证"今日所见国音的弹词,其时代很少在乾隆以前",还编出《弹词目录》(《小说月报》1927年6月"号外"载),发掘出不少珍品,为我们研究清代弹词这种民间曲艺形式提供了方便。

  弹词记述内容以历史传说为主,表现出清代社会的文化时尚。因为弹词主要流行在江浙一带,而宋代曾在杭州建都,所以其所记历史传说也就多发生于宋代。如前所提《安邦志》《定国志》和《凤凰山》被称为"赵宋王朝三部曲",记述唐五代之后赵匡胤家世兴衰故事,包括神化赵氏兄弟及夹马营传说、千里送京娘等内容。又如《绣香囊》(乾隆三十九年抄本)[1]开题所唱:

  大宋中宗永和年,

---

[1] 郑振铎:《中国俗文学史》(下册),作家出版社1954年版,第354—357页。

孝宣皇帝坐金銮。
九省华夷归一统,
八方宁静四海安。
六龙有庆千家乐,
五谷丰登万姓欢。
七旬老叟不负戴,
三尺孩童知逊谦。
二气阴阳同舜日,
十分清泰比尧年。
天下奇闻难尽数,
单表个英才出四川。

其实这篇弹词所记述的只是托名于宋代的民间传说故事,即何质与于月素夫妻恩爱,受到强盗出身的"言午官"许豹所害,后来夫妻团圆,斩杀许豹。但弹词编撰者却用了那么大的篇幅去述说宋中宗时代的繁盛安宁,而宋代并无中宗和永和年号,显然具有浓重的"怀宋情结"。这里包含着民族压迫下的仇恨情绪,若我们联想起江南人民坚持数年的反清复明斗争,对此种"怀宋情结"就不难理解了。其他像《西汉遗文》《东汉遗文》和《北史遗文》等弹词,都是对历史传说的演绎;尤其是《北史遗文》的结尾处引用了"堪叹人生在世间,争名争利不如闲;古来多少英雄辈,尽丧幽魂竟不还。不信但看《高王传》,到今哪有一人存?图王霸业今何在?多做南柯梦里人"的诗歌,表面上是对名利的超越;但在弹词的字里行间,我们看到的分明是"万里江山成帝业,华夷贤士尽为臣","国姓改元为汉主,百官尽改汉朝人;南迁国在河南府,重修礼乐化夷民"等内容。这种感情与"怀宋情结"是一致的,都表达了对异族统治下社会黑暗的愤懑。在这些弹词中,我们看到历史传说故事被深情而细腻地传唱,这绝不仅仅是为了消闲,也就难怪后来的革命党人借弹词来做反对清王朝的战斗檄文了。

土音弹词的内容多为民间爱情故事。如《玉蜻蜓》记述了申贵升和女尼相爱而病死在其庵中,后其子状元及第,迎养其母(即女尼)的故事(在中原地区此故事被改编成豫剧《桃花庵》广为传播)。《珍珠塔》记述书生方卿因家贫求助于姑母家,遭到姑母羞辱,却得到表姐陈翠娥的帮助;陈翠娥以珍珠塔相赠;后来方卿刻苦读书,高中状元,扮成乞丐,来到姑母家演唱道情,借以报复。这是江南民间广为流传的一个故事。最为典型的是《义妖传》,作品相当完善地记述了我国著名的白蛇与许仙的民间传说,其中的白蛇(即白素贞)以"义"先行,敢于牺牲,为了维护自己与许仙的爱情,同破坏其婚姻的老法海坚决斗争;小青泼辣、热烈、刚正,许仙善良、诚实,但却懦弱,老法海则残忍、奸诈,这些人物个性,在弹词中淋漓尽致地体现出来。应该说,通过这篇弹词,《白蛇传》的故事得以最后定型。

值得注意的是,在弹词的写作中出现了几位女性作家,诸如陶贞怀和她的《天雨花》,陈端生和她参加创作的《再生缘》,邱心如和她的《笔生花》等。她们都选择民间传说故事作为题材,使这些传说故事得到进一步传播,同时,她们借此抒发自己的感受,使弹词艺术的文化结构发生了重要变化。她们将女性特有的细腻感情融入弹词创作,使这一民间曲艺形式在艺术上也更为精细。如邱心如生活清苦,"多病慵妆闲宝镜",她将这种感受融入作品,自然得到了更广大的民间妇女的共鸣。

其他像福州评话中的《榴花梦》,广东木鱼书中的《花笺记》和《二荷花史》等,在民间也广为流传。

最后应该一提的是,在清代弹词的讲唱中,出现了一批颇有影响的民间艺术家。如在明代,弹词艺人多为瞽人,这种情况在清代仍有存在。如解弢在《小说话》中所记"幼年每当先祖母寿辰,辄见六七老瞽人弹词祝嘏,所歌诸曲,典雅绵丽"。清代所不同于明代者,在于出现了弹词艺人群体性结社等现象,这直接促成了流派的形成和一批民间艺术家的成长。如陈汝衡所总结的苏州"马姚赵王"[1],即擅说《珍珠塔》的马如飞,擅说《水浒传》的姚士璋,擅说《玉蜻龙》的赵湘舟,擅说《南楼传》的王石泉。在《清稗类钞》"音乐"中,记有"晚近彼业中之善琵琶者,首推(张)步瀛","步瀛坐场子,逢三六九日,例必于小发回时,奏大套琵琶一折,侪辈咸效颦焉,然终不能越步瀛而上之"。在《扬州画舫录》卷十一中,记有"天麻子"王炳文"兼工弦词","人参客王建明謦后,工弦词,成名师,顾翰章次之",还有高晋公、房山年等弹词名艺人。此外,从范祖述的《杭俗遗风》中,还可以看到有"倪老开、张老福、陈金姑、沈小六"和"戴鼎、孟隆、许焕、莫培"等一大批"风流蕴藉"、"滑稽诙谐"的弹词艺术家,以及弹词民间团体"文书老会","凡省中唱书者",于"五月十九仓桥元帅庙"此会上"不取工钱,挨唱一回,以家伙到庙先后为序","不大出名者以此为荣也"。"文书"即"四明文书";可见弹词艺术的人气之旺,不但与一批艺术家的竞赛有关,而且与此类培养人、发现人的书会有关。从以上这些材料中可以看到,以苏州为中心的弹词艺术,已经出现了诸如"扬州派""浙江派"等实际存在的民间流派;尤其是苏州弹词在同治、光绪年间出现了杰出的艺术家马如飞,标志着弹词艺术达到了鼎盛时期。马如飞写作开篇,改编弹词唱本,对促进苏州弹词艺术的迅速发展和提高,起到了相当重要的作用。他经常奔走在常熟、无锡、江阴一带,是苏州光裕书社的领袖人物。他以弹唱《珍珠塔》而闻名,出现著名的"马调《珍珠塔》"。同时期能与马如飞并称的,还有一位杰出的弹词艺术家俞秀山。徐珂在《清稗类钞》"音乐"中记道:

> 弹词为吴郡所有,而越有平调,粤有盲妹,京津有鼓词,其声调有足与弹词相颉颃者。然弹词亦有派别,今即俞调马调比较言之。俞调音节宛转,善歌之者如春莺百啭,竭抑扬顿挫之妙,其调便于少女。如飞出,一

---

[1] 陈汝衡:《说书史话》,作家出版社1958年版,第179页。

变凡响。以科举时代之八股例之,俞调犹管韫山,而马调则周犊山,亦弹词家之革命功臣也。

清代的弹词演唱中,还出现了一批女性艺术家。如赵翼在《瓯北诗钞》中所撰《重遇盲女王三姑赋赠》,记述"十年前听拨琵琶,曾惜明眸翳月华","无目从何识字成,偏能演曲写风情"。又如李家瑞在《说弹词》中记述有女弹词艺人项金姊、杨玉珍,"为当时女弹词之最著者"。王瑬《瀛壖杂志》卷五[1]和惜花主人《海上冶游备览》"女说书"条,都记述了一批女弹词艺术家自"道、咸以来""肆业说书","业此者常熟人为多","所说之书为《三笑》《白蛇》《玉蜻蜓》《倭袍传》等类"。袁翔甫著《沪北竹枝词》中,记述"一曲琵琶四座倾,佳人也自号先生。就中谁是超群者,吴素卿同黄爱卿",并在"注"中记道"说书女流,声价颇高"。这些材料从不同的方面显示出清代弹词艺术的繁盛,彰显了清代民间文学中的弹词在社会生活中的实际地位、价值与意义。

与南方流行的弹词相比,北方的鼓词表现出清代北方民间文学的文化个性。

鼓词也称鼓子词,南宋文献诸如《武林旧事》卷七中就已经出现,并记述"此是张抡所撰鼓子词"。但是,有人以为,由于历史年代久远等原因,鼓子词的底本作为文献,只能从明末清初贾凫西所撰《木皮散人鼓词》中见一端倪。在贾凫西的"鼓词"出现之前,应该有大量民间鼓词存在。陆游诗中"负鼓盲翁正作场",就应该是这一现象的历史描述。郑振铎举最早的鼓词是其所得《大唐秦王词话》(一名《秦王演义》),他说"此书始名《词话》,实即鼓

---

[1] 此中记述:"徐月娥、汪雪卿皆以艳名噪一时。兵燹以后,皆在城外。推为此中翘楚者,则如袁云仙、吴素卿、朱幼香、俞翠娥、吴丽卿,并皆佳妙。今时继起者,则又有朱丽卿、陆琴仙、陈芝香、金玉珍、张翠霞、吐属雅隽,颉颃前秀。每一登场,满座倾倒……此又于裙钗中别开生面者矣。"

词"[1]，这是对的。对待民间文学作品的形式问题，应从具体的历史情况出发，不应当从某某人的概念出发。况且任何一种民间文学都不会凭空发生，必然存在一个酝酿、孕育、继承和发扬的过程。民间曲艺形式的鼓词也是这样，它有讲有唱，所配乐器以鼓为主，这主要与北方地区战争频繁，民间百姓久而形成尚武崇猛的文化个性有着直接联系；那么，它就必然融入北方地区的各种民间文艺。鼓词既然以鼓为主要伴奏乐器，其演唱又以抒怀为基本目的，可以是一段直发胸臆的抒情（如贾凫西所撰鼓词），也可以是叙事内容尤为明显的长篇讲唱（如《大唐秦王词话》）。在田野作业中，我就亲眼见到过行乞艺人的鼓书小段和坐场艺人的大段讲唱；清代鼓词的演唱情况也应该与此相似。我们所讲的鼓词以金戈铁马类传说故事为主，主要是针对大段讲唱类鼓书而言。

所谓小段鼓书，多取民间小调和情节较简短的民间传说故事。清代文献所载北方地区流传的那些《颠倒歌》之类，是小段鼓书常唱的内容；还有一些民间长诗，也是小段鼓书所唱的内容。如著名民间长诗《郭丁香》和《孟姜女》在小段鼓书中被唱诵，是很普遍的事情；况且《郭丁香》原来就是民间灶书。民间小调和民间叙事诗若被丝弦伴奏，就成为弹词；若其被鼓来伴奏，那它就是鼓词，就是鼓书。如《珍珠塔》《雷峰塔》既是南方弹词中的名篇，又是北方鼓词中有影响的刊本，当然，在讲唱中有民间艺人根据自己的理解做一些加工，从而形成南北方同一故事而演唱风格不同的现象。这除了语言上的具体差别外，在塑造人物、抒发情怀上，都具有鲜明的地方性。小段鼓书与大段讲唱的基本区别，就是小段鼓书一唱到底，中间不作停歇；而大段讲唱则较为复杂，有开题诗，有常用的套式即曲段，讲唱相间。这都由其内容的长短不同而决定。

大段讲唱类鼓书的内容未必尽以金戈铁马为主，公案类、神仙类、言情

---

[1] 郑振铎：《中国俗文学史》（下册），作家出版社1954年版，第385页。

类作品只要内容生动，都可以成为讲唱对象。诸如《大明兴隆传》《乱柴沟》《北唐传》《呼家将》《杨家将》《平妖传》《三国志》《忠义水浒传》《西唐传》《反五关》等历史传说类鼓词，"这些都是每部在五十册以上的"[1]，可见演唱时间相当长，成为清代北方人民的重要娱乐内容。其中，《大明兴隆传》"这部鼓词凡一百零二册"[2]。我们可以设想，若三天讲唱一册，仅《大明兴隆传》就得一年才能讲完，而且这一年只能听鼓书，什么活儿都得停下来。正因为这些历史传说类鼓词太长，所以，在清代中叶之后，又出现了"摘唱"；"摘唱"是从一部完整的鼓词中摘出情节生动、内容集中的片段，诸如《刘快嘴诓哄宋江》这个片段共四卷，其内容取诸《水浒传》第三十九部，可独立成为一部完整的鼓词；久而久之，"摘唱"成为有自己特色的独立的民间曲艺形式。另一类鼓词是"讲唱风月的故事的"[3]，夹杂着其他内容，偏重于世俗社会生活，诸如《蝴蝶杯》《巧连珠》《凤凰钗》《满汉斗》《红灯记》《三元传》《紫金镯》《二贤传》《珍珠塔》《千金全德》《双灯记》等，一般在四册、十册左右，规模较小于前类，此外还有《馒头巷》《施公案》《方玉娘产子滴血》《宝莲灯》《孽姻缘》《雍正八义》《白良关父子相会》《红拂传》《迷魂阵》《唐宫闹妖记》《郑元和莲花落》《迷人馆》《铁公鸡》《侠凤奇缘》《骚翁贤媳》《霸王娶虞姬》《雷峰塔》《侠女伶》《封神榜》《双合桃》《张松献地图》等出现较晚的鼓词刊本，广泛取材于民间传说、民间故事，而且其种类之多，内容之丰富，丝毫不亚于南方的弹词。诚如在鼓词刊本搜集整理上做出重要贡献的郑振铎所感慨的那样：这些鼓词"有如江潮的汹涌，雨后春笋的怒苗，几有举之不尽之概，差不多每一个著名些的故事，都已有了鼓词"，"这可见北方民众是如何的爱读这类的东西。不一定听人讲唱，即自己拿来念念，也可以过瘾了"[4]。

---

[1] 郑振铎：《中国俗文学史》(下册)，作家出版社1954年版，第391、386页。

[2] 郑振铎：《中国俗文学史》(下册)，作家出版社1954年版，第391、386页。

[3] 郑振铎：《中国俗文学史》(下册)，作家出版社1954年版，第396页。

[4] 郑振铎：《中国俗文学史》(下册)，作家出版社1954年版，第397页。

鼓词作为一种民间曲艺,深受北方人民的喜爱,具有明显的地域性文化特征,其形式多种多样,与一定地区的民间文艺相结合之后,形成了鼓书演唱的民间曲艺流派。诸如在中原地区有豫东调大鼓(以开封为中心)和豫西调大鼓(以洛阳为中心),在山东有梨花大鼓,在天津有西河调即西河大鼓,其他还有东北大鼓、京韵大鼓、乐亭大鼓等,体现出清代社会北方地区民间文艺繁荣的又一番景象。由于各地鼓词的演唱和伴奏不同,形成了千姿百态的鼓子曲。20世纪的三四十年代,张长弓先生搜集民间流传的鼓子曲,钩沉典籍文献,进行多方努力,编撰出《鼓子曲谱》《鼓子曲言》《鼓子曲存》等著述[1],其中有不少内容是在清代刊印、流传的。

鼓词在淮河以北地区的流传,形成了广大北方地区的鼓词文化群,与弹词在淮河以南地区(主要是江浙一带)流传所形成的阵容相对峙,颇有分庭抗礼之势。它们各自代表了南北双方民间曲艺的特点。由于清代的历史文化在南北地区分布的密集程度不同,传授形式、控制管理的效果不同等原因,弹词艺术集中在南方城镇,有专业书会和专业艺人群,而且弹词需要多人合作,所以出现了更令人注目的民间曲艺流派;鼓词在北方的流传,更多的是属于个体行为,既能在城镇演唱,又能在广大乡村演唱,分布较为分散,所以缺乏专业性的流派,而更多的是在不同地域出现了不同的民间曲艺群体。这两种民间曲艺形式在清代民间文学的发展中发挥了重要的集散作用,成为古今南北我国民间文学的中转站,一方面使丰富的民间文学得到汇聚和交流,另一方面使民间传说等内容得到更大范围的传播。同时,鼓词和弹词作为民间曲艺,是与其他讲唱文学诸如北方的相声、南方的滑稽,以及坠子、琴书、牌曲、杂曲、二人转、莲花落、子弟书、快板、快书等曲艺形式联系在一起的,它们共同丰富了历史上民间百姓的精神文化生活。民间曲艺的繁荣及其成熟发展,还极大地推动了民间戏曲的进步。清代前期的高腔、

---

[1] 参见拙作《中国现代民间文化科学史上的河南学者略论》,《河南大学学报》1997年第4期。

昆腔、梆子、皮簧等地方戏曲和后期的京剧,都融入了丰富的民间曲艺等内容;更不用说清代剧作家李玉、洪昇、孔尚仁、李渔等人,都自觉采用历史传说和民间故事进行戏剧创作,使清代戏剧得到旺盛发展。如李玉的"一人永占"(《一捧雪》《人兽关》《永团圆》《占花魁》)、洪昇的《长生殿》、孔尚任的《桃花扇》等,大多取材于民间传说;李渔既写戏,又编排戏,还带领戏班去各处演出,"二十年间,游秦、游楚、游闽、游豫,游江之东西,游山之左右"(李渔《一家言·复柯岸初掌科》),亲身感受世态炎凉,更是民间文艺的搜集者和参与者,在其剧作和剧作理论中可以看到优秀剧作家与民间文学的密切联系。其《闲情偶寄》中,有"词曲""演习""声容"等部,如他所述,"传奇不比文章","戏文做与读书人与不读书人同看,又与不读书之妇人、小儿同看,故贵浅不贵深",应"本之街谈巷议",这是我国民间文学理论史上的重要思想。清代戏剧文学的发展,是清代历史文化上的一座高峰,而在其山麓上处处都可看到民间曲艺之光。在清代地方戏即民间戏曲的发展中,诸如民间曲艺中的弹词、鼓词、俗曲等内容融入其中的现象更为普遍。《扬州画舫录》中曾记,"两淮盐务,例蓄花雅两部以备大戏。雅部即昆山腔,花部为京腔、秦腔、弋阳腔、梆子腔、罗罗腔、二簧调,统谓之乱弹"。这些"乱弹"有许多即出自民间曲艺,包括民间歌曲。李调元在《剧话》中也提到"俗呼梆子腔,蜀谓之乱弹",还记述了吹腔"与秦腔相等","但不用梆而和以笛为异耳"。有人总结清代民间戏曲除昆、高之外,主要有弦索腔、梆子腔、吹拨腔、乱弹腔、皮簧腔等五大系统[1],而这些"腔"全都离不开民间曲艺,其本身实际上就是民间曲艺的一种。这种现象不但在清代存在,在今天仍然存在着,显示出民间文学不衰的生命力。

---

[1] 余从等著:《中国戏曲史略》,人民音乐出版社1996年版,第247—257页。

第四节　清代民间传说与民间故事的多元构成

民间传说和民间故事在清代社会的流传,呈现出崭新的多元构成形态。这是与清代社会的文化发展紧密联系在一起的,即一方面是传统的民间文学在这一时期得到完整继承,一方面是新的传说和故事随着社会政治形势的急剧动荡而不断产生,涌现出新的类型;同时,中外文化的空前汇聚,打破了传统的文化格局,全社会表现出礼崩乐坏的文化态势,古典时代的终结与现代文化的萌动,都充分体现在这一大转折时期的民间文学之中,民间传说和民间故事成为这种态势的典型。

一、新旧传说的交织与并存

在这一时期的民间传说中,我们可以看到新与旧两种内容的并存。所谓的"新",是指时事传说,清代文化作为中国古典封建文化的最后一页,旧的封建神学与理学的结合,已完成于它愚弄人民的使命,而不得不让位于新兴的以启蒙为主要内容的民主文化思潮,"洋人盗宝传说""太平天国传说""义和团传说""捻军起义"及其他民间反清反洋斗争传说如风起云涌;在民间文学思想上,相应地出现了改良派与革命派的民间文学观。所谓的"旧",即传统意义上的民间传说在这一时期进一步完善、丰富;诸如历史人物传说及各种历史事件传说、风物传说等,特别是祖师传说[1]与刘三姐(妹)传说[2]的流传,具有尤为独特的意义。当然,"新"与"旧"两种传说的区别并不是截然分明,在具体的流传中,它们常常混杂在一起。其中传统传说故事的流传远多于新的传说故事;而且新的传说要被认可,即被社会确认,还

---

[1] 纪昀在《阅微草堂笔记》中曾提到"百工技艺,各祠一神为祖"。又参见拙作《中国庙会文化》中"庙会文化的基本类型"部分。上海文艺出版社1999年版。

[2] 见徐松石:《粤江流域人民史》中"刘三姐出处"部分,中华书局1939年版。

存在一个时间界限问题。这些新的传说故事在文献上的记载并不是很多，它主要以鲜活的口承形式存在于当世民间百姓之中，对于它的理解和总结，我们更多地依据于距之很近的近现代社会所提供的材料，这些材料需要我们去做大量的钩沉，尤其是通过深入而广泛的田野作业，获得相关的民间传说。可喜的是，自20世纪80年代中期在全国开展的"三套集成"（即民间故事集成、民间歌谣集成、民间谚语集成）工作，为我们提供了大量宝贵的口述材料及相关的线索，更方便我们对清代民间传说进行整理和研究。在这些材料中，我们看到的是与赵尔巽等人编撰的《清史稿》不同的又一种口述的"历史"，其形成过程非常复杂，而更重要的是它包含着民间百姓的理想愿望，即他们对清代社会历史发展的具体理解。就现有的口述史料来看，清代民间传说主要集中在历史人物方面，既有帝王将相、文人雅士，又有无数的民间百姓，他们的传说构成了一部浩瀚的清代社会的口述长卷。诸如其中的帝王传说，我们看到民间传说对第一个入关的清代皇帝顺治的美化即神圣化表现；其次是对康熙、雍正、乾隆几个盛世帝王的美化，特别是关于乾隆皇帝三下江南的传说，包含着民间百姓对安宁富庶的社会生活的强烈向往；再次是关于慈禧和光绪皇帝的传说，在慈禧身上，几乎集中了所有的罪恶，包含了历史上所有祸国殃民的"女祸"故事。在这些传说中，民间百姓对那些给国家带来强盛，使民族得到发展，为人民的安宁生活带来幸福的统治者，不论是什么样的出身背景，都给予公正的评价；而对于那些刚愎自用、飞扬跋扈，完全不顾百姓生死的腐朽、无耻之辈，则给予无情的批判与辛辣的嘲讽。在民间传说中，乾隆三下江南是传统的才子佳人风流故事的展现，更是历史上清官传说的变相描述，在两种传说故事的结合中，体现出民间百姓的审美理想与生活愿望。这里的乾隆皇帝其实已经与历史生活中实际存在的清王朝最高统治者相分离，完全成为百姓意志的形象体现。而对于慈禧心胸狭隘，冷酷残忍，自私自利，骄奢淫逸，特别是关于她与太监厮混、不顾国家和民族的安危而为自己大办寿诞庆典的传说，则充分集中了民间百姓对所有的腐败者生发出的愤恨和谴责。我们不必追究这些传说是否完全符合历史的真实存在,而应该看到情感倾向在述说历史发展中的合理性。其他像以和珅为典型的贪官,以李莲英和安德海为典型的势利小人,以林则徐、郑成功、关天培等为典型的维护民族利益的民族英雄,以刘墉、郑板桥为典型的敢于为民请命、立身正直、廉洁的清官,以王五等民间英雄为典型的侠义者,张之洞、曾国藩、李鸿章、左宗棠、袁世凯等被褒贬不一的权臣,太平天国、捻军、义和团等农民起义斗争中的各色人物以及各地流传的机智人物,这些形形色色人物的传说故事,都是民间百姓对自己理想愿望的具体表达;当然,这些传说总有一个真实的历史事件为依托,绝不是空穴来风;在某种意义上讲,这些传说是对社会历史发展所做的最为真实的记录,其深刻意蕴是一般史籍所不能达到的。由于种种原因,特别是强大的文化专制政治对文化宣传的控制,尤其是罪恶的文字狱的流行,这些民间传说只限于人们的口头传播,而为文献所不容,即使有所记述,也多限于手抄本;这样,我们就只能依靠田野作业与典籍钩沉等方式来整理这些以"逆声""恶声"面目出现的民间传说。布罗代尔的口述史学理论告诉我们,口述史料所达到的真实性常常更高,反映的社会生活也更全面、更准确[1]。在我国,由于特殊的社会政治原因,对待清代农民起义的历史传说,有一些当代的记录、整理者为了配合阶级斗争、政治斗争的需要,产生了舍弃历史传说的原始性而进行随意编造的现象,这无疑会影响到我们对相关内容调查、整理、研究的科学性;在"三套集成"中也存在这种现象,对采集工作产生了有害的影响。这就提出了如何进行田野作业并辨识资料真伪的问题,也提出了如何运用"第二手的资料"的问题。我们撰写民间文学史,更应该重视这个问题。关于这一点,有一位学者的论述尤其值得思索:"现代人搜集的民俗资料,只要不是研究者本人的调查所得,也(都)是第二手的资料。根据历史的文献

---

[1] 布罗代尔:《菲利浦二世和菲利浦二世时期的地中海时代》,商务印书馆1995年版。

资料和他人调查的资料也可以进行民俗学的研究。因为任何一个研究者不可能对所有民族、所有地区的民俗事象都做调查。借用他人的科学调查资料,是允许的。但一位优秀的研究者,又不能满足于这些资料。"[1]清代历史有近三百年的时间,出现了无数风云人物,在清代就流传着他们的许多传说故事。这些传说的流传,具体体现出民间百姓对他们的认识与评价;有一些传说至今还保存在民间百姓口头上。要全面整理这些传说,无疑是相当困难的,但又是尤为必要的。

文献的记录与保存,对于民间文学发展史的研究有着无可替代的价值与意义。相比较于以上内容而言,清代民间传说在文献中的记述与保存,以边疆地区即偏远地带较为丰富。尤其是少数民族中的许多民间传说,在文献中得到了较为完整的记述与保存。如清代中期大理诗人杨履宽在《星回节再吊邓赕夫人慈善》《妇负石歌》中对大理地区民间传说作了记述;白族女作家周馥著有《绣余吟草》一卷,其中的《汉阿南夫人》《唐阁逻凤女》《梁阿禥郡主》《段羌娜闺秀》等作品记述了大理地区白族民间传说,如贞烈的阿南、钟情的阿禥、复仇的羌娜等当地著名女性的传说故事;赵载彤是周馥的儿子,著有《懒谷诗草》六卷,记述了许多地方传说,如在《星回节咏阿南夫人》中详细记述了白族女英雄阿南的传说,其中的"曼阿娜""阿南"和"娘子军"等形象,个性鲜明,是清代白族民间传说中异常珍贵的内容。广西壮族曲艺《唱吴亚终》记述了天地会领袖壮族英雄吴亚终领导黑旗军抗法的传说。康熙时期流传在贵州毕节一带的彝文典籍《西南彝志》[2]共二十六卷,包括《创世志》《谱牒志》《地理志》《天文志》《人文志》和《经济志》,是清代彝族民间文学的重要文献,其中记述了彝族神话和民间传说故事,诸如《创世志》中的《津梁断》关于氏族间婚姻生活的传说,《天文志》

---

[1] 陶立璠:《民俗学概论》,中央民族学院出版社1987年版,第71—72页。

[2] 马学良等:《中国少数民族文学史》(下册),中央民族学院出版社1992年版,第337—338页。

中关于风雨雷电和年月日的传说,《谱牒志》中关于彝族六祖起源、迁徙及其兴衰历史的传说等。藏族刀喀夏仲·才仁旺阶的《颇罗鼐传》记述了藏族历史人物颇罗鼐索南多吉的传说故事以及藏族人民反抗外来侵略的传说等,是清代民间传说中颇有特色的内容。另外,在偏远省份的地方志材料中,也保存了一些少数民族的民间传说,如康熙时的《顺宁府志》卷一所记镇压少数民族起义,将起义者"沉于江"的残忍行径的传说。

能够代表清代民间传说的当代特色,体现清代民间文学的时代性的典型作品,当推清代乾隆年间檀萃在《粤囊》卷上"越城"中所说的一则洋人盗宝传说:

其称五羊城、穗城者,五仙人骑五羊持穗而至,衣及所骑各如方色,羊化为石。为周为秦,传时各异。五仙祠在坡山之阳,肖仙像而祀之。仆游祠,见仙前各置一石,常石耳。云羊石为贾胡所窃,道士以常石补之。祠前高阙上悬大钟,纽之以藤,亦为贾胡潜易,而钟遂哑。甚哉!贾胡之狡也。

"贾胡"即"胡贾",意为洋商人。乾隆时代仍是闭关锁国,此书撰于乾隆时,此传说故事应当在此之前即已存在,显示出闭关锁国背景下民间与外界的沟通。同书卷下"南海神庙"中记述了另一则与洋商人有关联的传说:"达奚司空"为"外番波罗人","随贾舶来,泊黄木湾,携波罗子植于庙","立化于此",广州人为感激他传"波罗"而为他塑像立庙,原来的南海神庙和扶胥江也都因之改为波罗神庙和波罗江。至今那里仍有波罗神和庙会,并有祭祀工艺品"波罗鸡",影响广而久远。

清代社会具有时代特色的民间传说还散见于一些地方志中。但方志的记述仍沿袭前人"圣贤传""列女传"的体例,并无太多新意。这些方志所记的民间传说以具有浓郁地方色彩的风物传说为多。如光绪三年刻本

《黄岩县志》中记"正月十四日,以肉菜和粉作羹,谓之绺糟羹","相传自唐筑城时天寒,以是犒军,遂成故事";又如其在释"讴韶车,十八进士共一家"时,称此源自"宋咸淳元年,阮登炳榜黄岩登进士者十八人,车若春与焉。(车)若春为玉峰、双峰从兄弟,诸同年皆谒于其家";在释"灵龟落水,状元抹嘴"时,记述"县北唐门山在澄江之浒,山形如龟。相传朱子云,江水环绕此山,则邑中必出状元";在释歌谣"肚颟到西王"时,记述"乾隆初,里人王鸣旦好施,常饭饥民"等。这些传说发生的具体时代,有"唐""宋咸淳元年"和"乾隆初",都是民间阐释系统的体现,并不具备社会发展中时代变化的典型性。当然,有一些方志所记传说包含着更为复杂的社会意义。如光绪十一年黄树蕃刻本《定海厅志》记述"三月十九日,各寺庙设醮诵经,相传为前明国难日,讳之曰太阳生日",并引述《玉芝堂谈荟》曰:"十一月十九日,日光天子生时。宪书亦同。俗易于三月十九日,为忠义之士所更,今沿其旧。"又如其记述"九月二日,阖县鸣钲鼓逐厉,延僧设焰口施食","相传为前明城难之日,设野祭以祀游魂",此即其在"按"中所说"顺治八年九月二日破定海,阖城被难,俗呼为难日",接着又记"旧志所载之事,今多不举,惟被难诸家于是日设祭,谓之屠城羹饭"。这两则传说的记述,隐藏着定海人民反清斗争的历史记忆,包含着他们对明王朝的特殊感情和反抗异族压迫的坚强意志。立志的编撰者敢于这样直接记述,是需要勇气的。这种情况集中表现在江浙地区的方志中,是江南人民敢于反抗、敢于斗争的典型体现。在其他地区的方志中,更多的是大量详略不同的风物传说记述。如道光十七年刻本《德阳县新志》在记述赛会(即祭神庙会)时称"四月初八日,俗传为城隍夫人生辰","五月十三日为磨刀会,俗谓关圣磨刀之辰,前后数日必有雨"等。此虽简单,也应属于风物传说。又如光绪二十五年刻本《蓬溪县续志》记述"正月十三日称禹王生日","二月二日为土地生日","六月、九月之十九日皆称大士生日","四月八日民间蘸露和墨写红笺以嫁毛虫","五月十三日祀关圣大帝曰磨刀会","六月六日称王爷生日。王爷者,秦蜀守李冰,载在祀典之通祐王,然不知其谁何也,曰王爷而已"等。这些神灵生日的述说,本身就是民间传说的一种记述方式,它也使我们从整体上看到一个地区民间传说的群体存在形式。应该说,每一部方志中的此类记述,都是某个地区的一部民间传说史,同时也反映出这个地区的文化结构、物产结构等方面的民俗生活内容。这是我们从更细微处去理解国情、民情、世情和乡情的一个重要入口;而令人遗憾的是,有许多学者在进行古代历史文化研究时,总是只依据那些充满"瞒"和"骗"的"正史",而完全不顾这些直接记述社会最底层人民生活的文献材料。研究中国历史文化的发展,应该从研究社会最底层的历史文化变迁做起,对这类风物传说尤应关注。

清代民间传说对于前代传统民间传说的继承,可以中国四大民间传说《牛郎织女》《孟姜女》《梁山伯与祝英台》和《白蛇传》为代表,在这一时期这些作品都得到充分发展。同时,在各种文献中,尤其是在各种讲史类话本中所记述的前代历史传说,到了清代都在继承的基础上有了发展变化,杨景湛的《孙庞演义七国志全传》,黄淦的《锋剑春秋》,题"吴门啸客"的《前七国演义》,徐震的《后七国演义》,题"珊城清远道人重编"的《东汉演义评》,题"雪樵主人"的《昭君传》,题"梅溪遇安氏著"的《三国后传石珠演义》,吴沃尧的《两晋演义》,杜纲的《南北史演义》,题"天花藏主人新编"的《梁武帝西来演义》,褚人获的《隋唐演义》,无名氏的《说唐演义全传》,题"姑苏如莲居士编次"的《别本说唐后传》(又名《说唐小英雄传》《说唐薛家府传》)和《反唐演义传》(即《武则天改唐演义》),题"竹西山人撰"的《粉妆楼》,题"东隅逸士编"的《飞龙全传》,题"好古主人撰"的《宋太祖三下南唐》,钱彩的《说岳全传》,无名氏的《杨家将续集》,无名氏的《说呼全传》,李雨堂的《万花楼杨包狄演义》(又名《后续大宋杨家将文武曲星包公狄青初传》),无名氏的《五虎平西前传》(又名《五虎平西珍珠旗演义狄青前传》),吴沃尧的《痛史》,吕熊的《女仙外史》,题"武荣翁山柱石氏编"的《前明正德白牡丹传》,无名氏的《海公大红袍全传》,无名氏的《海公小红袍全传》,

题"蓬蒿子编"的《定鼎奇闻》,题"松滋山人编"的《铁冠图忠烈全传》,题"江左樵子编辑"的《樵史通俗演义》,题"七峰樵道人撰"的《海角遗编》,江日昇的《台湾外记》(又名《郑成功全传》),张小山的《平金川全传》(又名《年大将军平西传》),题"元和观我斋主人著"的《罂粟花》,无名氏的《胡雪岩外传》,黄世仲的《洪秀全演义》,无名氏的《扫荡粤逆演义》,无名氏的《辽天鹤唳记》,洪兴全的《中东大战演义》,无名氏的《苦社会》,吕抚的《纲鉴通俗演义》,张茂炯等编的《万国演义》等。我们可以把历史传说类作品分为前后两个阶段,即包括明代在内,之前的属于古典形态的历史传说,之后的则属于具有现代意义的近代形态的历史传说;古典形态的历史传说表现出浓郁的英雄主义色彩,它们集中表现了我国历史上著名的"十大家族",即民间传说中重墨书写的唐王朝"李氏家族"和宋王朝"赵氏家族"两个皇族,包拯和海瑞两个民间传说中的公案类英雄群体,最典型的当然还是唐代的"罗家将""薛家将",宋代的"杨家将""岳家将""狄家将"和"呼家将"。这"十大家族"在民间传说中被反复演绎,包含着尤为深厚的民族感情。近代形态的历史传说包括明代末年的李自成起义和清代的太平天国洪秀全起义,这些作品标志着我们的民族在历史传说的大潮中对于这些被统治者诬之为"反贼"的历史人物和历史事件有着重新思索;此外还有郑成功收复台湾和林则徐禁烟的传说,包含着强烈的民族自尊心;第三类近代形态的历史传说是对日俄战争在辽东发生和华人劳工遭受苦难等民族耻辱事件的传说记述,既表现了强烈的民族自尊心,又含有民间百姓对于清王朝腐朽无能的极大愤恨。古典形态与近代形态两大类民间传说主题的展示与诉说,正是清代民间文学与其他时代最鲜明的不同之处。这也是清代民间文学的时代性的重要表现。

  古典形态的民间传说以"十大家族"为典型,体现出清代社会对于往昔历史的审视态度。虽然民间传说并不仅仅是对这"十大家族"着意渲染,但我们可以看到,民间传说对这种内容倾注着特殊的情感,直到今天,这种情感还非常明显地存在着。这种现象的形成,首先来源于民间百姓对盛世帝国景象的梦幻般的向往,及由此激发出来的民族自豪感和民族英雄主义精神;其次是民族自强、自立意识在作品中不自觉地流露,对社会腐朽、腐败的没落气象表达了强烈的不满。"十大家族"中的李氏家族是盛世传说的典型,如褚人获的《隋唐演义》[1],表面上叙述的是单雄信、秦琼、尉迟敬德、罗成这些草泽英雄的传说与唐玄宗、杨贵妃的爱情故事,以及安禄山对唐帝国的反叛,但终究是天下太平,群雄对帝国社会秩序的赞美,对唐太宗时代的讴歌,成为这个民间传说的主题。《说唐演义全传》[2]起于隋文帝平定陈朝统一中国,归于唐太宗对天下的统一,其主题是一致的。其他像《别本说唐后传》[3]和《反唐演义传》[4]的主题也是这样。"十大家族"中的赵氏王朝虽然不及唐帝国的兴盛,但其统一中原,平定南方诸王,尤其是其文治所形成的灿烂文化,在我国历史上也是一个高峰,所以民间传说也对之倾注了特别深厚的情感。如《飞龙全传》记述宋太祖"自夹马营降生,以至代周御极"[5];《宋太祖三下南唐》记述宋太祖平定南唐时三次被困所历艰险,所表达的是"太祖正大位之日,首尊儒重士,大开文明之教,其为知致治之本,是政之当首务,亦不在汉高、太宗之下"[6]。唐宋时代是中华民族文化异常灿烂的非凡时代,经历了元代和明代两个黑暗时代的清代民间百姓,饱受专制之祸害,在民间传说中用梦幻般的情愫去描述他们对这一非凡时代的向往,是情理中事;而且,唐宋时代的帝王传说以唐太宗和宋太祖为典型,将他们奉为理想政治的化身,体现出清代民间文学中所蕴藏的民间百姓的良好愿望。在社会发展中,王权常成为联结民族感情的纽带;民间传说,尤其是民间讲唱

---

[1] 据清"文锦堂刊四雪草堂本"。
[2] 据清"嘉庆六年会文堂刊本"。
[3] 据清"芥子园刻本"。
[4] 据清"芥子园刻本"。
[5] 杭世骏:《飞龙全传序》,存清"芥子园刊本"。
[6] 《宋太祖三下南唐序》,清"咸丰八年紫贵堂刊本"。

中,常把某位帝王称为"某某爷",表现出亲切的感情,就是这种内容的具体体现。像"杨""岳""狄""呼""罗""薛"诸家英雄传说,以及"包公""海公"这类刚正大臣传说在传播意义上与以上唐宋两家王朝的帝王传说是相同的;不同的是,这些英雄将领的传说体现出民间文化中悠久的尚武、尚勇意识,而这些刚正大臣执法谨严,敢于为民间百姓伸张正义,则体现出民间百姓朴素的法治理想,是对无法无天的黑暗世界的控诉。在英雄将领传说中,唐代的罗成、罗艺、罗灿、罗焜(如《粉妆楼》[1])即罗氏家族,和薛仁贵、薛鼎山、薛刚、薛强(如《说唐薛家府传》[2]和《反唐演义传》[3])即薛氏家族,都是英雄世家,是社会秩序的稳定者、维护者;宋代的杨氏家族是影响尤为深远广阔的英雄家族,是一个人数最多的英雄豪杰群体。他们以"世代忠良"而卓立于民间传说,诸如杨令公、佘太君、杨五郎、杨六郎、杨宗保、穆桂英、杨文广、杨排风以及焦赞、孟良等仆从,都"忠肝义胆,争光日月而震动乾坤"[4],是中国民间文学史上突出的现象;其次是岳氏父子所组成的岳氏家族,以及岳飞的伙伴、战友牛皋和王贵等,是仅次于杨氏家族的又一影响深远的英雄群体[5],明清两代都广为流传;狄青五虎将(即狄青、张忠、李义、刘庆、石五)在民间传说中征西辽、平侬智高等内容,显示出狄氏英雄群体无私无畏的突出个性,是民族尊严和王权的维护者[6];呼延赞及家人呼守勇、呼守信、呼延庆形成呼氏家族,他们"涉险寻亲,改装祭墓,终复不共戴天之仇","救储君于四虎之口,诉沉冤于八王之庭,愿求削佞除奸之敕"[7],颇具

---

[1] 存清"渔古山房刊本"。

[2] 存清"瑞文堂刊本"。

[3] 存清"瑞文堂刊本"。

[4] 秦淮墨客:《杨家通俗演义序》,明"万历三十四年卧松阁刊本"。杨家将故事见《杨家将续集》《后续大宋杨家将文武曲星包公狄青初传》《五虎平南后传》等,存清"经纶堂刊本"等。

[5] 如《说岳全传》,存清"大文堂刊本"。

[6] 如《五虎平西前传》和《五虎平南后传》,存清"经伦堂刊本"。

[7] 滋林老人:《说呼全传序》,存清"乾隆四十四年金阊宝仁堂刊本"。

有悲壮色彩,是又一类型的民间英雄传说群。民间百姓在这些英雄群体传说中,找到了民族精神中实际存在着的"忠"与"孝"两大主题,寻求到符合自己理想愿望和审美情趣的内容,激起无数的共鸣,因而如同民间文化中的雪球现象一样,衍化出更丰富的传说;再加上数千年的封建宗法制度及其影响下形成的家族宗亲同盛衰、共荣辱的世俗生活观念,与这些英雄群体传说相结合,就融合成一个独具特色的"十大家族"民间传说群,在我国民间文学史上产生广泛的影响,到今天还闪放着绚丽的光辉。这也表明我们中华民族对和平、幸福、安康、坚强这些生活理想的自觉选择。

清代社会对于林则徐、郑成功、洪秀全、胡雪岩等当代人物传说,对于日俄战争和华人劳工的当代事件以及明代李自成起义传说的记述,是清代民间传说最具时代性意义的体现。

林则徐与郑成功是维护国家尊严的民族英雄。他们在民间传说中的形象,主要表现为伸张民族大义。如《罂粟花》别题《通商原委演义》,这应当是我国第一部直面鸦片战争,讴歌林则徐的优秀作品。这部作品未必全是民间传说,但它确实通过采用民间当代传说来描述鸦片战争,揭露清政府腐朽无能的丑恶行径,具有典型的民间传说色彩。作品刊印于光绪三十三年,距离林则徐禁烟并不久远,而且是自行刊印,当属手抄本小说的典型。作者"观我斋主人"在《罂粟花弁言》中记述:"木棉花种产于印度,元代流入中国。其时,彼国中有奇人,能知未来事,曰:'此物入中国,衣被苍生……'后数百年更将有一物输入,以祸支那人,可以亡种,可以灭国。"这种语气其实就是民间传说中的惯用方式。作品在"烟之为祸,虽由天劫,实由人谋之不臧"的背景上,显示林则徐禁烟的特殊意义,最后作者感叹道:"乐毅去而骑劫代将,廉颇废而赵括覆军,千古丧师辱国,如出一辙也。"作者这种"庶中国尚有万一之可救"的写作"苦衷",表现了强烈的社会责任感,在当时是尤为可贵的。郑成功收复台湾,是维护中华民族国家主权的壮举。《郑成功全传》(即《台湾外记》)记述明代郑成功父辈郑芝龙起于海上到后来归顺清王朝的历史传说,中间还包括了"闯贼之流祸""马相之擅权""三藩之反"等传说故事。正如清人陈祈永在《台湾外记序》中所说,"是书以闽人说闽事,详始末,广搜辑,迥异于稗官小说"[1]。江日昇在《台湾外志自叙》中也说:"成功髫年儒生,能痛哭知君而舍父,克守臣节,事未可泯。况有明裔之宁靖王从容就义,五姬亦从之死,是台湾成功之踞,亦昭烈之北地王然。故就始末,广搜辑成。诚闽人说闽事,以应纂修国史者采择焉。"[2] 从民间传说中寻找史料并详加考证,最后又影响到某种历史事件作为民间传说而广泛传播,这是我国史传文学中的普遍现象,也是民间传说生成及传播规律的体现。林则徐与郑成功两位民族英雄的传说就表现出这种规律,也体现出清代社会民间百姓渴望国家统一、独立、富强的心愿。

李自成与洪秀全作为农民起义的领袖,在清代民间传说中有两种现象,一种是正史即统治者与腐朽文人所蔑称的"反贼""闯贼""闯寇""长毛",一种是民间百姓所尊称的"闯王""洪王";两种形象无疑体现出两种心态。《定鼎奇闻》中记述了李自成起义与清兵入关的传说,是为了述说"国家治乱,气数兴衰,运总由天,复因人召"[3]。《铁冠图忠烈全传》则明显是记述"今之闯、献,又为大清圣主之獭鹯",其中许多"传说"属于恶意中伤之言。《洪秀全演义》是一部未完稿,其纪年不用光绪年号,而用"黄帝纪元四千六百零六年"[4],明显具有对清王朝的反抗意识,其中大量采用了历史传说。它详细记述了太平天国的起义和建国过程,记述了洪秀全、林凤翔、冯云山、钱东平、李秀成、石达开、陈玉成、萧朝贵等人的传说故事。作者明确批判了"四十年来,书腐亡国,肆口雌黄,发逆、洪匪之称,犹不绝耳"的现象,以及种种"取媚当王,遂亡种族","窜改而为之黑白"的卑劣行为。作者在《洪

---

[1] 存清"求无不获斋刊本"。
[2] 存清"嘉庆抄本"(大连图书馆)。
[3] 莲蒿子:《定鼎奇闻序》,存清"庆云楼刊本"。
[4] 即光绪三十四年,1908年。

秀全演义自序》中记道:"吾蓄虑积愤,亦既有年,童时与高曾祖父老谈论洪朝,每有所闻,辄笔记之……爰搜旧闻,并师诸说及流风余韵之犹存者,悉记之。经三年而是书乃成。"这部著作把洪秀全当作英雄来塑造的目的,一是有感于"中国无史","后儒矫揉,只能为媚上之文章,而不得为史笔之传记";一是受民间传说的影响和《太平天国战史》等著述的启发,"即以传汉族之光荣"。作者还记述到"洎夫乙未之秋,识□山上人于羊垣某寺中,适是年广州光复党人起义,相与谈论时局,遂述及洪朝往事,如数家珍,并嘱为之书。余诺焉而叩之,则上人固洪朝侍王幕府也,积是所闻既夥"[1]。从其著述时间来看,当在辛亥革命的前三年,可见以《洪秀全演义》为代表的太平天国传说对推翻清王朝的革命斗争的重要影响。这类传说代表着摧枯拉朽的革命大潮的先声,是清代民间文学史上最为珍贵的内容之一。

其他像关于胡雪岩这位红顶商人的传说,关于日俄战争和海上华人劳工的传说,在清代文献中都有所记述。这些传说和以上所记诸类民间传说一起构筑了"口述清史",是我国民间文学史上很不寻常的一页。他们直接表现了在新旧交替时代我们的国家和民族所发生的深刻变化,其中有许多内容应该为我们所重视,更应该为我们所思索。特别是民间文学史的研究中是否需要社会责任感与使命感的问题,以及如何开拓学术研究空间等问题,都是我们回避不了的。民间传说是依据一定的社会生活和自然世界的真实来表现人们的思想情感和审美情趣的口头艺术,其真实性的魅力是其他文学形式所不及的,我们从中可以更直接更全面也更准确地把握中国封建王朝最后一个朝代的脉搏,去深入理解为何一百年过去了,在神州大地上还有这么多封建的幽灵在徘徊,甚至有时还很猖獗!历史是不可能重演的,但历史的悲剧却不断被重复。我们的民间文学史应冷静对待这个应该由我们作出回答的问题。

---

[1] 人民文学出版社1956年版。

二、清代民间故事

清代民间故事包括民间幻想故事、民间生活故事、民间笑话和民间寓言四大类,除至今还活跃在民间百姓口头上作为活性形态继续流传的之外,集中保存在清代的一些笔记著述中。清代笔记汗牛充栋,有许多笔记保存了丰富的民间传说和民间故事,诸如袁枚的《子不语》和《续子不语》,墉纳居士的《咫闻录》,沈起凤的《谐铎》,吴炽昌的《客窗闲话》,寄泉(高继衍)的《蝶阶外史》,徐珂的《清稗类钞》,许奉恩的《兰苕馆外史》和《里乘》,邹弢的《三借庐笔谈》和《浇愁集》等。纪昀的《阅微草堂笔记》和蒲松龄的《聊斋志异》是此类笔记中最典型的作品,其他还有屈大均的《广东新语》,王士禛的《池北偶谈》《华皇纪闻》和《香祖笔记》,褚人获的《坚瓠集》,佟世思的《耳书》,纽琇的《觚剩》,东轩主人的《述异记》,徐岳的《见闻录》,清凉道人的《听雨轩笔记》,乐钧的《耳食录》,青城子的《志异续编》,钱泳的《履园丛话》,余金的《熙朝新语》,姚元之的《竹叶亭杂记》,张培仁的《妙香室丛话》,梁恭辰的《北东园笔录》,许秋垞的《闻见异辞》,汤用中的《冀骃稗编》,冯起凤的《昔柳摭谈》,管世灏的《影谈》,无名氏的《壶天录》,毛祥麟的《墨余录》,陈其元的《庸闲斋笔记》,陆长春的《香饮楼宾谈》,采蘅子的《虫鸣漫录》,宣鼎的《夜语秋灯录》,薛福成的《庸庵笔记》,俞樾的《左台仙馆笔记》和《俞楼杂纂》,程趾祥的《此中人语》,李庆辰的《醉茶志怪》,夏芝庭的《雪窗新语》,杨凤辉的《南皋笔记》,吴沃尧的《研尘笔记》《研尘剩墨》《新笑史》《礼记小说》《中国侦探案》,退一步居散人的《只可自怡》,张潮的《虞初新志》,丁治堂的《仕隐斋涉笔》,梁章钜的《浪迹丛谈》,赵恬养的《解人颐新集》,李光庭的《乡言解颐》,梁绍壬的《两般秋雨庵随笔》,小横香室主人的《清朝野史大观》,赵翼的《檐曝杂记》,黄图珌的《看山阁闲笔》,朱克敬的《瞑庵杂识》等;少数民族民间故事中出现了和邦额的《夜谭随录》,长白浩歌子的《茧窗异草》和申在孝的《春香传》等;笑话故事集有游戏主人的《笑林广记》,程世爵的《笑林广记》,独逸窝退士的《笑笑录》,石成金的《笑得好》,小石道人的《嘻谈录》,陈皋谟的《笑倒》和《半庵笑政》等。这些典籍从另一个方面细致地表现了清代社会的世俗生活,也映现出我们民族的心灵在这个非凡时代的变迁。

清代文人笔记作为记述和保存民间故事的文献,以蒲松龄和纪昀两位的著述最具有特色,还有石成金的《笑得好》等清代文人所记述的笑话故事,其记述的丰富性、完整性,以及记述目的的明确性都很突出。在大量的笔记中,民间故事只是被零散地记述。

蒲松龄的《聊斋志异》是传统的志怪体文人笔记,相当系统地保存了当世所流传的民间故事,其中以幻想故事和生活故事为主要内容。这部笔记小说在民间故事的记述上有颇强的原始性,搜集整理的自觉性也很鲜明。如作者在《聊斋自志》中所述:"披萝带荔,三闾氏感而为骚。牛鬼蛇神,长爪郎吟而成癖。自鸣天籁,不择好音,有由然矣……才非干宝,雅爱搜神;情同黄州,喜人谈鬼。闻则命笔,遂以成编。久之,四方同人又以邮筒相寄,因而物以好聚,所积益夥……集腋为裘,妄续幽冥之录;浮白载笔,仅成孤愤之书。寄托如此,亦足悲矣!"[1] 其孙蒲立德在《聊斋志异跋》中说,蒲松龄"幼有轶才,学识渊颖,而简潜落穆,超然远俗","然数奇,终身不遇,以穷诸生授举子业,潦倒于荒山僻隘之乡。间为诗赋歌行,不愧于古作者;撰古文辞,亦往往标新领异,不剿袭先民,皆各数百篇藏于家。而于耳目所睹记,里巷所流传,同人之籍录,又随笔撰次而为此书";又记此书"初亦藏于家,无力梓行,近乃人竞传写,远迩借求矣"[2]。同时代的邹弢、石庵、徐珂等人,也都记述蒲松龄直接向人采录此类故事,"如是二十余寒暑,此书方告蒇"[3]。

《聊斋志异》中保存的民间故事,显然是经过了蒲松龄本人的加工。如

---

[1] 见《聊斋志异会校会注会评本》,上海古籍出版社1978年版。
[2] 见《聊斋志异会校会注会评本》,上海古籍出版社1978年版。
[3] 见《三借卢笔谈》《忏观室随笔》《清稗类钞》等。

鲁迅所说："明末志怪群书，大抵简略，又多荒怪，诞而不情，《聊斋志异》独于详尽之外，示以平常，使花妖狐魅，多具人情，和易可亲，志为异类，而又偶见鹘突，知复非人"，"描写委曲，叙次井然，用传奇法，而以志怪，变幻之状，如在目前"[1]。其中保存的民间故事原型，与今天所流传的故事相同，可见蒲松龄的苦心。在《聊斋志异》中，民间故事保存最多的是狐精故事，即民间故事分类中的幻想故事，表现出北方民间文学的重要特点，即平常人所说的"北狐南仙"。北方的狐仙崇拜在民间故事中是突出的主题。蒲松龄所记述此类故事，有单纯的狐仙崇拜，而更多的则与生活故事糅合在一起。如其所记《狐女》中的狐精是一位善良的女子，深爱伊生，当伊生遇难时，立即赶去给予帮助。《小翠》中的狐精遭受雷击，为王氏所救，后王氏登第，并生有一子，但此子性痴呆，狐精遂使痴呆之子开窍并恢复理智；某给谏与王氏有过节，欲使王氏遭祸，告给朝廷，却反以诬告罪充军受罚，此亦为狐精之助。此类故事还见于《婴宁》《青凤》《莲香》《娇娜》等篇中。精怪故事除狐仙外，还有《阿纤》中的鼠女精，《花姑子》中的獐女精，《白秋练》中的鱼女精，《象》中的象精，《赵城虎》中的虎精和《葛巾》中的牡丹花精、《黄英》中的菊花精等，《泥书生》中还记述了泥人成精。这些故事既是精怪故事，又包含着报恩故事等类型，是精怪故事与报恩故事等多重母题与原型的综合。其次是对鬼怪故事的记述，在《聊斋志异》中亦相当丰富。如《王六郎》中的许姓渔人遇溺鬼所化少年之助而获鱼甚丰，《布商》中的红裳女子救布商脱难而惩罚不义僧人等。更重要的是蒲松龄借民间故事描述世间百态，不但给人以审美愉悦，而且给人以启发。如《香玉》中的黄生真心爱花，感动花神，讴歌人间真情；《连城》中的乔生与连城相爱，却因家贫而遭阻碍，后二人在冥间相会并还魂再生，对封建婚姻制度进行了抨击；《叶生》中的叶生才高却屡试不中，化鬼借以助人，抨击了旧科举制度对青年俊才的埋没与

---

[1] 见《中国小说史略》，《鲁迅全集》第九卷，人民文学出版社1982年版，第209页。

扼杀；《促织》中的成名之子魂化蟋蟀，改变家庭因皇家好斗蟋蟀而造成的苦难命运，借以指斥封建专制政治的腐朽；《席方平》中的席方平在冥间连连上访，不屈服于邪恶势力，既是对黑暗现实的影射，又是对民间百姓敢于反抗、敢于斗争的颂歌。这些故事在记述中被如此处理，丝毫不影响故事原型的保存，反而使民间故事更具有感人的魅力，从而得到更广泛的传播，至今在蒲氏故里还流传着许多"聊斋汉子"，就是一例[1]。

纪昀字晓岚，自号观弈道人，他的《阅微草堂笔记》与《聊斋志异》一样，保存了丰富多彩的民间故事，只是纪昀属于上层文人，曾任《四库全书》总纂官，官至协办大学士。对故事的记述和采录方式当然会与蒲松龄有所不同。《阅微草堂笔记》原分为《滦阳消夏录》《如是我闻》《槐西杂志》《姑妄听之》和《滦阳杂录》五种，嘉庆五年，由其门人盛时彦合刻为《阅微草堂笔记》。鲁迅在《中国小说史略》中对之评价颇高，称其"凡测鬼神之情状，发人间之幽微，托狐鬼以抒己见，隽思妙语，时足解颐；间杂考辨，亦有灼见"，"与《聊斋》之取法传奇者途径自殊"，其语言"雍容淡雅，天趣盎然"，"后来无人能夺其席，固非仅借位高望重以传者"[2]。纪昀在《滦阳消夏录自序》中记述自己"昼长无事，追录见闻，忆及即书，都无体例"，"街谈巷议，或有益于劝惩"[3]；在《槐西杂志自序》中又记到"缘是友朋聚集，多以异闻相告，因置一册于是地，遇轮直则忆而杂书之，非轮直之日则已，其不能尽忆则亦已"[4]；在《姑妄听之自序》中亦称其中作品"多得诸传闻"[5]。可见他所采录的民间故事多来自知识阶层，其目的也仅在于"使人知所劝惩"。蔡元培把这部著述与《石头记》(《红楼梦》)和《聊斋志异》同看作"清代小说最流

---

[1] 参见董均伦、江源：《聊斋汉子续集》，中国民间文艺出版社1978年版。

[2] 《鲁迅全集》第九卷，人民文学出版社1982年版，第213页。

[3] 《鲁迅全集》第九卷，人民文学出版社1982年版，第213页。

[4] 据清"嘉庆二十一年北平盛氏重刊本"。

[5] 据清"嘉庆二十一年北平盛氏重刊本"。

行者",称其"颇有老妪都解之概"[1]。

《阅微草堂笔记》中所记述民间故事,也是以幻想故事和生活故事为主;其中,精怪神鬼类的幻想故事给人以深刻印象。诸如《翁仲凶淫》中记翁仲精污辱了无数新葬的女鬼,最后遭受惩罚被焚毁;《李秀》中记李秀路遇"少年约十五六,娟丽如好女","邀之同车","间以调谑",后却发现此人渐渐变色,初"貌似稍苍",最后"乃须鬓皓白,成一老翁","一笑而去","竟不知为何怪也";《遇罗刹》记某狂生为鬼,滥迫少女,最后被捉弄;《仆与鬼斗》是一则流传于蒙古族中的故事,在清代民间故事中尤为少见,作品记述"科尔沁达尔汗王一仆"路遇二毡囊,其中分别满贮人牙和人指爪,又遇寻囊女鬼即"老妪","仆徒手与搏",女鬼不胜,诅咒仆人来日"必褫汝魄",而三年过后仍"不能为祟","知特大言相恐而已";其他还有《南皮许南金》《举担灭鬼》《鬼魂报恩》等篇,记述了各种各样的民间鬼故事。在《假鬼》《郭六》《假狐女》《破寺僧徒行骗》和《唐打猎打虎》等篇中,记述了一些生活故事。其中的《狼子野心》是一篇民间寓言故事。这些故事与《聊斋志异》中所记相比,在总体内容上缺少蒲氏笔端的"诡异",更多的是平常气息;其结局也仅仅是善恶各自有报,缺乏《聊斋志异》中的"孤愤"。这表明由于民间故事记述者的知识背景与出身身份不同,对故事的取舍以及记述态度和记述效果也明显不同。在清代民间故事的记述中,袁枚的《子不语》和《续子不语》有着自己的特色。袁枚有着很好的文学修养,他在文学创作上主张"性灵"说,不满于当时在学术思想上居于主流的汉宋学派,反对考据,以为六经"多可疑",提倡"赤子之心",直抒"性情";所以,他所记述的民间故事也多求于自然。其所标"子不语",如其在《新齐谐序》中所述,即取"怪力乱神,子所不语"之意。他"生平寡嗜好","文史外无以自娱","乃广采游心骇耳之事,妄言妄听,记而存之";他还举"昔颜鲁公、李邺侯

---

[1] 蔡元培:《评注阅微草堂笔记序》,存上海1918年"会文堂书局石印本"。

功在社稷,而好谈神怪","韩昌黎以道自任,而喜驳杂无稽之谈","徐骑省排斥佛老,而好采异闻,门下士竟有伪造以取媚者",自以为是窃取了"四贤之短"[1]。

袁枚所采录民间故事,如《子不语》中的《贔屃精》记述贔屃精痴爱某书生,虽遭磨难,终不改痴情;《陈圣涛遇狐》中的狐精挚爱着贫士,使其得到生活上的温暖;《狐读时文》中的狐翁之女与贫士相爱,婚后鼓励贫士发愤努力,进取学业;《猎户除狐》中的狐精蔑视道士,使其法术不灵,呈现狼狈相,甚至天师府派来的法官,也备受其捉弄;《罗刹鸟》中的罗刹鸟幻化为假新娘,最后经过多种曲折事件,真正的夫妻才得团聚;《不倒翁》中的不倒翁精扰乱民间,被驱赶;《鬼差贪酒》记述袁观澜"年四十"而"未婚",与邻家女子相爱,其父嫌袁观澜贫穷而不允,以致女儿"思慕成瘵"而"卒",后来他月夜饮酒,发现鬼差用绳缚其女,便以酒"浇入其口",使鬼差"身面俱小",又"画八卦镇压之",最后袁观澜得与其邻家女子团圆;《鬼买儿》记述鬼附在人身上,负主妇之责;《水仙殿》记述水鬼迷惑行人,妄图寻找替身;《鬼冒名索祭》记述野鬼为了享受祭祀,冒用某老翁姓名;《山西王二》记述鬼魂为了惩罚凶手,附于女巫之身,并通过其诉冤而使凶手得到应有的报应;《蔡书生》记述有宅闹鬼,蔡书生毫不畏惧,与女鬼较量,最后"怪遂绝"而"蔡亦登第";《白虹精》记述热心篙工渡人获善报,得"麻布一方"与黄金所化黄豆,初疑而后信,最后登麻布而升天,与白虹之精结为良缘;其他还有《归安鱼怪》《鬼借力制凶人》《无门国》《借棺为车》《妖道乞鱼》《驴雪奇冤》等。这些幻想故事多师法自然,具有自然主义色彩。他所记述的生活故事也是这样,如《偷墙》《奇骗》《骗人参》中的骗子;《徐四葬女子》中的嫂与小叔徐四俱谦让,徐兄误杀他人;《官癖》中的赃官恬不知耻;《卖蒜

---

[1] 蔡书《新齐谐》为袁枚见"元人说部有雷同者"所改名,但后人仍名之《子不语》,存清"乾隆五十三年随园刊本"。

叟》中的杨二相公通过较量,乃知卖蒜叟武艺非凡等。这些故事的记述语言平中见奇,简洁而生动。

《续子不语》中的故事类型与《子不语》大致相同。诸如《石人赌钱》记述郡署前的石人成精,盗库银赌博;《韩铁棍》记述韩舍龙路遇道士,为之养病,获赠"如拳"小羊,食后力气大长,"铸精铁为棍,长丈有二,重八百斤"而"无能御者","盗贼莫敢犯其锋",最后神羊自其体内出,遂"手无捉鸡之力","九十寿终"。其中的《沙弥思虎》是清代民间故事中尤为典型的一篇:

> 五台山某禅师收一沙弥,年甫三岁。五台山最高,师徒在山顶修行,从不一下山。
>
> 后十余年,禅师同弟子下山,沙弥见牛马鸡犬,皆不识也。师因指而告之曰:"此牛也,可以耕田。此马也,可以骑。此鸡犬也,可以报晓,可以守门。"
>
> 沙弥唯唯。
>
> 少顷,一少年女子走过,沙弥惊问:"此又是何物?"
>
> 师虑其动心,正色告之曰:"此名老虎,人近之者,必遭咬死,尸骨无存。"
>
> 沙弥唯唯。
>
> 晚间上山,师问:"汝今日在山下所见之物,可有心上思想他的否?"
>
> 曰:"一切物都不想,只想那吃人的老虎,心上总觉舍他不得。"

这篇故事的记述,我以为同袁枚所倡的性灵之说有着密切联系。由此可以联想起《十日谈》中的《绿鹅》;当然,我们不必去考证两者是否有渊源关系。这里的沙弥是"赤子之心"的体现者,而禅师则意味着禁欲主义,与追求考据的汉宋学派等守旧势力相合。这篇故事的内容,事实上已经远超过它在清代中叶这个具体的时代所表现出的意义;直到今天,还能启发我们去思索如何对待理想与人生等问题。

其他像《履园丛话》中的《蛇妻》《老段》《黄相公》《男女二怪》《什么东西》《无常鬼》《女鬼报冤》;《北东园笔录》中的《狐报恩》《安念辱身》《鬼妻索命》《黑额人》《白卷获隽》《麂报》《江都某令》《逆妇变妒》《黟县误杀案》《鬼妻伸冤》《丁生》《侠客》;《咫闻录》中的《巧骗》《人参》《泥皂隶破案》《郭介》《罗诚》《木匠厌咒》《葛青天》《阴阳太守》《徐兄李弟》《屠板生珠》《向福来》《义犬》;《醉茶志怪》中的《青蛙精》《白郎》《黄鼠》《泥女》《疟鬼》《山左布商》《冷香堂》《瓜异》《武清艺》《焦某》《鬼戏》《申某》《绿标》《点金石》《折狱》《信都翁》;《觚賸》中的《唊石丐》《神僧》《屈曼》《雁翎刀》《僧虎》《红衣土偶》;《香饮楼宾谈》中的《螺精》《徐稳婆》《沙七》《铁肚皮》;《虫鸣漫录》中的《书生复仇》《麻风女》《直隶谋夫案》《新郎被杀案》《村氓女》《肩木人》;《仕隐斋涉笔》中的《贼救妇》《异僧》等,这些故事犹如清代社会民间文化生活中的文明碎片,折射着这个时代的万千气象。

尤值得一提的是满族作家长白浩歌子的《萤窗异草》与和邦额的《夜谭随录》两部笔记著述,它们都是在《聊斋志异》的影响下出现的,都记述了丰富的民间故事。有学者以为,长白浩歌子就是《八旗艺文编目·子部》"注"中所述的尹文瑞之子尹庆兰,素与袁枚交往,被袁枚赞为"调鼎两朝门第贵,高吟一世秀才终"。其《萤窗异草》记述了许多民间传说和民间故事,如记述狐精故事的《缝衣女》《古冢狐》《宜织》《银针》《青眉》和《桃叶仙》等,以狐写人;《智媪》中的盗贼横行,《毒饼》中的官府草菅人命,都是社会黑暗的直接表现。《讼疫》记述刘某诉讼于城隍,使瘟疫免行,但却受到疫鬼的迫害,他坚决与疫鬼进行斗争,这是以鬼述人的优秀故事。和邦额的《夜谭随录》是"灭烛谈鬼,坐月谈狐"的故事集,记述人鬼之间的恩怨是非,具有浓郁的民俗生活气息。如其中的《猎精》记述猎精到田间芦棚迷惑农家少年;《骷髅》记述轻薄之徒妄想调戏美貌妇人,被鬼魅捉弄,陷入古冢;《袁翁》记述有穷人为救饥荒,去当破衣服被当铺拒绝,富裕之后也开当铺,实现其"彼时虽有人将死孩儿来质,亦必质之"的愿望,以救助穷苦之人,而当他埋葬穷人来当的死孩儿时,却意外地获得了更多的财富;《米芗老》故事更加奇特,记述三原少年米芗老因当时有人将"掳掠得(之)妇女","贮布囊中","听人收买",也去买妇,却买得一"老妪","年近七旬",适有老翁买得妙龄少女,最后两人换妻,各得其所,但其背景留给人的印象却是充满辛酸。这两部笔记出自少数民族作家之手,应当被看作少数民族民间文学史的一部分;但是,与曹雪芹创作了《石头记》(《红楼梦》)、蒲松龄创作了《聊斋志异》一样,这种民族文化具有更普遍的意义,这也是清代民间文学的一个重要特点。各民族作家的共同努力,创造了灿烂辉煌的中华文化,民间文学也是如此。

三、民间笑话和民间寓言

清代的民间笑话故事和民间寓言故事,在我国民间文学史上是发展成熟的一页,也是内容相当丰富的一页;它们的意义并不仅仅在于使民间百姓获得审美上的愉悦、轻松,更重要的是它们常常在激烈的社会矛盾冲突中充当战斗檄文。

这一时期的笑话集非常丰富,诸如石成金的《笑得好》,陈皋谟的《笑倒》,小石道人的《嘻谈录》和《嘻谈续录》,题"吴下独逸窝退士辑"的《笑笑录》,俞樾的《一笑》,赵恬养的《解人颐》,李渔的《古今笑史》,游戏主人辑的《笑林广记》和程世爵的《笑林广记》等;另外还有大量的笑话散见于一些笔记中。与此同时,我国最早的笑话故事集魏邯郸淳的《笑林》,以及宋代的《东坡问答录》《耕禄藁》,元代的《拊掌录》,明代的《艾子后语》《山中一夕话》《谐语》《笑赞》《广笑府》《智囊》《古今谭概》和《雪涛谐史》等笑话故事集,在这一时期都有刊刻本印行。应该说,这是一个笑话故事的集大成时代。总观这一时期的笑话,既有对往昔笑话故事的继承,更有"笑谈"现实生活的新作,并不是像有些学者所说的那样是演绎明代之前的笑话。其中最典型的就是时政笑话的涌现,如《笑得好》中的《折钱买饼》《臭得更很》《画行乐》《秀才断事》《疮痛》《驱鬼符》《答令尊》《不吃素》《独脚裤子》《灭火性》《有天没日》《吃人不吐骨头》《摆海干》《拳头好得很》《夫人属牛》《代绑》《判棺材》《胜似强盗》《剥地皮》《乡人看靴形》等篇。《夫人属牛》记述某官属相为鼠,有人为了巴结他,送给他一只金铸鼠,而他还想着让人送一只金铸大牛,可见其贪;《剥地皮》记述某官任满归家,其任上所属地的"土地爷"也随之而走,因为那地方上的地皮都被这个县官刮去,可见其更贪。时政笑话包含着大量的政治笑话,集中在对统治者的贪婪、无耻、残忍与狠毒的具体记述上。《笑得好》中的《胜似强盗》指斥"如今抬在四人轿上的,十个倒有九个胜似强盗";《吃人不吐骨头》借猫捉老鼠时"闭着眼睛念经","行出来的事竟是个吃人不吐骨头的",来述说人间官与民之间的关系。又如《嘻谈录》中,《堂属问答》《富家傻子》《糊涂虫》《五大天地》《武弁看戏》《不改父业》《弟兄两谎》《酒誓》《喜写字》《穷鬼借债》《刮地皮》《死要钱》等时政笑话,也是将矛头指向为富不仁、为官不正种种愚昧、无耻的现象。如《武弁看戏》中的武弁把"孟获"说成孟子的后代,文官把"孔明"说成孔子的后代,是一对不学无术的官僚;《糊涂虫》中的某官"断事不明,百姓怨恨",名之为"糊涂虫",并将讽刺他"糊涂"的诗贴满墙上,而此官竟不自知,反让仆役去捉那"糊涂虫",故事将他的愚昧、愚蠢刻画得入木三分;《堂属问答》记述"一捐班不懂官话",把"风土""春花""绅粮""百姓""黎黍""小民"分别当作"大风和尘土""春棉花""身量""白杏""梨树""小名",令人啼笑皆非,尤其是写此"官忙站起答曰:卑职小名狗儿",更见其卑微。这些时政笑话的指斥意义具有普遍性,其讽刺、嘲笑的对象,一般为官吏的贪婪、愚昧、残忍、无耻,也有腐朽文人的无聊、无知,僧人、道士的虚伪,某些世俗百姓的懒惰,以及富家子弟的愚蠢、呆笨等。其他诸如《一笑》中的《不识一字》《冬瓜》《敬客》《淡而无味》《性缓与性急》《戴高帽》;《笑倒》中的《书低》《死方儿》《清客》《祛盗》《脚像观音》;程世爵本《笑林广记》中的《讲解》《问猴》《魂作阔》《懒妇》;游戏主人本《笑林广记》中的《有理》《取金》《收骨头》《媒人》《请神》《母猪肉》;《笑笑录》中的《借与之钱》;《解人颐》中的《嘲太守》《让王位》等,都在引人发笑的同时,宣泄了对社会上种种不平等现象的愤恨,也让世人看到了自身的弱点。

清代民间笑话在一些少数民族民间文学中也有许多表现,流传较广的有布依族的《三女婿拜寿》,壮族的《傻女婿》和《做狗灌肠》,傣族的《傻女婿波岩养的故事》,蒙古族的《巴拉根仓故事》中也有一些笑话,鄂伦春族的《急性子的猎人》有自己的特色,维吾尔族中的阿凡提、赛莱恰坎、毛拉·再依丁和肉孜·喀尔、塔特里克·卡萨等机智人物故事中的笑话相当丰富,藏族的《阿古顿巴的故事》中的笑话更具有哲理意义。各民族的笑话故事,集中体现了不同民族的幽默特点及其审美观、价值观、道德观等内容,同样是民间文学史不可忽视的一部分。

还应该一提的是,清代民间笑话发展中,出现了陈皋谟的《半庵笑政》这篇笑话理论的总结提纲。作者把笑话归为"笑品""笑侯""笑资""笑友"和"笑忌"等几个部分,这是我国民间文学思想史上一份可贵的文献。

清代流传的民间寓言故事被记述于文献的较为零散,有许多民间笑话故事其实也就是民间寓言故事。民间寓言故事的审美个性与思想内容是相当显著的,如《聊斋志异》中的《藏虱》《骂鸭》《禽侠》《大鼠》,《庸庵笔记》中的《蚓食蜈蚣》《蜘蛛与蛇》《壁虎与蝎》《鬼笑可谓》和《耳食录》中的《妻弟》《邻虎》等民间寓言故事,是清代社会民间文化哲学思想的典型体现,其寓意之深刻,语言之简洁,形象之生动,是其他民间文学形式所不能相比的。这一时期最典型而最生动的民间寓言,主要体现在少数民族的民间故事中。如藏族中流传的《咕咚》《夸口的青蛙》《兔子报仇》和《猫喇叭念经》等故事,白族的《狼、狐狸和猴子》,佤族的《一只好胜的老虎》,普米族的《狮子和小兔》,羌族的《小鸡报仇》和《兔子弟弟》,纳西族的《乌鸦笑猪黑》,哈尼族的《铁鳞甲和乌鸦》,布朗族的《鹭鸶告状》,景颇族的《蝙蝠》,阿昌族的《大象走路为什么轻轻的》,维吾尔族的《聪明的青蛙》《狮子和老鼠》《狐狸和大雁请客》,哈萨克族的《乌龟、蚂蚁和狐狸》《自作聪明的猴子》,柯尔克孜族的《黄羊·乌鸦·老鼠·青蛙四个朋友》,锡伯族的《山羊和灰狼》,乌孜别克族的《自作聪明的毛驴》,塔吉克族的《黑熊和狐狸》,裕固族的《牧人、兔子和狐狸》,回族的《野鸡借粮》和《永远后悔的青蛙》,傣族的《抛弃国王的狗》和《鳄鱼的死》,侗族的《老虎和螃蟹》,壮族的《公鸡接受了教训》和《猫教老虎爬树》,高山族的《松、柏、杉和桧树比赛》《猴子和穿山甲》,瑶族的《蚂虫另告状》等,这些民间寓言故事大部分以动物形象出现,通过它们的活动显示深刻的寓意。尤其是藏族的《咕咚》被拍摄成儿童电影,制作成连环画,在邮票上、招贴画上都有此寓言故事的内容,还表现在国际间民族文化的交流中,深受人们喜爱,显示出藏族人民的聪明智慧,以及民间寓言故事的独特魅力。这是我国民间文学的光荣和骄傲。

第五节 清代传说故事中的风俗与时事

思想文化的巨大生机在于自由;民间文学的口耳相传,决定了其自由与鲜活的生命。其无所畏惧,用口头形式保存了时代的真实。

一个时代总有自己的文化特征。许多人说,清代文字狱造成思想文化的窒息,使多少聪明智慧与思想文化一起被扼杀,被无情摧残和蹂躏,文学便不得不躲躲闪闪,以另外一种形式生存、发展。乾嘉之际,考据盛行,学问家追根问底,貌似严谨,其实正是惧怕社会现实生活中色厉内荏的统治者高度专制所表现出的小心翼翼。这不是中国文化的福音。民间文学具有宣泄情感等重要的文化功能,体现的是千百万社会大众最真实的情感,无拘无束,应该是这个时代所创造出的最宝贵的思想文化。

清代民间故事在社会发展中体现出鲜明的个性,一方面,它承前启后,继续述说着历史文化传统为背景的"往事",以风物传说故事等内容显现中国传统文化的个性内容;另一方面,它及时表现现实,记录社会现实生活中所发生的那些事件。它表明了一种道理,当专制政治完成了历史的诉求这一任务时,应该转型,为日益增长的物质文化需要做出自己的必要调整,否则,就会成为历史发展的巨大障碍,就会成为社会的罪恶。清王朝崛起于东北白山黑水间的一个少数民族,因为种种原因,乘机入主中原,在事实上形成对中国社会发展的阻碍,以文字狱等形式形成对中国文化的巨大破坏。尽管它也出现康雍乾盛世,但依然是残酷无情的专制;民间文学也因此表现出许多无奈,诸如文人笔下那些说来说去的笑话,自嘲自慰与讽刺他人相结合,只是无尽的叹息,而它也发出时代的强音,形成愤懑、激扬与痛斥、控诉。中国专制政治已是强弩之末,无论如何,它都无力承担社会发展的重任,在农民起义烽火迭起,世界列强不断瓜分中国这样的内忧外患中,不得不退场;同时,科学与民主的曙光照亮东方,新的民间文学内容与形式应运而生。这是时代的潮流;而在民间社会,却依然歌声如旧,社会风俗生活下涌动着新的思想,等待着天边的雷霆引发暴风雨,激起倾天的大潮。所以,当天下不得不反的时候,四野涌动起此起彼伏的喊杀声,民间文学成为这喊杀声中最激烈、最昂扬的吼声;于是,历史掀开了新的一页。

一、风物的姿态

清代民间文学是由清代社会千百万民众所创造的,而作为历史文献,却是由许多不得意文人书写的。所以,清代文人笔下的风物传说故事体现出又一种姿态。

一个民族的历史文化作为传统,是一个民族最为醒目的文化标志,其不仅仅依据文献传承,也不仅仅依靠口耳相传,或者说,更为重要的是其形成代代相传的风俗生活,常常具有一定的存在形态,诸如一定的仪式、信仰和传说内容,甚至具有一系列附属物,作为其"遗迹"被证明。像年节,即春节,不仅仅是一种讲述生命的时间秩序形成与发展变化存在"原因"的传说,也不仅仅是一种相互祝贺包括体现各种民间信仰及其存在意义的仪式,而应该是一种综合性的文化生活,在衣食住行的各个方面体现出它的"这一个"。其存在形式如风,是风俗之"风",如口头讲述及其不胫而走,瞬间即传遍千家万户;一个时期有一定的风尚,有物化的外表,是风俗之"俗",诸如山川河流、花鸟鱼虫的象形与象征,一片土地可以称为"望夫石""望娘滩",一对蝴蝶可以称为"梁山伯祝英台"。综合起来,便是"风"与"物",便是风物。风物是一个文化系统,有风物传说,解释事物的来历,更有风物文化,包含各种信仰、禁忌、图腾和审美等内容。

如关于介子推与寒食节的传说故事,当年更多的是传诵介子推的忠义,经过了千百年的风雨历练,如今成为以时令为主要内容的述说。俞樾《茶香宝续抄》卷一《寒食在冬月》引经据典,作记述曰:

> 宋洪迈《容斋三笔》云《邺中记》云:并州俗,冬至后一百五日,为子推断火,冷食三日。

> 按《后汉·周举传》云:太原一郡,旧俗以介子推焚骸,有龙忌之禁,士民每冬中,辄一月寒食。举为并州刺史,乃作吊书置子推庙。言盛冬去火,残损民命,非贤者之意。然则所谓寒食,乃是冬中,非今节令二三月间。

如七夕风俗与传说故事,当年只是星占风俗与天体崇拜形成农耕社会风俗生活的季节提示,有耕织内容,却未必就一定有兄弟分家的内容。或曰,分家风俗是在汉代之后所形成。对此,汉诗、唐诗化作爱情传说,有多少歌唱,如《古诗十九首》之"迢迢牵牛星,皎皎河汉女。纤纤擢素手,札札弄机杼。终日不成章,泣涕零如雨。河汉清且浅,相会复几许?盈盈一水间,脉脉不得语";如白居易《长恨歌》之"七月七日长生殿,夜半无人私语时。在天愿作比翼鸟,在地愿为连理枝。天长地久有时尽,此恨绵绵无绝期",如秦少游《鹊桥仙》唱"两情若是长久时,又岂在朝朝暮暮",引起人对满天星辰多少遐想与万千感慨。而此时的牛郎织女传说与乞巧节风俗相融合,经过了宋王朝时东京街头、杭州巷间令人眼花缭乱的磨合罗,尤其经过明代大移民,七夕风俗与传说故事从《诗经》和《古诗十九首》中飞向四面八方;在清朝的风中渐渐成为另外一种风光。在许多地方,牛郎织女成为一座山、一条河流的故事,点缀起无数的风景。笔者曾经到许多与牛郎织女传说有联系的地方去考察,曾经亲耳听到乡间的父老们有声有色地说,当年放牛的牛郎就是他们村子里的一户人家;在河南省鲁山县有一个鲁山坡,那里的老百姓说牛郎名叫孙如意,是这个地方所有孙姓人的祖先,逢年过节,他们要摆放祖先牛郎祖爷爷的牌位供奉,而且,他们把周围邻近的村庄与这古老的传说联系在一起,指点着牛郎的外祖父老天爷家是张庄,指点着织女洗澡的地方泉水无比清澈,可以治疗眼病,更有鲁山坡上牛郎放牛的旧址,有牛郎织女共同生活的山洞。这里的一切仿佛都是牛郎织女故事的场景再现,他们丝毫不容怀疑。在苏州太仓,也是如此,人们古老相传"今村西有百沸河,乡人异之,为立庙。旧立牛、女二像"云云。

褚人获《坚瓠二集》卷二《牵牛织女》记述曰:

> 天河之东有美女,天帝女孙也,机杼劳役,织成云雾天衣,容貌不暇整理。帝怜之,嫁与河西牵牛,自后竟废织纴。帝怒,责归河东,使一年一度与牵牛相会。

俞樾是一个学问家,他著述《茶香室四抄》,其卷一《鹊桥渡织女俗说》对此引经据典,做考证,做辨析,曰:

> 国朝何绣《樵香小记》云:初读马缟《中华古今注》,称俗说七月七日,乌鹊为桥渡织女,以为缟述流俗之说耳。后读《隋书·经籍志》,杂录

有沈约《俗说》三卷,乃知《俗说》为书名,乌鹊桥事为约所记也。

按《古今注》所云俗说,自谓世俗相传之说,不得因沈约书名适与之合,遂以为本,自体文也。姑录其说,为谈资耳。

蒋廷锡《古今图书集成》辑有《神异典》,是中国古代神仙文化的集大成;其卷五〇引《苏州府志》"织女庙"记述"牵牛、织女二星"故事,声称早在宋朝之前,牛郎织女就已经在苏州地区流传,而且,"庙在太仓州南七里黄姑塘"有人负责重修,记述曰:

(织女)庙在太仓州南七里黄姑塘。宋咸淳五年嘉定知县朱象祖重修。故老相传,常有牵牛、织女二星降于此,女以金簪划河,河水涌溢,牵牛不得渡。

今村西有百沸河,乡人异之,为立庙。旧立牛、女二像。

建炎时士大夫避地东冈,有经庙中,壁间题云:"商飚初起月埋轮,乌鹊桥边绰约身;闻道佳期唯一夕,因何朝莫(暮)对斯人?"乡人因去牵牛,独存织女。

七夕传说是社会风俗生活的解释性提示,由此产生许多以七夕为背景的故事,如牛郎之牛便与耕牛有关,织女之织便是纺织,即中国传统社会的男耕女织,属于风物之典型。如许秋垞《闻见异辞》卷二《篙入鬼圈》所记,提及"鹊桥仙子掷金梭而来听机声",曰:

嘉庆年间,舟子朱天民人雇之至吴郡,一夕泊市河。时当七月中旬,闻店楼纺织,轧轧历鸣。至二更声渐断续,欻见窗上凭一女子,一彩绳作圆圈势。朱意谓以彩绳而作圆圈,是岂蟾窟嫦娥,系红丝而降临月下?又岂鹊桥仙子掷金梭而来听机声?然睹此同心结、连环结,大小累累,莫非投缳女之变相耶？于是挺篙套入圈内，倏而砉然一响，破竹声如裂帛，始知此女果缢鬼也。乃跃岸探问其家，知此夕夫妻反目，因欲自经。可知伉俪间不能作交颈鸳鸯，使蜻蜓领误入圈中者不少也。幸天民效渔夫之拔篙，真胜于倪宽解结矣。

如孟姜女故事，此时流传的形式更丰富，流传的范围更广大，从清代的地方志中可以看到，河南、河北、湖南、湖北、山东、山西、广东、广西、江苏、江西、浙江、甘肃、陕西、四川、贵州、云南等，天南地北，到处都有这个弱女子哭崩长城的歌声和故事。如钱也是《读书敏求记·孟姜女集》下"姜女祠"，称孟姜女"女姓姜，楚地澧人"，其记孟姜女故事曰：

女姓姜，楚地澧人。行一，故曰孟姜。秦始皇筑长城，夫范郎往赴其役。久不归，制寒衣躬送往之。至则范已死……其遗骸，立祠以祀。

如梁山伯祝英台故事，其起源甚早，而以《宁波府志》影响最大。在清代，许多地方流传着这个故事，北方的鼓书、弦子戏、曲子戏中，南方的采茶戏、弹词、灯歌、木鱼书中，到处传唱，令人流连忘返。如山东曲阜、嘉祥、微山（墓、碑、祝英台读书处），浙江宁波、象山、宁海（梁祝合墓、梁祝庙），安徽舒城（祝英台墓），江苏宜兴、丹阳、如皋、江都（祝英台读书处与梁祝墓），湖北十堰，河南汝南（梁祝读书院与梁祝墓），河北河间（梁祝墓），甘肃清水（祝英台墓），福建屏南，广东连平，包括辽宁辽中、黑龙江绥棱等地，都有"遗迹"被"存在"。更不用说那些花花绿绿的年画、富丽堂皇的砖雕石刻，女扮男装的祝英台扭扭捏捏，与憨厚忠实的梁山伯频送秋波，十八里相送，揪起多少人的愁肠。而如此含蓄，如此遮遮掩掩，欲罢还休，正是中国民间文学的表现特征，是中国民间文学作为中国文化生活最醇厚的"味儿"。

梁祝故事因为一句"晋丞相谢安奏表其墓曰'义妇冢'"引来多少文墨

争议。明代人徐树丕在《识小录》中说:"梁祝事异矣!《金楼子》及《会稽异闻》皆载之。"《金楼子》,梁元帝萧绎所撰,今已无存。唐代有《十道四蕃志》与李蠙《题善权寺石壁》,宋代有《广舆记》《太平环宇记》《咸淳毗陵志》,明代有《宜兴县志》,清代有《常州府志》《仙踪记略》等,说梁祝故事在宜兴;唐代有《宣室志》,宋代有《四明图经》《义忠王庙记》,元代有《四明志》,明代有《识小录》《宁波府志》,清代有《鄞县志》等,说梁祝故事在宁波;清代人格外喜欢梁祝故事,如《河南府志》《汝南县志》等,尽说梁祝故事在河南汝南,甚至说晋之后随中原移民流传到东南(而且有汝南晋砖被带走为证)[1]云云。这就是中国民间文学在流传过程中给人的亲切感。笔者考察过梁祝故事流传地,看到许多地方都有"不容置疑"的书院、十八里坡、草桥、梁山伯祝英台墓与梁家庄、祝家庄、马家庄等故事"遗迹"。曹秉仁修《宁波府志》卷三十六"梁山伯祝英台"记述曰:

> 晋梁山伯,字处仁,家会稽。少游学,道逢祝氏子,同往肄业。三年,祝先返;后二年,山伯方归。访之上虞,始知祝女子也,名曰英台。山伯怅然,归告父母求姻,时祝已许鄮城马氏,弗遂。山伯后为县令,婴疾弗起,遗命葬于鄮城西清道原。明年祝适马氏,舟经墓所,风涛不能前。英台闻有山伯墓,临冢哀恸,地裂而埋壁焉。马言之官,事闻于朝,丞相谢安奏封义妇冢。

吴骞,清代海宁人,字槎客,号兔床,学识渊博,注意历史文化中的传说

---

[1] 此以河南学者马紫晨为例,其考证持此说;他统计称,河南的梆子戏、曲子戏、越调、花鼓戏、五调腔、落子腔等剧种共有"梁祝"剧目 20 多出,分别为《红罗山》《梁山伯》《柳荫结拜》《梁山伯上学》《梁山伯下山》《祝九红出嫁》《马文才迎亲》《窦二毛添箱》《梁祝情》《梁祝怨》《双蝴蝶》《要嫁妆》《东楼会》《西窗会》《拉勾》《送友》《讨砚水》《讨药引》《大隔帘》《二隔帘》《两世缘》《祝英台哭坟》等,在各省传说形态中为最多。

故事。《海昌备志》称其"笃嗜典籍,遇善本倾囊购之弗惜。所得不下五万卷,筑拜经楼藏之。晨夕坐楼中,展诵摩挲,非同志不得登也"。其著有《桃溪客语》《桐溪客话》《四朝经籍志补》等。在《桃溪客语》中,他考证记述曰:

> 梁祝事见于前者凡数处,《宁波府志》云:梁山伯,字处仁,家会稽。出而游学,道逢上虞祝英台,佹为男妆,与共学三载,一如好友。既而祝先返。又二年,梁始归,访于上虞,始知其女也,怅然而归。告之父母,请求为婚。而祝已许字鄞城马氏矣,事遂寝。未几梁死,葬鄞城西清道原。(一云梁为鄞令而死。)其明年,祝适马氏经梁墓,风雷不能前。祝知为梁墓,乃临穴哀恸,悲感路人。墓忽自启,身随以入。事闻于朝,丞相谢请封之,曰"义妇冢"。

邵金彪《祝英台小传》曾经引起许多宜兴人不满,就因为他讲述的是"祝英台小字九娘,上虞富家女""遇会稽梁山伯,遂偕至义兴善权山之碧鲜岩筑庵读书,同居宿三年"与"山中杜鹃花发时,辄有大蝶双飞不散"故事,而且讲述太详细,太动人。其记述曰:

> 祝英台小字九娘,上虞富家女,生无兄弟,才貌双绝。父母欲为择偶,英台曰:"儿当出外游学得贤士事之耳。"因易男装,改称九官,遇会稽梁山伯,遂偕至义兴善权山之碧鲜岩筑庵读书,同居宿三年,而梁不知为女子。临别梁约曰:"某月日可相访,将告父母,以妹妻君。"实则以身许之也。梁自以家贫,羞涩畏行,遂至愆期。父母以英台字马氏。后梁为鄞令,过祝家询九官,家僮曰:"吾家但有九娘,无九官也。"梁惊悟,以同学之谊乞一见。英台罗扇遮面出,一揖而已。梁悔念成疾卒,遗言葬清道山下。明年,英台将归马氏,命舟子迂道过其处。至则风涛大作,舟遂停泊。

英台乃造梁墓前,失声恸哭,地忽开裂,堕入茔中,绣裙绮襦化蝶飞去。丞相谢安闻其事于朝,封为义妇。此东晋永和事也。齐和帝时,梁复显灵异,助战有功,有司为立庙于鄞,合祀梁祝。其读书宅称碧鲜庵。齐建元间改为善权寺。今寺后有石刻,大书"祝英台读书处"。寺前里许,村名祝陵。山中杜鹃花发时,辄有大蝶双飞不散。俗传是两人之精魂。今称大彩蝶,尚谓"祝英台"云。

清代白蛇传传说故事的地方化、风物化,成为这个时代民间文学的重要现象。白蛇传故事早见诸宋代《西湖三塔记》;明代《白娘子永镇雷峰塔》(见冯梦龙《警世通言》卷二十八所载)形成故事完整形态,此时记述甚多,完成后世白蛇传故事情节的重要框架性建构。如田汝成《西湖游览志余》卷二十六"双鱼扇坠"记述:弘治间,旬宣街有少年子徐景春者,春日游湖山。至断桥时,日迨暮矣,路逢一美人,与一小鬟同行。景春悦之,前揖而问曰:"娘子何故至此?"答曰:"妾顷与亲戚同游玉泉,士子杂遝,遂失群,惘惘索途耳。"景春曰:"娘子贵宅何所?"答曰:"湖墅宦族孔氏二姊也。"景春遂送之往。及门,小鬟强景春入,曰:"家无至亲,郎君不弃,暂寄一宿何如?"景春大喜,遂入宿焉,备极缱绻,以双鱼扇坠为赠。明日,邻人张世杰者,见景春卧冢间,扶之归。其父访之,乃孔氏女淑芳之墓也。告于官,发之,其祟绝焉。云云。或曰,今天的白蛇传故事家喻户晓,更多得益于现代传媒,而此前各地文献中故事文本不尽相同。

此时,其作为社会风俗生活的重要内容,在钮琇《觚剩》等处保存不同形态,在不同地方被风物化;形成中国民间文学史上白蛇传故事的又一种讲述形式。

如钮琇《觚剩》卷二《吴觚中·蛟桥幻遇》,记述"康熙二十年间"所发生"宜兴许郎行二",偶然"遇一女绝艳"故事,曰:

宜兴许郎行二,农家子也。康熙二十年间偶入城,至蛟桥,遇一女绝艳。许将与目成,已失所在。是日薄暮抵舍,则所遇女先在室内,迎谓许曰:"来从绛阙,暂寄红尘,三生凤契,今当与君偿之。幸无疑惧。"问其姓名,曰:"何淑贞。"从婢年可十三四,曰秋鸿。是时许妇适归宁,许因诡言:"我妇美不逊汝。"何曰:"邑中金闺之艳,幽谷之姝,遍数止某某三人,差不惭巾帼,我犹胜之。若君妇,则历齿蓬头,既疥且痔,直登徒所爱者耳,又何足言!"妇闻甚恚,率其诸姑姊坌集哄观,仅闻语声出户,并不见形。乃共指而詈之。何曰:"我与许君缔未断之缘,命自真宰。汝辈某与某私,某为某事,此岂贞静者,而亦毁我乎?"所刺幽隐皆实,众遂嘿然散去。何善谈论,其言皆古宫闱事,于汉时尤详。远近好异之士,履满其门。如是月余,颇厌烦嚣,挈婢辞许,不知所往。逾旬,瞥见前婢持衣履来贻,且招许。许叩以所在,婢言但闭目行,少顷可达。许如言,觉两足冉冉若乘烟雾,经丘穿壑,恍入仙源,曲栏重阁,花木幽深。何薄鬓约袖,躬自纺织。许至,洁卮而进。因相与缱绻。逾夕,惝恍出门,遥见晓村旧径,忽然抵家。

钱泳《履园丛话》十六《精怪蛇妻》,记述为"乾隆初年事"之"湖州归安县菱湖镇某姓者"故事,曰:

湖州归安县菱湖镇某姓者,以卖碗为业,纳一妻甚美,而持家勤俭,异于常人。一日谓其夫曰:"我见子作此生涯饥寒如旧,非计也。子如信吾言,自有利益。"其夫听之,遂弃旧业,买卖负贩,一如妻言,不及十年,遂至大富。生二子,俱聪慧,延师上学。惟每年端午辄病,而拒人入房,其夫不觉也。长子方九岁,偶至母所,见大青蛇蟠结于床,遂惊叫反走,回视则母也。因告之师。师故村学究,以祸福之说耸动其夫。妻已知之,遂谩骂曰:"吾家家事何与先生!"是夕忽不见。乾隆初年事。

四大传说在清代社会的流传,是民间文学史上一个值得重视的文化现象,也是一个社会现象。其风物化的背后,到底是什么在驱动其不断变异呢?或许,这正是中国民间文学发展的重要规律,即只有变异,才能使其文化主题更加鲜明,引起更持久的认同。

妈祖是我国沿海地区,乃至广大东南亚地区传说中著名的女神,称妈祖娘娘、天妃、天后,其有求必应,如同民间佛教文化中的观音。宋代学者与明代学者曾经有许多记述,称其为"林姓女",有梦中救助海中遇险父兄的壮举。此时期,从许多地方的方志中可以看到,天后宫遍设,北以天津天后宫为胜,其庙会称"皇会";东南以湄洲为胜,成为妈祖庙宇之祖庭,包括台湾妈祖神庙林立。妈祖神话成为中国民间文学史上非常重要的传说故事与神圣信仰。如袁枚《子不语》卷二十四《天妃神》讲述的是一个当世妈祖传说,其记述"乾隆丁巳"有人"奉命册立琉球国王",路途遇险为妈祖神所救,后奏请皇帝建设庙宇表达感激之情的故事,并称"事见乾隆二十二年邸报",曰:

乾隆丁巳,翰林周煌,奉命册立琉球国王。行至海中,飓风起,飘至黑套中,水色正黑,日月晦冥。相传入黑洋从无生还者。舟子主人,正共悲泣。忽见水面红灯万点。舟人狂喜,俯伏于舱,呼曰:"生矣,娘娘至矣!"果有高髻而金环者,甚美丽,指挥空中,随即风住。似有人曳舟而行,声隆隆然。俄顷,遂出黑洋。

周归后,奏请建天妃神庙。天子嘉其效顺之灵,遂允所请。

事见乾隆二十二年邸报。

袁枚《续子不语》卷一《天后》,从"林远峰曰:天后圣母,余二十八世祖姑母也"讲起,其记述"天后圣母"故事曰:

林远峰曰:天后圣母,余二十八世祖姑母也。未字而化,灵显最著。海洋舟中,必虔奉之。遇风涛不测,呼之立应。有甲马三,一画冕旒秉圭,一画常服,一画披发跣足仗剑而立。每遇危急,焚冕旒者辄应,焚常服者则无不应,若焚至披发仗剑之幅而犹不应,则舟不可救矣。或风浪晦冥,莫知所向。虔祷呼之,辄有红灯隐现水上,随灯而行,无不获济。或见后立云际,挥剑分风,风分南北。船中神座前,必设一棍。每见群龙浮海上,则风涛将作,焚字纸羊毛等物不能下。便令舟中称棍师者,焚香请棍向水面舞一周,龙辄戢尾而下,无敢违者。若炉中香灰,无故自起若线,向空而散,则船必不保。

余族人之父某,言其幼时逢漳郡官兵征台湾,致纛教场中,某随父往观,见后端坐纛上,貌丰而身甚短。急呼父视之,已不见。

许奉恩《里乘》卷九《天妃神》记述"海神,惟马祖最灵"与"凡海舶危难,有祷必应,多有目睹神兵维持、或神亲至救援者,灵异之迹,不可枚举",以及"神犹亲其宗人之子"故事曰:

海神,惟马祖最灵,即古天妃神也。凡海舶危难,有祷必应,多有目睹神兵维持、或神亲至救援者,灵异之迹,不可枚举。

洋中风雨晦暝,夜黑如墨,每于樯端现神灯示祐。又有船中忽出爝火如灯光、升樯而灭者,舟师谓是马祖火,去必遭覆败,无不奇验。船中例设马祖棍,凡值大鱼水怪欲近船,则以马祖棍连击船舷,即遁去。

相传神为莆邑湄州东螺村林氏女,自童时已具神异,常于梦中飞越海上,救人于溺;至长不嫁,没后屡昭灵显,人为立庙祀之。自前代已加封号。

康熙二十三年六月,王师攻克澎湖,靖海侯施烺屯兵天妃澳,入庙拜谒,见神衣半身沾湿,自对敌时,恍见神兵导引,始悟战胜,实邀神助。又澳中水泉,仅供居民数百人饮,是日驻师数万,方以无水为忧,而甘泉沸涌,汲之不竭。表上其异,奉诏加封"天后"。

至今湄州林氏宗族妇人将赴田者,辄以其儿置庙中,曰:"姑好看儿。"遂去,去常终日,儿不啼不饥,亦不出阈;至暮妇归,各认己子携去。神犹亲其宗人之子云。

王韬《瀛壖杂志》卷二"天妃"记述"相传神为莆田县湄州林氏女"故事曰:

相传神为莆田县湄州林氏女,幼时照井,有神出授铜符,遂著神异。性甚孝,尝拯父脱于海,颇著灵爽,今各处海隅无不为之立庙。

妈祖传说与妈祖神庙相伴,各有故事。此故事以妈祖神庙为其"语域"范围,每一处妈祖神庙,既有一个以妈祖信仰为核心的传说群,体现出当世人群对妈祖的顶礼膜拜。其故事语域以海上为背景,流传于"闽省"等地。

如杨凤辉《南皋笔记》卷二《林崇善》记述"闽省最崇拜天后"故事曰:

闽省最崇拜天后,而海上亦往往有崇拜之者,每泛舟有急,则亟呼圣母。
有林崇善者,闽省人,奉使琉球,至姑米山忽遇大风,触浪排空,樯橹不行。倏见有黑旗蔽天而下,疑为海寇也,命急御之。俄见水中有一物,长十数丈,其色黑,其头如牛,其尾如鱼,其身则鳞甲森然,扬鬐吹沫,海水震荡,波若山涌,浪极天高,随黑旗而至。舟几覆,舟人大骇。林亟俯首顶礼天后,舟人亦随呼圣母。遥见水上有金灯一盏,放大光明,冉冉而来。林大喜曰:"天后至矣!"俄而风平浪静,其物不见,灯亦随灭,但闻水上笙箫鼓乐之声,移时始静云。

刘三姐传说在清代的记述集中出现于两广地区的文献中,如陆次云《峒溪纤志志余·声歌原始》记述:

诸溪峒初不知歌,善歌自刘三妹始也。三妹不知何时人,游戏得道,于山谷侏僑之音,所过无不通晓,皆依其声,就其韵,而作歌与之,以为谐婚跳月之辞,其人各奉之以为式。苗歌有云"读诗便是刘三妹",则非惟歌之,而且读之,以为识字通文之藉矣。其时有白鹤秀才者,亦善歌,与三妹登粤西七星岩绝顶相唱酬,音如鸾凤,听之者数千人,皆忘返,留连往复。已而歌声寂然,见两人亭亭相对,则已化为石矣。至今月白风清之夜,犹隐隐闻玲珑宛转之音。诸苗、瑶、俍、壮之属,遂祀刘于洞中勿替。后有作歌者,必先陈祀于刘,始得传唱。其南山之南,别有刘三妹洞,闻游人遥呼三妹,妹辄应云。

《池北偶谈》卷十六《粤风续九》记曰:

新兴女子有刘三妹者,相传为始造歌之人。生唐中宗年间。年十二,淹通经史,善为歌。千里内闻歌名而来者,或一日或二三日,卒不能酬和而去。三妹解音律,游戏得道,尝往来两粤溪峒间,诸蛮种族最繁,所过之处,咸解其语言,遇某种人,即依某种声音,作歌与之唱和,某种人即奉之为式。尝与白鹤乡一少年登山而歌。粤民及猺獞诸种人围而观之,男女数十百层,咸以为仙。七日夜歌声不绝,俱化为石。土人因祀之于阳春锦石岩。岩高三十丈许,林木丛蔚,老樟千章,蔽其半。岩口有石磴,苔花绣蚀,若鸟迹书。一石壮如曲几,可容卧一人,黑润有光,三妹之遗迹也。月夕辄闻笙鹤之音,岁丰熟,则仿佛有人登岩顶而歌。三妹今称歌仙。凡作歌者毋论齐民与猺瑶壮人山子等类,歌成必先供一本。祝者藏之,求歌者就而录焉,不得携出。渐积遂至数箧。兵后,今荡然矣。

相传唐神龙中,有刘三妹者,居贵县之水南村,善歌,与邕州白鹤秀才登西山高台,为三日歌。秀才歌《芝房之曲》,三妹答以《紫凤之歌》。秀才复歌《桐生南岳》,三妹以《蝶飞秋草》和之。秀才忽作变调曰《朗陵花》,词甚哀切,三妹歌《南山白石》,益悲激,若不任其声者,观者皆歔欷。复和歌,竟七日夜,两人皆化为石,在七星岩上。下有七星塘,至今风月清夜,犹彷佛闻歌声焉。同年睢阳吴丹渠,为浔州推官,采录其歌,为《粤风续九》。

其进入地方志,成为地方风物文化的主体内容,见之于清代,是民间文学史上特殊的记录保存现象,标志着刘三姐传说故事历史化的最终完成。《阳春县志》卷一"铜石岩"记:"铜石岩一名通真岩,在城北八十里思良都,岩有石室,高有三四丈,深广丈余,相传唐时有刘三妹于此飞升,歌台故迹在焉。"《宜山县志》记:"刘三姐,性爱唱歌,其兄恶之,与登近河悬崖砍柴。三姐身在崖外手攀一藤,其兄将藤砍断,三姐落水流至梧州,州民捞起祀之,号为龙母。今其落水崖高数百尺上,有木扁担斜插崖外,木匣悬于崖旁,人不能到,亦数百年不朽。"

《浔州府志》记最为详细,曰:

(三妹)甫七岁,即好笔墨,聪明敏达,时人呼为女神童。年十二,能通经传而善讴歌。父老奇之,偶拾一物索歌,顷刻立就,不失音律。樱桃之口,不让樊素,真可欺莫愁,而压永新。是曹娥之绕梁,陶女之黄鹄,皆不足羡也。奚是数百里之能歌者,莫不闻风而来,迭为唱和,或一日或二日,即罄腹结舌而走。而歌仙之名,遂由此盛也。年十五,其父受聘于林氏,和歌者仍终日填门,无一较胜。至其貌之羞花掩月,光彩动人,见之者无不神怡意荡;但授受之礼甚严,终不可犯。年十七,将于归。忽郎陵白鹤乡一少年秀才张姓伟望者,闻歌仙之名而慕焉,不辞跋涉,登门扣访,礼尊宾主,言谈举止,皆以歌为节。乡人敬之,特架一台,置二人于上,一唱阳春,一唱白雪,风流激楚,不分高下,非下里巴人比也。岂仅停云,即星辰亦为之下矣。观听者男妇不啻数百,环堵重重,于是三日夕,竟忘寝食,而歌声不歇,人人艳赏,声振于野,未免杂遝。三妹曰:"此台太低,人声喧闹,而韵致不明,请陟山顶与君子长歌七日如何?"秀才曰:"既蒙不弃,愿步追随。"二人径登山顶,偶坐而歌,若出金石,声闻于天。至七日,望之则见其形而不闻其声矣。乡人曰:"二人竞歌已久,可请下山。"乃遣数童登山以请,而童子讶然报曰:"奇哉奇哉,二人石化矣!"众皆惊骇,莫不亲诣钦慕,罗拜乞庇焉。其所许林氏,夫闻而疑异,即登山以验,旁立长笑,亦化为石。今山巅之石偶三人者,即当时升仙之遗迹也。

风物传说的基本特征在于地方性内容表现。清代民间传说故事中的地方性内容,在风物传说中表现为对某一地区某种风景的述说;如清道光《会稽县志稿》卷十六"镜湖大镜"记曰:"相传早年会稽镜湖甚宽阔。崇宁间,渔人夜引网罟,觉甚重,强加挽拽,竟不能举,乃召集同辈合力而方升一大古镜,方五六尺,厚五寸,形模奇怪。或持以鉴形,于昏暗中肠肝鬲皆洞见也。置之舟内,欲明日送越府卖之。忽铿然而声,光彩眩晃,湖水如昼。俄顷复跃于波心,风激浪涌,直至船移去始定。"宝镜传说流传甚广,唐代即有,而此时成为"会稽镜湖"故事的主体。

在风物传说的奇异变幻述说中,常常有意渲染出许多不平凡的神奇氛围,而神奇的背后,总是有许多超乎现实的精怪以特殊的生命形式,使现实中的自然世界发生重要变化。在许多地方,风景作为风物传说讲述对象,与许多神话化现象一样,被神奇化为一些具有神奇性内容的景观。

如慵纳居士《悯闻录》卷七《乌蟒》记述"广西螺蛳山"故事,这是一个历史上多次被描述过的"升仙"传说,揭示蟒精吃人的真相,具有破除迷信的意味,曰:

广西螺蛳山,层峦叠嶂,林菁深邃,溪流成河,溉田千顷,旁有峭壁千寻,人迹不到。下有平地,儿童牧牛闲玩之所。每日午时,诸童跳跃,足能离地数尺,凭空而立,移时始下,俱以为身轻有仙骨矣。

一日,有李姓童子之父,耕于田间,瞥见山顶洞中,有乌蟒,头如斗大,垂然下视,张目闪舌,嘘吸有声,口开则童子跃高数尺,飘然若仙。口闭则童子轻身如坠云雾,游行自得。诸童嬉笑,不自知也。骇极,曰:"将来众儿童必遭其毒也。"

离城不远,奔报营中。

适武弁捕盗回营,即带用余火药观之。

蟒未入洞,筑炮轰之,一击而中,臭闻数里。

光绪《善化具志》卷三十"射蟒台"记述升仙传说曰:

相传晋时白鹤观有高楼与抱黄洞,洞有妖蟒,能吐舌为桥,奋鬣为杖,竖角为天门,熠目为笼炬,作声为八音。每岁七月十五夜飞瞰于楼。羽流被惑,以为导引升仙,岁次一人,沐浴以俟。其徒又醮之以送之。

都督陶侃异而不信,引弓射其炬,即扑灭,洒血如雨。次日踪迹得之,蟒毙于洞。剖其腹,人骨羽冠斗许。郡人因建此台颂其功德。

城陷传说是民间故事中常常描述的一种以预言为前提的灾难性故事类型,其故事模式为有神人指示某地将要发生巨大灾难,并有某种预兆;有人故意恶作剧,涂抹血污云云,结果灾难很快发生。这个传说的故事模式可以在许多地方被本土化讲述,而且以不同地区的自然现象作为故事真实性存在的证明。笔者做过此类故事的实地考察,发现在许多地方出现的大水成湖,其实与我国古代城市建设中大量挖土,包括烧制砖头盖楼房或者建筑城墙等活动有非常密切的关系;人们作此附会,应该更多是在进行自我娱乐。

毛祥麟《墨余录》卷三《腊氏故墟》记"陕西八水之一"之"天坍涝水

空"故事,其预言在于"汝但见石狮眼红,即避勿顾",述曰:

涝河,陕西八水之一,在鄠县西南,出终南山涝峪谷,近河有沙滩三十里。

相传宋元时,腊姓居此,富甲一郡,常自书其门曰:"若要腊家穷,天坍涝水空。"盖指门前稻田八百顷,资涝水灌溉,坐收万斛也。

一日,有道人踵门化斋,而竟日不与。一媪怜之,啖以茶饼。道人临去曰:"此间将有难,汝心颇善,尚可救,然无漏泄也。"

媪求计,道人曰:"汝但见石狮眼红,即避勿顾。"

未几,馆童弄硃,戏涂狮眼,媪遂仓皇遁去。至晚,风雨大作,水溢堤崩,果将腊氏所居冲为平地。

闻今疾风暴雨之夕,鬼哭尚闻。

宣鼎《夜雨秋灯录》卷四《古泗州城》记述"吾乡泗州城,沦为洪泽湖久矣"故事曰:

吾乡泗州城,沦为洪泽湖久矣。土人云,为大禹命庚辰所系水怪巫支祁逸出为害,此无稽也。州城之沉,乃明末事。其时画士恽南田正寓僧伽禅寺,门前一水环绕,出入须楫。时已四十五日雨,淮流七十二道山溪之水全归于此。童谣早有"石龟滴血泪,要命上东山"之语,恽甚忧之。夜静,偶闻神鬼满堂私议曰:"时已至矣,乞施行。"神曰:"尚有一僧一道未归,一主一仆未出,姑须臾。"恽披衣起,殿黑无人,知水厄至,急呼仆起,携随身文具,仓皇拔关出走。过渡,见庙僧携杖打包归,曰:"先生何往?"曰:"吾有急,须登第一山耳。"所谓第一山者,盱山也。主仆踯躅甫逾岭,天遽明,回头一眺,则白茫茫一片水国,成巨浸矣。

在风物传说故事中,某一处地名,总是不同于别处,而且必有一定的传说故事对其内容做合理性解释,或有神仙,或有精灵,或有英雄,成为一地方生动讲述的核心。

如清康熙《钱塘县志》卷三十,记述"嗥亭"地名来源于某人救助受伤老虎而得到报恩,后有"货药归晚,虎嗥"故事,曰:

晋时郭文举到余杭大涤山隐居十余年,鹿裘葛巾,区种菽麦或采箬,以贸盐酪,有余即施贫人。

一日有虎张口向之,文视其舌,有横骨,乃引入探去。

明日,虎置一鹿于舍外,适有猎人来宿,因指与之,卖后分钱与文。

文曰:"我若需此自当卖。所以相语,不须故也。"

后虎服役和仆从,令负箬随行,尝置于凤凰山侧。文货药归晚,虎嗥。

今名其地"嗥亭"。

《虞初新志》卷四《义虎记》记有"义虎桥"故事,与此"嗥亭"相似,曰:

辛丑春,余客会稽,集宋公荔裳之署斋。有客谈虎,公因言其同乡明经孙某,嘉靖时为山西孝义知县,见义虎甚奇,属余作记。

县郭外高唐、孤岐诸山多虎。一樵者朝行丛箐中,忽失足堕虎穴。两小虎卧穴内。穴如覆釜,三面石齿廉利,前壁稍平,高丈许,藓落如溜,为虎径。

樵踊而蹶者数,彷徨绕壁,泣待死。日落风生,虎啸逾壁入,口衔生麛,分饲两小虎。见樵蹲伏,张爪奋搏。俄巡视若有思者,反以残肉食樵,入抱小虎卧。樵私度虎饱,朝必及。昧爽,虎跃而出。停午,复衔一麋来,饲其子,仍投馂与樵。樵馁甚,取啖,渴自饮其溺,如是者弥月,浸与虎狎。

一日,小虎渐壮,虎负之出,樵急仰天大号:"大王救我!"须臾,虎复入,拳双足,俯首就樵。樵骑虎,腾壁上。虎置樵,携子行,阴崖灌莽,禽鸟声绝,风猎猎从黑林生。樵益急,呼"大王"。虎却顾,樵跽告曰:"蒙大王活我,今相失,惧不免他患,幸终活我,导我中衢,我死不忘报也。"

虎颔之,遂前至中衢,反立视樵。

樵复告曰:"小人西关穷民也,今去将不复见,归当畜一豚,候大王西关三里外邮亭之下,某日时过飨。无忘吾言。"

虎点头。樵泣,虎亦泣。

迨归,家人惊讯。樵语故,共喜。至期具豚,方事宰割,虎先期至,不见樵,竟入西关。居民见之,呼猎者闭关栅,矛梃铳弩毕集,约生擒以献邑宰。

樵奔救告众曰:"虎与我有大恩,愿公等勿伤。"

众竟擒诣县,樵击鼓大呼。

官怒诘,樵具告前事。不信。

樵曰:"请验之,如诳,愿受笞!"

官亲至虎所,樵抱虎痛哭曰:"救我者大王耶?"

虎点头。

"大王以赴约入关耶?"

复点头。

"我为大王请命,若不得,愿以死从大王。"言未讫,虎泪堕地如雨,观者数千人,莫不叹息。

官大骇,趋释之,驱至亭下,投以豚,矫尾大嚼,顾樵而去。后名其亭曰"义虎亭"。

此以虎为名者,不仅仅述说地名,或曰人以遇见虎而形成许多故事,其中包含着诸多关于虎信仰的内容。如《广东通志》卷一一四《山川略·嘉应州明山》引《粤东名胜记》记曰:"相传有黄叟者,采茶于山,见二人对弈,拱立其旁。弈者曰：若知山有虎乎？因遗以卷石，忽失弈者。已而叟得石，果有虎。变掷石，虎遁去。拾石归，则已三年矣。投石于湖，湖即涸。谛视石，乃白金也。变自是绝粒，不知所终。"此中可见，虎与仙尽为风物符号。

风物传说故事中，虎报恩是一个类型。梁恭辰《北东园笔录》三编卷五《麂报》记述与虎报恩故事相近，曰："黄广文又曰，瓯邑西乡张某夫妇好善，尤不轻残物命，一日有猎者驱一麂走至其家，张妇即以旧衣覆之。猎者寻至不见，遂去。张妇见猎者已远，因放麂走，麂似有知，首肯数四而出。次年春，忽见是麂走入中厅，将张之幼子用角掎去，张妇跟踉出，逐至田坪中。瞥见麂将幼子放下，而麂不见。张妇始抱子回，方疑此物不知报恩。且不知此麂即前之所救否。甫入门见家中屋栋被屋后大树压倒，墙坍瓦碎，鸡犬皆毙。而是妇母子以逐麂而存。此可见一念慈祥，虽微物亦无不知感矣。"

《札记小说·说虎》记述的是"义犬"，曰：

歙客某，以贩笔墨为业。一日经某地，见群丐缚一犬，将屠之，犬呜呜作哭声。客驻足观之，犬举首作乞怜状，遂出数百文，购而释之。犬自是随客，出入必偕，吴越齐鲁，凡客足迹所至，未尝相离也。越数年，客返里，道经万山丛中，日且暮，彷徨求宿处不得。腥风忽起，一虎自山巅下，且扑且吼，迎面而至，瞬已及前，吼声益厉，直扑其颠，昏然遂倒，魂魄飘荡，不复自辨其为生死矣。久之，隐隐闻人声，觉惊颤略定，张目四顾，则数十人罗列其前，秉火炬，荷弓矢横戈戟者，盖猎户也。旁置死虎。逡巡起坐，自抚其颅。众呼曰："客苏矣！"给以水，饮少许，神志微复，举手谢众。众曰："客携犬自随耶？"客四顾失其犬，曰："诚然，今安在矣？"众曰："客来省，此为君物否？"客闻言支拄而起，众导视死虎，见胯下累然一物，一则犬首，坚噬虎势，犹未释口也。客审视大哭曰："是汝也耶！"声未绝，犬口遽释，首坠地，客捧之而号曰："苦汝矣！今而后吾之生命汝所赐也。"初虎为猎户所逐，越岭至，遇客欲噬；犬狙伺客侧，俟虎起扑，突前噬其势,虎负痛舍客狂逃,至前山而倒,故卒为猎户所获也。猎户逐虎,见客死道旁,既获虎,遂复返而救之也。犬仅遗一首者,虎狂奔时,盖已以后爪碎裂其体矣。然而终不释口,善哉!闻客哭而遂释之,岂魂犹有灵耶?客感其义,盛以木匣,葬于路左,为立碣曰:"义犬之墓",加封植焉,自是过其地,必以楮锭肉饵哭而祭之,亦不自知其悲从中来也。光绪丁酉,襄沪报笔政,客挟笔来求售,为余言此事,察其颜色,谈虎有余栗,而谈犬犹有余哀也。惜余忘其姓字矣。

与之类似者如许多龙的传说故事,同样表明清代社会普遍存在的龙信仰观念。如钮琇《觚剩》正编卷五《产龙》记曰:"窦四者,沈丘槐店窦生之佃也。康熙庚午夏日,四妇将逼娩期,梦黑丈夫颀而髯,谓之曰:'我欲暂托汝家,幸勿加害,当有以报。'次日之晡,产一龙,蜿蜒逾尺,鳞角俱备,项间有黄鬣如马鬃,拂拂而动。妇极惊怖,意欲斫除。忽飞蟠屋梁,因忆前梦,姑置豢焉。不三日骤长数丈,夭矫游行,就乳则体仍缩小如初生时。熟习日久,饲以鸡卵,亦能啖也。沈丘范令,亲往其家视之。"《古今图书集成·神异典》卷二五一引《温州府志》"龙母庙"记曰:"龙母庙。庙在瑞应乡黄塘,神姓江氏,方笄未嫁,浣纱见石,吞之,遂有娠。以父母疑,跃江溺死,忽雷电交作,其腹进蜥蜴成龙入海,犹回顾其母。今其港有望娘汇。邑人因葬之,为主祠。"雍正《文登县志·杂闻》记曰:"(文登)县南柘阳山有龙母庙,相传山下郭姓妻汲水河崖,感而有孕,三年不产,忽一夜雷雨大作,电光绕室,孕虽免(娩),无儿胞之形。后每夜有物就乳,状如巨蛇,攀梁上,有鳞角,怪之,以告郭。郭候其来,飞刃击之,腾跃而去,似中其尾,后其妻死,葬山下。一日云雾四塞,乡人遥望,一龙旋绕山顶。及晴,见冢移山上,土高数尺,人以为神龙迁葬云。后秃尾龙见,年即丰,每见云雾毕集,土人习而知之,因构祠祀之。"《子不语》卷八《秃尾龙》记曰:"山东文登县毕氏妇,三月间沤衣池上,见树上有李,大如鸡卵。心异之,以为暮春时不应有李,采而食焉,甘美异常。自此腹中拳然,遂有孕。十四月产一小龙,长二尺许,坠地即飞去。到清晨,必来饮其母之乳。父恶而持刀逐之,断其尾,小龙从此不来。后数年,其母死,殡于村中。一夕雷电,风雨晦冥中,若有物蟠旋者。次日视之,棺已葬矣,隆然成一大坟。又数年,其父死,邻人为合葬焉。其夕雷电又作。次日,见其父棺从穴中掀出,若不容其合葬者。嗣后村人呼为秃尾龙母坟,祈晴祷雨无不应。"吴趼人《札记小说·龙》记:甲辰游山左,知山左亦有秃尾龙之说。胶州猫儿岭下,有虹溪,溪尽处,有泉曰"龙泉"。相传李氏妇浣矶上,有鳅绕矶,游泳数匝而去。妇若有所歆感,归遂娠。数月,忽产蛇,骤离母腹,即暴长七八尺。其夫骇甚,执锹斩之,仅断其尾。蛇夺门去,入溪而没。是秋大雷雨,溪暴涨,有黑龙游戏波间,秃尾宛然;俄风云拥之去。龙去而泉涌出,故曰"龙泉"。祈雨辄应。每将大雨,龙或隐约掉尾云中,人咸呼为秃尾老李云。又记:粤中有秃尾龙之说,相传某童子,豢一小蛇,蛇渐长,至室不能容,乃纵之溪涧中,而断其尾曰:"将以为识验也。"既而蛇成龙,以秃尾故,不能升天,每飞腾至半空中即复下。其飞腾一次,必大风雨为灾。光绪初(在丙子、丁丑之间,时余尚稚,不及忆其真矣),三月初九之灾为最巨,覆舟以百计,死伤人畜以千计,广州樯具,为市一空,至有以缸瓮殓者,诚奇灾也。《子不语》卷十七《龙母》记:常熟李氏妇,孕十四月,产一肉团,盘曲九折,莹若水晶。惧,弃之河。化为小龙,擘空而去。逾年李妇卒,方殓,雷雨晦冥,龙来哀号,声若牛吼。里人奇之,为立庙虞山,号"龙母庙"。乾隆壬午夏大旱,牲玉既馨,卒无灵。桂林中丞以为大戚。其门下士薛一瓢曰:"何不登堂拜母?"中丞遣官以牲牢祷龙母庙,翌日雨降。《古今图书集成·职方典》卷一六八引《高淳县志》"望娘湾"记述所谓"龙蛇一体"故事,曰:"安兴乡李溪有虞姬者,因骤雨,以杯承檐间水。水中浮红丝缕,饮之遂孕。及期,产一蛇,身具五色。媪怖,裹而投之溪。每至溪浣洗,蛇辄来就乳。乳亦涌射,蛇以咽承之。既而厌恶之,砍以刀,正断其尾。蛇忽变头角,巨躯绛章,风雨大作,壅土成墩,而姬已葬其中矣。龙出溪去,行辀回首顾,凡回者二十有四,一回则成一湾,俗称望娘湾。"之后,又有"每岁寒食及十月节前后,必有风雨,昏黑数十里。绕葬处,雨雹交下,皆云龙祭扫。至则河鱼上壅,居民持网以俟,有一人而获鱼数石者。渔家每觇龙之出入以卜鱼利"。显然,此纳入并融化为风物传说的同时,也成为地方性节日的重要内容。又如毛祥麟《墨余录》卷三《石洞绣鞋》所记为另一种龙传说,曰:"石洞,盖在终南山秦岭下,孽龙据焉。东西绵亘百八十里,洞口高数丈,横广如之。其中黑暗潮湿,人莫敢入,相传唐天宝中,某公主于上林苑作秋千戏,忽为腥风卷去,四觅无踪。时有樵者采薪山下,隐闻云雾中有女子哭声,适当洞口,似不甚高,掣斧掷之,扑下绣鞋一只。事闻于官,据实备奏,鞋即公主所履也。玄宗遂命将士千人,令樵者导至其处伺之。历数日,了无形迹,惟夜间若有灯二盏悬洞,光射数丈。将乃命军人善射者发矢射之,光忽散,及旦,即募死士百人,明火执械为前锋,千军后随,入洞见一龙,左目中箭,卧伏不动,其将径前斩之,纵兵搜杀洞底余孽,而救公主出焉。事见唐说部。至我朝乾隆三十年夏间,有好事士人,欲穷其际,集勇敢士二十余,深入五六里,杳无所得。再进,恰观绣鞋一只,而火把已灭,乃相顾愕然而返。"其他如光绪《睢宁县志》卷十八"白龙祭母",康熙二十七年(1688)卢崇兴撰《悦城龙母庙碑记》,同治五年(1866)重刊乾隆《温州府志》卷三十《杂俎》,道光《文登县志·杂闻》,光绪《文登县志·杂闻》等方志材料,所记传说甚多,各显风物传说故事与风物文化之姿色。

在风物传说中,蛇与龙、虎等动物一样,成为精怪,影响人间,体现人伦。这与民间社会以蛇为龙,以蛇为神的信仰观念相符合。如许奉恩《里乘》卷六《产蛇》记述一则与此类内容相关的故事,曰:

> 合肥李季荃督军鹤章言,其乡农人某,家颇小阜。妻某氏最恶生女,每产男则字之,女则溺之。年将三十,业戕女六七矣。既又有身,将分娩,腹痛甚,比产一卵,内蠕蠕动,剖之,蛇也。鳞甲金光烂然,举首,目炯炯望

母,哆口蜥舌,意似索乳。农人欲杀之,妻摇首止之曰:"此宿孽也。安知非妾平日溺女之报?倘再戕其命,结冤益深,其何以解?不如纵之,听其自然为善。"

农人然其言,乃置诸筐,而放之深山丛莽中。

迫夜漏二下,闻户下隐隐有声,见蛇蜿蜒入,径上榻投母怀中,以口哺乳嗷吮,俨然婴儿。某氏痛彻心髓,而竟无如之何。蛇饱则蜷蜷蟠卧枕际,饥则就乳如初。日辄三哺,某氏甚苦之,向蛇哀告曰:"我与汝类分人畜,义属母子。汝齿日长,我乳实不足以果汝腹,况汝日大则毒,未免尤甚,我不堪痛楚,命合休矣。纵系宿孽,而以子杀母,其曲在汝,汝心安乎?今与汝约,以饭代乳,何如?"

蛇颔之。自是日饲从饭。蛇渐长大,不三年已粗如碗,十石瓮藉以草,蟠卧其中。日三餐必需斗米,农人家由此渐落。

蛇今尚在,人多见之。究竟不知何若也。

《子不语》卷二十一《蛇含草消木化金》记曰:

张文敏公有族侄,寓洞庭之西碛山庄,藏两鸡卵于厨舍,每夜为蛇所窃。伺之,见一白蛇吞卵而去,颈中膨亨不能遽消,乃行至一树上,以颈摩之,须臾,鸡卵化矣。

张恶其贪,戏削木片装入鸡卵壳中,仍放原处,蛇果来吞,颈胀如故,再至前树摩擦,竟不能消。

蛇有窘状,遍历园中诸树,睨而不顾。忽往亭西深草中,择其叶绿色而三叉者,摩擦如前,木卵消矣。张次日,认明此草,取以摩停食病,略一拂拭,无不立愈。

其邻有患发背者,张思食物尚消,毒亦可消;乃将此草一两,煮汤饮之。须臾间,背疮果愈,而身渐缩小;久之,并骨俱化作水。病家大怒,将张捆缚鸣官。张哀求,以实情自白。病家不肯休。往厨间吃饭,入内,视锅上有异光照耀;就观,则铁锅已化黄金矣。乃舍之,且谢之。究亦不知何草也。

风物传说故事中,成精的不仅仅是龙蛇虎之类动物,还有人参、何首乌之类植物。如《咫闻录》卷二《人参》记述人参故事,也是清代风物传说的重要类型。其曰:

宜良山有废寺,有邱道士,募缘创修祖师殿,师徒二人,同居有年。殿前峭石奇峦,异草怪木,冗杂菲萋。常见两小儿在山门外游戏,道士时遇之,久而渐熟,饵以甘果,不敢入殿,如是数年。

道士一日携鲜桃数枚,置于香几,一小儿在天门窥见,遽入殿中,道士急抱之,至香积厨,褫衣,用水洗净,至于大锅内,上用木盖,压以大石,使不走气,令徒架薪煮之,戒"勿断火,毋启视,我将上山,俟我回来食之"。

其徒思出家人时以行善为本,今道长如此残忍,谚云:"恶人往善地寻之",即斯之谓欤!忽闻小儿在锅内叫号,心欲放之,又念道长平日法戒甚严,不敢违令。已而小儿寂然无声,想已煮死,逾时已久,师尚未回,恐锅中水涸焦枯,开视之,忽然渊渤一声,小儿跃出而遁。其徒骇然变色,即追无踪。

适道士自外来,手握青草一团,见其情形,泣而叹曰:"汝误我矣!我创此寺三十余年,费尽心力,原为此物。此非小儿,乃千年人参也。合药服之,可以长生。今我无福,不必作升仙想矣。尚留其衣,食之可得上寿,洗儿之水,饮之一生无病。"随视其衣,已失所在;水为犬所饮。道士失望,与徒别曰:"汝护守寺门,我去矣。"后闻犬生黑毛,披拂细润绝伦,入山不返,人以为仙去云。

吴炽昌《客窗闲话》卷三《何首乌》记何首乌故事曰：

吾邑有张氏姑妇者，夫与子皆诸生，以家贫，教读外出，惟二妇在家操作女工度日，是以纺纱必夜午方休。每秋月皎洁，时闻院中似有幼孩征逐声，拔关视，则无有。妇与姑谋，后若有所闻，一人仍纺，一人穴窗隙窥之。于是轮流伺隙，妇果见两孩出自墙阴，长不满尺，一男一女，皆赤体，携手至院落中，对月再拜，互相扑跌为戏。妇潜告姑，虑曰："恐系妖孽之子孙，犯之自肇衅矣。"皆不敢出，然心甚怀疑。

一日所亲至，知医博学士也，姑以所疑质之，咸曰："宅若有妖，何能安居？此必灵药所变，得而蒸食之，当成地仙。"妇笑曰："稍闻人声即遁，焉能攫取？"曰："无难，吾闻稻米，天地正气所结，能压宝藏，若由窗隙掷之，得中其身，即不能遁矣。"咸去，妇度院中孩戏之处，至窗隙约丈余，谅掷米未必适当，乃截竹为筒，撒米其中，以箸卷布催送之，日练其手法，使精熟，复伺于窗隙。二孩来前，妇即以筒米弹之，果中，二孩皆仆，突出擒拿。入手僵直，呼姑举火烛之，类木雕者，眉目如画，气甚芳馥。姑妇相谋，煮饭时于铁锅中蒸之，一次稍软，至五六次，香绵可食。姑妇各分食一枚，觉鲜美异常，腹果甚，一日不思饮食，夜眠至次日，皆不能起身矣。

晌午，门不开，邻姥疑有故，逾垣窥之，见姑妇皆仰卧于床头，面及身俱肿，目开口张，不能言语。邻姥倩人走报其父子归。不解何由，亦不识何疾，急邀知医之戚诊视，笑曰："非疾也，日前母所说成形首乌，我曾说以捕法，谅必捕而食之，未识九蒸九晒之制，必不知避忌，误犯铁器，是以有毒，试以解毒开通之药灌之。"至七日，肿消人醒，问之，果如医言。起后，强健愈前，累月不思食，其姑年已周甲，发白再黑，齿落重生，枯皱肌肤，皆皮脱而润泽，似二十余人，复生子。其妇年近四旬，转而为二八好女子，连举子女十余，后皆寿一百五六十岁，无疾而终。

在风物传说故事中,仙人化生地方景观传说起源甚早,如元代吴莱《南海古迹记》"五仙观山"记"五仙观山在子城内,楚高古时有五仙人人持谷穗一茎六出乘羊衣羊具五方色,遗穗州人,羊化石,仙人腾空去";张岱《夜航船》卷二地理部《古迹·五羊城》记述为"五羊城即广州府城。初有五仙人骑五色羊至此,故名"。屈大钧《广东新语》卷五《五羊石》记述曰:"周夷王时,南海有五仙人衣各一色,所骑羊亦各一色,来集楚庭。各以谷穗一茎六出,留与州人,且祝曰:愿此阛阓,永无饥荒。言毕腾空而去,羊化为石。今坡山有五仙观,祀五仙人。少者居中,持稷稻;老者居左右,持黍稷,皆古衣冠。像下有石羊五,有蹲者,有立者,有角形微弯、势若抵触者,大小相交,毛质斑驳。观者一一摩挲,手迹莹然。诸番往往膜拜之。"《广东新居》卷六《五谷神》记:"晋吴修为广州刺史,末至州,有五仙人骑五色羊负五谷而来,止州厅上。其后州厅梁上图画以为瑞,号广州曰五仙城。城中坡山,今有五仙观,春秋粤人祈谷,以此方谷为五仙所遗。一仙遗一谷,谷有五,故为五仙,而五仙当日复有丰年之祝,故皆称为五谷之神。州厅之绘以重谷也。城名曰五仙,亦重谷也。"《古今图书集成·神异典》卷二六九引《广州通志》"五仙观"记述曰:"广州府五仙观。初有五仙人,皆持谷穗,一茎六出,乘五羊而至。仙人之服,与羊同色,如五方。既遗穗与广人,仙忽飞升而去。羊留,化为石,广人因即其地祠之。"

在风物传说故事中,每一处风景都有来历,一山一水,总有神奇;神仙出现,总是可遇而不可求。如杨凤辉《南皋笔记》卷一《黄龙洞记》与以往"烂柯山"故事相似,但此处为当世"清咸丰庚申"时风物传说,其记曰:

> 西蜀松州之东偏,有黄龙洞,在雪山中。洞前有五色池水,俗传为黄龙真人修道处。
>
> 清咸丰庚申,夷匪作乱,松城破,太守张右虞死之。
>
> 有毛生者,云南人,张云姻戚,随张居任所。闻变,亟胡服微行,逃之

洞中,见一老者与一少年相对弈,生从旁观之。

　　局终,老者负半子,掀髯微笑,谓少年曰:"老夫耄矣,无能为役。方今少年时代,自当让以成,子其勉之。"

　　少年亦谦逊未遑。

　　老者又曰:"弈之为道,机变奇谲,莫名其妙,能纵横冲突,力争中原,方为国手。若仅争边角,虽足制胜不贵也。"

　　少年复唯唯。生闻其言颇精确,遽前跽请教。

　　老者欣谓少年曰:"此子颖悟,子盍教之。"

　　少年因按谱授生式。

　　既竟,谓生曰:"子归可以此成名矣。"

　　生惧夷变,不敢出。

　　少年曰:"无虑也。"乃别而归。

　　出洞遇土人,询之,时松州已平定八年矣。生遂回籍。由是以善弈名闻天下。

　　张贵胜《遣愁集·一集滑稽》、钱德苍《增订解人颐广集》记述"岳阳有酒香山"地名故事,似乎与东方朔故事叠合,其实是在述说山名。其记述曰:

　　岳阳有酒香山,相传古有仙酒,饮之得不死。汉武求得之,东方朔窃而先饮焉。上怒,欲诛之,朔曰:"陛下杀臣,臣必不死。臣若果死,酒亦不验。"帝笑而释之。

　　沈起凤《谐铎》卷七《鲛奴》记述"鲛人"故事,讲述的应该是一个意外获得财富传说,此类传说在宋元时期曾经出现,但此时已经发生许多内容上的变化。其曰:

茜泾景生,客闽三载,后航海而归。见沙岸上一人僵卧,碧眼蜷须,黑身似鬼,呼而问之。对曰:"仆鲛人也,为水晶宫琼华三姑子。织紫绡嫁衣,误断其九龙双脊梭,是以见放。今飘泊无依,倘蒙收录,恩衔没齿。"生正苦无仆,挈之归里。其人无所好,亦无所能。饭后赴池塘一浴,即蹲伏暗陬,不言不笑。生以其穷海孤身,亦不忍时加驱遣。浴佛日,生随喜昙花讲寺。见老妇引韶龄女子,拜祷慈云座下。白莲合掌,细柳低腰,弄影流光,皎若轻云吐月。拜罢,随老妇竟去。

迹之,入于隘巷。访诸邻右,知女吴人,姓陶氏,小字万珠,幼失父,为里党所欺,三年前,随母僦居于此。生以孀贫可唼,登门求聘,许以多金,卒不允。生曰:"阿母居奇不售,将使令千金以丫角老耶?"老妇笑曰:"蓝田双璧,索聘何嫌?且女名万珠,必得万颗明珠,方能应命;否则,千丝结网,亦笑越客徒劳耳!"生失望而回,私念明珠万颗,纵倾家破产,亦势难猝办:日则书空,夜则感梦,忽忽经旬,伏床不起。延医诊视,皆曰:"杂症可医,相思疾未可药也。"瘦骨支床,恹恹待毙。

鲛人入而问疾。生曰:"琅琊王伯舆,终当为情死。但汝海角相依,迄今半载,设一旦予先朝露,汝安适归?"鲛人闻其言,抚床大哭,泪流满地。俯视之,晶光跳掷,粒粒盘中如意珠也。生蹶然而起,曰:"愈矣!"鲛人讶其故。生曰:"予所以病且殆者,为少汝一副急泪耳!"遂备陈颠末。鲛人喜,拾而数之,未满其额。转叹曰:"主人亦寒乞相,得宝骤作喜色,何不少缓须臾,为君尽情一哭也。"生曰:"再试可乎?"鲛人曰:"我辈笑啼,由中而发,不似世途上机械者流,动以假面向人。无已,明日携樽酒,登望海楼,为主人筹之。"

生如其言,侵晨,挈鲛人登楼望海,见烟波汩没,浮天无岸。鲛人引杯取醉,作旋波宫鱼龙曼衍之舞。南眺朱崖,北顾天墟,之罘、碣石,尽在沧波明灭中。喟然曰:"满目苍凉,故家何在?"奋袖激昂,慨焉作思归之想;抚膺一恸,泪珠迸落。生取玉盘盛之,曰:"可矣。"鲛人曰:"忧从中来,不可断绝。"放声一号,泪尽乃止。

生大喜,邀之同归。

鲛人忽东指笑曰:"赤城霞起矣。蜃楼十二座,近跨鼍梁,琼华三姑子今夕下嫁珊瑚岛钓鳌仙史。仆灾限已满,请从此逝!"耸身一跃,赴海而没。生怅然独反。

越日,出明珠,登堂纳聘。老妇笑曰:"君真痴于情者。我不过以此相试,岂真卖闺中女,腼颜求活计哉?"却其珠,以女归生。后诞一子,名梦鲛,志不忘作合之缘也。

风物传说中,总是以此类精怪述说人世。如历史上流传甚广的田螺故事,其实是当世婚姻生活作为社会风俗生活形态的表现。程趾祥《此中人语》卷二《田螺妖》讲述了一个清代的田螺故事:

卫福者本旧家子,遭兵燹之乱,全家俱没,惟福尚存。所居屋四椽是已产,度日维艰,聊作小本经纪。黎明即起,每出必反键其户,至日中始返,浣衣煮饭,俱躬自操作,盖勤而俭者也。一日,福归家,见饭已熟,甚异之。不暇询诸邻,食讫遽出。次日又如之。一连十数日,毫不费力,不知谁人为之执爨也。

又一日,福出门,将门虚掩,自隙中细窥,以待其异。逾一时许,忽见庭中水缸摇动。有一女郎自缸中姗姗而出,明眸皓齿,丰韵绝佳,钗影徘徊,莲钩声碎,往厨下而去。福惊且喜,疑为天仙下降,忽忆缸中有一田螺,蓄已数年,此必田螺妖无疑矣。遂启门轻进,视缸中田螺仅为一壳,藏壳于机密之处。转至厨下,则见女郎撩衣卷袖,方司中馈,殊形忙碌。福出其不意上前搂之。女郎微笑欲逃脱,福抱持益力,女两颊俱赤,若不自持。福乃抱女于卧室间遽作巫山梦矣。

两人遂为夫妇。女貌既端好,性亦敦厚,闺帏优俪,无异常人。福不胜暗喜,以为相如之得文君,未有此妙境也。

年余,女忽产一子,眉目之间,与女极似。每于凄风楚雨之时,常思归去。福以其无家可归,听之。又年余,又产一子,而女自此亦不复思归矣。

流光如驶,二子皆十余岁,而女花容如旧,仍若二十许人。

一日夫妇有口角,福微有所诋,女姣啼惨哭,泪落如珠。福转为劝慰之,终不能止。但曰:"还我窠巢,终当乐我故耳!"

福且怜且怒,即取旧所藏壳掷地下,曰:"此尔本来面目,岂和氏连城耶?"

孰意一声响处,女与壳俱失所在,福骇绝,四处搜寻不着,又向空陪罪,二子亦跪地哀呼,百般惨祷,卒亦无有心痛而来者。福懊丧欲绝,遂不复娶。

后二子均举进士,为母请封。福乃备空棺,置女前次所衣之衣而葬之,并立其石曰:"田夫人之墓。"

丁治棠《仕隐斋涉笔》卷六《猴异》"巫峡奇遇",讲述的是人猴之恋,在当世风物传说故事中颇为奇特:

有友言:四川王某,商人子,少年俊美,从父贩载下两湖。舟过巫峡,遇逆风,避绝崖下宿焉。时当酷热,王携席,坦卧船唇,高枕熟眠。

不意壁上有猴洞,至夜分,众猴联臂下,以长藤约王体,悬空牵引入洞。

解其缚,王睡始觉。

瞠目见石屋高洁,几案床榻,皆石作成。照大珠,光明如昼。众猴班立,榻上坐老猴,通体白毫,须鬟鬟长数尺,吐人言曰:"我生盘古世,自开辟来,上帝敕主峡山,为群猴长。我妻亦人类,今转世矣,生一女,貌不恶,当下嫁尘世,与子有前缘,特招作婿,勿辞。"

言罢,众猴伺意,与王加冠易服,若凤具者,再三推托,不许。俄引一女子出,华装炫服。王睨之,不类猴种,眉目清扬,手足纤细,丽人也。遂交拜,导至一处,石室天成,铺陈华美,红毡绛帐,香软异常,两情缱绻,忘其为非类也。朝夕供养,多鲜果,别具釜甗,为夫妇作烟火食。给役皆小猴,眉听目语,较童婢尤勤谨。老猴不常在洞,偶来谈,所道皆阆苑蓬山事。

石室外,隙地一区,广十余亩,通天日,四围依山为垣,高不可乘。就此作花坞,清池假山,嘉葩奇卉,无一不具,四季长春,别开异境。夫妇遨其中,荡心神焉。

如是者有日,王思父母,起乡心,与女谋归。女不许,王泣下,饮恨不食。女乃以意达老猴,猴曰:"尔夫妇皆人间种,安能郁郁居此?归当在三年后,届期我自送行,可稍安勿躁!"王无已,听之。方王之入洞也,父与舟人皆不觉,凌晨视卧处,席存人杳,四顾无岸可登。皆谓王梦梦翻身,跳入水晶宫矣。俟数日,浮尸不起,泗水捞之,无迹影。王父顿足捶胸,灰心远贾,牵载回,发售本地,惟修斋礼佛,超度灵魂而已。

越三载,父忧渐释,有伙伴邀下汉口,理旧业。重经巫峡,就失王处,泊舟设奠。父望江水,大声长号,舟人齐堕泪。至晚依依不能去,仍宿此。

是日,老猴谓王曰:"今夜乃夫妇出洞期,尔父泊舟在此,时不可失,过此便无归路。"随呼众猴检行装,金珠百宝,充牣满橐。命酒作伐,王与女伏地拜别,饮酒三爵,昏不知人,逮夜半,众猴毡裹二人,和衾具珍物束一大包,照船首,冉冉缒下。

是夜,王父思子,触景含凄,难安寝,不时出舱瞻望。倏睹船头坠一物,声甚软,呼灯视之,乃一毡包。解其束,见王夫妇,凤倒龙颠,合卧其中,犹酩酊未醒也。

父大惊诧,以水洒面,夫妇渐醒。述其异,父子大痛,惊为隔世人。又见子得美妇,珍宝盈橐,更出望外。父子望洞稽首。将船货托伙经营,另买舟归。至家,检橐中物,一具值数千金,陆续换售,获资巨万,富可敌国。

而猴毡尤贵重,夏凉冬温,病者卧之,能返魂续命,为传家至宝。

夫妇登上寿,因在洞食仙果,老有少容,同日溘逝,咸谓羽化矣。生子女多人,后世炽昌,雕外祖相祀之,托名齐天大圣,实巫山老猴精也。王与老猴,殆有夙契者,相攸遣嫁,布置精审,开出人间一派,猴仙多情,瓣香奉之也宜。

在风物传说故事中,动物成为精怪,以著名的"狼外婆"故事为典型,其中体现的社会风俗生活内容更为丰富。如黄之隽《虎媪传》(载清·黄承增辑《广虞初新志》卷十九)是中国民间文学史上一篇难得的狼外婆(老虎外婆)故事文本。其记述曰:

有为予谈虎者云:歙居万山中,多虎,其老而牝者,或为人以害人。有山氓,使其女携一筐枣,问遗其外母。外母家去六里所,其稚弟从,年皆十余,双双而往。日暮迷道,遇一媪问曰:"若安往?"曰:"将谒外祖母家也。"媪曰:"吾是矣。"二孺子曰:"儿忆母言,母面有黑子七,婆不类也。"曰:"然。适簸糠蒙于尘,我将沐之。"遂往涧边拾螺的者七,傅于面。走谓二孺子曰:"见黑子乎?"信之,从媪行。自黑林穿窄径入,至一室如穴。媪曰:"而公方鸠工择木,别构为堂,今暂栖于此,不期两儿来,老人多慢也,草具夕餐。"餐已,命之寝,媪曰:"两儿谁肥,肥者枕我而抚于怀。"弟曰:"余肥。"遂枕媪而寝,女寝于足。既寝,女觉其体有毛,曰:"何也?"媪曰:"而公敝羊裘也,天寒衣以寝耳。"夜半闻食声,女曰:"何也?"媪曰:"食汝枣脯也,夜寒且永,吾年老不忍饥。"女曰:"儿亦饥。"与一枣,则冷然人指也。女大骇,起曰:"儿如厕。"媪曰:"山深多虎,恐遭虎口,慎勿起。"女曰:"婆以大绳系儿足,有急则曳以归。"媪诺,遂绳其足,而操其末,女遂起曳绳走月下,视之,则肠也。急解去,缘树上避之。媪俟久,呼女不应,又呼曰:"儿来听老人言,毋使寒风中肤,明日以病归,而毋谓我不善顾尔也。"遂曳其肠,肠至而女不至。媪哭而起,走且呼,仿佛见女树上,呼之下,不应。媪恐之曰:"树上有虎。"女曰:"树上胜席上也,尔真虎也,忍啖吾弟乎!"媪大怒去。无何,曙,有荷担过者。女号曰:"救我,有虎!"担者乃蒙其衣于树,而载之疾走去。俄而媪率二虎来,指树上曰:"人也。"二虎折树,则衣也。以媪为欺己怒,共咋杀媪而去。

神鬼信仰是风物传说的一种。鬼故事起源甚早,如著名的"宋定伯背鬼",可以视作风物传说的一种特殊形式;清代社会,有"卖鬼为业"与"衣食之需,妻孥之供,悉卖鬼所得",在乐钧《耳食录》卷九《田卖鬼》讲述为"或有化羊豕者,变鱼鸟者,悉于市中卖得钱以市他物。有卖不尽者,亦自烹食之,味殊甘腴",其实应该是买卖行业的自我神话化。其记述曰:

有田乙,素不畏鬼,而尤能伏鬼,遂以卖鬼为业。衣食之需,妻孥之供,悉卖鬼所得。人颇识之,呼为"田卖鬼"云。

年二十余,时尝夜行野外,见一鬼肩高背曲,头大如轮。田叱之曰:"尔何物?"鬼答言:"我是鬼,尔是何物?"

田欲观其变,因绐之曰:"我亦鬼也。"

鬼大喜跃,遂来相翾抱,体冷如冰。

鬼惊疑曰:"公体太暖,恐非鬼。"

田曰:"我鬼中之壮盛者耳。"

鬼遂不疑。

田问鬼有何能,鬼曰:"善戏,愿呈薄技。"乃取头颅著于腹,复著于尻,已复著于胯,悉如生就,无少裂拆。又或取头分而二之,或三四之,或五六之,以至于十数,不等。掷之空,投之水,旋转之于地,已而复置之于项,奇幻之状,靡不毕呈。

既复求田作戏。

田复绐之曰:"我饥甚,不暇作戏,将觅食绍兴市,尔能从乎?"

鬼欣然愿偕往,彳亍而行。

途次,田问曰:"尔为鬼几年矣?"

曰:"三十年矣。"问住何所,鬼言无常所,或大树下,或人家屋角,或厕旁土中。

亦问田,田曰:"我新鬼也,趋避之道,一切未谙,愿以教我。"盖欲知鬼所喜以诱之,知鬼所忌以制之也。

鬼不知其意,乃曰:"鬼者,阴属也,喜妇人发,忌男子鼻涕。"

田志之。

方行间,又逢一鬼,癯而长,貌类枯木。前鬼揖之曰:"阿兄无恙?"指田示之曰:"此亦我辈也。"

癯鬼乃来近通款洽焉,亦与俱行。将至市,天欲晓,二鬼行渐缓。田恐其隐遁,因两手捉二鬼臂,牵之左右行,轻若无物。

行甚疾,二鬼大呼:"公不畏晓耶?必非鬼,宜速释手,无相逼也!"

田不听,持愈急。二鬼哀叫,渐无声。天明视之,化为两鸭矣。田恐其变形,乃引鼻向鸭喷嚏,持入市卖之,得钱三百。

后每夜挟妇发少许,随行野外索鬼,鬼多来就之,辄为所制。或有化羊豕者,变鱼鸟者,悉于市中卖得钱以市他物。有卖不尽者,亦自烹食之,味殊甘腴。

鬼故事被演绎成为买卖,确实与市场有关系,而其故事内容则明显表现出一种风物观念,即低贱动物为鬼所化。这种观念集中于"化",以此所述田乙故事中的"鬼者,阴属也,喜妇人发,忌男子鼻涕"为典型的巫术信仰。鬼有所害怕,其实寓意深刻。

此类故事在《镜花水月·盂兰会》中也有体现,如"杨大胆者,高阳一酒徒"之"笑而售之,获一饼金"故事,其中"晨光熹微,鬼于肩上寂然无声",

即鬼喜欢在黑暗中生存,害怕力量和阳光,都是民间信仰的内容体现。其记述曰:

> 杨大胆者,高阳一酒徒也。工拳棒,有勇略,遇事一往无前。七月晦日,相传为地藏菩萨诞辰,郊外寺僧盛设斋筵,建盂兰道场。有二友拉杨出城往看,先于酒家夜饮,拇战无休,两人已醉倒酒垆旁矣。
>
> 时漏下三鼓,杨以大胆,虽多饮,尚未醉,出门独行踽踽,仍欲往观。
>
> 不二里,前面有星星磷火,趋而视之,乃一黑瘦汉,诘曰:"子为谁?"答曰:"我鬼也。"鬼亦诘杨,杨曰:"我亦鬼也。欲赴会,同行可乎?"鬼曰:"甚妙。"遂握手闲谈。
>
> 相将入寺,灯火辉煌,斋筵丰洁,一白眉老僧率四侍者,已登坛说法。钟磬微鸣,口宣贝叶,手持散花香,俗所云施食者是也。维时人声寂然,屏息无哗。
>
> 忽闻有声自空来,乍扬复沉。檐溜啾啾,阴霾惨惨,恍忽如满寺彭生,一庭伯有。但觉鬼浮于人,杨固毫无惧色,唯变目注定前鬼。见其于筵间以口吸气,觉饱饫已极,遂拉同出寺。
>
> 行未半里,鬼已蹩躠不良于行,谓杨曰:"盍彼此交易襆负以舒足力?"杨应之曰:"汝须先施。"鬼以肩承之,诧曰:"客何太重?"杨答曰:"我新鬼,大,故重。"鬼勉荷数武,力不能胜。杨遂下肩,即负鬼而行,如举一羽,曰:"汝何太轻?"鬼曰:"我故鬼,小,故轻。"
>
> 谈笑之间,时交五鼓。杨走如飞,鬼于肩上疾呼:"速放我下!"
>
> 杨置若罔闻,走如故。鬼怒,詈之。不答,哀恳之。亦不答,转以两手抱持益固。
>
> 未几,晨光熹微,鬼于肩上寂然无声。杨负之入城。
>
> 其时市肆方开,人见芒芒然归之状,且背负一大鹅,无不狂笑。一人大呼曰:"此鹅卖否?"

杨独不解。拍其肩,果见白毛红掌,右军所爱之物也。笑而售之,获一饼金。

当然,鬼可化为动物,作为鬼怪,即不完全等同于一般鬼魅,其能够化为钱财,总是在故事讲述中被附会与某物某人以缘分证明其所归;此同样是民间信仰的表现。

如褚人获《坚瓠十集》卷一《银精》记述"一宅每多鬼怪",类似于聚宝盆故事,曰:

一宅每多鬼怪,有人买之,夜宿其中,遥闻嘈嘈人语。

起听,在西壁下,其语谓"吾辈主来矣!"似庆贺者。

顷之,又闻愁叹声,谓:"相聚多年,今将分离矣。"

主人暗喜,冀有所见,忽见一白衣老人至曰:"吾乃银精也。壁下有银若干,待公久矣,任君掘出营运,惟吾银精不可凿,亦不可镕化。倘得存守,且能增益多金。"

次日,果于壁下掘银若干锭。内一锭晶光夺目,识为银精,谨藏笥中,焚香祝拜。或杂之群银中,则倍增益。

俞樾《右台仙馆笔记》卷六"银人为祟",亦如同由精怪引起的财富故事,讲述"相传有怪物居之"云云,曰:

楚人某以丞倅官蜀中。其所官之地甚瘠苦,虽有衙署,相传有怪物踞之,其前任皆僦民屋而居。

某穷甚,无僦屋之资,不得已,携一仆居署中。其夜不敢寝,素善饮酒,姑取酒痛饮,腰间悬利刃以自卫。至夜半忽有一巨人排闼入,势甚猛。视之,皑如霜雪。某即拔利刃力斫之,铿然有物坠地。

其人返奔,某大呼追之,仆自旁屋闻声亦出。某胆益壮,共追至一处而灭,以物识之。复还入室,视所坠何物,则血淋漓一臂也。乃坐以待旦,亦无他异。

及明,视此臂乃银也,大异之。至夜所识处,掘而视之,中埋一银人,但少一臂,以所断臂配之,适合。荷以归,权之,重数千两。

所有的鬼背后都是人。除了宋定伯背鬼之类故事,许多冤鬼寻找替死者,也是风物传说中经常见到的内容。如《聊斋志异》卷八《商妇》记述曰:

天津某商将贾远方,从富人贷赀,为偷儿所窥。及夕,预匿其室,以俟隙而窃之。而商以是日良,负赀竟发。偷儿既久伏,但闻商人妇转侧床上,似不成眠。既而壁上一小门开,一室尽亮。门内有女子出,容齿少好,手引长带一条,近榻授妇,妇以手却之。女固授之,妇乃受带,起悬梁上,引颈自缢。女遂去,壁扉亦合。偷儿大惊,拔关亟呼。家人咸起,询知其故,急往救之。妇竟不醒,遂械偷儿鸣官。令以得偷儿目见,免成疑案。释之。问其里人,言宅之故主,曾有少妇经死。其年齿容貌与偷儿所见悉符。固知是其鬼也,俗传暴死者必求代,其然欤。

《耳食录》卷二《刘秋崖》记述曰:

临川刘秋崖先生,旷达士也。冬夜读书甚勤,常忘寝。邻有少妇,亦夜纺不辍,声相闻也。一夕漏二下,闻窗外窸窣有声响。于时淡月微明,破窗窥之,见一妇人傍徨四顾,手持一物,似欲藏置,恐人窃见者,屡置而屡易其处,卒置槁稻中而去。秋崖烛得之,乃一麻绳,长二尺许,腥秽触鼻。意必缢鬼物也,入室闭户,以绳压书下,静以待之。已闻邻归辍纺而叹,叹不已,复泣。穴壁张其状,则见缢鬼跽妇前,再拜乞求,百态怂恿。

妇睨视数四,遂解腰带欲自经。缢鬼喜极踊跃,急自牖飞出。妇则仍结其带,有踌躇不行之状。秋崖知鬼觅绳也,无绳必不能为厉,遂不呼救,而还坐读书。有顷,闻鬼款其门,秋崖叱曰:"尔妇人,我孤客,门岂可启乎?尔能入则入。"鬼曰:"处士命我入,我入矣。"则已入,曰:"适亡一物,知处士藏之,幸以见还。"秋崖曰:"尔物在某书下,尔能取则取。"鬼曰:"不敢也。"曰:"然则去耳!"鬼曰:"乞处士去其书,不然,恐处士且惊。"秋崖笑曰:"试为之,看吾惊否。"鬼乃喷血满面,散发至腰,舌长尺余,或笑或哭。秋崖曰:"此尔本来面目耳,何足畏!技止此乎?"鬼又缩舌结发,幻为好女,夭袅而前,示以淫媚之态。秋崖略不动。鬼乃跪拜而哀恳,秋崖问:"欲得绳何为?"曰:"借此以求代,庶可转生。无此则永沈泉壤。幸处士怜之!"秋崖曰:"若是,则相代无已时也。吾安肯为死者之生,使生者死乎?冥间创法者何人?执法者何吏?乃使生者有不测之灾,而鬼亦受无穷之虐也,庸可令乎?吾当作书告冥司,论其理,破其例,使生尔。"鬼曰:"如是则幸甚,不敢复求代矣!"秋崖取朱笔作书讫,付之。鬼曰:"乞焚之,乃能持。"焚之而书在鬼手,复乞绳;因去其书,绳亦在鬼手;乃欣喜拜谢而去。还视邻妇,亦无恙。

潘纶恩《道听途说·谋代鬼》记述曰:

歙邑田翁,设肆藤溪,去其家七十里。一日,因店有急务来召,黉夜由家赴店。是夕,天微阴,月色不甚爽朗。隐约间有少妇尾其后,每遇桥梁,未见超越,辄先翁而过。翁讶其异,且少妇夜行,安得无一人作伴。若因斗口而逃,则不应鬓发裙衫悉俱完整。心窃疑其非人,就讯之,妇曰:"妾缢鬼也,然不为翁祸。前有伏魔圣殿,碍不得过,尚欲籍光带挈也。"翁素负胆,许之。既过庙,翁意窃不自释,谓:"既系缢鬼,此去必为人祸。"因复问鬼:"此行将何作?"鬼曰:"妾欲告以肺腑,然妾不祸翁,翁亦必毋祸妾也。妾往雄村求替耳。"翁曰："谁实替汝者？愿闻其详。"鬼曰："雄村曹某家有童养媳，姑御之严，虽已谐花烛，然以出自抱中，鞭笞习惯，不以成人稍恕。迩日因涤制冬菜，有厨刀自筐底漏堕水瓮中，人无知者，姑诬妇货易粉糖，鞭之见血，尚穷追未已。妇负冤无可伸诉，今夕将投缳，是即妾之替也。"翁曰："以汝纤足行远道，夜阑尚滞途中，脱有先子而至者，子亦徒然矣。"曰："是不然。凡境内有欲自缢者，土地以告无常，无常行牒，授意应替者，此间数十里内更无他鬼，妾是以奉牒而来也。从来枉死鬼苦雨凄风，飘零无倚，往往数十年尚难谋一代，妾大幸，罹经仅半载，已有代者，诚喜浃过望也。"谈笑方浓，已临歧路，鬼谢别去，翁行数十武，窃思曹氏与我虽彼此不相葛藤，然明知其人之死而不一引手援，揆之于心，不无缺憾。肆中事虽急，要亦不争此一瞬，又何惜片刻之延，以阻我行仁之念？遂决计纡道救之，因而回步趱行雄村。至则街衢萧戚，星斗满天，茫不识曹家何所。连转数弄，无凭查讯，闻有梆声隐隐来自远际，思得警夜者而问之。出弄西驶，有一小铺，灯光漏于门隙，近就之，闻推磨琅琅声，知托豆腐业者。乃款关以进，向询曹某居庐。铺言前途咫尺间耳，巷第几巷，门第几门，口讲指画，明示了了。往阚其户，户阖而未钥；排闼入之，四室皆黝黑，独楼上有灯檠未烬。翁时无暇他语，只狂呼主人速兴。主人仓卒披衣起应客，翁亟问："汝妇房何在？速往救其死命，然后告君颠末。"主人与翁俱奔房，则妇已悬绳枋间，掇机作衬，正将就缢。款扉不应，乃破窗而入，解其厄，妇得不死。因问翁所以知妇觅死之故。翁以遇鬼对，并问主人是否厨刀起衅。主人然之。翁述鬼言，使探水瓮，刀果在焉。翁既救妇，即请辞去，时晨光未泛，主人再四恳留，且谓："公泄鬼语，鬼必不甘，夜行保无凌侮。"翁坚执不肯停趾，始听。既出村外，鬼果俟于溪畔，责翁不信。翁亦反颜相向。两争不稍逊，渐至用武，各以手相搏。然鬼只茫茫冷影，兜罗锦著体，虚无所触，即老拳还赠，亦复处处扑空，枉费一番使气。但鬼忿难甘，沿途作恶，缠挠无休。直至一丛葬处，天已微明，始失鬼所在。翁抵铺,以所遇告诸伙,皆以为莫须有之事。翌日,雄村人冠履整肃,具盛仪来谢,众始信焉。

《子不语》卷四《陈清恪公吹气退鬼》记述曰:

陈公鹏年未遇时,与乡人李早相善。秋夕,乘月色过李闲话。李故寒士,谓陈曰:"与妇谋酒不得,子少坐,我外出沽酒,与子赏月。"陈持其诗卷,坐观待之,门外有妇人,蓝衣蓬首开户入,见陈便却去。陈疑李氏戚也,避客,故不入。乃侧坐避妇人。妇人袖物来,藏门槛下,身走入内。陈心疑何物。就槛视之,一绳也,臭,有血痕。陈悟此乃缢鬼,取其绳置靴中,坐如故。少顷,蓬首妇出,探藏处,失绳,怒,直奔陈前,呼曰:"还我物!"陈曰:"何物?"妇不答,但耸立张口吹陈。冷风一阵如冰,毛发噤龂,灯荧荧青色将灭,陈私念:"鬼尚有气,我独无气乎?"乃亦鼓气吹妇。妇当公吹处,成一空洞,始而腹穿,继而胸穿,终乃头灭。顷刻如轻烟散尽,不复见矣。少顷,李持酒入,大呼妇缢于床。陈笑曰:"无伤也,鬼绳尚在我靴。"告之故,乃共入解救,灌以姜汤,苏。问何故寻死。其妻曰:"家贫,夫君好客不已,头止一钗,拔去沽酒。心闷甚,客又在外,未便声张。旁忽有蓬首妇人,自称左邻,告我以夫非为客拔钗也,将赴赌钱场耳。我愈郁恨,且念夜深,夫不归,客不去,无面目辞客。蓬首妇手作圈曰:'从此入即佛国,欢喜无量。'余从此圈入,而手套不紧,圈屡散。妇人曰:'取吾佛带来,则成佛矣。'走出取带,良久不来。余方冥然若梦,而君来救矣。"

慵讷居士《咫闻录》卷七《鬼死》记述曰:

东郊韩姓,素游荡,不事生业。其邻姚氏,有寡女,矢志坚贞,不出户庭,勤操女红,数年囊蓄百金。韩知之,夜静逾垣潜入寝室,将为席卷之计。奈女终夜纺绩。旁有皂帽人,怒目如牛站立机床,或左或右。韩阴念是妇有贞节之名,何以藏有男子,姑细审之。见皂帽人以手勾断机丝,女若不知,续而复织,如是者三,乃投梭起,长叹呜咽,泪如泉涌,自痛夫之早死,而家之窘也。意欲弃世,以完名节。皂帽人急以红丝带作一圈,悬挂梁上,以手招女引颈而缢。斯时,韩忘其行窃,大呼解带,拔关而出。女若梦醒,回顾壁上,隐约见皂帽人形像变色,诧之,眉发竦然,身不为动,以水濯壁,面目若绘,时有碧色血水流出,颗颗凝如露珠。次夜,女见人抬棺至,收壁上皂帽人,其薄如纸。咸曰阴阳道隔,鬼为阳气所冲,魂魄破裂,不能救矣,荷棺而去。

朱梅叔《埋忧集》卷十《缢鬼》记述曰:

秀水汪如洋,号云壑。未第时,馆于邑某绅家。尝夜读,至二鼓后,一少妇缟袂素裳推扉入。汪讶之,起诘所自。妇言故与主人女芳姑稔,将假迳寻旧好焉。汪以形迹可疑,阻之。妇争之不得,返身蹲户外,以手探槛下,移时始去。汪益疑,急返,移灯往视,得一圈,围尺许。携还,向灯审其物,非绳非带,如环无端。心知有异,即就火爇之,腥秽之气,触鼻难耐。忽闻哭声自内出,询馆僮,知主人女已以自缢死。正惊诧间,前妇突至槛前,觅其圈不得,复入,向汪索取。汪对云:"顷已焚却。"且叱其速退。妇怒曰:"与君素无仇怨,何忍下此毒手?然君贵人也。"痛哭而去。未几,馆僮又来报,主人女顷已解救复苏矣。

《客窗闲话》初集卷三记:

有钱、刘二役者,奉差勾摄人;知其人狡甚,夜往拘之。距城约二十里,一役持灯,一役执牌。行五六里许,钱谓刘曰:"吾有腹疾,予吾灯,将觅地大遗。尔前进,某村市尾有里保茶室,在彼俟吾。"刘诺而去。比及市尾,夜深户闭,无停留处,复回原路。见市中一室,隙逗灯光,隐隐泣声甚悲,门外一人隐贴身窥探。刘意为钱遗毕而来窃窥妇女耳,欲戏之,俾不敢作声,潜以中指挖其尻,其寒浸骨。突然回首,则眸出舌伸,发披血结,现缢鬼形。刘大惊,触板而倒。邻人闻声出视,识为县役,已痰涌气喘欲绝。邻人大呼,市众皆集,而钱亦至。正扶救间,室内亦大呼救人。众踹门而入,则少妇自悬于梁。其翁姑年老,不能解脱,众为之卸救而苏。询之,乃知妇为翁姑虐,半夜轻生,缢鬼求代而窥之,为刘役冲散。此妇之命不应绝。而刘亦渐愈,唯右手全黑,经年始退,时人称之为"捣鬼手"。

《闻见异辞》卷二《救缢投军》记述曰:

罗军门思举,少失怙恃,家徒四壁,因寄食于舅氏家,身有膂力,性嗜樗蒲。夜归,舅辄痛詈,然嗜赌终不能悛。因欲赚醉致之死。一夕具酒肴饲甥,曰:"今夜可多呷几杯,以畅尔所欲。"夜分,舅先酩酊大醉,鼻有鼾声。舅妗知其故,告之使逸去。行至某县,苦无资斧,不得已偷匿人室,跃上高楼,撬开承尘偷窥。见一红衣妇人愁坐妆台,手作支颐状,俄而背后来一女鬼,披发吐舌,手搦一圈,作套项势。罗急跳下,拼夺鬼圈,相持良久。适渠夫婿回来,诘何故夜入?罗具述真情,告以乏费,致行苟且。因夫人被鬼逼,故跳下救之。主感援救之恩,酬以白金三十两。会有反寇滋事,罗投军得首功,递升提督。

《里乘》卷三《某太史鬼求代》记述曰:

京师某太史,情重前鱼,终岁不御妻妾,但狎优伶。尝有友招饮,忽遭优伶所戏侮,为坐客姗笑,羞忿自经。其鬼求代。初,正阳门外某生远游,其妻独居,家小阜。妻兄弟素无赖,时来称贷,妻颇厌之,恒不能遂其所欲。一日,弟乙以有急,又来求姊,会姊往亲戚家,待至薄暮甫归,厕身暗陬,窥姊下车,身后随一美少年,相将入房,大骇,以姊有所私,心殊耻其所为,继思藉此有所挟,计亦得,爰潜身蹑足入,伏窗窥姊坐灯下,面频蹙,若有忧色,少年偎姊身旁,低声耳语,隐不可辨。姊危坐自若,少年或左之或右之,或长揖而跽恳之,丑态百出。无何,更鼓二报,少年似益急迫,跽恳益数。姊意似首肯,起拭泪至案前,挑灯启镜奁,薄加脂粉,转身坐榻上,小声嘤嘤啜泣。少年频为拭面而殷情之,便见姊起身解带挂梁上,少年不禁狂喜,或拊掌,或踊足,或伏地雀啄,笑容可掬。乙莫喻其故,既见姊上榻向外跪,少年笑援梁上带授之,姊引带纳项下,意将投缳。乙骇甚。始悟少年非人,系缢鬼之求代者。乃大声疾呼:"有鬼!"时甫二更,市上行人尚众,闻声毕至,佐乙破扉入房。乙急解其缳,放姊卧榻上,意甚痴,默不一语,灌以姜汤,顿苏。而市人至者益夥,屋狭,鬼皇遽不得出,侧身引避,形嵌壁上,宛然写照。有识者谛视之,诧曰:"是某太史也。"佥称怪事。太史家闻之,争来濯洗,竟不能去。急延僧讽诵经忏,日以法水祓除,匝月方灭其迹。后某生归,诘妻前事,则曰:"自君之出,意忽忽如有所失。他日自某家归,觉耳畔有人,极称生愁不如死乐,不觉心动,入其彀中。实其时身亦不能自主也。"某生夫妇从此德乙,有无遂常相通云。

采蘅子《虫鸣漫录》卷二"金陵击柝者"记:

金陵街市击柝者,见披发妇人突入巷内一家。潜往窥之,则一妇方就缢。大呼其家,解救而免。少顷,复击柝而行,见前披发人怒随之曰:"今已将曙,明日有贵人过此,后日必不尔恕也!"言讫而杳。击柝者惧甚,次夜闭栅不敢复出。适江宁俞太守德洲巡夜至,呼栅不启,怒其误更,将笞之。击柝者具以闻,俞令其取半臂,前后钤印,并书己名,嘱其服而击柝。至第三夜止,遥闻鬼啸一声而灭,无所见也。

《右台仙馆笔记》卷七"贝翁击鬼"记:

钱唐有贝翁者,少有膂力,素以意气自负。一日自城外被酒夜归,憩于白蜡桥下。瞥见一妇人趋过,觉有异,尾之行。抵一村舍,妇忽不见。叩门入,则其家止妇姑二人,是夜适反唇,因使视其妇,已扃户雉经矣。亟解悬救之,得不死。感翁高义,以夜深止之宿。翁以其家无男子,不可,遂携灯独行。俄寒风自后来,林叶皆簌簌落。翁知为鬼,不之顾,鬼忽作声若相詈者。翁怒,返击之,鬼乃退。及翁行,又詈如初。翁益怒,穷追不已,复至于桥下。而鸡声四起,东方白矣。

《此中人语》卷四《典史》记:

吴春山湖南人,家小康,读书未成,居乡间。一日傍晚,偶至坑厕,见一女子年约二十余,长衣阔袖,面白如纸,发披于肩,手携一索,自厕旁行过,冷气阴风,侵入肌骨。吴知是缢鬼,即回家。闻邻家有哭泣声,细听之,乃姑媳口角也。阅一时许,闻其姑絮聒未止,其媳则声息绝无。吴恐有变,见其门未闭,遂身入,伏窗窥探,见媳泪流满面,短叹长吁。顷所见之鬼,立于旁厕,连连作揖。媳踌躇久之,即解带作悬梁状。吴惊极,破窗而入,鬼遂逸。吴乃诉其姑,且问其媳曾见缢鬼否?媳言并未见鬼,但觉怒气冲天,不欲活耳。吴再三开导,遂为姑媳如初。次晚吴又如厕,鬼又至,谓吴曰:"君昨宵败我事,令人痛恨。不念是典史,定欲置君于死地也。"吴大怒叱之,遂不见。后吴果以佐杂班,署理典史三次云。

南山老人《香草谈荟·鬼替》记：

吾乡周某为塘工武弁,尝逝文省中,沿海而行。时夜将半,遥望前村灯火荧荧,一人背立楼窗,垂发吐舌,似缢鬼状,近之不见。心知为鬼,亟叩其门,内问为谁？以乞火对。一老媪启门出,周即问："尔家尚有谁？"媪对言："儿子外出,只一妇在家。"周问："尚和睦否？"媪言："终日反目,顷又因小故不食一日矣。"周问："媳何在？"媪言："在房中。"即令探之,则已将结绳矣,急唤醒之。周因告以所见,再三劝谕,姑妇为之感悟,相好如初。周以公文紧要辞而去,行不半里,见前鬼已坐伺道傍。见周至,变色曰："辛苦多年,始能获替,被君冲破,必不肯休！"周以情理喻之,鬼似心动,良久曰："若能延僧超荐,我当宥君。"周允之,鬼即自去。周后仕至海防守备,为人和易温厚,乡里称之。

《闻见异辞》卷二《鬼升城隍》记述"水鬼升迁为城隍"故事,记曰：

湖广长沙鲍玉衡,向以捕鱼为业,舟泊双枫浦。时斜阳一抹,沽酒独酌,先斟一杯于河,然后自饮。久之水上倏浮起一人,谢曰："余作波臣久矣。承君夜夜赐饮,无以为报,特驱大鱼一群至某潭,奉酬君惠,俾免弹铗。"盘桓月余,鲍老与溺鬼竟为莫逆交。鬼对鲍云："明日有妇人作替身。"次日果见妇来淘米,无恙而去。至夜鬼复来,询其故,答以妇方怀孕,迷之是伤二命也。明朝当有戴铁帽人作替身。次日适阴雨,人因以镬子顶在头上当伞,足染污泥,复洗足,而去。夜又问故,答此人系独子故耳。明晚有中年人作替身。比次夕,仍见有人挑水而去。夕又询其实情,答曰："渠上有老母,下有幼孩,余弗忍也。"一夕溺鬼面带笑容对玉衡曰："吾因三次让人,冥王以吾有大阴功,某处城隍缺职,吾将摄之,行当与君别。"渔翁移舟前往,见其地新塑城隍像,视之,仿佛河鬼仪容,须眉活现。

人谓灵迹颇多云。

黄钧宰《金壶七墨·金壶遁墨》卷四"杀缢鬼"记：

秋七月，将入都门，遇"贼"于邳睢而止。夜阑将卧，同寓叶于戎者奔而归，曰："惫哉！今夜杀一鬼矣！"盖寓之东有古庙，叶以赴饮迟归，过庙前，月影朦胧，见一妇人向门而拜，又结带为环，系于柱上。蹑足窥之，则环中楼台粉黛，五色烂然。妇人若却若前，忽哭忽笑。又一美少年自内招之。叶恍然悟为缢鬼，急拔刀刺入环中，环带遽收，划然中断，而妇人仆矣。叶呼之不醒，恐以暧昧获咎，遂行。俄有呼叶于后者，长身绰约，细语如莺。叶佯为不闻，已而披发吐舌，双目如铃，曰："偿我环来！"叶曰："吾以汝为人耳，今乃鬼耶？"挥刀迎斗，中其左肩；嘎然一声，化为清烟而灭。

丁治棠《仕隐斋涉笔》卷四"贼救妇"记述：

有缢鬼取代，迷一妇人，投环梁间，鬼跪其下，崩角稽首。时当午夜，灯影微明，有窃贼伏屋上，揭瓦瞧见，知妇遇邪，即抽所佩刀割断其绳，微伤妇颈，血滴滴点鬼头。鬼被血污，不能藏形，扑地化物一堆。妇亦随绳堕地，气尚未绝。贼大呼有鬼，家众惊起，妇得重生。贼不自讳，陈救妇之由，且示鬼状。众视所化物，累高数尺，青色滑腻，似水内苔衣迭裹成团者。提之，犹啾啾鸣；举油火焚之，腥闻满屋。感贼惠，款以酒食，酬钱若干去。

《虞初新志》卷十三载王明德撰《记缢鬼》也记述由一个偷儿"见鬼"所引发的故事，曰：

吾乡有张姓者,其家仅足自食。夫先卧,妇则仍工女红。偷儿乘夜逾垣往窃,未敢竟入,伺于窗外。见床侧一鬼妇,向本妇先嬉后泣,拜跪再三。本妇睨视数次,忽长叹,潸然泪下。偷儿心惊,专心伺之。妇即自理绢帛,仍有不忍即行之状。鬼妇更复再拜祈求,本妇方行自缢。偷儿急甚,大声疾呼,其夫鼾呼若不闻。偷儿无法以救,适檐下有竹竿,取从窗棂中撑击鬼妇,其夫方觉。偷儿呼令急为开门,相助解救。在此妇固不自解觅死为何事,其夫亦不问呼门为何人,而偷儿亦自忘乎其为偷儿矣。事后,各道其详,因发床侧之壁视之,其中梁畔实有先年自缢绳头尚存,虽云朽烂非真,而其形其迹,则仍宛然。由此以观,则凡世俗所传,亦未尽属无根之谈、荒唐之论矣。

形形色色的鬼表现出形形色色的人。此为风物文化,以具体的人与事向人展示人间许多诡秘。

风物传说的实质在于通过一定的地方性知识,表现出具有特殊意义的民间信仰。怪异,成为风物文化的基本标志,具体显现出某种观念,或作为某种生活态度。诸如"过癞",作为一种风俗生活,总是包含许多信仰。如王椷《秋灯丛话》有《粤东癞女》记述"粤东"风俗之"必与男子交,移毒于男,女乃无患",以及此后"油能败蛇毒,性去风",而"多少年之不负其德"故事曰:

粤东某府,女多癞病,必与男子交,移毒于男,女乃无患,俗谓之过癞。然女每羞为人所识,或亦有畏其毒而避者,多夜要诸野,不从则啖以金。

有某姓女染此症,母令夜分怀金候道左。

天将曙,见一人来,询所往,曰:"双亲早没,孤苦无依,往贷亲友,为糊口计。"

女念身染恶疾,已罹天罚,复嫁祸于人,则造孽滋甚。告以故,出金赠之。

其人不肯受,女曰:"我行将就木,无需此。君持去,尚可少佐衣食。毋过拒,拂我意。"其人感女诚,受之而去。

女归,不以实告。未几,疾大发,肢体溃烂,臭气侵人。母怒其诳,且惧其染也,逐之出,乃行乞他郡。

至某镇,有鬻胡麻油者,女过其门,觉馨香扑鼻,沁入肌髓,乞焉。

众憎其秽,不顾而唾。一少年独怜而与之,女饮讫,五内顿觉清凉,痛楚少止。

后女每来乞,辄挹与,不少吝,先是,有乌梢蛇浸毙油器中,难于售,遂尽以饮女。女饮久,疮结为痂,数日痂落,肌肤完好如旧。盖油能败毒,蛇性去风,女适相值,有天幸焉。

方其踵门而乞也,睹少年,即昔日赠金人。

屡欲陈诉,自惭形秽,辄中止。少年亦以女音容全非,莫能辨识。

疾愈,托邻妪通意,少年趋视不谬,潸然曰:"昔承厚赠,得有今日。尔乃流离至此,我心何忍?若非天去尔疾,竟觌面失之,永作负心人矣!"歔欷不自胜。

旁观者啧啧,咸重女之义,而多少年之不负其德也。为之执伐,成夫妇焉。

吴炽昌《客窗闲话》续集卷一《乌蛇已癞》有"姑苏"地方关于"过癞"风俗故事,讲述"是邑也,凡幼女皆蕴癞毒,故及笄,须有人过癞去,方可配婚",曰:

蛇之种类伙矣,皆追风药也。内有乌梢蛇一种,最毒。

姑苏有曹吏部,由郎中出为粤东潮州府。是邑也,凡幼女皆蕴癞毒,故及笄,须有人过癞去,方可配婚。女子年十五六,无论贫富,皆在大门外工作,诱外来浮浪子弟交。住弥月,女之父母,张灯彩,设筵席,会亲友,以明女癞去,可结亲矣。时浪子亦与宴,事毕,富者酌赠医金送去。多则一年,必发癞死。且能过人,故亲人不敢近。官之好善者,设癞院收养之。

曹太守有弟,已冠,不好学,日事游荡。戚友知此间风俗者,恒告诫之。介弟初亦不敢犯,但游观而已。

一日,至巨宅前,见一女子,国色也,不粉饰而自然,既艳丽而庄重。不禁迷恋,辗转再三,舍之不得,喟然曰:"人生几何,美色难遇!牡丹花下死,较老耄乐甚矣!"意乃决,与女交谈。引之入室,两情相得,有终焉之志。

无如弥月后,例应分拆。其父母见二人情重,不使女知,请介弟前堂大宴。询世家,方知为太守亲弟,屡奉府县查访綦切,勿胜惊骇。但事已如此,不能隐匿,赠以千金,送之回府。

太守以乃弟自作之孽,无可奈何,资送回籍,俟死而已。一路毛发脱落,日渐周身发痒,及家,其次兄收之,虑其蔓延,锁于酒房下榻。嫂氏哀之,使老媪给饮食。未几癞已匝身,奄奄一息,自知必死矣。

先是介弟去后,女方知其事,乃与父母为难,誓不二夫,必欲同死。其父母婉劝教戒,矢志不回,不得已,以实情告。

太守敬其节义,允为作札,遣送姑苏,为弟守节。来投嫂氏,嫂谓女曰:"叔病癞,已不起矣。莫如原舟遄返。以妹品貌,何患无好逑君子,何必恋及此泉人耶?"

女泣曰:"妾故知之,不忍郎之独为癞鬼。且女身不可二夫,来就死耳,非效于飞之乐也!"

嫂怜而敬之,送女入酒房,与介弟相抱而泣。女乃遣婢仆归复命,亲为其夫调养。

一日,介弟使女烹茶。未至,渴甚,循墙而起,觅饮房中,惟酒缸十余。

寻至室隅,尚有剩酒半缸。以碗饮至数四,渴解而人亦醉倒。

女持茶来,扶之卧。

至次日,癞皆结痂,人亦清爽,谓女曰:"此酒大有益处,日与我冷饮之,当有效。"

女顺其意,每饭必先以酒。半月癞痂寻脱,一身新肉,滑腻非常,眉发复生,居然风流年少矣。夫妻快慰。及酒将完,见缸底一大黑蛇浸毙其中,盖乌梢也!

出问家人,乃知前年注酒时,见有蛇在内,是以遗弃半缸,不意为介弟起病之祥。

于是夫妇相将,仍赴粤东。女之父母及曹太守皆大悦,共出财,为谋功名,得河泊所官以终。

此其有一命之荣,故不死耶?余曰:非也,粤女贞一之操,有以感召之耳!

南山老人《香草谈荟·奇缘》记述"粤中"之"过癞"故事,与前"粤东"之传说较为相似,曰:

粤中女多癞疾,必与男子交,移毒于男,女乃无患,俗谓之"过癞"。然女每羞为人所识,多夜要诸野,不从则唼以金。

有林氏女,染此症,母令夜分怀金候于道左,天将曙,见一少年来,询所往,曰:"早失怙恃,孑身无依,将贷诸亲友作小经纪耳。"

女念身染恶疾,已罹天谴,复嫁祸于人,则造孽滋甚!告以故,出金赠之,少年不肯受,女曰:"我墓木已拱,无需此,君持去亦可少佐衣食。"

少年感女意,拜请姓氏,叩谢而去。

女归不以实告母。未几疾作,肢体溃烂,母怒其诳,且惧传染,逐之出门,女乃行乞他郡。

一日至某邑,有鬻胡麻油者,女过其门,觉馨香扑鼻,腑肠皆适,乞焉。众憎其秽,不顾而唾,一少年独怜而与之。女饮讫,五内清凉,痛痒少止。后女每乞,少年辄挹与,不少吝,久之女疮结为痂,旬余痂尽脱,肌肤完好,肆中人共异之!

先是,有巨蛇浸毙油器内,人不知也,至是器尽乃见之,始知油能去毒,蛇能去风,女幸值之,盖有天焉。

方女之行乞也,睹少年即昔日赠金者,屡欲陈诉,自惭形秽而止,少年亦以女音容全非,莫能辨识。疾愈,乃托邻姬通意,少年趋视不谬,流涕而言曰:"我不有卿,何有今日?赠金之惠,无日忘之!若非天去卿疾,竟觌面失之,永作负心人矣。"

欷歔不自胜,女亦泣不能止,旁人称羡不已。咸重女之存心,而多少年之不负也。为之执柯,谐琴瑟焉。

容园词客曰:顷见南山人出《香草谈荟》一编相示,予披阅一过,有奇必传,无美不臻,凡为予所习知者,十之三四最足以豁胸臆而广见闻,而其命意所在,大半有资劝惩,非仅助谈笑而已。读是编者,谅不以予言为河汉也!

采蘅子《虫鸣漫录》卷二《麻风女》记述"粤东省会及潮郡,均有麻风院"故事曰:

陆沄楂言:粤东省会及潮郡,均有麻风院,凡男女得是疾者,辄送院中,自相匹偶,生子女无异常人。

有富室女,忽得是疾,父母不肯送院,纵令女与少年接,冀脱是累。

女心不悦,而重违亲命,倚楼送媚,冀有所遇。

适中表富室某,年仅弱冠,丰姿俊美,见女悦焉,欲与通。女颦蹙曰:"妾沾恶疾,奉亲命作此狡狯,郎一遇必死,然郎死而妾生,于心何忍!今与郎谋,能择一静室,少给饮食,以终余年,死不恨。"

　　某允之,告父母而迎焉。女疾渐剧,面臃肿,眉发皆脱,婢媪厌苦之。

　　岁除,女母家送肴核至,适女卧未醒,置案头而去。元旦女醒,见器中止余其半,细视无他,疑婢媪窃食,姑忍不言,命将所余,重温而食。数日后,皮如蝉蜕,眉发复生,婉然一好女子矣。告于父母,与某合卺成夫妇焉。

　　迨扫除净室,见床下一穴,蛇伏其中,乃悟肴为蛇食,流涎于器中,女食涎而愈,心甚德蛇,不杀而纵之。

　　此女无害人利己心,故天特示报示尔。

万历《云南通志》卷十七志怪部有"老人求地",讲述佛教文化的内容,是清代风物传说的又一个类型。其记述曰:

　　按《白古通》,邃古之初,苍洱旧为泽国。水居陆之半,为罗刹所据。罗刹好食人目睛,故其地居人鲜少。

　　有张敬者为巫祝,罗刹凭之。

　　有一老人主张敬家,托言欲求片地以藏修。居数日,敬见其德容,以告罗刹。

　　罗刹乃见老人问所欲。

　　老人身披袈裟,手牵一犬,指曰:"他无所求,但欲吾袈裟一展、犬一跳之地,以为栖息之所。"

　　罗刹诺。

　　老人曰:"既承许诺,合立符券以示信。"

　　罗刹又诺,遂就洱水畲上,画券石间。

　　于是,老人展袈裟、纵犬一跳,已尽罗刹之地。

　　罗刹彷徨失措,意欲背盟。以老人神力制之,自不敢背。但问何以处我?

老人曰:"别有殊胜之居。"

因神化金屋宝所,刹喜过望,尽移其属入焉,而山遂闭。

今苍山之上,羊溪是其地也。于是,老人凿河尾泄水之半,人得平土以居。

此其事甚怪。

余泛洱水,岛上盖有赤文如古篆籀,云是买地券。

世传老人为观音化观,优波麹多预言,其谶是已。今海尾有观音村。

风物作为文化,赋予社会生活以种种生动美丽的传说故事,形成文化传统中那些积极健康的社会生活观念与信仰,传承着民族的美德;风物作为生活,通过善恶报应等生活主题,给人以教诲和启发,劝导世人不断向善、向真、向美。这是民间文学作为历史时期思想文化生活的重要主题与传统。

二、现实的面目

清代社会风俗生活中的民间故事对社会现实的述说,与以往历史文献有很大不同,除了当世的述说,还记述许多"洪杨之乱"中"贼"的传说故事。其实,这是农民起义的真实情形在民间传说故事中直接的体现。这些内容的记录与我们长期坚持的农民起义代表了社会发展要求等命题在事实上形成严重冲突。

在这类民间故事的记述中,记述者的态度一律是否定的。这是否是他们完全无视其起义、反抗的合理性呢?或者真的就是这些农民起义多扰民、害民呢?为社会统治者粉饰太平、涂脂抹粉,绝对是文化良心与文化品格的堕落。那么,不分是非,一味美化或丑化这些历史上造成严重社会动荡的农民起义者,是否就真正述说了真实呢?

这些内容向我们提出一个问题,即如何认识农民起义与中国土匪生活的联系,以及相伴而生的如何评价农民起义在事实上与社会发展进步与否及民间百姓的利益和诉求等内容的联系。

这是中国民间文学史上一个非常重要的问题。

如《聊斋志异》卷十一《张氏妇》记"甲寅岁,三藩作反",而"鸡犬庐舍一空,妇女皆被淫污"曰:

> 甲寅岁,三藩作反,南征之士,养马兖郡,鸡犬庐舍一空,妇女皆被淫污。
> 一日,一兵至,甚无耻,就烈日中欲淫(张氏)妇。
> 妇含笑不甚拒。隐以针刺其马,马辄喷嘶,兵遂絷马股际,然后拥妇。妇出巨锥猛刺马项,马负痛奔骇。缰系股不得脱,曳驰数十里,同伍始代捉之。
> 首躯不知处,缰上一股,俨然在焉。

《里乘》卷十"皖北奇女"记"贼窜江南"与"乡村男妇皇皇窜避"曰:

> 先是,贼窜江南,至桐舒界,乡村男妇皇皇窜避。
> 有女年十七八,以足纤不良于行,为贼所掠,搂坐马上。既至一山谷,贼睥无人,抱女下马求欢。
> 女笑曰:"固所愿也。然必须将马系住,否则奔逸奈何?"
> 贼以为然。惟苦童山,无树木可以维絷。
> 贼欲焰正炽,踌躇无计。女笑曰:"君何愚也!以马绳系君踝,复何虑耶?"
> 贼大喜,如言缠绳于踝,摩挲妥帖。
> 女急取贼所佩刀,力斫马尻,马负痛,曳贼足怒奔。贼猝不能脱,任其所之,竟不知胡所底止。
> 女掩袂吃吃匿笑,以里党路熟,由巇道急遁,幸免于难。
> 或谓贼为马所曳,脑裂肢解,身无完肤而毙。

《夜雨秋灯录》卷七《大脚仙杀贼三快》记曰：

又闻一周姓妇，吾乡东鄙人，自恃足大善走，难将及，先嘱良人挈子女潜遁，己则捆挡长物。甫就绪，郊外边马已四出。无已，怀一利剪出门，将觅小道，寻亲串家，暂避其锋。

忽一贼目，自远道瞰妇，似有风致，扬鞭追及，喝之止。妇亦不惧，含笑相迎，宛如旧识。下马，推妇于地，将淫之。

妇伴解裤带，而笑露其齿，嗤形于鼻。

贼问云何？曰："我惜子愚耳，子等跳梁，全赖骥足，设与我苟合时，马遽逸，奈何？"

贼思其言颇近理，又能慰己，然四顾荒郊，无一树一石可以揽辔，颇筹度。

女云："献一策，然后为所欲为。"

贼求计甚急，女大声曰："急煞儿，盍以缰系于两足乎！"

贼抚掌称善。乃弯腰俯首，牢缚不稍松。

时妇之剪刀已在手，乘不意，蓦以剪刺马腹，马负痛，遽咆哮，拖贼绝尘奔。剪在腹肉中，愈走愈摇，愈摇愈痛，痛则狂奔如躐电，如追风，十里外犹不辍。而贼已肤裂额烂，骨折气竭，不似人形矣。

妇徐徐整衣裙，拾贼遗之包裹，遥望马拖贼去，觅路始行。及寻得良人，相与剪灯话终夜，吃吃笑不休。

《右台仙馆笔记》卷四"马曳贼去"记"咸丰三年，山东幅匪起，掠费县之仲村集"故事曰：

咸丰三年，山东幅匪起，掠费县之仲村集。有一贼骑马走荒郊，遇少妇独行，遽下骑推妇于地，将淫之。不知此妇固娼也，殊不惭惧乃反笑曰：

"汝骑将逸,奈何?"贼思其言良是,而四顾无可系马处。妇又笑曰:"拙哉,贼也!何不即系于汝足?"贼亦笑曰:"诺。"乃引马缰系己足上,解衣就妇。妇猛起拾地上贼刀,力斫马尾。马惊,又负痛,狂奔十余里不止。贼为其牵曳而去,颅碎胁折,生死不可知矣。妇望之,鼓掌大笑,检贼衣,得巨金数锭,怀之归。

民间故事述说社会现实,一般集中为四点,即财、色、愚、毒。所谓"财"即财产、财务,由此引起诉讼,或争执、抢掠,甚至谋财害命,皆为恶。亦有嘲讽、挖苦,未必有多少打打杀杀,却是极为讽刺。此表现出现实之面目。所谓"色",其实是财的延伸,是把美色作为一种特殊的财产来占有的社会现象。尤其是色与财,在民间传说故事中常常最为出彩,集中体现出社会现实生活中形形色色的矛盾现象。所谓"愚",是指诸多滞后于正常生活规则的现象,未必皆为愚笨、弱智、无能。所谓"毒"是指残忍、无情,不讲最基本的社会道德。社会现实光怪陆离,民间文学表现社会生活便有虚虚实实,虚实相间。

财者,物也。人常曰,人为财死,即此。或曰,这是中国文化所体现的短视,与成者为王败者为寇的道理一样,太注重实际。社会风俗生活中,有财多为富,而民间常常述说"富不过三代",民间也讲"儿孙自有儿孙福",讲天道酬勤,讲坐吃山空。今天,这种道理被人用歌声总结为"是你的谁也夺不去,不是你的等也等不来""是你的你就拿过去,不是你的吃了也要吐出来"。对财富的占有,是私有制条件下作为恶俗的人性体现,或曰为人性恶的本来面目。人常常讲,富而知礼节,似乎只有富裕之后才真正懂得礼节。其实,许多俗语也都是在述说事物的某一个方面,不可能面面俱到。比如,当世财富创造越来越丰裕之时,遍地饕餮,许多地方一些官员为了聚财敛财,厚颜无耻、荒淫无耻之程度,应该是历史以来所未见。比如当代社会某省交通厅连续数任因为敛财贪污受贿而纷纷中箭落马,更不用说铁道部个别官员之行为令人发指。以往曾经在舆论宣传中限制此类丑恶行径的曝光,甚至美其名曰为社会抹黑;今日不同,一切无耻行为都将受到严惩,更显时代进步与发展。当然,历史上的民间文学中,财富面前总是表现出不同社会现实,一曰巨贪、贪大、贪婪无度,一曰清廉、清白与拾金不昧,一曰相争,兄弟之间、邻里之间、朋友之间,因为对财富的占有而发生各种各样的强取豪夺、坑蒙拐骗、偷拿夺强。历史以来,人们数点清正廉洁之人甚少,总念及包拯、海瑞等人,而贪婪之徒数不胜数,更显恶行甚多。如此看来,许多丑恶都是有历史传统的。在历史上,专制社会,没有人监督的贪官有一个共同特点,总是称自己为民造福,身为百姓父母官云云,民间百姓也常常称其"青天大老爷"——真是颠倒了伦理、天常。民间文学对其百般嘲讽,才是社会生活中最真实的一面。有许多刮地皮之类的故事,几乎在每一个时期都适用,所以其总是被不断重复讲述。

清代民间传说故事中,记述清正廉洁者,可数魏息园《不用刑审判书》载"苏州乡人某甲负鸡一笼入城唤卖",其记述曰:

> 苏州乡人某甲负鸡一笼入城唤卖,浦五房伙呼视之,与议价不合,还之。甲点之,少一头,索不服。
>
> 浦五房者,熟肉铺,号称数百年老店者也。邻佑皆叱甲,谓岂有皇皇巨铺家而赖汝一鸡者。
>
> 甲曰:"使鸡而尽为吾有者,虽丧其一复何损。今者,鸡皆众邻付我代售者,而所失吾又不辨为谁氏物,归以无偿,以是争耳。"
>
> 喧扰未已,会巡抚丁公日昌鸡驺过,甲遽呼冤。公廉其情,亦叱甲为妄。甲益呼冤,倚壁以泣。旋元和令某公亦鸣驺来,甲复拦舆呼冤。令传伙即舆前,诘之。
>
> 伙曰:"彼适于丁大人前呼冤,已蒙大人叱之矣。且与之论价者,铺伙也,使赖其一鸡,不过归之于主人,伙不得携以归,于伙复何益。主人固

拥厚资,何一鸡之贪,伙亦不必以此进媚也。"

令曰:"辩矣,然不足以服吾也。汝铺中有鸡若干?"

曰:"不知也,随时购而蓄之,亦随时取而杀之,胡复能记其数。"

曰:"汝今日买鸡否?"

曰:"未也。"

问:"昨日?"

亦曰:"未,所存者皆三日前所购耳。"

令呼役尽其所存鸡,搜寻备至,不使遗一头,叱令前至署,并带乡人去,扬言曰:"吾将讯鸡也。"

市人围随以观者如堵,咸窃窃然,议令之好奇而多事。

至署升座,传伙问曰:"若素饲鸡者何物?"

曰:"稷饭糠秕耳。"

问甲曰:"乡人饲鸡何物?"

曰:"无所饲也,放之野外,使自觅食耳。"

乃呼役尽杀两造鸡,剖其肫而验之,则甲鸡肫内皆砂石青草之类,而浦五房之鸡皆糠秕,其中独多一肫为砂石青草者。

令顾伙曰:"如何矣,汝言非不辩,而吾居此久,未补缺时,与尔苏州人杂居,习知苏人轻薄。若固非贪一鸡,然以甲为乡人也,固戏侮之,以为嬉笑之助,是汝苏人轻薄之性使然,固不能欺吾也。甲至吾前呼冤,吾诘汝,汝不是非之辩,曰:'丁大人已叱之矣',是欲以丁大人制吾,亦汝苏人之伎俩也。今曲直既判,吾将与尔请示于丁大人。"

遂命驾率两造带所剖鸡肫,诣抚院陈颠末。

丁公惭且怒曰:"吾乃为市侩所欺!"

断令偿甲鸡值且罚巨款充善举。浦五房字号则勒令出境,不准复设于苏州。

如聚宝盆传说,属于嘲讽。褚人获《坚瓠余集》卷二《聚宝盆》记述曰:"明初,沈万山贫时,夜梦青衣百余人祈命。及旦,见渔翁持青蛙百余,将事刲剢。万山感悟,以镪买之,纵于池中。嗣后喧鸣达旦,聒耳不能寐。晨往驱之,见俱环聚一瓦盆。异之,持其盆归,以为盥手具,初不知其为宝也。万山妻于盆中灌濯,遗一银记于其中。已而见盆中银记盈满,不可数计。以金银试之,亦如是。由是财雄天下。高皇初定鼎,欲以事杀之。赖圣母谏,始免其死,流窜岭南,抄没家资。得其盆,以示识古者,曰:此聚宝盆也。后筑金陵城不就,命埋其盆于城下,因名其门曰聚宝。"许秋垞《闻见异辞》卷一《聚宝盆》记曰:"明洪武时有沈万三者,家有古盆,以金银贮之,随取随盈,生生不已。锡以嘉名,即所谓聚宝盆也……后因南京水城门下水怪为祟,太祖命取宝盆镇之,从此波浪不兴矣。"宋长白《柳亭诗话》"聚宝门"载:"金陵水西门,有猪龙为患。相传明祖以沈仲荣聚宝盆镇之乃止。"慵讷居士《咫闻录》卷一《瓦盂》记述曰:"沙溪王老言,乡有大洞,洞里有泉,聚沫迸流,跳珠溅石,清澈可饮。一日有田妇出汲,见有瓦盂流下,薛痕侵蚀,尘埃蔽翳,取为饲犬之具。犬食过半,遗饭少许。次早视之,白粲青精,充牣其中。易以碎布断帛,亦如之。妇疑为怪,携弃泉上。见盂逆流徐入洞去,传为奇事。内有一人曰:此聚宝盆也。若以零银碎金置之,次早必满盂。夫以至珍之物,已到目前而人不识,反为饲犬之器,以秽亵之。不如藏之深山,韬光养晦,故由洞而入。"总之,聚宝盆成为财富的文化符号,映照出社会现实生活中人们对财富向往的同时,也体现出许许多多的贪婪,尤其是"千里来做官,为的吃喝穿"这种庸俗不堪的生活理念支持下的饕餮之徒,其贪得无厌,极显丑恶。

如《清稗类钞·讥讽类·聚饿鬼于一堂》记述曰:

道光朝,京师士大夫公谦,林文忠公则徐于某所。

文忠久不至,众讥甚,索食颇急。时座客祝蘅畦庆蕃善谐笑,众因请试说一笑话。祝曰:"亦知沈万三有聚宝盆乎?"

曰:"知之。"

曰:"知沈万三之邻人乎?"

曰:"不知。"

曰:"沈万三之邻,窭人子也。卒岁,无以为活,相与谋曰:'吾邻非沈万三乎!试以比邻之谊,借其聚宝盆,片刻,即足吾欲矣。'佥曰:'然。'谋之沈,沈固不肯,强而后可,期以一用即还,不得逾晷。聚宝盆以类为招,以金银投盆中,俄顷,满盆皆金银矣。推之珊瑚、翡翠、大秦之珠,夜光之璧,皆然。某既携盆归,环顾四壁,无可投者,其妻下急,乃以所抱儿投之。俄顷之间,满盆皆所抱儿也,呱呱而泣,咸求乳。某顿足叹曰:'本意在求财,乃聚此饿鬼于一堂耶!'"

与之相似者,是诸多搜刮财富的传说故事。其表面上看来都是嘻嘻哈哈,但意在揭示无官不贪的社会黑暗。小石道人《嘻谈续录·刮地皮》曰:"贪官剥削民脂民膏,谓之刮地皮。任非一任,刮了又刮。上至高壤,下及黄泉,甚至刮到地狱,可为浩叹。有一贪官,将要卸事,查点行装,连土地也装在箱内,怨声载道。临行,无一人送之者,跫跫出得城来,真是人稀路净。忽见路旁数人,身躯伛偻,面目狰狞,棹设果盒,齐来公饯。官问:'尔等何人?'答曰:'我等乃地狱鬼卒,蒙大老爷高厚之德,刮及泉壤,使地狱鬼卒得见阳世天日。感恩非浅,特来叩送。'"《笑得好》集《剥地皮》记曰:"一官甚贪,任满归家,见家属中多一老叟,问此是何人,叟曰:'某县土地也。'问因何到此,叟曰:'那地方上地皮都被你剥将来,教我如何不随来。'"《清稗类钞·讥讽类·此地皮也》记曰:"交河令周自怡以贪著,在官三年,为巡抚所劾,褫职。去任之日,有耆民数人载泥赠之。周见而大怒,呵之,则曰:'此地皮也,虑公有所不足,故担以来。'"云云。

又如青城子撰《志异续编》卷三《贪刻受愚》集中了所有世人之贪婪,

其讲述曰：

一富人最贪刻,凡租伊田地耕种者,必先与伊银一百、二百两不等,名曰"压庄"。恐少租,则将此银扣抵。更佃之日,原银退还,惟不加利。

盖佃户图得田耕,而富人则得租之外,兼得利银也。压庄之外,又有所谓"上庄银"者。或一十、二十两,如弟子见师长用贽敬然。否则亦不得田耕。但佃户二三年必寻故更换,冀另得上庄银耳。

有佃户某甫耕二年,伊忽换人。妻怨曰:"稔知若田,不得久耕,何苦徒费上庄为！"

某曰:"虽费上庄,压庄自在。宁不能别谋乎？但行则行矣,必欲至若家,餍若酒肉而后快。"

妻曰:"若平日滴水不肯与人饮,焉有酒肉与汝？"

曰:"我自有处。汝收拾先行,我往若家去矣。"

比至,富人一见,即怒形于色曰:"汝何尚未移去,来至我家何为？岂敢有意抗拒耶？"

某曰:"不敢。合家已经移去。所以来此者,一则辞行,一则有喜事奉报耳。"

富人和颜问曰:"有何喜事？"

曰:"昨于二更时始寝,正在欲寐未寐间,因思黎明即当起行,园中尚有萝卜未拔,遂用铁锄挖取。锄甫入土,铿然有声,乃一铜盘。揭开视之,下一大瓮,瓮内悉属白银。此非喜事而何？"

曰:"此汝福命,汝自取之,何为报我？"

曰:"银上悉镌翁名,我何敢取？"

富人闻言,不觉喜形于色,命家中出酒肴对酌。

戏问曰:"汝岂丝毫未取乎？"

曰:"实不敢欺,当见银可爱,已取一锭矣。"

富人默忖曰："信哉是人。非特见银不隐,即取银亦不稍讳。"

于是命家中更换美酒,另出佳肴,殷勤相劝。

某已不胜酒,告辞。止之,复戏问曰："度汝必不止取一锭。"

曰："虽知为翁物,奈爱心难割。当欲再取,不意贱内忽伸足,将我惊醒,至今犹怏怏焉。"

曰："然则汝所言皆梦耶?"

曰："然。翁犹以为实耶?"

富人不禁拍案大怒,责其欺己。

某乘醉踉跄出门去。

富人唯以事事皆为己所实有,故不惜机诈营谋,不知刻薄成家,理无久享,转眼间将归于乌有,与某之梦中所见何异哉。

是某之所述见银取银,不啻晨钟暮鼓,其如唤不醒何。

在中国民间文学史上,财产争夺主题的故事极其多。自秦汉时期《风俗通义》之类文献讲说此类内容,代代不鲜,在清代或达到登峰造极之程度,更显物欲横流社会中恶性严重泛滥。随之而来的,是道德、情感等具体内容标志着社会风俗生活"日以衰坏"的风貌。

争讼主题在民间传说故事中被具体化,有名有姓,更显其真实。争讼双方多为亲,或为兄弟,或为父子(翁婿)。

如青城子《志异续编》卷三《兄弟争产》记曰:

有弟兄争讼者,江南如皋县人。父素富,生二子。临死,以银数万,当次子面交长子曰:"待弟成立,分半与之。"

及弟娶妻,所有田宅,俱均分讫,唯银绝不道及。

弟向兄索银,兄不认,涉讼连年。历任县令,俱以无笔据不直弟。

弟闻上元县令袁简斋先生善折狱,越境控告。

公当逐出;却暗令人唤至,匿之署中。

适有新破积匪案,密谕盗扳其兄,移文拘至,并起出藏金若干,到案讯究。

兄供:"父本富饶,所有藏金,非一己之物,有弟尚未分授。"

公曰:"如是,须唤尔弟对质。"

立出其弟曰:"尔兄已供认尚未分授,我今为尔等平分。"

兄缄口无言。

梁恭辰辑《北东园笔录》四编卷二《百文敏公》记曰:

嘉庆年间,封圻大吏才猷卓著者,首推百文敏公。当时朝廷称之曰能,身后谥之曰敏,非虚美也。

余少时随宦荆南,屡闻公之宦迹,而未能道其详。昨从汉阳友人偶谈一事,已不愧为神明之誉,兼可为劝戒之资矣,亟笔记之,云方百文敏公之总制两湖也,有江西客民在汉口经纪数年,积有余赀,回家置产,渐臻完美。因年逾周甲,思终老于家,以免奔驰之苦。

有一弟在家诵读,仅博一衿。谁知弟心不良,恃田园契据尽在手中,将兄递年产业作为己手所进,一股全吞。致兄垂老萧条,无可控诉。

不得已,挟其微资重赴汉口为贾。迁延数载,生意甚微,郁闷吁欷,无以自遣。熟闻百公之精明,屡伸民间之冤抑,遂作词呈控。讯出其祖父寒微,一无遗蓄,弟年甫冠,向赖老兄抚养,得以读书成人情事。

时公已洞见此案大概,收呈后,不加批发,即手交江夏令,谕令设法办理。

江夏令以案关隔省,既难于传人,又无从察访,延至数日,莫展一筹,求教于制府,公笑曰:"此易易耳,即在盗案中列其弟为窝家,斯得之矣。"

江夏令因遵谕具详,公即飞咨江西中丞,刻日严拿其弟到案,不由分辩,即押解至湖北归案质讯。

公随即亲提至大堂,厉声呵斥曰:"秀才家应守名教,乃敢作盗窝家,致富千金,情实可恶,法更难宽。"

速令招供定案。时其弟魂不附身,只求苟全性命,指天誓日,供称家产系兄作贾所成,实无与盗通窝情事。问以兄现在何处,答言现居汉口。

立传到案,质讯明确,断定革去生员,薄与笞罚。即将家产仍归兄管,听兄随时赡给,不准分外妄干。

弟亦俯首遵依完结,毫无异议。

案关两省,事阅多年,不过数语之间而真情毕露,颂声载道,冤气全伸,非甚神明,孰能与于此乎?

闻近日陈望波先生之次子贯甫邑侯景曾,作令山西,即仿此断结一案,大著循声。使天下之折狱者尽如是也,上以是劝,下以是戒,又何莠民之能容于世哉!

吴炽昌《续客窗闲话》卷六"翁还婿银",记曰:

有刘姓者孤独少年,入赘李老家。李以其稚弱无能,虐之。

刘不堪,潜投仕宦为仆。得主宠眷,数年,积金四百余,辞归。与其妻谋置产业,妻乃炫述于父母。

李老生心,欣然设宴,为婿洗尘,誉而醉之,且曰:"汝妻年幼,交以多金,恐不胜任。况汝须外出谋事,以少妇居守,得无穿窬之虑乎?盍交老夫,权为收藏,可以无虑!"

刘唯唯,出金点交,八宝十六件也。

次日刘酒醒而悔,亟向李老索银。李曰:"汝贫如丐,寄食我家,邻里咸知,焉得多金寄顿?不思为汝育妻恩,反肆讹耶?"

其女助婿争论。

李老大怒曰:"女生外向,真不可与处矣!"逐其夫妇出诸大门之外。

刘冤忿兴讼,以妻为证。

县令曰:"汝物无凭,妻不可以为证。汝妻父曰:'女生外向。'此言诚然,我不能直汝。毋干犯义之责也!"挥之退。

刘素稔巧令名,往陈其苦。令曰:"隔境无能为力。"

刘曰:"天下贤使君唯有阁下,若不肯治理,则无官能明此狱矣!"

哀之切,令笑曰:"若必欲余明此讼,须暂禁囹圄,汝愿之否?"

刘曰:"果能明此,虽刀杖加身,亦甘承受,况暂禁耶?"

令即桎收之。乃移文县令曰:"日者获大盗张三,据供劫得某事主家银四百余两,若干锭件,寄顿贵县某村大窝主李老家。希即委员带捕,查起赃银,连窝主李老解质。"云云。

县令见系盗劫重情,即身自查抄,人赃并获,解交此令。乃涂刘面,衣以囚衣,械击于堂。呼李老诘之曰:"此囚供在某家劫银四百余两,八宝十六件,寄汝家。今所起赃数相符。汝为盗窝,罪干枭首。据实陈明,勿自膺三木也!"

李老呼冤曰:"此银实系小人之婿刘某寄存者。闻其得自随官,是否属实,请拘刘某与张三质之,以明小人之冤。"

令笑曰:"若见刘某,汝又将图赖矣!"

李老曰:"与其冤诛,莫若明心。召刘某与张三质对,可见小人不知情,庶望一线生路,奚肯贪财舍命耶?"

令曰:"若然,则刘某在是矣。"

乃释其桎梏,使靧面易服相见。李大惭无词。令乃给还刘银,而薄责李曰:"余为留翁婿情也!"

刘感激涕零而去,李亦从此悔过矣。

财富是物质社会的生活目标,其价值无非在于最大满足人对物质的占有欲望而已,当然也包含着人生对声誉、尊严与自由、快乐等形而上意义的希望与向往。在最低层次的物质财富获取方式上,清代社会各种骗局愈演愈烈,此内容被民间传说故事所讲述,是社会风俗生活中与偷盗、抢劫没有差别的丑恶现象。

如《见闻录·诈骗》记曰:

有富者揖一丐者,曰:"幼离叔父三十余年,何为至此?"不胜悲泣,引归沐浴更衣,以叔礼事之备至。

丐者虽心知其错,而骤为富人叔,亦绝不言。

久之,同入珠宝店取金珠,将银包授叔,云:"持银留此,我归以金珠示侄妇,中即兑换。"

店讶其去久,拉丐者物色之,室已空矣。

出包视之,瓦砾也。

《客窗闲话》卷七记"舱中有五品官"故事曰:

有耆而聋者,在武大关陵乞丐。

关前来一官舫,扬旗鸣钲而泊。舱中有五品官,探首见丐,使从者扶之登舟。

官细察之曰:"汝非某长者乎?前曾继我为义子,我因回籍求功名去,今幸选得是邦官,不意义父一贫至此,儿之罪也。"

丐知其误,姑应之曰:"我年老糊涂,前事如梦矣。"

官曰:"虽系风尘面目,骨格犹存,儿识之无误。"

饬从者请封翁先赴浴堂,沐浴更衣,移舟至僻静处所,颐养月余,为之栉理须发,暗以胶粉染之,蟠然一叟。谓曰:"儿衣不称父身,将入市买金帛,为父修饰,以便同赴任所。但父曾在此行乞,恐城中有识者,碍儿颜面。至铺内阅货时,合意,只须摇首,不可多言。"

丐允之。

放舟入城,唤肩舆二乘,随带二仆,父子皆服五品衣冠,招摇过市。

入银楼换金约臂,每个重四两者两对,谓铺主曰:"我将赴缎局,偕往兑银可也。"

铺主从之。

入缎局,以单与局主观之,须三千余金货物。邀入厅堂,殷勤款接。私叩其仆,知少者为严州二府,老者是其封翁。因二尹之妹,与首郡太尊之子结亲,送至会垣完姻,置办赠嫁物耳。局主分外趋承,设席宴之。官并邀金铺主同坐曰:"是我好友。"铺主唯唯听命,方自以为荣。

局主乃出绸缎、洋呢各物,先奉封翁阅之,封翁皆摇首。

局主曰:"此皆上等货也,可以入贡,岂不堪服用耶!"

官曰:"既不合父意,可与我妹观之。"

饬舆夫扛抬货物,一仆押去,良久未回。

又饬一仆往催,舆夫先回曰:"舟中人嘱我禀官,曰绸缎经姑娘目,俱合意,不知应用何号平色银两,请官自去检点。"

官谓局主曰:"烦侍父暂坐,我去兑银即回。"乃乘舆去。

至舟,多给舆夫钱文,曰:"尔等往来劳苦,先吃饭去。"舆夫走而舟开行矣。

丐坐局中,俟至更深不来,局主与金铺主皆惶急,不得不追问封翁。

丐亦情虚,语言闪烁,群拥之鸣官。大令究其实情,亦无可如何,不过踩缉而已。释丐出,众褫其衣服,唯靴帽不合时宜,众皆不服。

此丐尚戴五品冠,着朝靴,赤体叫化,见者大笑。

《此中人语》卷五《拐儿桥》记"该处人民某甲,家本少康,而人极刁诈,变计百出"故事曰:

浦东某镇乡间,有拐儿桥一条。相传该处人民某甲,家本少康,而人极刁诈,变计百出。一日游吴门,偶于街市间见一丐妪,龙钟伛偻,衣不遮体,殊有饥寒交迫之形。

甲遂回舟,嘱随人唤妪上船,衣以文绣,食以膏粱,妪大喜拜谢,甲止之。

明日偕舟子等扶妪上岸游玩,因嘱妪曰:"如我等有言问尔,尔但曰好,切勿多言。"

妪喏之。

甲于是亦衣服华丽,偕妪上岸,迤逦而行。至一最大之绸庄上,昂然而进,店伙等知是富家宅眷,百般趋奉,甲惟大模大样,点头整坐而已。从人等俱呼妪为太太,拣选物件,频频问之于妪,妪遵甲嘱,但应曰好。

迨物件配全,约计银一千余两,甲乃嘱从人取下船去,自己但言赴庄上取银,因令妪少待;妪不知其意,亦应曰好。

店伙以为太太在此,并不起疑。

甲回舟,即解缆开行,去如黄鹤。

而该庄店伙久待不到,因问妪,妪亦曰好。伙知有变,固诘之,妪始吐其实。急甚,即令人四处找寻,绝无影响,遂将妪逐出。而该伙不仅赔银,且脱生意矣。

伙满腔气愤,无处可伸,竟得狂疾,到处访问。

一日,至浦东某镇,逢甲于市,伙执甲而诉诸众。

众素知甲谲,俱斥甲。

甲无可置辩,愿还银一千两。

伙不可,欲控于官。

甲惧甚,挽众调停,伙遂罢,并罚其造一桥于自己宅前,题其名曰拐儿桥焉。

《清稗类钞·棍骗类》中"有至衣肆云为其母购衣嘱肆伙送衣往者",讲

述的也是利用乞丐行骗的故事,其记曰:

> 有至衣肆云为其母购衣嘱肆伙送衣往者,比至其家,即大声呼请老太太出视衣。
> 便有一媪出,服亦修整。
> 其人出衣示之,旋取衣入内,伙不疑也。
> 久之不出,迹之,则已由后门去矣。
> 诘媪,媪曰:"吾本丐妇,此人与我金,属我坐此,并衣我佳衣,令我对汝作此语,初不知其何故也。今吾身上之衣任汝取之,死生惟命。"
> 伙无如何,舍之去。

财富之后,尽显人性。俞樾《右台仙馆笔记》卷五"龙洞历险"记述意外获得大量财富,却是由见利忘义、背信弃义所引起因祸得福故事,其曰:

> 周如三,浙江山阴人,卖药为业尝与村人采药往山,山有洞,狭而深,两旁石排列如矛戟,止容一人入,而黄精、紫参生其中。周解衣使同伴者縋而下,有所得,公焉。
> 其同伴有赵某者,见周衣巾藏白金十余两,利之,乃怀其金,与众俱走。
> 已而周欲出,呼其曹,莫之应,窘而大号,亦无闻者。
> 不得已缘洞行,洞甚纡曲,广狭靡定。行十里许得一洞,外窄而内宽;窥之,若有光。入之,则有一蛇存焉,长四五尺,围可五寸,鳞甲陆离,形状颇异。悸而欲出,已为蛇所见,因跪而告以故,并求寄宿焉。蛇若领之者,周遂匍匐入,伏其侧。洞中山气熏蒸,不雨而滴,又昏暗无天日,不辨旦暮。
> 久之饥甚,见洞有一石,光滑如脂,蛇恒以舌舔之。意其可以疗饥,又

跪而祝曰:"小人不食三日矣,愿分君之甘。"

蛇又若颔之者,因亦就舔之。石淡无味,然饥火顿息。

如是数日,忽闻雷声殷殷,在山之巅。蛇闻之,蠕蠕然动,未几暴长,头角峥嵘,不蛇而龙矣,腾跃欲上。

周攀其角曰:"龙王一出,某老死洞中矣。愿从龙王偕出。"

蛇又若颔之者。

辟历一声,挟周俱上,俄而坠于地,则其村也。乃反其家,家人喧相告曰:"吾以汝为死矣。"

周曰:"谁言之?"

曰:"闻诸赵。"

周欲诣问赵,而赵已至,披发跣足,奉衣及金跪于门外,自述前意。

问:"谁使汝来?又谁使汝言之?"

则赵亦茫然不知也。

张潮《虞初新志》卷七《义犬记》记曰:

丙申秋,有太原客南贾还,策一卫,橐金可五六百。偶过中牟县境,憩道左。有少年人,以梃荷犬至,亦偕憩。犬向客咿哑,若望救者。客买放之。少年窥客装重,潜蹑至僻处,以梃搏杀之,曳至小桥水中,盖以沙苇,负橐去。

犬见客死,阴尾少年至其家,识之,却诣县中。

适县令升座,衙班甚肃,犬直前据地呼号,若哭若诉,驱之不去。

令曰:"尔何冤?吾遣吏随尔。"

犬导隶出,至客死所,向水而吠。隶掀苇得尸,还报,顾无从得贼。

犬亦复至,号掷如故。

令曰:"若能知贼乎?我且遣隶随尔。"

犬又出,令又遣数隶尾去。行二十余里,至一僻村人家,犬竟入,逢一少年,跳而啮其臂,衣碎血濡。

隶因绁之到县,具供杀客状。问其金,尚在;就家取之,因于橐中得小籍,知其邑里姓字。令乃抵少年辟,而籍其橐归库。

犬复至令前吠不已,令因思曰:"客死,其家固在,此橐金安属?犬吠,将无是乎?"

乃复遣隶直往太原,此犬亦随去。既至,其家方知客死,又知橐金无恙,大感恸。

客有子,束装偕隶至,贼已瘦死狱中。令乃取橐验而付之。其犬仍尾其子至,扶榇偕返,还往数千里,旅食肆宿,与人无异。

胡式钰《窦存》卷三"松江娄县某村一少妇独往母家省视,蓄一狗随行"记"道光戊戌五月间事,得之乡里传说"故事曰:

松江娄县某村一少妇独往母家省视,蓄一狗随行。

及返,日暮路经荒庙,有恶丐七人扯妇入,奸污竟夜。妇无如何,但云:"俟我归取尔辈命!"

丐惧,刃死妇,断其首于供桌下揭起地砖埋盖之,又将尸身缚以石沉之野溪。

狗俱熟视焉。

时正黎明,狗奔到家撞门哀叫。尸夫开门,狗啮衽拽往,咤之不舍。见狗双泪泫流,呜咽惨戚。讶其故,邻人曰:"但随往。"

狗舍衽导行甚疾。进破庙,阒无一人。

狗力掀供桌下地砖,爪牙并用。夫惊视首级,妇也,犹疑。旋往其母家询之,彼此大骇而恸。因向狗云:"尸身何在?"

狗唯然而走,尾之到一溪边,望水跳号。遂觅钩竿钩得之。事到官亟饬捕者偕尸夫并狗往各乡市缉犯。

到某镇,丐者数人络绎乞钱,中有三人狗一一咬其胫,拘送官严鞫得实。

丐并言见狗随妇云。余丐寻亦捕获,申请枭首示众焉。

官赏狗钱五缗给尸夫买肉饲之。

道光戊戌五月间事,得之乡里传说。

齐学裘撰《见闻随笔》记曰:

无锡有蓄猴者,其妻与人私,恶其夫居家,不得畅其所欲。因与奸夫同谋杀夫,埋尸于家园。

其杀夫情状,猴独见之。猴遁去到官衙。见官坐堂,猴哭诉之,官不识猴音,谓猴曰:"汝有冤乎?"猴点首再三。官发签掷地,猴衔之前奔,差役从之。

至淫妇家,猴指淫妇令差上链,旋引差至埋尸处,指示差掘地得尸。又引差至夫家,伸臂挈奸夫衣,令差上链。

人犯到堂,猴手舞足蹈,学奸夫淫妇杀夫埋尸情状与官看。官严讯得实,按律诛之。官蓄义猴以终。

李庆辰《醉茶志怪》卷二《瓜异》记曰:

房山张姓有瓜园,遣佣某独守。

适有布客经其地,求饮。佣与之水,窥其货物,利之。乘其不意,突以铁锸斫其脑,立毙。瘗尸畦下,人不知也。

及瓜时,畦中苗蔓尽枯,独一畦枝柯茂盛,结一瓜,大倍于常。园主奇之,献诸驿官。

官喜,剖食。既破,并无瓤瓢,腥血流溢。怪而招园主询之,主莫解其故。于是同官往验,见残柯断蔓犹存。使人掘畦下,得尸,根自口中出。

严讯佣,备言其实。乃详县而置诸法。

与此相对的是拾金不昧故事,民间传说故事作为社会现实生活讲述,其中有许多拾金不昧者并不是什么富人,而是乞丐,是商人,他们守护自己的良心,终于得到好报。

如褚人获纂《坚瓠广集》卷五《丐儿还金》记曰:

袁忠彻致政归四明。某大参来贺,以年耄,令一童掖扶以进。儿约十二三,衣褴褛,貌古怪,立于侧。坐定,袁视久之。参政曰:"尚宝之注目,殆入相乎?"袁曰:"以余观此儿,他日之贵显,当轩轾于公。"参政曰:"公误矣,此儿素无赖,贵从何至?"袁曰:"但取其相,他非所论。"后儿在参政家大肆不良,逐出,丐食于岳庙。一日有妇人挈包而进,祷狱神前,礼拜甚久,忘包而出。儿取视,皆黄白也。儿藏包以俟,见妇人悲号来觅。儿即还之。妇人以银一锭酬之,儿曰:"母误矣,欲得之,不罄所有乎?"妇曰:"儿何所依?"儿曰:"无依。故丐耳。"妇即携之之北京,为夫诉屈。夫盖四明指挥使也,以冤滞狱,得财始释。指挥无嗣,亦乏支庶,竟以此儿承袭祖荫。

钮琇《觚剩》续编卷三《事觚还金》,记述的是一位老农拾金不昧:

顺治十年三月,龙溪老农黄中与其子小三操一小船,往漳州东门买粪,泊船浦头,浦傍厕粪,黄所买也。父子饭毕,入厕担粪,见遗有腰袄一具,携以回船,解袄而观,内有白金六封。黄谓其子曰:"此必上厕人所失者。富贵之人,必不亲自腰缠;若贫困之人,则此银即性命所系,安可妄取?我当待其人而还之。"小三大以为迂,争之不听,悻悻径回龙溪。黄以袱藏船尾,约篙坐待。良久,遥见一人狂奔而来,入厕周视,彷徨号恸,情状惨迫。黄呼问故,其人曰:"我父为山贼妄指,现系州狱。昨造谒贵绅,达情州守,许以百二十金为酬。今鬻田宅,丐亲友,止得其半。待州守许父保释,然后拮据全馈,事乃得解,故以银袱缠腰入州。因急欲如厕,解袱置板,心焦意乱,结衣而出,竟失此银。我死不足惜,何以救我父之死乎!"言讫,泪如雨下。黄细询银数与袱色俱符,慰之曰:"银固在也,我待子久矣。"挈而授之,封完如故。其人惊喜过望,留一封谢黄。黄曰:"使我有贪心,宁肯辞六受一?"挥手使去。是时船粪将满,而子久不至,遂独自刺船归。行至中途,风雨骤作,舣棹荒村之侧。村岸为雨所冲洗,轰然而崩,露见一瓮,锡灌其口。黄亦不知中有何物,但念取此可为储米器,然重不能胜,力举乃得至船。须臾雨霁风和,月悬柳外,数声欸乃,夜半抵家。小三以前事告母,两相怨詈,黄归扣户,皆不肯应。黄因诳云:"我有宝瓮在船,汝可出共举之。"子母惊起趋船,月光射瓮头如雪,手异而上,凿锡倾瓮,果皆白镪,约有千金,黄愕然悟蕉鹿之非梦矣。黄之邻止隔苇墙,卧听黄夫妇切切私语甚悉,明日以擅发私藏首于官。龙溪宰执黄庭讯,黄一无所讳,直陈还银获银之由。宰曰:"为善者食其报,此天赐也,岂他人所得而问乎?"笞邻释黄,由是迁家入城,遂终享焉。

袁枚《续子不语》卷十《屈丐者》记述拾金不昧者为一乞丐,其后乞丐成为富翁,其曰:

苏州枫桥镇,乃客商粮艘聚集处。村尽头有古庙,为屈丐者所居。两足不仁,朝出暮归,不离枫桥左右。一日晨起,见厕旁有遗囊,拾而阅之,中藏白金数百。因思是过客所遗,吾薄命人安能享此,且不知其作何勾当,一旦失之,有关性命,亦不可知。乃复归庙坐待。午间果有人飞步而来,顿足捶胸,状甚惶急。因问之曰:"君得无失物者乎?"客曰:"然,汝拾耶?"屈曰:"有之。但陈说不谬,方可还君。"客大喜,为述若干封若干数,是何银色,是何包裹。果相符合,屈乃携出付之。客见原银大喜,愿分半相赠。屈笑曰:"君痴耶,予不拜君全惠,而乃贪其半乎?且君损半,又不能了大事。请即速去,勿误我乞。"客不得已,检拾锭与之而别。丐至街口,忽见一垂髫女,貌绝美,依父而哭,观者如堵。因问于众,或告曰:"是曹氏索债者,将欲夺此女为偿,故悲耳。"问欠几何,众曰十金。屈闻怒曰:"盘剥私债,凶恶如此。设欠官项,又将如何。且十金亦小事,何为富不仁,竟至于此!"讵知债主在旁,闻言而怒,指屈问曰:"似汝填沟壑者,亦来说仁义耶!既出大言,可能为彼偿否?"屈慨然即将前客所赠,为之代偿,取归某之欠约而散。曹之本意,原在女不在金,恨屈破其奸谋,乃贿捕役,指屈为贼,锁屈送官。吴县陈公,深疑其冤。遗金客闻之,又即奔县代为昭雪。陈公闻之喜曰:"此义丐也。"照反坐例,重惩捕役,并传枫桥各米行至谕曰:"所有日收米样,俱着赏给屈丐,免其朝夕沿门求乞之苦,且为披红,令肩舆送归。"于是此丐享日收石米之利,遂渐延求名医,遇道者于干荷瓣、茅术各药煎洗,不数日,足病竟愈,与常人等。不十年间,便居然置大屋,娶妻室,作富翁矣。

吴炽昌《客窗闲话》卷三《义丐》讲述的也是乞丐拾金不昧,曰:

丐某,燕人也。孑然一身,游食市间,饱则出城西北隅,好于古木之阴栩栩而睡。一日,有策马而驰者,颠播囊裂,落宝银于道。丐呼之,不觉,狂奔而去。丐乃拾之,自忖曰:"吾其以此易钱乎?彼布主必疑吞为盗,何以自白?且缉捕者见之,必攘去。既不然,同侪见吾多金,有不思杀而夺之者乎?然则此祸基也。不如献诸官,以脱吾身,非旷然自得之道乎?"遂投献。邑宰奇之,曰:"得遗失物者,给之半。此律之明条。汝其受诸?"丐叩首曰:"'小人无罪,怀宝其罪。'筹之审矣,非所愿也。"宰益奇之。适失金主驰归呈诉,宰语之故,还其宝物。失金主再拜曰:"小人何幸而值此义士!渠之所虑者,无宅以庇身耳,小人能助之置宅。"宰曰:"能如是乎?予亦给之资本,以旌其善。"乃呼里长,为之谋宅于市廛,置货立业,且表之以额曰"拾金不昧"。

杨式传《果报闻见录》"还金之报"记述好心人好报故事,曰:

明鄞县南乡北渡有孙姓者就童子试,晨起往它山庙祈谶问府试取否,行至眺江桥上,见一包袱,遂携归,视之,乃批文一角,银二百两,系奉化县解府钱粮也。生以告父。父曰:"尔欲还之,抑取之耶?"生曰:"钱粮解差身家于系,何可不还?"父曰:"尔能如此,此府案必取,何用卜为?"生遂复至眺江桥,伺之至晚,见一人踉跄而来,锁钮号泣。生曰:"汝得非失银者乎?"其人曰:"我为本县差解银二百两至府,因天旱步行,负重劳顿,天尚未晚,暂卧桥上,解包为枕,及觉,径行到城方记,已无及矣!遂自投到府主,差押追赔,妻孥皆死数矣!"生曰:"汝弗惧。我收在家。"即引归还之。差曰:"即蒙见还,敢烦同往回官。"生有难色。父曰:"汝肯还银,官府必奖汝,或因此获取未可知也。"生遂同至府,失银解差备述其故,府主即起立揖生曰:"汝能如此,愿汝世世荣昌。汝归肆业,出案我必首拔。"是年府主即荐之入泮,次年补廪贡,出陈王府教授。后四世明经,三为王府教授,一为府学教谕,至今书香不绝。云云。

拾金不昧得到好报,是神灵代表苍天所做的报答,自然也是人间应有的报应。如徐昆《遁斋偶笔》"方解元"记曰:

康熙甲午,江南解元方君某偕友人赴试,中途宿旅店,检遗银一封。

开视,有小包数十,计数不及五两。方君谓友曰:"此贫人物,盍少待还之?"留一日,无来取者。友次早欲行,方君强之留,必不肯。方君曰:"子先行可乎?"其友曰:"子诚巧,遗银固当分我,先去,子可独取矣!"方君无可与辩,乃计其遗银之半,以己资与之。友遂行,约同寓。方君候之三日,见有仓皇失措而来者。叩之,其人曰:"我卖油收帐,归宿于此。抵家,知失银,故转觅至此耳。"问其数及包裹状,悉符合,遂还之。其人感谢而去。方君故寒士,所携资斧极少,为遗银故以二两余给友,用不敷,仍回家称贷,而去就其友与同居。入头场,其友之仆梦见天榜首名即其主,并记数人名。告其友,友欣然。及二场毕,其仆怵然谓主曰:"首名已换方相公矣!昨又梦榜上涂去主人姓名,旁朱书,方名下并注小朱书数行。以高张故见不明晰。"友不之信。及榜发,方果作解,所记数人皆符。其小朱书,盖即注此还银事耳。义利之际,神鉴昭然若此。

余金《熙朝新语》卷十五讲述商贩拾金不昧故事:

江北张某为人经纪,收债于江宁,岁暮将归。黎明肩行李出城,门未启,立市檐以待,倦甚,以置金之布搭坐身下。方闭目,城遽启,忘携身上布搭,仅肩行李趋出。行里许始觉,急返觅旧所,已各肆俱张,人如云集,而布搭不知去向矣,于此愁眉观望,徘徊不已。一老者询故,以实告,邀张入曰:"今早启门,得有遗物,未识相符否?"张曰:"为东人归者两大封,其小封则己物也,锭数分量各若干。"老者验系原物,即还之。张感泣,愿以己金奉。老者笑曰:"吾果爱财,顷则不言矣。君何不谅也。"张不敢强,因拜谢,各道姓名而别。张抵江待渡,而风大作,渡舟多覆,溺人无算。张恻然曰:"吾所携之金失而复得,吾命亦属再生矣。"悉出己金买救生者操舟往救,立拯数十人,皆感谢。彼此通姓氏,中有一少年,江宁人,往江北贸易,回家度岁,即还金老者之子也。张异而告以故,闻者莫不叹息。

后二氏结婚姻焉。

或曰,在善恶之间,贪得无厌也好,拾金不昧也好,其报应,便是社会风俗生活所寄予的理想;这里的神神鬼鬼,并不是愚弄百姓,而是千千万万人世世代代在生活中形成的道德信念与操守。在这种意义上说,民间文学是历史的良心,一直用善与恶的报应故事激励、鼓舞着民族的向善情怀,铸造无私、慷慨、豁达、乐观的性情。

民间俗语说,君子劝酒不劝色。万恶淫为首,即说色胆包天,使人失去理智,忘却最基本的社会责任,为所欲为,造成严重的社会危害。相比而言,明代社会风俗生活中偷情、通奸故事甚多,而清代奸杀之事较多,且多与鬼魅联系。或曰,卫道士以克己复礼为名,绞杀人性与爱情,固不足取;男女相爱,两情相悦,相互倾慕,于未为婚姻时,成为佳话,而各有庭户,置家庭责任于不顾,觊觎他人美妇,此好色以损人为目的,又如何不是罪恶?

如玉册道人《珊海余诙》卷六《尸变》记曰:

> 直隶黄姓夫妇躬耕,山居无邻,妻暴病死,草草小殡,锢其室,走告岳家。
>
> 妻父母兄弟,闻耗驰往,抚棺大恸。旋揭棺盖视,则道士也。大骇诘黄,黄审视,讶曰:"顷亲殓而遽变耶?"
>
> 妻父疑黄谋害其女,闻于官。验视道士,因伤死,鲜血模糊,面目犹未变。其家并无失物,非仇非盗,莫测端倪。黄始终无异词。不得已系狱待质,禀请通缉,竟成疑案。
>
> 越五年,黄有中表李姓,省戚至一处,见少妇出汲,酷肖黄妻。异日,复至其处,见妇锄地,谛视之,果黄妻也。
>
> 猝问曰:"尔非黄某妇乎?何以在此?"
>
> 妇不语,携锄入室,李随入,桑户蓬枢,几席草率。
>
> 妇曰:"君非李表弟乎?何故至此?"

李曰："兄为嫂事,缧绁经年,官私均大索不得,嫂何以能死而复生,僻居此地,究与何人勾当?"

语未毕,忽见男子鬓发蓬松,启篱而入。

妇曰："殆矣!"

李逾垣走,自揣势孤不敌,归告黄之妻父,邀子侄并邻右精壮者数人,潜至其处,将男妇并擒送县。

初,黄之讣岳氏也,不逾时,有游方僧道二人踵门乞募,见门反锢,知无人,即撬门入,开棺欲剥尸衣,抚之尚温,僧淫其尸,见微眣星眼,汗出而苏。道士亦欲迭淫之。僧怒,梃击其脑,复以刃穿腋毙之。即以道士纳棺中,携女而遁。女不从,僧曰:"我有再造之恩,无我,则早作泉下物矣。"以刀加其颈,曰:"不从,以道士为例。"

女畏其横,相随走,仍锢其门。旋蓄发如夫妇焉。宰得其情,如律论。使黄携妇归,完聚如初。

乐钧撰《耳食录》二编卷四《书吏》记曰:

山西有书吏,自太原假归,携二仆,策蹇负囊。

路遇少妇,亦骑驴相先后,从一童子,盖弟送其姊归其夫家者也。稍相问讯,遂与目成。

童徐行,见道旁树巅有鹊巢,潜上取彀,既下而妇远矣。度姊已至其家,遂不前而返。妇既偕吏行,乃忘分道,亦不知童之未从也。

日昃抵一村,吏之佃舍在焉。止妇与宿。

夜将半,二仆相与谋攫囊橐逸去,绐佃舍佣者曰:"我先归耳。"

佣信之。已闻吏所声甚哗,亟起索烛往觇,则吏与妇并为盗所杀。浴血中得其家锉草刀,惧获罪,即瘗尸郊外。

数日,妇夫迎妇于妇家,家以既归对。诘诸童子,得中途探巢、妇与书吏偕行状,急踪迹之。至佃舍,曰:"归矣。"

至吏家,则讶曰:"未归。"

乃共执佣者讼之官。佣吐实,且曰:"必二仆杀之,故逃。"

官以为然,亟捕二仆讯之,则坚不承,曰:"窃审不敢隐,实未杀人。"

既往发尸,妇尸已不见,吏与一僧尸耳,而僧尸固无创,莫不骇异。狱遂久不决。

先是,佣者女尝与邻人之子私,既而绝之。其夜邻子复往,值妇与吏寝;疑女别遇,忿甚;索得厩中铡草刀杀之,逃去。既而知其误,复归调女,女不许。

邻子怒且骂曰:"恨尔夜不曾杀汝!"

女诧其语,窃告佣者白官。执邻子,一鞠而伏,终以杀僧无验,又不得妇尸,缓其狱。

遗胥挟童子,廉诸他邑。

有妇浣溪上,童子乃言真其姊也,妇亦惊涕相向,遂告以由。

方妇之瘗郊外也,迟明,有二僧过瘗所,觉土中触触动,掘视,得二尸。妇伤刃未殊,已苏矣。

一僧欲取为梵嫂,虑此僧见梗,遽扼杀,并吏掩之。负妇归寺中,潜蓄顶发,易衣冠,遁居他邑。至是僧他适,妇出浣衣,获遇其弟云。

于是执僧并邻子抵罪,余各论律有差。

许奉恩撰《里乘》卷三《爱儿》记曰:

舒城田舍翁某,年四十,生一女,名爱儿,以中年所出,甚珍爱之。

爱字于同里之农家子,谓相距密迩,便于往返。亡何,翁妻卒,女才十龄,即育于嫂氏,以憨稚贪于嬉戏,嫂甚厌恶之,往往相对恶谑,并以语恐之曰:"若已十龄,不为婴婗,尚自倜俅好弄,闻若婿与若齿相若,其势已甚伟,将来齿日增,更不知何若!日后若嫁去,吾甚为若危之,看若犹能嬉戏否!"

嫂平居与女相对,辄道及此,以谑语出之,或有时又以庄语出之,甚至故作颦蹙状,若以为是真为女忧虑也者。爱儿闻之既熟,甚以为惧。

不数年,女已及笄,往嫁有日,嫂犹时以为言。爱儿默自计曰:"诚如嫂言,吾命休矣!奈何!"又自幸距家不远,脱有危,姑遁归再作计较。

未几,桃夭期届,冰人在门,采舆将发。

嫂固不喜爱儿,今当吉期,故以不祥之语咒之,便揽女手伴为悲泣而送之,曰:"阿姑须珍重自卫,但愿人言不实,则我与若相见犹有日;假使其言不谬,若此一去,吾将见若出,而不能再见若入也。呜呼伤哉!呜呼哀哉!"

爱儿闻之,甚感嫂氏之多情,倍益恇怯。

是夕合卺后,众宾既散,新郎虽农家子,年裁弱冠,亦甚温存腼腆,至夜将阑,乃低声促女曰:"寒夜难耐,与卿睡休。"

爱儿正怀疑惧,忽闻此言,如九天之发霹雳,不觉震惊,汗流浃背,低首面壁,默不敢声。

少选,新郎又前搴女袂,再四敦迫。

爱儿计不能免,不得已解衣入帏。新䂟初试,其利可知,爱儿仅志嫂言,深自防卫,才一着体,已自难御,益信嫂言有征,低死支拒,不使遽尽其器;而新郎欲焰正炽,势难中止,女不得已,绐之曰:"尔我夫妇,为日正长,奴今适有小恙,一俟全愈,唯君所欲,断不敢再事推却以逆君意。"

新郎闻而怜之,遂为罢战。女喜获免,窃庆再生。伺新郎睡熟,托以溲溺,潜开后门,将窜归谋之嫂氏,转达于翁,愿长侍于膝下,没齿不嫁,以全性命。

天明,农家子醒,意女溲溺,呼之不应,急着衣起觇之,阒其无人,惊呼,家人皆兴。知开后门窜走,急遣人往翁家问之,云:"昨方吉期,何得遽归!"

彼此惊讶,难测其由。唯嫂氏心知有异,默笑不言。

是夜大雪盈尺,共遵其雪迹寻之。道旁故有一眢井,群议暮夜独行,雪光迷炫,保姆失足堕落,乃缒一人下井窥视,果有一尸,大骇,意必是女。拽起觇之,非女也,乃僧也,囟顶劈裂,血痕犹新。众人相觑,益深骇愕。知难隐匿,遂牵连而诉诸官,穷极研讯,卒无眹兆。历久缪轕,不能剖诀。

越五年,翁有族子至豫经纪,路过一市,忽见爱儿在此当垆贳酒,怪为面似,迫审良然。默识其地,归以报,翁即自驰往迹之。女方在门首梳发,见翁至,大惊。

翁前持抱泣曰:"儿何至此,累吾实甚。"

女亦泣。既诘至此之由,女具告之。盖随某乙来此,贳酒营生,颇称小有,翁佯为大喜。

俄顷乙至,女使拜父,居然称翁婿焉,情甚亲昵。

问:"讼事结束未?"绐以早结,农家子已别娶多年,今抱子矣。乙乃放心。

翁便讽女宜偕乙归里,女谋于乙,乙以为无事,遂治装偕女归。翁既到家,即密诣县上状,遣隶拘乙至,讯得巅末,其案乃结。

先是,爱儿夜窜时,雪迷失路,堕眢井中,呼救。某寺僧晨出募斋,闻知女子,大喜,正将缒绳下拽;某乙故里中无赖,夜博方毕,过此见之,遂与僧同拽起。悦女之色,欲挟以私奔,虑僧败露,乘其不意,取扁杖当头力劈,僧痛楚仆地,乃拖入井中,然后以言胁女,偕遁至河南,竟成夫妇。

官乃断以乙抵僧罪,爱儿仍归原夫;以嫂氏谑语起衅,令批其颊以示薄惩,人皆称快。

厥后,嫂氏两颊因挞成创,终身脓腐,臭不可迩,邻里鄙其为人,都置不齿。

爱儿既仍归农家子,夫妇重聚,皆知为嫂氏所骗,伉俪倍笃。由此衔嫂入骨,毕世不与通庆吊。

朱翊清《埋忧集》卷六《奇狱》记曰:

郑梦白先生,宰星子。邑民杨翁者,晚得一子某,自幼循谨,翁极爱怜之。为聘童养媳某氏,性亦柔善。

后二人皆长大,为之成婚。是夕共寝,观其意甚相得也。无何,至次日辰后,二人不起。

入视,见新妇裸死于床,而新郎杳不知何往。验妇尸并无伤痕,惟衾间桃浪沾焉。不解,觅其子不得,遂命往报妇家。

时方暑,三日后其父始至,则已殓而瘗诸野。翁以恐妇尸腐烂为言。其父大疑,谓翁父子同谋死其女,故匿子而瘗妇以灭迹,径出,控诸县,请验。及开棺,则并非女尸,乃一六七十老翁也。其尸须发皆白,背上斧伤痕数处。

先生益骇,问翁,翁亦茫然;又问其子何在,亦不知也。加以刑讯,卒无以对。先生无如何,始命瘗棺而以翁返。

讼系之月余,忽报翁子自投。亟出讯之,自言是夜与妇相狎,戏挖其神潭,昵笑方剧,而妇忽寂然不动。挑灯视之,死矣,一时惧罪而逃。昨自旁邑闻父被刑,将抵罪,故不惮自言以白父冤。盖其子本业修发,故能捉搦为乐,然但知作剧,而未谙解之之法,故逃去。于是系其子,释翁归。顾妇尸何以忽易男尸,且尸有伤痕,悬示相招,绝无尸亲出认,此情卒无从究诘。不得已,请更展期再缉,然计犹未有所出也。

无何,翁归后月余,偶以事至建昌,道经周溪,遥望一少妇浣衣溪畔。渐近,似是其妇,猝呼之,妇举首见翁,讶曰:"吾翁也。何缘来此?"

遂请泊船过其家,翁是时惊定而疑,乃问曰:"汝其鬼耶? 其人耶?"

妇惨然曰:"非鬼也。姑请到家再述。"

翁乃登岸从之去,入一草舍,却非农家光景。询其何以在此,妇欲言先涕,良久,备述其详,且曰:"幸渠今适出门,儿得遇翁。事已白,愿相从至溪头,葬身鱼腹足矣。"

初,妇既仓卒被痊,半夜复苏。天晓后,适有建昌寇氏为木工者叔侄二人从此经过,闻号救声,乃相与撬棺出之。妇本少艾,又时方新婚,服饰华整。其侄乍见心动,将以偕归,而乃叔执不许,细询里居,将送之还家。侄争之不得,乃斧之致死,即以尸入棺掩盖毕,携妇还,逼为夫妇。妇不敢拒,故至此犹得见翁也。

翁听毕,泫然抚之而泣曰:"儿不幸遭此强暴,亦复何罪?且儿若不归,此案终无由白。可速行,稍迟恐无及也。"

遂以俱归。

将次到家,忽途中一少年负斧锯茫茫然来,瞥见妇,大骇,将行篡取。

妇骂曰:"妾向以荏弱,为汝所劫,今天幸见怜,俾与翁遇。汝死在旦夕,尚敢肆恶乃尔乎!"

翁于是知其为某也者,忿与争。

村中人咸集,相与执缚诣县;兼携妇为证。先生出,一鞠而服。乃释其子于狱,妇见其枷锁郎当,不禁掩泣。

先生怜其娇痴,又能为乃夫雪罪,皆恕之,命翁携还,复谐伉俪焉。

盖是时某至南康佣作,比反,纡道至邑中侦其事,不意适值翁与妇也。

如《夜谭随录》卷五《青衣女鬼》记述:

姑苏颜勿三图伶言,其乡有管姓少年,因邻家少妇佳丽,百计思觑,一日复于墙头窥伺,见妇方络丝檐下,颦眉泪睫,颜色悲惨其姑喃喃数之于房中,管乃怜妇而恨其姑。

忽一青衣妇人自角门出,笑容可掬,径入佛堂,向佛而拜,直起直跌,形如僵尸。

管大惊,知其非人,益注目伺之。妇人拜佛已,即回身至檐下,向少妇以两手作圈示之,更以手频频指厕,少妇停络呆视。若有所思。既而涕泣如雨,旋起身如厕。短垣仅及肩,管于高处觑之,颇为了了。

妇入厕,辄解足缠系横木上。青衣妇复左右之,意得甚。

管知其觅死,不觉大呼救人,逾垣而过。邻人闻之,惊走来询,管导众入厕,视妇已投缳矣。争相解救,须臾复苏。青衣妇人已失所在。姑亦惊悸,不复絮聒。

已而其夫归,众曰其故。其夫惊谢,感伤交至,问:"管兄从何处得悉怪异?"

管绐曰:"偶乘屋拔草,得见其状耳。"

众叹曰:"人命关天,尊夫人数不合休,适值管君有拔草之举,想亦神佛之所役也。"

其夫赠酬之,管不受而归。

从此淫心顿息,不复更作壁上观矣。

《笑得好》初集《装做米》记曰:

有人行奸,不意亲夫忽然回家,敲门甚急。其人惊慌无措,妇令躲于门后,将一布袋连头套起,躲藏好了才去开门。

问夫曰:"你回家,适值我小便也,等我起来才好开门,你因何这样着急?你原说今夜不回家的,因何又回家呢?"

其夫战栗曰:"我今晚几乎自丧了一条性命,因与一妇人行奸,谁想他的亲夫一时间回家,我惊得无处藏身,没奈何躲入他厨房柴堆里。哪晓得那个人关门的时候,又点灯遍处照看,我见他的灯到厨房里来,我甚惊慌,身子就发起战来,那人看见柴草动摇,晓得有人。就拿了一把刀来杀我,那时我着了急就飞走出来,用力将他推倒,我才得脱身飞跑出门,不是这等侥幸,已经被他杀了。至今魂不在身上,你说可不怕死人么?"

妻曰:"怪道你这等惊慌,也都是你自讨的苦吃。"

其人见妻抢驳,就去照着拴门,因见门后有物,指问妻曰:"这是一堆什么东西?"

妻见问及,惊不能答。只见布袋乱摇,袋内战兢兢地答曰:"这是一袋米呀。"

夫曰:"米哪里会说话的,这分明是个人了。你到我房里来作甚的?"

这人又在袋里战兢兢地说道:"你既然在别人家里做得柴,难道我在你家里就做不得米?"

俗语常言,恶毒莫过妇人心。其实也是指社会风俗生活中伤风败俗的某一个方面,并不是对整个妇女阶层的概括;况且,民间文学歌唱妇女聪明智慧与道德品格高尚纯洁者比比皆是。民间文学述说恶妇故事,意在倡导孝敬父母、爱惜他人、相互帮助,集结为纯洁社会道德风尚。清代社会民间故事中出现恶妇形象,且多有报应,以物变为惩罚结局,彰显出社会风俗生活中复杂的信仰观念。

蒲松龄《聊斋志异》卷十二《杜小雷》讲述不孝妇化为"一豕",其"两足犹人","邑令闻之,縶去,使游四门,以戒众人"故事,曰:

杜小雷,益都之西山人。母双盲。杜事之孝,家虽贫,甘旨无缺。一日,将他适,市肉付妻,令作馎饦。

妻最忤逆,切肉时,杂蜣螂其中。

母觉臭恶不可食,藏以待子。

杜归,问:"馎饦美乎?"

母摇首,出示子。

杜裂视,见蜣螂,怒甚。入室,欲挞妻,又恐母闻。

上榻筹思,妻问之,不语。

妻自馁,彷徨榻下。久之,喘息有声。杜叱曰:"不睡,待敲扑耶!"亦觉寂然。

起而烛之,但见一豕,细视,则两足犹人,始知为妻所化。邑令闻之,縶去,使游四门,以戒众人。

谭薇臣曾亲见之。

梁恭辰《北东园笔录》四编卷三《逆妇变猪》记不贤之妇女自责"本应天诛,以今生无他罪过,但变猪以示人耳"故事曰:

乾隆己酉十一月,常熟东南任阳乡有不孝妇欲杀其姑者,置毒药于饼中,而自往他所避之。其姑将食,忽有一乞人来求其饼,姑初不肯与,乞人袖中出一缘绫衫与之换去。

及妇归家,姑喜以衫示妇,妇又夺之。初著身忽仆地,姑急扶之,不能起。忽变成猪,邻人咸集视之。

妇犹作人语曰:"我本应天诛,以今生无他罪过,但变猪以示人耳。"

言讫,遂成猪叫,独其前脚犹手也。

又同时,山东定陶县一农家妇,素虐其姑。姑又瞽,欲饮糖汤。妇詈不绝口,乃以鸡矢置汤中,姑弗觉也。

忽雷电大作,霹雳一声,妇变为猪,入厕上食粪。一时观者日数百人。岁余犹不死。

《北东园笔录》四编卷三《逆妇变驴》记述"陕西城固县乡民有不孝妇,平时待其姑如虐奴婢"故事曰:

陕西城固县乡民有不孝妇,平时待其姑如虐奴婢,非一日矣。嘉庆庚辰正月初一日早起,妇忽向姑詈骂,喃喃不绝口。姑不理而往别家拜年。

有顷,不孝妇入房关门而卧,久之不出,但闻房中有声如牛马走。迨姑回,欲入房视之而不得。

急呼他人踏门,人惟见此妇卧于地,一腿已变成驴矣。越数月方死。

民间故事从来都是智慧者的文化话语权利体现,嘲笑愚蠢笨拙之人,意在通过语言的宣泄与狂欢,形成讽刺与批判。不要以为其讽刺与批判的对象都是下等人,其实是一切人,甚至不乏那些读书人与做官的上等人。愚蠢行为多种多样,念白字是愚蠢,死心眼是愚蠢,懒惰是愚蠢,爱说大话其实也是愚蠢,所有不合时宜都是愚蠢可笑。概括讲,越是爱面子,越是丢丑。或曰,民间故事述说当世社会风俗生活种种现象,皆为对事不对人,有骂街之意。

清代民间故事以笑为书者,如《笑林广记》《笑得好》《笑笑录》《笑倒》《嘻谈录》《嘻谈续录》等,保存此类嘲笑愚笨行为的故事数不胜数,如汗牛充栋、琳琅满目。此以小石道人《嘻谈续录》中的记述为例,可以窥清代社会风俗生活与社会政治之一斑。

如小石道人《嘻谈续录》卷上《读白字》记"一监生爱读白字,而最喜看书"曰:

一监生爱读白字,而最喜看书。

一日,看《水浒》,适有友人来访,见而问之曰:"兄看何书?"答曰:"木许。"

友人诧异,说:"书亦甚多,木许一书,实所未见。请教书中所载,均是何人?"

答曰:"有一季达。"

友人曰:"更奇了,古人名亦甚多,从未闻有名季达者。请问季达是何样人？"

答曰："手使两把在爹（斧），有万夫不当之男（勇）。"

《嘻谈续录》卷上《官读别字》记曰：

一捐官不大识字，坐堂问案。

书吏呈上名单，上开原被证三人，原告叫郁工未，被告叫齐卞丢，干证叫新釜。

官执笔点原告郁工未，因错唤曰："都上来。"三人一齐而上。

官怒曰："本县叫原告一人，因何全上堂来？"

吏在旁不好直方其错，因禀曰："原告名字，另有念法，叫郁工未不叫'都上来'。"

官又点被告齐卞丢，误叫"齐下去"。

三人一齐而下。

官又怒曰："本县叫被告一人，因何又全下去？"

吏又禀曰："被告名字，亦另有念法，叫齐卞丢，不叫'齐下去'。"

官曰："既是如此，干证名字，你说该念什么？"

吏说："叫新釜。"

官回嗔作喜曰："我就估量他必定也另有念法，不然我要叫他作'亲爹'了。"

《嘻谈续录》卷上《不改父业》记曰：

一皂隶骤富，使其子读书，欲改换门楣。然其子已习父业，不改父行。

一日，隶兄手持羽扇而来，先生出对叫学生对曰："大伯手中摇羽扇。"

学生对："家君头上戴鹅毛。"

又出六字对:"读书作文临帖。"

对曰:"传呈放告排衙。"

又出五字对:"读书宜朗诵。"

对曰:"喝道要高声。"

又出四字对:"七篇古文。"

对曰:"四十大板。"

先生有气,说:"打胡说。"

学生说:"往下站。"

先生说:"放屁。"

学生说:"退堂。"

先生:"哼。"

学生:"喝。"

《嘻谈续录》卷上《大旁小旁》记曰:

都中用大话薰人,谓之嗙。东城有一大嗙,西城有一小嗙。

这一日,小嗙找大嗙,而难之曰:"你名大嗙,你能嗙得动老虎,我拜你为师。"

大嗙说:"这有何难。你不信,我们立刻找老虎去。"

二人同入深山,来寻虎穴。

小嗙说:"此处乃虎豹出没之地,你在此等虎,我上山去看你如何嗙法。"

大嗙即倚山靠树而坐,忽见一只猛虎咆哮而来。

大嗙忙回手拔小柳树一棵,说大话嗙之曰:"我刚才吃了一只豹,没吃饱,又找补了一只虎,肉老塞了我的牙。"用柳树作剔牙之状。

老虎一听,回头就跑,逃回洞中。遇一猴子,老虎说:"好利害的人!吃了一虎一豹,在那里拿柳树剔牙,我如何敢吃他,还怕他要吃我!"

猴子说："你也太胆小了,我要同你看一看,到底是一个什么人?"

老虎说："我不放心,你要同去,必须把你拴在我背上。"

猴子应允。老虎把猴头拴好,套在背上。猴子骑在老虎身上,来至大唠面前。

大唠一见,高声大骂说："好一个撒谎的猴儿崽子！昨日我捉住你,要当点心吃,你再三哀求,许下今日一早送虎二只,豹二只,供我早膳。想不到天已过午,只送了这一只瘦山猫来搪塞我！"

老虎一听此言,说："了不得！我受了猴子的骗了。"回头就跑。

谁知老虎跑得快,猴子掉下虎来,被树枝牵挂,虎身上只剩了一个猴头。

老虎逃至洞中,喘息良久,回头来找猴子,但见绳子上拴着一个猴头。

老虎大惊,说："幸亏我跑得快,饶这样,还把猴子下截留下了！"

《嘻谈续录》卷上《恍惚》记曰:

一人错穿靴子,一只底儿厚,一只底儿薄,走路一脚高,一脚低,甚不合式。

其人诧异曰："今日我的腿,因何一长一短？想是道路不平之故。"

或告之曰："足下想是错穿了靴子。"

忙令人回家去取,家人去了良久,空手而回,谓主人曰："不必换了,家里那两只,也是一厚一薄。"

《嘻谈续录》卷下《瞎子吃鱼》记曰:

众瞎子打平伙吃鱼,钱少鱼小,鱼少人多,只好用大锅熬汤,大家尝尝鲜味而已。

瞎子没吃过鱼,活的就往锅里扔,小鱼蹦在锅外,而众瞎不知也。

大家围在锅前,齐声赞曰："好鲜汤！好鲜汤！"

谁知那鱼在地下蹦,蹦在瞎子脚上,呼曰:"鱼没在锅内。"

众瞎叹曰:"阿弥陀佛,亏得鱼在锅外,若在锅内,大家都要鲜死了。"

《嘻谈续录》卷下《懒妇》记曰:

一妇人极懒,日用饮食皆丈夫操作,她只知衣来伸手,饭来张口而已。

一日,夫将远行,五日方回,恐其懒作挨饿,乃烙一大饼,套在妇人项上,为五日之需,乃放心出门而去。

及夫归,已饿死三日矣。夫大骇,进房一看,项上饼只将面前近口之处吃了一缺,饼依然未动也。

《嘻谈续录》卷下《不利语》记曰:

有一人惯说不利之语,人皆厌之。

一富翁新造厅房一所,惯说不利者往看,亲至门前,敲门不应,大骂曰:"浪牢门,为何关的这样紧,想必是死绝了。"

翁出而怪之曰:"我此房费尽千金,不见容易;你出此不利之言,太觉不情。"

其人曰:"此房若卖,只好值五百金罢了,如何要这样大价?"

翁怒曰:"我并未要卖,因何估价?"

其人曰:"我劝你卖是好意,若遇一场天火,连屁也不值。"

一家五十得子,三朝,人皆往贺,伊亦欲往,友人劝之曰:"你说话不利,不去为佳。"

其人曰:"我与你同去,我一言不发何如?"

友曰:"你果不言,方可去得。"

同到生子之家,入门叩喜,直到入席吃酒,始终不发一言,友甚悦之。

> 临行，见主人致谢曰："今日我可一句话也没说，我走后，你的娃娃要抽四六风死了，可不与我相干。"

社会风俗生活中的民间传说故事关于风物与时事的讲述体现出不同的风格与内容，从世俗的角度记录社会历史。以此可以看到，中国民间文学能够始终保持旺盛生机，与敢于面对现实、敢于批判丑恶、敢于褒扬公正无私和勇敢善良的文化传统密切相关。这也是不同历史时期中国民间文学的思想文化特色与时代特色。

民间文学需要不断述说。它的基本意义在于宣泄，在于劝导。我们在民间文学的讲述现场常常可以听到人讲"你没有听人家这样说吗"云云。这样的开头，是导引的方式，也是民间文学表达的基本目的，即通过这样那样的口头述说，让更多的人形成共识、认同。民间文学通过真善美克服假恶丑，不断熔铸民族的灵魂，让社会风俗生活成为民族道德与精神的课堂，成为民族文化生活的大学校。清代民间文学如此，历史上的民间文学都有如此文化属性与生活属性。

能够深入影响清代社会风俗生活内容的民间文学现象，除了这些传说故事之外，还有一个更重要的体裁形式就是各地流传的大量民间戏曲。这些民间戏曲被称为"地方戏"，以地方性文化表现形成自己的个性特色。近代诵芬室主人《曲海总目提要》[1]汇录了自元至清代乾隆年间近700种戏曲剧目，保留许多清代民间戏曲史料；尤其是晚清时期，社会发展进入大混乱、大动荡阶段，地方戏艺术随着乡村城镇社会的多重诉求，得到迅速发展，各地出现密密麻麻的"戏窝"这一文化现象。民间文学的主体在民间戏曲的影响下不断发生变异，诸如民间传说故事与民间戏曲的双向循环，及其在各种民间艺术中的反复运用表现，形成清代民间文学生活的特殊景观。其

---

[1] 上海大东书局1928年版。

中,清代神仙戏与神仙故事的繁荣,表现出清代民间文学的重要思想文化倾向,体现出极其复杂的社会情感。也正是在这种思想文化与社会情感的影响下,太平天国、捻军、义和团以及小刀会、红枪会等性质不尽相同的社会现象,才以神仙信仰的名目大张旗鼓地在民间社会文化中表现;于是各种民间文学现象应运而生,诸如宣传起义的偈语、歌谣,鼓舞万千民众高举反抗压迫的革命大旗,加速了清朝的灭亡。而同时,色厉内荏的清朝统治者常常对各种民间戏曲活动进行禁毁,出现"有假僧道为名,或刻语录方书,或称祖师降乩,此等邪教惑民,固应严行禁止"之类禁令。但是,民间文学的长河激起越来越强烈的反抗浪潮,加剧清朝腐朽没落与灭亡的趋势。历史告诉世人的是铁的事实与规律,即凡是失去民心的社会政治,无论怎样穷凶极恶,都避免不了其被人民大众所抛弃的命运;更不用说其疯狂反扑,用各种手段压制、打击、镇压人民群众的卑鄙无耻者,终究逃脱不了被历史惩罚!民间文学见证这些内容,表现这些内容,用民间戏曲的大舞台表现历史与现实,述说人间的大道。或曰,民间戏曲的盎然生机与无穷魅力正在于此。

当然,影响清代民间戏曲与民间故事等民间文学形式发展变化的因素有许多,一方面是民间文学自身发展,在这一时期如大潮涌动,汇聚成民间文学的高潮;另一方面,与社会政治影响下的文化风尚有非常密切的联系。尤其是民间戏曲作为清代社会风俗生活中传播思想文化的最重要的媒介,涉及与民间文学发展有关的许多方面。如时人梁恭辰所讲:"凡劝化之最动人者,莫如演做好戏。王阳明先生曰,要民俗返朴还淳,宜取今之戏子,将妖淫词调俱去了,只取忠臣孝子故事,使愚俗百姓人人易晓,无意中感知他良知起来,却与风化有益。故点戏者,务要点忠孝节义等处。"[1] 所谓"使愚俗百姓人人易晓,无意中感知他良知起来,却与风化有益",确实是当世民间

---

[1] 梁恭辰:《劝诫录五编》卷六。参见于《元明清三代禁毁小说戏曲史料》,上海古籍出版社1981年版。